Adolf Schlatter

Die Briefe und die Offenbarung des Johannes

Adolf Schlatter

Erläuterungen zum Neuen Testament

Band 10

ADOLF SCHLATTER

Die Briefe und die Offenbarung des Johannes

Ausgelegt für Bibelleser

Calwer Verlag Stuttgart

CIP-Kurztitelaufnahme der Deutschen Bibliothek

Schlatter, Adolf:
Erläuterungen zum Neuen Testament / Adolf Schlatter.
Stuttgart : Calwer Verlag

Bd. 10. Die Briefe und die Offenbarung des Johannes :
ausgelegt für Bibelleser. – 43. – 44. Tsd. – 1986.
ISBN 3-7668-0193-7

ISBN 3-7668-0193-7

43. bis 44. Tausend der Gesamtauflage 1986

Druck: Gutmann + Co., Heilbronn

Der erste Brief des Johannes

1,1-4

Das Ziel des Briefs

Seinen Namen hat Johannes nicht an den Anfang des Briefs gesetzt, auch nicht den Apostelnamen; dafür zeigt er uns aber die Herrlichkeit des apostolischen Worts und Amts, damit wir sofort bedenken, daß im Evangelium eine heilige, machtvolle, unschätzbare Gabe zu uns kommt. 1,1-4: *Was von Anfang an war, was wir gehört haben, was wir mit unseren eigenen Augen gesehen haben* (Apg. 4,20), *was wir betrachtet und unsere Hände betastet haben, vom Wort des Lebens* (Joh. 1,1; Offenb. 19,13) – *und das Leben wurde sichtbar, und wir haben gesehen und bezeugen und verkünden euch das ewige Leben, das beim Vater war und für uns sichtbar wurde – was wir gesehen und gehört haben, verkünden wir auch euch, damit auch ihr mit uns Gemeinschaft habt. Unsere Gemeinschaft ist aber mit dem Vater und mit seinem Sohn Jesus Christus. Und dies schreiben wir, damit unsere Freude vollendet sei.*

Es ist ein großes Amt und ein herrlicher Dienst, den Johannes für die Gemeinde auszuführen hat; denn er verkündigt ihr, was vom Anfang her besteht. Am Anfang, über der Welt, vor dem Beginn der wechselvollen Geschichte, ehe der Menschen Geschäftigkeit anhob, steht Gott: sein Wort, das alles ordnet, und seine Macht, die alles schafft. Wer uns zeigt, was am Anfang gewesen ist, der führt uns zur Wurzel unserer Existenz, zum Grund, auf dem die Welt steht, zum Ewigen, das selbst nicht gemacht und nicht geworden ist, das vielmehr uns macht und hält, das darum auch bleibt und durch die Zeit nicht verändert und entkräftet wird.

Johannes will von Jesus reden: er ist vom Anfang her; denn er ist von oben gekommen als das ewige Wort und der einige Sohn Gottes. Darum bestehen seine Gnade und sein Reich von Anfang an; sie sind der Grund der Schöpfung und ihrer Erhaltung. Darum sind sie auch unzerstörbar wirksam bis zu ihrer Vollendung hin.

Wie kann uns Johannes das Ewige, vom Anfang her Bestehende zeigen? Das tut er dadurch, daß er uns verkündigt, was er gehört hat. Durch das göttliche Wort enthüllt sich das Ewige und wird uns bekannt, was bei Gott verborgen war. Nicht was Johannes selbst meint und denkt, macht ihn zum Apostel. Er spricht nicht die eigene Erfindung seines Geistes aus. Sein Wort ist ihm anvertraut; er hat es, weil er Jesus gehört hat; durch ihn hat er das göttliche Wort vernommen. Bei Jesus hat er aber nicht nur ein Wort gehört; sondern das, was Gott sagte, wurde Tat, Geschichte, volle Wirklichkeit. Johannes ist beim Sohn Gottes gewesen und hat ihn gesehen. Er hat nicht nur eine Verheißung über ihn gehört, wie er dereinst sein wird, und nicht nur eine Beschreibung erhalten etwa darüber, wie er im verborgenen Wesen Gottes lebe. Der Sohn Gottes war da, und das Auge des Johannes nahm ihn wahr. Das gibt Johannes in seinem Apostelamt die freudige Sicherheit und seinem Wort die schlichte Klarheit und Festigkeit: er hat die Dinge erlebt, von denen er spricht. Die Apostel konnten sie betrachten und mit der Hand anrühren. Es war keine Einbildung oder visionäre Erscheinung; es war greifbare Wirklichkeit. Ihre Hand hatte Jesus oftmals angefaßt. Wenn wir uns über das verwundern, was uns das Auge und das Ohr melden, so rufen wir die Hand zu Hilfe, damit sie uns von der Wirklichkeit der Dinge überzeuge. So steht auch Johannes in tiefer Verwunderung vor Christus: der Sohn Gottes war wirklich da, in der vollen Wahrheit eines Menschenlebens, für die Hand der Jünger so greifbar wie jeder andere Mensch. Es ist den Jüngern besonders eindrücklich gewesen, daß sie mit ihrer Hand den Auferstandenen berührt haben. Doch denkt Johannes schwerlich nur an den Ostertag. Schon dies, daß das Wort Fleisch wurde, daß Christus bei den Jüngern war und mit ihnen lebte, daß sie den Sohn Gottes als ihresgleichen unter sich hatten, war ein unergründliches Wunder, und Johannes freut sich, daß er darüber durch unmittelbare Wahrnehmung Gewißheit hat.

Nun wissen wir, auf welchem Weg Johannes zum Evangelium gekommen ist: Ohr und Auge und Hand haben es ihm zugebracht. Was hat er denn gehört und gesehen? Das Wort des Lebens. Johannes geht gleich zur Hauptsache hin. Die herrlichsten Gaben können dem Menschen nichts nützen, wenn er verdorben und erstorben bleibt. Das erste Anliegen muß für uns sein, daß wir lebendig werden. Die natürliche Regsamkeit unserer Seele und unseres Leibes reicht hierfür nicht aus, weil darin immer schon das Sterben und Verderben sitzt. Johannes weiß aber, wo das Leben ist; das Wort, das er gehört und gesehen hat, gibt Leben und nimmt uns das Sterben und Verderben ab.

Das Wort des Lebens war vom Anfang her. Das Sterben und Verderben kam hernach. Erst die Kreatur hat es durch ihren Fall herbeigeführt; Gott dagegen hat den Anfang mit dem Wort des Lebens gemacht. Bei Jesus war es zu hören; seine Worte handeln alle vom Leben und zeigen uns, wie wir lebendig werden. Und nicht nur zu hören, sondern zu sehen war es an ihm. Das Leben gebende Wort war in ihm als sein Eigentum und hat ihn mit allem, was er war und tat, gemacht. Deswegen hat ihn kein Verderben angerührt, auch als er die Sünde der Welt auf sich nahm, sich der Versuchung des Teufels aussetzte und an das Kreuz ging: in all dem erwies er sich als den Lebendigen. So kam es, daß das Wort des Lebens mit den Händen greifbar wurde.

So wurde das Leben wahrnehmbar. Vorhanden war es von Anfang an, weil Gott der Lebendige ist und alles, was in seiner himmlischen Gemeinschaft und Nähe lebt, im Leben strahlt. Es war auch für uns von Anfang an bereit, weil uns von Anfang an Jesus zum Herrn und sein Reich zum Erbe geordnet ist. Aber wir hatten es noch nicht, und auf Erden war es eine verborgene Sache. Wir Menschen standen unter der Macht des Todes und waren erstorbene Wesen, bis es durch Jesus offenbar wurde, daß wir das Leben empfangen, weil es uns durch ihn gegeben wird.

Weil die Apostel dies gesehen haben, sind sie Zeugen geworden. Sie haben durch ihr Erlebnis einen Beruf erhalten. Denn nun ist es ihre Pflicht, sich dafür einzusetzen, daß, was Gott getan hat, unvergessen bleibt und nicht durch den Widerspruch und die Blindheit der Menschen verdeckt wird. Darum verkündigen sie der Gemeinde das ewige Leben, das beim Vater war, solange Christus noch beim Vater war, und für sie dadurch sichtbar wurde, daß er bei ihnen war.

Dieses Glück, daß Johannes im Umgang mit Jesus das ewige Leben vom Vater her in die Welt gekommen sah, ist nicht der Gemeinde, sondern nur Johannes mit den anderen Jüngern widerfahren. Um dieses Vorzugs willen sind sie Apostel und der Gemeinde vorgeordnet. Ihr war das nicht gegeben, weil sie nicht selbst Jesus sah. Um diesen Unterschied auszugleichen, eben dazu sind die Apostel bestellt; sie verwalten dazu das Wort, damit alle, die es hören, mit ihnen, den Jüngern Jesu, Gemeinschaft haben. Johannes will mit der Gemeinde teilen, was er vom Herrn empfangen hat, und auch uns dahin führen, wohin der Umgang mit Jesus ihn gebracht hat. Jesus hat ihm das Wort des Lebens dazu gegeben, damit es durch ihn zu vielen komme. Denn Jesus hat ihn in die Gemeinschaft mit sich aufgenommen und ihm an dem Anteil gegeben, was er selbst hat. Damit gewinnt auch er die Gemeinschaft mit Gott, den Anteil an dem, was Gottes ist. Es ist das höchste Wort, was ein Mensch von sich sagen kann: Gemeinschaft mit Gott. Johannes hat empfangen und trägt in sich, was Gottes ist. Gott hat in ihm Wohnung gemacht und ihn in die Eintracht mit sich gebracht. Gott ist ihm zum Vater geworden. Zwischen dem Vater und seinen Kindern waltet Gemeinschaft. Das kann Jesus uns geben, weil er der Sohn ist, mit dem der Vater alles teilt. Und nun lädt Johannes die Gemeinde ein, diesen Reichtum mit ihm zu teilen; er sieht darin den Zweck seines Botenamtes, daß auch wir empfangen, was Jesus seinen Boten gab. Es überträgt sich durch ihr Wort auf uns. So bildet sich eine Kette, die von Gott bis zu uns reicht. Der Vater hält Gemeinschaft mit dem Sohn und der Sohn Gemeinschaft mit den Jüngern und die Jünger Gemeinschaft mit der Kirche. Hier waltet überall dieselbe Regel der Liebe. Wie der Vater den Sohn liebhat und ihm nichts vorenthält, so hat der Sohn seine Jünger lieb und stellt sie neben sich, und so hat wiederum der Jünger die Gemeinde lieb und wünscht nichts anderes, als daß sie mit ihm Gemeinschaft habe in allem, was er selbst vom Herrn empfangen hat.

Damals regte sich in den Gemeinden Kleinasiens ein starker Widerspruch gegen den Apostel. Was Paulus bei seinem Weggang von Ephesus gefürchtet hatte (Apg. 20,30), war eingetreten: neue Männer lockten die Gemeinden von den Aposteln weg zu sich. Darum hat Johannes im Gegensatz zu denen, die sein Botenamt mißachteten und sich als die Entdecker neuer Wahrheiten und die Besitzer neuer göttlicher Kräfte priesen, mit diesem ersten Wort kraftvoll ausgesprochen, was den Boten Jesu zugleich über die Gemeinde empor und in sie hinein stellt, weshalb sie an ihn gebunden und gleichzeitig ihm gleichgestellt ist. Der Unterschied des Apostels von den anderen Glaubenden entsteht daraus, daß nur der Apostel Jesus selbst kennt. Darum ist die Kirche auf sein Wort gegründet und kann es nicht entbehren oder ersetzen; sie hat sich ihm unterzuordnen, weil sie Jesus nicht anders kennt als durch das apostolische Wort. Daher stehen die Apostel für immer über der Kirche, und diese ist von ihnen abhängig und ihnen Gehör und Gehorsam schuldig. Aus dem Vorzug der Apostel fließt aber ihr Dienst, durch den sie uns in die Gemeinschaft mit sich führen, in denselben Anteil an Christus und an Gott. Darum ist die Gemeinde mit ihnen in der Gabe Jesu verbunden und eins. Zugleich aber ist damit ausgesprochen, wem Johannes die Gemeinschaft versagt, wen er von sich und der Kirche trennt. Seine Gemeinschaft mit Gott gibt er nicht preis, und diese beruht für ihn in seiner Verbundenheit mit Jesus. Wer in der Gemeinde nicht nach der Gabe Gottes begehrt, wer das Wort Gottes nicht hört und seinen Willen nicht tut, der hat Johannes gegen sich. Ein solcher Widerstand gegen Gott tritt dann ein, wenn die Trennung von Jesus geschieht. Wer Johannes zumutet, mit ihm so Gemeinschaft zu haben, daß er sich von Jesus scheidet, von dem ist Johannes getrennt; denn er kann nie um eines Menschen willen auf die Gemeinschaft mit dem Vater verzichten.

Wenn wir sehen, wie Gott uns seine Gabe darreicht, die für uns das Leben ist, und wie Christus mit uns Gemeinschaft hält, dann ist und die vollkommene Freude beschert, die keinen Schatten bei sich hat. Die tiefen Schatten und stechenden Schmerzen, die das Christenleben begleiten, entstehen nicht aus dem, was Gott ist und Christus tut, sondern steigen aus dem empor, was wir selbst sind; die Freude dagegen entspringt am Herrn. Wahrscheinlich schrieb Johannes: „Damit unsere Freude vollendet sei." Denn nicht dadurch, daß die Apostel allein mit Jesus Gemeinschaft haben, sondern dadurch, daß die Gemeinde an ihr teilnimmt, wird die Freude der Apostel voll. Johannes hat in der Weise, wie er von seinem apostolischen Amt spricht, Jesu Beispiel vor Augen. Jesus hat mit seinen Jüngern dazu geredet, damit seine Freude in ihnen und ihre Freude vollkommen sei (Joh. 15,11). Dazu hat er sie auch zu Zeugen seines Gebets gemacht, damit sie aus der Weise, wie er mit dem Vater redete, die vollkommene Freude schöpften (Joh. 17,13). Zuerst hat Jesus dem Jünger durch sein Wort gegeben, was ihn selig macht; jetzt tut er dasselbe der Kirche.

1,5-10

Wahrhaftigkeit vor Gott

Johannes faßt, was er der Gemeinde zu sagen hat, in einen einzigen kurzen Satz zusammen. 1,5: *Und dies ist die Botschaft, die wir von ihm gehört haben und euch verkünden, daß Gott Licht ist und keine Finsternis in ihm ist.* Wo hat Johannes gehört, wer Gott ist? Die Gemeinde wußte, wessen Stimme er vernommen hat und wessen Wort er mit seiner Predigt wiederholt: Er hat bei Jesus gehört und gelernt, wer Gott ist. Bei allem, was Jesus sagte und tat, sowohl in den Taten seiner Macht wie auch auf dem Kreuzesweg, war dies sein Ziel, daß er vor uns den Namen des Vaters verkläre und uns das Auge für die Herrlichkeit Gottes öffne. Dazu hat er auch die Apostel bestellt. Es waren ihnen nicht vielerlei Geschäfte übertragen, sondern nur ein einziges: Zeugen Gottes zu sein.

Und zwar bestand das Amt Jesu und seiner Apostel darin, zu bezeugen, daß es in Gott nichts Dunkles gibt. Das ist eine einfache Wahrheit, die für uns nicht zu entlegen und wunderbar ist; denn eine Ahnung von der Herrlichkeit Gottes regt sich schon von der Natur her im menschlichen Geist. Denken wir an Gott, so ist uns sofort klar, daß unsere Schwachheit, Torheit und Bosheit aus uns stammt, nicht aus ihm, und auf uns liegt, nicht auf ihm. Das Auge Gottes ist hell, ohne den Schatten des Irrtums, der Torheit und Unwissenheit, vielmehr voll lauterer Weisheit, und der Wille Gottes ist hell, ohne die Finsternis des Eigennutzes und der Bosheit, vielmehr voll lauterer Güte und Gnade, darum auch frei von Druck und Qual in vollendeter Seligkeit. Aber wir halten das nicht fest;

wir wissen es wohl, aber wir glauben es nicht. Wir murren über ihn, haben Argwohn und Verdacht, Gleichgültigkeit und Geringschätzung gegen ihn im Herzen und kehren uns ungläubig von ihm ab; ja, wir verbinden seinen Namen dreist mit bösen Dingen, geben unsere blinden Gedanken und verkehrten Triebe für göttlich aus und gebärden uns, als empfinge unsere Bosheit sein Wohlgefallen. Und doch ist Gott Licht ohne Finsternis! Darum ist es das Amt Jesu und der Beruf seiner Boten, uns zu verkünden und zu bezeugen, was wir unter den finsteren Gedanken unseres Herzens immer wieder verleugnen und vergessen, daß die Finsternis nur in uns ist und nicht in Gott.

Weil Johannes die Einfalt der Predigt Jesu nicht verachtet, sondern verstanden hat, läßt er uns Gott durch das erkennen, was vor unseren Augen liegt. Er zeigt auf die Gabe hin, die uns die Sonne jeden Morgen bringt. Kommt das Licht, so wird das Auge für uns verwendbar und dienlich: wir selbst können sehen und sind zugleich für die anderen sichtbar; der Verkehr miteinander und mit der Natur wird uns möglich in freier Bewegung und freudiger Regsamkeit. „Seht", sagt er, „hier habt ihr das Zeichen Gottes. An der Art und dem Werk der Sonne versteht ihr Gottes Art und Werk."

Gott ist Licht; das sagt uns nicht bloß, wie er für sich selbst ist, sondern zugleich, wie er sich uns gegenüber verhält und was er uns tut. Das Licht strahlt in die Welt hinaus, und sein Werk ist, zu scheinen. Es ist nicht nur selbst hell, sondern macht alles hell; denn es geht in unser Auge ein und versetzt uns selbst in die Helligkeit. Gott gleicht dem Licht seiner herrlichen Gnade und vollkommenen Güte wegen. Wie ein heller Strahl kommt seine Wirkung und Gabe zu uns, pflanzt die Wahrheit in unsere Erkenntnis und die Gerechtigkeit in unseren Willen und macht uns dadurch licht.

1,6: *Wenn wir sagen, daß wir mit ihm Gemeinschaft haben und in der Finsternis wandeln, so lügen wir und wirken die Wahrheit nicht.* Es ist völlig begreiflich und in der Ordnung, daß wir solchen gleichen können, die in dunkler Nacht wandern. Der wandelt nicht im Licht, der nicht von der Wahrheit, sondern von Torheit, Einbildungen und allerlei Wahn geleitet ist – der nicht weiß, was er soll und welchen Weg er einzuschlagen hat – der nicht sieht, wohin ihn sein Weg führt – der nicht dahin gelangt, wohin er soll, sondern dahin, wohin er nicht soll, und schließlich auch dahin, wohin er selbst nicht will. Das heißt im Finstern herumlaufen. Aber nicht nur der Blinde, sondern auch der Böse geht im Dunkeln umher, weil er das Auge der anderen scheut. Jede sündliche Begehrung nimmt uns die Offenheit und macht uns Verstellung und Lüge notwendig. Der Verlust der Wahrhaftigkeit und der Verlust der Wahrheit, die Bosheit und die Verblendung begleiten einander, und beide versetzen uns in die Finsternis. Und damit stockt das ganze Leben. Die Finsternis wird uns zur Kette und zur Not und versenkt uns in die Unseligkeit.

Solche Menschen werden wir ohne die Gemeinschaft mit Gott, wenn wir uns selbst überlassen sind und die Gaben Gottes uns verschlossen sind. Aber davon spricht Johannes nicht. Daß wir in der Gottferne uns in Dunkelheiten verirren, das hat die Gemeinde begriffen; das muß ihr nicht mehr eingeschärft werden. Am Licht haben wir dadurch Anteil, daß wir an Gott Anteil haben; denn Gott ist das Licht.

Wohl aber spricht Johannes davon, daß wir sagen, wir haben Gemeinschaft mit Gott, und dennoch unser Leben im Finstern führen. Johannes warnt vor einer Frömmigkeit, in der man sich des Evangeliums rühmt, sich der Gnade Gottes sicher glaubt und es köstlich findet, daß Gott sich als Vater und Freund erweise und seine vollkommenen Gaben schenke, dann aber im Leben und Verhalten dennoch im Finstern bleibt, den Weg Gottes nicht sieht, nicht weiß, was man soll und will, und sich in sein Versteck zurückzieht, weil man das, was man im Herzen trägt, nicht zeigen darf. Von solchen Christen sagt Johannes nicht nur, daß ihr Ruhm nichtig ist und die göttliche Gnade, von der sie sprechen, ihnen nicht gehört, sondern Johannes sagt, daß sie lügen, weil sie so mit Absicht und Bosheit die Wahrheit entstellen. Sie wissen mit deutlicher Klarheit, daß ihr Anteil an Gott nicht mehr als ein leeres Wort und erdichteter Schein ist; denn sie wissen, daß sie sich deshalb ins Dunkle flüchten, weil sie in der Führung ihres Lebens Gott ausweichen und widerstreben.

Darum ist der, der Dunkelheit über sein Verhalten breitet, auch wenn er sich auf Gott beruft, keines Vertrauens wert. Und wenn er mit großen Worten, wie es damals die Gegner des Johannes taten, die Geheimnisse preist, in deren Besitz er sei, so darf dies die Gemeinde nicht täuschen; denn sie kann, daß er lügt, schon daran erkennen, daß er sich versteckt. Es ist zwar eine Art Glaube, wenn wir sagen, wir haben Gemeinschaft mit Gott. So lehrt uns das Evangelium sprechen; wir lernen es bei Jesus, daß Gott unser Vater ist. Aber so ist unser Reden nicht mehr rein, wahr und Gott wohlgefällig, sondern ein Wort verwerflichen Selbstbetrugs. Wenn unsere Gemeinschaft mit Gott nicht unseren Wandel mitumfaßt, so haben wir aus unserem Glauben eine Lüge und Versündigung gemacht. Denn Gott, der Licht ist, schenkt uns das Licht, dessen wir bedürfen, um nicht im Finstern zu wandeln. Wir dagegen bleiben in unserem Denken und Wollen finster, berufen uns aber dennoch auf Gott und sagen, daß wir in der Gemeinschaft mit Gott so finster seien, als wäre es nicht das Werk des Lichts, die Finsternis auszutreiben, als würde das Licht Dunkelheit hervorbringen. Trotz unserer gläubigen Worte leugnen wir also, was uns Jesus und die Apostel verkündigt haben. Sie haben uns gesagt, daß in Gott keine Finsternis ist; wir aber wollen einen Gott haben, dem wir in unserer Finsternis gefallen. Das ist die Lüge in diesem falschen Glauben, die Lüge, mit der wir dem Wort Jesu widersprechen und uns gegen die Art Gottes auflehnen.

So kennt man zwar die Wahrheit, tut sie aber nicht. Wer sagt, er habe Gemeinschaft mit Gott, dem ist Gott in seiner Gnade und Herrlichkeit nicht unbekannt. Er sieht nach der Anleitung des Evangeliums zu ihm empor und freut sich, daß er uns zu sich beruft. Aber er verwertet die ihm gegebene Wahrheit nicht, sondern läuft, wenn es zu handeln gilt, von ihr weg und treibt sich im Finstern herum.

Die Wahrheit tun – damit zeigt Johannes auf den entscheidenden Punkt. Wir freuen uns daran, die Wahrheit zu wissen und zu besitzen. Gott hat sie uns aber dazu gegeben, daß wir sie nicht nur in unseren Gedanken erwägen und von ihr reden, sondern daß wir so handeln, wie die Wahrheit uns lehrt. Sie ist nicht nur die Richtschnur für unser Denken, sondern nicht weniger für unser Wollen und unser Tun. Dann erst haben wir sie lieb, wenn wir ihr untertan sind. Johannes hat dieses einfache und doch so tiefe Wort bei Jesus gelernt. Denn Jesus hat denen, die zu ihm kamen, geraten, die

Wahrheit zu tun; dadurch würden sie den Weg zu dem Glauben finden, der sich seiner als des Lichtes von oben freut (Joh. 3,21).

Johannes richtet die ganze Kraft seines Wortes darauf, daß die Gemeinde sich nicht nur in ihrem Denken und Reden mit Gott beschäftige und sich nicht nur an ihrer neuen Erkenntnis freue; sie soll vielmehr ihr Leben in der Gemeinschaft mit Gott führen und nach der Wahrheit handeln, die Gott ihr gab. Er dringt auf einen ganzen, unverkürzten Christenstand. Die Christenheit besaß das apostolische Wort mit seiner reichen Erkenntnis und seinem kräftigen Trost nun schon manches Jahr; nun kam es darauf an, wozu sie es benützte und welche Frucht in ihrem Leben daraus erwuchs: ob sie sich nur daran ergötzte, daß sie Gott kannte und sich seiner gläubig freuen durfte, im übrigen aber ihre eigenen Wege ging, ohne sich aus der Finsternis ins Licht führen zu lassen. Nicht alle waren auf dem richtigen Weg. Es gab in der Christenheit manche, die sich der Verbundenheit mit Gott rühmten und nach Erkenntnis Gottes sehr begierig waren, aber daraus nichts gewannen als neue seltsame Gedanken, mit denen sich jede Bosheit ungehemmt verbinden ließ. Darum zeigt Johannes der Christenheit, zu welchem Zweck Gott ihr sein Wort gegeben hat, wie aus dem Christenstand eine leere, böse Lüge und wie er umgekehrt echt, kraftvoll und heilbringend wird.

1,7: *Wenn wir aber im Licht wandeln, wie er im Licht ist, so haben wir Gemeinschaft miteinander, und das Blut Jesu, seines Sohnes, macht uns von jeder Sünde rein* (Offenb. 1,5; 7,14). Auf irgendeinem Weg muß jeder wandeln; denn das Leben ist Bewegung, ein Lauf zu einem Ziel hin. Es liegen aber zwei Wege vor uns. Neben den Irrweg, auf dem wir ins Verderben sinken, stellt Johannes den geraden und richtigen Weg. Gott führt uns durch seinen Geist, bewegt uns durch sein Wort, zeigt uns seinen Willen, so daß wir uns nicht blind und töricht verirren müssen; er legt uns seine Liebe in die Seele, so daß wir für ihn leben. Nur dadurch, daß wir die Wahrheit nicht tun mögen, sondern uns ihrer Leitung träg und unaufrichtig entziehen, kommen wir auf unsere dunklen Wege. Gott dagegen tut durch sein Evangelium täglich an uns, was die Sonne an der Erde tut. Darum können wir ihm untergeben sein und uns in dem Element bewegen, in das er uns versetzt hat: im Licht.

Damit verschwindet, was uns entzweit und trennt. Johannes zeigt auf die Gemeinde hin; denn sie ist das Werk, zu dem Gott Jesus in die Welt gesandt hat. Jesus ist gekommen, um Menschen in sich zu verbinden und miteinander eins zu machen. Das bewirkt er dadurch, daß er das Licht in uns zur Herrschaft bringt. Solange jeder von uns im Finstern geht, von seiner eigenen, bösen Begierde getrieben, finden wir uns nie zu aufrichtiger Gemeinschaft und fester Verbundenheit zusammen. Im Dunkeln sucht jeder nur sich selbst, dient nur sich selbst, verbirgt sich vor den anderen, stößt sich an ihnen und wird ihr Feind und Widersacher. Wenn uns aber das helle Licht Gottes leitet, bringen uns seine einhellige Wahrheit, sein einiger Wille und seine uns alle umfassende Gnade zusammen, so daß wir von Herzen eins werden. Anders wirkten die Leute, die für ihr Verhalten die Finsternis nötig hatten: sie rissen die Gemeinschaft entzwei und wollten aus der Kirche eine Sekte machen, die ihnen hörig sein sollte. Darin zeigte sich, daß sie von ihren Sünden nicht frei geworden waren.

Stellt uns Gott ins Licht, so steht die Frage auf, was aus unserer Sünde wird; denn dadurch ist sie offenbar. Die Sünde tritt nicht nur zwischen uns und Gott, sondern macht auch die Gemeinschaft zwischen uns unmöglich, weil sie das Vertrauen zerstört und die Ehre vernichtet, ohne die es keine Gemeinschaft gibt. Das Licht Gottes macht aber unser Auge für die Sünde an uns selbst und an den anderen klar, so daß wir sie in ihrer Schuldhaftigkeit, Verdammlichkeit und Verderblichkeit sehen. Vor dieser beugenden Macht der göttlichen Wahrheit fürchten wir uns; wir tragen wegen unserer Sünden den Hang zur Dunkelheit in uns, weichen sowohl Gott als einander aus und nehmen unsere Zuflucht zur Blindheit. Das ist aber nicht der Weg, wie wir von unserer Sünde loskommen. Suchen wir die Finsternis: hier verschwinden sie nicht; hier brechen sie umgekehrt nur mächtiger heraus. Treten wir ins Licht: da verschwinden sie. Eben dann, wenn sie offenbar werden, vergehen sie für immer und ganz. Denn das Blut Jesu bewirkt, daß sie uns vergeben sind. Jesus ist dazu gestorben, damit wir von Gott die Vergebung empfangen. Sein für uns vergossenes Blut hat Gott zum Grund einer Gnade gemacht, die unsere ganze Sündhaftigkeit begräbt und tilgt. An der durch das Blut Jesu erworbenen Vergebung haben wir dadurch teil, daß wir uns aufrichtig in das Licht Gottes stellen und uns durch dieses Licht reinigen und führen lassen, so daß unser Leben ein Wandeln im Licht wird. Von jeder Sünde reinigt uns Gott; denn sein Verzeihen ist vollkommen und ganz. Er entlastet uns nicht nur von dieser oder jener Sünde, sondern von jeder, weil uns nur dann geholfen ist, wenn uns ganz verziehen ist. Diesen Weg verachteten die Gegner des Johannes. Sie wandten sich vom Kreuz Jesu ab und nahmen daran Anstoß, daß er sein Blut vergossen hat. Sie hatten es nicht nötig, auf diese Weise die Vergebung zu erlangen.

Durch die Gnade, die Jesus in den Tod geführt hat, werden wir wirklich von unserer Schuld frei und empfangen wir die Entlastung und Vergebung als die Frucht seines Todes. Dagegen ist es ein falscher Weg, um der Sünde zu entrinnen, wenn wir sie leugnen und uns selbst entschuldigen. 1,8: *Wenn wir sagen: „Sünde haben wir nicht", so verführen wir uns selbst, und die Wahrheit ist nicht in uns.* Während die Beugung unter die Wahrheit, auch wenn sie uns richtet, uns erhöht, führt das Bemühen, uns als rein von Sünde hinzustellen, zum Fall. Dadurch verschließen wir uns dem Licht Gottes, fliehen in die Finsternis hinein und stoßen das herrliche Geschenk des göttlichen Lichtes, daß die Wahrheit in uns ist, von uns weg. In einem hoffärtigen Sinn, der sich nicht zur Reue bringen läßt und für das Böse unempfindlich ist, so daß wir es ableugnen und uns auf alle Weise selbst rechtfertigen, ist die Wahrheit nicht heimisch geworden. Dann sind wir im Kern unserer Person von ihr leer.

Da wir im Blick auf das Kreuz Christi sagen dürfen, daß sein Blut uns von jeder Sünde reinigt, können auch die Glaubenden davon sprechen, daß sie keine Sünde haben. Das hat aber vor dem Kreuz Jesu einen sehr anderen Sinn, als die Gegner des Johannes es mit ihrer Behauptung meinten. Wir bekennen im Aufblick zu dem Gekreuzigten: Unsere Sünden, die wir begangen haben, die als Schuld auf uns liegen und von denen wir uns nicht lösen können, hast du uns abgenommen durch dein Verzeihen. Mit gläubigem und dankbarem Sinn heißen wir uns darum rein, weil Jesus uns rein macht. Der Lügner dagegen redet sich ein, er finde bei sich selbst keine Schuld – obwohl sie an ihm haftet, weil sie aus seinem eigenen Wesen und seiner eigenen Tat entstanden ist.

1,9: *Wenn wir unsere Sünden gestehen, so ist er treu und gerecht, daß er uns die Sünden vergibt und uns rein von jedem Unrecht macht.* Haben wir Gemeinschaft mit Gott, so erkennen wir die gänzliche Verschiedenheit, die zwischen uns und ihm besteht. Er ist treu, hält sein Wort, bleibt bei seinem heiligen Willen und bleibt sich in seiner Güte gleich; wir greifen fehl, gehen irre, lassen schlechten Trieben Macht über uns und sündigen. Gott ist gerecht in allem, was er tut, vom Bösen ganz geschieden und ganz mit dem Guten eins; wir tun unrecht, schädigen und verführen einander, brechen die Ordnung, die unsere Gemeinschaft miteinander hilfreich und heilsam macht, und bleiben nicht in den uns gewiesenen Schranken.

Wird uns dieser Gegensatz gegen Gott nicht von ihm scheiden? Kann der Abtrünnige vor den Treuen treten, der Sündigende vor den Gerechten? Käme es nur auf unser Herz an, so könnten wir nur den Gedanken fassen, daß wir von Gott geschieden bleiben. Aber Gott ist größer als unser Herz. In seiner Treue läßt er uns nicht sinken und verderben, sondern hält uns fest und richtet uns durch sein Vergeben auf, so daß uns trotz unserer Sünde die Gemeinschaft mit ihm im Christus gegeben ist. Seine Treue wird für uns, die wir sündigten, zur Barmherzigkeit. In seiner Gerechtigkeit macht er dem Unrecht, durch das wir uns schuldig machen, dadurch ein Ende, daß er, der Gerechte, es verzeiht.

Eben jetzt, da Johannes vom göttlichen Vergeben redet, nennt er Gott den Gerechten; denn nur der Gerechte kann verzeihen, ohne daß seine Gnade dazu mißbraucht wird, die Sünde zu mehren, das Gebot zu entkräften und die Bosheit zu decken. Der Ungerechte verzeiht leichthin, aber nur so, daß die Sünde bleibt, ja sich stärkt und verhärtet. Soll uns eine Vergebung geschenkt sein, die uns wirklich rein macht und die Sünde in uns entkräftet, so kann sie uns nur der Gerechte geben, nur der gerechte Gott, der das Böse haßt und überwindet und das Gute schafft.

Wir machen uns die Gerechtigkeit Gottes noch nicht deutlich, wenn wir in ihr nur den Grund zur Furcht finden, weil Gott in seiner Gerechtigkeit der Vergelter ist. Dann ist das Maß, in das wir Gott einschließen, noch eng und klein. Gott bleibt uns so durch das, was wir selber sind, beschattet. Was wir sind und tun, gilt uns als das Wichtigste, und dem, was Gott tut, geben wir erst den zweiten

Platz; hätte er doch nur unser Tun zu vergelten und dem Guten den Lohn, dem Bösen die Strafe zuzumessen. Auf diese Weise wird die Gerechtigkeit Gottes uns freilich zum Grund der Furcht wegen des Bösen, das in uns ist. Aber Gott ist nicht nur der Vergelter unserer Taten; er führt sein eigenes Werk aus und handelt nach seinem eigenen Willen als der erste, der alles beginnt, als der Vater, der nach seiner Liebe gibt. Auch in seinen eigenen Werken ist er gerecht, wirkt nichts anderes, als was recht ist, verschließt dem Unrecht die Tür und bringt alles an seinen rechten Ort. Das ist die schaffende, gebende, sich mitteilende Gerechtigkeit Gottes, die unsere Gemeinschaft mit ihm und miteinander so herstellt, daß sie ihre Richtschnur in der Wahrheit und ihr Ziel in der Liebe hat. So wird die Gerechtigkeit Gottes nicht nur zum Grund der Furcht, sondern auch zum Grund des Glaubens und der Zuversicht. Diese Gerechtigkeit Gottes ist der Grund, daß er die Bitte des Bußfertigen und das Geständnis des Reuigen hört; darum ist er bereit, uns von unserer Bosheit zu erlösen, an deren Macht und Dauer er keine Freude hat; er, der Gerechte, wird unser Helfer und Beistand, sowie wir unsere Sünde hassen und richten, und es ist seine Freude, uns durch sein Vergeben rein und gerecht zu machen. Weil wir aber bei dem Gerechten die Vergebung zu suchen haben, darum finden wir sie nur durch das reuige und aufrichtige Geständnis. Denn dadurch, daß wir selbst unsere Sünde verwerfen, geben wir Gott recht und unterwerfen wir uns seiner Gerechtigkeit, und diese macht uns nun kraft der vollkommenen Gnade, mit der sie eins ist, von unserem Unrecht frei.

1,10: *Wenn wir sagen: Wir haben nicht gesündigt, so machen wir ihn zum Lügner, und sein Wort ist nicht in uns* (5,10). Wer sich selbst für rein ausgibt, wie es die Gegner des Johannes in ihrer stolzen Frömmigkeit taten, beginnt damit den Streit mit Gott. Gott heißt unser Tun böse; sie fanden es recht und rein und gut. So mußte also Gott unrecht haben, damit sie recht behielten. Gott läßt Jesus zur Tilgung unserer Sünden sein Blut vergießen; sie aber fanden keine Sünde an sich und brauchten keinen, der an unsere Stelle tritt und uns versöhnt; so wiesen sie die Mahnung zur Buße ab. Damit taten sie, als lüge Gott. Wir können uns nicht selbst entschuldigen, ohne daß wir Gott beschuldigen; wir können uns nicht selbst gerecht dünken, ohne daß wir Gott verklagen. Das ist die Sünde in aller Selbstrechtfertigung, und darum führt sie uns irre.

Gott zum Lügner machen ist das Gegenteil des Glaubens an ihn. Der Glaube behandelt Gott als wahrhaftig und nimmt sein Wort als Wahrheit auf, sowohl wenn es unsere Sünde verdammlich heißt wie dann, wenn es uns die Vergebung Gottes bezeugt. Darum sind die Gerechtigkeit des Glaubens und die Gerechtigkeit des Stolzes einander ganz entgegengesetzt. Bei der Gerechtigkeit, die dem an Gott Glaubenden gegeben ist, erhält der Mensch unrecht und Gott recht; bei der Gerechtigkeit, die der Stolze zu haben meint, erhält der Mensch recht und Gott unrecht. Jene streitet gegen unsere Sünde und ehrt, was Gott in seiner Gerechtigkeit und Gnade tut; diese ehrt den Menschen mitsamt seiner Bosheit und streitet gegen das Werk Gottes. Darum hält uns diese in der Sünde fest und führt uns zum Fall, während jene unsere Sünde aufhebt und ewig unsere Gerechtigkeit bleibt.

Johannes deutet auf die zunehmende Verhärtung des Gewissens hin, die durch das Bestreben, uns selbst zu entschuldigen, herbeigeführt wird. Oben sagt er: „Wir sagen, wir haben nicht Sünde"; hier: „Wir sagen, wir haben nicht gesündigt." Das Unbequeme am Bösen ist für uns zunächst seine fortwirkende Macht; es bleibt als Schuld auf uns liegen, so daß nun wir die Sünde haben. Dieses Wissen schütteln wir ab und wollen, daß, was wir taten, keine Folgen für uns habe und nicht bleibend und schwer auf unserem Gewissen liege. Aber dieser Versuch treibt uns sofort noch eine Stufe tiefer hinab zu der Erklärung: Wir hätten überhaupt nicht gesündigt; was wir getan haben, sei recht und vernünftig und sehr erklärlich, so daß es sich recht wohl verteidigen lasse. Daß Gott anders darüber urteilt, wissen wir; allein sein Wort soll nicht gelten, Gott soll ein Lügner sein.

Wenn wir dem Urteil Gottes widersprechen und ihm unrecht geben, dann ist sein Wort nicht in uns. „Die Wahrheit ist nicht in uns", hieß es oben, und hier: „Sein Wort ist nicht in uns." Das eine erläutert das andere. Das Wort Gottes kann in unserem Sinn heimisch werden, unser Herz erfüllen und unsere Gedanken durchdringen. Dadurch ist die Wahrheit in uns und hat sich unserem Geiste eingepflanzt. Wer aber die Wahrheit nicht begehrt, der nimmt auch Gottes Wort nicht auf.

Johannes richtet unser Auge fest auf die Größe und Herrlichkeit der Gabe Jesu. Er fing ja mit dem offenbar gewordenen Leben an und mit der Gemeinschaft mit dem Vater und mit seinem Sohn; und er wird uns zeigen, welch ein Reichtum von Gaben und Kräften uns dadurch zuteil geworden ist, wie umfassend und wirksam Gott unser ganzes Leben gestaltet und führt. Er sorgt aber zuerst dafür, daß daraus nicht eine Hoffart werde, die alles verdirbt, und macht uns den eitlen Blick unmöglich, mit dem wir uns selbst mit Wohlgefallen anschauen. Denn die Pforte zu dieser Höhe ist das aufrichtige Geständnis unserer Sündlichkeit und die demütige Aufnahme des göttlichen Worts, das die Verwerflichkeit unserer Sünde bestimmt und deutlich bezeugt. Damit ist aller Eitelkeit und allem Selbstruhm für immer die Wurzel abgeschnitten. Diese grundlegende Wahrheit zeigt uns nicht nur unseren eigenen Weg, sondern gibt uns auch das sichere Urteil über alles, was sich um uns her fromm und göttlich heißt. Wo die Sünde verdeckt und geleugnet wird, da ist nicht Gottes Wort und Licht.

2,1-6

Der Gehorsam gegen Christus

In der Gemeinschaft mit Gott wird uns unsere Sünde unausweichlich klar und das Bekenntnis in uns erweckt; zugleich wird uns aber auch die Vergebung geschenkt, so daß wir von unserer Sünde rein geworden sind. Wir sollen aber die Absicht, die Gott dabei hat, nicht mißdeuten. 2,1a: *Meine Kindlein, das schreibe ich euch, damit ihr nicht sündigt.* Von denen, die sich ein stolzes Christentum zurecht machten und erklärten: „Wir wissen nichts von Sünde und finden in unserem Verhalten nichts Verwerfliches", wurde dem Apostel vorgeworfen, er verführe die Kirche zur Sünde, weil er für die, die ihre Sünde bekennen, die Vergebung bereit habe. In der Tat läßt sich das, was uns die Apostel über die menschliche Sünde und die göttliche Gnade sagen, so mißbrauchen, daß wir uns in der Sünde befestigen. Dies geschieht durch jene halbe, stumpfe Reue, bei der wir unsere Sündlichkeit nicht ableugnen, sondern zugeben und bedauern, aber als etwas Unvermeidliches betrachten, das sich nicht ändern lasse und womit man sich abfinden müsse, und durch jenen halben, unreinen Glauben, der sich die Vergebung Gottes gern gefallen läßt und sie immer wieder begehrt, aber nicht, um dadurch von jeder Sünde und Ungerechtigkeit rein zu werden, sondern um so mit gutem Trost und fröhlicher Hoffnung das Böse in sich pflegen zu können. Aber der Vorwurf, daß er eine solche Reue und einen solchen Glauben pflanze, trifft Johannes nicht; er will vielmehr, wenn er von der menschlichen Sünde und der göttlichen Gnade spricht, uns dazu bewegen, daß wir nicht sündigen, sondern von den bösen Dingen loskommen. Klärt Johannes unseren Blick im Licht Gottes für unsere Sünde, so will er damit den guten Willen in uns erwecken, der sich dem bösen Trieb redlich und gänzlich verschließt, und wenn er uns die Herrlichkeit der Gemeinschaft mit dem treuen und gerechten Gott darstellt, so will er damit zeigen, wie wir vom Bösen gründlich und wirksam geschieden sind. Nur das ist der rechte Gebrauch des apostolischen Worts.

Johannes sagt seinen Christen, daß er zu ihnen als zu seinen Kindern spricht. Er hat ihnen den Ernst des Evangeliums sichtbar gemacht, daß es uns als heilige Macht erfaßt und das Böse verbietet. Aber er sagt uns das nicht als ein hartes und drohendes Wort. Es ist die Liebe des Apostels, die uns das Böse untersagt und unmöglich macht; denn Gottes reine Liebe wird darin offenbar, daß er uns vom Bösen erlöst. Was soll denn Johannes für seine Kindlein anderes wünschen, als daß sie nicht sündigen?

Unser Inwendiges ist aber beweglich; wir können uns wenden und dem versuchlichen Trieb uns öffnen; dann tun wir einen falschen Schritt. Ist damit alles verloren? 2,1b.2: *Und wenn jemand sündigt, so haben wir einen Anwalt beim Vater, Jesus Christus, den Gerechten* (Joh. 14,16; Röm. 8,34; Hebr. 9,24), *und er ist die Versöhnung für unsere Sünden, aber nicht bloß für die unsrigen, sondern für die ganze Welt* (4,10; Röm. 3,25; 2. Kor. 5,19). Wenn wir schwanken und fallen, dann kommt es uns zugut, daß wir mit Jesus verbunden sind. Er bricht seine Gemeinschaft mit uns nicht ab, auch wenn wir fehlen, und verleugnet uns wegen unserer Sünde nicht, sondern verbindet sich vor dem Vater mit uns, heißt uns die Seinigen und macht, daß wir seinetwegen trotz unseres Sündigens in der Gnade Gottes bleiben.

Spricht Jesus für uns, so spricht nicht ein Sünder für den Sünder. Ein Sünder entschuldigt gern den anderen; denn er entschuldigt damit auch sich selbst. Darum hat solche Fürsprache kein Gewicht. Wenn aber Jesus für uns redet, dann spricht der Gerechte für die, die gesündigt haben, und das ist eine wirksame Fürsprache, die uns die Verzeihung Gottes erwirbt.

Johannes stellt unsere Zuversicht nicht deshalb auf die Gerechtigkeit Jesu, weil er den Vater leer an Gnade dächte, so daß er uns in seiner eigenen Treue und Barmherzigkeit nicht helfen wollte. Durch Jesus hat er solche Gedanken über Gott verlernt. Der Apostel hat aber an Jesus gesehen, wie Gott uns hilft: das Mittel, durch das Gott uns die Vergebung gewährt, besteht darin, daß er uns den Gerechten gegeben hat, der vor dem Vater steht und doch mit uns verbunden ist und seine Gemeinschaft mit uns auch durch unser Sündigen hindurch aufrechterhält. Seinetwegen umfaßt uns die Gnade Gottes; seinetwegen dürfen wir auch nach einem Fall gläubig vor ihm stehen. Zuerst hat uns Johannes die Hilfe für unsere Sünde darin gezeigt, daß Jesus sein Blut vergossen hat; jetzt weist er darauf hin, daß Jesus beim Vater lebt. Sein Sterben und sein Leben dienen derselben Gnade. Jesus hat uns seine Gnade nicht nur einmal erwiesen, als er das Kreuz trug; sondern er ist jetzt der bei Gott Lebendige und erwirbt uns, wenn wir fallen, die neue Begnadigung von Gott. Die Fürsprache, die uns Jesus gewährt, ist ein Teil seines großen Werks, das er einst auf der Erde begann und jetzt im Himmel weiterführt. Er ist durch dasselbe die Versöhnung für unsere Sünden, ist selbst der, der sie deckt, ihnen die Macht, uns zu verderben, nimmt, sie dem Gericht Gottes entzieht und bewirkt, daß wir dennoch mit Gott in Gemeinschaft stehen dürfen. Das alles wird uns zuteil, weil Jesus lebt. Alles, was er ist, hilft zu diesem Zweck mit, sein Leben und sein Sterben, sein Kreuz und seine Erhöhung, seine Gemeinschaft mit dem Vater und seine Gemeinschaft mit uns. Unsere Versöhnung hängt nicht nur an einer besonderen Tat Jesu, sondern an ihm, daran, daß Gott ihn uns gegeben hat. Darum haben wir es bei ihm zu suchen, daß unsere Schuld getilgt werde, und haben wir es ihm zu danken, daß unsere Sünden vergangen und beseitigt sind.

Dazu hat ihn Gott nicht nur der Christenheit, sondern der

Menschheit gegeben. Wie ihre Sünde durch ihn vergeben und erledigt ist, so auch die der ganzen Welt. Die stolzen Christen, die bestritten, daß Sünde auf ihnen liege, obwohl sie ihre Größe nur dadurch behaupten konnten, daß sie das Licht ausschlossen, redeten hart von den anderen Menschen; für sie gab es nach ihrer Lehre keine Vergebung. Johannes dagegen verwehrt es der Kirche, der Gnade des Christus Grenzen zu setzen. Sie ist nicht nur auf einzelne, auch nicht nur auf die gläubige Gemeinde, sondern auf die ganze Menschheit gerichtet und hat die Macht, die ganze Menschheit von ihrer Schuld frei zu machen und ihre Sünden wegzuheben. Wie diese in eine gemeinsame Schuld gebunden ist, so hat sie auch an einer gemeinsamen Gnade teil. Darin liegt ein kräftiger Antrieb zum Glauben. Es wäre eine unmögliche Sache, wenn wir für unsere eigene Sünde glauben sollten, daß sie von Jesus gedeckt und vergeben wird, und die anderen von der Vergebung Jesu ausschließen müßten, weil ihre Sünde zu groß für seine Hilfe sei. Da könnten wir unseren Glauben nicht vom Zweifel frei halten, ob denn unsere Sünde so viel kleiner und geringer sei als die der Welt, für die die Versöhnung Jesu nicht gültig sei. Nun ist aber die ganze Welt von der Gnade Jesu umfaßt, so daß es keine Sünde in ihr gibt, für die er nicht die gerechte und vollkommene Tilgung und Heilung wäre. Jetzt darf ich meine eigene Sünde auch nicht von seinem Versöhnen ausschließen und darf nicht sagen: Er vergibt den anderen, jedoch mir nicht. Sein Vergeben, das die Sünden der Welt wegnimmt, tilgt auch die meinigen, so daß diese nur dann auf mir liegenbleiben und mir zur Schuld und zum Verderben werden, wenn ich die Verzeihung, die er mir verschafft hat, verachte und vernichte. Dadurch, daß die Versöhnung Jesu ein Ganzes ist, das die Welt umfaßt, wird unser Glaube gewiß und fest. Johannes spricht später oft und ernst von der bösen Art der Welt; er trennt die Gemeinde von ihr und heißt sie ihren Unterschied von ihr erkennen und festhalten. Das erste, was er von der Welt sagt, ist jedoch dies, daß sie unter der Gnade des Christus steht, daß das Kreuz mit seinem Segen ihr geschenkt ist und ihr für ihre Sünden die Vergebung bringt. Wir dürfen es in allem Verkehr mit der Welt festhalten: wir haben es immer mit Menschen zu tun, deren Sünde durch Jesus versöhnt und vergeben ist.

Sündigen wir, so ist Jesus unsere Hilfe; wir kennen ihn, und dadurch sind wir geborgen. Wer ihn kennt, für den tritt er beim Vater ein und zählt ihn zu den Seinen, die ihm nicht verlorengehen. So hat Johannes uns die freudvolle Süßigkeit des Evangeliums bezeugt. Nun zeigt er uns seine Kraft und seinen Ernst. 2,3: *Und daran erkennen wir, daß wir ihn erkannt haben, wenn wir seine Gebote bewahren.* Johannes heißt die Glaubenden sich selber prüfen, ob sie Jesus wirklich kennen, ob ihnen das Auge hell geworden ist, ob sie erfaßt haben, was er vor Gott und für die Menschen ist, was er ihnen gibt und was er aus ihnen macht. Wir sollen nicht leichthin sagen: Wir kennen ihn, sondern sollen es erkennen, daß wir ihn kennen; das merken wir daran, daß die Gebote Jesu als lebendige Weisungen uns leiten und uns zeigen, worin unsere Arbeit bestehen muß, so daß wir ihnen gehorchen. Oder spricht Johannes von Gott? Er sagt nur: „Wir haben ihn erkannt." Es liegt ihm nicht daran, unsere Gedanken bestimmt und ausdrücklich allein auf Jesus oder allein auf Gott hinzulenken. Der Vater und der Sohn sind eins. Wer Jesus erkannt hat, hat Gott erkannt. Wenn wir ein wahres und lebendiges Bild Jesu in uns tragen, so sind wir Gottes gewiß geworden und haben verstanden, wer er ist und was er will. Wiederum, wenn wir einen lebendigen und wahren Eindruck von Gott in unserer Seele tragen, dann nehmen wir die Macht, Herrlichkeit und Gnade Jesu wahr und erkennen ihn. Deswegen gilt es von der Erkenntnis Gottes und Jesu gleicherweise, daß sie darin ihr Merkzeichen und ihre Bewährung haben, daß wir seine Gebote halten.

Jesus ist der Herr, und der Herr gibt den Seinigen seine Gebote, die uns in seinen Dienst stellen. Wir kennen den Auftrag, den er uns gibt, durch sein Wort und wissen, wie wir ihm nach seinem Willen zu dienen haben. „Nun sieh", sagt Johannes, „ob du seinen Auftrag ausrichtest. Was gilt dir Jesu Gebot? Wenn es dir heilig ist und ein herzlicher Gehorsam gegen ihn in dir ist, dann hast du verstanden, wer Jesus ist, und der Blick, der ihn erfaßt, ist dir geschenkt." Erst damit ist vollständig ausgesprochen, was Jesus gegen unsere Sünde tut. Er macht uns von ihrer Schuld frei durch sein Versöhnen und gibt uns zugleich sein Gebot in die Seele, durch das er uns von unserem schlechten Willen trennt und uns dem guten Willen Gottes unterwirft. Er nimmt uns das erdrückende Joch ab, das wir selbst uns aufgeladen haben, und gibt uns statt dessen sein Joch, stellt uns in seinen Dienst und macht uns dadurch vom Dienst der Sünde los. So wird er uns zum Heiland, der uns vom Bösen hilft.

Es ist nicht möglich, ihn zu kennen und zugleich sein Gebot zu mißachten. Wer ihn kennt, hat gesehen: er ist der Herr in der Macht Gottes, der berufen und gesalbt ist, uns zu regieren; er ist der Sohn in der Einheit mit dem Vater, so daß sein Gebot nicht anderes als der Wille Gottes ist; er ist der Heilige, von allem Bösen getrennt, so daß sein Gebot uns aus unserem bösen Wesen heraushilft; er ist der Gnädige, der es gut mit uns meint, so daß sein Gebot lauter Heil und Segen für uns ist. Darum gibt Johannes niemand zu, daß er Christus kenne, wenn er nicht seine Gebote hält. 2,4: *Wer sagt: Ich habe ihn erkannt, und seine Gebote nicht bewahrt, ist ein Lügner, und in diesem ist die Wahrheit nicht.* Johannes weist jene eingebildeten, unreinen Gedanken aus der Kirche hinaus, nach denen man Jesus verstanden und Gott in ihm erfaßt hätte, obwohl man sich von seinem gebietenden Willen nicht bewegen und regieren läßt. Wer sich der Kenntnis des Christus rühmt, ohne daß sein Gebot ihm teuer und heilig wird, der hat die Wahrhaftigkeit in sich ertötet, seine Gedanken verdreht und an leeren Worten seine Freude. In einem solchen hat die Wahrheit keinen Raum. Sowenig wir Gott, dem ewigen Licht, das Leuchten nehmen können, so daß er bei uns wäre und uns doch im Finstern ließe, sowenig können wir Christus, den Gott zum Herrn der Menschheit bestellt hat, von seinem Gebot scheiden; wir können ihn nicht haben und kennen ohne sein Gebot. Wenn wir dieses verachten, dann ist er uns entzogen und verborgen und nicht für uns gekommen; was uns von ihm bleibt, ist ein leeres, trügendes Bild, das uns nicht in wirkliche Gemeinschaft mit ihm bringt.

2,5a: *Wer aber sein Wort bewahrt, in dem ist in Wahrheit die Liebe Gottes vollendet geworden.* Die Gebote Jesu bewahren und sein Wort bewahren, ist dasselbe. Wir können von seinem Wort sein Gebot nicht absondern und etwa nur die Verheißung behalten. Jesus hat beide in seinem Wort zusammengeknüpft, und sein Wort ist das Mittel, durch das uns die Liebe Gottes erreicht. Denn die Liebe Gottes hat Jesus gesandt, hat ihm sein Wort vorgesagt und eingegeben und sucht durch dasselbe unser Herz. Solange wir uns dem Wort Jesu und damit der Liebe Gottes verschließen, ist sie noch nicht zu ihrem Ziel mit uns gekommen. Aber wer das Wort Jesu faßt und bewahrt, für den wird es zum Boten der göttlichen Liebe; es bringt sie in ihm zu ihrer vollkommenen Wirkung. Wer den Christus kennt, hat den gefunden, der das Vollkommene, das ewig Bleibende schafft und Gottes Werk zum Ziele führt. Unter den vollkommenen Gaben, die von oben herabkommen, ist die Liebe Gottes die erste und größte, und dazu, daß wir in der vollkommenen und wirksamen Liebe Gottes stehen, bedarf es nur des einen, daß wir das Wort Jesu haben. Dann ist Gott für uns, die Liebe Gottes uns zugewandt, die Gabe Gottes uns beigelegt und die Gemeinschaft mit ihm da. Wenn wir dagegen sein Wort nicht bewahren, es nur hören, aber nicht tun oder es nicht einmal hören mögen, so hindern wir dadurch die Liebe Gottes, an uns ihr Ziel zu erreichen und sich zu vollenden. In Gott ist sie freilich ewig vollkommen, ein heller Glanz ohne Finsternis; aber sie möchte sich auch in uns vollenden, weil es die Art der Liebe ist, daß sie an die anderen denkt, um sie sich kümmert und in sie eingehen möchte. Durch unser Widerstreben gegen das Wort Jesu stoßen wir sie aber zurück, lassen sie uns vergeblich suchen und vereiteln ihr Werk. So geht uns ihr Segen verloren, und wir fallen aus ihr heraus. So viel bedeutet es, wenn wir das Wort verachten; wir haben uns damit um die Liebe Gottes gebracht.

2,5b: *Daran erkennen wir, daß wir in ihm sind.* Immer näher und inniger stellt Johannes Jesus vor uns hin. Er hat zuerst gesagt: „Ihr kennt ihn.“ Jesus ist für unseren Blick erfaßbar und sein Werk uns verständlich. Nun läßt der Apostel sein Wort höher steigen: „Ihr kennt ihn nicht nur, ihr seid in ihm.“ Jesus zieht nicht nur unsere Gedanken, er zieht uns selbst zu sich; so wird er der Ort, der uns umschlossen hält, und der Grund unseres Lebens. Er nimmt uns zu sich und gibt uns bei sich Platz und Raum. Sind wir in ihm, so sind wir in Gott. Seine Erhebung in den Himmel und seine Gleichheit mit dem Vater gibt ihm das weite, große Herz, das Raum hat, alle in sich aufzunehmen, und die herrliche Macht, aller zu gedenken, alle zu lieben, für alle zu leben. Johannes läßt keinen Zweifel aufkommen, als ob die himmlische Art Jesu ihn uns entzöge; wo er ist, da sind auch wir; er trägt und hält uns und hat uns durch ein festes Band mit sich selbst vereint. Damit wir uns aber nicht selbst betrügen, hält uns Johannes das Merkzeichen vor, an dem wir erkennen, daß wir wirklich in ihm sind: wir erkennen es daran, daß die Liebe Gottes mittels seines Wortes in uns ist. Ist sein Wort in uns, dann sind wir in ihm; dann besteht dieser kräftige Zusammenhang, der uns mit ihm vereinigt. Wenn wir mit seinem Wort in Zwiespalt sind, es aus unserem Herzen ausstoßen und unseren Willen gegen sein Gebot verhärten, wie sollten wir mit ihm eins sein können? Wenn wir aus der Liebe Gottes herausfallen, wie sollten wir mit ihm verbunden bleiben? Wenn uns dagegen die Liebe Gottes umfangen und sich in uns vollenden kann, wie sollten wir von Jesus geschieden sein?

2,6: *Wer sagt, daß er in ihm bleibe, hat die Pflicht, auch selbst so zu wandeln, wie er gewandelt hat* (Joh. 13,15; 1. Petr. 2,21). Damit steigt das Wort des Apostels noch einmal in die Höhe. Er hat gesagt: „Ihr seid in ihm"; nun fährt er fort: „Ihr bleibt in ihm." Wir können uns nicht nur jetzt mit Jesus verbunden wissen, können nicht glauben, daß er uns zwar jetzt mit seinem Wirken erfaßt habe, uns aber bald wieder von sich ausschließen und entfernen werde, daß er uns zwar jetzt Raum bei sich gönne, ihn aber morgen uns versage und zuschließe. Unser dankbarer und gläubiger Preis seiner Gnade muß in die Höhe steigen; sind wir in ihm, so bleiben wir in ihm. Jesus verbindet uns mit sich in ewiger Festigkeit; denn es hat uns eine vollkommene, nicht eine schwankende und wechselnde Liebe ergriffen; Jesus verliert das, was er in sich aufgenommen hat, nimmermehr. Das ist des Glaubens Art, daß er im Anfang die Vollendung, in der Wurzel die Frucht, in dem, was uns jetzt gegeben ist, das, was uns ewig verliehen ist, erfaßt; denn er schaut der vollkommenen Gnade ins Auge und kann sie nicht nach unserer menschlichen Schwachheit, Armut und Wandelbarkeit bemessen, sondern nach Gottes Art. Damit wiederholt Johannes die Verheißung und das Gebot Jesu: „Bleibt in mir!" (Joh. 15,4.9.)

Wer aber mit diesem freudigen Blick vorwärts schaut und mit dem Triumph des Glaubens spricht: „Ich werde in ihm bleiben", wer Christus als sein unverlierbares Gut und sein ewiges Glück ergreift, der darf sein Leben nicht mehr nach seinem Eigenwillen führen, sondern ist verpflichtet, so zu handeln, wie Jesus gehandelt hat. Wenn ich sage, ich bleibe bei ihm, und doch nicht den Weg Jesu, sondern meinen eigenen Weg ginge, so hätte ich zugleich ja und nein gesagt und aus mir einen Mann mit der doppelten Seele gemacht (Jak. 1,8). Durch den Ort, an den ich mich stelle, empfange ich mein Gesetz. Stelle ich mich zu Jesus, so wird er mir mein Gesetz; stelle ich mich von ihm weg an meinen eigenen Ort, so nehme ich mein Gesetz und meine Regel aus meinem Eigenwillen. Wie ich mich bewege, hängt ab von dem, der mich trägt. Halte ich mich an Christus, so muß ich mich nach seinem Sinn bewegen; nach meinem Eigensinn oder nach des Teufels Sinn werde ich mich nur dann bewegen, wenn ich von Jesus los und auf mich selbst gestellt bin.

Johannes stellt hier das Beispiel Jesu neben sein Gebot. Jesus leitet uns nicht nur durch das, was er gesagt, sondern auch durch das, was er getan hat. Alles, was wir von ihm wissen, jede Tat, die er vollbringt, seine ganze Weise, wie er sich zum Vater und zu den Menschen stellt, zeigt auch uns unseren Weg. Bei ihm waren Wort und Wandel eins. Er hat seine Gebote nicht nur auf uns gelegt, sondern sich selbst vollkommen unter sie gestellt und hat selbst in der Güte gelebt, zu der er uns beruft. Sein besonderer Beruf, daß er der Sohn Gottes und der Herr seiner Gemeinde ist, hat ihm zwar besondere Werke zugeteilt, die ihm vorbehalten sind. Er hat Taten der Macht getan, die wir nicht zu tun haben, und Leiden getragen, die wir nicht zu tragen haben, weil er sie für uns trug. So haben auch wir unseren besonderen Beruf, sind Hausväter und Gatten und Handwerker und allerlei, was Jesus nicht gewesen ist. Und doch ist es eine gültige und deutliche Regel, die unseren ganzen Lebenslauf in Ordnung bringt, daß wir wandeln, wie er gewandelt hat. Wir sind nicht er und wären Toren, wenn wir so tun wollten, als wären wir er; dennoch können wir an ihm sehen, wie wir an unserem Ort und mit unserer Kraft unser Leben nach Gottes Sinn führen. Wir wissen bei redlicher Besinnung wohl, ob das, was uns bewegt, seine Art hat oder nicht, ob wir ihn dabei an unserer Seite haben oder von ihm abgewichen sind.

2,7-11

Die Liebe zum Bruder

Wir haben vom Apostel ein Gebot erhalten, das unseren ganzen Lebenslauf umspannt: Jesu Gebote zu halten, sein Wort zu bewahren und auf seinen Wandel zu achten. Damit hat er aber die Gemeinde nicht überrascht und ihr nichts Neues gesagt. 2,7: *Geliebte, ich schreibe euch nicht ein neues Gebot, sondern ein altes Gebot, das ihr von Anfang an hattet* (2. Joh. 5). *Das alte Gebot ist das Wort, das ihr hörtet.* Schon damals, als das Evangelium zum ersten Mal zu ihnen kam und Jesus ihnen bekannt machte, empfingen die Gemeinden dasselbe Gebot, dessentwegen Johannes jetzt aufs neue an sie schreibt. Immer ist ihnen Jesus als ihr Herr verkündigt worden, dem sie sich in redlichem Gehorsam zu untergeben haben, und immer ist ihnen von seinem Wandel dazu erzählt worden, damit sie ihm nachfolgen. Eine andere Gnade ist ihnen nie verkündigt worden als eine heiligende. Verschiedene Apostel und Evangelisten haben ihnen das Evangelium gebracht; immer hörten sie dasselbe Gebot, das sie zum Gehorsam gegen Jesus berufen hat. An dieses alte Gebot sollen sie allen Fleiß wenden; denn dieses erhält sie bei Christus und bringt die Liebe Gottes in ihnen zu ihrem Ziel.

Wer sich am alten Gebot eigenwillig versündigt hat, neigt dazu, das alte Gebot gegen ein neues zu vertauschen und es mit diesem zu versuchen, als hätte ihm das alte Heilmittel nicht genützt, so daß er eines neuen bedürfe. Und doch bedarf nicht die Christenregel, wie sie uns die Apostel gegeben haben und Jesus sie uns vorgelebt hat, sondern ich, der Christ, der Erneuerung, weil jene mir nicht helfen kann, wenn ich sie nicht halte. Die Gegner des Johannes priesen der Gemeinde neue Wege zu Gott, neue Mittel zur Heiligung, neue Ratschläge für ihren Christenlauf an, wobei das Gebot und Wort Jesu geringgeschätzt wurden. Deswegen stärkt sie Johannes zu festem Stand an dem Ort, an den sie vom Evangelium gestellt worden ist. Sie kennt den Willen Gottes. Nötig ist nur das eine, daß sie an das alte Gebot einen ernsten Willen setze, es zu tun. Bei dem Wort, das sie gehört hat, soll die Gemeinde bleiben. Damit stellt sich Johannes unter Jesus, wie es dem Boten gegenüber dem, der ihn sendet, ziemt. Jesus hat sein Gebot, das er seinen Jüngern zum Abschied gab, ein neues Gebot genannt (Joh. 13,34). Seine Sache war es, ihnen den Willen Gottes in neuer Weise zu zeigen, ein neues Ziel in ihr Leben zu pflanzen und ihnen einen Beruf zu geben, den sie erst durch ihn empfingen. Aber des Apostels Sache ist es nicht, neue Gebote zu schreiben, sondern die Gemeinde im alten Gebot zu erhalten und zu stärken.

Aber auch Johannes hat der Gemeinde etwas Neues zu schreiben. 2,8: *Wiederum ein neues Gebot schreibe ich euch, das in ihm und in euch wahr ist, daß die Finsternis vergeht und das wahrhaftige Licht schon scheint.* Das Neue, was Johannes zu sagen hat, ist ein Gebot; denn es beruft die Gemeinde zu einer neuen Pflicht und spornt ihre Kräfte zu neuem Fleiß an. Weil sie aber bei neuen Geboten mit Grund fragte, ob sie auch wahr und keine Täuschung seien, da die neuen Gebote, die ihre Widersacher aufstellten, deren eigene Erfindungen waren, fügt Johannes bei: „das in ihm und in euch wahr ist". Sein neues Gebot leitet sie nicht irre, weil es seine Wahrheit im Christus hat. Er macht es gültig und richtig. Es hat seine Wahrheit aber auch in der Gemeinde selbst; denn es bewährt sich in ihrem eigenen Erleben und findet darin seine Bestätigung. Das neue Gebot lautet, daß jetzt vor dem Licht die Finsternis vergeht. Johannes wartet wie ein Wächter auf den Anbruch des Tages, darauf, daß die Dunkelheit weicht und das Licht aufgeht. Er wartet nicht vergeblich, sondern sieht, wie das Ende der Nacht naht und das Licht seinen Schein ausgehen läßt. Das verkündigt er nun der Gemeinde, und seine gute Botschaft ist für sie ein neues Gebot. Denn wenn die Nacht weicht und das Licht anbricht, so bekommen wir dadurch einen neuen Beruf, eine neue Pflicht, eine neue Arbeit, eben die, im Licht zu wandeln als am Tage, wie Paulus sagt (Röm. 13,13), und hinter uns zu lassen, was der Dunkelheit zugehört. Während die neuen Lehrer nicht nur das Kreuz Jesu geringschätzten, sondern auch seine Verheißung weglegten und in ihrer geistlichen Größe einen überreichen Ersatz für die Hoffnung sahen, mit der die Jünger Jesu ihre Arbeit getan haben, besteht das neue Gebot des Johannes in der seligen Hoffnung, die auf die Verklärung der Welt und der Gemeinde wartet. Wie Nacht und Tag tritt gegeneinander, was wir jetzt sind und was wir einst, wenn wir am Ziel stehen, sein werden. Die Sonne, die den Tag bringt, ist Christus. Wenn er bei uns ist und wir ihn sehen und seine Herrlichkeit um uns und an uns offenbar wird, dann ist es heller, lichter Tag, und es wird uns sein, als träten wir aus einer dichten, drückenden Finsternis heraus, in der man nichts sehen und fassen, sich nicht bewegen, nicht wachsen und gedeihen kann.

Schon scheint das wahrhafte Licht. Die Nacht ist noch nicht vergangen; aber sie weicht. Die Dunkelheit umfängt uns noch; aber sie zieht ab, und die ersten Strahlen des Lichts erglänzen schon. Dadurch wissen wir: es kommt bald, und es kommt mit siegreicher Macht, vor der die Finsternis vollkommen verschwinden muß. Christus ist ja auch jetzt nicht müßig und unwirksam. Sein Wort strahlt uns an, seine Gnade faßt und erquickt uns innerlich, seine Verheißung ist bei uns und verspricht uns, daß er den Sieg behalten wird. Das sind die Strahlen, die jetzt schon vom wahrhaften Licht her uns erreichen. Darum ist es nicht mehr völlig Nacht bei uns. Darum darf die Gemeinde Jesu nicht kleinmütig und verzagt werden. Es mag ihr scheinen, es sei noch dunkel in der Welt, dunkel auch im eigenen Herzen mit seiner vielfältigen Not. Gewiß, Finsternis hält uns umfangen; aber sie muß weichen. Es ist nicht die ewige Nacht, an deren Schwelle wir stehen, sondern ein heller Tag, dessen erste Strahlen wir schon sehen.

Das gibt den neuen Fleiß und frischen Mut zum Gebot Jesu, und es kommt zum alten Gebot das neue hinzu, daß uns der Tag bereit und das Licht uns wach finde, daß wir dem Christus mit fröhlichem Herzen entgegengehen und uns für seine Gegenwart bereit halten, bereit auch, der Finsternis zu widerstehen, wenn sie ihren letzten Kampf um ihre Herrschaft wagt. Nun verstehen wir auch, warum Johannes auf Christus hinzeigte als auf den, in dem das neue Gebot seine Wahrheit hat. Christus macht, daß das wahrhafte Licht scheint; er allein überwindet die Finsternis und bringt den Tag. Aber auch in der Gemeinde ist das neue Gebot Wahrheit; denn sie erlebt es an sich selbst, daß das Licht bei ihr die Dunkelheit vertreibt. Zuerst sah Johannes auf den Anfang der Gemeinde zurück; dort steht das alte Gebot, durch das sie gegründet ist: das Wort Jesu, das ihr Fundament von Anfang an ist, und die Erinnerung an seinen Wandel, an der sie ihren Leitstern hat. Aber der

Blick des Apostels ist auch vorwärts gerichtet auf das, was kommen wird, und daraus schöpft er für das Christenleben einen neuen Antrieb, vertieften Ernst und verstärkte Freudigkeit.

2,9: *Wer sagt, daß er im Licht sei, und seinen Bruder haßt, ist bis jetzt in der Finsternis.* Johannes sagt uns, worauf wir als Christen unseren Eifer und Ernst zu richten haben, um für den Tag des Christus bereit zu sein. Gott hat uns unter viele Brüder gestellt mit dem Auftrag, sie zu lieben. Das ist unser Lebenszweck; das ist das von Christus uns aufgetragene Werk in der Welt, bei dem jeder Eifer und Ernst Raum zu kräftiger Regsamkeit und unermüdlicher Tat bekommt. Wer aber noch haßt, noch das Verlangen in sich hat, den anderen wegzustoßen und zu schädigen, der ist immer noch in der Dunkelheit, obwohl das wahrhafte Licht schon scheint und Christus die Nacht vertreibt, auch wenn er sich mit einem unechten Glauben des Lichtes rühmt. Sein Ruhm ist ein Selbstbetrug, ein falscher Glaube und eine Unwahrheit, solange er noch seinen Bruder haßt. „Den Bruder", sagt Johannes und leitet dadurch unseren Blick nicht ins Weite, sondern bestimmt und klar auf die Menschen hin, mit denen wir zu der im Namen Jesu vereinten Gemeinde verbunden sind. Ist unter ihnen einer, den wir ablehnen und wegstoßen, dem wir Übles wünschen, Böses gönnen und zufügen, den wir tot haben möchten, dessen Schaden und Verderben uns erfreute? Ob auch er uns haßt, quält und unrecht tut, das läßt Johannes ganz aus dem Spiel. Tut er es, so gilt auch ihm das Wort, daß er im Finstern ist. Der Apostel aber heißt uns nicht an die anderen denken, sondern an uns selbst, ob wir noch hassen können, noch als die Verderber und Schädiger an den anderen handeln und in unserem Sinn noch auf Kränkung und Übeltat gerichtet sind.

An den Neuerern, die die Gemeinde spalteten und die Verwirrung in sie hineintrugen, war sichtbar, daß sie hassen konnten. Das widerlegt ihre hochtönenden Worte von der Erkenntnis Gottes, die sie sich zuschrieben; denn man kann nur im Finstern hassen: nur dann, wenn man Gott vergessen und verleugnet hat, wenn man Christus ausgewichen ist, sein Wort verworfen und seinen Wandel sich aus dem Sinn geschlagen hat – nur dann, wenn unser Auge nichts sieht als uns selbst, unsere Ehre und unsere Lust, die anderen aber für nichts achtet – nur dann, wenn wir auch für uns selbst darüber völlig verwirrt sind, was uns dient, uns beseligt und ehrt, und unsere Lust in dem suchen, was uns ins Verderben stürzt, und unsere Ehre in dem, was uns schändet, und unser Leben in dem, was uns darum bringt. Der aber, dem alles verschwunden ist, Gott und Christus und die Freude und das Leben, dem nichts blieb als er selbst mit seiner auf Schaden und Tod gerichteten Begierde, der steht in der Finsternis, und dies erst recht, wenn er zugleich noch sagt, er sei im Licht. Johannes gibt uns auch hier wieder zu bedenken, daß unsere Sünde doppelt bösartig ist, wenn wir sie mit dem Evangelium zusammen festhalten, wenn auch die Kenntnis des Christus sie nicht beseitigt. Denn dann haben wir sie fest mit uns verkettet und das Heilmittel, das uns gegen sie gegeben ist, unwirksam gemacht.

2,10a: *Wer seinen Bruder liebt, der bleibt im Licht.* Nicht aus unserem Lieben entsteht das Licht; es kommt von oben, geht uns von Gott her auf, ist im Christus zu uns gekommen und erreicht uns durch sein Wort; aber wir bleiben im Licht dadurch, daß wir nicht hassen, sondern lieben. So einfach ist der Weg Gottes. Was sollen wir tun? Die Menschen liebhaben, uns freuen, wenn es ihnen wohl geht, und unsere Kraft und Arbeit dazu brauchen, damit Schaden und Unheil ihnen erspart, Gabe und Leben ihnen bereitet seien. Diese Liebe erhält uns im Licht. Denn hiernach strebt Gottes Rat und Tat; dazu ist uns Christus gegeben, und dazu sind wir durch ihn erlöst, damit wir einander durch Dienen und Geben helfen, wozu die Liebe uns das Auge und die Willigkeit verleiht. Und zwar bedürfen nicht nur die anderen unserer Liebe; wir selbst gehen ohne sie zugrunde und sterben elend. Wir bleiben im Licht nur dadurch, daß wir durch Gott lernen, was Lieben heißt.

2,10b: *und ein Ärgernis gibt es in ihm nicht.* Die Apostel heißen das, woran man zu Fall kommt und wodurch man andere zu Fall bringt, Ärgernis. Wenn wir andere im Glauben an Jesus irremachten, sie zum Ungehorsam gegen Jesus verleiteten und auf falsche Wege lockten, so wäre das der schlimmste Bruch des Gebotes Jesu, das uns zur Liebe beruft. Darum wiederholt Johannes die Warnung Jesu (Matth. 18,6.7), in der er uns mit dem größten Ernst gesagt hat, daß wir uns selbst rettungslos verderben, wenn wir andere zum Sündigen bewegen. Ihr Fall wird, wenn er von uns verschuldet ist, uns selbst zum Fall. Darum ist dazu, daß wir das Leben gewinnen, vor allem nötig, daß kein Ärgernis in uns ist, an dem andere sich verderben, und vor dieser uns zerstörenden Gefahr sind wir dadurch bewahrt, daß wir die Brüder lieben. Weil wir durch die Liebe den anderen zu rechten Führern und Helfern und nicht zu Verführern und Verderbern werden, schützt sie uns vor dem Fall.

2,11: *Wer aber seinen Bruder haßt, ist in der Finsternis und wandelt in der Finsternis und weiß nicht, wohin er geht, weil die Finsternis seine Augen geblendet hat.* Der, den der Haß treibt, hat sich innerlich vom Licht abgesperrt, und doch kann er bei den starken Trieben, die ihn bewegen, nicht untätig bleiben, sondern muß ihrem Zwang gehorchen. Er sieht aber nicht, was er anrichtet und was er sich selbst bereitet, wie töricht alle seine Rechnungen sind. Und doch hat Gott auch ihn zum Sehen geschaffen, hat auch ihn befähigt, das Gute zu schätzen und nicht das Böse, die Freude zu suchen und nicht den Schmerz, das Leben zu lieben und nicht den Tod. Aber er hat seine Augen umsonst. Denn in der Finsternis, in die er sich begeben hat, vermag ihm sein Auge die Wahrheit nicht zu zeigen. Hilflos ist er der Gewalt des ihn treibenden Wahns preisgegeben.

2,12-17

Die Absage an die Welt

Es gilt, die Brüder zu lieben, und es gilt, die Welt nicht zu lieben. Darin besteht die Schwierigkeit des Christenstands. Die Menschen um uns her haben eine doppelte Eigenschaft; deshalb schulden wir ihnen auch ein doppeltes Verhalten. Sie stammen von demselben Vater ab wie wir und stehen unter derselben Gnade Jesu; darum sind sie unsere Brüder. Sie haben aber auch vieles an sich, was nicht von Gott stammt; sie leben, ohne Gott zu kennen, nach ihren eigenen Gedanken und Begierden und sind darum von Gott sich selbst und ihrer eigenen Art und Unart überlassen, die im Streit mit der Art Gottes ist. Darum heißt Johannes die Menschen ohne Gott mit besonderem Nachdruck die „Welt“. Welt und Gott stehen gegeneinander. Jene will, was Gott nicht will, und tut, was Gott nicht tut; sie gibt sich ihr eigenes Gesetz und bereitet sich ihr Glück nach ihrer eigenen Weise; sie bedarf Gottes nicht, sondern hat sich von ihm losgemacht. Darum hat der Mensch ohne Gott etwas an sich, was die, die „dem Christus gehören", nicht lieben dürfen. Dem Gebot stellt aber Johannes das Zeugnis von dem Reichtum der göttlichen Gabe voran. Wie er das Gebot der Bruderliebe darauf begründete, daß das wahrhafte Licht schon scheint, und die Mahnung, das Wort Jesu zu bewahren, darauf, daß er die Versöhnung für unsere Sünden ist, so bezeugt er hier der Gemeinde zuerst die geistlichen Güter, die ihr Eigentum geworden sind, derentwegen sie nicht zur Welt gehört, sondern von ihr geschieden ist. Aus der Aneignung dessen, was uns das Wort Jesu gibt, entsteht für uns die Notwendigkeit und die Kraft zur Absonderung von der Welt.

2,12: *Ich schreibe euch, Kindlein, daß euch die Sünden um seines Namens willen vergeben sind.* Johannes bezeugt der Gemeinde, seinen Kindlein, zuerst, daß sie die Vergebung der Sünden empfangen haben. Ihr Unterschied von der Welt besteht nicht darin, daß sie nicht gesündigt haben, sondern darin, daß ihnen die Sünden vergeben sind: des Namens Jesu wegen, denn sein Name tut seine Sohnschaft Gottes kund, die ihn mit dem Vater vereint, und bezeugt seine königliche Sendung, die ihn für uns wirksam sein läßt. Deshalb trennen ihre Sünden sie nicht von Gott; sie bringen ihnen nicht den Tod, weil er zu ihnen kam und für sie starb. Wären ihnen die Sünden nicht vergeben, so würden sie auf demselben Weg zum selben Ziel getrieben wie die Welt. Weil ihnen aber die Sünden vergeben sind, sind sie aus der Welt herausgehoben und zu Gott gebracht. Er, Johannes, schreibt ihnen dies. Sie hören durch das Wort des Apostels, daß ihnen die Sünden vergeben sind; sie sehen das nicht an sich selbst, auch nicht an der friedlichen Empfindung ihres Herzens oder an der kräftigen Besserung ihres Lebens. Solche „Erfahrungen" reichen nicht hin, um die Folgen aufzuheben, die nach dem heiligen Recht Gottes aus dem Bösen entstehen. Alle diese Folgen sind aber deshalb beseitigt, weil der Name Jesu uns zeigt, was Gott für uns getan hat. Weil wir somit die Vergebung der Sünden durch das Wort empfangen, das uns den Namen Jesu bekannt und deutlich macht, bezeugt Johannes sie der Gemeinde so feierlich.

2,13: *Ich schreibe euch, Väter, daß ihr den erkannt habt, der von Anfang an ist. Ich schreibe euch, Jünglinge, daß ihr den Bösen über-*

wunden habt (Offenb. 12,11). Johannes fügt zur Vergebung der Sünden die Erkenntnis des Christus und den Sieg über den Bösen als das, worin die Kraft und der Reichtum der Gemeinde besteht. Es bildeten sich in ihr naturgemäß zwei Gruppen: die Väter und die jungen Männer. Der Vorzug der Alten ist, daß sie weit zurücksehen und in ihrer Erinnerung tragen, was das junge Geschlecht nicht mehr weiß. Die Väter in der Gemeinde sind aber unermeßlich reicher begabt als irgendwelche Alten in der Welt. Was der reichste Rückblick anderer nicht von ferne erreicht, ist den Vätern der Gemeinde geschenkt. Ihnen ist der Ewige bekannt geworden, der von Anfang her ist; denn sie haben Christus kennengelernt, und der Apostel bezeugt ihnen, daß sie in ihm wirklich den gefunden haben, der beim Vater war und den Weltlauf von Anfang an getragen hat und regiert. Haben die Väter ihren Vorzug in dem hellen Blick, der viel umfaßt, so hat ihn der junge Mann in seiner rüstigen Kraft, die sich auch im Kampf und in der Anstrengung bewährt. Er freut sich, wenn ihm ein Sieg zufällt. Johannes schreibt seinen jungen Männern, daß sie den größten Sieg erlangt haben: sie haben den Satan besiegt. Er sagt ihnen nicht, daß sie im Kampf mit ihm liegen, sich gegen ihn wehren müssen und hoffentlich den Sieg behalten werden, sondern: Ihr habt ihn besiegt und seine Macht über euch vernichtet und die Freiheit von ihm gewonnen. Es ist ihnen als Gabe und Besitz zugefallen, daß sie der Macht des Teufels entnommen und aus aller Untertänigkeit unter ihn herausgehoben sind, und Johannes versichert ihnen feierlich, daß sie wirklich und unzweifelhaft dadurch, daß sie Jesus fanden, vom Teufel nichts zu fürchten haben und von aller Gemeinschaft mit ihm getrennt sind. Das sollen sie glauben. So hat er auch den Vätern nicht gesagt: Ihr bemüht euch, den, der vom Anfang her ist, zu finden, und es wird euch immer mehr gelingen, ihn zu erkennen. Er sagt auch hier mit freudiger und vollkommener Zuversicht: Ihr habt ihn erkannt; eure Gemeinschaft mit ihm ist gestiftet, und der Blick eurer Seele hat ihn erreicht. Diese Gewißheit spricht der Apostel allen zu, die an Jesus glauben: „Die Sünden sind erlassen; weg sind sie und in der göttlichen Gnade, die euch verziehen hat, vergangen. Die Sünden sind euch vergeben; in Jesus habt ihr den Ewigen erkannt und ist der Teufel für euch ohnmächtig gemacht." Eins hängt hier am anderen. Dadurch, daß wir Christus kennen und für den Bösen nicht mehr faßbar sind, ist unser Fall, der uns die innere Not bereitet, geheilt und besitzen wir die Vergebung der Sünden. Und daran, daß die Fesseln, mit denen unsere Schulden uns binden, gelöst und wir vom Bösen geschieden sind, erkennen wir das Ziel und die Macht Jesu; denn der Christus wird an seinem Werk erkannt.

Weil dies der Besitz des Glaubenden ist und der Glaube im Wort sein Fundament hat, fügt Johannes zur ersten Bezeugung noch eine zweite. 2,14: *Ich schrieb euch, Kinder, daß ihr den Vater erkannt habt. Ich schrieb euch, Väter, daß ihr den erkannt habt, der von Anfang an ist. Ich schrieb euch, Jünglinge, daß ihr stark seid und das Wort Gottes in euch bleibt und ihr den Bösen überwunden habt.* Mit dem Zeugnis, daß sie, die an Jesus glauben, den Vater kennen, faßt Johannes alles in das einfachste Wort zusammen, was uns das Evangelium gegeben hat, macht er aber auch besonders deutlich, wie arm und finster die Welt ist. Den Vater nicht kennen! Das ist ihr Jammer, ihn, der uns das Leben gab, der uns versorgt, leitet und liebt, ihn nicht kennen, mit dem und für den wir als die Kinder zu leben haben, dessen Wille uns das heiligste Gebot und dessen Dienst unsere Freude sein müßte. „Ihr“, bezeugt Johannes der Gemeinde, „ihr seid nicht Kinder, die von ihrem Vater nichts wissen und fern von ihm unter lauter Fremden leben; ihr kennt ihn; denn ihr habt einen offenbaren, gegenwärtigen Gott.“ Vielleicht denkt Johannes bei diesem Wort besonders an die Jugend, die im Kreis der Gemeinde heranwächst und den unschätzbaren Vorzug hat, daß sie von Anfang an ihren rechten Vater kennt und das Leben hat, das er schenkt. Dem Jüngling erläutert er, wie er zum Sieger über alle bösen Gewalten des teuflischen Reiches geworden ist. „Du bist stark! – Stark nicht nur in der natürlichen Frische des Leibes, stark in deinem inneren Wesen, und dies darum, weil das Wort Gottes in dir bleibt.“ Daraus entspringt unsere Stärke, aus dem unscheinbaren Wort, das still in unserer Seele einzieht und sich hier heimisch macht, weil es Glauben schafft. Dieses Wort ist die Kraft, an der der Teufel scheitert; denn es ist Gottes Wort. Wer Gottes Wort in sich hat, sinkt niemals in des Teufels Reich hinab. Dort hat nur der seinen Ort, der vom Wort Gottes leer geworden ist. Wenn wir kein Wort Gottes in uns hätten, wie sollten wir für Gott brauchbar sein? Dann wäre freilich unser Ort in jenem stummen Reich, wo Gott nicht mehr redet. Aber wo das Wort Gottes ist, da ist alle Macht des Bösen ohnmächtig, und unser Kampf mit ihm ist entschieden. Denn das Wort Gottes ist unverletzlich und wird nicht des Teufels Raub.

So hat Johannes die Gemeinde auf den hohen Felsen gestellt, auf den Gott sie gehoben hat, und hat sie dankbar gemacht in der Erkenntnis der Gabe, die ihr verliehen ist. Darum ist es kein hartes oder unverständliches Gebot, wenn er nun von ihr verlangt, daß sie ihre Liebe nicht der Welt gebe. 2,15a: *Liebt die Welt nicht, auch nicht das, was in der Welt ist* (Jak. 4,4). Johannes sagt nicht: „Hasset die Menschen, streitet mit ihnen und schädigt sie, soweit ihr könnt!“ Das läge uns nur dann ob, wenn uns das Gericht übergeben wäre. Das Schicksal der Menschen steht in Gottes Hand, und er hat sich selber die Verwaltung des Gerichts an ihnen vorbehalten. Was uns obliegt, ist, daß wir uns selbst vor der Macht der Menschen schützen, mit der sie uns beherrschen und beflecken, wie es uns auch Jakobus sagt (1,27), und das tun wir dadurch, daß wir über unsere Liebe wachen und sie nich an die Menschen verschenken. Die Liebe verlangt nach dem, dem sie sich ergibt, schätzt ihn, lobt ihn und heißt ihn gut, hilfreich und rein. Das alles ist der Mensch, solange er nichts als ein Glied der Welt ist, nicht. Wer sich an ihn hängt und bei ihm sein Glück und seine Freude sucht, hat sich an einen bösen Herrn verkauft, der ihm zum Verderber wird. Wir dürften die Welt nur dann lieben, wenn wir das, was sie innerlich erfüllt und bewegt, lieben dürften. Aber eben hier steckt ihr Schaden. Was die Menschen ohne Gott in sich tragen und bei sich hegen und pflegen, ist giftig und verdorben und steckt den an, der sich mit seiner Liebe ihnen ergibt.

Johannes hat bei Jesus gehört: „Gott hat die Welt so geliebt, daß er ihr seinen Sohn gab“ (Joh. 3,16). Sind die Menschen von Gott geliebt, von ihm wertgehalten und hochgeschätzt, soll ich sie dann nicht auch lieben? Hat der Apostel uns nicht gesagt, daß Christus die Versöhnung für die Welt ist (2,2)? Stehen die Menschen unter der Gnade des Christus und deckt er alle ihre Bosheit, sind sie dann nicht durch ihn rein und aller Liebe wert geworden? Gewiß, Gott hat die Welt lieb, aber dazu, damit sie nicht Welt bleibe, sondern in Jesus das neue Leben gewinne an Stelle dessen, das sie jetzt in sich trägt. Hätten die Menschen das Leben aus Gott in sich, so wären sie eben nicht mehr Welt, nicht mehr die Gemeinschaft derer, die ohne Gott leben, und nicht mehr das Reich dessen, der mit seinem rechten und wahren Namen der „Böse" heißt. So ist auch Christus die Versöhnung für die Welt dazu, damit ihre Sünde überwunden und sie von ihrer Bosheit frei gemacht sei. Darum ist sie, wenn Jesu Versöhnen an ihr wirksam wird, nicht mehr Welt. Wenn wir aber die Welt in dem Sinne lieben, wie es hier der Apostel uns verwehrt, dann schätzen und suchen wir an der Welt eben das, was die Welt zur Welt macht, was die Liebe Gottes ihr nehmen und das Versöhnen Jesu an ihr tilgen möchte; dann sind wir in unserer Liebe nicht mit Gott einstimmig, sondern wider ihn.

Deshalb ist das Gebot, das uns den Bruder lieben heißt, und das Gebot, das uns die Welt nicht lieben heißt, unlöslich aneinander gebunden, so daß wir keines vom anderen scheiden können. Denn wenn wir den Bruder lieben, der mit uns denselben Anteil am Vater hat wie wir, so schätzen wir Gottes Werk, sei es nun Natur oder Gnade, Schöpfung oder Erlösung, und freuen uns an den Gaben Gottes, die ihn zieren, und dienen Gott in ihm. Wenn wir aber im Sinn des Apostels „die Welt lieben", ehren wir an den Menschen das, was sie von Gott scheidet, worin sie ihm widerstreben, und dienen dem an ihnen, was sie der Gemeinschaft mit Gott beraubt. Darum kann nur der Bruder den Bruder lieben, der die Welt nicht in dieser Weise liebt, und kann ebenso nur der „die Welt lieben", der den Bruder nicht liebt. Jede Zuneigung hat ihre Abneigung bei sich, und jede Verbindung macht nach der anderen Seite hin los. Jesus hat unserer Liebe jede Enge und Beschränkung genommen; wir dürfen mit ihr nicht warten, bis uns die anderen viel Gutes und Hilfe erwiesen haben, um erst dann auch unser Herz ihnen zuzuwenden. Hiervon bricht unser Wort nichts ab. Wer warten will, bis der andere sich in deutlicher Erprobung und reicher Wohltat an ihm als Bruder erwiesen hat, ehe er ein Herz für ihn hat, der sieht und findet die Brüder nie, die Gott ihm gab, und wird dem älteren Sohn in Jesu Gleichnis gleich, der den Bruder verleugnet hat. Unsere Liebe darf fröhlich allen entgegenkommen und an ihnen allen das suchen, was sie uns zu Brüdern macht, was sie von Gott haben, worin wir mit ihnen durch Gott verbunden sind. Aber wir dürfen nicht alles an ihnen lieben, nicht das, was sie der Welt gleichartig macht. Darum hat die Liebe ihren tiefen und bitteren Schmerz bei sich. Sie ist nicht lauter Lust. Wer lauter Lust und Ergötzung in seiner Liebe haben will, der hat die unsaubere Liebe in sich, die uns Johannes verbietet; er hat den Blick auf Jesu Weg verloren und wandelt nicht wie er, der Mann der Schmerzen. Der Schmerz kommt uns daher, daß wir nicht alles in den Menschen lieben, schätzen und pflegen dürfen und, solange sie Christus nicht kennen, gerade das nicht lieben dürfen, was sie bewegt und erfüllt und ihrem Leben das Ziel und den Charakter gibt.

Johannes stellt die Gemeinde vor die Wahl, entweder die Welt oder den Vater zu lieben. Liebt sie die Welt, so hat sie den Vater nicht. Hat sie den Vater, so ist ihr die Liebe zur Welt erloschen und versagt. 2,15b: *Wenn jemand die Welt liebt, so ist die Liebe des Vaters nicht in ihm.* Den Vater können wir nicht preisgeben und seine Liebe nicht aufs Spiel setzen. Wenn die Liebe des Vaters in uns ist, ist unser Verlangen auf das gerichtet, was er schafft, was seine Art an sich hat und seinen Willen zur Erfüllung bringt, und wir haben dann auch gemerkt, daß seine Liebe unser Glück und Leben ist. Dann ist es aber nicht möglich, daß wir zugleich das lieben, was nicht vom Vater stammt, das loben, was gegen ihn ist, und uns an dem freuen, was er richtet und straft.

Dadurch, daß der, der die Liebe des Vaters in sich hat, alles liebt, was vom Vater kommt, ist seiner Liebe eine unendliche Weite gegeben: von der Lilie, die Gott gekleidet hat, und vom Sperling an, der nicht ohne den Vater lebt, bis hinauf zu den herrlichen Geistern vor Gottes Thron, bis hinauf zum einzigen Sohn, der von Anfang an gewesen ist. Unsere Liebe erhält dadurch aber nicht nur ein unendliches Gebiet, sondern auch eine deutliche Grenze; denn das, was nicht vom Vater stammt, ist ihr nun auch völlig verboten und versagt. Das ist aber gerade das, was die Welt besitzt und was sie regiert. 2,16: *Denn alles, was in der Welt ist, die Begierde des Fleisches und die Begierde der Augen und die Hoffart des Lebens, ist nicht aus dem Vater, sondern aus der Welt.* Wenn wir bis zum Kern des menschlichen Lebens vordringen und uns klarmachen, worin eigentlich der Besitz und die Kraft der Menschheit besteht, dann stoßen wir auf die Begierden, die aus dem Fleisch und aus den Augen entstehen, und auf den nach Glanz und Ehre verlangenden Wunsch. Das ist alles, was in der Welt zu finden ist; das hat ihr aber nicht der Vater gegeben, sondern das erzeugt die Welt aus sich selbst. Dieses Trachten hervorzubringen, zu pflegen, groß und stark zu machen, ist ihre Erfindung und Kunst.

Das Fleisch, in dem wir leben, ist begehrlich. Es will immer wieder genährt sein und verlangt für seine verschiedenen Triebe nach Sättigung und Lust. Eine andere Art Lust, die weniger körperlich ist als die, die aus der Befriedigung der Triebe des Leibes entsteht, bereiten uns die Augen. Gierig sehen sie in die Welt hinaus nach Ergötzung und Unterhaltung und liefern der Seele die bunten Bilder, mit denen sie spielt. Dazu kommt noch ein dritter Trieb, der uns die Lust bei uns selber suchen läßt. Mit hoffärtiger Prunksucht stellt die Welt das aus, was ihr zum Unterhalt des Lebens gegeben ist, und legt es als Glanz und Schimmer um sich her, damit sie scheine und gelte und bewundert werde und sich selbst bewundern könne. Das ist alles, sagt Johannes, was in der Welt ist. Wenn wir abziehen, was die Menschen tun, weil sie von den leiblichen Trieben gestoßen sind, oder was den Augen oder der Eitelkeit zuliebe unternommen wird, was tun sie denn sonst noch? Wenn dieser dreifache Anstoß, der die Menschheit natürlicherweise in Bewegung bringt, stillstände, so hörte plötzlich die ganze Weltgeschichte auf. Darum dürfen wir dieses Menschliche nicht liebhaben. Denn wer es liebhat, der macht sich zum Diener des lüsternen Fleisches und der begehrlichen Augen und müht sich ab, sie zu ergötzen und zu befriedigen; er unterwirft sich der hoffärtigen Eitelkeit und stärkt und nährt sie, indem er die anderen des leeren Scheines wegen bewundert und beneidet und sich selber wegen ebenso nichtiger Dinge bewundern und beneiden läßt.

Es gibt freilich noch anderes in den Menschen: Wahrheit, die als ewiges Licht durch die Geister leuchtet, Recht und Pflicht und heilige Ordnungen, die in ganzer Hingabe gehütet, bewahrt und getan sein wollen, herzliches Wohlgefallen, Güte, lautere Liebe, die Menschen miteinander verbindet und füreinander leben und arbeiten läßt. Allein diese Züge sind nicht von derselben Art wie die Begehrung des Fleisches und der Augen und der Eitelkeit, sondern sie liegen damit im Streit. Jene stammen nicht aus der Menschheit, sondern vom Vater, diese aus der Menschheit und nicht vom Vater. Jene sind Gottes Geschenk und machen Gottes Bild im Menschen aus, woran wir die Brüder erkennen. Diese machen, daß die Welt abseits von Gott steht und ihr eigenes Bild und Wesen hat, nicht Gottes Art und Bild.

Gott hat den Menschen ins Fleisch gekleidet und ihm das Auge gegeben, mit dem er die Natur erfaßt, und auch das Verlangen nach Ehre und Herrlichkeit hat seinen Grund in der von Gott uns gegebenen Art. In allem, was der Mensch hervorbringt, verarbeitet und ordnet er nur das, was ihm gegeben ist. Wenn er aber nicht in der Gemeinschaft mit Gott handelt, bringt er das, was ihm gegeben ist, in Unordnung und gerät in eine verkehrte Bahn. So hat es die Welt mit dem Fleisch gemacht; nicht das lebendige Fleisch, dieses wunderbare Gebilde, in dem wir leben, gibt sie sich selbst; aber seine Gier stachelt und entzündet sie, so daß sie ungestüm wird, keinen Zügel duldet und die ganze Seele erfüllt und beherrscht. So hat sie sich auch nicht das Auge gegeben, dieses herrliche Wunder Gottes, durch das die Natur unserem Geiste offen ist und wir einander sehen; aber die Gier hat sie ihm eingepflanzt, daß sein Reiz uns mit fortreißt, uns zerstreut und so schwach macht, daß unsere ganze Seele nur in unseren Augen wohnt. Und während uns Gott eine rechtschaffene Ehre und Herrlichkeit gönnt, die wir, wie Paulus Röm. 2,7 sagt, in der Geduld des guten Werkes suchen sollen, verkehren wir dieses Verlangen zur Eitelkeit, wollen nicht warten, bis wir auf rechtem und göttlichem Weg erhöht werden, sondern fahren eigenwillig empor, wo wir uns beugen sollten, und suchen unseren Glanz in dem, was uns nicht ehren kann. Diese Unordnung mit ihrem Tumult, Unfrieden und Schein hat die Welt sich selber zuzuschreiben als ihr eigenes Werk. In diese Welt kam Christus hinein und hat sich aus ihr seine Gemeinde gesammelt. Darum hat auch sie an all dem teil, was die Art der Welt ist, und ist doch von ihr geschieden. Denn sie hat durch Christus gehört, gesehen und erkannt, daß diese Dinge nicht aus Gott sind, und hat in ihm erkannt und durch ihn empfangen, was aus Gott ist: eine Wahrheit, die von oben stammt, ein Gebot, das der Wille des Vaters ist, eine Liebe, die die Liebe des Vaters ist. Das gibt ihr die Macht, das Verlangen des Fleisches zu dämpfen und die Begehrlichkeit der Augen zu überwinden, und beugt das eitle, prahlende Ich vor Gott.

Damit wir uns nicht durch eine falsche Liebe an die Welt verkaufen, heißt uns Johannes auf ihr Ende sehen. 2,17: *Und die Welt und ihre Begierde vergeht; aber wer den Willen Gottes tut, bleibt ewig* (1. Kor. 7,31). Dieses ganze lärmende, emsige Gewimmel, wohin geht es? Es flieht wie ein Schatten und versinkt ins Grab. Dies gilt auch von der menschlichen Begierde; von ihr heißt es nicht: „sie hört niemals auf", sondern „sie wird abgetan". Das Fleisch fällt zusammen; die Augen brechen; die Mittel, mit denen unsere Eitelkeit uns Glanz und Größe gab, vergehen, und die Seele fällt ihrer inneren Leere und Nichtigkeit anheim. Schon, solange die Begierde sich noch kräftig und eifrig regt, ist an ihr zu sehen, daß sie nicht bleiben wird; denn sie kommt zu keinem festen Bestand. Ihr Ziel entrinnt ihr stets; hat sie es ergriffen, so ist sie nicht gestillt und gesättigt, sondern enttäuscht, und die Lust flieht uns gerade dann, wenn wir sie genießen möchten. Sie gleicht einer tauben Nuß, der, wenn sie geöffnet wird, der Kern fehlt.

Während die Welt, die Menschheit ohne Gott, durch das bewegt wird, was sich das Fleisch und die Augen und das eitle Ich wünschen, wird die Gemeinde Jesu durch das bewegt, was Gott ihr in Christus gibt und von ihr verlangt. Wir haben erkannt, was der Wille Gottes mit den Menschen ist, haben unseren Willen Gott untergeben und tun, was er uns als unseren Dienst für Gott zuweist. Das gibt eine von der Weise der Welt wesentlich verschiedene Haltung. Darum ist auch das Ende von anderer Art. Auch wer den Willen Gottes tut, geht dahin und tritt von der Erde ab; dennoch bleibt er; denn er hat das ewige Leben und ist ein Glied des ewigen Reiches geworden, das in der Gemeinschaft mit Gott sein Fundament hat.

2,18-27

Der Schutz gegen die Widerchristen

Der Verkehr mit der Welt ist nicht die einzige Versuchung und Schwierigkeit, in der die Gemeinde Jesu den Sieg behalten muß. Aus ihrer eigenen Mitte erwachsen ihr die Widersacher, die für sie um so gefährlicher sind, weil sie sich nicht als solche zeigen, sondern nach ihrer wahren Absicht und Art nur von einem erleuchteten Blick erkannt werden. Johannes tröstet und stärkt die Gemeinde gegen diese Gefahr.

2,18: *Kinder, es ist die letzte Stunde, und wie ihr gehört habt, daß ein Widerchrist kommt, so sind jetzt viele Widerchristen entstanden. Daraus erkennen wir, daß es die letzte Stunde ist* (Offenb. 12,1-10; 2. Thess. 2,3-12). Es gibt jetzt viele Widerchristen; das heißt nicht nur: es findet mancher den Glauben nicht, auch nicht: es ist mancher wieder vom Glauben zurückgetreten und hat sich von der Gemeinde wieder geschieden und sich an seinen alten Ort zurückgewandt. Weder der Unglaube noch der Abfall vom Glauben macht den Widerchrist. Dieser Name meint den, der tätig und arbeitsam Christus entgegenwirkt. Wer ihn zu verdrängen sucht, sich selbst an seine Stelle setzt, einen anderen Weg zu Gott anpreist und tut, als wäre er der Erlöser und Heiland der Welt, der ist ein Widerchrist. Er läßt Jesus sein Amt nicht, überträgt es vielmehr auf sich; er stellt Jesus in den Schatten und sich selbst ins Licht. Nicht auf das Wort und den Titel kommt es hierbei an, nicht darauf, ob er sich selbst den Gesalbten Gottes heiße. Sein Tun macht ihn zum Widerchrist, dies, daß er Gottes Gemeinschaft, Leben und Reich in seiner eigenen Kraft gewinnen, seine Sünde selbst tilgen, sich und die anderen selbst erlösen und heiligen will und Christus nicht mehr braucht.

Solche Widerchristen hat der Apostel viele gesehen. Sie haben Israel verführt und in den Krieg und Untergang gerissen. Dazu haben es jene stolzen, hochfahrenden Männer gebracht, die Jesus als ohnmächtig verwarfen, dagegen die Verheißung Gottes auf sich bezogen und sich für berufen und fähig hielten, das Himmelreich zu gründen und das erlösende und verklärende Werk Gottes in Gang zu bringen. Es kam auch in der Christenheit zu verwandten Vorgängen, nur daß die Männer, die hier Jesus zu verdrängen suchten, weniger stürmisch und kriegerisch handelten, sondern sich ihren Beruf innerlicher und geistiger dachten. Aber auch sie traten als Religionsstifter, als Empfänger neuer himmlischer Kräfte auf, redeten von neuen Mitteln der Erlösung und Heiligung, hielten das Werk Jesu für unvollkommen, wollten es ergänzen und überschreiten und stellten sich auf eine Höhe, die Jesus verdunkelte.

Nicht von solchen redet Johannes, die sich ihm widersetzten, wie sein dritter Brief uns dafür ein Beispiel gibt. Solche Störungen überwindet die Gemeinde durch die Zucht, die dem Bösen widersteht und das Gute schützt. Deshalb muß die Gemeinschaft noch nicht enden. Aber dann hebt Johannes die Gemeinschaft auf, wenn mit dem Apostel Christus verdrängt werden soll. Er erinnert die Gemeinde an die Weissagung. Die Christen haben gehört, daß der Widerchrist kommt. Es ist ihnen nicht versprochen worden, daß das Wort Jesu ohne Widerspruch die Welt erfülle, das Werk Jesu ohne Störung die Menschheit durchdringe, daß sich in seiner Gemeinde nur Glaube und Dank und Anbetung für ihn finden, niemand seinen Beruf leugne und seine Ehre sich selber beimesse. Vielmehr hat die Weissagung sie darauf vorbereitet, daß die Herrschaft des Christus bestritten werden und sein Reich durch einen letzten, großen Kampf hindurch zur Vollendung kommen wird.

Die Weissagung sprach zwar nur von einem einzigen Antichrist. Sie stellt dem einen Christus den einen Antichrist entgegen, dem einzigen und ewigen Sohn von oben den hoffärtigen, sich selbst überhebenden Menschen, der von unten her seine Kraft empfängt, dem Knecht Gottes, der sein Leben zur Erlösung der Welt gab, den Gewalttätigen, der nach der Herrschaft greift, dem Gehorsamen, der sich Gott zum Werkzeug dargab und den Willen des Vaters tat, den Selbstherrlichen, der seinen eigenen Willen tut. Johannes selbst hatte bei der Weissagung, die er den Gemeinden der Asia schriftlich übergab, darin ein wichtiges Ziel, sie für die Zeit zu rüsten, in der der Antichrist die ganze vom Evangelium berührte Völkerwelt zum Kampf gegen Jesus zusammenfaßt und damit den siegenden und richtenden Eingriff des Christus herbeiführt, durch den er sich der Welt offenbart. Allein die Gemeinde soll sich nicht nur an das Gleichnis hängen, ohne das es keine Weissagung gibt, und nicht nur auf die äußere Form des prophetischen Bildes achten, als bekäme das Wort der Weissagung erst dann Bedeutung, wenn ein einziger Antichrist auftritt, der alle Völker beherrscht. Die vielen Widerchristen sind deshalb, weil sie viele sind, nicht ungefährlich und nicht von anderer Art als der Geweissagte. Eben für solche Dinge, wie sie damals vor den Augen der Gemeinde geschahen, rüstet sie die Weissagung. Diese ist der Gemeinde dazu gegeben, damit sie ein helles Auge gewinne, um das, was in ihrer Mitte geschieht, in seinem inneren, wahren Wesen zu erfassen und zu verstehen.

Das besonnene Urteil, mit dem hier Johannes seine Weissagung auslegt und für die Gemeinde fruchtbar macht, steht in völliger Übereinstimmung mit der Weise, wie er die Worte der alttestamentlichen Propheten in seiner Weissagung erneuert hat. Er verband mit ihren Aussprüchen nicht den Gedanken, daß sie Anteil an Gottes Allwissenheit erhalten und das Zukünftige in fehlerloser Erkenntnis zu enthüllen vermocht hätten. Erst das Werk Gottes legt die Weissagung aus und macht deutlich, wie sich die dem Propheten verliehene Gewißheit zum göttlichen Willen verhält. Mit derselben gehorsamen Unterordnung unter die Regierung Gottes hat Johannes hier seine eigene Weissagung nach dem gedeutet, was seither in der Christenheit geschehen war.

Es ist eine verwirrende, schwere Sache, wenn in der Kirche selbst laut und heftig gegen Jesus gestritten und neben den wirklichen ein angeblicher Heilsweg gestellt wird. Das erschüttert und erschwert den Glauben und lähmt die Freudigkeit. Johannes aber sieht darin auch ein tröstliches Zeichen, daß nämlich die Offenbarung Jesu naht. Die Widerchristen hofften nicht mehr auf Jesus und gingen über die Verheißung, auf die sich die Erwartung der Christenheit gründete, hinweg. Darum verhießen sie ihren Anhängern, daß sie ihnen Besseres verschafften, als was ihnen Jesus gebracht hatte, eine wirksamere Einigung mit Gott und den himmlischen Mächten, eine sicherere Überwindung des Todes. Ihre Kritik konnte aber die Gewißheit des Apostels nicht erschüttern; vielmehr sind jene Männer gerade durch ihren Kampf gegen Jesus ein Zeichen, daß nur noch eine einzige Stunde, nur noch eine kurze Frist vor seiner Erscheinung vorübergehen muß. Das gibt der Mahnung des Johannes einen tiefen Ernst. Was in der letzten Stunde versäumt wird, läßt sich nicht mehr nachholen. Jetzt fallen die Entscheidungen, bei denen es bleiben wird. Und doch liegt nicht bloß die Mahnung darin, daß die an Jesus Glaubenden jetzt im Kampf feststehen und sich der Versuchung erwehren müssen, sondern auch der Trost, daß die Frist, in der man sie noch versuchen, erschüttern und irremachen kann, bald vorüber ist. Es gilt nur noch ein wenig auszuharren, nur noch diese letzte Stunde zu überstehen. Dann kommt Christus, macht der Verwirrung ein Ende, bringt die Wahrheit ans Licht, läßt die Mühe der Widerchristen zerschellen und erfüllt seine Verheißung an denen, die in ihm geblieben sind.

Aus der Not der Verwirrung in den Gemeinden schöpft Johannes den Antrieb zur innigen und völligen Betätigung des Glaubens. Wird jene groß, so ist dies das Zeichen, daß Christus nahe ist. Erhebt sich vielfältiger Widerspruch gegen ihn, nehmen ihm viele seine Ehre und verleugnen sie seinen heiligen Beruf, so wird er sich bald offenbaren, bald in Macht und Herrlichkeit seinen Namen bezeugen, bald die Lügner beschämen, bald sich kundtun als den, der vom Anfang her gewesen ist. Darin soll die Kirche mit dem Apostel immer eins bleiben, wie lange auch die Regierung Gottes den irdischen Lauf der Dinge sich dehnen läßt. Sie soll und darf daran festhalten, daß die Not die Gnade herbeiführt, daß die Nacht den Aufgang des Lichts zur Folge hat, daß Christus immer wieder dafür sorgen wird, daß sein Name unvergessen und sein Werk in seiner Heilandskraft gültig und wirksam bleibt, daß niemand ihn verdunkeln kann. Wie er dies bewirkt, ob er sich neue Werkzeuge schafft, die von ihm zeugen, oder ob er selbst in kurzer Frist sich der Welt wieder sichtbar macht, das steht in seiner Hand.

2,19a: *Von uns gingen sie aus; aber sie waren nicht von uns; denn wenn sie von uns wären, so wären sie bei uns geblieben.* Die Männer, vor denen Johannes die Gemeinde warnt, haben zuerst zur Christenheit gehört, und deshalb sind sie für die Gemeinde gefährlich; denn sie nannten das, was sie vertraten, eine neue und höhere Form des Christentums. An Worten, die aus dem Evangelium genommen waren, hat es ihnen nicht gefehlt; auch sie sprachen von Gott und seiner Erkenntnis, vom Geist und seiner Freiheit, von der Erlösung und Verklärung. Ihr Wort klang wie Evangelium und war es doch nicht, weil sie sich selbst dadurch priesen und nicht Jesus; ihn schätzten sie vielmehr gering, als genüge er nicht zur Erfüllung der göttlichen Verheißung und zur Ausrichtung des göttlichen Rats. „Laßt euch nicht täuschen", sagt Johannes; „diese neue Lehre ist keine Frucht des Evangeliums; ihre Vertreter sind kein Gewächs, das Christus gepflanzt hat; es besteht keine Verwandtschaft und Gemeinschaft zwischen uns und ihnen; deshalb gingen sie auch von uns weg; der Geist, der sie innerlich erfüllt und bewegt, scheidet sie von uns." Johannes hängt mit ganzer Seele an Jesus; er erkennt in ihm den Vater, hat in ihm das ewige Leben und in ihm den Sieg über die Welt. Wie sollte dabei ein widerchristlicher Sinn entstehen, die Verleugnung Jesu, ein Unbefriedigtsein durch ihn, eine höhere Form der Frömmigkeit, als er sie gibt? Es sind grundverschiedene Triebe, die widereinander stehen.

„Wer aus uns ist, bleibt bei uns", sagt Johannes: kraft der Treue Gottes, kraft der Festigkeit seiner Gnade; sein Wort bleibt ja bei dem, dem er es gab, und wirkt Glauben, der sich nicht nur für einen Augenblick an Jesus hält, sondern bei ihm bleibt. Darum erhält er die Glieder der Gemeinde auch bleibend in der Gemeinschaft mit den Aposteln und bei ihrem Wort und bleibend in der Gemeinschaft miteinander fest. Wer dagegen dieser Gemeinschaft überdrüssig wird, den hat von Anfang an nicht Christus und sein Wort bewegt, sondern seine eigene Einbildung. 2,19b: *aber damit sie offenbar werden, daß sie nicht alle von uns sind.* Auch die Spaltung der Gemeinde ist von der Regierung Gottes umfaßt und hat deshalb einen guten Zweck. Es soll ans Licht kommen, daß nicht alle Glieder der Gemeinde auch innerlich am Evangelium Anteil haben und in der lebendigen Verbindung mit Christus stehen. So wird die Gemeinde zum Glauben geführt, der auf Christus blickt und an ihn sich hält; denn nun kann niemand sich schon damit beruhigen, daß er sich der Kirche angeschlossen hat und die Mitgliedschaft in ihr besitzt. Daß die Glaubenden tiefer gründen und nicht schon an der äußeren Zugehörigkeit zur Kirche ihr Genüge haben, sondern Gott suchen, dazu dienen ihnen solche Ereignisse, die offenbar machen, daß in der Kirche vielerlei beisammen sein kann und der Anteil an ihr noch niemand vor der Verirrung beschützt.

Johannes war für seine Leser getrost. Sie haben das Vermögen, sich in der Wahrheit zu erhalten und die verführerischen Gedanken abzuweisen. 2,20: *Und ihr habt das Salböl vom Heiligen und wißt alles.* Was die Widerchristen mit sündlichem Griff vergeblich an sich reißen wollen, das hat die an Jesus glaubende Gemeinde wirklich von ihm empfangen, eine Salbung, die ihr am Namen des Christus Anteil gibt. Sie ist durch ihn die Christusgemeinde geworden, die Gott durch eine Salbung gezeichnet und geheiligt hat. Alles, was von Jesus gilt, fällt seiner Gemeinde zu; er behält nichts als sein Vorrecht für sich, woran er ihr nicht Anteil gäbe. Er ist der Sohn Gottes und macht uns, die Glieder seiner Gemeinde, zu Gottes Kindern. Er ist der Auferstandene und hat für uns das Leben offenbar gemacht. Er ist der Gesalbte und gibt uns die Salbung. Eben dann, wenn wir dies erkennen, wird er vor uns recht groß, immer größer und herrlicher. Denn je reicher seine Gabe für uns ist und je mehr er uns zu sich erhebt, um so tiefer sind wir vor ihm, dem Geber solcher Gnade, gebeugt. Die Salbung Jesu geschah im Geist, durch den ihn der Vater zu seinem königlichen Beruf bestimmt und ausgerüstet hat. Haben auch wir, die Glieder seiner Gemeinde, das Salböl empfangen, so geschah es dadurch, daß auch uns der Geist unseren Ort zuteilt, nämlich bei Jesus, damit wir ihm gehören und mit ihm verbunden seien. Ist es sein Beruf, königlich zu regieren, so ist es unser Beruf, ihm zu dienen. Ist es sein Amt, uns zu erlösen, so ist es unser Amt, als die Erlösten ihn zu preisen. Zu unserem Amt sind wir auch ausgesondert und ausgerüstet wie Christus zum seinigen. Vom Heiligen haben wir die Salbung, vom Christus, den uns Johannes hier deshalb den Heiligen nennt, damit wir den Wert seiner Salbung recht erkennen. Der Heilige ist der, der Gott gehört und mit ihm verbunden ist; deshalb ist er die lebendige und sichere Schutzwehr gegen alles Böse. Wen der Heilige salbt, der ist durch seine Heiligkeit geschützt, unantastbar für jeden Widersacher und vor dem Verderben behütet. Darum wendet der Apostel sich mit dem freudigen Zuspruch an die Gemeinde: „Euch hat der Heilige die Salbung gegeben; wer sollte euch verführen oder verderben?“

Mit der Salbung ist der Gemeinde eine klare Erkenntnis geschenkt: sie weiß alles. Ihre Glieder sollen sich nicht mit der Sorge quälen, ob sie auch die Verführung erkennen und Christus unverwirrt im Auge behalten werden. Sie haben die Klarheit und Urteilsfähigkeit und wandeln nicht im Finstern. Denn ihre Salbung ist nicht durch ein totes Zeichen an ihnen geschehen, sondern durch den Geist, der erleuchtend und weisend in ihnen ist.

Alles,[1] sagt Johannes; er umfaßt mit seiner Zuversicht jede

1 Andere alte Bibeln geben: Ihr wisset alle. Bei dieser Fassung des Satzes beschreibt Johannes alle Glieder der Gemeinde, die hochbegabten und die schwachen, ohne Ausnahme, sowie das Wort Jesu bei ihnen ist, als der Verführung überlegen und fähig, ihren Weg zu finden. V. 27 sagt er aber auch „alles“.

Schwierigkeit, die ihnen widerfahren mag. Gott wird sie durch alles hindurchleiten und ihnen überall zur richtigen Entscheidung helfen. So lesen wir auch bei Jak. 1,5, daß Gott dem, der ihn bittet, mit seiner erleuchtenden Wahrheit nahe ist, und bei Paulus lesen wir dasselbe gläubige „alles", wenn er sagt: Der vom Geist Geleitete erforscht alles; nichts bleibt ihm dunkel; alles löst sich für ihn auf (1. Kor. 2,15). Dieses „alles" empfängt sein Maß nicht von den Wünschen unserer Neugier, die unsere Gedanken zügellos hinausschweifen läßt, weit über unseren Beruf hinaus; es empfängt vielmehr sein Maß durch die Führung unseres Lebens, in der Gott jedem von uns seine besondere Aufgabe und seinen besonderen Dienst gibt. Da wird uns in allem der richtige Weg gezeigt werden und sind wir nicht auf unsere fehlsamen, schnell verführten Gedanken angewiesen.

2,21: *Ich schrieb euch nicht, weil ihr die Wahrheit nicht wißt, sondern weil ihr sie wißt und weil keine Lüge aus der Wahrheit ist.* Die Gemeinde soll auch den Brief des Apostels nicht so verstehen, als hätte er Angst und Sorge für ihren Christenstand. Er will sie nicht in die Furcht hinunterbeugen, sondern ihren Glauben zu ungebrochenem Mut aufrichten. Denn die Gemeinde steht bei Christus und damit in der Wahrheit, und deren Leitung versagt nicht; sie wird sie also wohl beschirmen gegen alle, die wider sie reden und sie irreleiten möchten. Darum fehlt es aber Johannes nicht an einem kräftigen Grund zu seinem Brief. Er schreibt an die Gemeinde gerade deshalb, weil sie die Wahrheit kennt. Das macht sie ihm teuer; darum will er sie in ihr erhalten und befestigen, und darum wird sein Brief bei ihr seine Frucht schaffen. Denn weil sie die Wahrheit hat, wird sie sich dankbar von ihm mahnen und weisen lassen und ein offenes Ohr und gehorsames Herz für sein Wort haben.

Sodann schreibt Johannes deswegen, weil alles Erlogene nicht aus der Wahrheit kommt und es von der Wahrheit zur Lüge keine Brücke gibt. Aus der Wahrheit erwächst im Denken und Wollen nur Wahrheit, nur helle Gedanken, die Gottes gewiß sind und Christus verstehen. Weil der Gemeinde Wahrheit und Lüge in seltsamer Mischung begegnen und die Lüge sich als Wahrheit ausgibt, scheint es, als ob beides aus derselben Wurzel käme, als ob das Evangelium auch diese trüben Dinge hervorbringe und solche

Verirrungen erzeuge. Und doch besteht hier keine Gemeinschaft und kein Übergang. Es gibt keine Lüge, die den Anspruch erheben könnte, daß sie sich in richtiger, gerader Ableitung aus der Wahrheit ergebe. Weil der Gegensatz zwischen der Wahrheit und der Lüge scharf und unversöhnlich ist, schreibt Johannes der Gemeinde, damit sie sich gegen jede Lüge verschlossen halte und um die Kluft wisse, die sie von jeder Verfälschung der Wahrheit und Verleugnung Jesu trennt.

2,22a: *Wer ist der Lügner, wenn es nicht der ist, der leugnet, daß Jesus der Christus sei* (4,3; II.7)*?* Um Jesus ging der Kampf in der Gemeinde, wer er sei, was man von ihm zu erwarten und zu glauben habe. Johannes faßt es in den einfachsten Ausdruck zusammen: Jesus ist der Christus. Das war das Bekenntnis der Jünger vor Jesus selbst und nachher beständig in ihrer ganzen apostolischen Arbeit; es war das Bekenntnis der gesamten Gemeinde, die sich um sie sammelte. Er, dessen Lebenslauf von Nazareth bis zum Kreuz und zum Ostertag die Jünger kannten, er selbst in Person, nicht eine Lehre, nicht eine geheimnisvolle Kraft, nicht ein gespensterhaftes Geistwesen, nicht eine die Phantasie erregende Himmelsgestalt, nein, dieser Mensch Jesus ist der mit der Salbung Begabte, der zum Herrn der Gemeinde Erwählte, der zum König des Reiches Gottes Eingesetzte. Das leugnen heißt lügen. Keinen heißt Johannes im selben Maß einen Lügner wie den, der das zu leugnen unternimmt. Jesus kennen und sich vor ihm als dem Christus beugen ist für den Apostel eins. So hell leuchten an ihm die Kennzeichen seiner Sendung. So vollkommen steht er mit seinem Beruf in Übereinstimmung; so offenbar ist der Vater in ihm. Daß er der Christus ist, war nicht eine Vermutung der Apostel oder ein tastendes Hoffen und Raten, ob es wohl so sein möge. „Ich müßte lügen", sagt Johannes, „wenn ich das leugnen wollte, und ihr auch; ich müßte mich eigenwillig der Macht der Wahrheit entziehen und mich ihr mit hartem Trotz widersetzen." Keine andere Wahrheit, die uns vorgehalten wird, erfaßt und bewegt uns so mächtig wie das Bild Jesu. Es erweckt den Gedanken an Gott, der in jedem Menschen schlummert und mit Macht erwacht, wenn er auf Jesus blickt; es erweckt das Gewissen, das ein unbestechliches Zeugnis für Jesus ablegt; es erweckt das bewundernde Erstaunen, das Jesu Hoheit empfindet und spürt, daß in ihm der Heilige zum Sünder tritt; es erweckt die Empfindung unserer eigenen Not und Gefahr und läßt uns erkennen, daß uns in ihm die Hilfe erscheint. Das alles müßten wir töten, wenn uns Jesus nichts gelten sollte; wir müßten alle diese Züge zu ihm hin entkräften und ersticken. Aber dann wären wir, sagt Johannes, Lügner, die das Lügen verstehen und daran gebunden sind. Was sollten wir noch hell und klar erfassen, wenn wir uns das Bild Jesu verdunkelten und entstellten? Könnten wir noch von uns selbst der Wahrheit gemäß reden? Täten wir es, so würden wir in Jesus unseren Herrn erkennen. Oder von Gott? Täten wir es, so sähen wir im Sohn den Vater. Oder von der Welt? Dann sähen wir, daß sie seiner bedarf.

2,22b: *Dieser ist der Widerchrist, der den Vater und den Sohn verleugnet.* Kommt es zum Verleugnen Jesu, so kommt es auch zum Widerstand und Streit gegen ihn. Wer ihn leugnet, will ihn verdrängen und ersetzen und überträgt den Namen Jesu vielleicht auf sich selbst. Niemand kann die Stelle des Christus völlig leer lassen, weil wir jemand brauchen, der uns führt, auf den wir blicken dürfen als auf unseren Herrn, der uns verzeiht, heilt und lebendig macht, durch den Gott bei uns ist. Ist nicht er es, so ist es ein anderer. Auf einen anderen warten, nachdem er gekommen ist, das eben ist das Widerchristliche. Wer Jesus verleugnet, dem gefällt er nicht in seiner einem Knecht gleichenden Art, in seiner Kreuzesgestalt. Diesem Jesus fehlt die Herrlichkeit der Macht, die welterneuernde Wirkung. Sein Wort verachtet der Verleugnende. Was ist doch sein Wort! Dafür malt er sich einen anderen Heiland, der Gottes würdiger sein soll. Das ist der Widerchrist. Er leugnet so den Vater und den Sohn. Die Widerchristen, die aus der apostolischen Gemeinde herausgewachsen waren, bemühen sich mit Eifer um die Gemeinschaft mit Gott; sie beteten nicht die Natur an, sondern Gott und wußten sich unter der Führung seiner himmlischen Geister. Und doch sagt Johannes: Sie verleugnen den Vater. Denn der Vater hat Jesus sein Wesen gegeben und seinen Weg geordnet; er hat ihn gerade so, wie er in die Welt gekommen ist und in ihr seinen Weg bis zum Kreuz vollendet hat, als den Sohn in seine Liebe und Gemeinschaft aufgenommen und zum Mittler des Lebens für die gemacht, die an ihn glauben. Wem darum dieser Jesus als der Sohn mißfällt, dem mißfällt auch der Vater. Der Streit gegen Jesus trifft Gott.

2,23: *Jeder, der den Sohn verleugnet, hat auch den Vater nicht. Wer den Sohn bekennt, hat auch den Vater.* Eben dasselbe, was den Glauben an Jesus wirksam und zu unserem größten Reichtum macht, macht auch die Liebe, die ihn beiseite wirft, verderblich und zu unserem Sturz. Beides rührt daher, daß Gott mit Jesus und Jesus mit Gott eins und verbunden bleibt. Deshalb ist, wer sich zu Jesus bekennt, mit Gott verbunden. Wem aber Jesus mißfällt, so daß er ihn verleugnet, der hat auch keinen Anteil mehr an Gott. Denn der Vater läßt sich nicht von seinem Sohn trennen, so daß er für uns wäre, auch wenn wir den Sohn schelten, bestreiten und verleugnen. Zwischen dem Vater und dem Sohn vermag der Mensch nicht Zwietracht zu stiften. Wir haben Vater und Sohn in ihrer Eintracht für oder wider uns.

In manchem lebt die Furcht Gottes und ein redliches Vertrauen zu seiner Regierung und Gnade, ohne daß er zu einem deutlichen Blick auf das Werk Jesu und zum klaren Glauben, der ihn bekennt, gelangt. Dann dürfen wir unseren Spruch nicht dazu mißbrauchen, um solche Frömmigkeit zu schelten; denn auch sie hat die Verheißung Gottes und steht unter der Gnade Jesu. Es ist ein Unterschied zwischen dem, der Jesus verleugnet, nachdem ihm sein Name bezeugt und sein Werk von ihm verstanden ist, und dem, der ihn nicht versteht und es nicht faßt, daß er der Sohn ist, während die mancherlei Zeugnisse Gottes, die in der Natur und im Gewissen zu uns kommen, ihn bewegen. So war es ja auch in Israel. Israel hatte vor der Zeit Jesu noch keinen deutlichen Blick, wie der Christus kommen und was er tun wird; doch diente es Gott und „hatte den Vater"; es war nicht in der Fremde, fern von ihm, sondern diente ihm in seinem Haus. Ähnliches wiederholt sich in mancherlei Weise auch in der Christenheit. Wenn uns aber Gott durch die Führung unseres Lebens zu Christus bringt, wenn uns das Evangelium vom Sohn Gottes hell und stark erfaßt, dann sollen wir bedenken: jetzt handelt es sich für mich um Gott; wie ich mich zu Jesus stelle, so habe ich den Vater für oder wider mich.

2,24: *Was ihr von Anfang an hörtet, das bleibe in euch. Wenn in euch bleibt, was ihr von Anfang an hörtet, werdet auch ihr im Sohn und im Vater bleiben.* Weil die Gemeinde sich nicht von Jesus trennen soll, mahnt Johannes sie, daß sie beim apostolischen Wort bleibe, wie sie es von Anfang an gehört hat. Denn wenn dieses Wort bei ihr bleibt, bleibt sie im Sohn und im Vater. Das ist die Macht des Worts, daß es uns zu ihm bringt und in ihn versetzt, und zwar nicht in den Sohn allein und nicht in den Vater allein, sondern in den Sohn und in den Vater zugleich, so daß wir in der untrennbaren Gnade und Liebe beider leben und von beider Hand getragen sind.

2,25: *Und dies ist die Verheißung, die er uns verhieß, das ewige Leben.* Die Widerchristen wollten Jesus auch in seiner Verheißung überbieten und versprachen denen, die ihnen folgten, daß er ihnen nach dem Tode einen kräftigen Schutz und eine besonders reiche Seligkeit verschaffe. Darum erinnert Johannes die Gemeinde daran, daß ihr Jesus das ewige Leben verheißen hat. Niemand kann uns ein größeres Versprechen geben und nirgends uns ein herrlicheres Ziel locken. Wer die Verheißung Jesu als sein wahres Wort ergriffen hat, der bleibt bei ihm.

2,26.27: *Dies schrieb ich euch über die, die euch verführen. Und in euch bleibt das Salböl, das ihr von ihm empfingt, und ihr habt nicht nötig, daß euch jemand lehre, sondern wie sein Salböl euch in allen Dingen lehrt, so ist es wahr und keine Lüge, und wie es euch gelehrt hat, so bleibt in ihm.* Johannes kann die Gemeinde nicht allein gegen die Verführer schützen; sie muß selbst den rechten Weg erkennen und gehen. Er kann nicht für sie handeln; sie muß sich selbst wehren, selbst den Kampf durchfechten und den Sieg behaupten. Er stärkt ihr dazu den Mut; denn sie ist nicht nur für eine beschränkte Frist mit dem Siegel des Christus versehen und durch seinen Geist geweiht. Der Geist ist eine lebendige, wirksame Macht; er bleibt bei der Gemeinde. Darum ist sie keiner weiteren Belehrung durch Menschen bedürftig. Wäre sie an Menschen gebunden, so würde ihr Christenweg zu einem ungewissen Gang; denn Menschen können Verführer sein. Hängen Menschen sich aneinander, so geschieht es leicht, daß ein Blinder den anderen in die Grube führt. Aber die Gemeinde hat einen höheren, einen zuverlässigen Führer. Jesus selbst ist in ihr lebendig gegenwärtiger Herr. Das Mittel, durch das er ihr die innere Klarheit gibt, ist der Geist, „das Salböl". Dieser richtet den Blick der Gemeinde auf Jesus, so daß sie ihn nicht verlieren kann, und bindet sie an den Vater, so daß er ihr nicht verdunkelt wird. Sie ist durch ihn als das Eigentum Jesu gezeichnet.

Auch hier gilt Johannes ein glaubensstarkes „alles"; über alles wird die Gemeinde durch den Geist belehrt. Er überläßt sie nie sich selbst und verstummt nicht, wenn sie ihn braucht; und was er ihr zeigt, ist Wahrheit, nicht Lüge wie die eigenen Erfindungen der menschlichen Religionsmacher. Darum liegt der Christenheit nur eins ob, daß sie sich der inneren Unterweisung durch den Geist Jesu gehorsam untergibt und im Christus bleibt. Das ist der Inhalt und das Ziel der ganzen der Kirche Christi geschenkten Wahrheit und Erkenntnis, daß sie wahrzunehmen vermag, welche Haltung sie mit Jesus verbunden hält und wie sie seinen Willen tut, wo sie sich darum von Jesus entfernen würde. Der Geist ist uns nicht als Ersatz für Jesus gegeben, sondern als das Band, das uns bei ihm bewahrt.

2,28–3,3

Der Blick auf Jesu neue Gegenwart

2,28: *Und jetzt, Kindlein, bleibt in ihm, damit wir, wenn er offenbar geworden ist, Freudigkeit erhalten und nicht vor ihm beschämt werden bei seiner Ankunft.* Nicht einzig der Antichrist, sondern auch der Christus kommt. Auf den dunklen Tag, an dem die Zeugenpflicht die Christenheit in einen harten Kampf führt, folgt der Festtag, der ihr die Offenbarung Jesu bringen wird. Darum begründet Johannes die Mahnung, in Jesus zu bleiben und alle als Widerchristen abzuweisen, die sie von Jesus trennen wollen, damit, daß Jesus wieder offenbar werden und die Gemeinde bald vor ihm stehen und ihn sehen wird. Ist sie in ihm geblieben, so bringt ihr seine Gegenwart die freudige Zuversicht; denn sie steht ja dann vor ihrem Schöpfer und Herrn, der schon jetzt in seiner unsichtbaren, stillen Weise ihr Herz umschlossen hielt und leitete, an den sie sich in Treue hielt und auf den sie mit beständiger Hoffnung wartete. So wird es ihr zur unausdenkbaren Freude, daß sie nun bei ihm ist, ohne Verhüllung, ohne Trennung, in offenbarer Gegenwart. Aber wie, wenn ein Riß zwischen Jesus und der Gemeinde entstand, wenn sie ihn fahrenließ, wenn sie sich einen anderen Christus suchte und eigenwillig ihren Träumen folgte? Dann wird seine Gegenwart sie beschämen; er wird sie dann von sich trennen und ihr die Tür seines Hochzeitssaales verschließen.

2,29: *Wenn ihr wißt, daß er gerecht ist, so erkennet, daß auch jeder, der die Gerechtigkeit tut, aus ihm geboren ist* (3,7). Aus dem Blick auf die neue Erscheinung Jesu entsteht sofort die Frage: „Was sollen wir tun?" Darauf kann Johannes eine ganz einfache und zuverlässige Antwort geben. „Ihr wißt", sagt er, „von Jesus, daß er gerecht ist." Er hat keine Bosheit in sich eingelassen, sondern mit seinem ganzen Willen und mit seinem ganzen Werk Gott gedient, der gerecht ist. Die Regel, die das Böse vom Guten trennt, hat Jesus nie gebrochen und sich nie zum Gehilfen des Unrechts gemacht, weder wenn er zürnte, noch wenn er gnädig war, weder wenn er in der Macht Gottes handelte, noch wenn er litt; immer war es sein Ziel, daß das geschehe, was nach dem göttlichen Gesetz geschehen sollte. Dadurch kennt die Gemeinde ihren Weg und weiß, wie sie einst freudig vor ihm stehen kann; wer die Gerechtigkeit tut, der geht in der Bahn Jesu, dient ihm und tut seinen Willen. „Meidet", sagt Johannes, „das Unrecht!" Es ist nicht die Art Jesu, andere zu schädigen und zu bedrücken. Nicht so haben wir die Gerechtigkeit zu ehren, daß wir sie mit Worten rühmen und uns zuschreiben, sondern so, daß wir sie tun. So einfach die Weisung des Apostels ist, so umfaßt sie doch das Höchste und Größte, was in unserem Leben Raum hat und aus ihm erwachsen kann. Wir haben alle Innigkeit, Hingebung und Aufopferung der Liebe nötig, um gegeneinander gerecht zu sein und im Verkehr mit den Mitmenschen ihnen zu gönnen und zu gewähren, was die Gerechtigkeit von uns verlangt (Matth. 6,33; 1. Kor. 1,30).

Nun läßt Johannes die Gemeinde aber nicht vorwärts sehen auf den Lohn, den der gewinnt, der die Gerechtigkeit tut; er sagt ihr nicht, daß Jesus sie deshalb rechtfertigen wird. Wollte die Gemeinde dies – etwa im Sinn der Verführer – schon vorwegnehmen, so verfiele sie leicht einer selbstgefälligen Eitelkeit. Vielmehr lenkt Johannes die Gedanken der Gemeinde zum Anfang zurück, der sie zur Gerechtigkeit gebracht und ihr den guten Willen gegeben hat. „Wer die Gerechtigkeit tut, der ist aus ihm geboren"; sein Leben ist Jesu Werk; ihn hat Christus lebendig gemacht, innerlich neu geschaffen und ihm seine Art gegeben. Er selbst, Christus, ist ja gerecht (3,2), und wer darin ihm gleicht, der hat seine Art und hat sie deshalb, weil er sie ihm gab.

Wenn Johannes im folgenden auf den sieht, der der Gemeinde das neue Leben geschenkt hat, so nennt er den Vater. „Aus Gott seid ihr geboren" (3,9); was ihr seid, hat Gott euch gegeben. Aber hier hat er im Vorangehenden überall von Christus gesprochen, in ihm soll die Gemeinde bleiben; er wird offenbar werden, in seiner Gegenwart soll die Gemeinde nicht zuschanden werden; erst im folgenden zeigt er auf den Vater hin, der uns eine solche Liebe erzeigt hat, daß wir seine Kinder heißen. Johannes wird an unserer Stelle sagen: Wer die Gerechtigkeit tut, hat sein inneres Leben von Christus empfangen und ist sein Werk. Der Apostel nimmt Christus nie aus der Gemeinschaft mit dem Vater heraus; was Christus tut, ist von Gott gewirkt. Aber er trennt auch den Vater nie vom Sohn; was der Vater tut, ist vom Sohn gewirkt. Aus Gott wird geboren, wer ewiges Leben hat; aber die Vollmacht, Gottes Kinder zu werden, gibt Jesus (Joh. 1,12). Jesus sagt von sich: „Ich bin das Leben"; so ist er der, durch den wir lebendig geworden sind.

Dadurch, daß Johannes uns von unserem Werk, das der Gerechtigkeit dient, zu dem aufsehen heißt, der uns das Leben gab, tilgt er alle Hoffart und selbstgefällige Eitelkeit. Woher haben wir die Unfähigkeit zur Bosheit und die Lust und die Kraft zur Gerechtigkeit? Wären wir nicht aus ihm geboren, so glichen wir ihm nicht und hätten nicht in der Gerechtigkeit das, was uns mit ihm gemeinsam ist. Er selbst hat unser Bild dem seinigen ähnlich gemacht, selbst unser Verhalten nach dem seinigen geformt. Darum tun wir die Gerechtigkeit. Mit der demütigen Dankbarkeit, die nicht vergißt, daß das neue Leben die Gabe Jesu ist, verbindet sich aber der tiefe Ernst, der uns zum guten Werk treibt. Wer aus Christus das Leben empfangen hat, gleicht ihm auch in seinem Tun. Eine Lebendigkeit, die nichts täte und unwirksam bliebe, kennt Johannes nicht. Nur dann, wenn unser Wille der Gerechtigkeit so untertan ist, daß wir sie tun, dürfen wir sagen, daß wir das, was wir sind, vom Christus empfangen haben; nur dann ist unser inneres Leben das Werk Jesu.

Dadurch wird zugleich unsere Hoffnung fest; denn wer von Jesus

Christus sein Leben hat, wird vor ihm nicht zuschanden werden. Dadurch, daß Christus zum Urheber und Schöpfer unseres Lebens geworden ist, haben wir die unermeßliche Liebe Gottes empfangen. Die Größe der Gabe, die uns gegeben ist, bildet ein Maß für die Hoffnung, die noch vor uns liegt. Zuerst richtet Johannes unser Auge darauf, was uns schon gegeben ist; dann hebt er es zur künftigen Gnade empor, die uns die Vollendung bringen wird. 3,1a: *Seht, welch große Liebe hat uns der Vater gegeben, daß wir Kinder Gottes heißen, und wir sind es* (Joh. 1,12). Den Namen „Kinder Gottes" empfangen die Glieder der Gemeinde durch Jesus; er ist das Geschenk Gottes, mit dem er uns sagt, was Gott für uns sein will und was wir vor ihm sind. Ihm gelten wir als seine Kinder, die er zum Leben gebracht hat, damit sie für ihn leben. Damit hat er uns Liebe erzeigt, und welch große Liebe! Johannes steht mit tiefem Staunen vor ihr; er heißt sie unbegreiflich groß, und wer das nicht in irgendeinem Maß mit dem Apostel empfindet, hat ein verkehrtes Herz. Näher, völliger, wirksamer kann Gott uns nicht zu sich erheben als so, daß er uns seine Kinder heißt. Nicht mich oder dich allein heißt Gott sein Kind. Uns, den Gliedern der Gemeinde Jesu, hat Gott diese wunderbare Liebe erwiesen, daß wir seine Kinder heißen. Darin besteht erst die ganze Größe der Liebe Gottes, daß sie nicht einen hier, den andern dort, sondern jeden in Gemeinschaft mit vielen Brüdern Gottes Kind nennt. Auf diesen Namen, den Gott uns verliehen hat, schaut Johannes, ohne sogleich bei sich selbst in der Gestalt seines Lebens die Merkmale und Spuren der göttlichen Liebe zu suchen. Er baut und traut auf das Wort, das Gott sagt, baut darauf, wie Gott uns heißt. Wie er den Namen Jesu als das vollgültige Zeugnis wertet, das denen, auf die er gelegt ist, die göttliche Gnade zuträgt (2,12), so sieht er auch in dem Namen, den Gott den an Jesus Glaubenden gibt, Gottes herrliches Geschenk, das er staunend preist. Denn die Liebe Gottes spricht sich in diesem Namen aus, und ihr Wort vertreibt jeden Zweifel: es wirkt, was es sagt. Darum fährt Johannes dankbar fort: „Und wir sind es."[1] Wer Gottes Kind heißt, ist es auch. Was Gott von uns sagt, gibt unserem Leben und Geschick seine Art, weist uns unseren Platz vor Gott an und erschließt unserem Weg das gewisse Ziel. Ich soll den Namen, den

[1] Wenigstens steht es so in manchen alten Handschriften.

Gott mir gibt, als für mich gültig ergreifen und bejahen; es ist so, wie Gott es sagt. Diese dankbare Freude an dem von Gott geschenkten Namen, die ihn als ein kostbares Geschenk und eine wirksame Kraft schätzt, weil Gott nach diesem Namen an uns auch handeln wird, ist Zeichen und Ausdruck des Glaubens. Eben noch legte Johannes allen Nachdruck auf unser Werk, auf die Gerechtigkeit, die wir tun. Jetzt freut er sich daran und dankt dafür, daß wir Gottes Kinder heißen. So stehen bei ihm Glaube und Werk in völliger Harmonie beisammen, und keines beeinträchtigt das andere.

3,1b: *Deshalb erkennt uns die Welt nicht, weil sie ihn nicht erkannte.* Die Anbetung und Freude, die Gottes Liebe anschaut und nicht ausmessen kann, verwandelt auch den Schmerz und Ernst des Christenlebens in einen Grund der Freude und des Dankes und läßt uns auch darin die Größe der göttlichen Liebe sehen. „Gerade deshalb, weil ihr Gottes Kinder seid, weiß die Welt nicht, wer ihr seid, und versteht sie nicht, was ihr wollt." Johannes kennzeichnet immer deutlicher die Lage der Christenheit in der Menschheit. Das erste, was er über die Menschheit sagte, war, daß sie mit der Gemeinde unter der Gnade des Christus steht, der die Versöhnung für ihre Sünden ist (2,2). Dann sprach er von ihrer verlockenden Kraft: sie will uns verführen, unsere Liebe an das zu hängen, was nicht aus dem Vater stammt (2,15). Aber die Menschen um uns her locken uns nicht nur; sie können auch Gegner werden. Sie widersprechen uns und widerstehen uns. Dabei wird mannigfach sichtbar, daß sie uns nicht verstehen. Dagegen will Johannes die Gemeinde festigen.

Weil Gott und die Welt gegeneinander sind, ergibt sich aus der Weise, wie Gott sich zu uns hält, auch die Art, wie die Welt sich gegen uns stellt. Weil Gott uns als seine Kinder kennt, sind wir für die Welt unverständlich geworden. Gott hat die Scheidung aufgehoben, die uns von ihm trennte; die Folge ist, daß nun ein Gegensatz gegen die Welt sichtbar wird. Daraus erwachsen unvermeidlich manche Mißverständnisse und Vorwürfe.

Jeder mißt die anderen nach seinem Maß; wer ohne Glauben ist, wem Gott und Christus nichts gelten, der urteilt notwendig schief und ungerecht über den, dessen Leben gerade in diesem Glauben seine Wurzel und seine Kraft hat. Wir dagegen können die anderen verstehen, weil ihre sündliche Art auch in uns ist und der Trieb des

Fleisches, der sie bewegt, uns nicht unbekannt ist. Wir sind aber von der Herrschaft der Sünde frei geworden durch Gott, der uns seine Liebe geschenkt und uns zu seinen Kindern gemacht hat. In dieses Neue haben die, die ohne Gott leben, keinen Einblick; darum urteilen sie unrichtig über uns und handeln gegen uns verkehrt.

Auch das ist ein Zeichen der göttlichen Liebe und kann uns darum in unserer Freude an der Gabe Gottes nicht stören. Die Liebe Gottes bindet und löst zugleich; sie bindet an Gott und löst von den Menschen; sie führt zu Gott hin und weg von denen, die ihn nicht kennen. Der Gegensatz des Christen gegen alles, was die Welt als „Welt" kennzeichnet, kommt daher, daß Gott ihr unbekannt blieb. Wer das bedenkt, wird still und ruhig, auch wenn man ihn Jesu wegen verachtet und mißversteht. Wir dürfen von dem kein Lob erwarten, der für Gott weder Lob noch Anbetung hat; wir dürfen nicht verlangen, daß uns der nicht widerspricht, der dem Christus widerspricht und ihn leugnet, und müssen uns willig von denen als töricht betrachten lassen, die Gott nirgends spüren und sich eine Welt zurechtmachen ohne Gott oder mit einem entstellten Gott, der nicht dem gleicht, der Jesus zu uns gesandt hat.

3,2: *Geliebte, jetzt sind wir Kinder Gottes, und es wurde noch nicht offenbar, was wir sein werden. Wir wissen, daß wir, wenn er offenbar geworden sein wird, ihm ähnlich sein werden; denn wir werden ihn sehen, wie er ist.* Aus dem, was wir geworden sind, ergibt sich ein Blick in das, was wir sein werden, obgleich uns dies jetzt noch verborgen ist. Dennoch ist uns eins als helle Gewißheit gegeben, die wir mit fester Hoffnung ergreifen dürfen: Christus bleibt für uns nicht der Verborgene und Unsichtbare; er wird sich uns in sichtbarer Gegenwart zeigen, und dann wird unser Wesen und Zustand so sein, daß sie dem seinigen gleichen. Wir dürfen das Lebensziel Jesu als unser Ziel, den Ort Jesu als unseren Ort, die Art Jesu als unsere Art ansehen. Das war bei allen Aposteln die große Freude und Hoffnung und der Hauptsatz ihres Evangeliums: Jesus ist geworden wie wir, damit wir werden wie er (Röm. 8,29; Phil. 3,21); weil wir ihn sehen, werden wir ihm ähnlich sein. Ihn sehen, wie er ist, in seiner Wahrheit nach dem Reichtum seines Wesens, wie er in der Gemeinschaft mit dem Vater ist und an seinem Leben Anteil hat, das könnten wir nicht, wenn wir durch eine ihm widerstrebende

Art von ihm getrennt blieben. Wer ihn sieht, ist bei ihm und empfängt damit auch seine Gestalt und Art. Jede Gemeinschaft bewirkt Ähnlichkeit, und die Gemeinschaft mit Christus, der mit Gott eins ist, erträgt nichts, was er verwirft, und macht uns von allem Widergöttlichen frei.

3,3: *Und jeder, der um seinetwillen diese Hoffnung hat, macht sich rein, wie er rein ist.* In Christus hat unsere Hoffnung ihren Grund. Daß wir Gottes Kinder sind, ist die Gabe dessen, der zu uns auf die Erde gekommen ist. Daß wir ihm ähnlich sein werden, ist die Gabe dessen, der sich uns wieder offenbaren wird. Eine solche Hoffnung kann aber nicht etwas Totes und Unfruchtbares bleiben; sie hat bewegende Kraft, weckt auf und bestimmt unser Trachten. Das Verlangen, Jesus ähnlich zu sein, die Freude an seinem Bild und seiner erlösenden Macht regiert tief in unser tägliches Leben und Tun hinein. Wir wissen nicht, wie Christus in seiner Herrlichkeitsgestalt ist und sein wird; wir wissen nicht, wie wir ihn uns denken sollen, jetzt, da er am Thron und an der Herrschaft Gottes Anteil hat. Aber wir wissen, daß er rein ist. Die häßlichen Dinge, die uns entstellen, finden sich an ihm nicht. Wer darum diese Hoffnung hat, der scheut und haßt, was ihn beschmutzt. Johannes zeigt uns, wie die Glieder des inneren Lebens sich aneinander schließen und eines fest am anderen hängt. Wer die Hoffnung hat, der macht sich rein. Sind wir nicht auf Reinheit bedacht, so haben wir die Hoffnung nicht und haben weder Grund zu ihr noch ihre Kraft in uns. Die Mahnung erhält dadurch besonderes Gewicht. Wer möchte die Hoffnung nicht haben? Wie kann sie dem fehlen, der Jesus kennt? Aber alle Kraft, mit der wir die Hoffnung erfassen und sie uns erfaßt, geht auch in das starke Verlangen über, rein zu sein, wie er es ist.

3,4-10

Die Unfähigkeit zum Sündigen

Johannes hat uns die Hauptstücke des Christenlebens in prächtiger Ordnung gezeigt: Das Licht Gottes strahlt in unsere menschliche, sündige Art hinein, erweckt uns zur Buße und bringt Wahrheit in unseren Wandel; Christus erhält uns durch seine Fürsprache in der Gnade Gottes und gibt uns sein Gebot ins Herz; dem Bruder gehört unsere Liebe, der Welt gehört sie nicht; vor den Widerchristen können wir uns durch die uns geschenkte Erkenntnis schützen; endlich ist uns die Hoffnung auf die neue Gegenwart des Christus gegeben, für die wir uns rüsten. So ist uns unser Weg bis hinaus zum Ziel gezeigt, bis dorthin, wo wir Jesus sehen werden, wie er ist, und in ihm Gott.

In drei Punkten hat Johannes die entscheidenden Hauptstücke zusammengefaßt, durch die wir in der Gemeinschaft mit Gott stehen: es geht darum, von der Sünde frei zu werden, den Bruder zu lieben, an Jesus zu glauben. Die Gefahr war aber schon damals für die Kirche groß, daß sie sich den Grundriß des Evangeliums verdunkeln und sich auf Abwege drängen ließ. Darum bespricht Johannes diese drei Hauptstücke nochmals in derselben Ordnung, um durch eine vertiefte Betrachtung uns Christen vollends deutlich zu machen, wo unser Ziel liegt und was unsere Kraft ausmacht.

Der Apostel beginnt wieder mit der Sünde. Zuerst hat er ausgesprochen, daß wir sie unmöglich ableugnen können; jetzt sagt er uns, daß wir sie unmöglich behalten können. 3,4: *Jeder, der die Sünde tut, tut auch die Auflehnung gegen das Gesetz, und die Sünde ist die Auflehnung gegen das Gesetz.* Da das Gesetz Gottes unser Gewissen kräftig erfaßt, so daß wir es als heilig und notwendig anerkennen müssen, fürchtet sich jeder, der nicht schon ganz ins Böse versunken ist, vor dem gesetzlosen Wesen und scheut sich, das Gesetz zu bestreiten und zu verleugnen. Den Juden war eine kräftige Scheu vor der Antastung des Gesetzes eigen. Seine Gültigkeit zu bezweifeln galt ihnen als völlig verwerflich und verderblich. Ebenso ernst lehrten die Apostel ihre Gemeinden das Gesetz Gottes behandeln. Aber auch unter der Anerkennung des Gesetzes kann sich ein böser Wille dadurch verstecken, daß wir es nicht gegen jede Sünde kehren. Das ist möglich, weil das Gesetz nicht alle Arten und Gestalten der Sünde aufzuzählen und zu verurteilen vermag; es gibt mancherlei Böses, das vom Gesetz nicht ausdrücklich verboten und gescholten wird, weder vom geschriebenen Gesetz der Heiligen Schrift noch von demjenigen Gesetz, das im allgemeinen menschlichen Urteil als Sitte lebendig ist. Darum stützt sich der Unwahrhaftige, auch wenn er sündigt, darauf, daß er ja das Gesetz nicht verletzt habe und ihm nichts abbreche, sondern ihm alle Ehre gebe und seine Gültigkeit nicht bestreite. Solche Lügen schneidet Johannes ab; denn er läßt nicht zu, daß es Sünden gebe, die das Gesetz stehenließen und mit ihm vereinbar wären. Jede Sünde hat den Widerspruch gegen das Gesetz in sich, und eben dies, daß wir uns mit ihr vom göttlichen Gesetz lossagen, macht sie häßlich und verwerflich.

Was Sünde ist, wissen wir durch das Zeugnis, das in unserem Inneren hörbar wird, und wissen wir noch klarer durch das Gebot der Heiligen Schrift. Wir wissen, ob unser Verlangen rein und recht ist oder ob es verwerflich, häßlich, im Widerspruch gegen Christus und Gott ungehorsam ist. Darüber werden wir innerlich ins Klare gesetzt. Dann aber gibt es keine Ausflucht mehr, als ob wir der bösen Regung folgen und das Gesetz dennoch anerkennen könnten. Eben dieses Böse, das sich in mir regt, will das Gesetz treffen. Wenn ich es tue, habe ich mich damit vom Gesetz losgesagt, habe es für mich entheiligt und wirkungslos gemacht. Es gibt keine Auflehnung gegen das Gesetz als einzig die Sünde; diese ist es aber auch in jedem Fall.

Doch nicht nur vom Gesetz, sondern auch von Jesus sagen wir uns durch die Sünde los. 3,5: *Und ihr wißt, daß er dazu offenbar wurde, damit er die Sünden wegnehme, und Sünde ist nicht in ihm.* Warum trat Christus aus seiner himmlischen Herrlichkeit heraus und wurde bei uns heimisch und für uns offenbar? Der Sünden wegen tat er es, um sie zu beseitigen. So hat schon der Täufer das Werk Jesu gekennzeichnet: er nimmt als das Lamm Gottes die Sünde der Welt weg (Joh. 1,29). Er kam, um unser Versöhner zu werden, der uns die Vergebung Gottes verschafft, und weil er uns in der Wahrheit und Kraft Gottes verzeiht, darum ist er der, der uns bekehrt, heiligt und verklärt. Er verzeiht, weil er das Sündigen beenden will, und deshalb macht er uns kräftig und gänzlich von allem Bösen los. Wenn er die Sünde wegnimmt und tilgt, wie könnten wir sie behalten, rechtfertigen und pflegen wollen? Wenn er als ihr Überwinder kommt, wie könnten wir uns für sie entscheiden? Wir widersetzen uns ihm mit jedem bösen Willen, dem wir folgen, lehnen ab, was er uns geben will, und zerstören das Werk, das zu verwirklichen er gekommen ist. Er schafft die Sünde fort; wollen wir sie festhalten, so können wir dies nur dadurch, daß wir uns von ihm trennen und von ihm geschieden sind. Denn in ihm findet sich nichts Böses. Darin ist er das Bild des Vaters, der Licht ist ohne Finsternis. Alle Herrschermacht Jesu und sein herrlicher Unterschied von uns beruht darauf, daß er nichts Böses in sich hegt, keine gottlose Begehrung, nichts, was das Gesetz Gottes entheiligt und bricht. Was uns zu ihm zieht, zieht uns immer vom Bösen weg. Mit ihm können wir nur im Nein gegen unsere Sünde, nicht mit einem Hangen an ihr verbunden sein. Johannes zeigt uns hier kurz und klar, worauf die Freiheit des Christen vom Gesetz beruht und warum sie keine Ermächtigung zum Bösen ist. Der Apostel unterwirft uns nicht dem Gesetz und stellt es nicht als eine zweite regierende Macht neben Jesus; er führt uns vielmehr zu Christus allein, weil er allein unserer Sünde dadurch ein Ende macht, daß er uns vergibt, uns begnadigt und durch seinen Geist erneut. Daß wir uns an ihn halten, ist aber kein Bruch des Gesetzes, sondern ist der Wille Gottes und die Hilfe, die uns vom Bösen erlöst. Die Sünde ist der Bruch des Gesetzes, nicht der Glaube an Christus, nicht die Liebe, die er in den an ihn Glaubenden weckt, nicht das Leben, das aus ihm entsteht. Das Gesetz ist nicht der Gegner des Guten, sondern des Bösen. Im Christus ist aber nichts Böses, keine Gesetzlosigkeit, vielmehr der Wille und die Macht, die Sünden wegzunehmen. Darum ist Christus mit dem göttlichen Gesetz völlig eins; er führt die an ihn Glaubenden nicht zu einem gesetzlosen Wesen, sondern in den Gehorsam gegen den Willen Gottes.

3,6a: *Jeder, der in ihm bleibt, sündigt nicht.* Wer in Christus bleibt, steht unter seinem Regieren und wird durch seinen Geist bewegt. Er gerät darum niemals auf einen Irrweg, auf dem er das Gesetz Gottes entheiligte. Er hat in Christus den vollkommenen Führer zum Guten auf dem geraden Weg Gottes. Nicht aus dem Blick darauf, was der Christ in sich selbst ist, gewinnt Johannes die freudige Zuversicht, daß er einen guten Willen hat und richtig handeln wird. Der Apostel schaut auf Christus, auf seine reine Geschiedenheit vom Bösen, auf die Macht seiner Gnade, die uns, die wir ihm glauben, nicht in der Gewalt des Bösen läßt, sondern von ihr erlöst. Das sollen wir mit zuversichtlicher Gewißheit erfassen, nicht nur einmal, sondern immer neu Tag um Tag: als die mit Christus Verbundenen haben wir mit der Bosheit nichts mehr zu tun und haben wir ihr den Rücken gekehrt. Daß unsere menschliche Art sündig ist, gilt für jeden Glaubenden nicht minder als für den, der Christus nicht kennt. Dazu ist Christus für uns fleischliche und sündige Menschen offenbar geworden und beruft er uns zu sich, damit er uns regiere und führe. Er, er allein, bringt das Wunder zustande, daß fleischliche, sündige Menschen mit finsteren, unreinen Gedanken und Trieben doch nicht in der Sünde dahinleben. sondern sie verleugnen und hassen, weil Jesus sie ergriffen und ihnen das sehende Auge und den neuen Willen gegeben hat. Das gibt uns Grund zur Freude und zum Lob Gottes; denn es ist ein unschätzbares Geschenk. Daß wir nicht sündigen, ist also nicht eine natürliche Unmöglichkeit. Wir sind an Christus nicht durch ein Naturband gebunden, das uns keine eigene, freie Bewegung ließe. Hier steht Person vor Person, vor Jesus in der Macht seiner Gnade wir als die an ihn Glaubenden, die ihm mit Willen gehorchen. Aber unser Wille bleibt beweglich; er kann sich dem versuchlichen Reiz ergeben, kann die innere Weisung verachten und sich dem göttlichen Antrieb versagen. Dann bleiben wir aber nicht bei Christus, sondern wenden wir uns von ihm ab. Darum sind die Versündigungen auch frommer Leute nicht eine Widerlegung, sondern eine Bewährung des Worts, daß jeder, der in Christus bleibt, nicht sündigt. Denn wir wissen, wenn wir sündigen, sehr klar, daß wir nicht auf Christus geachtet haben.

3,6b: *Keiner, der sündigt, hat ihn gesehen und erkannt.* Jeder, bei dem sich die Befreiung von der Bosheit, die uns Christus gibt, nicht zeigt und nicht wirksam wird, hat den Weg zu Christus nicht gefunden. Johannes will es der Gemeinde eindrücklich machen: eine boshafte, sündigende Christenheit ist keine Christenheit, sondern Welt, und zwar die schlimmste, verdorbenste Welt, die es gibt. Die Welt hat Jesus nicht in den Blick bekommen, nicht wahrgenommen; er ist für sie nicht da. Darum hat sie ihn auch nicht erkannt und hat nicht verstanden, was er auf der Erde sucht und tut. Nur der hat ihn erkannt, dem durch ihn alles Böse widerwärtig und unmöglich geworden ist. Darum müssen wir, wenn wir uns von der Lüge und von schlechten Trieben beherrschen lassen, uns sagen: Du kennst Christus nicht und hast ihn nicht begriffen; dein Auge ist zu krank dazu und dein Geist zu unwahr und unsauber. In der Tat ist das

Wort des Apostels dazu gesagt, damit wir Christen uns fürchten, und dieses Urteil über uns selbst ist gerecht. Es ist wahr, daß die Gebundenheit und Unordnung unseres Geistes es uns unbegreiflich macht, was Jesus will und tut, so daß wir sein Bild nur wie in einem trüben Spiegel auffangen. Allein die Furcht und Buße, die das apostolische Wort in uns schaffen will, ist niemals ungläubig. In Christus ist keine Sünde; deshalb ist in ihm die Gnade, und er ist dazu offenbar geworden, um unsere Sünden wegzunehmen. Die Gnade läßt uns nicht in der Sünde, die als Schuld uns erdrücken und töten müßte; sie läßt uns nicht fallen, sondern hält uns bei Jesus fest, so daß wir in ihm bleiben dürfen trotz unserer Schwachheiten und Verfehlungen. Nur dürfen wir hierbei nicht vermischen, was die Sache Jesu ist und ihm zukommt und was uns zukommt. Er ist der Verwalter der Gnade; wir haben sie uns nicht selbst zuzumessen. Er verzeiht; wir dürfen uns nicht selbst verzeihen. Er darf Sünden übersehen, Schulden tilgen, Gnade für Recht walten lassen. Wir dürfen es nicht; wir haben klar, ohne uns zu schonen, unsere Sünden schlecht zu heißen und uns ihretwegen schuldig zu geben. Sowie wir unsere Bosheit selbstgefällig rechtfertigen, werden wir unfehlbar von Jesus, in dem keine Sünde ist, getrennt. Deshalb hat Johannes dies als die erste Wirkung der Erleuchtung von oben beschrieben, daß wir unsere Sünden wahrnehmen und gestehen. Das Urteil: Er sündigt nicht, gibt die vergebende und heiligende Gnade über uns ab. Sie rechnet uns unsere sündige Art nicht als Sünde an, verzeiht die bösartigen Bewegungen unseres Herzens und schenkt uns den Antrieb und die Kraft zu einem neuen Leben im Gehorsam des Glaubens, bis sie uns endlich zur Vollkommenheit bringt, in der es dann auch von uns in jedem Sinne gilt: Sünde ist nicht in ihm. Diesen Spruch der Gnade dürfen wir im Glauben nachsprechen, auf uns anwenden und als gültig für uns bejahen. Das ist aber ganz und gar ein Urteil des Glaubens. Wir verdanken es nur der Gnade des Christus, daß wir in ihm bleiben und nicht so sündigen, daß er uns verwirft. Durch seine Gnade ist uns aber auch die Gewißheit der Befreiung von der Sünde geschenkt. Wir können Christus nicht anders ehren als so, daß wir der Macht seiner Gnade vertrauen und im Glauben gegen alles Böse empfindlich werden in dem klaren Wissen, daß er der Feind jeder Sünde ist und uns von allem Bösen scheidet.

3,7: *Kindlein, niemand verführe euch. Wer die Gerechtigkeit tut, ist gerecht, wie er gerecht ist* (2,29). Johannes warnt vor der Verführung, weil wir für Verführung in diesem Stück empfänglich sind. Wir lassen uns gerne sagen, daß unsere Sünden uns doch nicht verderben, und glauben leicht, daß Böses tun doch so gefährlich nicht sei. Deshalb dringt der Apostel mit so großem Ernst auf das Tun des Guten; denn nicht der ist gerecht, der von der Gerechtigkeit redet, sie sich mit Worten beimißt und sich ihrer rühmt in einem Glauben, der uns unwillig zum rechtschaffenen Handeln macht. Johannes hat ja schon von der Wahrheit gesagt, daß sie uns nicht dazu gegeben ist, daß wir sie nur bedenken, ihr zustimmen und sie verkündigen, sondern daß wir sie tun. Nicht weniger gilt dies von der Gerechtigkeit. Sie ist eine Regel für unser Handeln und ordnet die Weise, wie wir die Menschen und die Dinge, Gott und die Welt behandeln. Wenn wir nicht nach der Anleitung der Gerechtigkeit handeln, sind wir innerlich von ihr los und nicht gerecht, wie Jesus gerecht ist; denn Jesus ist auch nicht nur in Worten und Gedanken gerecht gewesen, sondern hat die Gerechtigkeit getan und ihr mit seinem ganzen Willen in seinem ganzen Leben gedient. Mit seinem Werk bis in den Tod, bis zum Kreuz hat er die Gerechtigkeit offenbar gemacht und verwirklicht. Wollten wir darum die Gerechtigkeit zwar mit Worten loben, sie aber nicht tun, wären wir wieder gänzlich von Christus geschieden und nicht bei ihm geblieben.

„Wer in ihm bleibt", so redet der Glaubende; „der sündigt nicht", so urteilt der Glaubende, und durch dieses Urteil wird sein Wille richtig. „Wer die Gerechtigkeit tut", so bewährt sich der Glaubende im Werk; „der ist gerecht", damit tritt zum Werk des Glaubenden die Gnade und erhält ihn durch sein Werk in der Gemeinschaft mit Gott. Johannes zeigt uns deutlich, wie der Glaube und das Werk verbunden sind. Wir können nicht gläubig Christus als den Herrn erfassen, der uns hält und regiert, ohne daß unser Glaube in ihm den Herrn ergreift, der unserem Sündigen ein Ende macht. Die Sünde hat aber nur dadurch ein Ende, daß wir tun, was vor Gott recht ist.

3,8a: *Wer die Sünde tut, ist aus dem Verkläger; denn der Verkläger sündigt von Anfang an.* Es verhält sich mit der Sünde ganz ebenso wie mit der Gerechtigkeit. Wie es bei der Gerechtigkeit nicht darauf ankommt, was wir über sie denken und sagen, sondern darauf, was wir tun, so gilt es auch von der Sünde, daß der sie hat, der sie tut. Wenn wir die Sünde eifrig schelten, sie häßlich, schlecht und traurig heißen, mit Schmerz und bitterer Reue sie beklagen und sie dennoch tun, oder wenn wir sie ableugnen und in hochtönenden Worten als bei uns ausgeschlossen erklären und sie dennoch tun, so sind wir von der Sünde nicht los, sondern haben sie in uns, weil wir sie tun. Von der Sünde ist nur der frei, der sie nicht tut. Wer sie aber tut, dessen Inneres steht unter der Gewalt des Satans. Unser guter und unser böser Wille erwächst aus der verborgenen Abhängigkeit, die uns bestimmt. Wären wir einsam und völlig in uns selbst abgeschlossen, so geschähe gar nichts; es würde gar kein Wille in uns geboren. In Bewegung kommen wir dadurch, daß wir nach oben oder nach unten von einem unsichtbaren Reich abhängig sind. Die Menschheit gleicht der See, die sich nicht selbst bewegt und ihre starken Wellen nicht aus sich selbst hervorbringt, sondern sie je nach dem Wind, der über sie fährt, empfängt; darum laufen sie bald so, bald so. Entweder haben wir die Gemeinschaft nach oben zu Christus hin erlangt, dann wirkt sein guter Wille in uns den guten Willen, dem es an der Gerechtigkeit liegt. Oder wir stehen nach unten hin in Gemeinschaft und empfangen, was uns innerlich bewegt und treibt, aus dem Willen des Satans; dann entsteht in uns der böse Wille, der die Sünde tut. Auch das hat Johannes von Jesus gehört. Denn Jesus hat der stolzen Zuversicht der Judenschaft, die sich keck auf Gott berief, gesagt, daß Lügen und Morden die Schöpfungen des Satans sind, so daß der, der durch diese Triebe sich treiben läßt, ein Gebilde des Satans ist und darum sein Kind heißen muß (Joh. 8,44).

Christus ist die Gerechtigkeit; dem Satan ist das Sündigen eigen. Dieses betreibt er vom Anfang des Weltlaufs an, schon ehe der Mensch sündigte. Der Mensch ist nicht der erste in diesem Geschäft, nicht der Erfinder, sondern der Nachahmer, der Lehrling, der sich von einem Meister leiten läßt, den er freilich nicht sieht und kennt, der ihn aber trotzdem innerlich zu fassen und zu unterweisen vermag. Damit zeigt sich aufs neue, wie völlig unvereinbar mit Christus das Sündigen ist. Denn Christus und der Satan stehen widereinander. Was wir in der Abhängigkeit vom Satan tun, scheidet uns von Christus. Wir können nicht zugleich durch beider Geist und

Wesen gestaltet sein. 3,8b: *Dazu wurde der Sohn Gottes offenbar, damit er die Werke des Verklägers auflöse.* Christus wurde offenbar, um die Sünden zu beseitigen und die Werke des Satans zu zerstören. Beide Absichten des Christus kommen miteinander zur Erfüllung. Die Werke des Satans bestehen in all dem, was er durch die finsteren Gedanken, die uns überfallen, im Geist des Menschen Böses anrichtet. Daraus entstehen die entzündeten Begierden und alle die Werke, die aus dem Geist der Selbstgefälligkeit, der Lüge, des Selbstbetrugs, des Hasses geschehen. Sie führen uns unter das Gericht Gottes, durch das wir in das satanische Reich verbannt werden. Christus macht dem sündigen Tun ein Ende und hebt die teuflischen Absichten auf; er macht die Erfolge Satans zunichte und wird ihn dem Gefängnis überliefern. Das tut er, weil er der Sohn Gottes ist und in seiner Gemeinschaft mit Gott die Wurzel seines Lebens hat. Darum kann er nicht anders handeln als so, daß er zum Widersacher des Satans wird. Wollten wir meinen, er habe an dem, was der Teufel in uns wirkt, seine Freude und lasse es wachsen, so hätten wir vergessen, daß Christus der Sohn Gottes ist und daß der Sohn Gottes niemals ein Freund des Satans wird.

Johannes hat mit besonderem Ernst auf den verborgenen Urheber der menschlichen Sünde hingezeigt, auf den Bösen, der das Böse in die Menschheit hineinpflanzt und dem sich jeder Sündigende hörig macht. Das entspricht seinem hellen Blick in die Macht und Gnade Jesu und in die Gegenwart Gottes in ihm. Der Apostel führt sowohl das Gute als das Böse auf seine Wurzel zurück. Indem er uns Christus zeigt, der das Leben hervorbringt und das Gute schafft, tritt scharf und deutlich auch die bösartige Macht hervor, deren Werk es ist, daß wir Menschen der Sünde verfallen sind und sie tun. Dabei braucht Johannes nicht zu fürchten, daß uns der Blick in das Reich des Bösen verwirre und in hilflose Angst versetze; denn er kann uns über ihm den zeigen, der es besiegt hat und seine Werke aufhebt. Auch dieses Wort drängt zur klaren Entscheidung. Die Gebundenheit unseres natürlichen Trachtens und Tuns an den Satan ist uns zunächst unbewußt. Wir merken nicht, woher unser verkehrtes Trachten und Handeln stammt; wir meinen, selbst die Herren unseres Lebens zu sein, und erkennen nicht, daß wir das verkehrte Wollen empfangen haben und von wem wir abhängig sind. Johannes zeigt uns den

Geber dieser schlimmen Gabe und sagt uns, woher sie kommt und wohin sie deshalb auch führt. Damit drängt er uns mit großem Ernst zur Entscheidung. Wenn wir sündigen und dabei wissen, daß das ein Erzeugnis des Bösen in uns ist und dessen teuflische Art an sich hat, so bestätigen wir mit unserem eigenen Willen unser Verkauftsein an das satanische Reich und machen uns selbst mit unserer eigenen Tat zu Knechten des Satans. Wissen wir, woher die Sünde kommt, so bleibt uns nichts übrig, als mit ungeteiltem Willen uns an den Christus zu halten, der die Werke des Satans zu beseitigen vermag.

3,9: *Jeder, der aus Gott geboren ist, tut nicht Sünde* (5,18), *weil sein Same in ihm bleibt* (1. Petr. 1,23), *und er kann nicht sündigen, weil er aus Gott geboren ist.* Johannes hebt unseren Blick zu Gott empor. Weil Jesus der Sohn Gottes ist, ist er der Zerstörer aller teuflischen Wirkungen; aber auch wir selbst sind von Gott ins Leben versetzt. Er ist uns zum Vater geworden, der uns unser Wesen und Leben verliehen hat. Menschen, die Gott geschaffen hat, deren Vater Gott geworden ist, sind von der Sünde innerlich geschieden; denn die Kinder haben des Vaters Art an sich. Nur wenn wir das, was Gott uns gab, verlören und preisgäben, könnten wir sündigen. Gott hat ein Samenkorn in uns hineingesät, aus dessen kräftigem Trieb unser inneres Leben erwächst; es bringt in uns helle, wahre Gedanken hervor und den guten Willen, der nach der Gerechtigkeit verlangt und sie tut. Dieses Samenkorn, mit dem Gott uns beschenkt hat, damit es die Wurzel eines neuen Wesens in uns sei, ist nicht bald in uns und bald auch wieder weg. Es bleibt in uns; deshalb kann der, der es empfangen hat, nicht sündigen. Es fehlt ihm das Vermögen und die Fähigkeit dazu. Er hat allem Bösen aufrichtig und ganz abgesagt; er streckt sich nicht doch noch begehrlich nach ihm aus, sondern setzt ihm ein ehrliches Nein entgegen. So sieht ein rechtschaffener guter Wille aus. Er sagt nicht nur: Ich will nicht und darf nicht, sondern was er nicht soll und darf, das kann er auch nicht; er kann das göttliche Gebot nicht zerbrechen, kann dem Satan nicht gehorchen, kann Jesus nicht verleugnen und nicht gegen Gott streiten. Als einer, der aus Gott geboren ist, hat er wohl die Fähigkeit und das Vermögen, Gott zu dienen, aber nicht mehr die Fähigkeit und das Vermögen, Böses zu tun. Dieser Spruch ist eines mit dem Wort des Paulus: „Wir, die wir der Sünde gestorben sind“

(Röm. 6,2). Wer ihr gestorben ist, kann ihr nicht mehr leben, weil der Tod eine vollständige Trennung herstellt. Er ist dadurch unfähig gemacht, der Sünde zu folgen und zu dienen; er ist der Knecht der Gerechtigkeit geworden, von der Sünde aber frei. So sagt auch Johannes: Der Strick ist entzwei, der uns an das Böse band; die Kinder Gottes können es nicht mehr tun. Fehlt dem Wort des Apostels in der Christenheit die Bewährung? Es ist doch nicht einzig Luther, der in einem entscheidenden, versuchungsreichen Augenblick sagte: „Ich kann nicht anders", ich kann nicht lügen, kann mich nicht krümmen, ich muß nach meinem Gewissen handeln. Das ist immer wieder die Gabe Gottes an alle, die ihm redlich dienen, daß eine feste Gebundenheit ihres Herzens an die Wahrheit und das Gebot Gottes entsteht, so daß sie nicht mehr lügen, nicht mehr geizig sein, nicht mehr hassen können; sie verstehen es nicht mehr. Ein Grund zur Überhebung liegt hierin nicht. Wenn dieses sich einmischt, können auch Christen unzweifelhaft alles Schlechte und sind zu jeder Sünde aufgelegt und präpariert. Woher haben wir unseren guten Willen? Johannes antwortet: „Weil Gott euch geschaffen hat." Darum schließt dieses: „Wir können nicht!" die dreiste Sicherheit aus. Nach dem, was wir selbst sind, können wir freilich sündigen, haben es auch oft genug praktiziert und sind alsbald wieder in der alten Kunst und Übung drin, die durch den Unterricht des Satans ein allgemein menschliches Vermögen, ja Müssen geworden ist. Es ist nur dem unmöglich, den Gott selbst bildet und bewegt. Im Glauben, der sich an Gott hält, weil er uns hält, sprechen wir: „Wir können nicht sündigen." Von diesem Glauben, der bei Gott die Bewahrung vor der Bosheit sucht, gilt aber, daß er nicht zuschanden wird.

3,10a: *Dadurch sind die Kinder Gottes und die Kinder des Verklägers* (Joh. 8,44; Matth. 13,38) *offenbar.* Man kann die beiden nicht verwechseln: die Kinder des Satans, die zu lügen und zu hassen vermögen, und die Kinder Gottes, die es nicht vermögen. Darin kommt ans Licht, was als verborgene Kraft in den Menschen wirksam ist, wo sie mit ihrem inneren Wesen und Trachten wurzeln. An nichts anderem ist dies offenbar, nicht an ihrer äußeren Lebensgestalt, da sie beide dasselbe Fleischesbild tragen, auch nicht an ihrem Geschick, als wären Gottes Kinder durch besondere Segnungen ausgezeichnet. Denn die Kinder des Satans stehen noch unter der Geduld Gottes und die Kinder Gottes noch unter der Zucht Gottes, die sie schwer treffen und tief beugen kann. Auch an ihren Gedanken und Worten lassen sich die beiden nicht unterscheiden; denn das göttliche Wort läßt sich lernen und nachsprechen auch von dem, der sein Inneres ihm verschlossen hat, und etwas wie eine Erkenntnis Gottes, ja sogar geistliche Regsamkeit und Beredtheit kann in uns sein, ohne daß wir uns ihr ergeben haben und ihr untertan geworden sind. Darum ist das sichere und klare Kennzeichen des Kindes Gottes, daß es die Fähigkeit zum Sündigen verloren hat. Ist es uns nicht mehr möglich, nach dem Bösen zu trachten und es zu tun, so sollen wir Gott danken. Denn das ist das Werk Gottes und das Zeichen, daß er uns zu seinen Kindern gemacht hat.

3,10b: *Jeder, der nicht Gerechtigkeit tut, ist nicht aus Gott und wer seinen Bruder nicht liebt.* Mit dem Werk, das die Gerechtigkeit verwirklicht, ist die Bruderliebe verbunden. Wer das Böse tut, bringt es niemals zur Liebe. Wir finden sie erst dann, wenn wir das Sündigen verlernt haben und, statt zu sündigen, das, was recht ist, tun. Zugleich macht erst die Liebe alles Handeln gut und rein. Ein liebloses Rechttun kann den anderen manchen Nutzen zuwenden, manchen Schaden von ihnen abhalten und Frieden und Ordnung herstellen und ist doch nicht das Gute, das Gott pflanzt, nicht die Unfähigkeit zur Sünde, die er wirkt, nicht die Erscheinung jenes Lebens, dessen Urheber und Schöpfer Gott ist. Wenn die Liebe unsere Tat erfüllt und unsere Gerechtigkeit durchdringt, dann ist uns unser Werk von Gott gewährt. Lieben wir, so sind wir in unserem inneren Wesen von Gott bewegt und in die gute Bahn gebracht.

Nun wissen wir nicht nur, wie wir uns selbst zu beurteilen haben und wie wir unser eigenes Leben richtig führen, sondern wir können auch ein klares Urteil über alles haben, was um uns her geschieht und in der Kirche nach Geltung strebt. Wort und Erkenntnis, Geist und Wunder, Macht und Erfolg, das alles beweist noch nicht, daß Gott in einem Menschen oder in einer Bewegung am Werk ist. Wo Sünde, Unrecht, Haß und Lieblosigkeit sich breitmachen, ist alle Erkenntnis doch nicht aus Gott. Als Kind und Werkzeug Gottes ist nur der bewährt, der nicht sündigt. Nur an dem, der sich zum Bösen unfähig erweist, dürfen wir uns freuen und mit ihm uns verbinden, weil er ein Werk Gottes ist.

3,11-18

Die Merkmale der Liebe

3,11: *Denn dies ist die Botschaft, die ihr von Anfang an gehört habt, daß wir einander lieben sollen.* Von Anfang an war das apostolische Zeugnis einhellig gewesen und hatte der Kirche stets dasselbe Ziel gezeigt. Wie die anderen Apostel alle hat ihr auch Johannes denselben Willen Gottes von Anfang an verkündigt. Und auch die Heilige Schrift hat ihr von ihrem ersten Anfang an, als der Fluch Gottes den Brudermörder traf, dasselbe göttliche Gebot gebracht. Nicht vielerlei Gebote sind der Gemeinde auferlegt worden, nur das eine, dieses aber immer und gleichmäßig in seiner heiligen Notwendigkeit.

Was die Liebe ist, erläutert Johannes zuerst an ihrem Gegenteil. 3,12: *Nicht wie Kain aus dem Bösen war und seinen Bruder mordete, und weshalb mordete er ihn? Weil seine Werke böse waren, aber die seines Bruders gerecht* (1. Mose 4,8). Der Drang, den Bruder, der doch denselben Ursprung des Lebens hat, zu töten, ist die Wirkung des Satans. In eine solche gegen die Natur und Gott streitende Leidenschaft gerät ein Menschenherz, wenn es sich vom Satan treiben läßt. Zum Brudermord kam es deshalb, weil der Böse den Gerechten nicht ertragen konnte, da die gerechten Werke des Bruders die eigenen bösen Werke straften. Um sich gegen das Urteil zu schirmen, das von Abels gerechten Werken her auf Kain fiel, vernichtete dieser den Bruder. Er wollte in ihm die Gerechtigkeit töten und für die Bosheit dadurch Raum und Freiheit schaffen, daß er den Gerechten beseitigte. Am Altar erregte sich der Bruder gegen den Bruder, und vom Altar holte sich Kain den grimmigen Haß, weil Gott ihm nicht gewährte, was er Abel gewährte: die gnädige Aufnahme seines Opfers. Der Bruder hatte ihn im Wohlgefallen Gottes überholt; darum mußte er sterben. Kain beugte sich nicht unter das Urteil Gottes, sondern rächte sich für die ihm versagte Gnade dadurch, daß er den Bruder, der sie empfing, mit dem Leben dafür büßen ließ. Johannes spricht aus, daß dieses Urteil Gottes nicht willkürlich war, sondern den Werken der beiden entsprach. Das Opfer Abels, dessen Werke gerecht waren, war Gott angenehm; sein Opfer war selbst ein gerechtes Werk. Kain dagegen, dessen Werke böse waren, versöhnte Gott auch durch sein Opfer nicht; auch dieses Opfer war ein böses Werk. Johannes erklärt damit, wie es sogar mitten in der Christenheit zum Haß kommt. Die Gemeinden hatten es schon erlebt, daß an Männern, die eine religiöse Wirksamkeit ausübten, dennoch bittere Leidenschaft und starker Haß hervortraten. Das war Frucht und Folge böser Werke. Weil diese Christen an ihren bösen Werken festhielten und niemand sie ihretwegen beschämen sollte, haßten sie die anderen. Wir können einander erst dann lieben, wenn wir von der Sünde frei geworden sind.

Darum sieht Johannes in der Art des Liebens den entscheidenden Unterschied zwischen der Gemeinde Jesu und der Welt um sie her; zugleich ist deutlich, daß dieser Unterschied nicht verwischt werden kann. 3,13: *Verwundert euch nicht, Brüder, wenn euch die Welt haßt.* „Die Welt kennt euch nicht", hieß es 3,1. Die Gemeinde hat aber nicht nur den Unverstand der Welt, für den Gott unfaßlich ist, gegen sich, sondern auch ihre scharfe Ablehnung. Doch dürfen die Jünger Jesu nichts Seltsames darin sehen, wenn in der Geschichte der Menschheit mannigfach die Geschichte Kains eine Fortsetzung findet und am gerechten Tun der Widerspruch erwacht.

3,14: *Wir wissen, daß wir aus dem Tod in das Leben hinübergeschritten sind, weil wir die Brüder lieben* (Joh. 15,18; 5,24). *Wer nicht liebt, bleibt im Tod.* „Wir lieben die Brüder"; das ist nicht nur ein Gebot, sondern Wahrheit und Leben in der Gemeinde. Sie hat dieses Verhalten durch das Evangelium gelernt und dadurch empfangen, daß sie Christus kennt. Damit ist aber für uns der Tod überwunden; wir sind ihm entronnen. Das Ende unseres Lebens ist kein Sterben mehr. Der Leib zerbricht, die irdische Natur geht für uns unter; das Leben aber bleibt uns; denn wir stehen schon in ihm. Früher hat auch über uns der Tod regiert; auch unsere Art war ihm unterworfen, so daß wir zuletzt in die Öde und Ohnmacht erstorbener Existenzen hinabgesunken wären. Aber die Pforten des Totenreiches wurden für uns geöffnet; das Leben ist ja offenbar geworden. Wir haben die offene Tür benützt und den Schritt vollzogen, der uns aus dem Bereich des Todes in die Lebendigkeit geführt hat. Dieser Schritt besteht darin, daß wir die Brüder lieben. Lieben und Leben faßt Johannes hier untrennbar zuasmmen, ebenso wie Lieblosigkeit und Tod. Wenn sich im Herzen ein aufrichtiges Wohlwollen regt und wir lernen, an die anderen zu denken, nicht an uns, ihnen zu dienen und an ihnen uns zu freuen, so ist das Leben. Dieses Leben unterscheidet sich von der Öde und Leere der lieblosen Ichhaftigkeit wie die Nacht vom Tag und wie das Himmelreich vom Totenreich. Wir sind zum Leben gelangt, weil sich nun unser Wollen und Handeln in der Bahn Gottes bewegt und seinem Willen dient. Wer aber den Willen Gottes tut, der bleibt in Ewigkeit.

Wer dagegen zur Liebe unwillig und unfähig ist, der bleibt im Tod. Im Tod bleiben – wie rätselhaft und verkehrt ist das! Es ist ein zu völliger Unnatur entstellter Trieb, im Tod zu bleiben, während man ins Leben hinübergehen kann. Aber es steht ein Riese vor uns, der uns dem Reich des Todes nicht entfliehen lassen will: unser eigenes, teures Ich mit seiner blinden Eigenliebe und seinen eigensüchtigen Ansprüchen. Um dieses Ich müssen wir uns drehen als um unsere Sonne; wir sorgen darum und pflegen es und dienen ihm und haben nicht Zeit und Muße, an etwas anderes zu denken als an uns selbst. Und in dieser Sorge, uns selbst zu erhalten, zu erhöhen und zu beglücken, bleiben wir im Tod gefangen. Wir fürchten das Leben, als wäre es der Tod, weil wir uns von uns selber lösen und in der Liebe den anderen dienstbar werden sollen, und wir suchen den Tod, als wäre er das Leben, indem wir uns in uns selbst verschließen und nichts anderes kennen und schätzen als uns selbst. Es zeigt sich überall dasselbe Gesetz Gottes, das unser Denken völlig umkehrt: Wer sein Leben erhalten will, der verliert es; wer es im Dienst und in der Liebe für die anderen weggibt, der gewinnt es. Die Sucht, sich selbst zu leben, hat den Tod in sich; wenn sie uns treibt, geben wir uns selbst verloren.

Warum ist das Leben für uns in der Liebe beschlossen? Weil da, wo die Liebe nicht ist, der Haß entsteht und aus dem Haß das Morden und mit dem Morden der Tod. 3,15: *Jeder, der seinen Bruder haßt, ist ein Mörder, und ihr wißt, daß kein Mörder ewiges Leben in sich bleibend hat.* Bei der Lieblosigkeit kann niemand stehenbleiben. Man kann sich ja lange in einer kühlen Gleichgültigkeit bewegen, die den anderen weder Gutes noch Böses zufügt, besonders wenn man sie nicht braucht, sondern sich selbst verschaffen kann, was man für sich nötig hat. Allein wenn unser Weg sich einmal mit dem der anderen kreuzt, dann bricht in dem an Liebe leeren Geist der Haß auf. Jeder Stoß, der uns trifft, kann ihn hervortreiben. Und mag man den Haß auch zügeln und äußerlich in Schranken halten, so daß er sich nicht in großen Tätlichkeiten äußern darf, so steckt doch im Haß der Mordsinn. Der Haß greift dem andern ans Leben; er will ihn aus dem Weg räumen, vernichten. Aber in einem Mörder bleibt das ewige Leben nicht. Jedes Wort drückt hier die Herrlichkeit des Lebens aus, das Gott seinen Kindern gibt: ewig ist es, und es ist in uns, als unser Eigentum in uns hineingepflanzt, und es bleibt uns als unverlierbarer Besitz. Wer aber den anderen das Leben nimmt, der hat es selbst nicht. Wer tötet, wird getötet; das ist das göttliche Recht. Der Mörder bringt sich selbst um.

Die Liebe bewegt sich in der entgegengesetzten Bahn. 3,16a: *Daran erkannten wir die Liebe, daß er sein Leben für uns hergab* (Joh. 15,13). Der Mörder nimmt dem anderen das Leben; Jesus hat sein Leben für uns gegeben. Wir sollen auf Jesus sehen, wie er zum Kreuz gegangen ist; er hat sich des Sterbens nicht geweigert, sondern hat sich Gott dargeboten, damit er durch ihn in seinem Blute die Welt mit sich versöhne. „Da", sagt Johannes, „haben wir die Liebe erkannt." So sieht die Liebe aus. Daraus ergibt sich, was unsere Verpflichtung ist: 3,16b: *Auch wir sind verpflichtet, für die Brüder das Leben herzugeben.* Johannes läßt für die Liebe kein geringeres Maß gelten; er sieht darin keineswegs eine besondere Groß- und Heldentat, für die wir uns selbst bewundern und bewundern lassen dürften, sondern heißt das einfach unsere Pflicht. Wir sollen füreinander sterben können. Der Apostel hat ja soeben gesagt: „Wir sind aus dem Tod ins Leben hinübergegangen"; da hat das Hingeben des Lebens keine Schrecklichkeit mehr. Zur buchstäblichen Ausführung des Gebots, mit einem einzigen Entschluß und mit einer raschen Tat das Leben für andere zu lassen, kommt es natürlich nur unter besonderen Fügungen. Dennoch gilt unser Wort für jeden Christen. Wer den Vorbehalt macht: Ich will den anderen dienen und für sie leben; nur darf es mein Wohlsein nicht beinträchtigen, meine Gesundheit nicht gefährden, meine Kraft nicht erschöpfen, mir das Leben nicht kosten, der hat die Liebe nicht; denn er hält am entscheidenden Punkt das eigene Ich fest. Johannes straft jeden solchen Vorbehalt. Erst dann, wenn wir ihm hierin gehorsam sind und fröhlich, ohne

Angst um uns selbst, dem Trieb der Liebe folgen, was sich auch für uns daraus ergeben mag, ist unsere Liebe aufrichtig und macht uns frei.

3,17: *Wer den Lebensunterhalt der Welt besitzt und sieht, daß sein Bruder bedürftig ist, und sein Inneres vor ihm verschließt, wie bleibt die Liebe Gottes in ihm?* Sind wir verpflichtet, füreinander das Leben hinzugeben, dann noch viel mehr das Geld. Das Geld ist weniger als das Leben. Aber weil es uns immer wieder Überwindung kostet, aus der Liebe heraus zu handeln, erinnert Johannes noch speziell an diesen Punkt. Die Welt sieht im Geld ihr „Lebensmittel". „Für euch", sagt Johannes seinen Christen, „ist das Geld nur das, was ihr gemeinsam mit der Welt besitzt, nicht euer eigentliches Gut." Die Pflicht zu geben begründet der Apostel mit der Bedürftigkeit der Brüder. Der Bedürftige soll versorgt werden, nicht der, der nicht bedürftig ist, aber auch jeder Bedürftige. Weitere Bedingungen darf es hier nicht geben. Um das Bedürfnis der anderen zu sehen und zu verstehen, dazu braucht die Liebe Weisheit; sie selbst gibt uns, wofern sie nur aufrichtig und lebendig ist, das Auge für das, was den anderen fehlt. „Wer es sieht" – Johannes läßt uns nicht einmal warten, bis die Bitte zu uns kommt. „Du siehst, daß der andere es nötig hat, das ist genug; nun verschließe dich nicht vor ihm!" Das Mitgefühl regt sich schon natürlicherweise in uns, wo immer wir Not und Bedürftigkeit sehen. Wenn es uns nicht zur Tat bewegt, so müssen wir es gewaltsam unterdrücken. Damit verlieren wir die Liebe Gottes. Johannes lockt uns immer durch diese eine Gabe, die alles in sich schließt. Sollte Gott an unserer Härte gegen den Bruder Wohlgefallen haben und uns seine Liebe erhalten, während wir den Bruder wegstoßen? Hieß es oben (3,9): wer aus Gott geboren ist, der kann nicht sündigen, so schließt das auch in sich: er ist unfähig, herzlos zu sein; er kann sein Herz nicht verriegeln, kann die Brüder nicht leiden lassen, während er zu helfen vermöchte. Es gibt zwei Weisen, wie wir die Liebe betätigen. Man kann von ihr reden und sie rühmen – und sie üben und in der Tat bewähren. 3,18: *Kindlein, wir wollen nicht mit dem Wort und der Zunge, sondern mit dem Werk und der Wahrheit lieben.* Das Wort für sich allein ist noch nicht wahr.

3,19-24

Der Liebe gibt Gott seine Gaben

3,19a: *Daran werden wir erkennen, daß wir aus der Wahrheit sind,* daran, daß die Glieder der Gemeinde aneinander die redliche Liebe üben, die keine Lüge, sondern Wahrheit ist und darum nicht nur Worte, sondern Werke bei sich hat. Johannes möchte uns gern zum guten Gewissen helfen: jeder soll wissen, wie es um ihn steht, und keiner haltlos und unsicher dem Gewoge des Meeres gleichen (Jak. 1,6). Das ist der Segen und Gewinn, den die redliche Liebe dem bringt, der sie übt: wir kommen dadurch innerlich zur Ruhe und zum festen Stand. „Aus der Wahrheit sein" ist auch eines der Worte, die Johannes von Jesus gehört hat. Jesus hat die Menschen unterschieden in solche, die aus der Wahrheit sind, und in solche, die es nicht sind, und hat gesagt, wer aus der Wahrheit sei, der höre seine Stimme (Joh. 18,37). Wir können in der Wahrheit gewurzelt und gegründet sein, so daß wir aus ihr herauswachsen und sie uns unsere Gedanken gibt und unseren Willen leitet. Wenn wir einander redlich dienen mit der Liebe, wie der Apostel sie beschrieben hat, dann bewährt es sich, daß wir aus der Wahrheit leben. Die Liebe macht offenbar, daß unsere frommen Gedanken nicht Einbildungen sind und unser guter Wille keine Lüge ist.

3,19b.20: *und wir werden vor ihm unser Herz stillen; denn wenn uns das Herz verurteilt, ist Gott größer als unser Herz und erkennt alles.* Jedes ernste Gebet und jeder gesammelte Aufblick zu Gott läßt es uns empfinden, daß Gott Licht ist und alle Täuschungen vor ihm zergehen. Dann enthüllen sich alle Unaufrichtigkeiten und inneren Schäden und belasten unser Gewissen, lassen unser Gebet verstummen und rauben uns die Zuversicht. Wenn wir dagegen den Brüdern in redlicher Liebe dienen, so können wir unser Herz vor Gott beruhigen. In demjenigen Christenstand, zu dem uns Johannes anleitet, gibt es keine stolze Sicherheit. Unser Herz wird oftmals beben, gegen die Freudigkeit des Glaubens Einsprache erheben und es nicht wagen, die Verheißung Gottes für sich zu bejahen. Ja, es wird anklagend gegen uns aufstehen und uns unsere vielfältige Schuld vorhalten. Auf diese Anklagen unseres Herzens müssen wir eine deutliche und klare Antwort haben, wenn der Friede bei uns sein und wir mit ungeteiltem Herzen auf Gott blicken und ein Gebet gewinnen sollen, das aus einer gesammelten Seele kommt. Deshalb genießen nicht nur die anderen, sondern auch wir selbst unmittelbar und reichlich den Lohn und Segen jeder treuen Arbeit in Gottes Dienst. Sie hilft uns glauben und hilft uns über die Einrede und Anklage unseres Herzens hinweg, so daß wir uns mit Gewißheit an die Größe Gottes halten, der alles erkennt. Unser Herz hat zwar mit seiner Anklage vollständig recht; wir können seiner Beschuldigung nicht widersprechen. Aber das Urteil unseres Herzens gilt hier nicht, sondern das Urteil Gottes. Hier spricht der, der größer ist als unser Herz. Kann unser Herz nicht vergessen, Gott kann vergeben; muß unser Herz die Schuld empfinden, Gott macht uns rein und gerecht; muß unser Herz den Schaden für unheilbar halten und sich vor der Gefahr des Sturzes ernstlich fürchten, für Gott ist das kein Hindernis. Er kennt alles, weiß, was unsere Sünde ist, weiß aber auch, wie es mit unserer Liebe steht, weiß, daß wir ihm redlich dienen und sein Gebot in unserem Herzen lebt. Aber wie soll es uns ein Trost sein, daß Gott alles weiß, wenn wir nicht aus der Wahrheit sind, sondern uns mit Täuschungen, leeren Worten und unredlichem Schein zu helfen suchen? Aller lügnerische Trost und falsche Schein zergeht vor Gottes Blick. Wenn wir aber in der Wahrheit und aus ihr leben, dann freilich ist es ein süßer Trost und ein tiefer Friede, daß das ganze Geflecht unseres Lebens ihm völlig bekannt ist und sich nichts in uns regt, was er nicht nach seinem Grund und seiner Art durchschaut. Er, der alles weiß und uns vollständig kennt, hat uns Jesus offenbar gemacht und uns sein Wort ins Herz gelegt, das uns von seiner Gnade und Gemeinschaft Zeugnis gibt. Das tut er nicht, weil er uns nicht kennt, sondern weil er uns kennt.

3,21.22: *Geliebte, wenn das Herz nicht verurteilt, haben wir zu Gott ein freudiges Wort, und was wir bitten, erhalten wir von ihm, weil wir seine Gebote bewahren und das tun, was vor ihm wohlgefällig ist.* Wenn Gewißheit um die Liebe Gottes und darum Freude und Stille in unserem Herzen sind, dann besitzen wir das freie, freudige Wort zu Gott, und wir können das Größte, was im irdischen Leben Raum hat: beten, so beten, daß unser Gebet uns die Gabe Gottes bringt. Unbegrenzt ist die dem Gebet gegebene Verheißung. Freilich geht es darum, daß es zu einem wirklichen Gebet kommt, nicht nur zu einem zweifelnden Bitten, das in sich selbst zusammensinkt, zu einem begehrlichen, fordernden Sturm auf Gott, der einem ungläubigen, eigenwilligen, also sündlichen Trieb entspringt und darum niemals zum Ziel führen kann. Wenn aber unser Herz wirklich nach der göttlichen Gnade greift, dann ist das Bitten nicht vergeblich, sondern trägt uns die Gabe Gottes zu, deswegen, weil wir dem göttlichen Gebot gehorchen. Gott kann uns nicht dienen, wenn wir ihm nicht dienen; er kann uns nicht unseren Willen tun, wenn wir nicht seinen Willen tun. Ein Gebet, das unseren Platz und Gottes Platz vertauscht, das uns zu Herren, Gott zum Knecht macht, hat keine Verheißung. Darum entscheidet es sich an unserem Verhalten dem Gebot Gottes gegenüber, ob unser Beten Erfolg hat, weil unser Gebet nur dann wirksam ist, wenn das, was ihm wohlgefällig ist, auch uns wohlgefällt. Zwar hat auch ein zerrüttetes Herz, wenn es unter dem Druck schwerer Sünde und Not Gott anruft, an der dem Gebet gegebenen Verheißung teil; denn jede Bewegung des Glaubens, einerlei, wie es um unser Werk steht, findet die Gnade. Aber aus dieser ersten Zuwendung zu Gott soll eine Übung des Betens werden, die das ganze Christenleben durchzieht. Das Beten stirbt unfehlbar ab und wird zum leeren Wort, das keine Erhörung findet, wenn wir nicht unseren Glauben im Gehorsam gegen die Gebote Gottes bewahren.

Damit wir uns aber über die Gebote Gottes nicht täuschen und nicht eine eigenwillige Frömmigkeit aufrichten, nennt sie Johannes. 3,23: *Und dies ist sein Gebot, daß wir dem Namen seines Sohnes Jesus Christus glauben und einander lieben, wie er uns das Gebot gegeben hat.* Mit zwei Worten ist ausgesprochen, was Gott uns geboten hat; das erste sagt, was wir Jesus, das andere, was wir einander schuldig sind. Das erste Gebot macht uns den Namen Jesu heilig und gültig; wir haben ihn stehenzulassen, wie Gott ihn ihm gegeben hat. Er besagt, daß Jesus mit dem Vater eins und von ihm zum Herrn der Gemeinde Gottes gesalbt ist. Tragen wir den Namen Jesu als gewisse Wahrheit in uns, so daß wir uns auf ihn verlassen und auf ihn unsere Hoffnung setzen, so tun wir, was Gott von uns will. Glauben kann man freilich nicht dadurch erwecken, daß man ihn gebietet. Er erwächst aus der persönlichen, freien Bewegung des

Herzens, das in Jesus die Wahrheit und Gnade Gottes erschaut und deshalb sich zu ihm hinwendet. Dabei sollen wir aber wissen, daß wir damit an dem Ort stehen, den Gott uns angewiesen hat, und ihm die Ehre und den Dienst erweisen, den er von uns verlangt. Wir können aber nicht an Jesus glauben, ohne die Brüder zu lieben; denn er ist für sie wie für uns gestorben; so ist es sein Gebot, daß wir einander lieben. Dadurch wird das ganze göttliche Gesetz von uns erfüllt. Somit ist unser Beten nichtig und leer, wenn wir vergessen, was der Name Jesu sagt, wenn wir den Sohn Gottes und sein Werk für uns nicht kennen und uns vor Gott auf etwas anderes stützen als auf ihn, und ferner dann, wenn das Verlangen unseres Gebets nicht aus der Liebe stammt. Beten wir füreinander, nicht gegeneinander, mit dem gläubigen Blick auf Christus und sein versöhnendes Werk, wie sein Name es uns bezeugt, dann bewahren wir auch in unserem Beten die Gebote Gottes und tun wir auch mit unserem Gebet, was ihm gefällt. Johannes hat die Verheißung Jesu gehört: „Was ihr in meinem Namen bittet, wird euch der Vater geben" (Joh. 16,23.24); er legt sie uns hier aus. Dadurch, daß wir in unserem Gebet dem Namen Jesu ein herzliches Vertrauen erweisen, wird es Gott gehorsam und wohlgefällig. Weil es sich auf Jesu Namen gründet und im Glauben an ihn seine Wurzel hat, wird ihm die Erhörung zuteil.

3,24: *Und wer seine Gebote bewahrt, der bleibt in ihm und er in ihm, und daran erkennen wir, daß er in uns bleibt, an dem Geist, den er uns gab.* Der Gehorsam gegen diese Gebote Gottes erhält uns, die an Jesus Glaubenden, in der Verbundenheit mit Gott. Gott nimmt uns bei sich auf, so daß wir bleibend von seiner Liebe umfaßt, von seinem Licht erleuchtet, von seinem Leben durchdrungen sind, und er kommt wiederum zu uns, so daß wir ihn in uns haben und er uns leitet, unser Denken regiert, unsere Liebe belebt und in unser Herz den Frieden gibt. Das Zeichen dieser lebendigen Gemeinschaft zwischen ihm und uns, an dem wir wahrnehmen, daß er für immer in uns ist und uns bleibend durch seine Gegenwart heiligt, ist der Geist, der als die Gabe Gottes in der Gemeinde Jesu lebt. Die Gemeinsamkeit des Geistes schafft jene lebendige Gemeinschaft zwischen uns und Gott, die Johannes als das Merkmal des Christenstands bezeichnet. Geist ist die Macht, die unser Inneres belebt und bewegt, unsere Gedanken wachsen läßt und den Trieb unseres Herzens erzeugt; wir können es wissen, ob der Geist, der uns treibt, uns von Gott gegeben ist oder nicht, ob er heilige oder unheilige Art hat, ob er unser Trachten nach außen wendet, der Welt zu, oder nach oben zu Gott empor. Wenn der Geist, der uns bewegt, uns von Gott gegeben ist, so genießen wir die Frucht jener Verbindung mit Gott, durch die er bei uns gegenwärtig ist und wir zum bleibenden Anteil an ihm in ihn hineinversetzt sind.

An alle Worte, die die Gnade und Gabe Gottes ausdrücken, heftet sich der Mißbrauch und die Verführung an. Von seinem Geist gibt uns Gott! Das ist das Evangelium und ein unermeßlich großes und tiefes Wort. Man konnte es mit unheiligen Sinn verkehren, sich daran überheben und unter Berufung auf den „Geist" sich und andere irreführen. Darum stellt nun Johannes ernst und nüchtern das Merkmal des göttlichen Geistes heraus.

4,1-6

Das Kennzeichen des göttlichen Geistes

4,1: *Geliebte, glaubt nicht jedem Geist, sondern prüft die Geister, ob sie aus Gott sind; denn viele falsche Propheten sind in die Welt ausgegangen* (2. Joh. 7). Es können sich in der Christenheit Geistesmächte regen, die gesteigerte Erkenntnis und starken Willen, glühende Beredsamkeit und wunderhafte Wirkungen verleihen und dadurch Eindruck machen, und doch sind sie nicht aus Gott. Schon in der Gemeinde, zu der Johannes spricht, gab es Männer, die auf den Geist pochten, die auch unzweifelhaft Geist hatten und nicht nur träge Geistlosigkeit und die gewöhnliche menschliche Schwachheit aufwiesen. Dennoch durfte die Gemeinde ihnen nicht schon deshalb trauen und sich nicht sofort der Leitung dieses Geistes hingeben. Geist für sich allein gibt uns noch nicht das Recht, unser Vertrauen dem zu geben, der ihn hat. Der Geist, in dem jemand redet und auf den er seinen Anspruch an den Glauben und Gehorsam der Christenheit gründet, muß zuerst geprüft und erprobt sein, ob er aus Gott ist; nun erst ist die Bahn frei, daß wir ihm glauben dürfen. Denn der Glaube ist eine große Sache; wir geben dem, an den wir glauben, Macht über uns. Wir werden seinem Einfluß offen und werden auf seinen Weg gezogen. Darum hat hier jeder Mißgriff böse Folgen. Wer seinen Glauben dem schenkt, der ihn nicht verdient, so daß er in seinem Glauben enttäuscht wird, der zerstört sich damit die Fähigkeit zum Glauben. Zur gläubigen Hingabe haben wir den rechten Grund noch nicht, wenn wir nur sehen, daß jemand irgendwie von Geist bewegt ist. Ist es der Geist Gottes, der ihn bewegt? Erst wenn wir dessen gewiß sind, dann erst dürfen wir uns ihm öffnen und uns ihm unterordnen; dann freilich sind wir dazu verpflichtet.

Die Erfahrung hatte schon der ersten Christenheit gezeigt, wie verschiedene Männer sich darauf beriefen, vom göttlichen Geist erfüllt zu sein, auch solche, die ohne Recht und ohne Grund Glauben für sich verlangten. Mancher trat als ein Bote des göttlichen Wortes auf, redete im Namen Gottes, forderte Glauben und Gehorsam, dünkte sich im Besitz des Geistes und besaß auch „Geist“, weil er von einer übermenschlichen Macht getrieben war. Und doch war er ein falscher Prophet, der selbst verführt war und nur verführen konnte; wer ihm glaubte, war einer Täuschung erlegen.

4,2.3: *Daran erkennt den Geist Gottes: Jeder Geist, der Jesus Christus als im Fleisch gekommen bekennt, ist aus Gott, und jeder Geist, der Jesus nicht bekennt, ist nicht aus Gott, und dies ist der Geist des Widerchrists, von dem ihr gehört habt, daß er kommt, und jetzt ist er schon in der Welt.* Woran soll die Gemeinde den Geist aus Gott erkennen? Nicht Macht ist sein Zeichen, nicht staunenerregende Begabung oder rätselhafte, geheimnisvolle Erlebnisse; er führt den, der ihn empfangen hat, nicht neue, überraschende Wege an Jesus vorbei; vielmehr ist aus Gott jeder Geist, der die Sendung Jesu verkündigt und sich zu seinem Amt bekennt. Der Geist dagegen, der sich nicht zu Jesus bekennen mag, kennzeichnet den Widersacher Jesu.

Gottes Geist führt uns zu dem, der im Fleisch gekommen ist; er führt uns nicht in die Himmelshöhe, sondern zu dem Menschen Jesus, wie er in der Gleichheit mit uns in unserer irdischen und leiblichen Natur lebt, in der Knechtsgestalt, dem Gesetz der Natur und dem Gesetz der Heiligen Schrift untergeben, ein Mensch, ein Jude, ein Gekreuzigter und als solcher der Sohn Gottes. Die hoffärtigen Geister, die die Gemeinden verführten, stießen sich an der Menschlichkeit Jesu und fühlten sich über ihn erhaben. Die Erscheinung und das Werk Gottes sollten nach ihrem Urteil lauter Geist, lauter Kraft, lauter Herrlichkeit, lauter Ewigkeit sein. An einen Christus, der ins Fleisch gekleidet, in Schwachheit gehüllt auf die Erde kam und in die Zeit hineingestellt war, wollten sie nicht glauben, und wenn sie von Jesus als dem Anfänger der Kirche und dem Boten Gottes sprachen, dachten sie ihn ähnlich, wie etwa ein Engel dem menschlichen Auge sich zeigen könnte, ohne daß er an der menschlichen Art Anteil hat, oder sie unterschieden an ihm zwischen seiner menschlichen Gestalt, die uns nichts helfe, und dem in ihm wohnenden Geist. Der Geist Gottes, sagt dagegen Johannes, bewirkt in uns, daß wir glaubend und anbetend zu dem in das Fleisch gekommenen Jesus treten. Denn gerade darin offenbart sich die Gnade und die Herrlichkeit Gottes, daß der Mensch Jesus sein ewiges Wort ist und der ewige Sohn Gottes ein menschliches Leben geführt hat. Nun sind Gott und Mensch eins geworden.

Der Vater, der Sohn und der Geist sind der Dreieinige. Wie der Sohn den Vater verklärt und offenbart, so bekennt und bezeugt der Geist den Sohn. Wo diese Einheit aufgelöst wird, da ist nicht Gott der Wirkende. Gott gibt uns nicht dazu den Geist, um uns Jesus entbehrlich zu machen, als wären wir durch den Geist unmittelbar zu Gott erhoben, von Gott erleuchtet und imstande, uns selbst zu führen, dies alles, ohne daß wir Jesu noch bedürften, um von ihm die Vergebung, die Begnadigung, die Heiligung und die Leitung zu empfangen. Ein hochfahrender Geist, der sich selbst erhöht, ist nie von Gott. Gott, der der Welt in Jesus den Christus gegeben hat, schafft nicht zugleich auch den Widerchrist. Der Sohn Gottes und der Geist Gottes sind die beiden einträchtigen Zeugen und Boten Gottes auf Erden, die nie widereinander sind; denn sie kommen beide von demselben Gott. Der Sohn Gottes dient dem Geist Gottes; er macht ihm durch sein Sterben und Leben die Bahn zu uns frei. Und der Geist Gottes dient dem Sohn Gottes; er bringt uns zu ihm, öffnet uns das Auge für ihn, so daß wir in Jesus die Herrlichkeit Gottes erkennen, und das Herz, daß wir in ihm die Gnade Gottes erfassen und gläubig in uns aufnehmen; er bindet uns an ihn in dem Gehorsam, der danach trachtet, ihm nachzufolgen und zu wandeln, wie er gewandelt hat. So verwirklicht der Geist in uns den gnädigen und königlichen Willen des Sohnes; er wird uns dazu gegeben, damit durch ihn das Werk Jesu in uns geschehe und unsere Gemeinschaft mit Jesus durch ihn lebendig sei. Darum hat er sein Merkzeichen darin, daß er das Bekenntnis zu Jesus erweckt.

Der hoffärtige Geist, der Jesus leugnet, und der Geist, der ihn bekennt, liegen miteinander im Streit. Der eine redet wider den anderen. Der hoffärtige Geist heißt den, der sich zu Jesus bekennt, töricht, schwach und gebunden; der sich zu Jesus bekennende Geist bezeugt dem anderen, daß er nicht aus Gott, nicht Gottes Gabe und Wirkung ist. Johannes bezeugt der Gemeinde, 4,4: *Ihr seid aus Gott, Kindlein, und habt sie überwunden, weil der, der in euch ist, größer ist als der, der in der Welt ist.* Die Gemeinde kann sich wohl gegen die schützen, die sie verwirren und den Glauben trotz ihrer Einreden bewahren; ja noch mehr, sie hat sie ohnmächtig gemacht und den Erfolg ihnen aus der Hand genommen. Das liegt nicht an ihr selbst, an der Überlegenheit ihres Verstandes oder an der Kraft ihres Glaubens, sondern daran, daß Gott in ihr ist, weil sie sich zu Jesus bekennt. Johannes hat mit seinen weissagenden Worten recht behalten. Die falschen Propheten, die damals die Gemeinde störten, sind vergangen. Wir wissen nicht einmal mehr ihre Namen. Das Wort des Apostels ist geblieben; der Name Jesu hat alles überdauert, was gegen ihn geredet worden ist.

Der Sieg gehört dem, der seine Gemeinde trägt und leitet und sie als sein Werkzeug gebraucht. Der Christenheit, die sich zu dem Jesus hält, dessen geschichtliche Gestalt ihr durch seine Apostel bezeugt ist, und sich auf sein Werk gründet, das er, der Mensch Jesus, auf Erden vollbracht hat, sagt Johannes, daß sie aus Gott ist, und weil der Geist, den sie besitzt, aus Gott stammt, ist sie ihren Gegnern überlegen und ist ihr der Sieg geschenkt. Auch die Gegner Jesu geben sich ihre Gedanken nicht selbst und dienen nicht nur ihrer eigenen Absicht; sie sind die Werkzeuge eines anderen Geistes und einer ihnen verborgenen Macht. Johannes sieht in dem Bösen den, der die Welt bewegt und für seinen Zweck benützt. Aber der Ausgang des Kampfes zwischen Gott und der bösen Macht ist von Anfang an entschieden. Der Sieg bleibt in Gottes Hand.

4,5.6: *Sie sind aus der Welt; darum reden sie aus der Welt, und die Welt hört sie. Wir sind aus Gott* (Joh. 15,19; 17,14). *Wer Gott erkennt, hört uns. Wer nicht aus Gott ist, hört uns nicht* (Joh. 8,47). *Dadurch erkennen wir den Geist der Wahrheit und den Geist der Verführung.* Die Widerchristen, die den Menschen Jesus als bedeutungslos verachteten, priesen den „Geist" als ihren kostbaren Besitz, und in ihrer Regsamkeit und fortreißenden Macht ließen sie ihn auch wirksam in Erscheinung treten; dennoch gehörten sie nur zur Welt und hatten in sich nur, was die Welt geben und erzeugen kann. Der Geist, der sie erfüllte, stand mit dem Fleisch, dessen Begierde die Welt treibt (2,16), in gutem Frieden und machte zwischen ihnen und „den anderen" keinen wesenhaften, gültigen Unterschied. Darum soll die Gemeinde sich über die Macht ihres Wortes nicht verwundern. Weil sie aus der Welt waren, fanden sie überall empfängliche Hörer für ihr Wort; es traf mit dem natürlichen, ungöttlichen Denken und Wollen der Menschen zusammen. Diese waren innerlich schon längst für eine solche Frömmigkeit vorbereitet.

Von sich und der Gemeinde sagt Johannes, daß Gott der Urheber und Geber ihres inneren Besitzes ist. Er faßt die Gemeinde mit sich zusammen, weil sie eines Sinnes mit ihm ist und wie er sich zu Jesus bekennt. Sie hat das Wort des Apostels in sich aufgenommen und bewahrt. Mit dem apostolischen Wort verhält es sich aber anders als mit dem Wort der falschen Geister. Die Menschen hören es nicht und haben dafür, solange sie nur das kennen, was sie aus sich selbst sind, bei sich keinen Raum. Um das Zeugnis der Apostel zu hören und aufzunehmen, muß der Hörer selbst aus Gott sein und Gott kennen. Das apostolische Wort läßt sich nicht propagandistisch durch die Welt hin ausbreiten und zum allgemeinen Besitz aller machen, so daß es alle unwiderstehlich hinrisse und durchdränge. Auf diesen sichtbaren und blendenden Erfolg muß es verzichten. Um so herrlicher und größer ist die tatsächliche Wirkung dieses Zeugnisses. Er erreicht, nährt, stärkt und einigt die, die Gott kennen, die, für die Gott die Wurzel ihres Lebens geworden ist, die, was sie innerlich bewegt, von ihm empfangen haben. Sie sind für die Verkündigung Jesu vorbereitet; ihnen ist sie verständlich; bei ihnen findet sie Glauben; sie nährt sie und wird für sie zum Lebenswort.

Zwei Dinge leiten uns zu Gott. Die eine Leitung wird uns von außen her gegeben durch das Wort der Heiligen Schrift, wie es sich durch den Unterricht der Kirche forterhält. Dem Zeugnis, das uns von außen her erreicht, steht die Wirkung Gottes zur Seite, die uns von innen her bewegt. Nachdem Gott sein Wort durch seine Boten in die Welt hineingepflanzt hat, ist er selbst nicht untätig und abwesend geworden. Er selbst ist allezeit am Werk, die Geister zu wecken und zu beleben, so daß ihr Verlangen sich nach ihm ausstreckt, daß sie, wie Paulus Apg. 17,27 sagt, ihn suchen, ob sie ihn wohl ertasten und finden möchten, und ihn nicht vergessen können. Gottes eigenes Wirken in der Tiefe der Geister macht, daß das Wort der Zeugen Jesu nicht vergeblich in der Welt ist, sondern in sie eingeht, in ihr heimisch wird und Glauben schafft.

Derselbe Gott erweckt den Hunger und schafft die Speise, die ihn sättigt, bringt die Empfänglichkeit hervor und schickt ihr sein Wort, das sie erfüllt. Darum kann hier niemals ein Zwiespalt und Widerstreit entstehen. Wer Gott kennt, der hört auf das Wort der Apostel, und wer auf dieses hört, der kennt Gott. Darum zeigt die Weise, wie wir uns zu diesem Wort verhalten, welcher Art der Geist ist, der in uns am Werk ist. Daran, ob die Apostel gehört werden oder nicht, ob ihr Wort aufgenommen wird oder nicht, werden der Geist, der die Wahrheit gibt, und der Geist, der in die Irre führt, erkannt. Als das erste Merkmal, woran man die Geister erkennt, hat Johannes das Bekenntnis zu Jesus in seiner menschlichen Gestalt genannt (V. 2.3). Als das zweite Merkmal nennt er die Annahme oder Ablehnung des apostolischen Worts; denn dieses macht Jesus bekannt und bezeugt seinen heiligen Beruf. Wird es aufgenommen, so wirkt es den Glauben an Jesus und das Bekenntnis zu ihm. „Geist der Wahrheit" – dieser Ausdruck gehört auch zu den Worten, mit denen Jesus seinen Jüngern die Gabe Gottes bezeichnet hat. Damit ist uns klar gezeigt, welcher Art der Geist ist, nach dem allein wir verlangen sollen. Auch der Geist Gottes ist Macht, die die Persönlichkeit beherrscht, das Herz erfaßt und auf ihren Weg zieht, eine Macht, die von dem, den sie erfüllt, ausströmt und auf die anderen übergeht. Aber der Geist, den Gott gibt, übt seine Macht durch die Wahrheit. Nur durch sie regiert und treibt er uns. Er bewegt das Denken dadurch, daß er Wahrheit zu erkennen gibt; er entzündet das Begehren dadurch, daß er es auf die Wahrheit richtet und ihr gehorsam macht; er gibt uns Einfluß auf andere dadurch, daß er uns in den Dienst der Wahrheit stellt. Wenn nicht dieser Geist der

Wahrheit in uns mächtig ist und unseren Einfluß auf die anderen bestimmt, sind wir dem Geist des Widerchrists verfallen, sind selbst von ihm verführt und verführen die anderen.

4,7-21

Die göttliche Art der Liebe

4,7a: *Geliebte, wir lieben einander; denn die Liebe ist aus Gott.* „Wir lieben einander" – das ist das Merkmal der Gemeinde Jesu, die auf das apostolische Wort hört und es bewahrt; das ist der Beruf und die Aufgabe der Christenheit. Das ist das Werk des Geistes in ihr, das sie kennzeichnet. Wo sich Geist regt, der nicht aus Gott ist, wird immer der Zweck und das Glück des Lebens in anderen Zielen gesucht. Da wird vielleicht die Bereicherung des Wissens das Ziel, etwa auch so, daß wir in Gottes Welt Einblick gewinnen und in Gottes Geheimnisse mit unserer Erkenntnis eindringen; oder es gilt als das Ziel, Macht über uns selbst zu gewinnen, unseren Leib und seine Regungen zu beherrschen und von seinen Bedürfnissen frei zu werden; oder wir suchen Macht über die Welt um uns her zu gewinnen und ihr neue, bessere Ordnungen zu geben, die dem Zusammenleben der Menschen neue Wege weisen. Das alles ist nach der Meinung des Johannes nicht die Aufgabe der Gemeinde Jesu. Wir wollen nicht Gottes Geheimnisse ergründen, machen nicht mancherlei Experimente mit unserem Leib, sehen unser Ziel nicht darin, die Welt zu verbessern. Das vermögen wir nicht, und das ist nicht unser Beruf. Was tun wir denn? Wir lieben einander. Darin zeigt uns die Botschaft von Jesus unseren Lebenszweck. Diese Aufgabe steht jeden Tag neu vor uns, spannt immer wieder alle unsere Kraft, setzt unser Denken immer neu in Bewegung, wird nie schal und leer, sondern ist immer wieder reich und frisch, süß und ernst zugleich.

„So halten wir es, diesem Zweck leben wir und keinem anderen" – sagt Johanes, der V. 4 aussprach: „Wir sind aus Gott und haben den Geist aus Gott in uns." Aus Gott stammt die Liebe, die die Glieder der Gemeinde zur wahrhaftigen Gemeinschaft miteinander vereint (1,7). Für sie darf die Gemeinde Gott danken, für jede Regung eines ehrlichen Wohlwollens, womit wir für andere sorgen, damit ihnen

Leben beschert sei und Freude und Wahrheit bei ihnen sei und Finsternis und Schmerz, Bosheit und Tod ihnen erspart seien. Echte Liebe ist Gottes Geschenk, das er allein geben kann. Liebe bewegt die Herzen, wenn Gott sie erfüllt und sein Werk in ihnen vollbringt.

4,7b: *Und jeder, der liebt, ist aus Gott geboren und erkennt Gott* (2,29). Diese Liebe ist nicht eine vereinzelte Gabe, die unsere übrige Art nicht veränderte und den Kern unserer Person leer und ohne Gott ließe. Mit ihr sind wir vielmehr durch Gott lebendig geworden, wurde Gott der Schöpfer unserer Art. Dadurch sind wir Kinder Gottes und dürfen ihn mit uns verbunden wissen, wie ein Vater mit seinen Kindern verbunden ist. Nun nehmen wir mit klarer Erkenntnis wahr, wer Gott ist und was er tut. Solange in uns alles anders als in Gott, ja ihm entgegengesetzt ist und ihm widerstrebt, können wir ihm nicht nahe kommen, ihn nicht erkennen. Was wir so über Gott denken und sagen, nimmt notwendig unsere eigene Farbe an, und das ist eine falsche Farbe, die ihn entstellt und unsere Gedanken über ihn unwahr macht. Wer in seiner leeren, nichtigen Selbstsucht eingeschlossen ist, denkt sich auch die Welt hohl, als eine leere Blase, die aus sich selbst entstanden sei; und wenn er Gott neben die Welt hinstellt, so macht er ihn so geistlos, herzlos, tot, leer und hart, wie er selbst ist. Er macht sich eine Welt und einen Gott zurecht, die ihn in seiner Selbstsucht nicht stören, sondern ihm dienlich sind. Darum ist er auch gegen alle Zeugnisse taub, durch die die Gnade Gottes zu uns redet und unter uns wirkt. Sie passen sämtlich nicht zu seinen Gedanken; er geht darum an ihnen vorbei, weil sie ihn nur stören. Erst wenn uns Liebe geschenkt ist, besitzen wir ein Maß, das uns instand setzt, soweit wir Menschen es können, zu erfassen, wie Gott denkt und was er wirkt, wie er lebt und selig ist. Dann werden uns auch die Zeugnisse und Werke Gottes verständlich; denn sie entspringen alle aus der Quelle, die auch uns belebt. Alle stammen sie aus der Liebe Gottes und dienen ihr, und wer selbst dieser Liebe offen ist, erkennt sie auch in Gott und sieht, daß sie uns in Jesus und in dem Zeugnis von ihm in göttlicher Größe und Heiligkeit erscheint.

4,8: *Wer nicht liebt, erkannte Gott nicht; denn Gott ist Liebe* (V. 16). Was tut denn der Mensch, wenn er nicht liebt? Dann klebt er an sich selbst, dreht sich mit seinem Denken und Trachten um sich selbst, sucht seinen Lebenszweck in sich selbst und hält es für seinen

Beruf, für sich selbst zu sorgen und alles andere sich dienstbar zu machen. Ihm blieb und bleibt Gott unbekannt. Mag er mit noch so viel Geist und Scharfblick das natürliche Gefüge der Welt deuten und beherrschen, für Gott ist er blind und hat für ihn nur Unverstand und Verachtung, weil er die Liebe nicht kennt. Mit der Liebe ist die Erkenntnis Gottes auf ihrem ganzen Weg von ihrem Anfang bis zu ihrer Vollendung hin verbunden. Im Lieben wird uns der Anfang der Erkenntnis Gottes möglich, und wiederum wächst uns jede Kräftigung unserer Erkenntnis Gottes als Frucht und Gewinn aus dem Lieben zu. Denn die Liebe zieht aus jedem Blick auf Gott neuen Antrieb, neue Lebendigkeit. Fehlt uns die Liebe, so fehlt die Bedingung und die Wirkung der Erkenntnis Gottes, fehlt darum alle Erkenntnis Gottes.

Johannes stärkt mit diesem Hinweis die Gemeinde gegen die stolzen Wissenden, die die Liebe geringachteten und der Gemeinde ihre Erkenntnisse als einen viel größeren Schatz anpriesen und aufnötigen wollten. Dabei erregten sie Hader, Verwirrung und Zwietracht und betätigten die herrische Sucht, die die anderen knechten und meistern will. Nur der Liebende hat den Schlüssel zur Erkenntnis Gottes; er allein findet Gott. Der Wissensstolz, dem die Liebe zu gering ist, steht blind und hilflos vor Gott, soviel er auch meint, über ihn zu wissen und aussagen zu können. Erst wer durch die Liebe Gottes sich zu der Gemeinschaft der Liebe mit den Brüdern führen läßt, erkennt durch die Liebe Gott in Wahrheit und empfängt wieder aus jedem Blick auf Gott neue Antriebe zur Liebe und neue Kraft, den selbstischen Willen in sich zu überwinden.

Denn Gott ist Liebe. Er ist auch Macht, ist Zorn, ist Gerechtigkeit, ist Weisheit. Dies alles ist Gott nicht fremd; er selbst tritt uns in allen diesen Erweisungen entgegen. Und doch läßt sich nicht in der gleichen Weise sagen, daß Gott dies sei, wie Johannes hier sagt, daß Gott Liebe ist. Sie ist die höchste und regierende Gestalt des göttlichen Willens, ist der herrschende Grundzug in allem göttlichen Wollen und Walten. Seine Liebe bewog Gott, die Welt zu schaffen, und sie regiert sein ganzes Wirken. Aus ihrer heiligen Größe und Wahrhaftigkeit entspringt der Ernst seines Zorns, und seine Gerechtigkeit hat in ihr ihren Grund und erhält durch sie ihr Ziel. Darum sind alle Worte und Werke Gottes allein aus der Liebe Gottes zu verstehen, und wer sich der Liebe Gottes nicht öffnet, ist für Gott blind.

Die Liebe bleibt nichts Verborgenes. Sie lebt ja für die anderen, freut sich an den anderen und findet im Geben ihren Ausdruck. 4,9: *Dadurch wurde die Liebe Gottes in uns offenbar, daß Gott seinen einzigen Sohn in die Welt sandte, damit wir durch ihn leben* (Joh. 3,16). Gott hat seine Liebe an uns und in uns offenbar und wirksam gemacht, an uns durch die Gabe, mit der er uns beschenkt, und in uns dadurch, daß er uns das Auge für sie öffnet, so daß wir sie erkennen und in ihr seine Liebe wahrnehmen und schmecken. Denn diese Gabe kommt aus ihr und trägt sie in sich. Welches ist die Gabe Gottes, durch die die Liebe Gottes für uns wahrnehmbar wird? Seinen einzigen Sohn, nicht nur mancherlei Boten, die an Gott erinnerten, sandte er uns – ihn, der so einzig wie Gott selbst ist und nicht seinesgleichen hat, der in einer unvergleichlichen Einheit mit Gott steht und seines Wesens teilhaftig ist. Ihn sandte er zu uns und stellte er ganz in diese unsere Welt hinein, so daß er mit uns ein Glied derselben Welt geworden ist. In die Welt hinein stellte Gott den Sohn, wo doch für sein göttliches Wesen und Leben kein Raum war, wo der Tod und das Kreuz auf ihn warteten. Dennoch sandte er ihn zu uns als den Überbringer des größten Geschenks, und das ist für uns erstorbene Menschen das Leben. So ist es an und in uns offenbar geworden, daß Gott Liebe ist, und das Unglaubliche ist uns gezeigt, daß Gott nicht das Seine sucht, sondern das Unsere, daß er nicht sich verherrlicht, sondern uns und sich dadurch verherrlicht, daß er uns erhöht.

4,10: *Darauf beruht die Liebe, nicht daß wir Gott geliebt haben, sondern daß er uns liebte und seinen Sohn als Versöhnung für unsere Sünden sandte* (2,2; Röm. 3,25). Nicht durch unsere Liebe bewegen wir Gott dazu, uns zu lieben. Wir vergessen ihn mit leichtem Herzen und kümmern uns wenig um seinen Willen. Auch nicht auf die Liebe, die wir durch Christus lernen und empfangen, ist die Liebe Gottes aufgebaut. Wie unsäglich kümmerlich bleibt sie in uns, so daß wir uns über die Weise, wie wir Gott je und je behandeln, schämen müssen. Seine Liebe kommt aus seinem eigenen Herzen; er selbst ist sie. Er hat uns ja Jesus dazu gesandt, damit uns unsere Sünden vergeben seien. So wenig sind wir die Anfänger der Liebe, daß

Gott selbst uns zuerst dadurch zu ihr fähig und ihrer würdig machen muß, daß er unsere Sünden durch sein Vergeben wegschafft. Dazu hat er uns seinen Sohn gesandt, damit er für unsere Sünden die Deckung schaffe; damit hat er selbst seiner Liebe die Bahn geöffnet, auf der sie zum Sünder, der lieblos und gottlos geworden ist, herniedersteigen kann.

„Ihr könnt euch nicht besinnen", sagt Johannes der Gemeinde, die auf ihn hört, „was jetzt eure Schuldigkeit und Aufgabe ist." 4,11: *Geliebte, wenn uns Gott so geliebt hat, so sind auch wir schuldig, einander zu lieben.* Die Gnade, die uns erwiesen ist, nimmt nun auch uns in ihren Dienst und beruft uns dazu, daß auch durch uns Liebe und Hilfe zu denen kommen, die wie jeder ihrer bedürftig sind. An der Liebe Gottes in der Sendung Jesu wird für uns erkennbar, was Gott uns als Pflicht und Beruf zuteilt. Das Werk Gottes will auch unser Werk bestimmen.

Wenn wir es lernen, den Menschen in echter Liebe zu dienen, wird uns das höchste Glück zuteil, das wir uns denken können. Es gibt nichts Größeres, als daß wir mit Gott verbunden sind, so daß er mit uns redet, uns unterweist, uns erfreut und begabt – nichts Größeres als dies, daß wir Gottes Liebe in uns haben und sie bei uns zu ihrem Ziel kommt und sich an uns in ihrer ganzen Kraft und Seligkeit offenbart. Wie können wir dahin kommen? 4,12: *Keiner hat Gott je gesehen; wenn wir einander lieben, bleibt Gott in uns, und seine Liebe ist in uns vollendet* (Joh. 1,18; 1. Tim. 6,16). Gott steht als der Schöpfer in einer unaufhebbaren Entfernung über uns, seinen Geschöpfen, so daß ihn kein menschliches Auge erfaßt. Wenn aber die Liebe uns zueinander führt und eine einträchtige Gemeinde aus uns macht, wird es uns gegeben, daß wir mit ihm durch eine reiche und wirksame Gemeinschaft verbunden sind. Die stolzen Geister, die die Gemeinde auf einen anderen Weg führen wollten, redeten in großen Worten von ihrer Gemeinschaft mit Gott, verachteten aber die Brüder und dachten von der selbstlos dienenden Liebe gering. So wurde aus ihrer angeblichen Gemeinschaft mit Gott eine Träumerei. Sie suchten mit hohlen Worten in das verborgene Geheimnis Gottes einzudringen und zertraten, was im hellen, wirklichen Lauf des Lebens göttlich ist. Diejenige Gemeinschaft mit Gott, die Leben ist, hat dagegen das Zeugnis beider Boten für sich, die von oben her in die

Welt gekommen sind: das Zeugnis des Geistes und das des Sohnes. 4,13: *Daran erkennen wir, daß wir in ihm bleiben und er in uns, daß er uns von seinem Geist gegeben hat.* Johannes hat seine Gemeinde schon 3,24 daran erinnert, daß Gott durch seinen Geist bei ihr gegenwärtig ist und sie zu einer festen, unzerbrechlichen Gemeinschaft mit sich verbindet. Den Erweis für sie haben wir nicht nur in uns, sondern auch vor uns: Jesus ist ihr Grund; das Zeugnis von ihm und das Bekenntnis zu ihm versetzt uns in die Verbundenheit mit Gott. 4,14.15: *Und wir haben gesehen und bezeugen, daß der Vater den Sohn als Retter der Welt gesandt hat* (Joh. 4,42). *Wer bekennt, daß Jesus der Sohn Gottes ist, in dem bleibt Gott und er in Gott.* Johannes hebt die Zuverlässigkeit der der Gemeinde gegebenen Botschaft von Jesus hervor. Er und seine Mitapostel haben Jesus gesehen und reden als Zeugen, wenn sie verkündigen, daß Jesus der von Gott gesandte Sohn gewesen ist, den der Vater der Welt dazu gegeben hat, damit er ihr die Errettung von allen Verderbensmächten bringe. Je klarer wir den Grund erfassen, auf dem unsere Gemeinschaft mit Gott beruht, um so ernster machen wir uns auch an unsere Aufgabe, einander zu lieben; denn nur dann können wir uns die Gemeinschaft mit Gott bewahren und bleiben wir in sie eingeschlossen.

4,16: *Und wir haben die Liebe, die Gott zu uns hat, erkannt und geglaubt. Gott ist Liebe, und wer in der Liebe bleibt, bleibt in Gott und Gott in ihm.* Das ist der Ertrag, der sich aus der Sendung Jesu für seine Gemeinde ergibt: die Erkenntnis der Liebe Gottes ist uns so gegeben, daß wir an diesen Gott der Liebe glauben. An Jesus wird uns die Liebe Gottes sichtbar mit einer zum Glauben erweckenden Kraft und möchte von uns mit einem ganzen Ja aufgenommen werden. Wer sich im Glauben zu Jesus bekennt, hat anerkannt, daß Gott uns wahrhaftig liebt. In Jesus steht uns die Wahrheit, daß Gott Liebe ist, vor Augen; wir tragen sie nun als Gewißheit in uns. So wissen wir auch den Weg, wie wir in der Gemeinschaft mit Gott bleiben können: eben dadurch, daß wir uns nicht von der Liebe scheiden. Nur eins ist not: daß die Liebe uns in unserem Verkehr untereinander leite. Fallen wir durch unser Tun nicht aus der Liebe heraus, so haben wir den festen Stand in Gott gewonnen, den auch der Tag des Gerichts uns nicht wegnehmen wird.

4,17: *Dadurch ist die Liebe bei uns vollendet geworden, damit wir am Tag des Gerichts Freudigkeit haben; denn wie er ist, so sind auch wir in dieser Welt.* Die letzte und höchste Erprobung unserer Gemeinschaft mit Gott wird uns der Gerichtstag bringen. Die dringliche Mahnung, in ihm zu bleiben, die Johannes so oft an die Gemeinde Jesu richtet, hat ewigen Sinn und reicht bis zum Gericht und darüber hinaus. Deshalb bezeugt der Apostel mit dankbarem Herzen, daß ihm auch die Furcht vor dem Gericht abgenommen ist; mit Freudigkeit sieht er ihm entgegen. Dadurch bewährt Gott die Vollkommenheit seiner Liebe; denn nun gibt sie uns alles, dessen wir bedürfen, und hilft uns nicht nur jetzt, sondern für die Ewigkeit; sie nimmt uns nicht nur jetzt den Bann des Todes ab, sondern verleiht uns auch alles, was uns für den Durchgang durch das Gericht und den Eingang in das ewige Reich Gottes nötig ist. Sich selbst hat die Liebe Gottes für uns zum Weg in das Himmelreich gemacht; sie bringt uns dadurch dorthin, daß wir in ihr bleiben. „Wer in der Liebe bleibt, der bleibt in Gott", und wer in Gott geblieben ist, hat auch am Gerichtstag Freudigkeit. Die Liebe, die uns Gott erwiesen hat, ist also etwas Ganzes und Vollkommenes. Sie stiftet nicht nur einen Anfang, sondern bringt ihn auch zur Vollendung. Sie schenkt sich uns nicht nur, sondern bewirkt auch, daß wir sie behalten und nicht mehr verlieren. Sie selbst macht alles; alles hängt an ihr, auch unsere Vollendung in der Ewigkeit. Sie bedarf keiner Nachhilfe oder Ergänzung, sondern vollbringt ihr Werk machtvoll und herrlich bis zu ihrem Ziel.

Freudigkeit, ein frohes, zuversichtliches Herz im freien Blick auf Gott und Christus hat die Gemeinde Jesu auch am Tag des Gerichts, weil sie so ist, wie Jesus ist. Daraus entsteht unsere Freudigkeit, daß wir durch die Liebe ihm ähnlich geworden sind. Er hat der Liebe Gottes an der Welt gedient und die Liebe in ihrer göttlichen Art und Kraft in sich gehabt; er hat aber auch uns die Liebe geschenkt und schenkt es uns, daß wir in ihr bleiben. So tragen wir in der Liebe, die wir aus seiner Liebe schöpfen, sein Bild in uns. Daraus entspringt Freudigkeit und lebendige Hoffnung. Sind wir wie er, so richtet und verwirft er uns nicht. In dieser Welt sind wir wie er; deshalb werden wir in der Ähnlichkeit mit ihm bleiben, auch wenn diese Welt vergangen sein wird. Sind wir schon jetzt, während doch in dieser Welt sein Bild an uns noch verborgen ist, dennoch wie er, wieviel mehr wird sein Bild an uns hervorglänzen, wenn wir ihn sehen werden, wie er ist!

4,18: *Furcht ist in der Liebe nicht; sondern die vollkommene Liebe treibt die Furcht hinaus, weil die Furcht Strafe hat; wer sich aber fürchtet, ist in der Liebe nicht vollendet.* Der Blick auf den Tag des Gerichts erweckt natürlicherweise die Furcht. Aber die Liebe macht von ihr frei und überwindet sie (3,19). Worauf soll sich die Furcht noch gründen, wenn die Liebe Gottes uns umfaßt, lauter Güte und Gnade, lauter Willigkeit zu helfen, zu vergeben, zu verherrlichen, und wenn diese Liebe nichts anderes von uns erwartet als wieder Liebe und sie in uns erweckt, so daß auch uns Liebe geschenkt ist und wir Gott wieder lieben dürfen? Da ist kein Raum mehr zur Furcht. Im Gedanken an das Gericht fürchten wir, Gott sei wider uns; aber die Liebe schafft, daß er für uns ist. Wir fürchten, er scheide uns von sich, aber die Liebe verbindet und einigt uns mit ihm. Wir fürchten, er schelte uns; aber die Liebe vergibt. Wir fürchten, er erniedrige uns; aber die Liebe erhöht. Wir fürchten, er setze uns in Dunkelheit und Todesschatten; aber die Liebe schafft Frieden und Freude und Leben. Wer im Glauben an Jesus der Liebe Gottes gewiß wurde und das Lieben lernte, darf – von aller Furcht befreit – wissen, daß Gott uns zum Leben in seiner Gemeinschaft führen will und wird.

Muß nicht auch Furcht in unserem Christenleben sein? Die Heilige Schrift pflanzt die Furcht vor Gott in uns; sie nennt sie den Anfang der Weisheit. Auch das apostolische Wort erzieht uns zu ihr und bringt sie Hand in Hand mit dem Glauben zu kräftiger Wirkung. „Wir kennen“, sagt Paulus, „die Furcht des Christus“ und „wirken unsere Seligkeit in Furcht und Zittern“ (2. Kor. 5,11; Phil. 2,12). Johannes weiß auch, weshalb sie zu Recht besteht und festzuhalten ist; sie ist Strafe, und sie ist das nach Gottes Ordnung. Aus der Sünde entspringt sie, und ihretwegen ist sie notwendig und heilsam. Sie ist die Antwort Gottes auf unser Sündigen. In ihr erfahren wir, daß das Böse trennend zwischen Gott und uns steht, daß wir ihn wider uns haben und unter seinem Zorn stehen. Sowenig wir unsere Sünden ableugnen dürfen, sowenig dürfen wir die Furcht ausstoßen. Es gilt, sie zu haben und ihr reinigendes Werk an uns geschehen zu lassen; sie soll uns vom Bösen lösen, zum Glauben treiben und uns von uns selbst weg auf Gott weisen, damit wir zu seiner Liebe fliehen und verstehen, daß und wie Christus die Versöhnung für unsere Sünden ist. Weil aber die Furcht aus unserer Sünde erwächst und im Zorn Gottes begründet ist, ist sie nicht in der Liebe, und weil wir in Gott nicht nur Zorn finden und in uns nicht nur Sünde finden, sondern Gott uns seine Liebe erwiesen hat und in uns Liebe schafft, werden wir über die Furcht emporgehoben zu einer Freude, die Gott von ganzem Herzen danken kann.

Wer das nicht kann, weil er in der Furcht gefangen bleibt, dessen Liebe hat noch Risse und Löcher, ist noch unfertig und gemischt. Besser ist es freilich, wir fürchten uns, als wir hätten in Trotz und Verhärtung die Furcht abgeschüttelt. Wer sich aber fürchtet, steht erst im Anfang und hat weder die göttliche Liebe in ihrer Vollkommenheit gefaßt noch sich selbst von ihr zur ganzen Liebe führen lassen. Johannes warnt den, der sich fürchtet: „Gib acht auf deine Liebe, darauf, was du den Menschen bist, gönnst und tust! Wenn du nicht aus der Furcht herauskommst, so liegt es an den Schäden in deiner Liebe, am Neid und Haß gegen den oder jenen, an der Unversöhnlichkeit, an der Härte und eigensüchtigen Trägheit hier und dort. Wenn und wo du es an der Liebe fehlen lässest, schädigst du auch deine Freudigkeit und deinen Frieden in Gottes vollkommener Liebe." Aus solchen Rissen in der Liebe entsteht die Furcht als Strafe und Züchtigung, als Stachel und Antrieb, der uns zur vollkommenen Liebe treiben soll.

Weil Johannes von der vollkommenen Liebe gesprochen hat, die der Furcht verwehrt, sich in unserem Herzen festzusetzen, und uns die Freudigkeit vor Gott jetzt und am Tage des Gerichts verleiht, zeigt er nochmals auf die Quelle der Liebe in Gott hin. 4,19: *Wir lieben, weil er uns zuerst geliebt hat.* In Gott entspringt die Liebe, nicht im Menschenherzen. Weil seine Liebe uns in unserer Sündigkeit suchte, als wir von Liebe zu ihm noch nichts wußten, sondern ihn vergessen hatten und uns selber lebten, weil er zuerst seine Liebe uns gab und uns die Gaben seiner Gnade schenkte, können auch wir das Lieben lernen und empfangen wir die Freude, aber auch die Pflicht, daß die Liebe auch uns durchdringt und bewegt.

Unsere Liebe verdirbt aber, wenn wir sie nur Gott geben wollen.

Er erscheint uns groß, herrlich, gnadenreich. Seine Gabe und Hilfe, sein Reich und Leben hätten wir gern. Ihn wollen wir ehren und ihm danken und ihn über alles schätzen als unser höchstes Gut. Er hat uns ja zuerst geliebt! Aber die Brüder, die Menschen neben uns, sind uns widerwärtig; sie verletzen und hindern uns; gegen sie erbittert sich unser Herz und findet an ihnen keine Liebenswürdigkeit. So wird unsere Liebe krank und stirbt, weil sie sich in eine Lüge verwandelt. 4,20: *Wenn jemand sagt: Ich liebe Gott, und seinen Bruder haßt, ist er ein Lügner. Denn wer seinen Bruder nicht liebt, den er gesehen hat, kann nicht Gott lieben, den er nicht gesehen hat.* Wir können nicht zugleich hassen und lieben, nicht zugleich den Bruder hassen und Gott lieben. Solange wir den Bruder unwillig abstoßen und zornig ablehnen können, ist es eine Lüge, daß wir Gott liebhaben. Es mag uns leichter scheinen, Gott zu lieben als den Bruder. Das ist aber eine Täuschung; denn den Bruder sehen wir; Gott aber sahen wir nie. Mit dem Bruder stehen wir im lebendigen Verkehr, sehen, was er bedarf, und seine Bedürftigkeit redet unmittelbar zu unseren Herzen. Unsere Liebe hat keine Mühe und Schwierigkeit, ihn zu erreichen. Jedes gute Wort gelangt zu ihm; jede Gabe kommt in seine Hand. An seinem Leid können wir mittragen, an seiner Freude uns mitfreuen. Hier ist die Liebe leicht; denn die Mittel, wodurch sie tätig und kräftig werden kann, sind uns hier gegeben, und die Gelegenheit für sie ist bereit. Bringen wir es nicht einmal hier zur Liebe, weil wir zu ihr unfähig sind und das Herz uns durch die Kälte der Sünde erstorben ist, dann vermögen wir es noch weniger, unsere Liebe ins Unsichtbare zu erheben und den in Ehren zu halten, den man so leicht vergessen und verachten kann, weil man ihn nicht sieht. Es ist nur Täuschung, wenn wir meinen, wir könnten Gott besser lieben, weil er uns ferner ist, unserer Gabe nicht bedarf, uns nichts zu tragen gibt und kein Vergeben braucht, als würde die Liebe am besten in der Entfernung gedeihen gegenüber dem, der nichts von uns bedarf und dem wir nichts zu geben imstande sind. Das ist das Gegenteil der Liebe. Sie freut sich, wenn der geliebte Mensch uns nahe ist und wir unsere Liebe ihm zeigen können; sie freut sich nicht, wenn sie nichts zu tun hat, sondern dient gern. Nahe sind wir beim Bruder; dienen können wir nur ihm. Bleibt hier die Liebe aus, so ist sie gar nicht da.

4,21: *Und dieses Gebot haben wir von ihm, daß der, der Gott liebt, auch seinen Bruder lieben soll.* Zur Liebe gegen den Bruder verpflichtet uns zudem das ausdrückliche Gebot Gottes. Wir können also dem Bruder die Liebe nicht versagen, ohne Gott den Gehorsam zu versagen. Es ist aber nicht Liebe zu Gott, wenn wir sein Gebot verachten. Wie der Glaube, so läßt sich auch die Liebe durch kein Gebot machen und erzeugen. Sie entspringt als die eigene Regung unserer Seele in Freiwilligkeit. Darum hat Johannes auch nicht nur auf Gottes Gebot, sondern auf Christus hingezeigt, durch den wir zuerst geliebt worden sind mit Gottes eigener Liebe, die sich uns in ihm bezeugt und schenkt. An der Tat der Liebe Gottes hat unsere Liebe ihren Grund. Wir sollen es aber wissen und festhalten, daß uns auch ein Befehl Gottes an sie bindet, so daß wir die Liebe nicht verletzen können, ohne daß wir uns am Gebot Gottes vergreifen. Das macht uns sorgsam in der Weise, wie wir die Liebe pflegen, und gibt ihr eine heilige Notwendigkeit und Unverletzlichkeit.

5,1-12

Die Kraft und der Grund des Glaubens

Weil die Liebe uns durch Christus gegeben ist, entsteht sie mit dem Glauben an ihn und kann sie in uns nicht absterben, solange der Glaube an Jesus in uns lebendig ist. Damit bekommt der Brudername für uns seinen ernsten Sinn. Wie wir Gott ernsthaft unseren Vater heißen, ebenso ernsthaft sind wir füreinander Brüder. 5,1a: *Jeder, der glaubt, daß Jesus der Christus ist, ist aus Gott geboren* (4,2). Wer Jesus, sein Amt und Werk, erkennt und sich im Glauben an ihn anschließt, darf zu Gott aufsehen als zu dem, der uns innerlich ergreift, leitet und lebendig macht. Dies Erleben kann jedoch niemand nur für sich allein bejahen; es gilt für jeden, der an Jesus, den Christus, glaubt, in derselben Weise wie für ihn. Wir können nicht bloß unseren Glauben als den Anfang und Grund des ewigen Lebens schätzen, sondern müssen es ebenso für die anderen tun. Sie sind in derselben Weise Gottes Schöpfung wie wir selbst, haben dieselbe Lebensgabe von ihm empfangen und sind mit ihm in der gleichen Weise verbunden. Darum einigt uns der Glaube an Christus untereinander; denn er gibt uns an derselben Gnade teil, durch die wir den einen Vater haben. Deshalb macht der Glaube an Christus aus uns eine brüderlich geeinigte Gemeinde, die der rechte Ort und die Heimat der Liebe ist.

Wer die Gerechtigkeit tut, hat uns Johannes 2,29 gesagt, ist aus Gott erzeugt, und wer Liebe übt, ist es (4,7), und wer glaubt, daß Jesus der Christus ist (5,1). In der Gerechtigkeit, der Liebe und dem Glauben kommt das Samenkorn ans Licht, das Gott in uns einpflanzt. Das sind die Erweisungen der von ihm uns geschenkten Lebendigkeit und die Glieder unseres inneren Menschen, die er alle von Gott empfängt. Mit dem Glauben, der Jesus in seinem königlichen Beruf erkennt und festhält, zeigt Johannes auf das erste Stück des christlichen Lebens hin, durch das die Gemeinde entsteht. Von denen, die sich zu dem Heilandsamt Jesu bekennen, sollen wir gewiß sein: sie sind ein Werk Gottes und uns zu Brüdern gegeben, die ohne Furcht und Vorbehalte zu lieben sind. Denn der, dem der Glaube an Jesus, den Christus, gegeben ist, hat damit nicht nur eine einzelne göttliche Gabe empfangen, die im übrigen sein altes Wesen unverändert ließe. Damit wird vielmehr alles in ihm neu; er steht nun anders zu Gott und anders zur Welt als früher; denn er steht nun bei Christus und hat an dem teil, was Christus gibt und schafft. Der Glaube macht uns zu neuen Menschen; denn die gläubige Erfassung des Christus verleiht uns die ganze Gnade und schließt uns in sein ganzes Werk ein. Wir sehen nicht erst an unserer Liebe und an unserem Rechttun, wie väterlich Gott an uns handelt und wie vollkommen er uns mit sich verbunden hat, sondern sehen das entscheidend an Jesus, den Gott uns zu unserem Herrn gemacht hat, so daß wir uns gläubig zu ihm bekennen dürfen. Wenn Gott uns den Glauben an Jesus schenkt, führt er uns zugleich zur Liebe und zur Gerechtigkeit, und wir sehen auch an ihnen, daß er unser Vater geworden ist und uns das ewige Leben gegeben hat. Damit wird aber unser Blick nicht von Christus weggezogen, weil uns alle Gnade und Gabe Gottes durch Christus gegeben ist. Auf Gott, der in Jesus unser Vater ist, kann man nicht blicken, ohne daß das Herz sich ihm zuwendet und sich ganz ihm zu eigen gibt. Wiederum kann unser Herz sich dem Vater nicht zuwenden, ohne daß es auch dem Bruder zugewandt ist, der wie wir durch den Vater zum Leben gebracht ist.

5,1b: *Und jeder, der den liebt, der ihn geboren hat, liebt den, der aus ihm geboren ist.* Jeder, dem die Erkenntnis des Vaters im Glauben an Jesus geschenkt ist, ist damit in die Gemeinde hineingeführt und mit denen verbunden, denen Gott wie ihm zum Vater geworden ist, die Gott in gleicher Weise durch den Glauben an Christus erneuert und mit göttlicher Art beschenkt.

Darum ist die Liebe zu den Brüdern mit der Liebe zu Gott eins; sie entsteht aus ihr, ist mit ihr da und hat in ihr ihre Kraft und Wahrheit, darum auch ihr Merkzeichen und ihr Maß. 5,2: *Dadurch erkennen wir, daß wir die Kinder Gottes lieben, wenn wir Gott lieben und seine Gebote tun.* Jeder, den Gott zu sich gezogen hat, so daß er ihm lebt, gibt denen, die mit ihm dem Christus gehören, alles, was ihnen nach Gottes Willen gebührt. „Wenn ihr euch aneinander versündigt", sagt Johannes, „so liegt das daran, daß Gott euch nichts gilt. Ihr ehrt ihn nicht, ihr habt euch ihm entzogen. Ist euch Gott gleichgültig, so wird euch auch der Bruder gleichgültig, und die Liebe erstirbt auch gegen ihn."

Die Liebe zum Bruder scheint kein besonderes Merkmal nötig zu haben, da wir ihn ja sehen und es sofort merken, ob unser Herz ihm offen ist und unsere Hand sich für ihn regt. Ist nicht vielmehr unsere Liebe zu Gott eines Merkmals bedürftig? Sie erhält auch sofort ein solches. Zuerst aber will uns Johannes einen Maßstab geben, an dem wir unsere Liebe zu den Menschen prüfen und unterscheiden können, was echt und unecht an ihr ist. Denn auch hier ist Täuschung möglich. Es gibt als Liebe erscheinende Stimmungen und Handlungen, die doch im Wesen von der echten Liebe ganz verschieden sind. Die Liebe kann sinnlich und selbstisch verunreinigt sein, so daß aus ihr ein weichliches Wohlgefallen an den anderen wird, das sich feig und liebedienerisch an sie hängt und in Menschenknechtschaft verstrickt. Das ist nicht Liebe; denn so dienen wir den anderen nicht redlich, haben nicht ihr Wohl im Auge und achten nicht auf das, was ihnen zum Leben aus Gott hilft und sie darin fördert. Daraus, wie wir selbst zu Gott stehen, ergibt sich, wie es mit unserer Liebe zu den Menschen steht. Die echte und fruchtbare Liebe zu den Brüdern erwächst aus der Liebe zu Gott. Wenn wir sie Gottes wegen lieben, ist ein reines Wohlwollen in uns geboren, und wir sind einander wirklich zum Heil.

„Wenn wir Gott lieben“ – dazu fügt Johannes noch: „und seine Gebote tun“. Die unechte, verdorbene Liebe bricht Gottes Gebote, um den Menschen zu gefallen und zu Willen zu sein. Allein jede Liebe, die die Gebote Gottes verletzen kann, ist krank. Die heilige und reine Art der aus Gott stammenden Liebe zeigt sich darin, daß sie sich nie mit Unrecht und Unwahrhaftigkeit vermischt, nie im Willen und in den Wünschen der Menschen ihr Gesetz sucht, sondern, so ernst und eifrig sie ihnen dient, dies deswegen tut, weil sie Gott und seinem Gebot gehorcht.

5,3: *Denn dies ist die Liebe zu Gott, daß wir seine Gebote bewahren, und seine Gebote sind nicht schwer* (Matth. 11,30). Gott lieben und seine Gebote bewahren hat Johannes zuerst nebeneinander gesetzt. Es ist dies aber nicht zweierlei, sondern eine und dieselbe Sache. Eine Liebe zu Gott, die ihm nicht gehorchte, gibt es nicht; der Gehorsam und die Liebe sind völlig eins. Wir können nicht selbst die Gelegenheit erfinden, wie wir Gott dienen, und die Gaben ersinnen und wählen, die wir ihm geben wollen. Die Weise, wie wir ihn lieben können, zeigt vielmehr er uns durch sein Gebot. Anderer Gaben bedarf Gott nicht und verlangt er nicht; nur für sein Gebot erwartet er von uns den Gehorsam. Darum offenbart sich allein am Gehorsam gegen Gott unser Eifer und unsere Hingebung für ihn, und was er für uns bedeutet, zeigt sich daran, was sein Gebot uns gilt.

Wir jedoch fürchten seine Gebote und schrecken vor dem Weg, den er uns gehen heißt, zurück, als ob er uns Unmögliches zumute und eine erdrückende Last auferlege. Unser törichtes Herz ängstigt sich aber ohne Grund; denn die Gebote Gottes drücken nicht und bereiten uns keine Qual. So redet die Liebe; sie treibt die Furcht aus; denn sie kennt die gnädige Absicht Gottes und sieht den Segen des Gebots; sie hält sich vom Bösen fern, weil es Gott widerwärtig ist, und freut sich auch an der Zucht und Schranke, die uns das Gebot auferlegt, weil sie uns auf dem Weg Gottes erhält; sie verleiht einen fröhlichen Trieb, Gott zu dienen. Und die Liebe behält mit ihrem Urteil über die Gebote Gottes recht. Denn die Liebe Gottes führt uns so, daß wir seine Gebote wohl ertragen und mit Freude ausführen können; wir werden auf dem Weg des Gehorsams nicht Schaden leiden, sondern zur vollkommenen Freude und zum ewigen Leben gelangen (2,17).

5,4a: *Denn alles, was aus Gott geboren ist, überwindet die Welt.* Was der Gemeinde Jesu den Weg Gottes schwer macht, ist die Welt, die sich den Geboten Gottes widersetzt. Wir sollen den Namen des Christus durch Glauben ehren; aber der Welt gilt er nichts. Darum müssen wir uns gegen ihren Einfluß wehren, der uns zur Gleichgültigkeit gegen Jesus verleiten will. Wir sollen uns durch die Liebe leiten lassen; aber die Welt macht uns durch ihre Bosheit die Liebe schwer und bringt uns in Gefahr, daß unsere Liebe befleckt, schwach und kalt wird. Daraus entsteht für uns viel Kampf. Er muß aber nicht unentschieden und sein Ausgang nicht zweifelhaft bleiben; wir haben vielmehr den Sieg. Der Herr, dem Gott das Leben gegeben hat, bleibt im Kampf mit der Welt der Sieger, wehrt ihren Angriff ab, zerstört ihren Wahn, entkräftet ihren Haß und macht, daß ihre bösen Werke nicht gelingen. Frei und freudig steht Johannes da, durch nichts belastet. Gott bedrückt ihn nicht, und die Welt drückt ihn auch nicht nieder. Gottes Gebot ist ihm keine schwere Bürde, und der Widerstand der Welt beugt ihn nicht. Beides hängt innerlich zusammen. Weil das Gebot Gottes ihm keine Last ist, darum liegt ihm auch die Welt nicht schwer auf. Schwer, knechtend und übermächtig ist sie uns nur dann, wenn wir mit dem Gebot Gottes im Streit stehen und uns nicht an ihm freuen. Allem, was aus Gott geboren ist, spricht Johannes den Sieg über die Welt zu, weil es die Schöpfung und das Eigentum Gottes ist. Er heißt uns gläubig auf die Macht Gottes sehen, es gläubig festhalten, daß er uns das Leben gegeben hat. Hierauf beruht ganz in derselben Weise sowohl unsere Unfähigkeit zum Bösen als auch unsere Überlegenheit über die Welt, die uns zu Überwindern macht. Wir haben unsere Überlegenheit gläubig bei Gott zu suchen, der das, was er lebendig macht, von niemand zerstört werden läßt.

5,4b: *und dies ist der Sieg, der die Welt überwunden hat, unser Glaube* (Joh. 16,33). Ohne den Glauben erliegen wir sofort der Versuchung, uns dem allgemeinen Zustand anzugleichen; wir könnten uns leicht in unserem Wollen lähmen lassen. Der Kampf ist deswegen zu unseren Gunsten entschieden, weil wir durch den Glauben an Jesus mit Gott verbunden sind. Dadurch sind wir von Gott getragen und können Druck und Härte von Menschen aushalten, ohne daß wir geknickt und gebeugt werden. Wir lassen uns auch durch ihre

Ehre und Lust nicht verlocken und durch ihre Verleumdungen nicht verbittern und durch ihre Sünden nicht anstecken und durch ihre Lügen nicht verwirren und werden in ihren Unfrieden nicht hineingezogen. In all dem können wir uns von der Welt um uns her frei halten, weil wir im Glauben mit Christus verbunden sind. Darum haben wir die Macht, in die Dunkelheit der Welt das Licht Gottes hineinzutragen, die Gewissen der Menschen aufzuwecken, ihre bösen Werke zu strafen, sie aus dem Schlaf zu wecken, ja ihnen aus dem Tode zu helfen – dadurch, daß sie durch uns Jesus, den Christus, kennenlernen. Dazu gibt uns aber nur der Glaube die Kraft und das Vermögen.

Johannes spricht gläubig von der Macht des Glaubens und sagt deshalb, daß der Sieg im Christus schon gewonnen ist. Von außen her kann es so aussehen, als ob der Kampf noch unentschieden wäre, als ob es der Welt vielleicht doch gelingen könnte, uns zu fangen, uns Christus zu verdunkeln, unser Wort zu ersticken und unser Herz zu verwirren. So sieht es oft aus, wenn wir auf uns selbst und auf unser Schwanken blicken. Aber anders sieht es aus, wenn wir im Glauben zu Gott aufblicken. Da dürfen wir sprechen: „Du hast uns den Sieg gegeben und alle Verführung und alles Verderben, das uns von der Welt her droht, zunichte gemacht; wir sind ihr entronnen und von ihr erlöst."

Daran zeigt sich wieder deutlich, was wir verlieren, wenn wir Jesus verleugnen und durch falsche Propheten und lügnerische Geister uns von ihm abwendig machen lassen. 5,5: *Wer ist der, der die Welt überwindet, außer dem, der glaubt, daß Jesus der Sohn Gottes ist?* Jesus hat den Sieg über die Welt auf seinem Kreuzesweg gewonnen und wird ihn behalten als der ewige König der zu Gott berufenen Gemeinde. Darum besitzen wir den Sieg dadurch, daß wir uns an Jesus halten, uns auf sein Versöhnungswerk gründen und von seinem Geist uns leiten lassen. Die stolzen Geister sprachen auch davon, daß sie sich die Menschheit untertan machen werden. Johannes heißt das aber eine leere Prahlerei. Wer sich vom Sohn Gottes abwendet, verfällt der Welt und ihrer Art; sein Weg verflicht sich mit dem ihren, und ihr Ende wird das seine. Es gibt im ganzen Bereich der Welt nur einen einzigen, der über sie erhaben ist und wie ein Fels aus ihrer Flut aufragt. Das ist Jesus, der nicht aus der

Menschheit hervorging, sondern aus Gott. Wer ihm im Glauben untertan ist, ist über die Welt emporgehoben; wer sich von ihm trennt, versinkt in ihrer Flut.

Darum heißt uns Johannes nochmals bedenken, was unserem Glauben die feste, unerschütterliche Gewißheit gibt. 5,6a: *Dieser ist der, der durch Wasser und Blut gekommen ist, Jesus Christus, nicht bloß mit dem Wasser, sondern mit dem Wasser und mit dem Blut.* Der Weg Jesu führte ihn durch das Wasser durch: er ließ sich taufen, stellte sich unter den Bußruf an Israel, beugte sich vor Gott, anerkannte Israels Schuld und besiegelte zugleich das gnädige Wort Gottes, daß sein Reich nahe sei und jetzt in die Welt komme. Eben damals empfing er das Zeugnis Gottes, das ihn als seinen Sohn offenbarte, an dem Gott Wohlgefallen hat, und der Geist kam und blieb auf ihm. Aber noch Größeres geschah durch Jesus. Nicht bloß durch das Wasser empfing er sein Heilandsamt, sondern auch durch das Blut: willig nahm er das Kreuz auf sich, gab sein Leben als Opfer dar und vergoß sein Blut zur Versöhnung der Welt und zur Aufrichtung des Neuen Bundes. Die Taufe war der Anfang seines Heilandswerkes; sein Sterben am Kreuz war dessen Vollendung. Johannes faßt beides zusammen, weil beides gleichartig ist, in derselben Weise den Beruf Jesu offenbarte und sein Heilandswerk in Gang brachte. Was er mit der Taufe begann, hat er mit dem Kreuz vollendet. Schon in der Taufe hat er sich mit uns sündigen Menschen verbunden als der, der unsere Sünde trägt, sich vor Gott dahin stellt, wo wir stehen, und uns dadurch Vergebung bringt. Als er sich erniedrigte und sich uns gleichstellte, erhob ihn Gott zu sich; darum bringt uns seine Gemeinschaft mit uns den Frieden Gottes, die Tilgung unserer Sünde und die Einpflanzung in das Himmelreich. Diese seine Gleichstellung und Gemeinschaft mit uns, den Sündigen, vollendete er am Kreuz. Da trat er ganz und entscheidend an unsere Stelle, an den Ort, der uns, den Sündern, gebührt; da trug er das Gericht Gottes, heiligte sein Gesetz, um der Gnade zu dienen, suchte und fand für uns die Vergebung, die Entlastung von aller Schuld und die Versöhnung mit Gott. Darum wurde er durch sein Blut hindurch zum Thron Gottes erhöht und zum Herrn über alle gemacht, die in der Liebe Gottes stehen und seines Reiches teilhaftig sind.

Weil Wasser und Blut die Mittel waren, durch die Jesus den Willen Gottes tat und der Gnade Gottes diente, hat er beides auch der Gemeinde hinterlassen als seine Zeichen, die von ihm zeugen und ihr seine Gnade zutragen, das Wasser, das ihr in der Taufe die Vergebung ihrer Sünde schenkt und sie zu Gott hinzubringt, und das Blut, an dem sie durch den Kelch des Christus, den er sie trinken heißt, Anteil hat; denn durch diesen Kelch erstreckt sich die Kraft und Gnade seines Todes auf uns und sind wir mit ihm verbunden.

Wer Gottes Liebe nicht wahrnimmt, muß am Kreuz Jesu Anstoß nehmen; denn er kann nicht erkennen, daß Jesus durch die Preisgabe seines Blutes sein Heilandsamt vollendet hat. Johannes denkt auch hier an die Irrlehrer in den Gemeinden; sie priesen Jesu Taufe, bei der der Geist ihn erfüllte, als das große Ereignis, das ihn als den himmlischen Menschen geoffenbart habe, während sein Kreuzesweg ihnen anstößig war. Darum sagt der Apostel ernst: Nicht mit dem Wasser allein, sondern auch mit seinem Blut ist Jesus der geworden, der für uns in die Welt gekommen ist und uns Gnade und Leben erworben hat.

Wasser und Blut sind für sich allein stumm. Wozu sie dienen, was sie wirken, muß uns erläutert sein. Darum fährt Johannes fort: 5,6b: *und der Geist ist das, was Zeugnis gibt, weil der Geist die Wahrheit ist* (Offenb. 19,10). Der Geist ist das kräftige Mittel, durch das Jesus, der Christus, uns innerlich erfaßt, uns unterweist und verstehen lehrt, wozu er Wasser und Blut braucht und was er damit zu geben vermag. Er hat seiner Gemeinde nicht nur das Wasser und das Blut hinterlassen und als sein Testament geschenkt, sondern ihr auch den Geist verliehen, und der Geist erzeugt das Wort, bildet die Erkenntnis und stellt durch sein Zeugnis fest, was die Tat Jesu vor Gott bedeutet und uns verschafft. Der Geist hat über Jesus schon, als er die Wassertaufe auf sich nahm, das Wohlgefallen Gottes geoffenbart; durch den Geist hat Jesus mit seinen Jüngern von der erlösenden Kraft seines Todes geredet und ihnen die Augen dafür geöffnet, daß in seinem Kelch und Blut ihr Leben ist. Der Geist hat das kräftige Wort geschaffen, mit dem die Apostel den Segen des Kreuzes preisen. Der Geist läßt fort und fort in der Kirche den Sinn und Zweck der Taufe in uns deutlich werden; er zeigt uns in ihr die Gabe Gottes, daß durch dieses Wasser unsere Sünde tot, unsere Schuld erledigt ist und wir Gott geheiligt sind. So ist es auch der Geist, der uns durch den Kelch Jesu ihn selbst gegenwärtig macht, daß wir in seinem Tod nicht die Schwachheit, sondern das machtvolle Werk Gottes sehen und im Gekreuzigten den erkennen, der uns errettet hat und in uns lebt. Darum bleiben Wasser und Blut in der Gemeinde Jesu nichts Totes, Leeres, Äußerliches; sie kann ihre Wahrheit schmecken und ihre Kraft erleben; sie hat darin ihren reichen Schatz, der uns zu Christus zieht und bei ihm erhält, und dies deshalb, weil sich der Geist, der Zeugnis gibt, zum Wasser und zum Blut gesellt.

Der Geist ist der rechte Zeuge, ist glaubwürdig und kann überzeugen, weil der Geist Wahrheit ist. Das sagt Johannes nicht nur deswegen, weil in den Geist Gottes kein Irrtum eindringt, sondern auch deshalb, weil, wenn er bei uns ist, die Wahrheit bei uns ist. Gottes Geist läßt die Wahrheit in uns aufleuchten und befähigt und reinigt uns zu einem hellen Denken, das den Willen und das Werk Gottes erfaßt. Nur durch den Geist wird die Wahrheit unser Besitz. Sind wir auf uns selbst beschränkt, macht uns Gott nicht wach, leitet er nicht den Lauf unserer Gedanken, so bleiben wir im Dunkeln und verwickeln und verhärten uns darin. Darum ist der Geist als Zeuge für Jesus, den Christus, in die Welt gesandt, damit wir die Wahrheit empfangen.

Weil das Werk Jesu im Wasser und Blut durch den Geist gedeutet wird, werden auch Wasser und Blut zu Zeugen Jesu, die wirksam bekunden, was er für uns vollbracht hat. Jesus hat sein Wort in beides, in seine Taufe und in seinen Kelch, gefaßt, und dieses Wort wird durch den Geist für uns faßlich gemacht, so daß es in uns Glauben an Jesus wirkt und uns in diesem Glauben bewahrt. 5,7.8: *Denn die, die Zeugnis geben, sind drei: der Geist und das Wasser und das Blut, und die drei sind einträchtig.* Wir sollen diese Zeugen nicht voneinander trennen. Jesus ist weder nur der Geber des Geistes, durch den er in göttlicher Herrlichkeit in seiner Gemeinde gegenwärtig ist, noch nur der Geber des Wassers und des Blutes, die er in seiner irdischen Geschichte für uns bereitet hat; er ist in beiden zugleich der eine und selbe, der auf Erden war und jetzt im Vater ist. Wir müssen daher, wenn wir den Glauben an ihn finden wollen, auf sein Werk auf Erden sehen, von wo das Wasser und das Blut zu uns kommen, und zugleich hinauf zum Thron des Vaters blicken, von wo der Geist zu uns gekommen ist und kommt. Der Geist gibt uns ein innerliches, verborgenes Zeugnis, Wasser und Blut ein äußeres, sichtbares. Wir sollen nicht wegen des einen das andere verachten. Erst in ihrer Vereinigung vergegenwärtigen sie uns den ganzen Christus und bilden sie für uns den festen Glaubensgrund. Wasser und Blut bezeugen, daß Jesus in die Welt gekommen ist; der Geist bezeugt, daß er beim Vater ist. Jene bezeugen sein Werk in der Zeit, dieser sein Wirken in Ewigkeit; jene bezeugen, daß er unsere Versöhnung, dieser, daß er unsere Heiligung ist. Durch beides zusammen ist er unser Heiland und uns ganz geoffenbart.[1]

5,9a: *Wenn wir das Zeugnis der Menschen annehmen: Gottes Zeugnis ist größer.* Gott führte Jesus durch Wasser und Blut hindurch, nach Gottes Auftrag gab er der Kirche beides als sein Testament, und aus Gottes Hand empfing er für uns den Geist. Nun versagen wir einem menschlichen Zeugnis den Glauben nicht; das Zeugnis Gottes kann aber vollends Glauben beanspruchen; es duldet keinen Widerspruch. Unsere Unwilligkeit, ihm zu glauben, bringt uns mit uns selbst in Zwiespalt und das Fundament unserer Existenz ins Wanken. Was soll aus uns werden, wenn wir dieses Zeugnis nicht annehmen und daraufhin nicht handeln wollten? Wir sind fortwährend genötigt, uns auf den Bericht von Menschen zu stützen und ihnen Glauben zu schenken. Wer jedermann als Lügner behandeln und sich über jedes Zeugnis der anderen hinwegsetzen wollte, würde sich das Leben arm und zur Qual machen. Denn er würde die Gemeinschaft aufheben, in der wir allein gedeihen können. Wir sind aber nicht nur an das gewiesen, was Menschen uns bezeugen, sondern entscheidend an das, was Gott uns bezeugt; von ihm haben wir uns weisen zu lassen; sein Zeugnis haben wir als wahr und gültig zu behandeln und mit festem Entschluß unser Leben darauf zu gründen.

5,9b: *Denn das ist das Zeugnis Gottes, daß er über seinen Sohn Zeugnis gab* (Joh. 5,37). Einmal im Weltlauf tritt Gott als Zeuge auf und redet deutlich und gibt endgültige Bestätigung und sichere Wegleitung. Das geschah bei der Sendung Jesu, des Christus. Seinem Sohn hat er eine mächtige Beglaubigung gegeben, die sein Verhält-

[1] Die Worte: Drei sind es, die da zeugen im Himmel: der Vater, das Wort und der Geist, und diese drei sind eins, wurden erst in der abendländischen Kirche beigefügt.

nis zu ihm, dem Vater, erkennbar macht. Auf Jesus bezieht sich das Wort Gottes; wer es hier nicht annehmen will, der findet es an keinem anderen Ort; er hat sich gegen Gottes ganzes Wort verschlossen.

Das gibt dem Glauben an Jesus die dringliche Unerläßlichkeit. 5,10a: *Wer an den Sohn Gottes glaubt, der hat das Zeugnis in sich.* Dieses Zeugnis ist dem an Jesus Glaubenden nicht mehr nur ein Wort, das er von außen hörte, sondern er hat es dadurch, daß er an Jesus glaubt, in sich aufgenommen und trägt es nun in sich. 5,10b: *Wer Gott nicht glaubt, hat ihn zum Lügner gemacht* (1,10); *denn er hat an das Zeugnis nicht geglaubt, das Gott über seinen Sohn bezeugt hat.* Wer dem Zeugnis Gottes für Jesus keinen Glauben schenkt, hat den Verdacht gegen Gott, er könnte uns belügen und täuschen, da er ja sein Zeugnis verworfen hat. Darum hat, wer Jesus widerspricht, sich von Gott losgesagt. Alles in uns, was uns innerlich Gott unterwirft und ihn, den Heiligen, uns heilig macht, so daß wir wissen, daß wir keinen Vorwurf gegen ihn erheben dürfen, all das nötigt uns auch, Jesus so aufzunehmen, wie er uns verkündigt ist: als den Sohn Gottes.

Gottes Zeugnis besteht nicht nur in Worten, sondern in der Tat. 5,11.12: *Und dies ist das Zeugnis, daß Gott uns ewiges Leben gab und dieses Leben in seinem Sohn ist. Wer den Sohn hat, hat das Leben; wer den Sohn Gottes nicht hat, hat das Leben nicht.* Gott hat Jesus dadurch beglaubigt, daß er ihn zum Geber des Lebens für uns macht. Daß wir in Jesus das Leben haben und außer ihm es nicht haben, das ist das Zeugnis Gottes für ihn, durch das offenbar wird, daß er der Sohn Gottes ist.

5,13-21

Die die Gemeinde tragenden Gewißheiten

Johannes stellt zum Schluß die grundlegenden Wahrheiten zusammen, die der Gemeinde im Unterschied von der Welt und von jeder Verführung in ihrer eigenen Mitte ihren Weg zeigen. 5,13: *Dies schrieb ich euch, damit ihr wißt, daß ihr ewiges Leben habt, euch, die ihr an den Namen des Sohnes Gottes glaubt* (Joh. 20,31). Die an Jesus glaubende Gemeinde soll des ewigen Lebens gewiß sein. Das ist das Geschenk des Evangeliums, daß wir wissen, daß wir nicht der Raub des Todes sind, sondern ewiges Leben empfangen haben. Damit erst kommt die Freude und der Dank in unsere irdische Existenz hinein. „Ihr habt es", sagt Johannes, „es ist euer." Wer hat es? Wer Jesus den Sohn Gottes nennen kann, dankbar und fest, ohne Künstelei und Zweifel, so daß es Überzeugung und Wahrheit in ihm ist, der hat das ewige Leben. An ihn glauben ist der Besitz des Lebens. Dazu schrieb Johannes seinen Brief, um die Gemeinde bei Jesus festzuhalten, ihr die Art und Kraft des Glaubens an ihn zu zeigen und ihr deutlich zu machen, daß sie mit ihm die vollkommene Gabe, das ewige Leben, empfangen hat. Dann wird sie sich durch nichts zur Geringschätzung Jesu oder zur Unlust, ihm zu dienen, verleiten lassen; sie wird mit geradem Ernst bei ihm bleiben und aus dem Bleiben bei ihm all das schöpfen und gewinnen, was der Brief ihr als dessen Merkmal und Bewährung vorgehalten hat.

5,14: *Und dies ist die Freudigkeit, die wir zu ihm haben, daß er uns hört, wenn wir um etwas nach seinem Willen bitten.* Der Glaube an Jesus ist mit der Freudigkeit zu Gott verbunden; das macht uns zum Beten geschickt. Das ist ein weiteres Hauptstück des Christenstandes und macht den Beruf der Gemeinde aus. Ihre Freudigkeit entsteht daraus, daß sie weiß, daß Gottes Ohr ihr für alles offensteht, was seinem Willen angemessen ist. Gegen den Willen Gottes kann sie niemals beten. Ihr erstes Begehren hat darauf zu gehen, daß der Wille Gottes geschehe. In ihm hat sie die Richtschnur, die ihre Wünsche bestimmt und begrenzt. Welch weiter Raum zu unendlich vielen und großen Bitten ist ihr aber damit gegeben! Gottes gnädiger Wille teilt ihr einen unendlichen Schatz von Gütern, von Freude und Leben zu, und in diesen Reichtum darf sie bittend hineingreifen in der Gewißheit, daß sie stets Gehör finden wird. 5,15: *Und wenn wir wissen, daß er uns hört, worum wir ihn bitten, so wissen wir, daß wir die Bitten haben, die wir von ihm erbaten* (Matth. 21,22; Mark. 11,24). Der Betende hat nichts weiter nötig, als daß Gott ihn hört. Hört uns Gott, so haben wir, was unser Gebet begehrt. Am ersten ist kein Zweifel, darum auch am letzten nicht. „Wir haben es", sagt Johannes; er zeigt uns auch hier die Art des Glaubens, der keine Spaltung in sich trägt und die Güte Gottes nicht halb, sondern ganz bejaht (Jak. 1,6). Der Apostel engt die Zuversicht im Gebet durch keine Bedingung ein, sagt nicht einmal: „Wir werden es erhalten", sondern: „Wir haben es." Vielleicht geht es noch durch langes Warten und mancherlei Wendungen hindurch, bis das von unserem Gebet begehrte Ziel erreicht und vollendet ist. Aber Johannes wartet gern und nimmt auch seltsame Fügungen Gottes hin. Denn er weiß: Ich habe es dennoch; das Erbetene ist jetzt schon mein; ihn habe ich darum gebeten, der mich gehört hat und den niemand umsonst bittet.

Der wichtigste Gebrauch, den die Gemeinde vom Gebet zu machen hat, ist der, daß sie es als Waffe und Schutzwehr gegen die Sünde benützt. 5,16: *Wenn jemand seinen Bruder eine Sünde begehen sieht, die nicht zum Tod führt, so wird er bitten, und er wird ihm Leben geben, denen nämlich, die nicht zum Tod sündigen. Es gibt Sünde, die zum Tod führt; von ihr sage ich nicht, daß er bitten soll* (Hebr. 6,4-6; 10,26-31; 12,16.17; Matth. 12,31.32). Nicht schelten soll der, der es mit ansieht, wie sich ein Bruder verfehlt, nicht die Liebe sterben lassen und den Sündigenden sich selbst und dem Gericht Gottes anheimgeben; er soll vielmehr bitten, so wird Gott den Fallenden vom Tod befreien, der sich aus seiner Sünde notwendig ergäbe, wenn sie ihm nicht vergeben würde. Wegen des Gebets der Gemeinde bleibt auch der Schuldige in der Gnade Gottes, und da ihm diese die Vergebung gewährt, so erhält er von ihr das Leben. Die Gemeinde ist also zu dem Zweck vereinigt, damit sie gemeinsam das Böse überwinde, durch ihr Gebet die Folgen der Sünde hemme, die göttliche Vergebung erlange und die Aufrichtung des gefallenen Bruders bewirke. Allerdings ist die Verheißung, die Johannes uns geben darf, nicht unbegrenzt. Sie gilt für die, die nicht so sündigen, daß ihre Sünde ihnen den Tod bewirkt. Die Gemeinde darf nicht hoffen, sie könne jeden Sturz in Versündigung verhüten, alles Böse unschädlich machen und jedem helfen, daß er sich nicht durch sein Tun dem Tod verkaufe. Es gibt Tiefen der Bosheit, die nicht vergeben werden, sondern dem Gericht Gottes anheimfallen. Hier soll sich auch das Gebet der Gemeinde zurückhalten. Denn sie soll nicht vergeblich bitten, nicht da beten, wo der Wille Gottes entgegensteht. Für Sünden, die Gott richten will, können wir nicht Verzeihung suchen. Wir können nur so lange für den Sündigenden bitten, als er noch im Bereich der Gnade steht. So lange ist er noch nicht tot; so lange kann die Gnade ihn noch lebendig machen; da dürfen wir ihm unser Gebet als unsere Hilfe schenken, daß es ihn in ihr erhält. Wenn er sie aber für sich unwirksam gemacht und verloren hat, sollen wir uns still unter das Urteil Gottes beugen, seine Gerechtigkeit ehren und in der Furcht Gottes bedenken, daß zwischen Gott und dem Bösen der unvereinbare Widerstreit besteht, der Gottes Gericht notwendig macht.

Es gibt solche Sünden, sagt Johannes, durch die der Mensch sich um das Leben bringt. Wir können uns verderben, das ewige Leben verlieren, hinunterfallen in das satanische Reich. Das ist die Gefahr, die am menschlichen Leben haftet. Nicht nur Johannes bezeugt sie, sondern das ganze apostolische Wort; denn es kehrt bei allen Aposteln wieder, daß neben denen, die errettet werden, die anderen stehen, die verlorengehen. Verloren gehen sie deshalb, weil sie zum Tod sündigten. Verlorenheit ist Tod, und dieser kommt über uns nicht anders als durch das Sündigen. 5,17: *Jedes Unrecht ist Sünde, und es gibt Sünde, die nicht zum Tod führt* (3,4). Wir sollen die scharfe und klare Empfindung für die Bosheit und Verwerflichkeit jedes Unrechts behalten, sollen keine Ungerechtigkeit leicht nehmen, im Gedanken, daß sie ja unter der Gnade stehe, vielmehr jede Verletzung der göttlichen Ordnung und Gerechtigkeit ernstlich meiden. Aber nicht jedes Unrecht ist Sünde zum Tod, die Hilfe und Verzeihung unmöglich macht; sonst wären wir alle unrettbar tot; sondern es gibt Sünde, von der die Verzeihung Gottes befreit.

Ein Kennzeichen, woran man es in allen Fällen sicher merkt, ob der Fall eines anderen tödlich und unaufhebbar ist oder Gottes Verzeihen ihn noch heilen will, kann uns Johannes nicht geben, und kein Mensch kann es. Das ist das Geheimnis der göttlichen Rechtsverwaltung, das wir nicht nach unseren Regeln bestimmen und aufklären können. Je unmittelbarer die Sünde sich gegen Christus kehrt, je kräftiger und heller der Sündigende vom Wort Gottes angesprochen ist und seinen Willen kennt, je reicher er durch die göttliche Gnade begabt ist, um so gefährlicher ist sein Sturz. Um aber das Urteil Gottes zu kennen und zu verstehen, müßten wir ins Innere der Persönlichkeit hineinblicken können, wie sich ihr die Wahrheit und die Hilfe Gottes innerlich bezeugt und angeboten haben und wie sie sich dagegen verhärtet hat. Das sind Geheimnisse, die niemand sieht als der, vor dem unser aller Trachten und Wollen völlig durchsichtig ist. Für unser Gebet gilt die Regel, daß es vom Glauben sein Gepräge erhalten und in ihm sein Maß haben muß. Wo uns in der Sünde der anderen die Züge der Hoffart, die sich über Gott erhebt, und des Hasses, der sich gegen ihn empört, nicht sichtbar sind, so daß wir sie gläubig unter das Versöhnen Jesu stellen können, da dürfen wir beten und sollen es tun und dürfen wir uns an die Verheißung halten, daß Gott die Bitte der Liebe nicht verwirft. Tritt uns die Bosheit in ihrer Schrecklichkeit entgegen, daß wir erbeben müssen und sie nicht mehr mit unserem Glauben umfassen können, so haben wir uns in Demut vor Gott in seinem heiligen Walten zu beugen und soll sein Wille geschehen.

5,18: *Wir wissen, daß jeder, der aus Gott geboren ist, nicht sündigt; sondern der, der aus Gott geboren wurde, bewahrt ihn, und der Böse rührt ihn nicht an* (3,9). Auf die Frage, wie sich der Glaubende zur Sünde zu stellen habe, antwortet Johannes bündig: Er sündigt nicht. Jeder in der Christenheit weiß, daß Gottes Werk gegen das Böse gerichtet ist; darum sind alle, für die Gott zum Vater wurde, von allem Bösen geschieden. Ihr Schutz ist der, dem Gott das Leben gegeben hat. Das ist Jesus,[1] den der Apostel hier (vgl. 3,5.6) so nennt, damit es uns deutlich sei, daß Jesus und die Sünde gänzlich voneinander geschieden sind und daß es sein Beruf ist, uns von ihr frei zu machen. Weil er aus Gott hervorgegangen ist, macht er der Sünde ein Ende. Ihm sind alle übergeben, die Gott als seine Kinder lebendig macht, damit er sie bewahre, und sein Schutz bewirkt, daß wir nicht sündigen. Weil Christus bei seiner Gemeinde ist, berührt uns der Böse nicht und hat er die Macht verloren, uns seine finsteren Gedanken und Triebe einzuflößen. Wären wir durch Jesu Gegenwart nicht für den Bösen unerreichbar geworden, so verfielen auch wir der Sünde. Johannes wiederholt und deutet uns auch hier das Wort, mit dem Jesus sich als den Hirten darstellt, der die Herde vor dem Wolf schützt, so daß dieser die Schafe nicht rauben und zerstreuen kann (Joh. 10,12-15).

Die Erlösung vom Bösen bringt unsere Trennung von der Welt

[1] Die andere Übersetzung: Der aus Gott Erzeugte behütet sich selbst, ist nicht unmöglich, aber weniger wahrscheinlich.

hervor. 5,19: *Wir wissen, daß wir aus Gott sind und die Welt ganz im Bösen liegt.* Durch Christus ist Gott der, der in uns wirksam ist. Ohne ihn haben wir nichts, als was uns die allen gemeinsame Art der Welt verleiht. Die Gemeinde Jesu weiß, daß die Welt von dem Bösen abhängig und ihm unterworfen ist, ohne sich selbst befreien zu können. Daß wir, die wir durch unsere natürliche Art an der Gebundenheit der Welt teilhaben, aus ihr im Glauben an Jesus befreit werden, ist allein Gottes gnädiges Werk.

Dies führt zum letzten Satz, mit dem Johannes schließt; er bezeugt die Verbundenheit der Glaubenden mit Gott. 5,20a: *Wir wissen aber, daß der Sohn Gottes gekommen ist und uns Verständigkeit gegeben hat, damit wir den Wahrhaftigen erkennen.* Der Menschheit ist Gott verborgen, solange sie Gemeinschaft mit dem Satan hat. Aber in die vom Satan geknechtete Welt ist der Sohn Gottes hineingetreten, um uns das Auge für Gott zu öffnen. Er nahm uns unsere Torheit, die Gott übersieht und sich um ihn nicht kümmert, und brachte unsere zerrütteten Gedanken in den rechten Lauf, so daß uns der Wahrhaftige bekannt und gewiß geworden ist, er, der die Wahrheit ist, in dem kein Trug, kein Schein, keine Täuschung ist, er, dessen Erkenntnis uns über die trügenden Erwartungen und leeren Nichtigkeiten erhebt; er ist in Ewigkeit so, wie er ist, und sein Rat und Wort bestehen in Unvergänglichkeit. Das wurde uns im Glauben an Jesus frohe Gewißheit.

5,20b: *Und wir sind im Wahrhaftigen in seinem Sohn Jesus Christus. Dieser ist der wahrhaftige Gott und ewiges Leben.* Wer Gott in seinem Sohn erkennt, hat statt der Gebundenheit an den Verführer, der ihn verblendet, die Gemeinschaft mit Gott empfangen, dessen Merkmal und Gabe die Wahrheit ist. Die vom Christus Aufgenommenen sind von Gott aufgenommen und umfaßt, und dieser Gott, der sich uns in Jesus zu erkennen gibt, auf den Jesus seine Gemeinde gegründet hat, der in Jesus uns umfaßt und regiert, er, kein anderer, ist in Wahrheit Gott, und er ist das ewige Leben; denn er trägt es in sich und gibt es dem, der in ihm ist. So ist die Gemeinde zum höchsten Ziel geführt und wahrhaft erlöst. Sie hat Gott gefunden. Der wahrhaftige Gott ist ihr Gott geworden.

Früher beteten jene Christen nichtige Götter an, und um sie her wurde deren Dienst noch mit Eifer betrieben und verteidigt; ihr

Verkehr mit der Welt brachte ihnen allerlei Gelegenheiten, bei denen der alte Gottesdienst ihnen wieder nahekam. Der Apostel hat sonst nirgends die Sorge ausgesprochen, daß heidnische Dinge die Gemeinde überwältigen könnten. Auch hier drückt er keine solche Sorge aus. Er erinnert die Gemeinde nur mit einem kurzen, entschiedenen Wort daran, daß sie nicht mehr rückwärts auf ihren früheren Bilderdienst sehen darf. 5,21: *Kindlein, hütet euch vor den Götzen.* Jetzt habt ihr Gott wirklich. Bei Jesus habt ihr ihn, den wahrhaftigen Gott, gefunden. Götterbilder und Gott vertragen sich nicht. „Seid ihr im Wahrhaftigen, so liegt euch ob, die völlige Trennung von allen heidnischen Dingen sorgsam und ernst durchzuführen und das jetzt zu fliehen, was ihr einst angebetet habt."

Diese Schlußsätze sind eine festgefügte Kette, aus der sich kein Glied herausbrechen läßt. Das Leben, das Gott gibt, erlöst von der Macht der Sünde zum Tun des Willens Gottes; diese Erlösung bedeutet die Befreiung von allen teuflischen Wirkungen; die Befreiung aus der Bindung an den Teufel trennt von der Lebensart der Welt. Das alles ist das Werk des Sohnes. Durch ihn sind wir mit dem wahrhaftigen Gott verbunden. Nun wissen wir, wieviel das an den Eingang des Briefs gestellte Wort umfaßt: Wir haben Gemeinschaft mit dem Vater und mit seinem Sohn.

Der zweite Brief des Johannes

Die beiden kleinen Briefe zeigen uns den Apostel bei seiner seelsorgerlichen Arbeit im persönlichen Verkehr mit den Christen um ihn her und bilden darum eine kostbare Ergänzung zu dem ersten Brief, der nicht von den besonderen Umständen und Personen sprach, die damals für die Gemeinden wichtig waren, sondern aus dem Evangelium die Grundregel heraushob, die allen in allen Verhältnissen den guten Willen Gottes zeigt.

1–3: Der Eingang

1–3: *Der Alte* (3. Joh. 1; 1. Petr. 5,1) *an die erwählte Herrin und ihre Kinder, die ich in Wahrheit liebe, und nicht einzig ich, sondern auch alle, die die Wahrheit erkannt haben, um der Wahrheit willen, die in uns bleibt, und sie wird in Ewigkeit bei uns sein. Gnade, Barmherzigkeit, Friede wird bei uns sein von Gott dem Vater und von Jesus Christus, dem Sohn des Vaters, durch Wahrheit und Liebe.* Johannes richtet diesen Brief deutlich an einen größeren Kreis, entweder an eine von der Mutter geleitete Familie oder an die gesamte Gemeinde jenes Orts. Es ist nicht unmöglich, daß Johannes die Gemeinde einer Hausfrau verglich, um ihr lebendig darzustellen, daß sie ein eng verbundenes Ganzes ist. Wie die Kinder die Art des Hauses an sich haben und in ihrem Wesen vieles von der Mutter empfangen, so entsteht auch in jeder Gemeinde eine gemeinsame Art, die für das Verhalten aller ihrer Glieder wichtig ist und sie innerlich anregt und fördert oder auch schwächt und verwirrt. Sich selbst hat Johannes in den beiden kleinen Briefen den Alten genannt. Mehr bedarf es nicht, um seinem Wort für sie das rechte Gewicht und Ansehen zu verleihen. Er steht als der Alte unter ihnen, der sie väterlich unterweisen und mahnen kann, als der, der seines Alters wegen weiter zurücksieht als sie alle und mehr erlebt und erfahren hat als sie. Er hat ja das Größte und für die Kirche Wichtigste noch gesehen: er hat Christus auf Erden gekannt und seither den ganzen Weg, den Gott die Kirche geführt hat, miterlebt. Darin gleicht die Aufschrift der beiden kleinen Briefe derjenigen des ersten Briefs, wo uns Johannes daran erinnert, daß er uns das verkündigt, was er selbst gehört, gesehen und betastet hat, damit auch wir Gemeinschaft mit ihm haben in dem, was der Kirche vom Anfang her gegeben ist.

In den beiden kleinen Briefen sagt er denen, die sie erhielten, zuerst, daß er sie in Wahrheit liebhat. Damit bestätigt er ihnen ihren Christenstand und macht sie dankbar und freudig über dem, was sie empfangen haben. Der Apostel des Christus hat sie lieb und steht mit ihnen in jener inneren Gemeinschaft, die in der Wahrheit ihren festen Grund besitzt. Auf die Wahrheit zeigt er nicht nur in der Absicht hin, daß sie an den Ernst und die Aufrichtigkeit seiner Liebe glauben, sondern er hat den tiefen inneren Zusammenhang im Auge, der die Wahrheit und die Liebe miteinander verbindet. Über den Personen und ihren kleinen Anliegen steht dem Apostel die Wahrheit, in der das Wesen und der Wille Gottes offenbar ist und sich das Amt des Christus und seine Gnade uns bezeugt. Die Wahrheit leitet ihn in seiner Liebe; um ihretwillen sind ihm die Menschen teuer und wichtig; daß die Wahrheit bei ihnen sei und in ihnen regiere, darauf richtet er seinen ganzen Verkehr mit ihnen hin. Wo er die Wahrheit wiederfindet, wo sie Eingang gefunden hat, dahin wendet sich die Liebe des Apostels; dort stiftet sie die herzliche und feste Verbundenheit. Darum fügt er bei: Nicht nur ich habe euch lieb, sondern alle, die die Wahrheit erkannt haben. Seine Leser haben sich nicht nur zum Apostel gefunden, sondern zu dem ganzen, großen Kreis derer, die zur selben Erkenntnis Gottes und Jesu gekommen sind. In ein großes Reich der Liebe sind sie eingetreten, das so weit wie die Wahrheit reicht. Darum fährt Johannes nochmals fort: Der Wahrheit wegen haben wir alle euch lieb. Sie macht, daß wir zusammengehören, macht, daß euer Wohl und Wehe auch uns bewegt, so daß wir euch gern helfen und dienen; sie macht uns eins.

Dadurch ist den Empfängern des Briefs der köstliche Wert der Wahrheit hell beschrieben; sie sollen in ihr das Band erkennen, das sie mit dem Apostel und der Kirche zusammenhält. Johannes fügt darum die Verheißung bei, daß ihnen nichts die Wahrheit rauben, nichts sie von ihr trennen wird. Gott gibt sie uns als unser Eigentum zu unverlierbarem Besitz. Sie kehrt nicht nur zu einem kurzen Besuch bei uns ein, sondern macht sich für die Ewigkeit in unseren Herzen heimisch. Darum ist auch die Liebe und Gemeinschaft, die sie zwischen uns stiftet, von unvergänglicher Art.

Auch im Segenswunsch nennt Johannes die beiden großen Hauptstücke Wahrheit und Liebe, die zusammen das Merkmal des rechtschaffenen Christenstands sind. Die Gnade und die Barmherzigkeit und der Friede, die Gott für uns hat und uns bereitet, sind dadurch bei uns, daß Wahrheit und Liebe bei uns sind. In der Erleuchtung des Geistes zum Empfang der Wahrheit und in der Reinigung des Herzens zur Liebe übt die Gnade Gottes ihr Werk in uns und kommt der Friede, den Gott zwischen uns und sich gestiftet hat, in uns zu seiner Frucht. Das ist die ungeteilte Gabe Gottes, des Vaters, und des Christus, des Sohnes des Vaters. Im Segenswunsch, den Paulus an den Anfang seiner Briefe setzt, heißt es: Von Gott dem Vater und von Christus, unserem Herrn. Beide Apostel erläutern uns, wie Gottes Gnade und Friede durch Christus zu uns kommen. Christus bringt sie uns, weil er unser Herr ist, weil ihn Gott über uns gesetzt und uns ihm als sein Reich und Eigentum untergeben hat. Darum empfangen wir Gottes Gnade und Frieden durch das Werk, das Christus an uns tut. Jesu königliches Herrschen hat aber seinen Grund darin, daß er der Sohn des Vaters ist. Deswegen, weil Gott für Jesus in einem wunderbar großen und geheimnisvollen Sinn der Vater und er für ihn der Sohn ist, darum kommt die Gnade und der Friede uns von Gott und Christus in einer und derselben Wirkung und Gabe zu.

4–6: Die Merkmale des Christenstands

4–6: *Ich freute mich sehr, daß ich unter deinen Kindern solche fand, die in der Wahrheit wandeln, wie wir vom Vater das Gebot erhalten haben* (3. Joh. 4). *Und jetzt bitte ich dich, Herrin, nicht als ob ich dir ein neues Gebot schriebe, sondern das, das wir vom An-*

fang an hatten, daß wir einander lieben (1. Joh. 2,7). *Und das ist die Liebe, daß wir nach seinen Geboten wandeln. Das ist das Gebot, wie ihr vom Anfang an gehört habt, damit ihr darin wandelt.* Der hauptsächliche Anlaß und Zweck des Briefes, der dem Apostel am Herzen liegt, ist, seine Leser vor der Verführung zu behüten. Ehe er aber mahnt und warnt, richtet er ihr Auge fest auf die eine große Hauptsache im Christenwandel hin: sie haben sich durch die Wahrheit bewegen und leiten zu lassen, so daß sie nicht nur ihr Wort, sondern auch ihre Tat regiert; sie haben das alte Gebot zu bewahren, das der Kirche von Anfang an übergeben ist, das ihnen die Liebe als ihren Auftrag und ihr Arbeitsziel vorhält, und sie haben ihre Liebe dadurch rein und wahr zu machen, daß sie sie im Gehorsam bewähren und ihren Beruf darin erkennen, zu tun, was Gott geboten hat. Nur dies ist das der Christenheit gegebene Gebot; andere Pflichten hat sie nicht; andere Gesetze soll sie sich nicht auflegen lassen. Nach diesem Gebot hat sie aber auch zu handeln; es muß die Führung ihres Lebens bestimmen. All das haben wir auch im ersten Brief ausführlicher gelesen als die feste, große Regel, die der ganzen Kirche gilt.

7–11: Gegen fremde Lehre

7: *Denn viele Verführer gingen in die Welt aus, die Jesus Christus, der im Fleisch kommt, nicht bekennen* (1. Joh. 4,1). *Dies ist der Verführer und der Widerchrist.* Johannes heißt die Leser deshalb auf den Wandel in der Wahrheit und Liebe bedacht sein, weil es viele gibt, die ihnen ein anderes Christentum anpreisen. Wo diese Gehör und Geltung finden, wird die Liebe verdrängt durch den Stolz eines leeren Wissens, durch den Zank eines menschlichen Eifers und durch die Versündigungen am Heiligen, die das Gewissen beflecken und den Geist von Gott, dem Grund aller lebendigen Liebe, wegziehen. Als das Merkmal der Verführer nennt Johannes wie im ersten Brief dies, daß sie sich nicht zu Jesus bekennen, und auch hier zeigt er auf die geschichtliche Erscheinung Jesu hin, auf seine menschliche Natürlichkeit, deren wir uns nicht schämen dürfen, zu der wir uns vielmehr bekennen sollen; denn durch sie kommt Gottes Gnade, Geist und Leben zu uns. Im ersten Brief sagte Johannes: „Sie bekennen sich nicht zu dem, der im Fleisch gekommen ist“ (4,2). Denn dort sah er auf Jesu irdische Lebenszeit zurück; hier sieht er hinaus zu seiner neuen Gegenwart. Auch dann kommt er im „Fleisch"; er ist freilich nicht mehr der Sterblichkeit und Schwachheit unterworfen, sondern in Gottes Herrlichkeit und Macht gekleidet, aber er hat auch dann an unserer Arbeit teil; er war und bleibt Mensch wie wir und tritt ernst und ganz in die Gemeinsamkeit des Wesens mit uns.

Wem die menschliche Art Jesu anstößig ist, wer eine Offenbarung Gottes wünscht und träumt, die nicht im „Fleisch" ihr Werkzeug haben darf, der will vollends dann, wenn das Himmelreich mit Macht anbricht und die Herrlichkeit Gottes sich ganz offenbart, vom „Fleisch" des Christus nichts mehr wissen. Johannes dagegen richtet auch den hoffenden Blick der Gemeinde auf den Menschen Jesus hin, der nicht nur für eine kurze Frist und zum Schein uns gleich geworden ist, sondern in unserer Art die unzerstörbare, bleibende Gestalt seines Lebens hat. Er, der Mensch wie wir ist und darum wie wir im „Fleisch" sein Leben hat, er, kein anderer ist der, der uns in Gottes Macht verklären und die Welt mit Gottes Herrlichkeit erfüllen wird, und dies vermag er deshalb, weil Gott ihn in unserem Fleisch zu uns gesandt hat. Im Anstoß an der Menschlichkeit Jesu sieht Johannes den vollständigen Bruch mit Jesus. Er redet darum nicht weiter von den besonderen neuen Gedanken, die diese Neuerer verkündigten; er sagt nur das eine, daß damit der Christus verdrängt und nach einem Ersatz für ihn gesucht wird. Es braucht darum nicht mehr als dieses neue Christentum, um die Weissagung vom Widerchrist zu erfüllen. Wer den Menschen Jesus verachtet und sich statt seiner einen anderen Mittler mit Gott ausdenkt, der macht aus sich einen Widerchrist.

8: *Habt acht auf euch, damit ihr nicht verliert, was ihr erarbeitet habt,*[1] *sondern vollen Lohn erhaltet.* Wer die Christen vom Menschen Jesus, wie ihn die Jünger gekannt haben, ablenkt und ihr Glauben und Hoffen auf einen anderen Grund zu stellen versucht, der zerstört, was sie in ihrem Christenleben bisher erworben haben. Wenn sie das Wort des Apostels bewahren und durch dasselbe Jesus untergeben bleiben, dann fließt ihr Leben nicht nutzlos und umsonst dahin; dann ist es ein Dienst, der für Gott getan ist und den er

[1] Manche Handschriften geben: „Was wir erarbeitet haben." Dann ist vom Christenstand der Leser gesagt, er sei die Frucht der Arbeit des Johannes.

ihnen nach seiner reichen Gnade lohnt. Vollen Lohn erstrebt Johannes für seine Christen; er möchte sie davor bewahren, daß sie sich ihren Lohn verkürzen. Darum kämpft er gegen die finsteren, verführerischen Gedanken, daß sie ja keinen Eingang bei ihnen finden; denn sie würden ihren Glauben und ihre Liebe schwächen und beflecken, und es entginge ihnen, auch wenn sie sich nicht ganz von Jesus schieden, doch der volle Lohn.

Johannes erinnert wieder wie im ersten Brief (2,23) daran, daß, wer Jesus verliert, auch Gott verloren hat. 9: *Jeder, der vorausgeht und nicht in der Lehre des Christus bleibt, hat Gott nicht. Wer in der Lehre bleibt, der hat sowohl den Vater als den Sohn.* Der Beruf und die Art des rechten Jüngers ist, daß er seinem Herrn nachfolgt. Des Herrn Sache ist es, voranzugehen; der Jünger dagegen geht ihm nach, folgt seiner Weisung, hält sich an sein Wort und macht den Weg des Meisters zum seinigen. Die stolzen Geister gehen aber ihren eigenen Weg, laufen ohne seine Führung nach den Gedanken ihres eigenen Herzens voran und fühlen sich stark und weise, um sich selbst zu führen und sich selbst zu Gott emporzuschwingen. Darum mißachten sie auch den Unterricht Jesu, durch den er seinen Jüngern gezeigt hat, was er als Sünde richtet und worin er den guten Willen Gottes erkennt; sie tun ungescheut, was er verwirft, und machen dafür auch aus dem, was er rein heißt, eine Sünde. Wer sich aber einen anderen Weg wählt als den, den die Worte Jesu der Kirche zeigen, der trennt sich nicht nur von Christus, sondern zugleich von Gott. So hat es uns Johannes auch im ersten Brief gesagt.

10.11: *Wenn jemand zu euch kommt und diese Lehre nicht bei sich hat, den nehmt nicht in das Haus auf und begrüßt ihn nicht; denn wer ihn begrüßt, beteiligt sich an seinen bösen Werken.* Wer sich Gottes rühmt und zugleich Jesus schilt, wer Gott für sich haben will und sich zugleich Jesus widersetzt, mit dem hebt Johannes die Gemeinschaft völlig auf. Er verlangt Ernst und Wahrhaftigkeit in allen Stücken, auch in der Abwehr der verdorbenen Frömmigkeit und des verkehrten Evangeliums. Diese Abwehr darf sich nicht nur in Worten äußern, sondern soll Tat werden dadurch, daß den Sendlingen, die es verkündigen, keine Unterstützung gewährt wird. Das will Johannes nicht nur, um zu erreichen, daß die Christenheit sich selber schütze und nicht unmerklich in diese finsteren Gedanken hineingerissen und in die unlautere Frömmigkeit hinübergezogen werde; er will vielmehr vor allem, daß sie am Werk dieser Gegner Jesu völlig unbeteiligt und von der Schuld, mit der diese sich beladen, ganz frei bleibe. Wer jenen Boten einer falschen Frömmigkeit Liebe und Hilfe erweist, der fördert auch ihr Werk und unterstützt sie in ihren Zielen. Wir dürfen aber nicht mithelfen bei irgendeinem Tun, das Christus verdunkelt und seinem Werk und Wort entgegentritt.

Das ist kein hartes Wort. Hätte Johannes einen solchen Verführer in einer ähnlichen Lage getroffen wie der, in der der Samariter den Juden fand, so hätte er ihm in aller Bereitwilligkeit auch getan, was der Samariter dem Juden tat. Diese Verführer wollten aber nicht deswegen in das Haus genommen und willkommen geheißen sein, weil sie hilfsbedürftig gewesen wären; sondern sie zogen von Haus zu Haus und von Gemeinde zu Gemeinde, um für ihre neuen Gedanken Jünger zu werben, ihre besondere Frömmigkeit auszubreiten und ihr in den Gemeinden Geltung und Herrschaft zu verschaffen. Es war ein böses Werk, in dessen Ausübung sie an die Türen klopften; darum wäre es für den Apostel ein großer Schmerz gewesen, wenn die Christen, an die er schreibt, sie ihnen geöffnet hätten. Er braucht nicht von uns zu lernen, was Liebe ist, sondern wir haben es von ihm zu lernen. Seine Liebe hat aber ihr Merkmal daran, daß sie in der Wahrheit lebt und handelt; sie hat mit deren Verleugnung nichts gemein. Dem, der sich selbst und andere irreführt, erweist man Liebe nicht dadurch, daß man ihn hierbei unterstützt und so tut, als ob sein Irrweg unschädlich sei, sondern dadurch, daß man ihm ernst und fest zeigt, daß sein Werk böse ist und ihn von denen, die Christus kennen und ihm redlich dienen, gänzlich trennt. Das ist die Gemeinde nicht nur denen ihrer Glieder schuldig, die der Verführung zugänglich sind und sich leicht von ihr blenden lassen, sondern auch den Verführern selbst.

12.13: Der Abschluß

12.13: *Obwohl ich euch vieles zu schreiben habe, wollte ich es nicht durch Papier und Tinte tun; sondern ich hoffe, zu euch zu kommen und von Mund zu Mund zu reden, damit unsere Freude vollendet sei* (3. Joh. 13). *Die Kinder deiner Schwester, der Auserwählten, grüßen dich.* Bis zum Schluß ihres Wirkens machten die Apostel keine Schriftsteller aus sich, sondern sahen im persönlichen Wort das Werkzeug, mit dem sie ihre Arbeit zu tun hatten. Denn die Verkündigung des Christus und die den Wandel ordnende Mahnung bekamen dadurch ihre Kraft, daß der Redende in die persönliche Gemeinschaft mit den Hörenden trat. Er wollte ja nicht nur das Denken bewegen und Erkenntnisse vermitteln, sondern die Menschen in Glauben und Liebe zum Anschluß an Jesus anleiten. Zu diesem Ziel gelangte das Wort dann, wenn es dem Hörer in der vollen Kenntnis seiner persönlichen Lage das gab, was ihm eben jetzt notwendig war. Darum hielt Johannes seine Briefe nicht für einen vollwertigen Ersatz für den persönlichen Verkehr, der „von Mund zu Mund" geschieht. Denn hierbei richtet der Apostel das Wort nicht einseitig an die Hörer, sondern haben auch diese die Gelegenheit zur Antwort und wird das Wort von ihnen lebendig angeeignet.

Der dritte Brief des Johannes

1.2: *Der Alte* (2. Joh. 1; 1. Petr. 5,1) *an Gajus, den Geliebten, den ich in der Wahrheit liebe. Geliebter, ich wünsche, daß es dir in allem wohlgehe und du gesund seiest, da es ja deiner Seele wohlgeht.* Zu diesem Brief an Gajus wurde Johannes teils durch einen freudigen, teils durch einen schmerzlichen Anlaß bewogen. Die freudige Ursache des Briefs bestand darin: Christen, die für den Namen, nämlich den des Christus und Gottes, wohl als Boten des Evangeliums an Orte, wo noch das Heidentum mächtig war, aus dem Wohnort des Johannes ausgezogen waren, kamen zu Johannes und kehrten von ihm wieder zu Gajus zurück. Der Wohnort des Gajus war auf ihrem Rückweg gelegen, nachdem sie inzwischen Johannes vermutlich in Ephesus besucht hatten. Diese Brüder hatten für die Zuverlässigkeit des Gajus und seine Liebe Zeugnis gegeben; denn dieser hatte sich ihrer angenommen und sie unterstützt.

3–8: Die Freude des Christenstands

3.4: *Denn ich freute mich sehr, als Brüder kamen und deiner Wahrheit Zeugnis gaben, da du ja in der Wahrheit wandelst. Ich habe keine größere Freude*[1] *als die, daß ich von meinen Kindern höre, daß sie in der Wahrheit wandeln.* Da läßt uns Johannes den reichen Schatz von seliger Freude sehen, der sein Leben erfüllt hat. Er hat viele Kinder an allen den Männern und Frauen, denen er mit dem Evangelium zu jenem Leben half, das in Gott seinen Schöp-

[1] In anderen Handschriften steht: „Es gibt für mich keine größere Gnade als die, daß ich höre." Dann hat es Johannes eine Gnade genannt, wenn sich die von ihm zum Christus Gebrachten als aufrichtig fromm erwiesen. Denn es ist Gott, der dem Apostel diese Kinder gab und der die Wahrheit in ihnen so mächtig machte, daß sie ihr untertan wurden.

fer hat. Wenn er nun sieht, daß sie die Wahrheit nicht nur gehört haben und kennen, sondern sich so verhalten, wie es ihnen die Wahrheit zeigt, daß sie also einen echten Christenstand haben, nicht nur den Schein eines solchen, weil sie so handeln, daß die Wahrheit sie regiert, so ist ihm das eine tiefe, volle Freude, die ihn dankbar macht.

5.6: *Geliebter, ein treues Werk tust du an dem, was du für die Brüder und erst noch für Fremde arbeitest, die deiner Liebe vor der Gemeinde Zeugnis gaben. Du wirst richtig handeln, wenn du sie so verabschiedest, wie es Gottes würdig ist.* Der zweite Brief ließ uns den Kampf der apostolischen Kirche wahrnehmen, wie die Christen ihre Häuser vor den lügenden und trügenden Geistern verschließen mußten, die sie von Jesus abziehen wollten. Hier wird uns sichtbar, was die Kraft der apostolischen Gemeinde war und ihr Wachstum hervorgebracht hat; wir sehen, wie in herzlichem Verkehr und reger Gemeinschaft die Brüder von Gajus zu Johannes und wieder von Johannes zu Gajus ziehen und den Gemeinden von denen Nachricht bringen, die anderswo der Wahrheit in der Liebe dienen; wir sehen, wie sie nicht bloß sich selbst zur Erbauung den Apostel aufsuchen, sondern auch die Heiden suchen und Gottes Namen unter ihnen preisen, um den Glauben an Christus auch in ihnen zu erwecken. Johannes dankt Gajus für das, was er an diesen Männern tat. Sie haben ein Anrecht an seine Unterstützung, weil sie Brüder sind; dazu kam noch, daß sie, weil sie nicht aus dieser Gegend stammten, in ihrer Arbeit auf die Hilfe der einheimischen Christen angewiesen waren. Zugleich mahnt der Apostel Gajus, sich aufs neue der Brüder anzunehmen. Er soll in seiner Fürsorge beharren und ihrer nicht müde werden. Die Brüder kehrten zu ihm zurück und bedurften aufs neue seiner Unterstützung. Johannes fordert Gajus auf, für ihre weitere Reise besorgt zu sein in einer Weise, wie es Gottes würdig ist. Nicht die Menschen, die seine Hilfe empfangen, heißt er ihn vor Augen haben, sondern Gott. Was er Gott schuldet, wie er Gott danke, wozu ihn die Liebe Gottes treibt, das soll er bedenken und daraus das Maß gewinnen für das, was er an den Brüdern tut. So hat uns Johannes auch im ersten Brief gesagt, daß unsere Liebe zu Gott sich darin zeigt, was wir den Menschen tun.

7.8: *Denn des Namens wegen zogen sie aus, ohne etwas von den*

Heiden zu nehmen. Darum sind wir verpflichtet, solche aufzunehmen, damit wir mittätig für die Wahrheit werden. Es gibt nur einen Namen, der für Johannes und die Christenheit letzte Bedeutung hat und alle Liebe und Ehrung empfängt: das ist der Name Jesu. Um ihn zu verkünden, traten diese Männer ihre Wanderschaft an, und sie machten es dabei so, wie es Jesus seinen Boten befohlen (Matth. 10,8) und wie es Paulus der Christenheit gezeigt hat: sie nahmen von niemand Unterstützung an, damit niemand den Verdacht hege, sie suchten den irdischen greifbaren Lohn und hätten ein anderes Ziel, als den Menschen zum Heil zu helfen und den Gehorsam gegen Gottes Wort in ihnen zu erwecken. Darum heißt Johannes die Christen dafür sorgen, daß diese Boten des Evangeliums ihrer selbstlosen Liebe wegen nicht Mangel leiden. Dadurch traten auch sie in die Arbeit für die Wahrheit ein. Immer ist es die Wahrheit, dieses eine unschätzbare Gut, dem Johannes alle Habe und alle Kraft des Menschen dienstbar macht. Er gibt uns hier genau dieselbe Regel, die wir auch im zweiten Brief hörten; nur ist sie hier nach der entgegengesetzten Seite hin gewandt. Dort sagte er: „Schließt ihnen das Haus zu", hier sagt er: „Schließt es ihnen auf!" Der Grund war dort: Ihr würdet euch an den bösen Werken der Verführer beteiligen und der Wahrheit zuwiderhandeln; hier ist der Grund: ihr beteiligt euch so an dem guten Werk der Zeugen und helft der Wahrheit, indem ihr den Boten der Wahrheit dient.

9–12: Nöte im Gemeindeleben

So macht uns auch dieser Brief wieder die Freude und Herrlichkeit des Christenstands deutlich. Der Wahrheit zu Gehilfen werden in herzlicher und treuer Gemeinschaft mit den Brüdern, die derselben Wahrheit ergeben sind wie wir, das bringt in unser Leben Glück, Reichtum, Kraft und Seligkeit. Es wird aber auch der Schmerz und Kampf, in die der Christenstand führt, in unserem Briefe sichtbar. 9.10: *Ich habe etwas an die Gemeinde geschrieben. Aber Diotrephes, den es freut, unter ihnen der erste zu sein, nimmt uns nicht an. Deshalb werde ich, wenn ich komme, an seine Werke, die er tut, erinnern, da er mit boshaften Worten über uns schwatzt, und das ist ihm nicht genug, sondern er selbst nimmt die Brüder nicht auf und wehrt es denen, die es wollen, und stößt sie aus der*

Gemeinde aus. Das treue Werk, das Gajus an den Brüdern tat, ist ihm nicht leicht gemacht worden. Bitterer Zank, Verdächtigungen und böswillige Angriffe sind in der Gemeinde des Gajus im Schwang. Johannes hat Gajus gelobt und mit seinem Lob erquickt; aber Diotrephes hat ihn gescholten und nicht nur Gajus, sondern auch Johannes mit bösen Worten angegriffen; er hat einen Brief des Apostels nicht beachtet, die Brüder nicht aufgenommen und die, die sie aufnahmen, aus der Gemeinde gestoßen, ihnen den Brudernamen verwehrt und die Gemeinschaft aufgesagt. Dergleichen tut weh.

Der Brief zeigt uns, daß die Arbeit der Apostel dem Weg Jesu bis ans Ende ähnlich geblieben ist. Sie mußten sich vielfach verachten lassen, redeten vergeblich und ertrugen das Widersprechen der Sünder, nicht nur unter Juden und Heiden, sondern auch in der Kirche selbst. Sie sind nie Kirchenfürsten geworden, die sich mit äußerem Glanz und Ansehen die Gemeinde unterwürfig machten und für ihr Wort überall willigen Gehorsam fanden. Sie arbeiteten bis ans Ende mit dem stillen, nach innen zielenden Mittel des Wortes; wer sie hören wollte, schloß sich an sie an und wurde ihnen von Herzen ergeben; wer sich ihrem Wort nicht öffnete, der widersprach und schalt, verwarf ihre Briefe und übertrat ihr Gebot.

Es wird hier noch eine andere Ursache der Verwirrung und Versündigung in der Kirche sichtbar als im zweiten Brief. Dort mußte Johannes vor den finsteren Gedanken und Lehren warnen, die Jesus nicht annehmen und Gottes Art und Willen nicht verstehen wollten, sondern sich eine unsaubere Frömmigkeit zurecht machten. Diotrephes war dagegen kein Irrlehrer, sondern gehörte der Gemeinde an und stand sogar als der leitende Mann an ihrer Spitze. Vielleicht war er mit dem Bischofsamt betraut; jedenfalls galt er den Brüdern als der bedeutendste Mann in ihrem Kreise, dem willig der größte Einfluß eingeräumt wurde. Darum hatte ihn der Ehrgeiz zu Fall gebracht; er mißbrauchte die Gemeinde als Mittel zur eigenen Erhöhung und suchte seine Befriedigung darin, den eigenen Willen durchzusetzen und die eigene Meinung zur Geltung zu bringen. Darum wird er auch die fremden Brüder nicht aufgenommen haben, weil er keinen fremden Einfluß in der Gemeinde dulden wollte, und darum war ihm auch der Brief des Apostels zuwider, weil er ihm seine eigensüchtigen Pläne störte. Darum verbreitete er auch allerlei Verleumdungen über Johannes; denn damit schwächte er das Vertrauen der Gemeinde zum Apostel und schaffte sich selbst Raum. Es geschah und geschieht immer viel Ähnliches in der Kirche. Darum war es der Wunsch des Apostels, jene Gemeinde bald zu besuchen. Dann wird er Diotrephes an seine Werke erinnern und sie nicht schonend zudecken. Um ihn zu beschämen, braucht es nur das, daß ihm sein eigenes Werk vorgehalten wird. Wird dies sichtbar, so wird seine angemaßte Größe zergehen und wird die Gemeinde erwachen und von ihm frei werden.

Solche Dinge werden allen, die von ihnen berührt werden, zur Versuchung. 11: *Geliebter, ahme nicht das Schlechte, sondern das Gute nach. Wer Gutes tut, ist aus Gott; wer Schlechtes tut, hat Gott nicht gesehen.* Nicht alles, was in der Christenheit geschieht, darf uns zur Nachahmung locken. Wir müssen immer die heilige Regel vor Augen haben, die Böses und Gutes voneinander trennt, und nur das Gute hat ein Anrecht darauf, bei unserem eigenen Verhalten als Muster zu dienen. Johannes erinnert Gajus daran, daß es sich für ihn in der ganzen Sache um Gott handelt; es geht darum, daß Gott ihm seine Gemeinschaft erhält und Gott ihn innerlich leitet, so daß sein Leben aus Gott erwächst. Wenn wir den bösen Trieb in uns regieren lassen und unsere Gedanken mit ihm füllen und unseren Willen aus ihm schöpfen, dann ist eine Scheidewand zwischen uns und Gott entstanden, die Gott uns gänzlich verbirgt. So ist er für uns nicht mehr vorhanden, wie etwas, das uns unsichtbar ist. Alle frommen Worte ändern hieran nichts. Zu Gott hat der, der dem boshaften Verlangen nachgibt, keine Beziehung, hat keine Gemeinschaft mit ihm und keinen Anteil an seinen Gaben. Der Gott, den er sich träumt und von dem er als von seinem Gott spricht, ist nicht der wahrhaftige Gott, der überall, wo er sein Werk übt, das Gute schafft.

12: *Demetrius hat von allen und von der Wahrheit selbst das Zeugnis erhalten, und auch wir sind Zeugen, und du weißt, daß unser Zeugnis wahr ist* (Joh. 21,24). Das Wort über Demetrius hat den Zweck, ihm das volle Vertrauen des Gajus zu verschaffen. Vielleicht geleitete er die Brüder, die von Johannes zu Gajus zurückkehrten. Dieser Demetrius war des Vertrauens wert; denn sein Christenstand bewährte sich überall in derselben Treue und Aufrichtigkeit. Das zeigte sich darin, daß er das gute Zeugnis von allen hatte. Aber nicht nur ein menschliches Zeugnis trat für ihn ein, sondern die Wahrheit selbst, Gott selbst, hat für ihn geredet durch seinen Geist, der in der Gemeinde das göttliche Wort lebendig erhält. Unter denen, die in Wahrheit im Namen Gottes reden dürfen, steht Johannes an erster Stelle; Gajus hat erlebt und erprobt, wie klar und eindringend der Blick des Apostels und wie zuverlässig sein Urteil über die Menschen gewesen ist. Mit diesem Hinweis verschaffte Johannes dem Demetrius eine offene Aufnahme bei Gajus. Nun bedurfte es zwischen beiden keiner langsamen, vorsichtigen Prüfung. Hier reichten zwei Männer einander die Hand, deren Gemeinschaft sofort ihr ganzes Leben und Handeln umfaßte, weil sie auf Gott begründet war.

13–15: *Ich hätte dir vieles zu schreiben; aber ich will dir nicht mit Tinte und Feder schreiben* (2. Joh. 12). *Ich hoffe aber, dich sogleich zu sehen, und wir werden von Mund zu Mund reden. Dir sei Friede. Die Freunde grüßen dich. Grüße die Freunde mit Namen.* Die beiden kleinen Briefe sind genau gleich lang; Johannes hat beide Male einen Bogen Papier vom selben Format gebraucht. Und wie er am Ende des Bogens ist, spricht er wieder die Empfindung aus, daß es mit dem Schreiben doch eine kümmerliche Sache sei, weil es lange nicht die Verbindung bewirkt, die das Wort von Mund zu Mund herstellt. Auch die Kirche kann sich nicht nur durch das geschriebene Wort erhalten. Die Botschaft Gottes und ihre Wahrheit muß immer wieder in uns lebendig werden und als unser eigenes Wort unseren Verkehr durchdringen, so daß sie „von Mund zu Mund" durch die Zeiten weitergeht, jedem Bedürfnis und jeder Empfänglichkeit angepaßt. Aber das von den Aposteln geschriebene Wort ist dennoch für uns alle unentbehrlich und durch nichts zu ersetzen. Denn sie sind von Christus zu seinen Boten gemacht, und auf ihr Wort ist jeder gewiesen, der Christus und in ihm Gott finden will. Auch ein so kleiner Brief wie der dritte des Johannes, der uns nur ein kleines Stück aus der Arbeit des Apostels sichtbar macht, stellt das Größte und Heiligste vor unser Auge, was je auf der Erde geschehen ist.

Die Offenbarung des Johannes

Von Johannes hat die Kirche neben dem Evangelium, das die irdische Arbeit Jesu darstellt und den Glauben der Christenheit zu ihm hinwendet, und neben den Briefen, die ihr in der Liebe die Regel des christlichen Lebens zeigen, noch eine Weissagung bewahrt. Mit ihr spricht er als Prophet zur Kirche, der ihr das kommende Werk Gottes bezeugt, damit sie wisse, worauf sie zu hoffen hat. Da wir also von Johannes eine Anleitung zum Glauben, zur Liebe und zur Hoffnung haben, besitzen wir seine Verkündigung so vollständig, wie sie uns von keinem anderen Apostel erhalten ist.

1,1-8

Die Entstehung und der Zweck des Buchs

1,1.2: *Eine Offenbarung Jesu, des Christus, die Gott ihm gab, um seinen Knechten zu zeigen, was rasch geschehen muß, und er deutete es durch die Sendung seines Engels seinem Knecht Johannes an, und dieser bezeugte das Wort Gottes und das Zeugnis Jesu, des Christus, alles, was er sah.* Durch die Überschrift, die Johannes seinem Buch gegeben hat, spricht er aus, wie er zum Weissagen kam; er macht damit kenntlich, welchen Wert er seinem prophetischen Wort zuschreibt und wie die Kirche es aufzunehmen hat. Johannes sieht in den inneren Erlebnissen, die ihm den Anlaß und Inhalt für seine Weissagung verschafften, eine Wirkung und Gabe Jesu. Jesus hat ihm, was er der Kirche zu sagen hat, geoffenbart, und dies bewährt sich am Inhalt seiner Botschaft, weil sie die letzte, vollkommene Erweisung der Herrschaft Jesu bezeugt. Da aber Jesus sich in allem, was er tut, als den Sohn bewährt, der den Willen des Vaters vollendet, ist ihm auch seine Offenbarung an Johannes von Gott gegeben. Für Johannes war die Überzeugung, daß Jesus ihm seine Weissagung gegeben hat, unmittelbar mit der weiteren Gewißheit verbunden, daß sie eine göttliche Gabe ist; denn Jesus empfängt alles, was er hat, von Gott.

Da wir bei jedem Werk Gottes nach seinem Willen zu fragen haben und bedenken müssen, zu welchem Zweck uns diese Gabe gegeben ist, sagt Johannes sogleich im Eingang, wozu ihm die Erlebnisse, die er uns erzählen wird, begegnet sind. Sie sollen nicht nur seine eigene Erkenntnis erhöhen und seine eigene Hoffnung stärken, sondern sind für alle Knechte Gottes bestimmt. Denn die Menschen, die im Dienst Gottes stehen, bedürfen des Unterrichts über seine Wege; sie werden dadurch, daß sie wissen, wie Gott seine Herrschaft vollenden wird, in ihrem Dienst gestärkt, vor falschen Schritten bewahrt und zur gehorsamen Erfüllung ihres Auftrags ermuntert. Es ist für die ganze Gestaltung der Weissagung – und darum auch für ihren Gebrauch – wesentlich, daß sie sich nicht an die Wißbegierde solcher wendet, die gern die verborgenen Geheimnisse der göttlichen Regierung erforschten, sondern für solche bestimmt ist, die als Knechte Gottes mit dem Einsatz ihrer Person und ihres Lebens das Werk Gottes unter den Menschen tun. Damit sind sofort eine Menge von Fragen, die nur unsere Gedanken oder unsere Phantasie beschäftigen, vom Auftrag des Johannes ferngehalten. Das Ziel der Weissagung besteht darin, den Knechten Gottes denjenigen Einblick in den Gang der göttlichen Regierung zu gewähren, der ihnen zur Erfüllung ihres Dienstes hilft.

Die Wichtigkeit der Weissagung ergibt sich weiter daraus, daß das, was sie verkündet, geschehen muß, und zwar rasch. Der Lauf der Welt geht diesen Weg und erreicht dieses Ziel mit Notwendigkeit, weil der königliche Wille Gottes es so geordnet hat. Sodann tritt das Geweissagte nicht erst nach langer Zeit in weiter Entfernung ein; Johannes hat der Kirche vielmehr diejenige Welt zu bezeugen, in der sie sich jetzt befindet, denjenigen Kampf, den sie bald zu bestehen hat, diejenige Macht und Gnade Jesu, die sie bald erleben wird. Daher ist Johannes und nicht etwa erst ein Späterer mit dieser

Bezeugung beauftragt; denn die Christenheit hat jetzt die Erkenntnis nötig, die ihr den festen Stand und den gehorsamen Dienst Gottes ermöglicht.

Darauf wird die Art der Offenbarung, die Johannes von Jesus empfing, noch genauer bestimmt. Sie kam so zustande, daß ihm Jesus die kommenden Ereignisse durch ein andeutendes Zeichen erkennbar machte. Dadurch ist an den Unterschied zwischen der Weissagung und der Wahrnehmung des vollendeten göttlichen Werks erinnert. Die Weissagung ist keine vollkommene Erkenntnis, etwa so, daß der Prophet am allwissenden Vorblick Gottes auf das Künftige Anteil erhielte; es wird ihm vielmehr nur ein Zeichen gegeben, das die Christenheit auf das Kommende aufmerksam machen soll. Denn die Weissagung soll nicht vorwegnehmen, was der Christenheit mit den Ereignissen selbst gegeben sein wird. Das bestätigt sich durch ihre Form; denn alles, was Johannes sieht und erzählt, ist in Bilder und Gleichnisse gefaßt, die eine Deutung nötig haben, da sie das Himmlische durch Irdisches, das Künftige durch Gegenwärtiges darstellen.

Sodann sagt Johannes, daß der Verkehr des Christus mit ihm in den Stunden, die ihn zum Propheten machten, durch einen Engel des Christus vermittelt war. Denn die Gesichte traten unwillkürlich vor das Auge des Propheten; sie wurden nicht durch sein Nachdenken oder seine Anstrengung hervorgebracht. Johannes ist bei diesen Vorgängen der Empfangende, der von außen her unterrichtet wird. Daher sagt er von diesen Bewegungen in seinem Inneren, daß sie durch die Gegenwart eines himmlischen Geistes, den Jesus ihm sandte, bewirkt wurden.

Durch die Gabe, die Johannes durch den Verkehr Jesu mit ihm empfing, ist ihm der Auftrag erteilt, das Wort Gottes und das Zeugnis Jesu als Zeuge weiterzugeben. Da Jesus seine Offenbarung, die er Johannes übergab, von Gott empfangen hat, redet hier Gott. Das Wort Gottes kommt durch den Dienst des Johannes zur Christenheit. Der Mittler des göttlichen Worts, der es dem Apostel und der Christenheit bezeugt, ist Jesus. Sein Zeugnis wird von Johannes den Gemeinden mitgeteilt. Da Johannes aber die Erlebnisse, die ihn zum Propheten machten, nicht bloß für sich, sondern für alle Knechte Gottes erhalten hat, ist für ihn daraus die Pflicht entstanden, die er durch die Niederschrift der Weissagung und durch ihre Übersendung an die Kirche erfüllt; nun redet er seinerseits als der Zeuge, der der Christenheit vorlegt, was er gesehen hat. So macht uns schon der Eingang deutlich, was die Kirche ist: Johannes erkennt in ihr das herrliche Werk Jesu und hat ihr die Verheißung zu geben, daß Gott sie mit ewigem Leben verherrlichen wird; denn es wird uns durch den Eingang des Buchs eine vollkommene Gemeinschaft sichtbar gemacht. Ihr Fundament hat sie im Himmel; von oben aus dem Reichtum Gottes kommt die Gabe für sie herab. Bewirkt wird diese Gemeinschaft durch mannigfache Vermittlungen, durch die besondere Ämter und Dienste hergestellt werden und Überordnung und Unterordnung zwischen den in der Kirche Lebenden entsteht. Über allen, die auf der Erde Gott dienen, steht der Christus, der ihnen die göttliche Gabe darbietet. In der irdischen Gemeinde ist wieder der Apostel der, an dessen Zeugnis die anderen gewiesen sind, dessen Wort sie zu hören haben. Aber durch diese Ungleichheit wird die Gemeinschaft nicht gestört oder geschwächt, vielmehr hergestellt; denn so geht die göttliche Gabe von Hand zu Hand und wird das Eigentum aller.

Zum Zeugen wird Johannes deshalb, weil er der Kirche zu sagen hat, was er gesehen hat. Das ist das Merkmal des Propheten: er sieht. Johannes gesellt sich nicht zu denen, die den Gang der Weltgeschichte durch Theorien zu erklären suchen. Auf dem Standpunkt des Apostels bildet dieses Streben kein fruchtbares, wertvolles Ziel, auf das sich unser Verlangen zu richten hätte. Denn die menschlichen Gedanken erraten das göttliche Werk nicht; nur der kennt es, der es sieht. Nicht darauf, uns die Regierung Gottes begreiflich zu machen und uns zu zeigen, warum Gott die menschliche Geschichte so geordnet habe und so vollenden werde, ist das Verlangen des Johannes gerichtet, sondern darauf, zu sehen, was Gott tut, und wahrzunehmen, wie er seine Herrschaft vollendet. Die Wahrnehmung des göttlichen Werks ist der fruchtbare Vorgang, der uns an der Wahrheit Anteil gibt, neben dem alle unsere Gedanken leere Schatten und eitle Vermutungen sind. Daß der Prophet gesehen hat, das erhebt ihn über die übrige Gemeinde, für die das göttliche Werk noch verborgen ist. Zugleich ergibt sich aber aus der Art, wie er sah, die Schranke seiner Weissagung. Er kann uns nicht mehr sagen, als was er sah; er sah aber noch nicht das göttliche Werk selbst, sondern nur sein Bild und Gleichnis. Deshalb ist sein Zeugnis noch nicht mehr als Weissagung (1. Kor. 13,8).

Daraus, daß Johannes der Kirche mitteilt, was er gesehen hat, entsteht auch für sie eine Pflicht. 1,3: *Selig ist der, der die Worte der Weissagung vorliest, und die, die sie hören und das in ihr Geschriebene behalten. Denn die Zeit ist nahe.* Auch nachdem Johannes seine Zeugenpflicht erfüllt hat, könnte der Zweck der Offenbarung Jesu immer noch vereitelt werden und das göttliche Wort der Gemeinde entzogen bleiben. Denn das Buch hat den Vorleser nötig, der es der Christenheit in ihren Versammlungen zur Kenntnis bringt; es hat wieder die Hörer nötig, die das Bezeugte vernehmen. Aber auch damit ist das, was das Wort will, noch nicht vollständig erreicht, da es ihm immer noch wie der Saat gehen kann, die nicht zur Reife gelangt. Das Wort soll behalten, als unvergängliches Eigentum im Hörer befestigt werden, so daß es sein Verhalten bestimmt. Nun ist der Lauf des Worts vollendet, das in Gott seinen Ursprung hatte, durch Gottes Gabe zum Eigentum Jesu ward, von Jesus in den Apostel hineingelegt wurde und durch sein Buch zur Christenheit gelangt, zunächst in ihr Ohr und bei den rechten Hörern auch in ihr Herz. Weil aber die Offenbarung Jesu das Werk der göttlichen Gnade enthüllt, ist die Arbeit, die damit der Gemeinde zugewiesen ist, keine Last für sie; mit ihr ist vielmehr die göttliche Verheißung verbunden, die Johannes jedem zuspricht, der an der Verbreitung der Weissagung mitarbeitet, und jedem, der sie sich mit Ernst gesagt sein läßt.

Die Weissagung ist ein Segen für die Gemeinde, und die Aufmerksamkeit auf sie ist notwendig, weil die Zeit, in der das Geweissagte geschieht, nahe ist. Sie redet von Vorgängen, die die Gemeinde sofort berühren, deren gewaltigen Druck sie selbst aushalten und in denen sie selbst glaubend und bekennend, kämpfend und sterbend den Sieg gewinnen muß. Darum schadet sich der, der die Weissagung verachtet, und ist der seligzupreisen, der sie in sich trägt, weil sie ihn zum Überwinder macht. Die Überzeugung, daß die letzte, herrliche Offenbarung des Christus nahe ist, ist nicht ein besonderes Merkmal dieser Weissagung, sondern ist im ganzen Neuen Testament ausgesprochen. Johannes hat diese Gestalt der Hoffnung mit allen Jüngern geteilt, da er sie mit ihnen von Jesus erhalten hat.[1] Freilich macht es uns die Weissagung des Johannes besonders deutlich, daß den Jüngern zwar durch ihren Verkehr mit Christus und Gott die Gewißheit von Gottes gnädiger und wirksamer Gegenwart geschenkt war – der Geist bewegte sie machtvoll, und die Größe der ihnen gewährten Gottesgabe erfüllte sie mit vollendeter Freude; doch wurde ihre Hoffnung darum nicht matt und kühl und verwandelte sich nicht etwa in die Ergebung in den vorhandenen Zustand, sondern wurde stark, dringend, zuversichtlich und der göttlichen Gnade gewiß bis hinaus zu ihrem vollkommenen und ewigen Werk.

Nun stellt Johannes fest, wer hier spricht und zu wem er spricht, und schließt damit alle Unsicherheit über die Herkunft und die Bestimmung seines Buches aus. 1,4a: *Johannes an die sieben Gemeinden in der Provinz Asien.* Damals bildete die Westküste Kleinasiens mit den an sie heranreichenden Landschaften die Provinz Asien. Nicht an die Muttergemeinde der Kirche in Jerusalem oder an die älteste große Gemeinde der griechischen Kirche in Antiochia oder an die Christenheit der Kaiserstadt sandte Johannes sein Buch, sondern an die Gemeinden der kleinasiatischen Westküste, weil er damals unter ihnen seine Arbeit tat. Was er von Jesus empfangen hat, ist zunächst für die bestimmt, unter denen er lebt und für die er wirkt. Darum ist auch bei seinem Namen kein Zusatz nötig, der den Gemeinden sagte, wer hier zu ihnen spricht, obwohl der Name Johannes in der Judenschaft sehr verbreitet war. Es gab aber in der Christenheit nur einen Johannes, an den alle zuerst dachten, wenn dieser Name in Verbindung mit einem von Christus stammenden Zeugnis genannt wurde, den, der vor allen anderen dadurch ausgezeichnet war, daß er von Jesus das Botenamt erhalten hatte. Dadurch, daß seine Weissagung mit dem Beruf und Werk, in das Johannes als Apostel hineingestellt war, zusammenhängt, gleicht sie den anderen prophetischen Worten der Schrift.

Wir wissen auch durch das Evangelium des Johannes und durch seine Briefe sowie durch die in der Kirche bewahrten Erinnerungen an ihn, daß er den letzten Abschnitt seiner Arbeit nicht mehr Jerusalem und der Judenschaft, sondern der kleinasiatischen Christenheit

[1] Luk. 18,8; Röm. 13,11; 1. Joh. 2,18; 1. Petr. 4,7; Jak. 5,8.

widmete.[1] Unter ihren Gemeinden hatte die von Ephesus, die Paulus begründet hatte, die erste Stelle; neben ihr stand Smyrna, damals ebenfalls eine große Handels- und Hafenstadt. Nach Norden zu in Mysien lag Pergamon, auch eine glänzende griechische Stadt, früher der Sitz eines Herrscherhauses und die Hauptstadt eines großen Reichs. Im lydischen Binnenland lagen Thyatira, die alte Königsstadt Sardes und Philadelphia. Die zuletzt genannte Gemeinde Laodizea kennen wir auch durch den Kolosserbrief; Laodizea, Hierapolis und Kolossä lagen im Tal des Lykus nahe beisammen (Kol. 2,1; 4,13-16). Sicher sind damit nicht alle Gemeinden, die damals in diesen Gegenden bestanden, aufgezählt. Es fehlen hier nicht nur Kolossä und Hierapolis, sondern auch Troas, das seit der Zeit, als Paulus mehrmals durch Troas kam, eine Christenheit hatte, und Milet (vgl. 2. Tim. 4,20) und wohl noch manche andere Stadt, für die unsere spärlichen Nachrichten uns nicht sagen, seit wann es dort eine christliche Gemeinde gab. Bei der Auswahl dieser Orte hat Johannes deutlich auch an ihre Größe und Wichtigkeit gedacht; darum befinden sich Ephesus, Smyrna, Pergamon und Sardes in ihrer Reihe. Es sind uns wahrscheinlich hier die Gemeinden genannt, die für das innere und äußere Gedeihen der Kirche ihres Landes eine besondere Bedeutung hatten. Zugleich dient aber die Zahl sieben auch einem lehrhaften Zweck, da auch die folgenden Gesichte nach derselben Zahl geordnet sind. Das Buch Gottes hat sieben Siegel; sieben Engel verkünden je mit einem Posaunenstoß das Nahen des Herrn, und sieben Engel gießen die Zornesschalen Gottes auf die Erde.

Die Verwendung der Zahl sieben für die Darstellung des göttlichen Regierens geht auf das Schöpfungswerk mit den sieben Tagen zurück, in denen die Welt vollendet worden ist. Deshalb dient die Siebenzahl als Merkmal für die Werke Gottes, um die Vollkommenheit auszudrücken, in der sich der Wille Gottes in ihnen offenbart und verwirklicht. Dadurch, daß in der Provinz Asien sieben Gemeinden nebeneinandergestellt sind, ist die dortige Kirche als

[1] Der Zeitpunkt, wann Johannes Jerusalem verließ, läßt sich nicht genau bestimmen. Beim letzten Besuch des Paulus in Jerusalem spricht Lukas nur noch von der Verhandlung mit Jakobus, ohne Petrus und Johannes zu erwähnen (Apg. 21,18), und zur Zeit der Christenverfolgung in Jerusalem, die der Hohepriester Hannas der Jüngere veranlaßte und bei der Jakobus getötet wurde, war Johannes schwerlich noch in der Heiligen Stadt.

ein Werk der göttlichen Weisheit und Kraft gekennzeichnet, die nichts unvollkommen tut, sondern auch die Chrisenheit so gestaltet, daß sie der vollkommenen göttlichen Regel entspricht. Für das menschliche Auge bildeten diese Gemeinden nur eine kleine Minderzahl in ihrem Volk, und man konnte mit Grund den Erfolg ihrer Arbeit gering heißen. Aber ihre Verborgenheit und Unvollkommenheit nimmt ihnen nichts von ihrer Herrlichkeit, die sie deshalb haben, weil sie das Werk der göttlichen Gnade unter ihrem Volk sind. Darum ordnet Johannes die Gemeinden der Provinz Asien nach derjenigen Zahl, die das Merkmal des vollkommenen göttlichen Wirkens ist.

1,4b.5a: *Gnade sei euch und Friede von dem, der ist* (2. Mose 3,14.15) *und der war und der kommt, und von den sieben Geistern, die vor seinem Thron sind, und von Jesus Christus, dem treuen Zeugen, dem Erstgeborenen der Toten und dem Herrscher über die Könige der Erde* (Ps. 89,38.28; Kol. 1,18). Der Segen des Johannes für die Gemeinden verkündet ihnen, wie es auch in den Briefen geschieht, Gnade und Frieden als die ihnen verliehenen göttlichen Gaben. Was ihnen aber damit gegeben ist, das zeigt ihnen der Blick auf Gott, der ihnen die Gnade verleiht und den Frieden bereitet. Zum Preis seiner Größe braucht Johannes zuerst die Auslegung des göttlichen Namens, mit dem das Gesetz Gott genannt und den Israel als besonders heilig empfunden hat, so daß es ihn nie mehr aussprach; was der zum Geheimnis gewordene Name bedeute, wurde von den Lehrern in Jerusalem durch die Formel ausgedrückt: der, der war, ist und sein wird. Darin sah Johannes eine an Inhalt und Kraft reiche Bezeugung der göttlichen Majestät. Indem wir Gott den nennen, der ist, also nicht entstand und nicht vergeht, erkennen wir ihn in seiner Ewigkeit und beständigen Gegenwart; über der dahinströmenden Zeit stehend schafft und lenkt er alles Zeitliche. Er ist aber auch der, der war; denn er ist der erste vor allem, was besteht, der Wirker alles Geschaffenen. Und er ist nicht weniger der, der kommt; denn er spricht das letzte Wort, das alles zur Vollendung führt, und er bringt den Weltlauf dadurch an sein Ziel, daß er in seiner Herrlichkeit erscheint.

Neben den ewigen Gott, dessen Werk die ganze Zeit und Wirklichkeit umfaßt, stellt Johannes den Geist und den Christus, durch die das Werk Gottes an uns geschieht und die Gnade und der Friede uns gewährt werden. Beim Geist denkt Johannes hier nicht an die Einheit des Geistes, nicht daran, daß er das innere Leben aller nach demselben göttlichen Willen leitet und alle mit denselben göttlichen Gaben ausrüstet, auch nicht an die unzählbaren Geister, die in den Himmeln wohnen; er macht vielmehr die Zahl sieben, die die Vollkommenheit des göttlichen Wirkens ausdrückt, auch zum Kennzeichen für die Majestät des Geistes und für die Fülle der Gnade und des Friedens, die er mitteilt. Auch diejenige Erweisung Gottes, durch die er uns innerlich nach seinem Willen gestaltet und leitet, offenbart die herrliche Vollkommenheit des göttlichen Wirkens. Darum stehen sieben Geister vor seinem Thron, seines Willens kundig und mit der Macht, ihn auszuführen, ausgerüstet.

Was wir an Jesus haben, spricht Johannes in den drei Namen aus, die er ihm gibt. Jesus hat für uns das zuverlässige Wort, das Leben, das den Tod überwunden hat, und die königliche Macht. Die erste Gabe, durch die Jesus für uns zum Heiland wird, ist sein Wort. Darum beschreibt Johannes die Herrlichkeit Jesu zuerst damit, daß er ihn den zuverlässigen Zeugen nennt. Das gibt dem Wort Jesu seine Größe, daß er zu uns als Zeuge spricht, der das Werk Gottes in der Welt mit einer ihm eigenen Gewißheit kennt, und da er sein Zeugnis in völligem Gehorsam allein im Dienst der Wahrheit ablegt, gibt es seinem Wort gegenüber keinen Raum für Zweifel und Verdacht. Dazu stellt Johannes die Osterbotschaft. Jesu Größe beruht darauf, daß er unter allen Toten der erste ist, dem eine neue Geburt, ein neuer Anfang des Lebens durch die Schöpfertat Gottes verliehen worden ist. Dieses Leben hat er nicht für sich allein empfangen, sondern deshalb, damit er der Erstgeborene sei, dem viele Brüder folgen; denn er hat durch seine Auferstehung das Leben auch für uns erworben. Der dritte Name Jesu verkündet seine göttliche Macht, kraft deren alles, was in der Menschheit geschieht, seinem Willen unterworfen ist. Es ist Johannes nicht genug, die Macht Jesu mit der der Könige zu vergleichen und über sie zu erheben; sondern er nennt ihn den, der die Könige regiert und sie tun heißt, was sie tun; auch sie führen durch ihre Herrschaft seinen Willen aus. Das hat seinen Grund in seinem Christusamt, das ihn zum Herrn und Haupt der Menschheit und die Erde zu seinem vom Vater ihm gegebenen Reich und Erbe macht. Er wird auch nicht erst in Zukunft die königliche Macht empfangen, sondern er übt sie in unsichtbarer Weise schon jetzt aus, lenkt die Weltgeschichte und beherrscht auch die Herrscher, von denen der Verlauf der Geschichte abhängt. Sieht die Christenheit auf den äußeren Zustand der Völker, so legt sich ihr freilich der Gedanke nahe, die Macht und Herrschaft Jesu sei noch klein und in enge Grenzen gefaßt; er übe sie jetzt wohl durch den Geist aus, aber nicht auch durch die Lenkung der Geschichte, nur in seiner Gemeinde, nicht auch über die Völker und ihre Führer. Der Thron Jesu steht über allen Thronen; ihm ist jeder menschliche Wille, der das Los der Völker bestimmt, untertan, auch wenn er es nicht weiß und will.

Aus dem Blick auf die Größe Jesu entsteht seine Anbetung. 1,5b.6: *Dem, der uns liebhat und uns von unseren Sünden durch sein Blut gelöst* (7,14; 1. Joh. 1,7) *und uns zum Reich, zu Priestern für seinen Gott und Vater gemacht hat* (2. Mose 19,6; 1. Petr. 2,5.9), *ihm gehört die Herrlichkeit und die Macht in alle Ewigkeit. Amen.* Das erste und zugleich das Beste und Größte, was Jesus uns gibt, ist, daß er sich mit reiner und vollkommener Liebe uns zuwendet, sich mit uns zusammenschließt und für unser Heil sorgt. Aus dieser innerlichsten Gabe fließt alles, was wir von ihm empfangen. Darum hat er weggetan, was uns von Gott und von ihm scheidet. Auf uns liegen unsere Sünden als Schuld; sie trennen uns von Gott, voneinander, vom Leben und binden uns als Fesseln, von denen wir uns nicht selbst losmachen können. Von ihnen hat uns Jesus durch seinen Tod befreit; denn er ist durch ihn für uns zum Versöhner geworden, der uns die Vergebung schenkt. Wie sich darin die Liebe Jesu zu erfahren gibt, so erweist sie sich nicht weniger groß in dem, was er aus uns macht und uns als unseren Beruf vor Gott verleiht. An uns, die er von den Sünden frei gemacht hat, erweist die Gnade Gottes den Reichtum seiner Gaben in königlicher Herrlichkeit: er gibt uns eine königliche Freiheit, ein Herrscherrecht, das durch nichts angetastet werden kann. Im Glauben an ihn stehen wir über der Welt, haben ein Leben, das uns von keinem Feind geraubt wird, und tun ein Werk, das gelingt. Denn er macht uns zum priesterlichen Dienst tüchtig und gibt uns das Vermögen, ihn durch unsere Anbetung zu preisen und Träger des Segens für die Welt zu sein. Dem Gott und

Vater, aus dem und für den Jesus lebt, gilt unser priesterlicher Dienst. So ist Jesu Werk gleichzeitig die Verherrlichung Gottes und das Heil seiner Gemeinde. Jesus hat mit derselben vollendeten Liebe sein Ziel zugleich im Vater und in uns; denn er hat uns deshalb lieb, weil er Gott liebt, und gibt uns dadurch, daß er uns für Gott heiligt, die königliche Würde und die priesterliche Vollmacht. Johannes denkt dabei an 2. Mose 19,6, an die Verheißung, mit der Gott sich Israel am Sinai bezeugte und es in den Bund mit sich einführte. Was Jesus seiner Gemeinde gewährt hat, ist die Erfüllung des Wortes, mit dem die Geschichte Israels als der für Gott geheiligten Gemeinde begann.

1,7: *Sieh, er kommt mit den Wolken* (Dan. 7,13), *und jedes Auge wird ihn sehen und die, die ihn durchbohrt haben* (Joh. 19,37; Sach. 12,10), *und es werden alle Geschlechter der Erde über ihn klagen. Amen.* Daß das Werk Jesu dann vollendet und die ihn verkündigende Verheißung dann vollständig erfüllt wird, wenn er sich von oben her als der Himmlische allen offenbaren wird, das ist Jesu eigene Verheißung; sie ist für die ganze christliche Weissagung die zentrale Aussage geblieben. Durch die neue Offenbarung Jesu wird die Schuld, die durch seine Verwerfung und Tötung auf der Menschheit liegt, allen offenbar; über ihr erhebt sich dann die Klage, die den Undank bereut, mit dem die Menschheit die Gabe Gottes von sich stieß.

In diesem Satz hat Johannes zwei prophetische Sprüche, Dan. 7,13 und Sach. 12,10, miteinander verbunden, wie er denn bei seiner Weissagung zugleich beständig an die der alttestamentlichen Propheten denkt und sie mit seinem Wort verknüpft. Er tut es nicht so, daß er die alttestamentlichen Stellen ausdrücklich zitierte, sondern so, daß er das ihm gegenwärtige Wort der Heiligen Schrift aus der Erinnerung in seine Weissagung verwebt und neu zum Sprechen bringt. Das alte prophetische Wort hatte durch die Sendung Jesu teils die Bestätigung empfangen – der Israel verheißene Christus war ja gekommen –, teils war es durch das Kreuz und die Erhöhung Jesu weit überschritten und tief verändert worden. Deshalb mußten die neutestamentlichen Propheten der Christenheit zeigen, wie jetzt nach der Erscheinung des Christus die alttestamentliche Weissagung zu verstehen war und wie sie durch das Werk Jesu in der Umwandlung ihre Vollendung erhielt. Den Sohn des Menschen sah Daniel nicht auf der Erde, sondern in der Höhe des Himmels, von den Wolken getragen. Wer der Sohn des Menschen ist, ist der Gemeinde Jesu bekannt; sie hat ihn aber noch nicht in der Gestalt gesehen, in der Daniel ihn sah: noch nicht als den von oben Kommenden, der sich in himmlischer Art und göttlicher Macht allen sichtbar zeigt. Diese Offenbarung steht also noch vor ihr und bildet das Ziel, zu dem Jesus sie führt. Mit dem Wort Daniels hat Johannes das Wort des Sacharja verbunden, das von dem, der durchbohrt und in den Tod gegeben wird, sagt, daß die Augen aller sich auf ihn richten und alle die Schwere der an ihm verübten Schuld erkennen und beklagen werden. Die Gemeinde Jesu weiß wiederum, von wem der Prophet redet, wenn er von dem spricht, der den Tod leiden wird. Dieses prophetische Wort geht aber wieder über das, was die Gegenwart zeigt, hinaus: Israel erkennt noch nicht, was es mit der Kreuzigung Jesu getan hat, und die übrige Menschheit achtet vollends stumpf und gleichgültig seinen Tod für nichts. Es wird aber noch zur Erfüllung kommen, daß allen sichtbar wird, was die Verwerfung und Tötung Jesu bedeutet hat. Johannes denkt dabei nicht nur, wie Sacharja, an Israel; denn die Sendung und der Tod Jesu gehören nicht nur der jüdischen Geschichte, sondern der Geschichte der Menschheit an und bestimmen das Los aller. Darum werden alle mit Schmerz und Reue erkennen, daß der, der ihnen die Gnade Gottes brachte, von der Welt verworfen worden ist und sein Leben am Kreuz beschlossen hat.

Amen sagt Johannes nicht nur, weil er die Wahrheit dieser Worte bestätigen will, sondern weil er mit einem starken Verlangen die Erscheinung Jesu herbeisehnt. Er kann uns nichts Größeres sagen, nichts Herrlicheres in Aussicht stellen als den Tag, an dem Jesus sich von oben her der Welt zeigen und die ganze Menschheit zur Erkenntnis bringen wird, daß er nicht wegen seiner, sondern wegen ihrer Schuld durchbohrt worden ist.

1,8: *Ich bin das A und das O, sagt der Herr Gott, der ist und der war und der kommt, der Herrscher über alles.* Ihren Grund und ihre Wahrheit erhält diese Verheißung einzig in Gottes Hoheit, nicht in geschichtlich greifbaren Vorgängen, weder im Erfolg der irdischen Arbeit Jesu noch in den Erträgen der Arbeit, die die Christenheit tut, sondern einzig darin, daß Gott der Erste und der Letzte, der Anfangende und der Abschließende, der Schöpfer und der Vollender ist. Er verschafft dem Christus, den er gesandt und erhöht hat, den Sieg über die Welt, und er ist es, der seine Offenbarung zum Ziel der Weltgeschichte macht. Zu dem Namen Gottes, der schon in V. 4 gebraucht war, fügt Johannes hier noch den weiteren Namen „Herrscher über alles, Allmächtiger" hinzu. Diesen Namen verwendeten die griechisch redenden Juden an Stelle von Zebaoth. Das hebräische Wort kennzeichnet Gott als den Herrn der himmlischen Heere, das griechische als den Herrscher, der alles, was besteht, regiert und mit seinem Willen und seiner Macht umfaßt. Darin ist begründet, daß uns und allem Geschaffenen in der herrlichen Offenbarung Jesu das Ziel gegeben ist, dem wir entgegengehen.

1,9–3,22

Das erste Gesicht: Das Urteil Jesu über seine Gemeinden

1,9-20

Die Erscheinung Jesu

1,9: *Ich, Johannes, euer Bruder und Gefährte in der Bedrängnis und im Königtum und in der Standhaftigkeit in Jesus, kam auf die Insel, die Patmos heißt, wegen des Wortes Gottes und des Zeugnisses Jesu.* Absichtlich und nachdrücklich spricht Johannes eben jetzt, da er die Erscheinung Jesu bezeugt, die er gesehen hat, seine Gemeinschaft mit allen Glaubenden aus. Denn die Schau Jesu wird ihm nicht nur zum persönlichen Sonderbesitz gegeben, sondern für alle; ihm wird sie verliehen als ihrem Bruder, der mit ihnen die Not und die Würde des Christenstands teilt. Weil sich die römische und die jüdische Welt Jesus widersetzten, steht seine Gemeinde unter dem Druck, unter dem alle gemeinsam leiden, der Apostel und die Gemeinden. Johannes trägt diese Last mit ihnen und sie mit ihm. Aber das Wort Jesu hat den Seinen nicht nur ihren schweren Kampf, sondern auch den Anteil an der Herrschaft Gottes gebracht, und darin sind sie wieder einander gleichgestellt; sie sind miteinander in die Heilandsmacht Jesu eingeschlossen, durch sie befreit und zum Sieg erhoben. Aus ihrem Anteil an der Not und am Reich fließt das dritte, was ihnen gemeinsam gehört, die geduldig aushaltende Festigkeit. Die Bedrängnis, die sie leiden, fordert sie von ihnen; ihr Anteil an der göttlichen Herrschaft gibt sie ihnen. Sie müssen die Standhaftigkeit haben, weil die Welt sich ihnen widersetzt; sie haben sie, weil sie als die von Jesus Beschenkten nicht weichen, sondern imstande sind, glaubend zu leiden und dankend zu sterben und auf das künftige Werk Gottes getrost zu warten. Die Gemeinschaft des Apostels mit den Gemeinden hat mit allem, was sie ihnen bringt, in Jesus ihren Grund; denn sie leiden um seinetwillen, wegen ihres Bekenntnisses zu ihm und in der Erfüllung des von ihm ihnen aufgetragenen Dienstes; sie sind durch ihn in das Reich Gottes aufgenommen, weil er sie berufen und von ihren Sünden rein gemacht hat, und sie besitzen durch ihn die Geduld, weil sie sich bei ihm ihre Kraft und ihre Hoffnung holen. Weil sie mit ihm verbunden sind, darum überwinden sie. Weil der Christenstand so beschaffen ist, wie dieses Wort ihn beschreibt, weil die Gemeinden in der Not, im Reich und in der Geduld vereinigt sind, deshalb hat Johannes seine Weissagung bekommen, die ihnen zeigt, woher die Not kommt und welches Ende sie nimmt, wie unüberwindlich die Herrschaft Gottes ist und was sie stark zum Dulden macht.

Die Erlebnisse, die den Anlaß und Inhalt zu diesem Buch gaben, begegneten Johannes während eines Aufenthalts auf der kleinen, felsigen Insel Patmos im Ägäischen Meer; hier war der Apostel von seinen Gemeinden getrennt und konnte nicht mehr mit seinem Wort, sondern nur noch durch die Schrift für sie sorgen. Im Dienst des göttlichen Worts, das Jesus verkündigt, kam er auf diese Insel. Eine weitere Angabe über die Ereignisse macht Johannes nicht; er sagt nur das eine, daß er in der Ausübung seines apostolischen Dienstes, also nach Gottes Willen dorthin kam. Da die römischen Richter die Verbannung auf eine dieser kleinen Inseln nicht selten als Strafe solchen auferlegten, die man von ihrem Wohnort entfernen und unschädlich machen wollte, hat man diese Worte in der Kirche schon frühe so verstanden, daß Johannes durch das Urteil eines römischen Richters nach Patmos verbannt wurde. Wenn die Sache sich so zutrug, dann wurde aus einer Maßregel, die der Verhinderung der Arbeit des Apostels dienen sollte, ihre mächtige Förderung und aus der Trennung des Apostels von der Kirche deren Stärkung.

1,10.11: *Ich wurde am Tag des Herrn in den Geist versetzt und hörte hinter mir eine laute Stimme wie von einer Posaune, die sagte: Schreibe, was du siehst, in ein Buch, und sende es an die sieben Gemeinden, nach Ephesus und nach Smyrna und nach Pergamon und nach Thyatira und nach Sardes und nach Philadelphia und nach Laodizea.* Johannes kam in den Zustand des prophetischen Schauens; in ihm bestimmen nicht die Sinne, durch die die Natur unsere Seele berührt und ihr Bild in uns hineinträgt und durch die wir miteinander verkehren, den Lauf der Gedanken, sondern das Bewußtsein wird vielmehr von dem erfüllt, was von innen her entsteht, und dadurch formt sich in der Seele ein Bild, das ihr das Göttliche zeigt. Diesen Zustand beschreibt Johannes nicht als Bewußtlosigkeit; der Inhalt seines Bewußtseins war zwar verändert, nicht aber das Bewußtsein ausgelöscht. Das zeigt sich nicht nur daran, daß er an das, was jetzt vor sein Auge tritt, eine deutliche Erinnerung behielt, sondern auch daran, daß sein ganzer innerer Besitz wirksam an diesen Gesichten mitbeteiligt ist; seine Kenntnis der Schrift und des Wortes Jesu, seine Einsicht in die Weltlage und in die Zustände in der Christenheit, auch seine künstlerische Kraft und Phantasie. Für die Natur und die Außenwelt ist sein Bewußtsein durch das Gesicht verschlossen; dagegen bleibt sein geistiges Eigentum dem Propheten erhalten und liefert ihm die Bausteine, aus denen sich seine Gesichte aufbauten.

Es war der von der Christenheit für den Herrn abgesonderte Tag, der Sonntag, als Johannes das Gesicht sah. Sie feierte den Sonntag als den Tag des Herrn, weil sie in seiner Auferstehung seine Herrlichkeit sah, die ihn zum Herrn über alle erhöhte. Weil die Christenheit an den Auferstandenen denkt, geht ihr Blick auch hoffend zu seiner neuen Offenbarung hinaus. Schwerlich war in Patmos eine Gemeinde mit Johannes zur Anbetung Gottes und Jesu vereinigt außer den wenigen, die ihm die persönlichen Dienste leisteten. Er war daher an diesem Tag, an dem die Christenheit überall ihre Gemeinschaft sichtbar und wirksam machte, allein. Wäre er jetzt nicht in Patmos, so hätte er der Gemeinde mündlich das Wort gesagt.

Dafür erhält er die Offenbarung für sie. Das Gesicht begann damit, daß ihm von hinten, ohne daß er zunächst etwas sah, eine laute, an einen Trompetenstoß erinnernde Stimme den Befehl gab, das Gesicht aufzuzeichnen. Dadurch ist gleich von Anfang an festgestellt, daß das, was nun geschieht, nicht für Johannes allein, sondern für die Gemeinden bestimmt ist. Christus braucht ihn jetzt als sein Werkzeug, durch das sein Wort zu ihnen kommt.

1,12-16: *Und ich wandte mich, um nach der Stimme zu sehen, die mit mir redete, und als ich mich umgewandt hatte, sah ich sieben goldene Leuchter und in der Mitte der Leuchter einen, der einem Sohn eines Menschen glich, mit einem langen Gewand bekleidet und an der Brust mit einem goldenen Gürtel umgürtet* (Dan. 10,5.6). *Sein Haupt aber und seine Haare waren so weiß wie weiße Wolle* (Dan. 7,9), *wie Schnee, und seine Augen wie eine Feuerflamme und seine Füße dem Mischgold ähnlich, als sei es im Ofen glühend gemacht, und seine Stimme war wie das Rauschen vieler Wasser* (Hesek. 1,24; 43,2), *und er hatte in seiner rechten Hand sieben Sterne, und aus seinem Mund kam ein scharfes, zweischneidiges Schwert* (19,15; Hebr. 4,12), *und sein Gesicht glich der Sonne, wenn sie in ihrer Stärke scheint* (Richt. 5,31). Johannes wendet sich in die Richtung um, aus der ihm die Stimme hörbar wird, und sieht zuerst sieben Leuchter, dann zwischen ihnen Jesus. Er erinnert dabei ausdrücklich an die figürliche Art des Geschauten und gibt selbst seine Deutung. Die sieben Leuchter sind die sieben kleinasiatischen Gemeinden; in ihrer Mitte sieht er den Christus. Schon in der gewöhnlichen Bewegung des Denkens können wir keinen Gedanken formen, der nicht ein Bild an sich hätte und irgendwie das benützte, was uns die Natur zeigt. Noch weniger kann der Prophet von himmlischen und zukünftigen Dingen ohne Bild reden; vielmehr wird ihm die Weissagung so gegeben, daß ihm für Gottes noch verborgenes Werk ein Abbild aus dem Bereich der Natur dargeboten wird. Daher wird es zum Kennzeichen der prophetischen Rede, das sie vom geschichtlichen Bericht und der Mahnrede unterscheidet, daß sie ausschließlich aus Gleichnissen besteht. Man kann das den Stil der Prophetie heißen; er wird auch dann festgehalten, wenn auf Erden geschehende Ereignisse und jetzt lebende Menschen dargestellt werden. Dabei hat das Bild immer den Zweck, die wesentliche Eigenschaft der Bezeichneten, von der ihr Verhalten und ihr Geschick abhängig sind, erkennbar zu machen und herauszustellen.

Daß die Gemeinden Leuchter sind, geht auf die Einrichtung des Heiligtums der Mosezeit zurück; in ihm stand der goldene Leuchter, auf dessen sieben Armen während der Nacht sieben Lampen brannten. Was Israel durch ein armes Zeichen zur Ehre Gottes tat, das hat Jesus jetzt in den griechischen Städten Kleinasiens in lebendiger Wahrheit verwirklicht. Dort stehen nun sieben goldene Leuchter als das heilige Eigentum Gottes. Zugleich gründet sich dieses Gleichnis auf das Wort Jesu, mit dem er seinen Beruf beschrieben hat: er ist das Licht der Welt und rüstet die Seinen dazu aus, daß auch sie das Licht der Welt sind und durch sie die Wahrheit und Gnade Gottes hell in die Menschheit hineinleuchten. Wenn daher das Evangelium irgendwo eine Gemeinde schafft, so ist damit ein Leuchter aufgestellt, auf dem das Licht Jesu zum Leuchten kommt. Darum ist auch nicht von Lampen die Rede, die auf den Leuchtern stehen und brennen; denn die Gemeinde ist nicht selbst das Licht, sondern ist dem Leuchter vergleichbar, auf den das Licht zu stehen kommt, damit es nicht vergeblich scheint. Der, von dem das Licht in die Welt und in die Kirche kommt, ist Christus; die Gemeinden sind aber der Ort, den sein Licht erfüllt, von wo aus es auch in die Welt hinausscheint.

Unter den Gemeinden steht Jesus, und seine Gegenwart bei ihnen bewirkt, daß sie das heilige Eigentum Gottes sind und das Vermögen haben, ihn zu offenbaren und seine Herrlichkeit und Gnade sichtbar zu machen. Bei allen Gemeinden ist er in derselben Weise gegenwärtig. Deshalb kann Johannes auch nicht die Gemeinden selbst, nicht die Menschen sehen, etwa wie sie eben jetzt am Tag des Herrn in ihren Betsälen vereinigt sind; sondern er muß für sie ein Gleichnis bilden, das sie alle am selben Ort um den Christus versammelt zeigt, so daß er gleichzeitig bei allen ist. Sie zwar sehen ihn nicht, und doch ist er bei ihnen gegenwärtig, als ihr Erhalter und Regierer, wie er ihr Schöpfer war.

Jesus trägt in diesem Gesicht nicht die Abzeichen eines besonderen Amts; er erscheint nicht als König oder Priester, sondern als Mensch, aber als eine in lauter Licht und Glanz gehüllte Menschengestalt. Weil er der Menschensohn ist, darum ist er bei seinen Gemeinden gegenwärtig, und deshalb ist er für sie die strahlende Sonne, die die Nacht vertreibt. Er trägt das lange, bis zu den Füßen reichende Feierkleid mit dem goldenen Gürtel, den er nicht wie der Arbeiter um die Lenden, sondern weiter oben unter der Brust trägt. Jetzt gleicht er nicht mehr einem, der sein Werk mit Anstrengung und Kampf vollbringen muß. Alles, was von seinem Leib sichtbar ist, leuchtet in hellem Glanz, vor allem das Auge und das Antlitz, aber auch der Fuß, der unten am langen Gewand noch sichtbar ist. Das Mischgold, eine Legierung von Gold und Silber, stellten die alten Goldschmiede deshalb her, weil es besonders glänzen und funkeln soll. Dieser Glanz wird noch dadurch gesteigert, daß der Fuß mit dem im Schmelzofen glühenden Metall verglichen ist. Die Meinung des Bildes ist: nicht nur das Antlitz, sondern der ganze Leib Jesu strahlt in leuchtender Herrlichkeit. Auch sein Haar ist nicht dunkel, sondern völlig weiß. In allen diesen Zügen wiederholt das Gesicht des Johannes, was Hesekiel und Daniel über die von ihnen geschauten Erscheinungen Gottes und der himmlischen Geister sagen.

Das Wort des Christus wird durch ein aus seinem Mund hervorkommendes Schwert sichtbar gemacht. Damit ist er als der Richter gekennzeichnet und ist bereits angedeutet, was der jetzt zu den Gemeinden tretende Jesus tun wird. Es wird ein Handeln des Christus folgen, dessen Zeuge Johannes werden soll, und wenn sein Wort als das Schwert erscheint, mit dem der Richter die Übeltäter straft, ist gesagt, daß Jesus dazu gegenwärtig ist, um alles Böse aus den Gemeinden wegzutun. Da er diese Reinigung jetzt in der Kraft Gottes vollzieht, bedeutet sie für ihn nicht mehr Schmerz und Kampf wie während seiner irdischen Arbeit. Es wird ja schon sein Wort zum Schwert; sein Wort hat die alles Böse vernichtende Kraft. Darum trägt er auch in der Ausübung seines richterlichen Amtes das festliche Feierkleid; denn darin, daß er seine Gemeinde Gott ganz unterwirft, alles Böse aus ihr entfernt und sie zum vollständigen Gehorsam zurüstet, offenbart sich die Herrlichkeit seiner Sendung.

In der rechten Hand hält Jesus sieben Sterne; Johannes deutet sie als die Engel der Gemeinden. Wie er das ihm gegebene Gesicht darauf zurückführt, daß Jesus seinen Engel zu ihm gesandt hat, so führen auch Engel den Willen des Christus an jeder Gemeinde aus. Es fehlt ihm nicht an Mitteln und Dienern, die seine Gaben zu den

Gemeinden tragen und sie nach seinem Willen leiten. Zu jedem Leuchter, den er aufstellt, gehört ein Stern; für jede Gemeinde hat er einen himmlischen Boten, durch den er sie regiert. Er selbst hält sie in seiner Hand als das eine Haupt aller, von dem alles ausgeht, was die Gemeinden an göttlicher Kraft und Gabe besitzen. Dieser Zug des von Johannes gesehenen Bildes dient einem Zweck, der auch im Fortgang der Weissagung immer wieder sichtbar wird. Sie erinnert beständig die Christenheit daran, daß die himmlischen Geister bei allem, was sich in der menschlichen Geschichte ereignet, mitwirken. Wenn Johannes auch nur im Gleichnis von ihnen reden und uns keine Einsicht in ihren Anteil an den menschlichen Ereignissen verschaffen kann, so schreibt er doch der Erinnerung an sie einen hohen Wert zu; denn diese vermag die Christenheit gegen die Knechtschaft zu schützen, die sich an die Menschen und die Dinge hingibt, und kann sie anleiten, nicht unten, sondern oben, nicht bei dem, was sichtbar ist, sondern im unsichtbaren, aber von Leben und Kraft erfüllten göttlichen Reich das zu finden, was ihren Weg bestimmt. Doch wird dadurch der Glaube der Gemeinde nicht etwa auf die Engel gerichtet. Daß an ihr ein für sie heilsames Werk der Engel geschieht, verdankt sie ganz und gar Christus. Darum hält im Gesicht des Johannes Christus die Sterne in seiner Hand.[1]

1,17-20: *Und als ich ihn sah, fiel ich zu seinen Füßen wie ein Toter nieder, und er legte seine rechte Hand auf mich und sagte: Fürchte dich nicht* (Dan. 8,18; 10,15-19)! *Ich bin der Erste und der Letzte und der Lebendige, und ich wurde ein Toter, und sieh, ich lebe in alle Ewigkeit und habe die Schlüssel zum Tod und zur Totenwelt. Darum schreibe auf, was du sahst und was ist und was hernach geschehen wird. Das Geheimnis der sieben Sterne, die du auf meiner rechten Hand sahst, und die sieben goldenen Leuchter: die sieben Sterne sind Engel der sieben Gemeinden, und die sieben Leuchter*

1 Sollte Johannes nicht an Engel gedacht haben, dann kämen für die Deutung seines Gleichnisses nur noch die Bischöfe in Betracht. Daß die Gemeinden Bischöfe hatten, steht fest; vielleicht war es damals auch schon so, daß in den kleinasiatischen Städten für jede Gemeinde nur ein einziger Bischof bestellt war. Gegen diese Deutung spricht aber, daß Johannes eben nicht von Bischöfen, sondern von Engeln spricht und daß im Neuen Testament mit Einschluß der Briefe des Johannes der Bischof ein Glied der Gemeinde ist und nicht von ihr getrennt und in ein besonderes Verhältnis zu Christus gesetzt wird, wie es geschähe, wenn neben der durch den Leuchter dargestellten Gemeinde der Bischof noch besonders als Stern hervorgehoben wäre. Nicht für Menschen, sondern für die Himmlischen sind die Sterne das sichtbare Zeichen. In den Briefen des Johannes wird eine Absonderung des Bischofs von der Gemeinde, die ihm mit religiöser Macht die Herrschaft über die Gemeinde zuteilte, nirgends sichtbar.

sind sieben Gemeinden. Im Anblick Jesu schwindet Johannes die Kraft (vgl. Dan. 10,15-19); nicht aus sich selbst ist er fähig, vor dem Christus zu stehen und sein Wort zu vernehmen; daß er das kann, ist selbst schon die Gabe Jesu. Er empfindet aber die Größe Jesu nicht nur darin, daß er vor ihm hinstürzt, sondern er hört sie auch aus seinem Mund. Jesus bezeugt sich ihm als den Ersten, der vor der Welt und Zeit in der Liebe des Vaters war, der darum auch der Letzte ist und am Ende des Weltlaufs als Überwinder und König alles sich unterwirft. Weil er die Ewigkeit besitzt, die sich in Gottes unerschaffene Herrlichkeit zurück und auf die Vollendung alles Geschaffenen hinaus erstreckt, besitzt Jesus das Leben in einem Sinn, den wir nur von ferne ahnen. In seine Gottesherrlichkeit ist nun aber aufgenommen, was er durch sein irdisches Werk erlangt hat: er ist durch den Tod hindurchgegangen; der durch Gott Lebendige hat sein Leben hingegeben und den Tod auf sich genommen. Dadurch hat er aber die höchste Verklärung erlangt; denn durch sein Sterben ist er der ewig Lebendige, nicht nur für sich selbst, sondern so, daß er die ins Leben führt, die sterben und an den Ort der Toten gehen. Nun besitzt er die Schlüssel zur Totenwelt; deshalb ist er nicht der einzige, der aus dem Tod ins Leben hinübergetreten ist, sondern, wie es V. 5 hieß, der Erstgeborene der Toten. Er schließt auf und zu: auf für die, die er ins ewige Leben und zur Auferstehung führt, zu für die, die er verwirft. In seiner Hand liegt das Geschick aller; diese Macht hat er jetzt in Kraft seines eigenen Todes. Seines Todes wegen umfaßt sein Leben schaffendes Werk die ganze Menschheit, nicht nur die Lebenden, sondern auch die in den Ort der Toten Eingegangenen. Sie sind dort seiner Gnade und Macht nicht entzogen; auch von dort führt er die heraus, die die Befreiung empfangen, wie er die darin verschließt, die dem göttlichen Gericht verfallen sind.

Die Größe Jesu macht sein Wort bedeutungsvoll; darum erhält Johannes nochmals den Befehl, es aufzuschreiben und der Kirche zu übergeben. Es enthüllt ihm, was jetzt ist und was künftig sein wird. Denn dem Propheten wird gezeigt, was die Kirche und die Menschheit jetzt nach dem göttlichen Urteil sind, und weiter, was aus der Gegenwart als ihre bleibende Frucht und ihr letztes Ziel erwachsen wird.

2,1-7

Das Urteil Jesu über die Gemeinde von Ephesus

2,1a: *Dem Engel der Gemeinde in Ephesus schreibe.* Der Engel, der Jesus mit reinem Gehorsam untertan ist und in der unmittelbaren Gemeinschaft mit ihm steht, bedarf nicht für sich selbst eines Briefs. Nur um der Gemeinden willen sind diese Briefe geschrieben, damit sie erfahren, wie Jesus über sie urteilt und was er von ihnen verlangt. Darum wird auf den Engel alles übertragen, was von der Gemeinde gilt, und sein Bild fließt vollständig mit dem Bild zusammen, das die Gemeinden zeigen, die seiner Leitung und Pflege übergeben sind. Die Ehre und die Schande, das richtige Werk und die Versündigung der Gemeinden werden ihrem Engel beigelegt. Das verlangt die Regel der Liebe, unter der alle stehen, denen Jesus an seinem Wirken Anteil gibt; diese Liebe verbindet uns so mit den anderen, daß, was die anderen durch uns werden, unseren eigenen Gewinn und unsere eigene Not ausmacht.[1] Warum ergeht das Urteil Jesu dennoch nicht über die Gemeinde, sondern über ihren Engel, obwohl hier mit jedem Wort daran gedacht ist, was die Gemeinde ist und tut? Dadurch macht Johannes den heiligen Ernst des Urteils Jesu mit besonderem Nachdruck deutlich und prägt er den Gemeinden ein, daß das zur Buße rufende Wort Jesu notwendig zur Kenntnis aller Glieder der Gemeinde kommen und notwendig von ihnen allen erfüllt werden muß. Jetzt kann keiner sich von ihm ausnehmen, als spräche es nicht auch zu ihm. Sodann wird der Gemeinde dadurch, daß Christus dem Engel sagt, warum ihr die Buße not ist, vorgehalten, daß sie selbst mit ihrem eigenen Urteil als verwerflich zu richten hat, was der Christus an ihr verurteilt, und sich von innen her mit ihrem eigenen Entschluß von allem scheiden muß, was Jesus verwirft. Denn vom Engel wird sie nicht nur von außen her mit Worten zur Buße ermahnt, sondern in Geist und Kraft zu ihr geführt. Deshalb, weil das Wort dann wirksam ist, wenn es in das innere Leben der Christenheit hineingepflanzt wird, wird es dem

[1] Auch dieser Zug im Gesicht spricht dafür, daß Johannes bei den Engeln der Gemeinden nicht an die Menschen gedacht hat, die in ihnen die Zucht verwalten. Auf einen Menschen kann nie in dieser Vollständigkeit die Verantwortlichkeit für all das gelegt werden, was in einer Gemeinde geschieht.

Engel gesagt. Eine Entschuldigung der Gemeinde, mit der sie ihren eigenen Willen, ihre eigene Verantwortlichkeit und Schuld verleugnete, entsteht aus dieser Fassung des Bußrufs nicht. Jeder Christ weiß, daß er selbst vor Gott verantwortlich ist und nicht die über ihm stehenden Geister anzuklagen hat. Mit ihrem eigenen Gehorsam und ihrer eigenen Liebe hat die Gemeinde ihren Dienst Gottes auszuführen, und durch ihre eigene Begierde sündigt sie. Aber sie ist bei ihrem Kampf und Dienst auch nicht einsam und nur auf sich gestellt. Der einzelne Christ steht und fällt nicht für sich allein, sondern wird im Guten und Schlimmen durch den Geist gebildet und bestimmt, der seine Gemeinde beherrscht; wiederum ist die Gemeinde nicht auf sich allein gestellt, sondern kämpft und arbeitet im Bund mit den ihr beistehenden himmlischen Geistern. Darum wird im Gesicht das Urteil über die Gemeinde auf den Engel übertragen; es wird ihr dadurch besonders nachdrücklich bezeugt, wie ernst Jesus darauf hält, daß die Gemeinde den guten Weg Gottes geht und mit ganzem Gehorsam die Aufgabe erfüllt, die ihr sein Wort erteilt.

2,1b: *Das sagt der, der die sieben Sterne in seiner rechten Hand hält, der mitten zwischen den sieben goldenen Leuchtern wandelt.* Das Urteil über die Gemeinde beginnt regelmäßig damit, daß die Hoheit Jesu, der hier richtet und gebietet, vergegenwärtigt wird. Dazu dienen dieselben Merkmale, die in der Erscheinung Jesu seine Herrlichkeit Johannes sichtbar machten. Vor die Gemeinde von Ephesus tritt Jesus als der, der ihr die himmlischen Lenker und Gehilfen sendet und diese regiert, und als der, der bei ihr gegenwärtig ist; er läßt sie erkennen, daß sie ihren Dienst unter seinen Augen ausrichtet und die heiligende und schützende Kraft seiner Nähe besitzt.

2,2-4: *Ich weiß deine Werke und deine Arbeit und deine Standhaftigkeit, und daß du Schlechte nicht tragen kannst; und die, die sagen, sie seien Apostel, und es nicht sind, hast du versucht und erfandest sie als Lügner, und du hast Standhaftigkeit und trugest um meines Namens willen die Last und bist nicht müde geworden. Aber ich habe gegen dich, daß du deine erste Liebe aufgegeben hast.* Jesus hat nicht übersehen und vergessen, was die Christenheit von Ephesus im Gehorsam gegen ihn und in seiner Liebe getan hat. Sie hat es ihm getan; er bewahrt das in treuem Gedächtnis und wird ihr den Dank und die Vergeltung dafür nicht verkürzen. Er ermißt auch, daß die Gemeinde nur mit Anstrengung und Mühe vollbringen konnte, was sie in ihrem eigenen Kreis und in ihrem Verkehr mit den Juden und Heiden zustande brachte. Sie hat dabei auch gelitten und Schmerzen und Opfer nicht gescheut, sondern tapfer auf sich genommen, was es zu leiden gab. Ein besonderes Lob erhält die Gemeinde dafür, daß sie bei sich den Kampf gegen die Schlechten mit Entschlossenheit und Erfolg durchgeführt hat. Die Unlauterkeit und der boshafte Wille, der sich nicht bekehren mochte, sondern nur zum Schein fromm war, fand bei ihr keinen Platz. Die innere, geistliche Macht der Zucht, die nicht durch äußere Ordnungen entsteht oder durch solche ersetzt werden kann, ist das sichere Merkmal dafür, daß eine Gemeinde treu und gesund ist. Dann halten es die Schlechten bei ihr nicht aus, sondern gehen wieder weg. Diese Kraft der von ihr geübten Zucht hat die Gemeinde auch in einem besonders schwierigen Fall bewährt, als Männer zu ihr kamen, die sich für Apostel ausgaben, also mit großen Worten eine besondere Sendung durch Jesus für sich in Anspruch nahmen und dadurch vor jeder Prüfung und jedem Widerspruch geschützt sein wollten. Die Gemeinde blieb sich aber ihrer Pflicht bewußt, sich vor niemand zu beugen als allein vor Gott und gegen alles, was sie von ihm weglockte, auf der Hut zu sein. Darum fürchtete sie sich nicht vor dem Apostelnamen, sondern hatte die Kraft, den falschen Schein, mit dem jene Männer arbeiteten, zu zerstören und ihre angemaßte Autorität abzuweisen.

Schwerlich gab es am Ende der apostolischen Zeit noch Männer, die sich eigenmächtig den Apostelnamen mit der Behauptung beilegten, auch sie hätten zu den Begleitern Jesu gehört und seien von ihm vor seiner Kreuzigung in das Apostelamt eingesetzt worden. Damals konnte ein falsches Apostolat nur dadurch entstehen, daß sich diese Männer auf den Geist beriefen, der sie zu Aposteln eingesetzt habe. Das zeigt, wie tief die Erschütterung war, die diese Vorgänge über die Gemeinden brachten. Diese Männer hatten sich offenbar von all dem gelöst, was Jesus auf der Erde gesagt und getan hatte. War das nicht längst vergangen und nur ein Anfang, über den die Kirche nun emporgehoben war? Regierte nicht Christus die Gemeinde jetzt durch seinen Geist? Konnte er ihr nicht auch jetzt neue Boten senden? Wichtiger als die Tatsachen, die zur

Geschichte Jesu gehörten, war nach dem Urteil dieser Männer die Erleuchtung, die sie selbst in ihrem inneren Leben empfangen zu haben meinten. Darum reichte die Frage, die ihnen gegenüber zu entscheiden war, in die Tiefe der christlichen Überzeugung hinab. Was bedeuteten die Erinnerungen an die Geschichte Jesu für die Christenheit? War sie für immer und einzig an das gebunden, was Jesus einst während seines menschlichen Lebens gesagt und getan hatte? Die Christen von Ephesus widerstanden der Versuchung, das geringzuschätzen, was der Herr einst getan hatte, und blieben fest bei seinem Wort und Werk. Dafür erhalten sie nun Jesu Lob. Diese Leute, die die Gemeinde entlarvte, waren nicht echte Apostel Jesu, und der Kampf mit ihnen hat sie nicht mit Christus entzweit; vielmehr geschah durch ihre Abweisung sein Wille. Ein solcher Vollzug der Zucht ist immer schwer und schmerzhaft; er bringt nicht nur denen, die er trifft, tiefe Demütigungen, sondern bereitet auch denen, die um der Wahrheit willen zum Schutz der Gemeinde Zucht üben müssen, ein hartes Leid. Darum war es für die Gemeinde eine große Wohltat, daß sie für die Abweisung jener Apostel ausdrücklich die Zustimmung Jesu empfing. Die Beschämten gingen im Zorn weg mit Klagen über den Ungehorsam der Christen von Ephesus, vielleicht mit starken Drohungen, die ihnen das Gericht Gottes ankündigten. Die Gemeinde soll aber wissen, daß sie sich mit ihrer Haltung in Jesu Augen als treu bewährt hat. Der Kraft, mit der sie in ihrem eigenen Kreis die Zucht übte, entsprach die tapfere Standhaftigkeit, mit der sie alles Schwere auf sich nahm, das ihr im Kampf mit ihrer jüdischen und heidnischen Umgebung widerfuhr.

Aber nicht um die Gemeinde zu loben, ist Jesus Johannes erschienen, und nicht darum wird ihrem Engel ein schriftlich verfaßtes Urteil Jesu übergeben, sondern deshalb, weil sie umkehren muß. Das Wort, das Jesus an sie richtet, ist eine Aufforderung zur Buße; die Gemeinde muß den Weg, den sie jetzt geht, verlassen und mit einem neuen Entschluß dem Willen Jesu gehorsam werden. Der Grund, weshalb sie umkehren muß, besteht darin, daß ihre Liebe abgenommen hat. Tatkraft, Mut, Zucht, Tapferkeit gegen die inneren und äußeren Feinde, eine aufrechte Haltung, die nicht leicht erschrickt und nicht feig den Schwierigkeiten ausweicht, das alles ist unzweifelhaft überaus löblich; aber wir verstehen leicht, daß sich gerade daraus für die Gemeinde die Gefahr ergab, daß sie dabei an sich selbst dachte und ihre ganze Kraft für ihre Erhaltung und Sicherheit einsetzte. Dadurch wurde die warme, zarte Liebe geschwächt und das herzliche Wohlwollen zurückgedrängt, das nicht augenfällige Erfolge hervorbringt, nicht Gesetze durchsetzt und Wahrheiten verteidigt, sondern die Menschen sucht, auf ihr Wohl und Wehe achtet, alle innerlich miteinander verbindet und in gegenseitigem Dienst zusammenschließt. Die Bösen aus ihrer Mitte weisen, das konnte die Gemeinde, und sie durfte dieses Vermögen nicht verlieren; aber sie war nicht imstande, im Eifer für die Zucht und im Kampfes- und Märtyrermut die Liebe so zu üben, daß sie nicht schwächer wurde, sondern wuchs.

Nicht das wird der Gemeinde gesagt, ihre Liebe sei tot; sonst wäre die Gemeinde tot und ihr Christenstand nur noch Schein. Aber die Liebe, mit der sich die Brüder jetzt in den Dienst Jesu stellen und die Gemeinschaft miteinander pflegen, ist nicht mehr die erste, nicht mehr die, mit der sie ihren Christenstand begonnen haben. Früher waren sie freier von der Rücksicht auf ihr eigenes Wohl und mit stärkerem Verlangen darauf bedacht, den Willen Jesu ganz und ausschließlich zu erfüllen. Darum waren sie früher vollständiger und selbstloser miteinander verbunden, war ihre Lust zu geben, zu helfen und zu dienen, größer, war ihr Eifer, alles, was sie hatten, nach dem Gebot Jesu zum Wohl der Brüder zu verwenden, lebendiger. Jetzt verstehen sie, die Gemeinde so einzurichten, daß sie auch mit weniger Liebe auskommen. Darum spricht jetzt Jesus mit ihr; denn die Liebe erkalten lassen ist Schuld und Fall. Nur die Gemeinde steht aufrecht, in der die Liebe bleibt und wächst. Wird sie im gegenseitigen Verhalten schwächer und schwächer, dann ist die Gemeinde krank. Johannes hat ebenso wie Paulus geurteilt, daß alle Erkenntnis, aller Glaube, alle Leidensfähigkeit und alle Arbeitsamkeit ohne die Liebe wertlos sind.

2,5: *Darum gedenke an das, wovon du abgefallen bist, und tue Buße, und tue die ersten Werke; sonst komme ich dir und werde deinen Leuchter von seiner Stelle rücken, wenn du nicht Buße tust.* Die Gemeinde hat auf ihren Anfang zurückzublicken; sie muß sich deutlich machen, daß es mit ihr abwärtsging, eben deshalb abwärts, weil in ihr die Liebe erkaltete. Dann weiß sie, was sie zu tun hat:

sie hat ihr jetziges Verhalten zu richten, ihre Lieblosigkeit als ihre Schuld zu erkennen und alles, was bei ihr geschieht, aufs neue unter die Regel der Liebe zu bringen. Dadurch wird mit der unverletzlichen Heiligkeit zugleich die gnadenvolle Herrlichkeit des Bußworts sichtbar; sie wird dadurch noch besonders deutlich, daß das Bußwort auch an den Engel gerichtet wird. Auch ihm erweist Christus seine Gnade dadurch, daß er ihn aus seinem falschen Weg heraus zum guten Willen Gottes führt. Eine gnadenvolle Gabe ist das Bußwort deshalb, weil es den Abgewichenen vom Bösen frei macht und ihm die Versöhnung verschafft. Für den, der ihm gehorcht, trägt es die Vergebung in sich. Wird es dagegen abgewiesen, dann wird der Christus den Leuchter des Engels wegschieben; das heißt: er wird die Gemeinde von denen trennen, deren Haupt und Herr er ist. Nach ihrem äußeren Bestand mit ihren Sitten und Einrichtungen mag sie fortbestehen; vor Jesus aber gilt sie nicht mehr als seine Gemeinde, die ihm gehört. Mit dem Schwinden ihrer Liebe hört ihr Anteil am Christus auf, und er nimmt ihr seinen Geist und seine Gaben.

2,6: *Aber das hast du, daß du die Werke der Nikolaiten hassest, die auch ich hasse* (2,15). Mit dem Vorwurf, daß ihre Liebe schwach geworden ist, soll der Gegensatz der Christen von Ephesus gegen die Nikolaiten nicht getadelt sein; vielmehr rechnet Christus ihnen ihren Abscheu vor diesen und ihren Widerstand gegen sie als ein Lob an, weil sie damit ebenso denken wie er. Über die Nikolaiten wissen wir nur, was im nächsten Jahrhundert in der Kirche über sie gesagt wurde: man hielt sie damals für einen Verein, der die christliche Liebe durch den gemeinsamen Besitz der Frauen entweihte, und brachte ihren Namen mit Nikolaus von Jerusalem zusammen; diesem hatte die Gemeinde Jerusalems dadurch das Zeugnis besonderer Tüchtigkeit gegeben, daß sie ihn unter die Sieben berief, denen sie die Fürsorge für ihre Armen übergab (Apg. 6,5). Wenn sich mit der völligen Liebe, in der die Gemeinde nach dem Gebot Jesu die Erfüllung des göttlichen Gesetzes erkannte, eigensüchtige Begierden vermengten, konnten leicht Gemeinschaften entstehen, die ihren Gliedern nicht nur ihr Eigentum entzogen, sondern sich auch an der Ehe vergriffen. Bei der tiefen Zerrüttung der orientalischen Völker war die Vermengung der brüderlichen Gemeinschaft mit sinnlichen Reizungen überall eine schwere Gefahr, wie das auch der Brief des Judas und der zweite Petrusbrief zeigen. In der Gemeinde von Ephesus wurde dagegen nichts Unkeusches zugelassen; diese Zucht wird ihr gerade jetzt als Lob angerechnet, da sie zu neuer und stärkerer Liebe verpflichtet wird. Auf die Bahn der Nikolaiten darf sie deshalb nicht geraten. Nicht das war der Mangel an ihrer Liebe, daß sie sittsam und rein blieb; sie würde vollends verderben, wenn sie, von schwärmerischer Frömmigkeit verführt, dem Antrieb des Fleisches nachgäbe.

2,7: *Wer ein Ohr hat, höre, was der Geist den Gemeinden sagt. Wer überwindet, dem werde ich geben, daß er vom Baum des Lebens esse, der im Paradies Gottes ist* (1. Mose 2,9; 3,22.24; Luk. 23,24; 2. Kor. 12,4). Was im Gesicht als ein an den Engel der Gemeinde gerichtetes Wort des Christus erscheint, stellt sich im wahrnehmbaren Verlauf der Ereignisse als das Wort des Geistes an die Gemeinden dar. Johannes wiederholt den mahnenden Zuruf, den Jesus einst seinen Worten beigab und mit dem er seine Hörer bat, jetzt ihr Ohr zu gebrauchen und, was ihnen gesagt ist, aufzunehmen. Nicht nur in Ephesus, sondern überall in den Gemeinden fordert dieses Wort die Aufmerksamkeit und den Gehorsam; denn das Urteil Jesu über die eine Gemeinde zeigt allen seinen Willen.

Der Bußruf hat seinen Grund in der Herrlichkeit der Verheißung. Er führt die Gemeinde in ein Ringen hinein, nicht nur in ein Ringen mit der sie umgebenden Welt, sondern auch in ein Ringen eines jeden mit sich selbst, mit seinem eigenen lieblosen Sinn. Die Gemeinde kann die Welt nur dann überwinden, wenn sie sich selbst von ihrem sündlichen Verhalten reinigt. Beharrt sie in ihrem Widerspruch gegen den Willen Jesu, so muß sie auch in dem Ringen mit der Welt unterliegen. Sie soll aber ihren Kampf freudig führen; denn er bringt ihr den Sieg. Der Lohn besteht für den Sieger darin, daß ihm Jesus seine Gabe reicht: die Frucht des Lebensbaums im Paradies. Er, der gestorben und wieder in das Leben getreten ist und die Schlüssel zum Tode hat, hat die Vollmacht, die Frucht des Lebensbaums zu brechen und sie dem zu geben, den er als Überwinder ehrt.

2,8-11

Der Trost Jesu für die Gemeinde in Smyrna

2,8.9: *Und dem Engel der Gemeinde in Smyrna schreibe: Das sagt der Erste und der Letzte, der ein Toter wurde und lebendig ward. Ich kenne deine Bedrängnis und Armut, du bist aber reich* (Jak. 2,5), *und die Lästerung von seiten derer, die sagen, sie seien Juden, und sie sind es nicht, sondern sind eine Versammlung des Satans* (3,9). Der Gemeinde von Smyrna stellt sich Jesus in der Herrlichkeit seines ewigen und durch die Auferstehung neu empfangenen Lebens dar. Obgleich Smyrna eine reiche Handelsstadt war, war die Gemeinde dort arm; denn sie war verfolgt. Die großen griechischen und jüdischen Kaufleute waren ihr nicht beigetreten. Aber die Armen, die dort die Gemeinde Jesu bilden, sind in Wahrheit reich. Jesus spricht hier, wie er während seiner Arbeit auf Erden sprach, und sagt, daß der echte Reichtum der bei Gott ist (Matth. 6,19; Luk. 12,21). Die Gegner der Gemeinde bekämpften sie dadurch, daß sie Schmach auf sie häuften und so allen den Zugang zu ihr erschwerten. Die Urheber dieser Verleumdungen waren die dortigen Juden, deren Macht und Einfluß in der Handelsstadt groß war. Ihren Anspruch, Juden zu sein, anerkennt Jesus nicht; dieser Name gehört denen, die sich in der Gemeinde Gottes befinden. Was den Juden zum Juden macht, ist, was Gott ihm gab, sein Anteil an dem von Gott berufenen Volk, das in seinem Dienst und Gehorsam steht. Darum widerlegen die Juden Smyrnas durch ihren Kampf gegen Jesus und seine Gemeinde ihren Namen. Sie, die so lästern, lügen und hassen können, und dies deshalb, weil die Christenheit sich zu dem von Gott gesandten Christus bekennt, sind nicht das Volk Gottes, sondern sind von dem regiert, von dem alles Widerstreben gegen das Werk Gottes herrührt. Ihre Gemeinde ist jetzt das Eigentum des Satans. So hat Johannes Jesus auch in Jerusalem reden hören, als die Juden sich trotzig auf ihre Gotteskindschaft beriefen, ihn mit Lügen angriffen und sein Bußwort deshalb verwarfen, weil sie seine Wahrheit fühlten. Da hat er es ihnen nicht zugestanden, daß Gott ihr Vater sei, sondern hat ihr Lügen und Hassen als das Werk des Satans in ihnen bezeichnet, dessen Kinder sie geworden seien (Joh. 8,38-45). Unter dasselbe Urteil fallen hier die Juden Smyrnas, die die Christenheit ihrer Stadt mit ihren Verleumdungen schändeten.

2,10.11: *Fürchte dich nicht vor dem, was du leiden wirst. Sieh, der Verkläger wird einige von euch ins Gefängnis legen, damit ihr versucht werdet, und ihr werdet für zehn Tage* (Dan. 1,12.14) *Bedrängnis haben. Werde treu bis zum Tod, und ich will dir den Kranz des Lebens geben. Wer ein Ohr hat, höre, was der Geist den Gemeinden sagt. Wer überwindet, der wird vom zweiten Tod nicht geschädigt werden* (12,14). Der Kampf wird für die Christen Smyrnas noch härter werden als bisher. Es bleibt nicht nur bei Verleumdungen; es folgen Verhaftungen und damit auch die öffentlichen Christenprozesse. Der Trost, den die Gemeinde erhält, besteht darin, daß Christus weiß, daß sie leidet. Unter seinen Augen und nach seinem Willen leidet sie. Ihr Blick wird dabei von den Menschen weggewendet; nicht die Menschen sind ihre wirklichen Gegner; sie sind nur die blinden und mißbrauchten Werkzeuge, die dem unsichtbaren Gegner Gottes dienen, der das Wort Jesu hindern und seine Gemeinde zerstören will. Mit demselben Gedanken haben auch Paulus und Petrus die Verfolgten gestärkt (Eph. 6,12; 1. Petr. 5,8).

Warum gibt Gott dem Verkläger Macht, so daß er Glieder der Christenheit in das Gefängnis und in den Tod bringen kann? Die Antwort, die hierauf gegeben wird, ist dieselbe, die sich bei allen Aposteln findet: so wird der Gemeinde die Versuchung bereitet. Diese ist deshalb ein unentbehrliches Stück unseres Lebens und ein wesentliches Glied in der göttlichen Regierung, weil durch sie festgestellt wird, ob wir unseren Glauben und unsere Liebe wirklich Gott geben und ihm die Treue halten. Durch die Überwindung der Versuchung machen wir unsere Trennung vom Bösen und unseren Anteil an der Gnade Gottes fest. Auch hier greift die Weissagung dem Gang der Dinge nicht vor; sie hat nicht die Absicht, den Christen die gläubige Ergebung in Gottes Fügung zu ersparen. Der Ausgang des Kampfes wird ihnen daher nicht gezeigt; wir hören nicht, wie es den Verhafteten gehen und wie ihr Prozeß vor dem Richter enden, ob er zum Leben oder zum Tod führen wird. Damit, daß die Dauer der Not auf zehn Tage beschränkt wird, ist der Gemeinde nicht mehr gesagt, als daß die Dauer der Verfolgungszeit vom Christus bestimmt wird. Er ordnet alles, was den Verfolgten widerfährt, so daß ihnen der menschliche Haß nicht mehr Leid zufügen kann, als der Wille Jesu ihnen zugemessen hat. Wie lange aber, was hier als zehn Tage bezeichnet ist, im irdischen Lauf der Dinge währen wird, war damit für niemand erkennbar gemacht. Die Möglichkeit, daß einige der Christen Smyrnas um Jesu willen den Tod der Verbrecher leiden müssen, wird durch dieses Trostwort nicht beseitigt. Die Gemeinde hat sich vielmehr darauf zu rüsten und Jesus die vollendete Treue zu erweisen, die um seinetwillen zu sterben vermag. Mit Freude soll sie das für Jesus tun; denn er wird den Überwindern als das Siegeszeichen, als den Kranz, das Leben geben. Jesus bestätigt hier, was er auf Erden seinen Jüngern sagte, daß der, der sein Leben für ihn preisgibt, es gewinnt (Matth. 16,24.25). Was die Glieder der Gemeinde um Jesu willen auf sich zu nehmen haben, ist nur der erste Tod, der unser natürliches Leben beendet, unsere irdische Zeit verkürzt und uns von denen, die mit uns durch die natürliche Gemeinschaft verbunden sind, und von der irdischen Gemeinde trennt. Es gibt aber noch ein anderes, ein zweites Sterben, das am Auferstehungs- und Gerichtstag über die Menschen kommt, die von der verklärten Gemeinde ausgeschlossen und als des ewigen Lebens unwürdig verurteilt werden. Nur dieses zweite Sterben haben wir zu fürchten; denn das ist das endgültige göttliche Gericht. Wer aber jetzt treu bleibt, ist diesem zweiten Tode entgangen; er erhält den Kranz des Lebens.

2,12-17

Die Warnung für die Gemeinde in Pergamon

2,12.13: *Und dem Engel der Gemeinde in Pergamon schreibe: Das sagt der, der das scharfe zweischneidige Schwert hat. Ich weiß, wo du wohnst, da, wo der Thron des Satans ist, und du hältst meinen Namen fest und hast den Glauben an mich nicht verleugnet, auch nicht in den Tagen des Antipas, meines Zeugen, der mir treu war, der bei euch, wo der Satan wohnt, getötet worden ist.* Hier bezeichnet sich Christus als den Verwalter der richterlichen Macht, der alles Böse zu strafen und zu vernichten vermag. Die Lage dieser Gemeinde war besonders schwierig, und Christus spricht aus, daß er dies würdigt und in Anrechnung bringt. In ihrer Stadt ist der Thron des Satans, womit gesagt ist, daß der Kampf gegen das Evangelium, die Verführung der Völker und die Verfolgung der Christenheit von Pergamon ausgeht. Von dort aus wurde der Haß gegen sie geschürt und wurden die Behörden und die Bevölkerung gegen sie aufgereizt. Es läßt sich nicht erläutern, wie es kam, daß der Kampf gegen die Christenheit gerade von Pergamon aus geführt wurde, ob das an den dortigen römischen Beamten lag oder an den heidnischen Priesterschaften – die Stadt besaß als frühere Königsstadt große Tempel und einen prächtigen Altar – oder ob wir, ähnlich wie die Judenschaft von Smyrna die Gemeinde des Satans heißt, auch beim Thron des Satans an die Judenschaft von Pergamon zu denken haben, vielleicht deshalb, weil sie unter den jüdischen Gemeinden des Landes besonders angesehen war, so daß durch ihre Lehrer überall der Christenhaß und die Verlästerung der christlichen Gemeinden betrieben wurde. Andere Nachrichten über die Verhältnisse in Pergamon, die uns bei der Erläuterung dieses Wortes hilfreich wären, haben wir nicht.

Es ist nicht leicht, das Bekenntnis zu Jesus eben dort zu vertreten, wo der Widersacher Gottes und der Christenheit seine Herrschaft ausübt. Die Gemeinde wird aber nicht zur Flucht aus ihrem schwierigen Ort ermahnt; sie bleibe an ihrer Stelle und führe die ihr hier auferlegte Aufgabe tapfer durch! Es wird der Gemeinde bezeugt, daß sie sich in rechter Weise und treu zu Jesus hielt. Seinen Namen, der seine Sendung, die er von Gott hat, bezeugt und sein Werk für die Menschheit beschreibt, hielt sie fest. Das konnte sie nur deshalb, weil sie im Glauben seiner Macht und Gnade gewiß war; sie hat nicht versteckt und verleugnet, daß Jesus sie zu sich gezogen hat, so daß sie ihm gehört und ihr Vertrauen auf ihn setzt. Dafür hat die Gemeinde schon eine ernsthafte Probe abgelegt; denn es hat für sie schon schwere Tage gegeben. Johannes erinnert an den Tod eines Christen von Pergamon und bezeugt nachdrücklich, daß er, obwohl er getötet wurde, oder vielmehr, weil er es wurde, das Eigentum Jesu gewesen ist. Weil er den Namen Jesu bekannte, war Antipas sein Zeuge, und dadurch, daß er sein Leben nicht liebhatte, sondern sein Zeugnis bis zum Tod festhielt, war er Jesus treu. Das ergab aber für die ganze Gemeinde eine ernste Erprobung; denn alle mußten sich überlegen, ob sie so mit Jesus verbunden seien, daß sie um ihres Glaubens willen auch sterben konnten. Die Gemeinde hat sich nicht zerstreut und ihre Zuversicht zu Jesus nicht verloren, sondern hat ihre Probe bestanden und bekommt dafür das Lob Jesu. Dennoch erhebt er eine Klage gegen sie.

2,14: *Aber ich habe einiges wenige gegen dich, daß du dort solche hast, die an der Lehre Bileams festhalten, der Balak unterwies, einen Anstoß vor die Söhne Israels zu legen* (4. Mose 31,16; Jud. 11), *damit sie den Götzen Geopfertes essen und buhlen* (2,20; Apg. 15,20.29; 1. Kor. 8,1; 6,12.13). Nur weniges wirft Jesus der Gemeinde vor; aber das genügt, daß sie sich das zur Buße mahnende Wort gesagt sein lasse. Sie hat danach zu streben, daß Christus nichts gegen sie zu klagen hat, und nur dann, wenn er sie nur noch lobt und sie ihm ganz zur Freude ist, hat sie den Sieg. Der Gemeinde in Pergamon wird vorgehalten, sie habe nicht die Kraft, ein falsches, sündiges Christentum in ihrer Nähe unmöglich zu machen. Sie hat also jene Unfähigkeit, Böse zu ertragen, die die Gemeinde von Ephesus besaß, nicht und wird nicht durch die Kraft des Geistes und des reinen Willens über das Sündliche Herr. Für diese von Christus verworfene Christlichkeit dient Bileam als Beispiel, der nach 4. Mose 31,16 dem König der Moabiter riet, um Israel trotz der es beschirmenden Verheißung Gottes dennoch zu verderben, solle er es zur Untreue gegen seinen Gott verführen und zum fremden Gottesdienst verleiten, und das Werkzeug, das dem Götzenbild und Götzenopfer den Eingang öffnete, sollten die moabitischen Dirnen sein. Solche Verderber der Christenheit, die sich selbst, damit aber auch allen das Recht zusprachen, auch jetzt noch am heidnischen Opfer teilzunehmen und den Verkehr mit der Dirne fortzusetzen, gab es auch in Pergamon. Sie selber sagten freilich nicht, daß sie die Gemeinde von Gott losreißen und zerstören wollten, gaben sich vielmehr für die Vollkommenen aus und hießen die anderen, die dem Gebot der Apostel gehorchten, die Schwachen, die noch nicht durch die Macht des Geistes zur vollen Freiheit gelangt seien. Aber mit den großen Worten, mit denen sie ihr Verhalten rechtfertigten, befreiten sie sich nicht von Schuld, die deshalb auf ihnen lag, weil sie als erlaubt behandelten, was sündlich ist, und mit dem christlichen Namen Dinge verbanden, die nicht mit ihm vereinbar sind. Es gibt keinen Anlaß zur Verwunderung, daß dieselben Fragen, die in Jerusalem zwischen Petrus, Jakobus und Paulus geordnet wurden (Apg. 15,20) und die Paulus mit den Korinthern besprechen mußte (1. Kor. 8–10), auch in Pergamon Not verursachten und daß nicht alle Christen zur vollständigen Trennung vom Heidentum bereit waren. Es ließ sich ja viel Verständiges dafür sagen, daß es nicht nötig sei, den Abbruch der gottesdienstlichen Gemeinschaft mit den Heiden so vollständig und so öffentlich zu machen, daß man sich an keinem Opfermahl mehr beteiligte; der heidnische Kultus war ja durch Sitte und Gesetz mit der ganzen Ordnung der Städte und des Staates untrennbar verbunden, und die Weigerung, an einem Opfer teilzunehmen, forderte von vielen sofort die schwersten Opfer. Ebenso nahe lag manchem die Frage, ob es denn nötig sei, mit dem entschlossenen Ernst, wie es die Apostel taten, die reine Ehe durchzuführen und keine Benützung der städtischen Bordelle, keinen Verkehr mit den Mädchen, keinerlei Konkubinat zuzulassen. War wirklich auf all das die Schande der Sünde zu legen und das Urteil der Gemeinde gegen alle zu kehren, die sich dergleichen gestatteten? So beredt und vernünftig sich diese Anpassung an die überlieferte Sitte verteidigen und mit der Freiheit derer, die den Geist empfingen, begründen ließ – das Urteil des Christus, das Johannes den Pergamenern verkündet, heißt dergleichen Versündigung, die die Gemeinde zerstört. Diese soll die innere Kraft haben, solche Stimmen nicht nur in der Minderzahl zu halten, sondern sie gar nicht entstehen zu lassen. Sie steht dann im Gehorsam gegen den Willen Jesu, wenn es allen ihren Gliedern unzweifelhaft deutlich ist, daß sie sich vom Heidentum ganz zu trennen und die Ehe rein zu führen haben. Diesen Anspruch heißt Jesus nicht eine schwere Zumutung, sondern etwas Geringes, was die Gemeinde leicht erfüllen kann. Sie soll es mit Leichtigkeit allen gewiß machen können, daß ihr Anschluß an Jesus sie ganz an ihn bindet und keinen Raum für andere Götter mehr offenläßt und daß die reine Ehe die größte Wohltat für sie ist. Die Gemeinde kann doch Jesus dafür nur danken, daß er sie zum Kampf mit den wilden, sinnlichen Trieben anleitet und ihr in diesem Kampf den Sieg verleiht. Darum soll die Gemeinde ohne Mühe die Kraft haben, den Rat Bileams in ihrer Stadt zum Schweigen zu bringen.

2,15: *Daher hast auch du solche, die an der Lehre der Nikolaiten in derselben Weise festhalten* (2,6). Die Pergamener haben also schon erlebt, welche Gefahren den falschen Ruhm des Geistbesitzes und den Mißbrauch der Freiheit zur Sünde begleiten. Im Zusammenhang mit der Erneuerung der Prophetie Bileams fand noch Schlimmeres auch in ihrer Gemeinde Eingang. Wenn die Unzucht als erlaubter, mit der christlichen Vollkommenheit vereinbarer Brauch gerechtfertigt wurde, war der Boden dafür vorbereitet, daß die treue Bewahrung der Ehe aufgegeben und der geschlechtliche Verkehr mit angeblich frommer Begründung von jeder regelnden Zucht frei gemacht wurde.

2,16: *Darum tue Buße; sonst komme ich dir rasch und werde mit dem Schwert meines Mundes mit ihnen kämpfen.* Auch den Gliedern der Gemeinde, die sich befleckt haben, wird der Weg zur Umkehr noch offengehalten. Sie müssen sich aber sofort entschließen. Währte dieser schwärmende Taumel noch lange, so würde er unheilbar. Wenn aber die Gemeinde die Kraft nicht findet, die allen, die sich zu Jesus bekennen, die Pflege der sinnlichen Begierden unmöglich macht, dann wird Christus selbst eingreifen und für die Zucht in der Gemeinde sorgen; das Mittel, mit dem er diesen Kampf führen wird, ist das Schwert seines Mundes, das in Gottes Macht gesprochene Wort des Richters, das über die Schuldigen die Strafe bringt.

2,17: *Wer ein Ohr hat, höre, was der Geist den Gemeinden sagt. Wer überwindet, dem werde ich vom verborgenen Manna geben, und ich werde ihm einen weißen Stein geben und einen neuen Namen, der auf den Stein geschrieben ist, den keiner kennt als der, der ihn empfängt* (Jes. 62,2; 65,15). Israel sah mit Verlangen auf die Zeit zurück, in der es in der Wüste vom Manna lebte, das ihm die wunderbare Macht Gottes täglich gab. Seither war diese Himmelsspeise dem Volk entzogen; es mußte sein Brot auf dem Acker suchen und in der Mühsal der täglichen Arbeit darum ringen. Es gehörte deshalb mit zur Hoffnung Israels, daß das in Gottes herrlichem Reich anders werden und Gott ihm dann wieder ohne Mühe und Mangel das Manna als seine Nahrung gewähren wird. An diese Hoffnung schließt sich das Bild an, in das die Verheißung Jesu hier gefaßt ist; er wird in der Tat das Manna, das jetzt dem Menschen entzogen ist, denen reichen, die im Kampf mit der Sünde und der Welt den Sieg gewonnen haben. Ihnen verschafft er aus dem Lebensschatz Gottes die wahrhafte Speise, die sie zum ewigen Leben belebt. Darum erhalten sie auch den weißen Stein, der ihre Freisprechung ausspricht. Dieses Gleichnis lehnt sich an die Sitte an, mit Steinen von verschiedener Farbe bei der Fällung des Urteils abzustimmen. Wenn der, der in Gottes Auftrag und Macht richtet, dem Menschen den weißen Stein einhändigt, dann ist er frei von aller Schuld, von Gott gerechtgesprochen. Darum steht auch auf dem Stein nicht mehr sein alter, sondern ein neuer Name. Denn mit der Rechtfertigung erhält er einen neuen Lebensstand, womit sein altes Wesen mit seiner Schuld und seiner Not vergangen ist. Christus gibt dem Gerechtfertigten einen neuen Platz vor Gott, eine neue Kraft und einen neuen Beruf. Deshalb gibt nur er den Seinen ihre Namen, und niemand weiß, wie er sie nennt, als der, dem er den neuen Namen gibt. Dieses Gleichnis stellt das Wesen der vollendeten Gemeinde besonders schön und tief heraus: Christus, das Haupt über alle, gibt jedem einzelnen eine ganz persönliche Gemeinschaft mit ihm, die kein anderer in derselben Weise hat und darum auch keiner ganz durchschaut. So innig und kräftig die Glieder der vollendeten Gemeinde miteinander verbunden sind, so empfängt doch keiner seinen Namen und damit seine Kraft und seinen Beruf von den anderen Gliedern, vielmehr jeder nur vom Haupt, jeder so, daß er seinen eigenen Anteil am Christus, seine eigene Gabe hat, die ihm allein gehört. Dadurch erhält die Gemeinde ihre unerschöpfliche Vielgestaltigkeit, in der sie den Reichtum der göttlichen Gnade offenbart.

2,18-29

Das Urteil über die Gemeinde in Thyatira

2,18-20: *Und dem Engel der Gemeinde in Thyatira schreibe: Das sagt der Sohn Gottes, dessen Auge wie eine Feuerflamme und dessen Füße dem Mischgold ähnlich sind. Ich weiß deine Werke und die Liebe und den Glauben und den Dienst und deine Standhaftigkeit, und deine letzten Werke sind zahlreicher als die ersten. Aber ich habe gegen dich, daß du das Weib Isebel* (1. Kön. 16,31; 2. Kön.

9,22) *frei lässest, die von sich sagt, sie sei eine Prophetin, und sie lehrt und verführt meine Knechte, zu buhlen und den Götzen Geopfertes zu essen* (2,14). Hier ist die Majestät Jesu zunächst durch den Namen ausgesprochen, der ihn mit Gott als seinem Vater vereint, und sodann durch die Herrlichkeit seines verklärten Leibes dargestellt, die ihn jetzt als die Lichtgestalt mit dem strahlenden Auge und dem schimmernden Fuß erscheinen läßt. Die Gemeinde erhält zunächst ein reiches Lob; sie hat alles, was den Christenstand ausmacht, kann glauben und lieben, leiden und handeln, und ihre Tatkraft wächst. Sie hat es noch besser als früher gelernt, so zu handeln, daß ihr Werk im Urteil Jesu besteht und dem göttlichen Willen entspricht. Aber auch diese Gemeinde ringt mit Gegnern, die sie von innen her zu zerstören drohen, und sie darf darin nicht nur ein Unglück sehen, sondern hat darin eine Schuld zu erkennen. Christus macht es ihr zum Vorwurf, daß sie das Weib Isebel frei treiben läßt, was es tut.

Die mit Ahab regierende Königin Israels ist hier deshalb als Gleichnis benützt, weil sie alle Mittel der königlichen Macht für den Dienst des Baal verwandte und allen Eifer daran setzte, daß der Unterschied Israels von den Heiden verschwinde. Schwerlich ist bei diesem Wort eine einzelne Frau gescholten, die sich bemühte, die Christenheit von Thyatira ins Heidentum zurückzudrängen. Weil nachher von ihren vielen Buhlen und vielen Kindern gesprochen wird, wird deutlich durch die Frauengestalt eine Gruppe bezeichnet, die sich von der Christenheit Thyatiras getrennt hatte. Eine Spaltung war eingetreten, neben der Gemeinde war eine Sekte entstanden; es hatte sich zugetragen, was 1. Joh. 2,18.19 sagt: Widerchristen waren aufgetreten und von der Gemeinde weggegangen. Deshalb fällt ein Vorwurf auf diese; denn sie hatte nicht die Kraft, diese Spaltung zu verhüten und ihre Glieder vor diesem Fall zu schützen; auch jetzt hatte sie nicht die Macht, den Einfluß der Abgewichenen zu überwinden und ihnen ihre werbende Arbeit für ihre besonderen Ziele unmöglich zu machen. Die Gemeinde mußte es vielmehr geschehen lassen, daß jene unreine Christlichkeit weiterhin in ihren eigenen Kreis herüberwirkte.

Isebel sagte von sich, sie sei eine Prophetin. Dadurch erfahren wir, daß die, die sich von der Gemeinde getrennt haben, sich rühmten, der Geist Gottes sei in ihnen. Unter die Verurteilung werden sie deshalb gestellt, weil sie an den beiden entscheidenden Punkten, bei der Teilnahme am heidnischen Gottesdienst und beim Verkehr mit der Dirne, die Trennung vom Heidentum aufgaben. Daran hinderte sie der Geist, den sie bei sich zu finden meinten, nicht. Sie mieden offenbar das Kreuz, sowohl in dem Sinn, daß sie ihre Begierden nicht kreuzigen mochten, als in dem Sinn, daß sie nicht für die Welt gekreuzigt sein und ihren Haß und Spott nicht tragen wollten.

2,21-23: *Und ich gab ihr Zeit, daß sie Buße tue, und sie will wegen ihrer Unzucht nicht Buße tun. Sieh, ich lege sie in ein Bett und die, die mit ihr Ehebruch trieben, in große Not, wenn sie nicht wegen der Werke Isebels Buße tun, und ihre Kinder werde ich durch eine Seuche töten, und alle Gemeinden werden erkennen, daß ich der bin, der Nieren und Herzen erforscht* (Ps. 7,10; Jer. 11,20; 17,10), *und ich werde jedem von euch geben, was seinen Werken entspricht* (Ps. 62,13; Matth. 16,27). Die Strafe war über die Gruppe, die sich von der Gemeinde getrennt hatte, nicht sofort gekommen; sie hatte vielmehr bisher die Geduld Jesu erfahren. Deren Zweck war aber, sie zur Buße zu führen, und da sie die Freiheit, die ihnen gegeben war, und die Güte, die sie gewähren ließ, dazu benützte, um ihr Sündigen fortzusetzen, wird Christus ihr nun das Ende bereiten. Das wird der ganzen Art der Weissagung entsprechend durch ein Bild ausgesprochen. Isebel wird krank werden; ihre Buhlen, daß heißt die, die sich an ihren Sünden beteiligten, werden von schwerer Bedrängnis heimgesucht, und ihre Kinder, die Glieder der Sekte, werden sterben. Die Wirkung dieser Vorgänge wird nicht auf die Christenheit von Thyatira beschränkt bleiben; es wird vielmehr allen Gemeinden durch diese Vorgänge deutlich werden, daß kein Schein und keine fromme Gebärde den Christus täuscht; sein Blick dringt ins innere Leben des Menschen und beurteilt ihn nach dem, was er in sich trägt, sei es gut oder böse. Aus seinem Inneren erwächst das Werk des Menschen, und nach diesem fällt Jesus seinen Spruch mit vollkommener Gerechtigkeit.

2,24.25: *Euch aber, den anderen in Thyatira, sage ich, allen, die diese Lehre nicht haben, die die Tiefen des Satans nicht erkannten, wie sie sagen: Auf euch lege ich keine andere Last. Nur haltet fest, was ihr habt, bis ich komme.* Es gab neben der Gruppe, die durch den Namen Isebel gekennzeichnet ist, in Thyatira die anderen Christen, die den heidnischen Sünden widerstanden und sich dadurch nicht beugen ließen, daß die Abgewichenen sie hoffärtig und geringschätzig als unreif und unmündig verachteten. Diese rühmten sich, ihre Erkenntnis erforsche alle Tiefen, auch die Tiefen des Satans; dadurch seien sie seine Überwinder geworden und zur vollständigen Freiheit durchgedrungen. Diese Vollkommenheit der Erkenntnis, sagten sie, fehle noch denen, die beim Wort der Apostel blieben und sich vor den Freiheiten hüteten, die sie sich ohne Sünde gestatten zu können meinten. Solche Ängstlichkeit sei das Merkmal derer, die noch nicht die volle Erkenntnis hätten und noch nicht wüßten, was wirklich satanisch sei und wie frei der Christ über ihm stehe. Jesus rechnet den Treuen zum Lob an, worüber die Abgewichenen sie tadelten. Wohl sagt auch er von ihnen, sie haben die Tiefen des Satans nicht erkannt; aber sie haben sich davor bewahrt, durch eigene Erlebnisse zu erfahren, wie sich der Blick des Menschen unter dem Einfluß des Satans verwirren kann, wie unheilbar er in Lügen und Verdrehungen der Wahrheit zu fallen und einer verwerflichen Sucht zu unterliegen vermag, die ihn zum Kampf gegen alles Heilige treibt. Jesus verheißt den Treuen, daß ihnen nicht noch ein anderer Kampf auferlegt wird neben der Abwehr der Versuchung, die die Entstehung dieser Sekte an sie herangetragen hatte. Jede solche Entzweiung und Verwirrung ist von ernstem Leiden begleitet, und dies wird sich jetzt noch mehr vertiefen, wenn Christus das Gericht über die Abgewichenen bringen wird. Wer in Thyatira durch das Evangelium zum Glauben bewogen war und sich mit den Brüdern zur Gemeinde Jesu zusammengeschlossen hatte, hatte nicht erwartet, daß ihm die Beteiligung an ihr so viele schmerzliche Erfahrungen bringen werde. Christus wird die Gemeinde aber nicht mit noch größeren Aufgaben belasten, nicht noch andere Not und Versuchung auf sie legen. Er bestimmt allem Schweren, das sie trifft, das Maß. Freilich ist auch für sie der Kampf erst dann vollendet und das Ziel erst dann erreicht, wenn Christus kommt. Sein Lob darf sie nicht zu sorgloser Trägheit verleiten. Sie muß ihren Besitz bewahren und in dem bleiben, was sie empfangen hat; sonst bringt sie sich um die Frucht ihrer Treue.

2,26-29: *Und wer überwindet und bis zum Ende meine Werke*

bewahrt, dem werde ich Vollmacht über die Völker geben, und er wird sie mit eisernem Stab weiden (12,2; 19,15; Ps. 2,8.9), *wie Tongeschirr zerbrochen wird, wie auch ich Vollmacht von meinem Vater erhalten habe* (Luk. 22,29), *und ich werde ihm den Morgenstern geben. Wer ein Ohr hat, höre, was der Geist den Gemeinden sagt.* Einen Überwinder nennt hier Jesus den, der seinen Blick und Willen bis zum Ende auf das gerichtet hält, was Jesus tut. Seine Arbeit auf Erden muß die Gemeinde in ihrer Erinnerung bewahren; denn sie zeigt ihr, wie sie ihm gehorcht; ebenso macht Jesus ihr auch jetzt durch seinen Geist und sein Wort sichtbar, was er schafft und als sein Werk in der Menschheit vollbringt. Es ist ihr damit keine andere Pflicht aufgetragen, als wenn ihr gesagt wird, daß sie das Wort Jesu bewahren soll; denn wer das Wort Jesu bewahrt, bleibt auch bei dem, was Jesus tut. Es ist aber mit Absicht hier nicht nur an das Wort Jesu erinnert, weil auch die nach Isebel genannte Gruppe den Anspruch erhebt, Gottes Geist und Jesu Wort zu haben. Der ist der rechte Hörer des Wortes Jesu, der im Gedächtnis behält, was Jesus getan hat, und der durch das Wort zum Werk geführt wird, das den Werken Jesu entspricht.

Die Verheißung für den Überwinder ist hier aus Ps. 2,8.9 geschöpft; der Psalm bezeugt die Macht, die der von Gott bestellte König über die Völker erhält. Mit dem Eisenstab und mit dem Tongeschirr, das leicht zerbrochen und, wenn es zerbrochen ist, nicht mehr wiederhergestellt werden kann, ist ausgesprochen, daß dieser König allen Widerstand des Heidentums zu überwinden und mit allen fertig zu werden vermag, die sich dem Willen Gottes widersetzen. An seiner königlichen und richterlichen Macht gibt Jesus auch seiner Gemeinde teil (vgl. 1. Kor. 6,2; 2. Tim. 2,12). Wie er sie vom Vater empfangen hat, so empfangen die Seinen sie von ihm, nach der Verheißung, die er auch vor seinem Abschied den Jüngern gab, daß er ihnen geben wird, was der Vater ihm gegeben hat (Joh. 17,8.22).

Wie die Engel der Gemeinden im Gesicht als Sterne in der Hand Jesu erscheinen, so wird die Gemeinschaft, in die der Überwinder mit der Himmelswelt tritt, hier dadurch beschrieben, daß ihm Christus den Morgenstern zuteilt, den Stern, der das Ende der Nacht und das Nahen des Tages anzeigt. Jesus führt den Überwinder aus der Nacht der gegenwärtigen Welt hinüber zum ewigen Tag; darum gehört ihm der Morgenstern. So ergänzt die zweite Verheißung die erste. Nicht nur die Macht über die Menschheit, sondern auch das, was ihr allein den Grund verschafft und den Wert verleiht, der Zugang zu Gott und die Verbundenheit mit seinen heiligen Geistern ist die Gabe Jesu an die, die überwinden.

3,1-6

Die Verurteilung der Gemeinde in Sardes

3,1.2: *Und dem Engel der Gemeinde in Sardes schreibe: Das sagt der, der die sieben Geister Gottes und die sieben Sterne hat. Ich weiß deine Werke, daß du den Namen hast, du lebest, und tot bist. Werde wach, und stütze die anderen, die am Sterben sind. Denn ich fand bei dir nicht, daß deine Werke vor meinem Gott vollendet wären.* Für Jesus ist der Vater ganz gegenwärtig; darum ist auch der Geist in seiner Fülle sein Eigentum und das Mittel seiner Wirksamkeit, und als der Herr des Geistes ist er auch der Herr der Engel, die der für Gott geheiligten Gemeinde dienen. Denn durch ihn ist alles vermittelt, was als Geist und Kraft aus Gott in die Kirche eingeht und ihre himmlische Begabung ausmacht. Die Gemeinde in Sardes heißt sich zwar eine Gemeinde Jesu, gilt auch den anderen Gemeinden als solche; aber sie führt diesen Namen nicht mit Recht; sonst würde ihr Jesus bezeugen, daß sie lebt, weil uns die Verbundenheit mit ihm das Leben gewährt. Nun aber heißt Jesus sie tot; ihr Werk läßt nicht zu, daß er sie lebendig heiße. Wer wirklich lebt, handelt anders, als es in Sardes geschieht.

Mit dem Tod vertauscht Jesus das andere Bild, das mit ihm wechseln kann, das Bild vom Schlaf. Jesus spricht der Gemeinde noch nicht durch ein endgültiges Urteil das Leben ab, sondern fordert sie noch zur Umkehr auf. Sie kann sich noch ins Leben erheben; darum wird sie auch als schlafend dargestellt, nicht nur als tot.

Wer wach ist, hat dies dadurch zu zeigen, daß er den anderen zum festen Stand verhilft. Er darf nicht nur an sich selbst denken, nicht nur für seine eigene Seele sorgen, dafür, daß ihm das Leben nicht verlorengehe; sein Anteil an Jesus beruht vielmehr darauf, daß er ein Glied der Gemeinde ist. Deshalb hat er die Echtheit seiner Buße und seines Lebens dadurch zu bewähren, daß er die anderen nicht sterben läßt, sondern ihnen als Halt dient und sie in ihrem Kampf stärkt, damit auch sie über ihre Schläfrigkeit Herr werden und überwinden, was sie nicht zum ganzen Gehorsam gegen Jesus kommen ließ.

Der todesmatte Zustand der Gemeinde entstand in Sardes nicht durch Verirrungen, die eine neue, mit dem Wort Jesu streitende Form der Frömmigkeit aufbrachten, sondern durch die Lässigkeit, mit der sie ihre Arbeit tat. Ihre Werke führen dazu, daß sie das Urteil Gottes gegen sich hat; wem aber die Verurteilung durch Gott droht, der ist zum Sterben krank, und der, über den sie ergangen ist, ist tot. Die Werke der Gemeinde sind aber im Urteil Gottes und nach dem Maßstab, den er anlegt, unzulänglich und mangelhaft. Die Gemeinde hat nicht getan, was ihr aufgetragen war; sie ließ ihren Dienst Gottes unfertig. Ihre Werke wären dann vollständig und vollzählig, wenn sie ihren Beruf ganz erfüllte und den Gehorsam gegen Jesus ohne Abzug leistete. Einiges hat zwar auch sie geleistet und vollbracht; denn keine Gemeinde kann ganz auf das christliche Handeln verzichten. So würde sie sogar den Namen verlieren, den sie doch behalten will, weil sie ihn schätzt. Es reicht aber für sie nicht aus, daß sie hie und da einen Anlauf zum Gehorsam nimmt und den Versuch macht, nach dem Willen Jesu zu handeln. Im Urteil Gottes besteht nur das vollendete Werk. Jesus redet hier als der, der das göttliche Urteil kennt und darum das Recht und das Vermögen hat, die Christenheit von Sardes mit heiligem Ernst aus ihrem Schlaf aufzuwecken und zur Buße zu verpflichten. Nachdrucksvoll nennt er hier Gott seinen Gott; damit ist ausgesprochen, warum er die Gemeinde mit dem Tod bedroht. Von dem, was sein Gott urteilt, geht Jesus nicht ab, auch wenn er deshalb über die Gemeinde den Tod verhängen muß. Er trennt sich nicht von seinem Gott, scheidet sich dagegen von einer Christenheit, die den Willen Gottes nicht tun mag.

3,3: *Darum erinnere dich, wie du es angenommen hast und es hörtest, und bewahre es und tue Buße. Wenn du nicht aufwachst, so werde ich wie ein Dieb kommen, und du wirst nicht wissen können, in welcher Stunde ich über dich komme* (16,15; Matth. 24,43; 1. Thess. 5,2). Die Buße der Gemeinde geschieht dadurch, daß sie sich an das ihr übergebene apostolische Wort anschließt. Mit der Preisgabe des Worts verlor sie auch das Werk; mit der Rückkehr zum Wort, das ihr als heiliger Besitz übergeben worden ist, findet sie auch das von Gott ihr befohlene Werk. Wenn auch diese Warnung vergeblich ist und die Gemeinde nicht aufwacht, dann wird aus dem Kommen Jesu für sie eine unheilvolle Überraschung. Plötzlich wird er vor ihr stehen, so ungeahnt, wie der Dieb einbricht, ohne daß die Gemeinde sich gegen ihn schützen kann.

3,4-6: *Aber du hast einige wenige Namen in Sardes, die ihre Kleider nicht befleckten, und sie werden mit mir in weißen Kleidern wandeln; denn sie sind es wert. Wer überwindet, wird sich so in weiße Gewänder kleiden, und ich werde seinen Namen aus dem Buch des Lebens nicht ausstreichen* (13,8; Luk. 10,20; Phil. 4,3; Hebr. 12,23; 2. Mose 32,32.33; Ps. 69,23; Dan. 12,1), *und ich werde seinen Namen vor meinem Vater und vor seinen Engeln bekennen* (Luk. 12,8). *Wer ein Ohr hat, höre, was der Geist den Gemeinden sagt.* Während die, die die Gemeinde in Sardes leiten und ihr das Gepräge geben, unter das Urteil Jesu fallen, gibt es doch auch dort einige, die ihr Christenleben mit reinem Herzen führen. Ihnen gewährt Christus, daß sie ihn im weißen Gewand begleiten dürfen – in dem Gewand, das die Überwinder kennzeichnet, die das Urteil Gottes als gerecht und rein ehrt und deshalb zum Fest Gottes beruft. Das Lebensbuch, in dem die Glieder der verklärten Gemeinde stehen, die Gottes Wahl und Wohlgefallen haben, enthält auch ihren Namen, und die Geltung ihres Namens vor Gott beruht darauf, daß Christus sich zu ihnen bekennt und seine Gemeinschaft mit ihnen vor Gott und den Engeln bezeugt. Der aber, den Christus zu den Seinen stellt und mit seiner Fürsprache vor Gott vertritt, ist in die Gnade Gottes eingesetzt. Sowohl in der Anklage gegen die Gemeinde als in der Verheißung, die Jesus ihr gibt, wiederholt Johannes Worte, die er von Jesus gehört hat. Denn Jesus hat denjenigen unter seinen Jüngern, die das göttliche Gesetz mißachten, gesagt, daß er sie nicht kennt, auch wenn sie daneben mit großem Eifer und Erfolg für seinen Namen wirken, und denen, die ihren Dienst treu ausrichten und ihr Leben nicht schonen, hat er verheißen, daß er sich zu ihnen vor Gott und den Engeln bekennen wird (Matth. 7,21-23; 10,32; Luk. 12,8).

3,7-13

Das Lob für die Gemeinde in Philadelphia

3,7-9: *Und dem Engel der Gemeinde in Philadelphia schreibe: Das sagt der Heilige, der Wahrhaftige, der den Schlüssel Davids hat* (Jes. 22,22), *der auftut, und keiner wird zuschließen, und zuschließt, und keiner tut auf* (Matth. 16,19). *Ich weiß deine Werke. Sieh, ich habe vor dir eine offene Türe gegeben, die keiner zuschließen kann* (Apg. 14,27). *Denn du hast eine kleine Kraft und hast mein Wort bewahrt und meinen Namen nicht verleugnet. Sieh, ich gebe solche von der Versammlung des Satans, von denen, die sagen, sie seien Juden, und es nicht sind, sondern lügen* (2,9), *sieh, ich werde machen, daß sie kommen und vor deinen Füßen anbeten und erkennen, daß ich dich geliebt habe* (Jes. 43,4). Die Herrlichkeit Jesu besteht nach diesem Wort darin, daß er an der Heiligkeit Gottes Anteil hat und daß sich so von ihm aus Heiligkeit auch auf die legt, die ihm gehören. Damit verbindet sich das zweite Merkmal Jesu, daß nichts an ihm nur Schein, leeres Wort und nichtiger Prunk ist; sein Wort wird vielmehr zur Tat, und seine Sendung kommt zur Erfüllung; das Wesen und die Erscheinung, das Versprechen und die Leistung stimmen bei ihm ganz überein. Mit dem aus Jes. 22,22 genommenen Bild vom Schlüssel Davids wird die Herrschermacht, die die Verheißung dem kommenden Sohn Davids zuspricht, Jesus zugeteilt. Ihm gehört die königliche, alles endgültig entscheidende und vollendende Macht. Sein Spruch geschieht; sein Urteil gilt; seine Gnade ist ewiges Heil und seine Verwerfung ewiges Gericht; denn er tut den Willen Gottes.

Die Gabe, die Jesus der Gemeinde in Philadelphia für ihre Treue schenkt, ist die Gelegenheit zur fruchtbaren Missionsarbeit. Sie darf sein Wort mit wirksamer Kraft an die anderen heranbringen. Das ist Jesu Geschenk an die, die ihm treu dienen. Er öffnet ihnen die Türe und verschafft ihnen den Zugang zu den Menschen, so daß sie ihnen sein Wort so sagen können, daß sie es aufnehmen. Wenn er der Gemeinde diesen Erfolg beschert, vereitelt ihn kein Widerstreben ihrer Gegner. Der Gemeinde wird diese Gabe deshalb verliehen, weil sie nur eine kleine Kraft hat. Bisher war sie klein geblieben und hatte es noch nicht zum Wachstum gebracht. Darum hilft ihr Jesus jetzt und macht die Türen, die bisher für sie verschlossen waren, auf. Er tut dies weiter deshalb, weil sich die Gemeinde, obgleich sie klein war, dennoch von Herzen an das Wort Jesu gehalten hat. Sie ist im Blick auf ihre geringe Zahl und auf ihr Unvermögen nicht mutlos geworden, sondern hat ihr Bekenntnis zu Jesus im Glauben festgehalten. Nichts hinderte das Wachstum der Christenheit so stark wie die Verachtung, mit der die Juden Jesus und seine Gemeinde behandelten. Der christliche Glaube war in den Augen vieler dadurch widerlegt, daß sich nicht einmal die Juden, obwohl die Kirche von Jerusalem ausgegangen war, um Jesus kümmerten. Darum war es eine große Hilfe für die Gemeinde, wenn sich nun ein Teil der Judenschaft ihrer Stadt zu Jesus bekehren wird. Mit denselben Worten wie in 2,9 wird auch hier die Gebundenheit der Juden an den Satan mit tiefem Ernst ausgesprochen. Das zeigt die Größe der Gabe, die Jesus seiner Gemeinde damit gewährt, daß ein Teil der Judenschaft sich ihr anschließen wird. Israel hat es nötig, daß ihm Hilfe gebracht wird; sie widerfährt ihm dann, wenn es durch die Christenheit zu Jesus geführt wird; auch aus dieser verblendeten Schar bringt er noch manche zu seiner Erkenntnis. Damit erfüllte sich die Verheißung Jes. 60,14, die dem Israel der Endzeit versprach, daß Gott ihm die Völker zuführen wird, weil sie dem Gott Israels die Ehre geben werden. Jetzt ist die Gemeinde Jesu das wahre Israel und die Erbin seiner Verheißungen, während das alte Israel jetzt wie einst die Heiden draußen steht, weil es die Gemeinde Jesu verfolgt und dem göttlichen Rat widerstrebt. Aber auch am ungläubigen Israel bewährt sich das prophetische Wort, das der Gemeinde die Hilfe Gottes so deutlich und wirksam verheißt, daß auch ihre Gegner dazu geführt werden, ihn anzubeten.

3,10: *Weil du das Wort vom standhaften Warten auf mich bewahrt hast, werde auch ich dich vor der Stunde der Versuchung bewahren, die in der ganzen Welt kommen wird* (1. Kor. 10,13), *um die zu versuchen, die auf der Erde wohnen.* Das Wort, das der Gemeinde gesagt worden ist, hat sie dazu berufen, beharrlich und unerschütterlich auf Jesus zu warten, und sie hat sich dieses Wort sagen lassen, ihr Auge auf ihn gerichet und seine Erscheinung liebgehabt. Das wird ihr Christus dadurch vergelten, daß er sie unverletzt und sicher zum Ziel bringen wird, nach dem sie verlangt.

Vor der neuen Offenbarung Jesu kommt die Stunde, in der Gott die Versuchung über die Menschheit bringt. Sie kommt dadurch, daß der Widerchrist die Herrschaft erlangt; aber auch dies geschieht nach dem Willen Gottes zu der von ihm festgesetzten Zeit. Durch die Versuchung werden alle, nicht nur die Gemeinde Jesu, sondern die ganze Menschheit in allen bewohnten Ländern, genötigt, sichtbar zu machen, wie sie sich zu Gott verhalten. Die aber, die treu sein Wort bewahren, nimmt Jesus in seinen Schutz, der die Versuchung nicht an sie herantreten läßt, und erfüllt ihnen so die Bitte, die sie in seinem Namen vor Gott bringen, sie nicht in die Versuchung zu führen. Die Verkündigung, daß der Widerchrist die Herrschaft über die Menschheit gewinnen wird, bildet einen Hauptpunkt in der Weissagung des Johannes; doch hörten die Gemeinden durch ihn nicht zum ersten Mal davon, daß vor der Herrschaft des Christus sein Widersacher sich die Menschheit unterwerfen und dadurch der Kirche den letzten, schweren Kampf bereiten wird, in dem sie sich bewähren muß. Diese Weissagung begleitete die Verkündigung der neuen Erscheinung Jesu schon längst (vgl. 2. Thess. 2). Darum kann schon hier mit einem kurzen Wort das Folgende vorweggenommen werden, ohne daß der Satz unverständlich wäre. Da der falsche Herr sich die Menschheit untertan machen wird, wird die Versuchung, die durch seinen Sieg entsteht, über alle kommen, die auf der Erde daheim sind; dieser Not und diesem Kampf werden nur die entnommen sein, die schon von der Erde abberufen und zur ewigen Gemeinde gelangt sind. Um so kostbarer ist die Verheißung für die kleine Schar in Philadelphia, daß Jesus sie gegen jeden Angriff schützen wird, der sie von ihm trennen will.

3,11-13: *Ich komme rasch. Halte fest, was du hast, damit keiner deinen Kranz empfange. Wer überwindet, den werde ich zur Säule im Tempel meines Gottes machen, und er wird nicht mehr hinausgehen, und ich werde auf ihn schreiben den Namen meines Gottes* (14,1; 22,4) *und den Namen der Stadt meines Gottes, des neuen Jerusalem, das aus dem Himmel von meinem Gott her herabkommt, und meinen neuen Namen* (Hesek. 48,35; Jes. 62,2). *Wer ein Ohr hat, höre, was der Geist den Gemeinden sagt.* Nie hat die Verheißung darin ihr Ziel, die Gemeinde vom Ernst des Ringens, mit dem sie nach dem Ziel strebt, zu entbinden; vielmehr ist sie immer, auch wenn sie den Treuen die höchste Zusicherung gewährt, dazu gegeben, um ihren Eifer noch zu steigern, und sie in ihrem Gehorsam zu stärken, damit sie mit ganzer Entschlossenheit nur nach dem verheißenen Ziel verlangen. Darum wird auch der Christenheit von Philadelphia gesagt, daß sie das Empfangene bewahren muß; sonst geht ihr der Preis und Lohn des Siegers verloren, und ein anderer erhält an ihrer Stelle den ihr zugedachten Kranz. Die Versuchung mit ihren Schmerzen und Gefahren ist aber bald überstanden. Jesus kommt bald, und wenn die Gemeinde bis dahin sein Wort bewahrt, dann ist jede Gefahr für sie vorbei.

Den Überwinder führt Jesus in die verklärte, ewige Gemeinde ein, in der Gott seine Wohnung, seinen wahrhaften Tempel hat. Wie die Größe und Pracht eines irdischen Tempels in der Menge seiner Säulen sichtbar wird, so erbaut Jesus den ewigen Tempel dadurch, daß er die vielen Überwinder in Gottes Nähe stellt und zu einer ewigen Gemeinschaft mit sich vereint. Die, die dann seinen Tempel bilden, bringt keine Versuchung mehr ins Schwanken und trennt kein Fall mehr vom Heiligtum. Jetzt muß auch den Treuen noch gesagt werden: „Ihr könnt das euch Gegebene verlieren, haltet es fest!" Dann aber sind sie unverrückbar in die Gemeinde Gottes hineingebaut. Der Name, der dem einzelnen Glied der ewigen Gemeinde gegeben wird, sagt, wem es gehört und zu wessen Verherrlichung es dient. Gottes Name steht voran; denn ihm zu gehören ist ewiges Leben, und zu seiner Verherrlichung stellt Christus die ewige Gemeinde her. Sodann erscheint die Herrlichkeit des neuen Stands darin, daß die Überwinder neben dem Namen Gottes den seiner Stadt tragen. Denn sie sind nun Bürger und Bewohner der ewigen Gottesstadt. Sie heißt im Rückblick auf das Werk Gottes an Israel wieder Jerusalem; aber dann ist es nicht mehr die palästinische Stadt, die auf irdischem Boden und im Maß irdischen Lebens errichtet war, sondern die Stadt Gottes, die in der Vollendung vom Himmel für die herniederkommt, die seine ewige Gemeinde sind. Der König der Gottesstadt ist Jesus; daher tragen ihre Bürger auch seinen Namen; es ist wieder nicht mehr der alte Name Jesu, der von seiner irdischen Arbeit Zeugnis gibt, mit dem die Gemeinde ihn jetzt anruft, sondern der neue, der ausspricht, was ihm durch seine Erhöhung zum Thron Gottes und durch seine Verherrlichung im

Abschluß der Zeiten zuteil geworden ist. Er selbst wird die Seinen mit seinem neuen Namen zeichnen; das ist der selige Abschluß seines für sie getanen Werks.

3,14-22

Die Anklage gegen die Gemeinde in Laodizea

3,14-16: *Und dem Engel der Gemeinde in Laodizea schreibe: Das sagt der, der Amen heißt, der treue und wahrhaftige Zeuge* (Ps. 89,38), *der Anfang der Schöpfung Gottes* (Spr. 8,22). *Ich weiß deine Werke, daß du weder heiß noch kalt bist. Wärest du doch kalt oder heiß! So, weil du lau und weder heiß noch kalt bist, werde ich dich aus meinem Munde ausspeien.* Jesus heißt der Amen, weil er zu jeder Rede und Verheißung Gottes die Bestätigung ist (2. Kor. 1,20). Wie die Gemeinde mit Amen das Gebet des für alle Betenden zu ihrem eigenen macht oder wie sich der, der eine Segnung hört, durch sein Amen ihr anschließt und sie bestätigt, so ist Jesus durch seine Gegenwart und Wirksamkeit der, der den göttlichen Rat besiegelt und uns über ihn Gewißheit gibt. Indem er der Christenheit die Gnade und das Gebot Gottes kundtut, ist er der zuverlässige Zeuge, und diese Aussage bekommt dadurch ihre ganze Tiefe, daß hier der redet, der als der erste allem Geschaffenen vorangeht; ihm gehört die Liebe Gottes von Ewigkeit, und ihm gab er seine Herrlichkeit, so daß Gott mit ihm und durch ihn allem Geschaffenen das Leben verliehen hat.

Der Gemeinde von Laodizea hält Jesus vor, daß sie ihr Christenleben ohne Ernst und Entschiedenheit führt. Sie hat sich nicht durch offenkundige Verleugnung befleckt, ist nicht durch sichtbare Versündigungen von der Regel Jesu abgewichen; sie stellt sich aber auch nicht ganz und entschlossen in den Dienst Gottes. Es wäre besser für sie, wenn sie kalt wäre; denn deutliche Versündigungen, die den Christenstand zerstören, können den starken Antrieb zur Buße geben und deshalb die Gemeinde zum Erwachen bringen. Das angewandte Bild ist durch den verbreiteten Gebrauch veranlaßt, heißes Wasser zu verwenden; ebenso hat der kühlende Trunk frischen Wassers einen besonderen Wohlgeschmack; das laue Wasser dagegen schmeckt widerwärtig. Wie man dieses ausspuckt, so erregt der halbe Glaube und die matte Liebe dieser Christen den Abscheu Jesu. Bleiben sie so, wie sie sind, so bricht er die Gemeinschaft mit ihnen ab.

3,17.18: *Weil du sagst: Ich bin reich und habe Reichtum erworben und habe nichts nötig, und nicht weißt, daß du der Jämmerliche und Elende und Arme und Blinde und Nackte bist, so rate ich dir, von mir Gold zu kaufen, das im Feuer geglüht worden ist, damit du reich werdest, und weiße Gewänder, damit du dich kleidest und die Schande deiner Blöße nicht sichtbar werde, und Augensalbe, um deine Augen zu bestreichen, damit du sehest.* Die große Selbsttäuschung, der sich die Gemeinde überläßt, bildet ein wesentliches Merkmal ihres lauen Zustands. Würde sie mit Eifer und Kraft an das Werk gehen, das ihr das Wort Jesu zeigt, so spürte sie, was ihr fehlt, und die hoffärtige Zufriedenheit, mit der sie bei sich alles hübsch findet, wäre verscheucht. Dagegen kommt sie bei den geringen Ansprüchen, die sie an sich stellt, schnell dazu, alles, was sie tut, gut und recht zu finden, ohne weiterzustreben, weil ihr ja nichts fehlt. In Wahrheit gleicht sie aber dem Ärmsten von allen Armen, der ganz im Elend sitzt. Es ergeht aber auch über diese Gemeinde noch nicht das Verwerfungsurteil; vielmehr bietet Christus ihr alles an, was sie nötig hat: Gold, und zwar reines Gold, das im Schmelzofen von jedem Zusatz befreit ist, womit ihrer Armut abgeholfen wäre, das weiße Gewand, das ihre Ehre bildete, die Arznei, die ihrem kranken Auge aufs neue zum Sehen zu verhelfen und sie von ihrer Einbildung zu heilen vermöchte. Sie muß das alles aber von Jesus kaufen, aufrichtig suchen und sich mit Ernst aneignen. Jesus gibt seine Gaben nicht denen preis, die sie nicht begehren.

3,19-22: *Ich weise alle zurecht, die ich liebe, und züchtige sie* (Hebr. 12,6; Spr. 3,12). *Darum sei eifrig, und tue Buße! Sieh, ich stehe vor der Türe und klopfe* (Jak. 5,9). *Wenn jemand meine Stimme hört und die Türe öffnet, werde ich zu ihm hineingehen und mit ihm das Mahl halten und er mit mir. Wer überwindet, dem werde ich geben, daß er sich bei mir auf meinen Thron setze, wie auch ich überwunden und mich bei meinem Vater auf seinen Thron gesetzt habe. Wer ein Ohr hat, höre, was der Geist den Gemeinden sagt.* So schwer dieses Wort die Gemeinde trifft, da es ihre ganze Frömmigkeit für wertlos erklärt, so soll sie doch darin nichts anderes als die Liebe Jesu sehen; nur seine Liebe bewegt ihn, ihr die Schuld und leere Nichtigkeit ihres bequemen Christentums zu zeigen. Mit allen, denen er seine Liebe gibt, handelt Jesus nach der in Spr. 3,12 ausgesprochenen Regel. Alle erfahren seine Liebe dadurch, daß er ihre Sünde nicht schont und hegt, sondern sie von ihr durch ernste Rüge und Zucht befreit. Tut die Gemeinde von sich, was sie jetzt träg und eitel macht, wird sie dem Bußwort Jesu gehorsam, dann bekommt sie die volle Zusage seiner Gnade, die die Umkehrenden ohne Vorwurf und Härte aufnimmt. Deshalb gleicht Christus dem Gast, der an die Tür des Hauses klopft und einzutreten begehrt; wenn sein Anklopfen beachtet und er nicht weggewiesen wird, tritt er ein. Dem, der auf ihn hört, gewährt er die volle Gemeinschaft, die ihr Gleichnis in der Tischgemeinschaft hat.

Auch die Verheißung für den Überwinder spricht aus, daß Jesus mit ihm alles teilt, auch seinen Thron, sein königliches Werk. Er verhält sich zu denen, die ihm gehören, wie der Vater sich ihm gegenüber verhielt. Weil er den Sieg gewonnen und das Kreuz so getragen hat, daß er im Gehorsam gegen den Vater geblieben ist, hat der Vater seine Gemeinschaft mit ihm vollkommen gemacht: er teilt seine Herrschaft mit ihm. Nach derselben Regel der vollkommenen Liebe handelt Jesus auch an denen, die den Sieg gewannen: er gibt ihnen den unverkürzten Anteil an seiner Herrlichkeit.

Durch dieses erste Gesicht (1,9–3,22) verkündigt Johannes, welches Urteil Jesus über seine Gemeinden fällt. Denn es ist nicht möglich, daß der, der im Namen Jesu weissagt, nur der Welt das göttliche Gericht verkünde. Die Gerechtigkeit Jesu hat keine Lücken und wendet sich gegen die Bosheit der Christenheit ebenso ernst wie gegen die der Welt. Ebenso unmöglich ist es, daß der Gemeinde die Verheißung Jesu nur dazu gesagt werde, daß sie sich an ihr erfreue und sich mit ihr tröste; sondern dazu wird ihr das herrliche Ende der göttlichen Wege gezeigt, damit sie sich von allem Bösen reinige und für die Gabe Gottes offen werde. So hat Jesus selbst durch seine eigene Weissagung die Hoffnung in seine Jünger hineingelegt, nicht nur, damit sie mit ihr ihr Glücksbedürfnis befriedigen, sondern damit sie durch diese Hoffnung sich heiligen und rein im Wandel und im Dienst treu machen lassen.

Der Zustand der ersten Kirche wird uns hier in großem Wahrheitsernst enthüllt. Die mancherlei Abwege, auf die die Gemeinden gerieten, und die ernste Anstrengung, die nötig ist, damit sie gesund bleiben, kommen hell ans Licht. Die eine Gemeinde ist eifrig, wird aber hart und verscheucht durch die Strenge ihrer Zucht die Liebe aus ihrer Mitte; die andere ist lässig und erspart sich die Arbeit, die sie tun sollte. Bei der einen bricht eine Schwärmerei hervor, die mit der Berufung auf die Herrlichkeit des Geistes und die Freiheit, die er gewähre, die sinnlichen Triebe aufregt und befriedigt; in einer anderen regiert die Lauheit, die sich keine hohen Ziele steckt, sondern mit Behagen den bequemen Mittelweg geht. Aber auch Treue wird sichtbar, die zu leiden bereit ist und auch mit kleinen Mitteln die Arbeit treu vollbringt. Das Bußwort bleibt aber, so durchdringend sein Ernst ist, von aller Härte frei; denn es ist eins mit dem Angebot der vollkommenen Vergebung und gewährt jedem, der das Böse läßt, die herrliche Gnade. Hier wird keine angstvolle, ungläubige Buße erweckt, sondern die Buße und der Glaube sind ganz geeint; darum sind auch der Bußruf und das Evangelium ganz eins. In diesem Gesicht, das der Christenheit die Buße zur Pflicht macht, wird ihr in derselben Vollständigkeit das Evangelium gesagt, wie es Jesus im Anfang seines Wirkens tat, als er die Herrschaft Gottes denen verhieß, die Buße tun.

Kap. 4–20

Das große Gesicht: Jesus vollzieht Gottes Urteil an der Menschheit

Kap. 4–6

Jesus öffnet Gottes Buch

Nun wird der Zustand der Menschheit und der Ausgang ihrer Geschichte zum Gegenstand der Weissagung; darum erhält Johannes, damit er verkünden kann, wie der Rat Gottes an der Menschheit zur Vollendung kommt, im Gesicht einen Einblick in den Himmel. 4,1.2a: *Hernach sah ich, und sieh, am Himmel war eine geöffnete Türe, und die erste Stimme, die ich wie eine Posaune mit mir hatte reden hören, sagte: Gehe hier hinauf, und ich werde dir zeigen, was hernach geschehen muß. Sofort wurde ich in den Geist versetzt.* Damit beginnt ein zweites Gesicht, das vom ersten durch eine Pause getrennt ist. Zuerst sah Johannes Jesus bei der Christenheit gegenwärtig als den, der unter den Leuchtern stand; jetzt dagegen wird er in den Himmel hinaufgerufen, weil das Werk Jesu an der Menschheit jetzt noch darin besteht, daß er sie vom Thron Gottes aus regiert. Deshalb muß der Prophet, wenn er wahrnehmen soll, was durch Christus aus der Welt wird, in den Himmel treten. In dem Wirken Jesu im Himmel hat das Geschehen auf der Erde seinen Grund. Das ist die Überzeugung, auf der das ganze folgende Gesicht beruht und die es der Christenheit vor allem einprägen will. Deshalb beginnt das Gesicht damit, daß Johannes plötzlich am Himmel einen offenen Eingang sieht; das ist das Zeichen, daß er berufen ist, mit anzusehen, was die tun, die im Himmel wohnen. Gleich darauf hört er dieselbe starke Stimme, mit der schon das erste Gesicht begann; sie ruft ihn, und damit ist er wieder in den prophetischen Zustand versetzt. Mehr sagt er über seine eigenen Zustände und Empfindungen nicht; er gibt nicht etwa eine Darstellung seiner Himmelfahrt, da er mit reinem Sinn unsere Aufmerksamkeit ausschließlich darauf richtet, was jetzt vor sein Auge trat. Das Gesicht entstand in ihm nicht deshalb, damit er auf sich selbst achte und beschreibe, was in ihm selbst vor sich ging, sondern dazu, damit er schaue und verkünde, was im Himmel geschieht, so nämlich, wie ein menschliches Auge dies sehen kann, im Gesicht, das für das Himmlische ein Bild und Gleichnis gibt.

4,2b.3: *Und sieh, ein Thron stand im Himmel, und es saß einer auf dem Thron* (Jes. 6,1), *und der, der dort saß, war für den Anblick dem Stein Jaspis und Sardis ähnlich und ein Regenbogen rings um den Thron, für den Anblick ähnlich einem Smaragd.* Das erste, was Johannes im Himmel wahrnimmt, ist Gott. Wie könnte ihm ein Abbild des Himmels zuteil werden, ohne daß er einen Anblick Gottes empfinge, ohne den der Himmel nicht Himmel ist? Aber er hält sich ehrfurchtsvoll in der Beschreibung der Gestalt Gottes sehr zurück. Das Zeichen seiner Herrschermacht ist der Thron; denn das Wirken Gottes soll der Seher nun schauen, und Gottes Wirken besteht in seinem Herrschen. Auf dem Thron sitzt eine Menschengestalt; das menschliche Auge kennt kein höheres Bild als das Menschenbild; dabei bestimmen Hesekiels Worte über die ihm gegebene Erscheinung Gottes (Hesek. 1,25-28; 10,1) auch das Gesicht des Johannes. Nur durch starke, satte Farben wird die Gegenwart Gottes auf seinem Thron angedeutet. Der Sardis hat ein kräftiges Rot; der Jaspis kommt in verschiedenen Farben vor; vielleicht soll damit ein Grün bezeichnet sein. Von der Figur, der Haltung und dem Gewand Gottes spricht Johannes nicht; er will nicht die Phantasie anleiten, sich ein Bild Gottes auszudenken. Um den Thron und die Gestalt Gottes legt sich wie bei Hesekiel kreisförmig ein Regenbogen, das Zeichen der göttlichen Gnade, das der Menschheit von der Sintflut her die Geduld und Hilfe Gottes auch dann verbürgt, wenn seine Gerichte die menschliche Bosheit vernichten und die Erde reinigen. Johannes sieht aber den Regenbogen nicht im gebrochenen Licht der sieben Farben; sondern um den Thron ist ein helles, dem Smaragd vergleichbares Grün gelegt.

4,4: *Und rings um den Thron vierundzwanzig Throne und auf den Thronen vierundzwanzig Älteste sitzend, mit weißen Gewändern bekleidet und auf ihren Häuptern goldene Kronen.* Gott thront nicht einsam, sondern inmitten der aus der Menschheit zu ihm berufenen Gemeinde. Ihren Vertretern gehören die Throne um ihn. Frei von den Gebrechen und der Schuld des irdischen Zustands, im weißen Gewand und mit dem Abzeichen der Herrschermacht, gekrönt, sind sie der nächste um Gott versammelte Kreis. Ihre Zahl erinnert an die alte Verfassung Israels, die nach der Zahl zwölf geordnet war, zeigt aber zugleich durch die Verdoppelung der Zahl an, daß hier nicht die irdische Gemeinde in ihrer Unvollkommenheit, sondern die vollendete Gemeinde vor Gott vertreten ist. Ehe Johannes Engel oder solche Träger der göttlichen Herrlichkeit, die auf die Leitung der Natur hinweisen, wahrnimmt, sieht er die Ältesten; das entspricht dem Zweck seines Gesichts, das der Kirche zeigen soll, was der Wille Gottes mit der Menschheit ist und wie er an ihr sein Gericht und seine Gnade offenbart. Aber diese Glieder der erwählten Schar erscheinen nicht in Gottes nächster Nähe auf Thronen, um selbst wirksam von oben her in das Schicksal der irdischen Gemeinde einzugreifen; denn nicht der Mensch ist imstande, zu vollführen, was der Welt die vollkommene Erlösung bringt; ihre

Vollendung ist ganz und gar das schöpferische Werk der Allmacht Gottes. Darum besteht der Beruf derer, die am himmlischen Ort die Gemeinde vertreten, darin, zu schauen, was Gott tut, und im Anblick seines Werks ihn anzubeten und ihm zu danken. Damit zeigen sie auch der auf Erden kämpfenden Gemeinde ihren Beruf; er besteht nicht darin, daß sie selbst durch ihr Wirken die Herrschaft Jesu aufrichtet, sondern darin, daß sie Gott den Glauben bewahrt.

Gelüstet es uns, nach den Namen der Ältesten zu fragen und aus der alt- und neutestamentlichen Gemeinde die auszuwählen, die wir für würdig halten, als Älteste zu den Thronen um Gott her berufen zu sein? Später hat freilich die Kirche solchen, die ihr als die besonders Geheiligten erschienen, einen wirksamen Anteil an der Austeilung der göttlichen Gnade zugesprochen. Solche angeblichen Auslegungen bringen uns aber in einen harten Widerspruch gegen die Weissagung des Johannes; denn sie stammen aus einem zuchtlosen Träumen, das mit neugierigem Übermut in das uns verborgene Geheimnis eindringen will. Einst hat freilich auch Johannes versucht, Jesus dazu zu drängen, daß er die Namen derer nenne, die neben ihm beim Gericht über die Welt die Throne erhalten (Mark. 10,35-37.40). Nun aber besitzt er das, was ihm damals die Antwort Jesu gab und was das stille Leiden Jesu in ihm befestigte. Darum bleibt er bei seiner Weissagung mit keuschem Gehorsam Gott untertan und will nicht ergründen, was Gott denen, die er früher in seinem Dienst verwendete, etwa Abraham und Mose oder Petrus und Jakobus gewährt; das Ziel seiner Weissagung ist vielmehr, der Gemeinde, die im Kampfe steht, den Willen Gottes deutlich zu machen. Deshalb, weil er ihr dasjenige Werk Gottes zu zeigen hat, das an der Menschheit die Gnade und das Gericht Gottes offenbart, sieht Johannes Älteste bei Gott; nur darum ist jetzt, da das göttliche Urteil eröffnet und vollzogen wird, ein aus der Gemeinde ausgewählter Rat neben den regierenden Herrn gestellt.

4,5: *Und aus dem Thron kommen Blitze und Stimmen und Donner hervor* (2. Mose 19,16), *und sieben Fackeln von Feuer brennen vor dem Thron; das sind die sieben Geister Gottes.* Zur Herrlichkeit Gottes gehört auch seine die Natur umfassende Macht. Darum sind auch die Vorgänge am natürlichen Himmel, Blitz und Donner, mit dem göttlichen Thron verbunden. Aber noch stärker als dieser Gedanke wirkt wohl auf Johannes die Erinnerung an die Erscheinung Gottes am Sinai ein, wo auch Blitz und Donner Merkmale seiner Gegenwart sind. Deshalb sind sie auch jetzt die Vorzeichen der göttlichen Tat, zu deren Zeugen Johannes werden soll. Im Innern des Menschen und in der Welt vollzieht Gott seine Herrschaft durch den Geist, der auch hier nach der Zahl sieben gestaltet ist (vgl. 1,4), und der vor Gottes Thron gegenwärtig ist als das stets bereite Werkzeug seiner Offenbarung. Schaubar wird für Johannes der Geist in der Gestalt der Flamme; er kennt im Bereich der Natur für den Geist, der von innen her Leben schafft, kein besseres Gleichnis als die Flamme mit ihrer beständigen Bewegung, ihrer alles durchdringenden Wärme und ihrem strahlenden Licht.

4,6a: *Und vor dem Throne war wie ein Meer aus Glas ähnlich dem Eis* (Hesek. 1,22; Offenb. 15,2). Nicht wie ein Palast, wie ein kunstvoller menschlicher Bau stellt sich der Himmel Johannes dar; sondern vor dem Thron dehnt sich weithin eine Ebene, dem Spiegel eines Sees vergleichbar, aber nicht in Bewegung durch Wellen, sondern in völliger Ruhe, wie ein Meer aus Glas, und mit funkelndem Glanz, wie das Licht vom Eis glitzernd zurückgeworfen wird.

4,6b-8: *Und in der Mitte des Throns und rings um den Thron vier Tiere voll von Augen vorn und hinten, und das erste Tier ist einem Löwen ähnlich, und das zweite Tier ist einem Stier ähnlich, und das dritte Tier hat ein Gesicht wie das des Menschen, und das vierte Tier ist einem fliegenden Adler ähnlich, und von den vier Tieren hat jedes je sechs Flügel* (Jes. 6,2). *Ringsum und innen sind sie voll Augen* Hesek. 1,18), *und sie haben bei Tag und Nacht keine Ruhe und sagen: Heilig, heilig, heilig ist der Herr Gott, der Herrscher über alles, der war und der ist und der kommt.* Am Thron Gottes sieht auch Johannes ähnliche Gestalten, wie sie in der Versichtbarung Gottes für die Propheten vorkommen (Hesek. 1 und Jes. 6), Gestalten, die Gott als den Schöpfer und Lenker der Natur und aller ihrer Kräfte und Gebilde bezeugen. Wie die geheiligte Gemeinde durch die Ältesten in die Gegenwart Gottes aufgenommen ist, so ist auch die Natur in den Tieren vor seinem Thron vertreten. Auch hier machen wie bei Hesekiel die vier kräftigsten Gestalten der Erde die Herrlichkeit der Schöpfermacht Gottes offenbar; nur sind die vier Gestalten hier nicht wie bei Hesekiel in ein einziges Wesen vereinigt, sondern jede Figur bildet für sich die Gestalt eines besonderen Tiers. So steht der Mensch im Gesicht des Johannes zweimal neben dem göttlichen Thron, einmal als thronender Ältester von der übrigen Schöpfung abgesondert und über alles Bestehende erhöht, so daß er zuerst das göttliche Wirken schaut, dann nochmals im Kreis der Gestalten, die die Kraftfülle des Lebens darstellen, das Gott der Natur verlieh. Auch im natürlichen Leben des Menschen wird die Größe Gottes offenbar; darum steht er neben dem Stier, dem Löwen und dem Adler vor Gott. Zugleich kommt aber die neue, besondere Gnadengabe zur Erscheinung, die dem Menschen damit gegeben ist, daß er die Kindschaft Gottes und den Anteil an der Gemeinde Gottes empfängt und so in besonderer Weise am göttlichen Werk teilhat. Sie alle aber warten auf die Vollendung des göttlichen Reichs, sowohl die Natur, die durch die Schöpfermacht Gottes entstanden ist, als die Menschheit, an der Gott seine väterliche Gnade geoffenbart hat; denn weder die Natur noch die Geschichte stehen an ihrem Ende, ehe das Werk des Christus vollendet ist. Darum ist der Blick der Geschaffenen und der Erlösten auf die Offenbarung des Christus gerichtet.

Mit der Erinnerung an die Tiere bei Hesekiel verbindet Johannes die Beschreibung der Seraphim bei Jesaja: die Tiere haben sechs Flügel; denn sie dienen Gott als seine raschen Boten, die fähig sind, überall in der Welt seinen Willen auszuführen. Und wie bei Hesekiel die Räder, die zusammen mit den Tieren den Thron Gottes tragen, voll von Augen sind, so haben die Tiere, die Johannes vor sich sieht, unzählbar viele Augen. Nur unserem menschlichen Blick erscheint die Natur als tote Masse, unfähig zum Sehen und ohne Kenntnis Gottes. Vor dem Thron Gottes sind dagegen auch die Gestalten, in denen sich der Reichtum des natürlichen Lebens offenbart, nicht blind und geistlos, sondern von Gottes vollkommenem Blick durchdrungen und erfüllt, ausgestattet mit der Kraft zum Sehen ohne Beschattung und Beschränkung, die nicht zu täuschenden Wächter über der Welt und die vollkommen tauglichen Werkzeuge des göttlichen Blickes. Und wie die Himmlischen alle sehen, so reden sie auch. Gott selbst hört zwar Johannes im Gesicht nicht sprechen; denn ihn machen seine Werke offenbar; sie sind seine Zeugnisse,

Diese bewirken aber, daß das Wort der Himmlischen laut erschallt, das anbetende, danksagende Wort. Die als die höchsten Gebilde der Schöpfung vor dem Thron Gottes leben, üben die unablässige Anbetung. Gott als den Heiligen zu ehren, ist ihr nie unterbrochenes Werk, in dem sich ihre unerschöpfliche Kraft ungehemmt und unermüdlich betätigt. Zur Anbetung gehört die Verkündigung der göttlichen Namen, zwar nicht des Namens, der die Gemeinschaft Jesu mit Gott ausspricht, nicht des Namens „Vater"; diesen Namen hat Johannes in seinem Gesicht einzig für Jesus, ausschließlich für den einzigen Sohn vorbehalten; wohl aber üben diese höchsten Gebilde der göttlichen Schöpfermacht ihr herrlichstes Werk dadurch, daß sie die Namen Gottes aussprechen, mit denen die Heilige Schrift ihn allen offenbart.

4,9-11: *Und wenn die Tiere Herrlichkeit und Ehre und Dank dem geben, der auf dem Thron sitzt, dem, der in alle Ewigkeit lebt, fallen die vierundzwanzig Ältesten nieder vor dem, der auf dem Thron sitzt, und beten den an, der in alle Ewigkeit lebt, und legen ihre Kronen vor seinen Thron und sagen: Würdig bist du, unser Herr und Gott, die Herrlichkeit und die Ehre und die Kraft zu empfangen; denn du schufst alles, und es war und wurde geschaffen wegen deines Willens.* Die Anbetenden preisen Gott als den ewig Lebendigen; sie sprechen damit aus, was den Schöpfer vom Geschöpf unterscheidet, und zugleich, worin die Gabe seiner Gnade für die von ihm Geschaffenen besteht. Darum bewährt Jesus seine Verbundenheit mit Gott dadurch, daß er „der Lebendige" ist, obgleich er ein Toter geworden war. Die ersten, die Gott die Anbetung bringen, sind die Tiere, weil alles Geschaffene dazu mit Leben begabt ist, daß es Gott preise; aber die Vertreter der Natur sind nicht allein die Anbetenden; ihnen antworten die vor Gott versammelten Häupter der zu Gottes Eigentum gemachten Menschheit. Sie sind dazu zu Ältesten bestellt und auf die Throne bei Gott gesetzt, daß sie die Herrlichkeit Gottes loben. Sie tun es dadurch, daß sie sich vor ihm auf den Boden werfen und ihre Kronen vor seinem Thron niederlegen; damit bekunden sie, daß sie alles, ihre Herrlichkeit und Macht, durch ihn und für ihn haben. Alles, was Größe, Ehre und Kraft gibt, sehen sie als Gottes Eigentum an, das er an sich zu nehmen hat, weil es ihm und keinem anderen gebührt. Das hat darin seinen unverrückbaren Grund, daß er in seiner Schöpferherrlichkeit allem das Dasein gegeben hat; so hat sich auch alles, was lebt, vor ihm zu beugen und in seiner Verherrlichung seinen Beruf zu erkennen. Denn alles Geschaffene ist in vollständiger Abhängigkeit an ihn gebunden, der es aus dem Nichts ins Leben hob. Die Tiefe dieser Abhängigkeit wird dadurch noch deutlicher, daß Gott alles nach seinem freien Beschluß herstellt als der, der über seinen Willen mächtig ist und in seinem Willen die schöpferische Kraft besitzt. Um diesen Willen zu erfüllen und ihm zu dienen, dazu ist alles da. Darum wird auch alles, was besteht und geschieht, für die, die in der Klarheit des Himmels leben, zum Grund, weshalb sie Gott die Anbetung bringen; denn an allem wird die Größe des schöpferischen Willens sichtbar, von dem und für den es ins Dasein gerufen ist.

Damit ist wieder ein Hauptgedanke ausgesprochen, den Johannes durch seine Weissagung in der Kirche befestigen will. Sie enthüllt die Welt, die sich gegen Gott stellt, den Menschen des Abfalls, der die Macht für sich begehrt und verehrt sein will und daher vom Himmel her bekämpft wird, so daß schwere Plagen auf die Erde gesandt werden. Vorher wird aber feierlich bezeugt, was den Himmel und die Erde verbindet: die Schöpferherrlichkeit Gottes, in der er alles seinem Willen untertänig macht, so daß der Mensch auch dann, wenn er dem satanischen Willen gehorcht, die Abhängigkeit von Gott nicht zerbrechen kann. Ebenso hat Johannes an den Anfang seines Evangeliums die Aussage über die schöpferische Macht des Worts gestellt, durch das alles geworden ist und das jeden Menschen, der in die Welt kommt, erleuchtet, und dann erst verkündigt er den kämpfenden und sterbenden Christus, den die Welt nicht erkennt und dem sie keinen Raum bei sich gewährt.

Auf dem Standort des Menschen sieht das Weltgeschehen freilich dunkel aus; es stellt sich als Not und Verderben dar und bringt in die Versuchung, an Gott zu zweifeln, über ihn zu murren und mit ihm zu hadern. Die Gemeinde soll aber wissen, daß alle diese Urteile falsch sind, nur irdisch, nicht himmlisch, nur menschlich, nicht göttlich. Droben beten sie Gott an, nicht deshalb, weil sie die Erde vergäßen und in ihre himmlische Seligkeit versunken wären, sondern das, was Gott an der Menschheit tut und uns wie lauter Not und Tod erscheint, wird droben zum Grund der Anbetung. In sie hat die Christenheit am irdischen Ort und mit der menschlichen Kraft einzustimmen; das bleibt, was immer geschehen mag, ihr Beruf.

Johannes ist aber der Himmel nicht dazu geöffnet worden, damit er ihn betrachte und seine Herrlichkeiten bewundere, sondern damit er Zeuge der Handlung sei, die dort jetzt vollzogen wird. Diese Handlung ist das Hauptstück des Gesichts. Schon die vorbereitenden Sätze haben uns ihre Wichtigkeit deutlich gemacht; denn sie geschieht am Ort der herrlichen Herrschaft Gottes und seiner feierlichen Anbetung.

5,1: *Und ich sah auf der rechten Hand dessen, der auf dem Thron sitzt, ein Buch, das auf der inneren Seite und auf der Rückseite beschrieben und mit sieben Siegeln gesiegelt war.* Die Rolle, die das Urteil des himmlischen Königs enthält, ist bereits geschrieben und liegt in seiner Hand. Johannes sieht, daß es ein langes Urteil ist; denn beide Seiten des Papiers sind beschrieben, nicht nur die innere Seite, die zuerst für die Schrift benützt wurde, sondern auch die Rückseite, die, wenn das Pergament gerollt wurde, nach außen kam. Mehr ist aber jetzt noch nicht zu sehen, da das Buch noch durch Siegel verschlossen ist. Die Zahl sieben drückt auch hier die vollendete Richtigkeit des göttlichen Verfahrens aus. Niemand dringt in das Geheimnis Gottes ein ohne seinen Willen, und sein Beschluß wird nicht vor der Zeit offenbar. Was er versiegelt, das ist für alle verschlossen, auch für den Sohn. Denn Johannes bleibt in seinem Gesicht dem Wort Jesu (Matth. 24,36) untertan, mit dem er das königliche Werk Gottes als das völlige Geheimnis beschrieb, in das kein Himmlischer Einblick hat, auch der Sohn nicht, bis ihm der Vater selbst seinen Willen zeigt. In seiner herrscherlichen Erhabenheit steht Gott als der Unerforschliche über allen. Sein Wille entsteht in ihm allein und bleibt sein Eigentum, bis er geschieht. Nun aber ist die Stunde gekommen, in der das Buch geöffnet werden soll, und wenn es geöffnet wird, so geschieht zugleich, was darin angeordnet ist. Die Öffnung des Urteils ist hier ein und dasselbe mit seinem Vollzug. Wer ist jetzt der, der das Werk Gottes vollführt? Wer erkennt und vollstreckt seinen Rat? Bisher hat Johannes den Christus noch nicht gesehen, und bis er vor dem göttlichen Thron erscheint, bleibt das Buch verschlossen. Dadurch macht das Gesicht die Hoheit

Jesu offenbar; denn es ist sein Beruf, den göttlichen Willen an der Welt zum Endziel zu führen, und dazu ist jetzt die Stunde da.

5,2: *Und ich sah einen starken Engel, der mit lauter Stimme ausrief: Wer ist würdig, das Buch zu öffnen und seine Siegel zu lösen?* Da jetzt der von Gott bestimmte Zeitpunkt eingetreten ist, an dem das Buch geöffnet werden soll, ruft der himmlische Herold den, der dazu würdig ist, auf, daß er sich zeige. Denn in der Regierung Gottes geschieht nichts nach Willkür, sondern alles nach Recht; die Gerechtigkeit Gottes muß darum allen Geschaffenen, den Engeln und den Menschen, in ihrem fehllosen Glanz offenbar sein und von allen die Zustimmung empfangen. Der wird das Buch öffnen, der dazu würdig ist. 5,3.4: *Und keiner, weder im Himmel noch auf der Erde, noch unter der Erde, konnte das Buch öffnen und hineinsehen. Und ich weinte sehr, weil keiner würdig befunden wurde, das Buch zu öffnen und hineinzusehen.* Auf den Aufruf des Engels bleibt alles still. Keiner in Gottes Schöpfung ist so mit ihm verbunden, daß er seinen Willen erfahren und vollführen könnte. Johannes brach in Tränen aus. Soll ungelesen und verborgen bleiben, was als der Ratschluß Gottes aufgezeichnet ist? Darauf, daß der Wille Gottes geschehe, geht ja das innige Verlangen und die Sehnsucht des Jüngers Jesu; darum hat Johannes gebetet und darauf gehofft und sich mit lebendiger Erwartung beständig nach dem großen Tag Gottes gesehnt. Und jetzt scheint es, daß dem göttlichen Rat immer noch der fehlt, der ihn vollendet, und die Stunde seiner Offenbarung auch jetzt noch fern ist. Allein alle derartigen Gedanken und Tränen haben keinen Grund. Wenn sich die Gemeinde ihnen hingäbe, so würde sie vergessen, daß Jesus lebt. Obwohl im versiegelten Buch das richtende Urteil Gottes steht, so daß bei seiner Öffnung an das Licht kommt, wie Gott der menschlichen Sünde widersteht, erwächst daraus nicht der Wunsch, es möchte verschlossen bleiben; vielmehr begehrt Johannes mit starkem Verlangen, daß die Stunde komme, in der Jesus das göttliche Gericht an der Menschheit vollzieht. Denn er sträubt sich gegen das Urteil Gottes nicht, begehrt nicht Straflosigkeit für die sündigende Welt, nicht Freiheit vom Leiden für die glaubende Gemeinde und ist im Gedanken an das richtende Amt Jesu von keiner Angst gequält. Darum weint er nicht deshalb, weil der Tag des Gerichts kommt, sondern deshalb, weil es scheint, daß er noch fern sei. So hat er schon damals, als er noch der Gefährte Jesu auf Erden war, mit heißem Verlangen danach begehrt, am Gericht des Christus über die Welt teilnehmen zu dürfen (Mark. 10,37.38). Was aber damals an seinem Verlangen noch unrein war, ist jetzt durch das Wort und Werk des Meisters gänzlich verschwunden. Jetzt verkündet auch er, wie es damals Jesus tat, die Hoheit Gottes, der allein das Urteil spricht und die Stunde seines Vollzugs feststellt; die Siegel des Urteils aber öffnet niemand als der, den Gott herbeiruft und dem er die Vollendung seines Willens übergibt. Und wenn Johannes damals noch die Mahnung nötig hatte, daß er nicht nur nach der Herrlichkeit begehren darf, sondern zuerst bereit sein muß, den Kelch Jesu zu trinken, so rüstet er jetzt durch seine Weissagung die Gemeinde dazu, daß sie für Jesus freudig stirbt.

5,5: *Und einer von den Ältesten sagt zu mir: Weine nicht. Sieh, überwunden hat der Löwe aus dem Stamm Juda* (1. Mose 49,9.10), *die Wurzel Davids* (Jes. 11,1.10), *um das Buch und seine sieben Siegel zu öffnen.* Dem Sohne, hat Jesus gesagt (Joh. 5,20), zeigt der Vater alles, was er tut. Das ist die Wurzel, aus der das Gesicht des Johannes erwachsen ist. Das Amt des Christus ist es, den Spruch Gottes zu erfahren und auszuführen. Dazu ist er deshalb würdig, weil er den Sieg errungen hat. Was jetzt im Himmel geschieht, ist die Frucht seines Kampfes und Sieges auf der Erde, ist sein Lohn für sein Kreuz. In der Erniedrigung Jesu hat seine Erhöhung, in seinem Gehorsam seine Mitherrschaft mit Gott ihren Grund. Die Namen, die die Würde des Christus aussprechen, sind aus der Verheißung geschöpft: aus Jakobs Segen über Juda (1. Mose 49,9), der Juda als den starken, nicht zu besiegenden Löwen darstellt, und aus Jesajas Wort über den verheißenen König (Jes. 11,1), das Isai die Wurzel nennt, aus der der Verheißene hervorwachsen wird. Aber der Älteste nennt nicht David die Wurzel Jesu, sondern Jesus die Wurzel Davids; so spricht er im Blick auf die ewige Gemeinschaft Jesu mit Gott. Um des Christus willen bekam Juda die Verheißung der unüberwindlichen Macht, die ihn dem Löwen vergleichbar macht, und um des Christus willen erhielt David die königliche Würde. Wegen des göttlichen Werks, das in Israel geschehen war, und wegen der Verheißung, die Gott in seiner Gnade mit seinem Werk an Israel verbunden hatte, gab Gott der Welt den Christus; dieser bewährte seine Sendung dadurch, daß er in seinem Dienst auf der Erde nicht unterlag, sondern den Sieg gewann und sich als den verheißenen Löwen und als den Schöpfer und Herrn Davids bewies, dem die Herrschaft zukommt. Und dies sein königliches Amt begründet es, daß das Buch Gottes für niemand als allein für ihn geschrieben ist.

5,6.7: *Und ich sah in der Mitte des Throns und der vier Tiere und in der Mitte der Ältesten ein Lämmlein stehen, das wie geschlachtet aussah* (Joh. 1,29), *und es hatte sieben Hörner und sieben Augen* (Sach. 4,10); *das sind die sieben Geister Gottes, die zur ganzen Erde gesandt sind. Und es kam und nahm das Buch aus der rechten Hand dessen, der auf dem Thron sitzt.* Jetzt sieht Johannes Jesus; er sieht ihn näher bei Gott als irgendeine der heiligen Gestalten, die die Schöpfung und die Gemeinde vor Gott vertreten. Nicht wie Jesus zum göttlichen Thron hinzugelangt, wird Johannes gezeigt. Denn er, der Ewige, kommt nicht erst jetzt zu Gott, sondern ist schon bei ihm. Bisher war aber das Auge des Propheten gehalten, so daß er ihn noch nicht sah. Deshalb erblickt er ihn sogleich, sowie er ihn wahrzunehmen vermag, in Gottes nächster Nähe. Daß seine Gemeinde Jesus sehen wird, wie er ist (1. Joh. 3,2), das war die Hoffnung, die Johannes ganz durchdrang. Allein die Erfüllung dieser Verheißung kann ihm nicht schon das Gesicht gewähren, auch nicht dann, wenn er fühlt, daß ihm ein Engel nahe ist, auch nicht dann, wenn ihn der Geist bewegt. Daß er ihn „sieht, wie er ist", das wird ihm erst dann zuteil, wenn Christus selbst sich nicht einzig dem Propheten, sondern allen offenbart. Darum sieht er Christus wieder in einem Bild, jetzt nicht mehr wie im ersten Gesicht als menschliche Gestalt und zugleich mit den Abzeichen seiner Herrlichkeit und Macht, sondern als Lamm. Denn die Menschengestalt hat in diesem Gesicht ihre Verwendung schon für Gott gefunden; alles aber, was auch nur von ferne als eine Verletzung der Einzigkeit Gottes erscheinen könnte, bleibt vom Gesicht gänzlich abgewehrt. Darum schaut Johannes nicht zwei menschliche Gestalten auf dem göttlichen Thron; das läßt die Einzigkeit und Hoheit Gottes nicht zu, mit dem Jesus in der Herrlichkeit und Herrschaft deshalb verbunden ist, weil er sein Sohn ist. Obwohl die Menschengestalt für Jesus nicht mehr verwendbar war, fehlt es dem Gesicht doch nicht an einer Gestalt, die Jesus völlig kenntlich macht und zugleich enthüllt, warum er so nahe wie keine andere Kreatur bei Gottes Thron steht und das vermag, was keiner kann. Er ist das Lamm. Dieses Bild macht ihn deshalb kenntlich, weil es sein Werk auf Erden vergegenwärtigt. Was jetzt im Himmel geschieht, ist die Fortsetzung des Werks Jesu auf Erden, die Folge seines Ganges in den Tod, die Vollendung dessen, was er durch sein Kreuz geschaffen hat. Das Lamm ist er, weil er das Eigentum Gottes und ihm geheiligt war und seine Herrlichkeit darin fand, daß er sich mit vollendetem Gehorsam und völliger Liebe Gott hingab und darum litt, verworfen und gerichtet wurde und starb. Das kleine, wehrlose Lämmlein ist seine Gestalt; denn er hat sich die Herrschaft nicht erkämpft und selbst verschafft, sondern sie wird ihm dadurch zuteil, daß er das Kreuz getragen hat. Darum trägt das Lamm auch jetzt vor dem Thron Gottes das Merkzeichen seines Todes an sich, die Wunde, die zeigt, daß es sein Blut vergossen hat. Denn sie ist das Wahrzeichen des Gottesdienstes, mit dem Jesus auf Erden Gott verherrlicht hat, und zugleich das Zeichen der Sünde der Menschen und ihres Aufruhrs gegen Gott. Darum entsteht aus dem Tode Jesu sowohl die Gnade als das Gericht, die im göttlichen Buch geschrieben sind; von diesem fallen nun die Siegel ab, und es wird offenbar, wie gnädig Gott an der Menschheit handelt und wie mächtig er ihrer Bosheit widersteht.

Nicht so schaut Johannes auf das Kommende hinaus, daß er das Geschehene vergäße, obwohl das Kommende das herrliche Endziel Gottes herbeiführen wird. Aber die kommende Herrlichkeit Jesu beschattet für Johannes die Herrlichkeit nicht, die er an Jesus schaute, als er bei ihm war. Vollendung wird das Kommende sein, Vollendung für das, was vollbracht ist, Auswirkung des Ausgangs Jesu zu seiner vollen Frucht. Damit trennte Johannes die Gemeinde gänzlich von falschen Propheten, die sie, weil ihnen die Menschlichkeit Jesu anstößig war und sein Leiden verächtlich schien, vom irdischen Jesus und seinem Kreuz wegzogen, und leitete er die Glaubenden an, das Urteil, das die Welt über den Gekreuzigten fällte, als Torheit abzuweisen. Der Jude meinte, er spreche die Schande Jesu aus, wenn er ihn den Gehängten nannte, und der Grieche bekräftigte das jüdische Urteil durch seinen Spott. Johannes sieht dagegen im Sterben Jesu am Kreuz die Tat, die ihn über alle erhebt und ihn würdig macht, die Gerechtigkeit Gottes an der Welt zu verwirklichen. Aus der irdischen Arbeit Jesu nennt er neben der Kreuzestat nichts; denn alles, was Jesus als der Helfer in der Macht Gottes und als der Streiter für das Recht Gottes gegen die jüdische Sünde gesagt und getan hat, hat durch seinen Ausgang die Vollendung bekommen. Ebenso hat uns Johannes auch in seinem Evangelium im Sterben Jesu seine Herrlichkeit erkennen lassen; denn er hat nichts Größeres bei Jesus gefunden als den Gehorsam des Sohnes, der vom Vater das Kreuz annimmt, und die Treue des Hirten, der für seine Herde stirbt.

Darum sind in der Gestalt des Lammes mit dem Zeichen, das an seinen Tod erinnert, Merkmale verbunden, die seine königliche Hoheit ausdrücken. Gegen seine Widersacher ist dieses Lamm nicht wehrlos; die sieben Hörner sind ihm gegeben, das heißt die Macht, alle zu überwinden, die ihn angreifen, und die sieben Augen sind sein, das heißt, alles ist vor ihm enthüllt und aufgedeckt. Damit fügt Johannes das bei Sacharja stehende Gesicht (Sach. 4,10) in seine Weissagung ein. Jene Augen, deren Blick die Menschheit durchdringt, sind die des Christus, und er besitzt den alles erfassenden Blick, weil er den Geist Gottes hat in der Vollkommenheit, die die Zahl sieben ausdrückt. Dadurch erhält der Geist in diesem Gesicht eine doppelte Veranschaulichung, sowohl durch die sieben Flammen, die vor dem Thron brennen, als durch die sieben Augen, die das Lamm besitzt. Denn der Geist gehört dem Vater und dem Sohn; er vermittelt die Gegenwart Gottes und Jesu bei uns, bringt uns die Gaben Gottes und Jesu und versetzt uns in die Gemeinschaft mit Gott und mit Jesus. Und dies ist nicht ein getrenntes, zweifaches, sondern ein einziges Werk.

5,8: *Und als es das Buch nahm, fielen die vier Tiere und die vierundzwanzig Ältesten vor dem Lämmlein nieder. Jeder hatte eine Harfe und goldene Schalen voll von Räucherwerk; das sind die Gebete der Heiligen.* Als das Lamm das Buch aus Gottes Hand erhält, wird ihm die Anbetung der Himmlischen zuteil. Nicht vom Lamm wird gesagt, daß es vor Gott kniet und ihn anbetet, weil Gott ihm sein Buch übergibt. Denn sein Gottesdienst ist von anderer Art als der, den die anderen, die im Himmel wohnen, Gott darbringen.

Darin, daß er das Werk Gottes tut, besteht der Gottesdienst des Sohnes, und darum sind alle, die Häupter der Schöpfung und die der Gemeinde, anbetend vor ihm gebeugt. Sie wenden sich damit nicht von Gott weg; denn sie beten das Lamm an, weil es den Willen Gottes tut. Daß aber der Inhalt seines Buches jetzt durch den Christus verwirklicht wird, das wird für die, die Gottes Thron umgeben, zum Grund der seligen und völligen Zustimmung. Die eigene Person Gottes bleibt dagegen auch in diesem Augenblick, in dem das Gesicht die Gemeinschaft Jesu mit dem Vater so eindrücklich erkennbar macht, in einer erhabenen Ferne, die die ehrfürchtige Scheu vor dem Geheimnis Gottes zum Ausdruck bringt. Von keinem Wort Gottes an das Lamm wird berichtet. Was Gott will und warum er es so will, wird durch das Lob derer, die bei ihm sind, verkündigt. Das Gesicht hält fest, was Johannes in seinen anderen Schriften so nachdrücklich bezeugt hat, daß keiner je Gott gesehen hat (Joh. 1,18; 1. Joh. 4,12); die Zeugen, die Gott zu uns sendet, bringen uns seine Offenbarung. Sie geschieht im Himmel und auf der Erde durch seine Diener und Zeugen, auf deren Wort und Werk achten muß, wer Gott erkennen will.

Für die Form, in der sich der himmlische Gottesdienst vollzieht, dient Johannes der Gottesdienst im Tempel als Vorbild. Wie dort der Chor der Leviten mit den Harfen steht und Gott den Psalm singt und wie der Priester in einer Schale glühendes Räucherwerk, das einen starken Duft und Rauch verbreitet, in das Heiligtum bringt, so wird Jesus von der himmlischen Gemeinde mit Harfen und Räucherschalen verehrt. Durch diese ist aber nicht nur ihr eigenes Gebet dargestellt; wie auch der Priester im Tempel nicht nur für sich, sondern für das Volk das Räucheropfer darbrachte und in der Christenheit die Ältesten nicht nur ihre eigenen Anliegen, sondern die der ganzen Gemeinde als Beter vor Gott trugen, so üben auch die Ältesten vor Gottes Thron ihr Amt dadurch aus, daß sie das Gebet der irdischen Gemeinde vor Gott bringen. Deren Gebet kommt deshalb vor Gott, weil sie aus den Heiligen besteht. Die Heiligen in der Menschheit, das heißt alle, die der Ruf Gottes im Glauben mit Jesus verbunden hat, preisen ihn als das Lamm und beten ihn als ihren Herrn und Retter seines Kreuzes wegen an. Das auf Erden Jesus dargebrachte Loblied des Glaubens wird vor dem

Thron Gottes wiederholt, bestätigt und verklärt durch die Anbetung der Ältesten.

5,9.10: *Und sie singen ein neues Lied* (Ps. 33,3) *und sagen: Würdig bist du, das Buch zu nehmen und seine Siegel zu öffnen; denn du wurdest geschlachtet und erkauftest für Gott durch dein Blut aus allen Stämmen, Sprachen, Nationen und Völkern* (14,3.4; 1. Kor. 6,20; 7,23) *und machtest sie für unseren Gott zum Reich und zu Priestern, und sie werden Könige auf der Erde sein* (1,6; 2. Mose 19,6). Wie im Psalter mit der neuen Hilfe Gottes auch der Dank der Geretteten zu einem neuen Lied wird, so singen hier die Ältesten ein neues Lied; denn damit, daß jetzt der Gekreuzigte in der Herrlichkeit Gottes sein auf Erden getanes Werk dadurch vollendet, daß er den ganzen göttlichen Rat in Gericht und Gnade an der Menschheit vollzieht, ist etwas Neues vollbracht. Die Jesus dargebrachte Anbetung preist ihn zuerst deshalb, weil er gelitten und sich selbst in den Tod gegeben hat, sodann um der herrlichen Frucht willen, die durch sein Kreuz für Gott entstanden ist. Für Gott ist sein Werk geschehen, für „unseren" Gott, wie die Himmlischen sagen, für den, durch den die Himmlischen leben und dessen Liebe in ihnen leuchtet. Darum preist ihn ihre Anbetung. Menschen hat Jesus für Gott erworben, so daß sie nun Gottes Eigentum sind, und das Mittel, durch das er sie von allem befreit, was sie von Gott trennte, und sie zum Besitztum Gottes geheiligt hat, ist sein Blut. Der, der es vermocht hat, aus Menschen Heilige zu machen, die Gott gehören, ist der Anbetung wert. Er hat dies vermocht, weil sein Blut die versöhnende Macht hat, und bewirkt, daß nun alle Sünden vergeben sind und den Menschen die vollkommene Gnade verschafft ist. Die Größe des Werks, das Jesus durch seinen Tod vollbracht hat, wird dadurch sichtbar, daß jetzt aus der ganzen Menschheit die für Gott erkaufte Gemeinde gesammelt wird. Nun hat Gott in jeder Sprache solche, die ihn preisen, und in jeder Volksgemeinschaft gibt es solche, die ihm dienen. An denen, die Jesus für Gott gewonnen hat, tut Gott sein königliches Werk und gibt ihnen die priesterliche Würde und Vollmacht. Johannes benützt, um das der Christenheit verliehene Gut zu bezeichnen, wieder 2. Mose 19,6, wie er es schon im Eingangsgruß getan hat (1,6); so ist auch hier, was Jesus für Gott und was er für die Menschheit tut, in einen einzigen Zweck und Willen zusammengefaßt. Jesus macht uns Gott untertan, und eben damit ist uns die höchste Wohltat erwiesen und die größte Herrlichkeit verliehen.

Was die Gemeinde jetzt schon von Jesus empfangen hat, ist noch nicht die ganze göttliche Gabe; aber es erschließt und verbürgt ihr auch das höchste Ziel. Das Gebet der Ältesten wird zur Weissagung. Die Gemeinde, die Jesus durch sein Kreuz geheiligt, zu Gottes Herrschaftsbereich gemacht und mit dem königlichen Priestertum begnadet hat, wird einst auch auf der Erde das königliche Werk vollbringen. Jetzt freilich ringt sie noch mit den mächtigen Widerständen, die sie von außen und von innen bedrücken, schwächen und scheinbar überwinden. Aber vor dem Blick der Himmlischen steht die Kirche nicht als bedroht, verfolgt und unterdrückt da; sie ist ja das Eigentum Gottes geworden, mit der Macht Gottes ausgestattet und mit dem heiligen Recht des Gebets beschenkt. Das wird ihr niemand nehmen; sondern auf derselben Erde, auf der bisher Gottlosigkeit, Sünde und Tod regierten, wird die Gemeinde im Glanz der göttlichen Gnade und des ewigen Lebens königlich walten und den Reichtum der göttlichen Güte offenbaren.

5,11.12: *Und ich sah und hörte die Stimme vieler Engel rings um den Thron und die Tiere und die Ältesten her, und ihre Zahl war Zehntausende von Zehntausenden und Tausende von Tausenden* (Dan. 7,10), *und sie sagten mit lauter Stimme: Würdig ist das geschlachtete Lämmlein, die Kraft und den Reichtum und die Weisheit und die Stärke und die Ehre und die Herrlichkeit und die Segnung zu empfangen.* Der Kreis der Anbeter erweitert sich. Mit denen, die Johannes zunächst am Thron Gottes sieht, den Tieren und den Ältesten, vereint sich nun die Menge der himmlischen Geister. Die zuerst an der Anbetung Beteiligten sind die zuerst von Gott Begabten, deren Opferschalen mit dem Gebet der gläubigen Gemeinde angefüllt sind. Aber dadurch entsteht keine Spaltung im Reich Gottes, als ständen die Engel, die von anderer Art sind als die auf Erden Lebenden, unbeteiligt neben dem, was Jesus am Thron Gottes tut. Auch diese vielen Tausende verehren in völliger Übereinstimmung den, der Gott durch seinen Tod verherrlicht und ihm in allen Teilen der Menschheit die ihm gehörende Gemeinde erworben hat, und sprechen ihm alles zu, was das Merkmal der göttlichen

Hoheit ist. Noch ist das göttliche Buch versiegelt; aber die Himmlischen wissen schon vor seiner Öffnung, daß, wenn das Urteil Gottes vollzogen wird, Jesus zum Herrn der Menschheit wird. In seiner Herrlichkeit sieht die Engelschar aber keine Verkürzung ihrer eigenen Größe, keine Beschattung ihrer eigenen Herrlichkeit; denn er ist das Lamm und empfängt darum jetzt mit Recht alles, was ihn zur Herrschaft befähigt: die Kraft, die ihn über die anderen erhöht, den Reichtum, mit dem er alle begaben kann, die Weisheit, die sein Handeln richtig macht, und die Stärke, die jeden Widerstand bricht und seinem Werk den Erfolg verschafft. Ihm fällt darum die Ehre zu, daß alle sich vor ihm beugen, und die Herrlichkeit, das Zeichen seiner königlichen Größe, und die Segnung, mit der ihn alle anbetend und dankbar loben. Dies alles wird nun dadurch Jesu Eigentum, daß er sich offenbart, die Menschheit richtet und die Gemeinde Gottes verklärt.

Aber der anbetende Chor wird noch größer. 5,13.14: *Und alles Geschaffene, was im Himmel und auf der Erde und unter der Erde und auf dem Meer ist* (Phil. 2,10), *und alles, was in ihnen ist, hörte ich sagen: Dem, der auf dem Thron sitzt, und dem Lämmlein gehört die Segnung und die Ehre und die Herrlichkeit und die Macht in alle Ewigkeit. Und die vier Tiere sagten: Amen, und die Ältesten fielen nieder und beteten an.* Nicht nur die Gemeinde und die Engel sind eins in Jesu Lob, sondern alles, was die vier Teile des Weltbaus, den Himmel, die Erde, den unterirdischen Raum, das Meer erfüllt, nimmt an seiner Anbetung teil und verherrlicht den himmlischen König und Jesus, der Gott den Menschen offenbart. So kommt das Endziel der göttlichen Regierung schon hier zur Darstellung. Jeder Mißklang in der Kreatur, jede Stimme, die gegen Gott streitet, Jesus bekämpft und sein Kreuzesbild schilt, ist verstummt. Alle sind im selben Gebet vereint; aller Blick geht auf den Einen; aller Anbetung hat dasselbe Ziel. Alles ist Jesus untertan geworden, alles von seiner Herrschaft umfaßt. Den Schluß findet diese Feier, die sich vom Thron Gottes durch alle Räume der Welt bis zum Ort der Toten hinunter ausgedehnt hat, damit, daß die Tiere vor Gottes Thron das Amen sprechen, das die Anbetung besiegelt, und damit, daß die Ältesten zur Anbetung niederfallen.

6,1: *Und ich sah zu, als das Lämmlein eines der sieben Siegel öffnete, und ich hörte eines der vier Tiere wie mit der Stimme des Donners sagen: Komm!* Nun entfernt das Lamm die Siegel; damit treten nacheinander die Ereignisse ein, die vor der letzten Entscheidung und der Offenbarung Jesu geschehen müssen. Es kommt in all dem noch nicht der Inhalt des göttlichen Buchs zur Erfüllung, weil ja erst die es verschließenden Siegel beseitigt werden; vielmehr tritt nun hervor, was die letzten Dinge vorbereitet und zuerst geschehen muß, damit das Ende eintreten kann. Indem die Tiere vor dem Thron Gottes den Gestalten, die das Kommende im Gleichnis darstellen, den Befehl erteilen, der sie erscheinen läßt, wird feierlich bezeugt, daß diese Gestaltung der menschlichen Geschichte von dem königlichen Willen Gottes ausgeht. Nach seiner Erfüllung verlangt nicht nur das Gebet der auf der Erde kämpfenden Gemeinde, sondern auch die Himmlischen wirken beim Eintritt der Gerichte mit, die der menschlichen Sünde das Los bereiten, das sie verschuldet hat.

6,2-8: *Und ich sah und sieh, ein weißes Pferd, und der auf ihm Sitzende hatte einen Bogen, und ein Kranz wurde ihm gegeben, und er zog als Sieger aus und um den Sieg zu gewinnen. Und als es das zweite Siegel öffnete, hörte ich das zweite Tier sagen: Komm! Und es kam ein anderes Pferd hervor, ein rotes, und dem auf ihm Sitzenden wurde gegeben, den Frieden von der Erde zu nehmen und daß sie einander morden, und es wurde ihm ein großes Schwert gegeben. Und als es das dritte Siegel öffnete, hörte ich das dritte Tier sagen: Komm! Und ich sah und sieh, ein schwarzes Pferd, und der auf ihm Sitzende hatte eine Waage in seiner Hand, und ich hörte, als ob eine Stimme zwischen den vier Tieren sagte: Ein Maß Weizen für einen Denar und drei Maß Gerste für einen Denar, aber das Öl und den Wein darfst du nicht schädigen. Und als es das vierte Siegel öffnete, hörte ich die Stimme des vierten Tiers, das sagte: Komm! Und ich sah und sieh, ein gelbes Pferd, und der auf ihm Sitzende hatte den Namen „der Tod", und das Totenreich folgte ihm nach, und es wurde ihnen Macht über das Viertel der Erde gegeben, zu töten durch das Schwert und den Hunger und durch die Seuche und durch die wilden Tiere der Erde* (Hesek. 14,21). Dieses Gesicht entstand aus Sacharjas Beschreibung der Wagen, die im Dienst der göttlichen Regierung über die Erde fahren (Sach. 6,1-3). Daher erscheinen mit der Öffnung der vier ersten Siegel vier Reiter, deren Pferde sich durch ihre Farben unterscheiden. Ihr Ritt unter die Menschen ist das erste, was zur Vollstreckung des göttlichen Urteils geschehen muß. Der Reiter auf dem weißen Pferd ist ein Krieger. Er führt die Waffe der östlichen Reitervölker, den Bogen, mit dem die Reiterscharen der Parther gegen die römischen Legionen anstürmten. Schon beim Ausritt, noch ehe der Kampf beginnt, erhält er den Schmuck des Siegers. Er zieht also sogleich von Anfang an mit der Verheißung aus, daß der Sieg ihm zufallen wird, und seine Aufgabe ist nun, den ihm zugesprochenen Sieg auch zu gewinnen, und das wird er tun. Der zweite, der das fuchsfarbene Pferd reitet, ist ebenfalls bewaffnet; seine Waffe ist das lange Schwert. Denn sein Auftrag ist es, Empörung und Mord in den Völkern und Städten zu erregen. Auf dem Rappen sitzt der Reiter, der die Teuerung bringt. Darum ist sein Gerät die Waage; nun wird die Nahrung sorgsam mit der Waage allen zugeteilt. Dem Schaden, den er anzurichten hat, wird aber eine Grenze gesetzt; nur das Getreide soll er schädigen; die anderen für den Orient wichtigen Erträge des Feldes, die Oliven- und die Weinernte, bleiben unverletzt. Die Völker sollen an diesen Nöten nicht schon sterben; es bleiben ihnen Hilfsmittel, um das Schlimmste abzuwehren. Der vierte Reiter, der Tod, hat die Macht über alles, was ein rasches und großes Sterben über die Menschen bringt: Krieg, Hunger, Seuchen, Raubtiere, die vier Strafmittel Gottes, die schon bei den Propheten zusammen erscheinen. Als der Begleiter des Todes zieht eine Gestalt mit aus, die die Totenwelt darstellt, die die vielen Sterbenden zu sich versammelt.

Durch dieses Gesicht entsteht ein ergreifender Gegensatz gegen die unmittelbar vorher dargestellte anbetende Feier des Weltalls, die der Öffnung der Siegel vorausgeht. Aber das ist gerade ein Zweck der Weissagung, uns diesen Gegensatz nach seiner Wahrheit und Bedeutung tief einzuprägen. Wir würden erwarten, es trete anderes ein, wenn Jesus, der mit der Gnade des Kreuzes die große Gemeinde für Gott erworben hat, vor dem Thron Gottes sein Buch aufschließt. Nun wird aber durch die vier Reiter die Not dargestellt, die die von Rom beherrschten Länder plagt. Durch den Osten sprengt der siegreiche Bogenschütze; im Reich wütet der Bürgerkrieg; periodisch leidet der Orient unter Hungersnöten, und die Menschen werden in mannigfacher Weise ein Raub des Todes. Ritten denn nicht diese Reiter schon längst durch die Länder, und waren nicht ihre Spuren überall deutlich genug? Soll die Christenheit von Jesus, den der Himmel und die Erde als den Heiland feiern, nicht erwarten, daß er diese Reiter verschwinden macht? Aber gerade dazu, damit die Christenheit das nicht erwarte, weissagt Johannes. Sie soll nicht klagen, wo denn das Friedensreich Jesu bleibe, wenn sich dennoch diese Reiter zeigen. Sie müssen kommen, und auch sie dienen in ihrer Weise der Erfüllung des göttlichen Rats. Denn sie kommen deshalb, weil die Siegel vom Buch Gottes entfernt werden. Damit hat Johannes die Weissagung wiederholt, die Jesus vor seinem Abschied den Jüngern gegeben hatte, als sie ihn nach den Zeichen seiner Wiederkunft fragten. Damals gab er ihnen zur Antwort: Kriege und Botschaft von Kriegen, Hunger und Seuche werden durch die Welt gehen; die Not, die auf der Menschheit liegt, wird noch nicht verschwinden, sondern wachsen (Matth. 24,3-8).

Was geschieht mit der Christenheit? Das zeigt sich bei der Öffnung des fünften Siegels. 6,9-11: *Und als es das fünfte Siegel öffnete, sah ich unten am Altar die Seelen derer, die wegen des Wortes Gottes und wegen des Zeugnisses, das sie hatten, getötet worden sind, und sie riefen mit lauter Stimme und sagten: Bis wann, heiliger und wahrhaftiger Herr, richtest du nicht und rächst unser Blut nicht an denen, die auf der Erde wohnen* (5. Mose 32,43)*? Und jedem von ihnen wurde ein weißes Gewand gegeben und ihnen gesagt, daß sie noch eine kleine Zeit ruhen müßten, bis die Zahl ihrer Mitknechte und ihrer Brüder, die künftig noch wie sie getötet werden sollen, voll geworden sei.* Johannes sieht auf einen Altar, über dessen Platz er nichts sagt; denn es kommt jetzt einzig darauf an, was am Fundament des Altars zu sehen ist. Wie am Altar im Tempel das Blut der Opfertiere an den Grund des Altars geschüttet wird, so liegen hier am Grund des Altars die Seelen getöteter Menschen. Sie gaben ihr Leben deshalb hin, weil sie das göttliche Wort, das ihnen Jesus bezeugt hat, festhielten und nicht preisgaben. Deshalb sind sie ein Opfer geworden und am Altar Gottes hingegossen wie das Blut der Opfertiere am irdischen Altar. Dazu schweigt Gott, und die Menschen, die sich so gegen ihn vergingen, stehen auch jetzt noch unter seiner Langmut; ihr Übeltun wird ihnen nicht verwehrt. Das erscheint den Getöteten als ein schweres Rätsel. Sie rufen deshalb Gottes Gerechtigkeit an, damit er nicht schweige, während das Böse triumphiert. Die Klagenden werden aber zur Geduld angehalten, empfangen jedoch gleichzeitig das sie beseligende Zeichen ihrer Rechtfertigung. An der Gnade Gottes, die sie mit dem weißen Gewand versieht, müssen und können sie sich genügen lassen, bis die Zeit kommt, in der er seine Gerechtigkeit offenbaren wird. Jetzt wird den Verfolgern die Macht noch gelassen; denn auch andere sollen noch denselben schmalen Weg gehen und Gott durch ihr Sterben preisen. Ihrer Mitknechte wegen, die demselben Herrn gehören wie sie und denselben Dienst zu erfüllen haben, ihrer Brüder wegen, die in derselben Gemeinde stehen wie sie, müssen sie jetzt noch warten, wenn auch nicht mehr lang. Johannes hat also nicht nur den Völkern, sondern auch der Christenheit Schweres zu weissagen; auch sie wird vom Gericht Gottes getroffen werden, und das Sterben, das ihr auferlegt wird, ist deshalb besonders schwer, weil es ein unschuldiges Leiden, ein im Dienst Gottes zu erleidendes Sterben ist. Deshalb soll die Gemeinde wissen, daß dann, wenn sie leiden und sterben muß, das Lamm die Siegel am göttlichen Heilsrat löst. Die Not und das Sterben müssen kommen; auch die Glaubenden müssen sich für ihr Bekenntnis zu Gott töten lassen; all das führt aber einen Schritt näher zum Reich Gottes. Auch damit erneuert die Weissagung des Johannes das Abschiedswort Jesu; denn auch Jesus hat neben den Erschütterungen, die über die Völker kommen, die Verfolgung der Jünger und ihr Martyrium unter den Vorzeichen genannt, die seiner neuen Erscheinung vorangehen (Matth. 24,9). Wieder zeigt sich in der zarten Haltung des Gesichts die reine, keusche Art der Weissagung. Sie stellt nicht eine jener aufregenden gerichtlichen Verhandlungen dar, bei denen ein verblendeter Richter einen Zeugen Jesu als Verbrecher entehrte, folterte und dem Tod übergab; sie feiert auch nicht die heldenhafte Größe derer, die den Tod erduldeten, und begleitet nicht ihre Seele an den Ort der Seligen, wo sie den herrlichen Lohn empfangen. Denn nicht, um das Verlangen nach Seligkeit und Leben zu stärken, gab Jesus seinem Zeugen das prophetische Wort, sondern um der Kirche zu helfen, jede Ungeduld zu überwinden und willig den Leidensweg zu gehen; sie muß entschlossen dazu bereit sein, daß Seelen an den Altar Gottes kommen. Damit ist ihr aber auch verheißen, daß sie ohne Furcht sterben darf. Wer Gottes wegen stirbt, verliert das Leben nicht; am Altar sind die Seelen wohl geborgen. In seiner ganzen Tiefe macht Johannes hier den Unterschied sichtbar, der zwischen dem Sterben Jesu am Kreuz und dem Tod derer, die um des göttlichen Wortes willen sterben, besteht. Denn die Seele Jesu befindet sich nicht bei denen, die ihre Stimmen vom Grund des Altars aus flehentlich zu Gott erheben, der die Gerechtigkeit verwaltet; ihr Tod ist dem, was Jesus getan hat, nicht gleich. Als Jesus am Kreuz starb, hat er die Gnade Gottes für die Welt wirksam gemacht und die unzählbare Gemeinde für Gott erworben; darum erscheint er jetzt nicht als der Bittende vor Gott, sondern als der, der den Rat Gottes kennt und sein Werk vollbringt. In seiner Hand liegt darum der Schlüssel zum Ort der Toten (1,18), und die Stunde wird kommen, in der er das Tor, das die Toten von den Lebenden trennt, aufschließen und denen, die um seinetwillen starben, das Leben wiedergeben wird. Jetzt ist aber diese Stunde noch nicht da; der Tag der Auferstehung wird sie bringen, an dem die Toten wieder mit den Lebenden zu einer Gemeinde vereint werden, und ihm geht die Offenbarung der göttlichen Gerechtigkeit an denen, die Gott widerstanden, voran.

6,12-14: *Und ich sah, als es das sechste Siegel öffnete, da entstand ein großes Erdbeben, und die Sonne wurde schwarz wie ein aus Haaren gewobener Sack, und der Mond wurde ganz wie Blut, und die Sterne fielen auf die Erde* (Jes. 13,10; Joel 3,3.4; Matth. 24,29; Mark. 13,24.25), *wie wenn ein Feigenbaum seine unreifen Feigen abwirft, wenn er von einem starken Wind geschüttelt wird, und der Himmel wurde entfernt, wie wenn ein Buch zusammengerollt wird* (Jes. 34,4; Ps. 102,27; Hebr. 1,12), *und jeder Berg und jede Insel bewegte sich weg von ihrem Platz.* Mit dem sechsten Siegel sieht Johannes den ganzen Weltbau schwanken, der mit seiner herrlichen Festigkeit und Sicherheit die Bewunderung des Menschen erweckt, so daß er hinter der Natur Gott nicht mehr sieht und vollends Christus geringschätzt, der seinen Dienst Gottes am Kreuz vollendet hat. Was vermag das Lamm gegen die herrliche, mächtige, ewige Natur? Johannes läßt sich von Jes. 34,4 und Joel 3,4; 2,10 sagen, wie diese Zuversicht der Menschen zerbrochen werden wird. Solange die Natur sich in ihrer gewohnten Ordnung bewegt, der Erdboden fest bleibt, die Sonne und der Mond leuchten, die Sterne in ihrer Bahn bleiben und die Berge und die Inseln unerschüttert stehen, fühlt sich auch der Mensch sicher, bleibt in seinen eigenen Gedanken und tut unerschrocken, was ihn gelüstet. Daß ihm die Natur das Leben gibt und ihm den Reichtum ihrer Gaben zuleitet, das macht ihn nicht fromm; denn das entspricht seinen Wünschen, und er bestärkt sich damit in seinem selbstischen Willen, der Gott vergißt. Nun treten aber in der Natur von Zeit zu Zeit Vorgänge ein, die den Menschen erschrecken. Der Boden, auf den er seine Städte gestellt hat, schwankt; die Sonne und der Mond werden verfinstert, Scharen von Sternschnuppen erinnern ihn daran, daß auch die himmlischen Leuchten stürzen können, und der Einsturz von Felsen und das plötzliche Verschwinden und Auftauchen von Inseln zeigen ihm, daß der Boden, der ihn trägt, nicht unveränderlich ist. Unter solchen Erfahrungen ergriff die Völker von jeher eine tiefe Angst; sie bangten um die Sonne, wenn eine Sonnenfinsternis eintrat, und fürchteten sich vor dem Zorn der Gottheit, wenn sogar der Boden schwankte. In diese Angst, die die Menschheit aus ihrer wohlgemuten Gottlosigkeit aufschreckt, wird sie nun in höchstem Maß versetzt; es wird ihr gezeigt, daß nicht der Weltbau, sondern Gott, der ihn aufgerichtet hat, nicht die Natur, sondern Gott, der sie geschaffen hat, der Ewige und Allmächtige ist. Weil sich der Mensch mit dem Guten, das ihm die Natur gibt, verhärtet, macht Gott seine königliche Macht am Weltbestand so offenbar, daß ein großes Erschrecken auf die Menschheit fällt. 6,15-17: *Und die Könige der Erde und die Vornehmen und die Obersten und die Reichen und die Starken und jeder Knecht und jeder Freie verbargen sich in die Höhlen und Felsen der Berge* (Jes. 2,10) *und sagen zu den Bergen und Felsen: Fallet auf uns* (Hos. 10,8; Luk. 23,30) *und verberget uns vor dem Antlitz dessen, der auf dem Thron sitzt, und vor dem Zorn des Lämmleins; denn es kam der große Tag ihres Zorns* (Joel 2,11; 3,4; Mal. 3,2), *und wer kann bestehen?* Alle die Mächtigen, die sonst mit großer Sicherheit auf der Erde herrschen, verbergen sich nun vor Angst; denn sie wissen, daß dieses Erbeben der Welt von Gott kommt, vom Zorn des Lammes. Nun empfinden sie die herrliche Obmacht Gottes, die sie bisher geringachteten, und wissen auch, daß sie Christus gegen sich haben, weil sie sich an ihm versündigten und ihn zum geschlachteten Lamm machten. Jetzt vergeht ihr Trotz. So hat auch Jesus die Erschütterung der Welt als das letzte Zeichen vor seine neue Offenbarung gestellt (Matth. 24,29). Wer geneigt ist, es befremdlich zu finden, daß die Kenntnis der Zukunft, die Johannes gewährt wurde, nicht unbegrenzt war, darf die Regel Jesu nicht vergessen, daß der Jünger nicht über dem Meister ist. Denn die Grenzen, die den Vorblick des Johannes in die Zukunft beschränken, sind dieselben wie die, die auch Jesus in seiner Weissagung nicht beseitigt hat.

Nur noch ein Siegel ist geschlossen; dann ist das Buch Gottes für Christus ganz offen. Nur noch ein Hindernis besteht; dann kann sein letzter Wille geschehen. Ehe aber auch das letzte Siegel weggenommen wird, verändert sich das Gesicht. Johannes erhält zuvor die Antwort auf die Frage, was aus der Gemeinde Jesu wird. Wir sollen das wissen, ehe uns der große Kampf gezeigt wird, der nach der Öffnung des letzten Siegels beginnt.

Kap. 7

Die Gemeinde Jesu

7,1: *Hernach sah ich vier Engel auf den vier Ecken der Erde* (Hesek. 7,2; 37,9) *stehen, die die vier Winde der Erde* (Dan. 7,2; Sach. 6,5; Jer. 49,36; Matth. 24,31; Mark. 13,27) *hielten, damit kein Wind auf der Erde wehe und auch nicht auf dem Meer und über keinen Baum.* Die Erde sieht Johannes als eine weitgedehnte, aber begrenzte Fläche vor sich; sie hat somit vier Ecken. Von jeder ihrer Seiten weht der Wind; es sind somit deren vier. Nun sieht Johannes bei jedem Wind einen Engel stehen, der im göttlichen Auftrag beim Gericht über die Menschheit mitzuwirken hat. Da als Vorzeichen des Kommenden der Weltbau erschüttert und die Natur zerrüttet wird, werden auch die Winde der Welt entzogen. Die Engel halten sie fest und verwehren ihnen zu wehen. Dadurch wird es still und schwül auf der Erde. Auch die Bäume gewähren niemand mehr Erquickung und Kühlung; denn sie stehen ohne Regung da. Das vermehrt den großen Schrecken, von dem am Schluß des vorangehenden Gesichts gesagt war, daß er die Menschen dann erfaßt, wenn sie spüren, daß Gott eingreift. Schwer und ängstigend liegt jetzt über allem die drückende Stille, die anzeigt, daß sich das Ende vorbereitet und die letzte Entscheidung naht. Wie geht es der Gemeinde in dieser bangen Zeit der Erwartung? Faßt der Schrecken und die qualvolle Angst, die alle bedrücken, auch sie?

7,2.3: *Und ich sah einen anderen Engel vom Aufgang der Sonne her emporkommen, der das Siegel des lebendigen Gottes hatte, und er rief den vier Engeln, denen gegeben wurde, die Erde und das Meer zu schädigen, mit lauter Stimme und sagte: Schädigt weder die Erde noch das Meer, noch die Bäume, bis wir die Knechte unseres Gottes an ihren Stirnen versiegeln* (Hesek. 9,4.6). Noch ein anderer himmlischer Bote erscheint; er kommt von Osten her, von wo aus die Sonne an jedem Morgen die Nacht vertreibt. Das ist ein Zeichen, daß er eine gute Gabe Gottes bringt, und dies bestätigt sich durch den Auftrag, den er auszuführen hat. Erst nach ihm haben die anderen Engel, die die Plagen über die Welt bringen, ihr Werk zu tun. Er hat das Siegel Gottes bei sich, des Lebendigen; so wird Gott eben jetzt genannt, damit uns die Unverletzlichkeit und Heiligkeit seines Siegels deutlich sei. Keine Hand hat die Macht, sein Siegel zu brechen; er bewahrt es mit seiner herrlichen Majestät unverletzt. Sein Siegel soll den Knechten Gottes an ihre Stirn gelegt werden; denn er hat unter den Menschen solche, die ihm gehören und für ihn arbeiten. Diese werden durch sein Siegel als sein Eigentum gekennzeichnet, der Verfügung jeder anderen Gewalt entzogen und für alle Widersacher Gottes unantastbar gemacht.

Johannes ist im Begriff, die strafende Macht Gottes zu preisen, die dem Menschen zeigt, wie verwerflich er vor Gott ist, und den großen Kampf zu weissagen, der sich in der Welt zwischen denen, die mit Gott, und denen, die mit dem Satan verbunden sind, vollzieht. Ehe er aber das schreckliche kommende Gericht enthüllt, zeigt er die Gemeinde Gottes, die mit seinem Siegel versehen wird. Gott kennt und beschirmt die Seinen; sie gehen in diesen Kampf als die, die unverletzlich gemacht sind. Gott schlägt die Welt nicht in blindem Zorn, und seine Strafe trifft nicht alle ohne Unterschied. Damit ist die bange Furcht von der Christenheit weggenommen und ihr der Beruf erteilt, im Glauben der letzten großen Not entgegenzugehen, weil sie Gottes Eigentum ist. Das Bild, das Johannes braucht, schließt sich an Hesekiels Wort an, der im Blick auf den Untergang Jerusalems von denen, die Gott treu blieben, sagt, sie hätten das Zeichen Gottes erhalten (Hesek. 9,4.6). Auch die fromme Sitte Israels konnte leicht auf dieses Bild führen; denn der fromme Jude trug auf der Stirn die lederne Kapsel mit dem Zeugnis von der Einzigkeit Gottes und von seinem großen Gebot. Für das, was hier die Sitte zum Ausdruck des frommen Sinns gemacht hat, gibt es eine höhere, göttliche Realität: es gibt eine echte, wirksame Besiegelung durch die Gnade Gottes, die gegen alle Verderbensmächte schützt. Nicht das ist den Gliedern der Gemeinde verheißen, daß sie nicht leiden, nicht um Gottes willen sterben müssen. Wir hörten ja schon, daß die Seelen der Knechte Gottes an seinem Altar ausgegossen werden und daß es noch vielen bestimmt ist, Gott in derselben Weise zu dienen. Dadurch wird aber das Siegel an ihrer Stirn nicht zerbrochen; es bewährt sich vielmehr gerade dann als unverletzlich, wenn die Knechte Gottes ihm bis zum Tod die Treue halten. Johannes rüstet die Gemeinde dadurch zum Leiden und Sterben, daß er ihr zum völligen Glauben verhilft und ihr die Gewißheit gibt, daß nichts sie von Gott scheiden kann, weil Gott sie nicht verwirft.

7,4-8: *Und ich hörte die Zahl der Versiegelten, hundertvierundvierzigtausend Versiegelte aus jedem Stamm der Söhne Israels; aus dem Stamm Juda zwölftausend Versiegelte, aus dem Stamm Ruben zwölftausend, aus dem Stamm Gad zwölftausend, aus dem Stamm Asser zwölftausend, aus dem Stamm Naphthali zwölftausend, aus dem Stamm Manasse zwölftausend, aus dem Stamm Simeon zwölftausend, aus dem Stamm Levi zwölftausend, aus dem Stamm Issaschar zwölftausend, aus dem Stamm Sebulon zwölftausend, aus dem Stamm Joseph zwölftausend, aus dem Stamm Benjamin zwölftausend Versiegelte.* Die Versiegelten werden zugleich gezählt, und bei jedem Abschnitt des vom Engel zu verrichtenden Werks wird jedesmal gemeldet, daß es pünktlich nach dem göttlichen Befehl ausgeführt ist. Auch damit kommt ans Licht, daß sich die Gemeinde in Gottes sicherer Hut befindet. Ihre Zahl hängt nicht vom Willen des Menschen ab, sondern ist von Gott festgesetzt; darum wird an der durch seine Wahl bestimmten Zahl nichts verändert und nichts von ihr weggenommen. Daß seine Gemeinde aus einhundertvierundvierzigtausend besteht, hat eine sofort deutliche Beziehung zur alten jüdischen Verfassung: einst machten zwölf Stämme zusammen den vollen Bestand des geheiligten Volks aus; darum werden auch die schon von den Assyrern vernichteten und völlig verschwundenen zehn Stämme mit der gleichen Zahl der Versiegelten in die Gemeinde aufgenommen, die jetzt vor der großen Versuchung bewahrt wird. Nicht der damaligen Judenschaft wird die Verheißung gegeben; in dieser war die Gliederung in die zwölf Stämme nicht mehr vorhanden. Noch weniger spricht Johannes davon, daß der einst vor langer Zeit bestehende Zustand wiederhergestellt werden sollte; die gleichmäßig durchgeführte Ordnung der Gemeinde, nach der jeder Stamm gleichviel Versiegelte, jeder zwölftausend ohne Verlust und Ungleichheit erhält, macht vielmehr die bildliche Bedeutung des Gesichts unverkennbar. Da Israel schon in der alten Zeit die schwersten Verluste erlitten hatte, gab sich die Judenschaft der Hoffnung hin, daß Gott in der Endzeit auch den verlorenen Teil des Volkes wieder herbeiführe. Johannes nimmt aber der Christenheit alle diese Sorgen und Fragen ab und sagt, daß Jesus das vollständige Israel hergestellt hat und seine Gemeinde die von Gott gewollte und nun endgültige Erfüllung dessen ist, was mit der Berufung der zwölf Stämme begonnen war. Mit dem Gleichmaß der zwölf Stämme bezeugt er die unverletzliche Sicherheit der geheiligten Gemeinde, der auch der letzte Kampf von ihrer Vollständigkeit nichts nehmen wird. So weit reicht die Macht derer, die Gott bestreiten, nicht, daß sie seine Gemeinde schädigen und seinem Werk eine Lücke oder einen Mangel anheften könnten. Auch nicht ein einziger geht Gott verloren.[1]

Wie es sich mit dieser Schar verhält, die das Siegel Gottes empfängt, zeigt sofort ein neues Bild. 7,9: *Hernach sah ich und sieh, eine große Schar, die keiner zählen konnte, aus allen Völkern und Stämmen und Nationen und Sprachen, die vor dem Thron und vor dem Lämmlein standen, bekleidet mit weißen Gewändern und mit Palmen in ihren Händen.* Zuerst erhielt Johannes die Gewißheit: wir sind gezählt, alle mit unserem Namen gekannt; jeder steht in Gottes Blick und unter Gottes sicherem Schutz. Aber die von Gott Ge-

[1] Dan ist aus den Stämmen ausgeschieden und dafür der Sohn Josephs, Manasse, eingesetzt. Dan gilt als gefallen und verloren. Aber auch das bewirkt keine Störung im Plan Gottes; denn der Ersatz für Dan ist schon vorhanden, weil die beiden Söhne Josephs an der Verheißung Anteil erhielten.

zählten sind zugleich unzählbar; die Zahl einhundertvierundvierzigtausend, die im Blick auf Israel gewählt ist, umschließt eine unermeßliche Menge. Zuerst erschien die Gemeinde in ihrer Würde als Israel, als die Empfängerin der alten Verheißung und die Erbin des Alten Bundes. Nun erscheint die Gnade Gottes in ihrer Freiheit, wie sie von der natürlichen Art und menschlichen Schranke unabhängig ist und die verschiedenen Völker, Rassen und Sprachen umfaßt; denn Gott erbarmt sich aller; er erweist sich als den Gott aller, der aus der ganzen Menschheit seine Gemeinde bereitet. Zuerst erschienen die Knechte Gottes als die, die durch die Versiegelung für den Kampf gerüstet werden. Sie bedürfen des Siegels, damit keine feindliche Hand sie verletzen kann und jeder teuflische Angriff auf sie wirkungslos bleibt. Hier erscheinen sie, obgleich sie erst zum Kampf berufen sind, schon als die Überwinder, im weißen Gewand, von jeder Befleckung und Verschuldung frei, in das Wohlgefallen Gottes gekleidet und mit dem Siegeszeichen, dem Palmblatt, geehrt. Dort befinden sie sich auf der Erde, die durch das Gericht Gottes verheert werden wird, wo die Sonne dunkel wird und kein Wind mehr wehen darf; hier stehen sie dagegen bereits droben, gehören zu den Himmlischen und haben den Zugang zum Thron Gottes; denn sie sind mit Christus vereint. Deshalb sind sie auch schon fähig, Gott zu danken und ihn zu loben; sie bringen Gott das Loblied dar, das seine erlösende Tat schon als geschehen preist.

Schwerlich hat Johannes bei diesem Gesicht daran gedacht, daß von den Christen die einen ihrer Geburt nach Juden waren, die anderen aus den andern Völkern stammten. Das Gesicht von den Versiegelten spricht zwar eine Verheißung aus, die für die christlichen Juden eine besondere Trostkraft besaß; denn sie mochten sich leicht dem schmerzenden und bedrückenden Gedanken hingeben, sie seien nur ein geringer Rest, armselige Trümmer von Israels früherer Größe, und diesem quälenden Gedanken gaben die damaligen Ereignisse verstärkte Kraft. Da die Judenschaft den Kampf mit Rom wagte, kam ein großes Sterben über sie, und dieses Sterben traf die in Palästina wohnende jüdische Christenheit besonders schwer, weil sich der leidenschaftliche Haß der Juden gegen sie wandte. Die Frage peinigte viele, ob nicht Israel untergehe und die Verheißung Gottes hinfalle. Nein, sagt Johannes; Israel wird nicht verstümmelt,

und die Zahl Gottes erfährt keine Abstriche. Was zerstört wird, ist nicht das echte Israel, nicht das Israel Gottes. Denn Jesus bewährt seine königliche Sendung darin, daß er das vollendete Israel schafft und mit Gottes allmächtigem Schutz bewahrt.

In ähnlicher Weise hatte das zweite Gesicht für die Heidenchristen eine besondere Bedeutung; denn auch sie waren unter ihren Völkern nur eine kleine Schar, und der Angriff der heidnischen Welt konnte ihnen leicht als eine schwere Gefahr erscheinen. Fürchtet euch nicht! sagt ihnen Johannes; Gott hat unter allen Völkern viele, die ihm gehören, und sie alle überwinden die Welt. Es ist aber nicht wahrscheinlich, daß Johannes durch die Aufeinanderfolge dieser beiden Gesichte die beiden Teile der Kirche bezeichnen wollte. Denn die Versiegelung und das Stehen vor dem Thron Gottes im weißen Kleid lassen sich nicht auf verschiedene Arten von Christen verteilen. Es gibt nicht Christen, die in eigener Kraft überwinden, und solche, die überwinden können, weil sie versiegelt sind. Ebenso verliert der Rhythmus der Zahl die Bedeutung, wenn sie nicht das ganze Eigentum Gottes umfaßt. Beide Bilder zusammen sprechen aus, was der Kirche im Blick auf die kommenden Entscheidungen die getroste Zuversicht verleiht. Weil sie das von Gott gewollte Israel ist, bleibt sie unverletzt, und weil sie das Eigentum Jesu ist, gehört sie nicht zur Welt, sondern steht vor Gott und hat den Sieg.

Darum erscheint in den anderen Gesichten bald die eine, bald die andere Bezeichnung für die Gemeinde, immer so, daß damit nicht ein besonderer Teil der Kirche, sondern ihre Gesamtheit gemeint ist. Das neue Lied, das die Öffnung der Siegel begleitet (5,9), sprach nur von denen, die aus allen Völkern erkauft worden sind; damit ist aber das Werk Jesu nicht nur zur Hälfte, sondern vollständig dargestellt. Gegen die Qual, die die Heuschrecken dem Menschen bereiten, sind die geschützt, die das Siegel Gottes haben (9,4); das sind aber nicht nur die aus Israel stammenden Christen. Die Gemeinde, die bei Jesus auf dem Zion steht (14,1), ist den Ungezählten in 7,9 darin gleich, daß auch sie jetzt schon den Sieg freudig feiert, und hat wieder in der Zahl hundertvierundvierzigtausend ihr Merkmal, diesmal aber ohne einen Hinweis auf ihre Herkunft aus den Stämmen Israels. Vielmehr ist dort das zu ihrem Kennzeichen gemacht, daß ihre Glieder das Verlangen nach dem Weibe überwunden

haben, und dadurch sind sie von der Judenschaft getrennt. In 15,2, wo wieder die ihren Sieg feiernde Gemeinde erscheint, wird von keinem Unterschied zwischen ihren Gliedern gesprochen. Das zeigt, daß die Verheißung ganz von dem geschichtlichen Israel abgelöst ist.

7,10: *Und sie rufen mit lauter Stimme und sagen: Die Rettung hat unser Gott, der auf dem Thron sitzt, und das Lämmlein.* Die vollendete Gemeinde hat erlebt, daß Gott und Christus die rechten Helfer sind, die von Sünde, Tod und Satan frei machen und uns Menschen hinauf in das herrliche Licht und Leben vor dem Thron Gottes führen. Das einmütige Bekenntnis der unzählbaren Schar wird durch das Dankgebet der Engel bestätigt. 7,11.12: *Und alle Engel standen rings um den Thron und die Ältesten und die vier Tiere her, und sie fielen vor dem Thron auf ihr Angesicht nieder und beteten Gott an und sagten: Amen. Die Segnung und die Herrlichkeit und die Weisheit und der Dank und die Ehre und die Kraft und die Stärke gehören unserem Gott in alle Ewigkeit. Amen.* Der Anblick der erlösten Gemeinde und der von ihr Gott dargebrachten Anbetung bewegt auch die Engel zur Verherrlichung Gottes; denn seine Größe wird ihnen durch sein Werk in der Menschheit mit neuer Klarheit enthüllt.

7,13.14: *Und einer von den Ältesten antwortete und sagte zu mir: Wer sind diese, die mit den weißen Gewändern bekleidet sind, und woher kommen sie? Und ich habe zu ihm gesagt: Mein Herr, du weißt es. Und er sagte zu mir: Das sind die, die aus der großen Bedrängnis kommen, und sie wuschen ihre Gewänder und machten sie durch das Blut des Lämmleins weiß* (1,5; 1. Joh. 1,7). Es soll deutlich und eindrücklich werden, wie es sich mit dieser Schar verhält; darum wird Johannes von einem der Ältesten gefragt, wer diese sind. Dabei ist schon durch die Frage angedeutet, daß sie Johannes nicht unbekannt sind, nicht himmlische Wesen, die aus einem für Johannes verborgenen Ort kämen, sondern solche, die vom selben Ort kommen, der auch die Heimat des Johannes ist. Johannes übergibt aber die Beantwortung der Frage, damit sie volle Gewißheit habe, dem Ältesten, und dieser bestätigt nun, daß Johannes hier die Christen sieht, die durch die große Not hindurchgegangen sind. Sie wurden nicht vor der Bedrängnis bewahrt und von ihr verschont, sondern sie wurden in sie hinein- und durch sie hindurch-, aber auch

aus ihr herausgeführt. Das gibt der Gemeinde im Blick auf den Kampf, den sie noch zu bestehen hat, die gewisse Zuversicht.

Die Überwinder verdanken ihren Sieg nicht ihrem Heldenmut, nicht ihrer Treue im Dienst Gottes, in dem sie aushielten, auch wenn er ihnen das Leben kostete, sondern der Gnade des Kreuzes, dem Vergeben, das Jesus ihnen mit seinem Tod erworben hat. Deshalb, weil er sein Blut vergossen hat, ist ihr Gewand rein, ihre Gestalt licht, ihr Ort bei dem Thron Gottes in seiner Gnade. Freilich, sie haben ihre Kleider gewaschen und weiß gemacht. Sie haben nach der Reinheit begehrt, die sie in die Gemeinschaft mit Gott führt, haben nach der Vergebung und Erlösung verlangt, die alles Dunkle an ihnen nimmt, und sind darum zu dem gekommen, der mit seinem Blut unsere ganze Schuld bedeckt.

7,15-17: *Deshalb sind sie vor dem Thron Gottes und dienen ihm bei Tag und bei Nacht in seinem Tempel, und der, der auf dem Thron sitzt, wird über ihnen wohnen. Sie werden nicht mehr hungern und nicht mehr dürsten* (Joh. 4,14; Jes. 49,10), *und die Sonne und irgendwelche Hitze fällt nicht auf sie* (Ps. 121,6); *denn das Lämmlein, das in der Mitte des Throns ist, wird sie weiden* (Hesek. 34,23) *und sie zu Wasserquellen des Lebens* (Jer. 2,13; Ps. 23,2) *führen, und Gott wird jede Träne aus ihren Augen wischen* (21,4; Jes. 25,8). Nachdem sie den Kampf auf der Erde bestanden haben, sind die Überwinder, weil sie bei dem Thron Gottes stehen, auch in seinen Tempel hineingeführt. Denn beides ist eins; der Ort, wo Gott regiert, ist auch der Ort, wo er angebetet wird. Nun üben sie den vollkommenen, unaufhörlichen Gottesdienst, nicht mehr im Kampf, in Buße, Leiden und Tod, sondern im Schauen der Herrlichkeit Gottes und im Dank für ihre Gaben, selig durch die göttliche Gegenwart. Johannes sieht wieder auf Israel zurück, bei dem Gott im Zelt wohnte. Das war dort ein Gleichnis und eine Verheißung; für die, die überwunden haben, wird diese Verheißung zur Wahrheit; nun haben sie Gott bei sich. Alles, was den Menschen quält, Hunger, Durst, Ermüdung in der Hitze, ist nun für sie vergangen, weil Jesus ihr gegenwärtiger Hirt ist. Er, der vor Gott selbst als das Lamm steht, wird für die Gemeinde zum Hirten. Gerade deshalb, weil er zum Lamm geworden ist, ist er für die Gemeinde der an Kraft und Gnade reiche Hirte, der ihr alles gewährt und Ps. 23 an ihr zur

vollendeten Wirklichkeit macht. An den Quellen, zu denen er sie leitet, trinkt die Gemeinde das Leben, und Gott selbst ist, wie es Jes. 25,8 gesagt ist, ihr Tröster. Unter der Not der Anfechtung und des Kampfes weinten sie; nun tröstet sie Gott.

Kap. 8 und 9

Die sechs Posaunenstöße

8,1: *Und als das Lamm das siebte Siegel öffnete, entstand eine Stille im Himmel etwa eine halbe Stunde lang.* Weil nun das letzte Siegel am himmlischen Buch entfernt ist, ist es vollständig geöffnet; das göttliche Urteil liegt vor dem Blick Jesu und kann nun von ihm vollstreckt werden. Jetzt hat aber er noch allein die Kenntnis des göttlichen Urteils, während es für die anderen Himmlischen noch ein Geheimnis ist, dessen Enthüllung sie mit starkem Verlangen begehren. Die Wichtigkeit des Zeitpunkts, mit dem der Vollzug des göttlichen Urteils über die Menschheit beginnt, wird dadurch mit feierlichem Ernst bezeugt, daß zuerst ein völliges Schweigen eintritt; alle empfinden: nun kommt die Entscheidung, die letzte, alles vollendende Gottestat. Auf sie warten alle, die Zeugen der Eröffnung des Urteils sind, in gespannter Erwartung, in stiller Anbetung.

8,2: *Und ich sah die sieben Engel, die vor Gott stehen, und es wurden ihnen sieben Posaunen gegeben.* Auch darin wird die Größe des Vorgangs erkennbar, daß bei der Öffnung des letzten Siegels nicht irgendeiner aus der großen Zahl der himmlischen Geister in Tätigkeit tritt, sondern die sieben Engel, die bei der Ausrichtung des göttlichen Willens die erste Stelle haben und als Fürsten im Engelheer hervorragen. Jeder erhält eine Posaune. Seit alter Zeit wurde in Israel der Beginn der heiligen Zeiten, namentlich des neuen Jahres, durch Posaunenstöße angekündigt. Jetzt verkünden nicht mehr Menschen, sondern Engel durch ihre Posaunen den Tag Gottes und geben der Menschheit das Signal, das ihr das Nahen ihres Herrn anzeigt. Der Christus ist bereit zu kommen, und die Posaunen machen es der Welt bekannt, daß er kommt.

8,3.4: *Und ein anderer Engel kam und stellte sich auf den Altar*

mit einem goldenen Weihrauchfaß, und es wurde ihm viel Räucherwerk gegeben, damit er es für die Gebete aller Heiligen auf den goldenen Altar bringe (Ps. 141,2), *der vor dem Thron ist, und der Rauch des Räucherwerks stieg für die Gebete der Heiligen aus der Hand des Engels vor Gott empor.* Ehe die Posaunen erklingen, findet im himmlischen Heiligtum zuerst noch eine gottesdienstliche Handlung statt. Johannes sieht, wie die Bitten der Gemeinde und das königliche Walten Gottes ineinandergreifen; das Werk Gottes geschieht nicht ohne das Gebet der Christenheit, sondern bringt ihm die Erhörung. Am Kampf zwischen dem Christus und dem Widerchrist, zwischen der Herrschaft Gottes und der Macht des Satans nimmt die Christenheit nicht dadurch teil, daß sie durch ihre Arbeit den Sieg Jesu herbeiführte oder auch nur unterstützte. In der ganzen, langen Reihe dieser Gesichte bezieht sich kein einziges auf die Arbeit der Christenheit in der Welt, keines darauf, daß sie den Namen Jesu durch ihre Predigt bekannt macht, durch ihr Zeugnis die Völker von ihrer Sünde überführt und mit ihrer Liebe und ihrem Dienst vielen den Weg zu Gott zeigt. Johannes hat mächtig zum Ausdruck gebracht, daß nicht das Recht der Christenheit, sondern das Recht Gottes und das Recht seines Christus durch den weltgeschichtlichen Vorgang ans Licht treten muß. Der Kampf, der hier zur Entscheidung kommt, geht darum weit über die Kräfte der Christenheit hinaus. Wie sie an ihm beteiligt ist, haben ihr schon die an sie gerichteten Briefe gezeigt. So nimmt sie daran teil, daß sie sich von allem Bösen reinigt, zum Leiden bereit ist, den Druck der Versuchung aushält und sich durch den Widerchrist nicht vom Christus trennen läßt. Diese Pflicht hat sie freudig zu erfüllen, weil sie glauben darf, das Siegel Gottes trägt, mit denen, die im Himmel wohnen, verbunden ist und darum jetzt schon das Siegeslied vor Gottes Thron anstimmen darf. Zu dieser Unterweisung, die die Gemeinde durch die ganze Reihe der Gesichte bekommt, fügt diese Stelle jetzt noch eine Mahnung hinzu. Denn es gibt allerdings ein Tun, durch das die Christenheit am großen Werk Gottes, das die Welt umfaßt, mitwirkt und an der Vorbereitung seiner Offenbarung Anteil hat: das Gebet. Sie darf und soll nach der Anleitung Jesu um das Kommen der göttlichen Herrschaft beten, und weil sie darum bittet, geschieht auch das göttliche Werk, das die Vollendung bringt.

Das Gebet, mit dem die Gemeinde um die Offenbarung Jesu und die Erscheinung der göttlichen Herrschaft bittet, wird von Johannes in ähnlicher Weise wie in 5,8 sichtbar gemacht, indem er auch hier die Formen des Gottesdienstes im Tempel zum Bild für die himmlischen Vorgänge benützt. Da die Einrichtung des Tempelgottesdienstes ohne Schwierigkeit für die Vorgänge am himmlischen Ort, wo Gott thront, die Vergleiche hergibt, sieht Johannes einen goldenen Altar vor dem Thron, auf dem die Glut bereitliegt, um an ihr den Weihrauch zu entzünden. Ein Engel erhält in seine Weihrauchschale viel von den wohlriechenden Harzen, die, wenn sie brennen, einen starken Rauch und Geruch entwickeln, und legt sie auf die Glut des Altars, aus der sich denn auch eine dichte und stark duftende Rauchwolke erhebt. Das tat der Engel nicht, um Gott seine eigene Anbetung darzubringen, sondern um vor Gott die Gebete der Heiligen zu bringen. Dadurch macht er das Gebet der Gemeinde im Himmel sichtbar, und dieses Gebet ist deshalb eine wirksame Macht, weil es von den Heiligen kommt, d. h. von denen, die Gott zu sich berufen und als sein Eigentum mit sich verbunden hat.

Auch hier hat Johannes die Christenheit ganz vom Gottesdienst in Jerusalem frei gemacht. Er spricht nicht von dem Weihrauch, den der Priester in Jerusalem in das Heiligtum trug, und diesen Weihrauch entzündet nicht der Priester, der den jüdischen Tempel bediente. Damit aber, daß die an Jesus glaubende Gemeinde aus dem Tempel ausgestoßen ist und das alte Heiligtum und mit ihm das alte Priestertum vergehen, ist ihr das Vermögen nicht genommen, ihr Gebet so vor Gott zu bringen, daß es wirksam wird. Im Gegenteil, ihr Gebet kommt jetzt auf den himmlischen Altar; denn jetzt bittet, wie der letzte Satz der Weissagung sagt, nicht nur die Gemeinde, sondern mit ihr bittet auch der Geist darum, daß Jesus komme. Weil der Geist der Gemeinde ihre Bitte gibt, sieht Johannes im Gesicht auch die Engel damit beschäftigt, den Weihrauch anzuzünden, der das Gebet der auf der Erde kämpfenden Gemeinde bedeutet. Zugleich hat aber Johannes durch die Weise, wie er das Gebet der Christenheit an der Offenbarung des Christus beteiligt, mit großer geistlicher Kraft verhindert, daß wir menschliche Vorstellungen auf Gott übertragen, obwohl er Gott in menschlicher Gestalt und im irdischen Gleichnis schaut. Wenn von der wirksamen Macht unseres Gebets gesprochen wird, mischen sich leicht Gedanken ein, die die Hoheit Gottes verletzen, als ob unser Bitten Macht über Gott habe und sein Wirken von unserem Gebet abhängig sei. Johannes prägt uns durch seine Darstellung mit demselben Ernst wie bei dem Verkehr Gottes mit dem Lamm, so auch in seinem Zeugnis von der Wirkung unseres Gebets im Himmel die Erhabenheit Gottes ein; dadurch, daß er das Gebet als den vom Engel entzündeten Weihrauch darstellt, sagt er beides: daß das Gebet der Gemeinde nicht umsonst geschieht und nicht ungehört verhallt, sondern zu Gott gelangt und die Himmlischen bewegt, und zugleich, daß nicht erst die Bitte der Gemeinde Gott zur Gerechtigkeit bewegt und ihn gnädig macht, sondern Gottes Wille ihm selbst gehört und er sein Werk so vollführt, wie er es in sein Buch geschrieben hat.

Das Gebet der Christenheit bekommt eine Antwort. 8,5a: *Und der Engel nahm das Weihrauchfaß und füllte es mit Feuer vom Altar und warf es auf die Erde.* Die Glut, die den Weihrauch entzündet, der ihr Gebet darstellt, wird vom Himmel her der Gemeinde geschenkt; damit bekommen die Gleichnisse, die sie als die unüberwindliche Siegerin beschreiben, die Begründung. Worin zeigt es sich, daß sie das Siegel Gottes trägt, in den Himmel versetzt ist und mit der Palme vor Gott steht? Der Name Gottes und Jesu wird nicht an ihren Stirnen sichtbar; im Gegenteil, nach dem Augenschein unterliegt sie. Aber das Gebet, das um die Herrschaft Gottes bittet, ist ihr geschenkt, und so wird sie zur Siegerin. Die erste Erhörung, die ihrem Gebet zuteil wird, besteht aber darin, daß ihre Gebetskraft ihr erhalten bleibt, ihre Lust zum Gebet wächst und sie in unermüdlichem Glauben und Hoffen unablässig zu beten vermag, ohne daß ihr Gebet, wie das Plappern der Heiden, zum Geschwätz entartet. Vollends, wenn das Bitten auf das letzte Ziel Gottes, auf die Offenbarung seines ewigen Reichs, geht, muß das Gebet, soll es rein und gläubig, frei von Ungeduld und Eigensucht und mit dem Willen Gottes herzlich und völlig eins bleiben, von oben in uns entzündet werden und selbst eine Gabe und Wirkung Gottes in uns sein.

8,5b.6: *Und es geschahen Donner und Stimmen und Blitze und Erdbeben, und die sieben Engel, die die sieben Posaunen hatten, machten sich zum Blasen bereit.* Das Gebet der Gemeinde ist erhört, auf Gottes Seite ist alles bereit. Darum kommen aus dem Thron

Gottes die Wahrzeichen, die sein Eingreifen in den Weltbestand jeweils begleiten, und die Signale, die von oben her die Welt warnen, tönen nun. Wieder wie bei der Öffnung der Siegel prägt das Gesicht die überraschende Rätselhaftigkeit der göttlichen Regierung ein, die alle menschlichen Gedanken und Erwartungen zerbricht. Da die Posaunen den Anbruch des göttlichen Tages anzeigen, an dem sich die herrliche Gnade Gottes offenbart, erwartet der Mensch, daß nun solche Ereignisse eintreten, die die beseligenden Gaben Gottes verbürgen. Worin sollten sonst, meinen wir, die Vorzeichen der großen Offenbarung Gottes bestehen? Durch die Posaunenstöße treten aber im irdischen Bereich schwere Plagen ein, die die Menschheit in Schrecken und Jammer versetzen. Während die Nöte, die mit der Öffnung der Siegel über die Menschheit kommen, noch aus ihren natürlichen und schon vorhandenen Zuständen herauswuchsen, bekommen die göttlichen Strafen jetzt eine wunderbare Schrecklichkeit; sie wiederholen mit gesteigerter Macht die Vorgänge beim Kampf Moses mit Pharao. Johannes war aber nicht der einzige oder erste, der die künftige Erlösung mit der Rettung Israels aus Ägypten verglich, auch in der Weise, daß sich vor der Rettung die über Ägypten gebrachten Plagen wiederholen; er sprach vielmehr damit einen Gedanken aus, auf den die Gemeinde durch die Erwartung Israels vorbereitet war. Wie bei der Rettung Israels Gott zuerst den König, der seinen Willen verachtete, durch harte Schläge beugte, ehe die Ausführung Israels und seine Einsetzung in den Bund mit Gott erfolgte, so gehen jetzt der Erlösung, die Christus seiner Gemeinde bringt, die gewaltigen Erweisungen der göttlichen Strafgewalt voran. Dabei besteht freilich der Unterschied, daß jetzt der Kampf nicht nur mit einem einzigen Volk und seinem Fürsten, sondern mit der ganzen Menschheit geführt wird; denn jetzt offenbaren sich das Recht und die Gnade Gottes an der ganzen Welt. Gott straft die Sünde aller, wie er sich auch aus allen Völkern durch das Wort Jesu seine Gemeinde beruft.

8,7-12: *Und der erste Engel blies die Posaune, und es entstand Hagel und Feuer vermengt mit Blut, und er wurde auf die Erde geworfen, und das Drittel der Erde verbrannte, und das Drittel der Bäume verbrannte, und alles grüne Gras verbrannte* (2. Mose 9,23-26). *Und der zweite Engel blies die Posaune, und es war, als werde ein großer, mit Feuer brennender Berg ins Meer geworfen, und das Drittel des Meers wurde Blut, und das Drittel der Geschöpfe, die im Meer sind, die Seelen haben, starb* (2. Mose 7,20.21), *und das Drittel der Schiffe wurde zerstört. Und der dritte Engel blies die Posaune, und aus dem Himmel fiel ein großer Stern, der wie eine Fackel brannte, und er fiel auf das Drittel der Flüsse und auf die Wasserquellen. Und der Name des Sterns heißt Wermut. Und das Drittel des Wassers wurde zu Wermut, und viele von den Menschen starben am Wasser, weil es bitter geworden war. Und der vierte Engel blies die Posaune, und das Drittel der Sonne und das Drittel des Monds und das Drittel der Sterne wurden geschlagen, damit ihr Drittel verfinstert werde und der Tag während seines dritten Teils nicht hell sei und die Nacht ebenso.* Aus der Natur schöpft der Mensch die Lebensmittel und nimmt sie als sein gutes Recht; er murrt und schilt, wenn er sie nicht findet. Auch wenn er nicht an Gott denkt und ihm nicht dankt, so begehrt er doch von der Natur die guten Gaben, deren er zum Leben bedarf. Daß dieser Irrtum beseitigt wird, gehört mit zur Verherrlichung Gottes. Darum besteht das erste Zeichen dafür, daß Gott die Sünder nicht länger mit Geduld trägt, sondern die Zeit seines Richtens kommt, darin, daß die Natur den Menschen ihren Dienst versagt.

Weil die Posaunenstöße erst warnende Vorzeichen bedeuten, erstrecken sich ihre Wirkungen noch nicht auf die ganze Erde; es wird jedesmal nur ein Drittel der wohltätigen, Leben spendenden Teile der Natur betroffen, genug, um die Obmacht Gottes kundzutun und die Menschen mit schmerzhafter Kraft zur Buße zu treiben, doch nicht so, daß den Menschen alle Lebensmöglichkeiten abgeschnitten würden. Daher bleibt der Welt auch jetzt noch die Möglichkeit zum trotzigen Widerstand gegen die Herrschaft Gottes offen, und sie kann diese Posaunenstöße, so laut und nachdrücklich sie sind, dennoch überhören.

Wie über Ägypten der Hagel kam, verstärkt durch Blitze, so beginnt die Reihe auch hier mit einem feurigen Hagel, zu dem noch Blut hinzugefügt ist. Statt daß die Erde von oben den Regen erhält, der ihr Gewächs aufsprießen läßt, wird sie versengt. Der Verwandlung des Nils in Blut entspricht sodann die Verwandlung des Meers in Blut. Darauf folgt die Verderbnis der Flüsse und Quellen, die bitter gemacht werden, so daß ihr Wasser nicht mehr trinkbar ist. Immer wird ausdrücklich darauf hingewiesen, daß die Plage nach dem Willen Gottes erfolgt. Daher wird sie dadurch bewirkt, daß vom Himmel ein brennender Berg oder Stern in das Wasser fällt. Nicht weniger als am Wasser hängt das Gedeihen von allem, was auf Erden lebt, am Licht. Daher werden die Gestirne für den dritten Teil der Zeit verfinstert, so daß der Tag und die Nacht zum Teil des Lichts entbehren.

8,13: *Und ich sah und hörte einen Adler, der in der Mitte des Himmels flog, mit lauter Stimme sagen: Wehe, wehe, wehe denen, die auf der Erde wohnen, wegen der noch übrigen Töne der Posaune der drei Engel, die noch blasen werden.* Die drei letzten Posaunen werden noch Schlimmeres bringen. Das verkündet nicht ein Engel, sondern ein zur Erde gehörendes Geschöpf, ein Adler, der im Zenit des Himmels schwebt und dessen Ruf von dorther über die ganze Erde hin schallt. Die ersten Posaunen trafen noch nicht sogleich den Menschen selbst, sondern die Lebensmittel, die ihm die Natur verschafft. Die neuen Posaunen rufen Vorgänge hervor, die sofort die Menschen selbst angreifen, so daß sie an ihrem eigenen Leib die Strafmacht Gottes erfahren. Er schickt seine Heere über die Erde, zuerst, in Erinnerung an die Plage in Ägypten und an Joels Weissagung, ein Heer von Heuschrecken, dann ein Heer von Rossen.

9,1.2: *Und der fünfte Engel blies die Posaune, und ich sah einen Stern vom Himmel auf die Erde fallen, und der Schlüssel zum Brunnen des Abgrunds wurde ihm gegeben, und er öffnete den Brunnen des Abgrunds, und Rauch stieg aus dem Brunnen empor wie der Rauch eines großen Ofens* (1. Mose 19,28; 2. Mose 19,18), *und die Sonne und die Luft wurden vom Rauch des Brunnens verfinstert* (Joel 2,10). Der Abgrund ist die unterirdische Tiefe, die als Behälter und Gefängnis für alles dient, was aus dem Bereich des Lichts und des Lebens ausgeschieden ist. Solange die Menschheit unter der Geduld Gottes steht, ist zwischen ihr und der unterirdischen Tiefe eine Scheidewand, die sie vor den Verderbensmächten der Tiefe schützt. Das wird in der Sprache des Gesichts so ausgedrückt: der in die Tiefe hinabführende Schacht ist verschlossen; aber der göttliche Zorn kann diesen Verschluß öffnen und der Menschheit zeigen, was ihr widerfährt, wenn sie mit dem in Berührung kommt, was die Tiefe verbirgt. Das bezeichnet das Gesicht dadurch, daß durch einen herabgefallenen Stern der Abgrund geöffnet wird. Darauf wälzt sich eine dichte, dunkle Rauchwolke aus ihm hervor. 9,3.4: *Und aus dem Rauch kamen Heuschrecken heraus auf die Erde* (2. Mose 10,12), *und es wurde ihnen Vollmacht gegeben, wie die Skorpione der Erde Vollmacht haben, und es wurde ihnen gesagt, daß sie nicht das Gras der Erde und nichts Grünes und keinen Baum zu schädigen haben, sondern einzig die Menschen, die das Siegel Gottes auf den Stirnen nicht haben.* Die Rauchwolke hatte sich wie ein Schleier über die Erde gelegt, der ihr das Licht nimmt zum Zeichen, daß Gott sie dahingegeben und seine Gnade ihr entzogen hat. Jetzt tritt aus der Wolke ein Heuschreckenheer heraus. Es ist aber von anderer Art als die Wolke von Heuschrecken, die je und je zum Schrecken der Völker die Felder überfällt. Denn ihr Angriff richtet sich nicht gegen die Gewächse, sondern gegen die Menschen; darin gleichen diese Heuschrecken den Skorpionen, die auch den Menschen angreifen und ihm mit ihrem giftigen Stachel schmerzhafte Stiche beibringen. Aber auch diese Mächte des Verderbens stehen ganz unter dem königlichen Willen Gottes. Sie walten nicht blind, nicht nach ihrem eigenen Trieb, sondern richten aus, wozu sie gesandt sind. Darum ist die Gemeinde, die das Siegel Gottes hat, auch jetzt in keiner Gefahr. 9,5.6: *Und es wurde ihnen gegeben, daß sie sie nicht töteten, sondern daß sie während fünf Monaten gequält werden, und ihre Qual ist wie die Qual des Skorpions, wenn er einen Menschen sticht. Und in jenen Tagen werden die Menschen den Tod suchen und ihn nicht finden und werden begehren zu sterben, und der Tod flieht vor ihnen.* Daß diese Diener des göttlichen Gerichts nicht den Tod über die Menschen bringen dürfen, entspricht dem Zweck der Posaune, die noch nicht die letzte richtende Gottestat herbeiführt, sondern nur ihr Nahen anzeigt. Es wirkt im Gericht jetzt noch immer Gnade mit, die zur Buße ruft. Das gibt freilich auch der Strafe eine besondere Schwere; denn der Mensch empfindet leicht einen raschen Tod als Glück und Befreiung, wenn er den Schmerzen dadurch entgeht. Jetzt aber müssen die Menschen leben und leiden. 9,7-10: *Und die Gestalten der Heuschrecken waren Rossen ähnlich, die zum Krieg gerüstet sind* (Joel 2,4), *und auf ihren Köpfen trugen sie etwas wie Kronen ähnlich wie Gold, und ihre Gesichter waren wie Gesichter der Menschen, und sie hatten Haare wie Frauenhaare, und ihre Zähne waren wie Löwenzähne* (Joel 1,6), *und sie hatten Panzer wie eiserne Panzer, und das Rauschen ihrer Flügel war wie das Rasseln von Wagen mit vielen Pferden, die in den Kampf rennen* (Joel 2,5), *und sie haben Schwänze, die denen der Skorpione ähnlich sind, und Stachel, und durch ihre Schwänze haben sie die Macht, die Menschen während fünf Monaten zu schädigen.* Das Bild dieser Heuschrecken wird absichtlich von der natürlichen Erscheinung weit entfernt. Durch alle diese Züge, durch die Krone, durch den menschlichen Ausdruck ihres Gesichts, durch das lange, wilde Haar, durch die Stärke ihrer Zähne und die Panzerung, durch den furchtbaren Lärm, den sie beim Fliegen hervorbringen, durch den Stachel, den sie als Waffe haben, wird anschaulich gemacht, daß die Menschen ihnen gegenüber noch viel hilfloser sind als einem gewöhnlichen Heuschreckenschwarm gegenüber, der ihre Felder überfällt. Sie müssen jetzt leiden. Johannes will der Gemeinde einen starken Eindruck davon geben, daß der Zorn Gottes noch andere Waffen hat als die, die die Menschheit schon kennt, und diese geeignet sind, ihre Hoffart gründlich zu zerbrechen und es ihr fühlbar zu machen, was ihre Gottferne verdient. 9,11.12: *Sie haben zum König über sich den Engel des Abgrunds; sein Name ist auf hebräisch Abaddon, und im Griechischen hat er den Namen Apollyon. Das erste Wehe ging vorbei; sieh, es kommen noch zwei Wehe hernach.* Weil durch die Posaunen sichtbar werden soll, daß der Mensch, wenn er bleibt, was er ist, dem Verderben verfällt, ist dieses Heer, das das Gericht an der Menschheit vollstreckt, dem untertan, der über den Abgrund regiert. Abaddon, „Untergang, Verderben", ist ein hebräisches Wort für den Ort der Toten; es wurde gebraucht, wenn der Tod als das Ende des Anteils an Gott und an allen seinen guten Gaben bezeichnet werden sollte. Das griechische Wort ist dem hebräischen nachgebildet und bezeichnet diesen Engel ebenfalls als den, der Tod und Verderben bewirkt. Das Ende dieser Plage bringt aber noch keine Aussicht auf Erlösung; im Gegenteil, es folgen noch zwei weitere Plagen nach.

9,13-16: *Und der sechste Engel blies die Posaune, und ich hörte eine Stimme aus den vier Hörnern des goldenen Altars* (2. Mose 30,1-3), *der vor Gott steht, zum sechsten Engel, der die Posaune hatte, sagen: Löse die vier Engel, die am großen Strom Euphrat gebunden sind. Und die vier Engel, die für die Stunde und den Tag und den Monat und das Jahr bereitstanden, wurden gelöst, damit sie den dritten Teil der Menschen töteten. Und die Zahl der Reiterheere war zwanzigtausend mal zehntausend; ich hörte ihre Zahl.* Nochmals überfällt ein schreckliches Heer die Menschen. Dieses Mal ist es nicht die Natur, auch nicht der Abgrund, aus dem die Plage kommt, sondern aus der Menschheit selbst entsteht ihr ihre Strafe. Das Heer kommt vom Euphrat her, wo die vier Engel, die es lenken, bereits zur Stelle sind, aber noch gebunden; doch ist ihnen der Zeitpunkt gesetzt, an dem sie ihr Werk zu tun haben, um dessen willen sie an den Euphrat gesandt sind. Immer erinnert Johannes daran, daß sich in allem der vorherbestimmte Rat Gottes vollzieht. Den Befehl, diese Engel zu lösen, gibt eine Stimme, die gleichzeitig aus den vier Hörnern des goldenen Altars hervorkommt. Alles Himmlische sieht Johannes im Gesicht belebt; alles wird zum Ort für himmlische Geister; so kann auch aus dem Altar die Stimme ertönen. Dadurch, daß sie diesen Befehl erteilt, ist das kommende Gericht, so schwer es ist und obwohl es dem Gebet und der Erwartung der Gemeinde völlig zu widersprechen scheint, dennoch unmittelbar zu ihrem Gebet in Beziehung gebracht und als dessen Erfüllung bezeichnet. An den Euphrat ist Johannes deshalb erinnert, weil die Blicke Israels sich dorthin richteten, wenn es überlegte, wie der Sturz Roms wohl kommen und wen Gott als sein Werkzeug zur Vernichtung der heidnischen Kaisermacht brauchen werde. Hierfür kam für die Orientalen niemand in Frage außer den jenseits des Euphrats wohnenden Völkern mit ihren kriegslustigen Reiterheeren, die die römischen Truppen schon wiederholt geschlagen hatten. Johannes verkündet hier aber nicht einen Einfall und Sieg der Parther; denn die Reiter treten in seinem Gesicht ganz zurück; das Schreckliche, was von jenseits des Euphrats kommt, sind die Rosse; denn Johannes will auch mit diesem Teil des Gesichts sagen, daß das Gericht Gottes sich Werkzeuge schafft, die weit über das hinausgehen, was der Mensch jetzt schon vor Augen hat. 9,17-19: *Und so sah ich die Rosse im Gesicht und die, die auf ihnen sitzen: sie haben Panzer von feuer- und dunkelroter und schwefelgelber Farbe, und die Köpfe ihrer Pferde sind wie Köpfe von Löwen, und aus ihrem Mund kommt Feuer und Rauch und Schwefel heraus. Durch diese drei Plagen wurde der dritte Teil der Menschheit getötet, durch das Feuer und den Rauch und den Schwefel, der aus ihrem Munde herauskommt. Denn die Rosse haben ihre Macht durch ihren Mund und durch ihre Schwänze; denn ihre Schwänze gleichen Schlangen und haben Köpfe, und mit ihnen tun sie Schaden.* Die Not, die das Heer der Heuschrecken zu verbreiten hat, erfährt durch das ungeheure Reiterheer eine Steigerung, da die Heuschrecken die Menschen nur quälen, die Rosse dagegen sie töten, und wieder ist keine Verteidigung gegen sie möglich. Es kommt nicht erst zu einer Schlacht zwischen den Angreifern aus dem Osten und denen, die im Römischen Reich ihre Heimat haben; denn die Rosse töten durch den feurigen Dampf ihres Mundes und durch den Biß der Schlangen, die ihren Schwanz bilden. Das Maß der ihnen übergebenen Macht, zu verderben, ist aber auch hier wie bei den ersten Posaunen auf das Drittel beschränkt. Warum ist solch ein gerichtliches Handeln die Vorbereitung für die herrliche Herrschaft Gottes? Das spricht der Schlußsatz nochmals ausdrücklich für die aus, die nicht wissen sollten, warum Gott straft und warum er dazu strafen muß, damit seine Herrschaft besteht und die Vollendung herbeiführt. 9,20.21: *Und die übrigen unter den Menschen, die nicht durch diese Plagen getötet wurden, taten doch nicht Buße von den Werken ihrer Hände, daß sie nicht die Geister* (1. Kor. 10,20) *und die goldenen und silbernen und steinernen und hölzernen Götzen anbeteten, die nicht sehen und nicht hören und nicht gehen können, und sie taten nicht Buße von ihren Mordtaten und ihrer Giftmischerei und ihrer Unzucht und ihren Diebstählen* (Jes. 2,8; Ps. 115,4; 135,15-17; Dan. 5,23). Auch die Strafen sind vom gnädigen Willen Gottes geordnet, der die Menschheit vom Bösen befreien will. Wie uns die Güte Gottes zur Umkehr beruft, so will uns auch sein Strafen zur Buße führen. Nicht das Wort allein kann sie bewirken; wir müssen sehen, daß Gott unserem bösen Willen mit der Tat widersteht; dadurch, daß wir dies erfahren, wenden wir uns vom Bösen weg. Dieselbe Überzeugung hat auch die Weise bestimmt, wie uns Johannes in seinem Evangelium das Wort Jesu bezeugt. Denn er hat auch da nicht die Worte Jesu wiederholt, durch die er Israel zur Buße aufforderte; kann doch nicht einzig die Belehrung den Menschen vom Bösen frei machen.

Darum zeigt Johannes in seinem Evangelium, wie Jesus in den Seinen dadurch die Buße geschaffen hat, daß er ihnen das Licht gegeben, das Leben gebracht und sie im Glauben mit sich verbunden hat. Denn die Tat Gottes, seine gnädige und seine richtende, macht uns vom Bösen los. Werden aber, fragt Johannes, die Strafen, die die Menschheit treffen, dem Götter- und Bilderdienst und den Verbrechen auf der Erde ein Ende machen? Er antwortet: Nein. Und doch, wie nichtig und wie verkehrt ist das, was die Menschheit tut! Sieht man auf die unsichtbaren Mächte, die hinter all dem Heidentum stehen und von diesem Gottesdienst den Nutzen haben, so sind es nach der Überzeugung des Johannes die schlimmen Geister; sieht man darauf, was innerhalb der Sichtbarkeit als Gottheit verehrt wird, so sind es Bilder, deren Gestalt und Wert auf dem Stoff beruht, aus dem sie gebildet sind, leblose Gebilde der menschlichen Kunst, denen der Mensch dennoch Göttlichkeit zuerkennt. Der Verderbnis seines Gottesdienstes entspricht die Weise, wie er an den Mitmenschen handelt. Der eine ist für den anderen ständig eine Versuchung. So offenkundig das alles mit dem Merkmal der Verwerflichkeit gebrandmarkt ist, so lassen die Menschen dennoch nicht davon ab, auch nicht unter dem Zwang des göttlichen Gerichts. Das Heidentum ist unausrottbar und das Verbrechen nicht weniger. Darum müssen noch neue Strafen folgen und noch andere Erweisungen des göttlichen Zorns eintreten.

Sollten die Christen der kleinasiatischen Gemeinden erwarten, sie würden nächstens solche Heuschrecken oder Rosse sehen, oder sollen wir erwarten, sie würden vielleicht in der Zukunft noch erscheinen? Die ersten Leser des Johannes waren gegen ein solches Mißverständnis des Gesichts geschützt; denn sie verstanden die figürliche Sprechweise der Propheten. Wie die himmlischen Dinge, die Johannes sieht, die Posaunen, der Altar, die Throne und alles, was er uns vor Augen führt, Gleichnisse sind, so sind auch die Gestalten, die er über die Erde gehen sieht, hier nie in der Wirklichkeit zu sehen. Was sollen denn diese Gesichte? Sie erfüllen einen wichtigen Zweck; denn sie prägen der Christenheit die heilige Notwendigkeit und Macht der Vollstreckung des göttlichen Rechts ein. Immer wieder läßt sich die Christenheit zu der Klage verleiten, wo denn der Friede und das Glück des Himmelreichs sei; Christus wird abgewiesen, weil über die Erde ein schweres Geschick nach dem andern geht. Aber dieses Murren und Rechten mit Gott versteht nicht, was diese Gesichte bezeugen: daß der boshafte Mensch nicht erwarten darf, daß ihm nur Glück und Freude zufalle; daß ihm vielmehr immer wieder mannigfach schmerzhafte Erlebnisse begegnen werden und er die Ohnmacht seines Wollens und den Verlust dessen, was ihm teuer ist, erfährt, so gewiß er an Gott frevelt. Diese Notwendigkeit ist keineswegs ein Widerspruch zum Evangelium und schränkt es nicht ein; sie ist vielmehr ein wesentliches Stück der rettenden Botschaft, wie ja auch die Posaunen den Christus verkünden, der den Gnadenrat Gottes vollenden wird. Denn nicht ohne das Gericht über den gefallenen Menschen, sondern durch das Gericht hindurch verwirklichen sich die Gnade und das Reich Gottes.

Nur noch ein Posaunenstoß wird erfolgen; dann ist die Welt gewarnt und über das unterrichtet, was geschieht. Aber ähnlich wie vor der Öffnung des letzten Siegels entsteht auch hier wieder eine Pause; es folgen zuerst Gesichte, die den Zustand der Menschheit darstellen, die Gottes strafende Hand so gewaltig schlägt. Zunächst sieht sich Johannes mit verstärktem Nachdruck zum Weissagen berufen.

Kap. 10

Die neue Berufung zum Weissagen

10,1-3a: *Und ich sah einen anderen starken Engel aus dem Himmel herabsteigen, mit einer Wolke bekleidet, und der Regenbogen war über seinem Haupt, und sein Angesicht war wie die Sonne und seine Füße wie Feuersäulen, und er hatte in seiner Hand ein geöffnetes Buch. Und er setzte seinen rechten Fuß auf das Meer, den linken aber auf die Erde und rief mit lauter Stimme, wie ein Löwe brüllt.* Ein gewaltiger Verkündiger des göttlichen Rats aus der Reihe der himmlischen Geister tritt hervor. Das Lamm hat die Siegel vom Buche Gottes entfernt; nun ist es offen, der Wille Gottes ist klar und kommt nun zur Erfüllung. Daher kann er jetzt auch geweissagt werden, und dies wird dadurch dargestellt, daß ein mächtiger Herold ihn in die Welt hinausruft. Dieser ist im Gegensatz zu denen, die auf der Erde wohnen, dadurch als Himmelsbürger gekennzeichnet, daß er vom Regenbogen überstrahlt ist; sein Gesicht hat die Lichtfülle der Sonne; seine Gestalt ist von einer Wolke umhüllt, aus der die Füße feurig hervorkommen wie der Blitz aus der Wolke. Die Rolle, die er in der Hand hält, ist nicht mehr versiegelt; denn vom Buch Gottes hat das Lamm die Siegel weggetan. Jetzt wird auch durch den Mund der Engel und der Menschen in heller Öffentlichkeit verkündet, was Gott festgesetzt hat. Die himmlische Art des Engels ist auch dadurch beschrieben, daß er in gewaltiger Größe den irdischen Raum überragt. Johannes empfand tief, daß die menschlichen und natürlichen Maßstäbe auf seine Weissagungen nicht anwendbar sind. Hält sich der Mensch an das, was ihm sein natürliches Auge und Urteil als groß und mächtig zeigt, so muß er unvermeidlich sowohl das Gericht Gottes als die Offenbarung seiner Herrlichkeit verkleinern und verharmlosen. Allein im Werk Gottes an der Menschheit sind die himmlischen Kräfte wirksam. Daher bekommt der Engel, der Johannes aufs neue zum Weissagen beruft, vor seinem Blick die ungeheure Größe, die ihn für die menschlichen Maßstäbe gänzlich unerreichbar macht. Auch in der Judenschaft verdeutlichte man sich die Herrlichkeit der Engel gern so, daß man ihnen ungeheure Maße zuschrieb. Engel, die von der Erde bis zum Himmel ragen, kamen auch sonst vor, und auch Adam vor dem Fall dachten sich die palästinischen Lehrer als eine riesengroße Gestalt, die das menschliche Maß weit überragte. Auch Johannes hat zwar die Größe der Gestalt zum Zeichen der Himmlischen gemacht; er hat aber die Größe, die mit dem einen Fuß auf die Erde, mit dem anderen auf das Meer treten kann, nicht für das Herrlichste gehalten, was der Himmel enthält. Denn das Herrlichste im Himmel ist das kleine Lamm, das in seiner äußeren Erscheinung nichts an sich hat, was auf Größe und Macht hindeutete. Es wird aber, weil es für uns zu sterben vermocht hat, auch von denen angebetet, deren Herrlichkeit sich in ihrer riesenhaften Größe darstellt.

10,3b.4: *Und als er gerufen hatte, redeten die sieben Donner ihre Stimmen, und als die sieben Donner geredet hatten, wollte ich schreiben, und ich hörte eine Stimme aus dem Himmel sagen: Versiegle, was die sieben Donner geredet haben, und schreibe es nicht* (Dan. 8,26; 12,4.9). Der Himmlische, der mit Löwenstimme seine Botschaft verkündet, hat Gehilfen; wie ein Echo folgen ihm sieben

Donner. Was sie aber verkünden, soll Geheimnis bleiben und durch das Buch des Johannes der Christenheit nicht mitgeteilt werden. Auch mit diesem Einzelzug in dem Gesicht, das Johannes sah, half er der Gemeinde kräftig zum Glauben. Wenn ihre kleine, schwache Schar sich mit dem göttlichen Wort beschäftigte, das ihren Blick auf die Vollendung seines Reiches richtete, so mußte sie den Gegensatz zwischen der Größe ihrer Botschaft und der Schwachheit ihrer Stimme, zwischen dem die Welt umfassenden Inhalt ihrer Verkündigung und der geringen Zahl, die sie erreichte, schwer empfinden. Es gibt aber noch andere Träger des göttlichen Worts, deren Stimmen mächtiger als die der Menschen sind und denen als Echo der Donner folgt, und sie werden zur rechten Zeit den Rat Gottes verkünden. Aber auch dann, wenn das Werk Gottes von den himmlischen Mächten gepredigt wird, die in anderer Weise zu reden vermögen, als es die menschliche Stimme kann, ragt der Wille Gottes, der die Vollendung schafft, weit über das hinaus, was auch die Weissagung auszusprechen vermag. Auch die Erleuchtung, die dem Propheten gewährt wird, faßt den göttlichen Willen nur zum Teil; dieser bleibt auch neben der Weissagung ein Geheimnis, weil Gottes Werk größer und mächtiger ist als die Schau, die sich dem prophetischen Blick erschließt. Das wird Johannes kraftvoll dadurch eingeprägt, daß er nicht aufzeichnen darf, was die Donner ausrufen.

10,5-7: *Und der Engel, den ich auf dem Meer und auf der Erde stehen sah, erhob seine rechte Hand zum Himmel und schwur bei dem, der in alle Ewigkeit lebt* (Dan. 12,7), *der den Himmel und was in ihm ist, und die Erde und was in ihr ist, und das Meer und was in ihm ist, geschaffen hat, daß keine Zeit mehr sein wird, sondern in den Tagen des Schalls des siebten Engels, wenn er die Posaune blasen wird, wurde das Geheimnis Gottes vollendet, nach der Heilsbotschaft, die er seinen Knechten, den Propheten, verkündigte.* Jetzt, da der siebte Posaunenstoß nahe ist, wird feierlich bezeugt, daß keine weitere Frist folgen, keine neue Dehnung der Zeit eintreten wird. Nun kommt alles ans Licht, was bisher das Geheimnis Gottes war, und das Wort, das den Propheten der alttestamentlichen Zeit und denen, die jetzt im Namen Jesu weissagen, gegeben wurde, bekommt durch seine Erfüllung seine Bestätigung.

10,8-11: *Und die Stimme, die ich vom Himmel her hörte, redete wieder mit mir und sagte: Geh, nimm das geöffnete Buch in der Hand des Engels, der auf dem Meer und auf der Erde steht. Und ich ging zum Engel hin und sagte ihm, er solle mir das Buch geben. Und er sagt zu mir: Nimm und iß es* (Hesek. 2,8–3,3), *und es wird in deinem Bauch einen bitteren Geschmack haben; aber in deinem Mund wird es süß wie Honig sein. Und ich nahm das Buch aus der Hand des Engels und aß es, und es war in meinem Mund wie süßer Honig, und als ich es gegessen hatte, bekam es in meinem Bauch einen bitteren Geschmack. Und sie sagen zu mir: Du mußt wieder über Nationen und Völker und Sprachen und viele Könige weissagen* (Jer. 1,10; Dan. 3,4; 7,14). Weil die Zeit nahe ist, wird Johannes zum Propheten bestellt; denn die Stimme des himmlischen Boten hört das menschliche Ohr nicht; der Apostel darf dagegen zur Christenheit reden und ihr Gewißheit über das Ziel der göttlichen Wege geben. Seine Verpflichtung zum prophetischen Amt erlebt Johannes in derselben Form wie Hesekiel (Hesek. 3,1-3): er hat die beschriebene Rolle zu essen. So wird ihm sinnenfällig verbürgt, welcher Art das Wort ist, das ihn jetzt bewegt. Wenn seinem inneren Auge sich jetzt die Bilder zeigen, die den Ausgang der Weltgeschichte enthüllen, so sind das nicht seine eigenen Gedanken, die er aus sich selbst hervorbrächte; sondern das weissagende Wort wird in ihn hineingelegt, dies aber so, daß es sein eigenes Wort wird, das er selbst mit klarem Bewußtsein denkt und mit entschlossenem Willen erfaßt, wie das, was der Mensch ißt, in ihn hineingeht und zum Bestandteil seines eigenen Leibes wird. Johannes fühlte, daß er bei seiner Weissagung von oben bewegt und geleitet ist; darauf beruht die Gewißheit, mit der er sie den Gemeinden übergeben hat. Er bietet ihnen mit seiner Schrift dar, was er selbst zuerst empfangen hat. Mit dem doppelten Geschmack des Buches ist vielleicht ausgedrückt, daß Seligkeit und Leid sich im prophetischen Amt innig einigen. Wie soll es die Seele des Propheten nicht mit tiefer Freude erfüllen, wenn er zum Zeugen der Taten Gottes, die den Frieden und das Heil heraufführen, berufen wird? Aber es entsteht am prophetischen Amt auch ein schweres Leiden; denn der Blick des Propheten umfaßt beides, das Sterben, durch das die Welt hindurchgeht, und das Leben, das die Gnade Gottes durch das Sterben hindurch pflanzt.

11,1-14

Die Weissagung über Jerusalem

Die Hoffnung des Juden war mit großer Kraft auf Jerusalem gerichtet; mit heißer Sehnsucht erwartete er Jerusalems Verherrlichung als einen Hauptpunkt im zukünftigen göttlichen Werk. In der Weissagung des Johannes erhalten aber Israel und Jerusalem keinen besonderen Platz. Denn nachdem die Christenheit da ist, ist die Frage nicht mehr, wie Gott Israels Geschichte zum Abschluß bringe; diese hat in Jesus ihr Ziel erreicht. Nun schaut das Auge nach dem Ende der Weltgeschichte, darauf, wie der Sieg Gottes über die Menschheit erfolge und der Kampf zwischen dem Recht und dem Unrecht, der Wahrheit und der Lüge, Gott und dem Teufel in der Welt zum Abschluß komme. Nun ist auch die Hoffnung und Liebe der Gemeinde von der irdischen Heimat Israels frei geworden und begehrt Größeres als die Heimkehr nach Jerusalem. Das Begehrte ist jetzt die Offenbarung Jesu, der diejenige Gemeinde, die er aus der ganzen Menschheit erworben hat, in die Herrlichkeit Gottes bringen wird. Weil aber Jerusalem durch den bisherigen Gang der göttlichen Regierung eine besondere Bedeutung erhalten hat, fehlt es in der Weissagung des Johannes nicht an einem Gesicht, das Jerusalems Geschick enthüllt. Es steht hier, wo die Posaunen den nahenden Herrn mit der Ansage verkünden, daß der Zorn Gottes mit mächtigen Strafen der Welt ihre Sünde leid macht und sie zur Buße drängt. Zur Welt, die in ihrer Bosheit im Streit mit Gott steht und darum durch die Posaunen gewarnt werden muß, gehört auch Jerusalem, und es bedarf seiner besonderen Sünde wegen einer besonders dringlichen und ernsten Einladung, sich vor Gott zu beugen und zu ihm umzukehren. Damit gehorcht die Weissagung des Johannes auch in diesem Stück dem von Jesus den Jüngern gegebenen Wort; denn auch nach Jesu Wort muß das über Jerusalem ergehende Gericht der herrlichen Offenbarung der göttlichen Herrschaft vorangehen.

11,1.2: *Und es wurde mir ein Rohr gegeben ähnlich einem Stab* (Hesek. 40,3) *und gesagt: Steh auf, und miß den Tempel Gottes und den Altar und die, die in ihm anbeten. Und den Hof außen am*

Tempel verwirf und miß ihn nicht; denn er wurde den Völkern gegeben, und sie werden die heilige Stadt zweiundvierzig Monate lang zertreten (Luk. 21,24). Ohne daß irgendwie eine Veränderung des Orts oder eine Wanderung des Propheten angedeutet wäre, befindet er sich in Jerusalem im Tempel; er bewegt sich auch ungehindert in dem heiligen, nur den Priestern zugänglichen Raum, den er nie hatte betreten dürfen. Das entspricht der Art des Gesichts, in dem alles, was die Seele des Propheten beschäftigt, in rascher Folge in sein Bewußtsein tritt. Am Tempel hat Johannes zu tun, was einst auch Hesekiel im Gesicht getan hat; er hat ihn zu messen. Dazu erhält er ein gerades, festes Rohr als Maßstab. Wie Hesekiel durch die Messung feststellt, daß der neue Tempel, den der Prophet im Geist schon sieht, in allen seinen Maßen vollständig ist, so stellt auch jetzt die Messung des Propheten fest, was heilig ist und deshalb unzerstörbar als Gottes Eigentum erhalten bleibt. Dazu gehört aber nicht der ganze Tempel, wie er in Jerusalem stand, und darum wird durch die Messung die Grenze bezeichnet zwischen dem Teil, der unverletzlich ist und ewig bleibt, und dem, der beseitigt wird und untergeht. Das für Gott gebaute Haus, das für Israel das Zeichen seiner Gegenwart ist, sodann der Altar, auf dem ihm die Opfer der Gemeinde dargebracht worden sind, sollen gemessen werden, aber auch die im Tempelhaus Anbetenden, die Priesterschaft, die im Dienst Gottes steht und ihr Gebet vor ihn bringt. Dagegen hat Johannes den Hof, der draußen vor dem Tempelhaus liegt, in dem die Judenschaft sich versammelt, nicht zu messen; dieser Hof, in dem die jüdische Gemeinde ihren Gottesdienst übt, gehört nicht mehr zum Heiligtum. Daß Gott auf ihn verzichtet, wird dadurch offenbar, daß die Heiden ihn erhalten. Sie werden über den Tempelhof Herr. Damit ist auch dem Teil der Gemeinde, der sich im Hof versammelt, die Heiligkeit entzogen; er gehört nicht mehr zu Gottes Volk.

Durch die Scheidung, die Johannes zwischen dem heiligen Haus und dem heiligen Hof und ebenso zwischen den im Tempelhaus Anbetenden und den im Hof Anbetenden vorzunehmen hat, ist die Zerstörung des Tempels ausgesprochen.[1] Wenn der Hof vom Heiligtum

[1] Für die Zeit, in der Johannes schrieb, ergibt sich aus diesem Gesicht mit Wahrscheinlichkeit, daß die Zerstörung des Tempels im Jahr 70 noch nicht eingetreten ist. Die Weissagung gehört vermutlich in das Ende der sechziger Jahre, als der Krieg in Palästina bereits im Gang war.

abgetrennt und in der Gewalt der Heiden ist, kann sich die Gemeinde nicht mehr im Tempel sammeln, und auch die Priester können so den im Tempelhaus zu vollziehenden Dienst nicht mehr ausüben. Das Opfer Israels hört auf, und die Zeit seines Heiligtums ist vorbei. Auch mit dieser Weissagung bewahrt Johannes das Wort Jesu. Er bezeugt aber durch die Art, wie er den Untergang des alten Tempels verkündigt, zugleich, daß damit Gottes echtes Eigentum nicht beschädigt wird und kein Verlust seiner Gnade damit verbunden ist. Was Gott als sein Haus, als seinen Altar, als seine Anbeter geschaffen hat, das bleibt vollkommen erhalten und hat die Unzerstörbarkeit der göttlichen Werke. Auch wenn das Haus in Jerusalem vom Feuer ergriffen wird, zerfällt deshalb der Tempel Gottes nicht. Jesus hat ihn neu errichtet, und mit ihm ist nicht nur erhalten, was das alte Tempelhaus dem Volk Gottes gewährt hat, sondern unendlich mehr gewährt. Deshalb verstummt auch die Anbetung Gottes nicht, und es gibt auch jetzt eine Priesterschaft, die ihm dient. Gott läßt nichts von dem verderben, was mit ihm verbunden und für ihn geheiligt ist. Damit bestätigt Johannes die Verheißung, die in dem Gesicht von der Gemeinde Kap. 7 ausgesprochen ist, daß auch dann, wenn die Welt ihren letzten Kampf mit Gott beginnt, nicht ein einziger von denen, die zu den zwölf Stämmen gehören, verlorengehen wird. Der Grund, weshalb das wahrhafte Israel unverletzt bleibt, besteht darin, daß das Heiligtum Gottes von keiner feindlichen Hand beschädigt wird. Auch im wilden Sturm der Zeit bleibt dem Volk Gottes alles erhalten, was ihm die gnädige Gegenwart Gottes gegeben hat.

Mit aufgeregter Leidenschaft sah, seit in Palästina der Krieg begonnen hatte, die ganze Judenschaft zum Tempel hin, von der Sorge umgetrieben, ob er nicht vernichtet werde, und die feste, treue Gemeinschaft, in der die Christenheit mit Israel stand, ließ sie an dieser Sorge teilnehmen. Darum macht Johannes sie von ihr frei. Der Tempeldienst Israels muß jetzt enden; seine Zeit ist vorbei. Von dem Volk, das Jesus den Glauben versagt, begehrt Gott kein Opfer. Darum erhalten von nun an die Heiden auch über den Hof des Tempels Macht. Damit ist aber nichts von dem wirklichen Eigentum Gottes zerstört. Seine Gemeinschaft mit denen, die ihm geheiligt sind, ändert sich nicht, auch wenn der Tempel fällt, und die Vergebung der

Sünden, die der Altar einst der Gemeinde verschaffte, geht mit dem Verlust des Altars nicht verloren; sie besteht vielmehr auch jetzt durch das Blut Jesu in voller Kraft. Daher kann die Gemeinde auch jetzt das Weihrauchopfer bringen, das auf dem himmlischen Altar entzündet wird. Damit war der Gemeinde kein unverständliches Wort gesagt, das ihr als ein Rätsel ohne Deutung erscheinen müßte. Denn seit sie bestand, seit Paulus zum ersten Mal in Ephesus das Evangelium verkündigt hatte, wußte sie, daß Gott sich jetzt einen neuen Tempel errichtet, in dem er mit seiner Gnade gegenwärtig ist, daß er sich nun das lebendige Haus baut und sich eine neue Priesterschaft heiligt, die ihn in Wahrheit anbetet.

Schon damit, daß die Heiden den Tempelhof, an dem doch Israel mit glühendem Eifer als an seinem kostbaren Heiligtum hing, in ihre Gewalt bekommen, war gesagt, daß Jerusalem in der Hand der Heiden ist, und dies wird nun ausdrücklich ausgesprochen. Nun regieren die Heiden in der Stadt. Nicht das weissagt Johannes, daß die Stadt zerstört werde; er hat auch nicht erwartet, daß die Judenschaft untergehen und völlig verschwinden wird. Im Gegenteil, die Judenschaft bleibt mächtig, und Jerusalem besteht weiter; es ist aber seiner Heiligkeit beraubt und hat keinen Zugang zum echten Heiligtum Gottes mehr. Es ist nun von den übrigen Völkern nicht mehr abgesondert, sondern den römischen Machthabern untertan, vom heidnischen Willen beherrscht und nichts anderes mehr als ein Stück der Welt. Aber auch dieser Not, die mit dem Versinken der einst geheiligten Stadt in die Sünde und den Wahn der Menschheit gegeben ist, ist eine Frist gesetzt; dies liest Johannes schon bei Daniel, aus dem er die Zahl entnimmt, die für die Dauer des letzten Kampfes und seiner Not verwendet wird: 42 Monate oder, was dasselbe ist, 1260 Tage, das heißt 3½ jüdische Jahre, die letzte halbe Woche aus Daniels Gesicht.

11,3: *Und ich werde es meinen zwei Zeugen gewähren, und sie werden während 1260 Tagen weissagen* (12,6; 13,5; Dan. 12,11), *in Säcke gekleidet.* Auch in der Zeit, in der das göttliche Gericht Israel schmerzhaft trifft und die Zeichen seiner Erwählung und Bevorzugung, sein Tempel und seine Freiheit, verloren sind, verläßt Gott in seiner Treue Israel nicht. Denn das göttliche Wort wird ihm auch jetzt nicht entzogen. Für die christliche Gemeinde gibt es zwar in dem von den Heiden beherrschten Jerusalem keinen Raum mehr. Die Stimme der Boten Jesu ist in Jerusalem verstummt. Denn die Botschaft Jesu wurde ihm umsonst gesagt, weil es die Aufforderung zur Buße abwies. Dennoch ergeht auch an das zur heidnischen Stadt gewordene Jerusalem das prophetische Wort mit besonderer Kraft. Sind es nicht mehr die Apostel, die als die Boten Gottes sprechen, so hat Gott noch andere Zeugen, die jetzt in Jerusalem reden werden. Ihre Namen werden nicht genannt; es wird auch nicht gesagt, daß Gott sie erwecken und senden wird, sondern es ist vorausgesetzt, daß er Zeugen für diese Notzeit bereithält, nicht einen allein, sondern, wie es erforderlich ist, damit ihr Wort vollständig das Merkmal der Zeugenschaft besitzt, zwei in einträchtigem Zusammenwirken. Gesagt wird nur, daß Gott ihnen jetzt, nachdem das Opfer Israels beendet ist, seine Priester entweiht sind und seine Unterwerfung unter die Heiden vollendet ist, die Ausübung des prophetischen Amts gewährt. Seine Gabe an diese Zeugen besteht darin, daß sie vor dem Volk, das sich Gott widersetzt, weissagen. Sie tun es in der Tracht der Büßenden und Trauernden, im Sack; denn da sich das Volk im Aufruhr gegen Gott befindet, wird das Wort seiner Zeugen zum Bußruf und ihre Arbeit zu einem schweren Kampf.

Sicher denkt Johannes hier an die Erwartung Israels, daß mit dem gesalbten König auch Mose und Elia erscheinen werden. Das hält Johannes nicht für eine leere Hoffnung; sie wird sich vielmehr dadurch erfüllen, daß das Zeugnis Gottes vor Israel nicht verstummen, sondern ihm gerade dann nochmals vorgelegt werden wird, wenn es gefallen ist. Aber träumerische Ausdeutungen dieser Hoffnung wehrt Johannes nachdrücklich ab; die beiden Namen fehlen nicht umsonst. Israel soll sich nicht nochmals in derselben Weise versündigen, wie es sich am Täufer versündigte, dessen Wort es darum verwarf, weil er der nach Elia verlangenden Erwartung nicht entsprach. Darum fällt auch das Bild, das Johannes von der Tätigkeit der beiden Zeugen Gottes entwirft, anders aus, als die jüdische Hoffnung es sich dachte. Weil Israel die Buße nötig hat, darum strahlen sie nicht im Glanz der göttlichen Macht und bringen dem Volk nicht mancherlei herrliche Gaben, sondern stehen vor ihm im Sack, und ihr Kampf gilt nicht nur der Sünde der Heiden, sondern dem Abfall Jerusalems.

11,4: *Das sind die beiden Ölbäume und die beiden Leuchter, die vor dem Herrn der Erde stehen* (Sach. 4,3.11-14). Johannes erinnert an eine der Schriftstellen, auf denen seine Hoffnung für Israel beruht. Sacharjas Weissagung von den beiden Ölbäumen harrt noch ihrer Erfüllung und wird sie eben in der Zeit erhalten, in der Israel von Gott gerichtet ist und seines Wortes besonders bedarf. Da Johannes die beiden Ölbäume auf die beiden Propheten deutet, die dann ihren Dienst auszuführen haben, wenn für Israel die dunkelste Zeit, die seines völligen Abfalls, eingetreten ist, stellt er neben die beiden Ölbäume nicht wie Sacharja einen, sondern zwei Leuchter; durch die Verbindung des Leuchters mit dem das Öl spendenden Baum soll das prophetische Amt in seinem Wesen noch deutlicher bezeichnet sein. Er verwendet damit dasselbe Bild, mit dem er im ersten Gesicht den Beruf der Gemeinde gekennzeichnet hat. Wie die Gemeinde Jesu, so ist auch der Prophet zwar nicht selbst ein Licht, wohl aber der Träger des Lichts, das von oben kommt; es sucht von ihm aus das geblendete Auge des ungläubigen Volks.

Wie werden aber die Propheten im gottlosen Jerusalem ihr Amt ausüben können? Hat es nicht Jesus gekreuzigt und seine Boten zum Teil vertrieben? Diese Zeugen wird aber keine menschliche Macht hindern, ihre Botschaft Jerusalem auszurichten; denn der Schutz Gottes wird mit ihnen sein und ihnen die Macht geben, die Gott auch früher seinen Knechten verlieh, wenn er sie zum Kampf mit dem gottlosen Volk berief. 11,5.6: *Und wenn einer sie schädigen will, geht Feuer aus ihrem Mund und verzehrt ihre Feinde, und wenn einer sie schädigen will, muß er so getötet werden. Diese haben die Vollmacht, den Himmel zuzuschließen, damit es während der Tage ihrer Weissagung nicht regne* (1. Kön. 17,1), *und sie haben Vollmacht über das Wasser, es in Blut zu verwandeln und die Erde mit jeder Plage zu schlagen, so oft sie wollen* (2. Mose 7,17.19.20). Das Zeugnis dieser Propheten ergeht an das Volk, das nicht an Jesus geglaubt hat. Darum stehen sie nicht mehr unter der Regel Jesu, der die Macht Gottes nicht zur Bestrafung seiner Widersacher brauchte, sondern an das Kreuz ging, der darum auch Johannes verbot, auf das samaritische Dorf, das ihm das Gastrecht verweigerte, nach dem Vorbild Elias das himmlische Feuer herabzurufen. Johannes ist mit dem, was ihm Jesus damals sagte, in herzlichem Glauben einverstanden. Er wehrt sich nicht mehr gegen Jesu Kreuzesweg und will Jesus nicht mehr davor schützen, das Lämmlein zu werden, das geschlachtet wird. Denn er kennt nun die Herrlichkeit des Lammes und weiß, was es der Welt mit seinem Tod erworben hat. Aber das, was in jenem Verlangen des Johannes, dem Jesus die Erfüllung verweigerte, rein und recht gewesen war, der Kampfesmut, der vor der Bosheit nicht weicht, und die Zuversicht zur schützenden Macht Gottes, die seine Boten für ihre Widersacher unangreifbar macht, ist in Johannes dadurch nicht erloschen, daß er an der Geduld und Gnade Jesu Anteil hat. Darum wird dem Seher nun, nachdem Jerusalem die Gnade Jesu, die ihm mit der Botschaft von seinem Sterben am Kreuz angeboten war, abwies und die Boten Jesu, die ihm in der Geduld Jesu und zum völligen Vergeben bereit gedient hatten, verstieß, das Bild Moses und Elias neu gezeigt, die dem Trotz ihrer Widersacher die strafende Macht Gottes entgegenstellten. Diese haben jetzt das heidnisch gewordene Jerusalem gegen sich, und ihr Wort entflammt den Haß der Welt gegen sie. Darum bringt ihnen ihr Wirken die beständige Gefahr, und es wird zu ihrem Beruf, Jerusalem und allen Völkern die Hoheit Gottes und die Schuld der Sünde durch große Zeichen zu zeigen.

Nicht für sich und nicht für die Gemeinde begehrte Johannes das Wunder, auch dann nicht, wenn es gilt, um Jesu willen zu sterben. Er sah aber in dem Wunder die Ausrüstung derer, die einen besonderen göttlichen Auftrag haben und den Willen Gottes gegen das widerchristliche Israel vertreten. Denn die Judenschaft verlangte von denen, die im Namen Gottes zu ihr sprachen, das Zeichen und dachte auch dann, wenn sie sich Gott widersetzte, an seine alten Boten. Darum weissagt Johannes, daß das Wunder Jerusalem noch einmal so gewährt werden wird, daß es die Propheten gegen alle, die sie angreifen, schützt.

11,7-10: *Und wenn sie ihr Zeugnis vollendet haben, wird das Tier, das aus dem Abgrund heraufsteigt* (13,1; Dan. 7,7), *mit ihnen den Kampf beginnen und sie besiegen und sie töten, und ihre Leichname liegen auf dem Markt der großen Stadt, die geistlich Sodom und Ägypten heißt, wo auch ihr Herr gekreuzigt wurde, und von den Nationen und Stämmen und Sprachen und Völkern betrachten sie ihre Leichname während drei und eines halben Tages, und sie lassen nicht zu, daß ihre Leichname in ein Grab gelegt werden. Und die, die auf der Erde wohnen, freuen sich ihretwegen und sind fröhlich, und sie werden einander Geschenke schicken; denn diese beiden Propheten peinigten die, die auf der Erde wohnen.* Die Zeichen schützen die Propheten nicht bis zuletzt; denn der Widerchrist stände nicht an seinem Ziel und brächte seine Herrschaft über die Menschheit nicht zur Vollendung, wenn er die göttlichen Boten fürchtete. Schon hier braucht Johannes den Ausdruck „Tier, das aus dem Abgrund heraufkommt", ohne eine Erklärung für nötig zu halten; denn die Gemeinde kennt die Weissagung Daniels und hört nicht jetzt zum ersten Male, daß sie den Widersacher Gottes, der die Macht über die Menschheit an sich reißen wird, zu erwarten hat. Zu den Mitteln, mit denen der Widerchrist seine Macht befestigt, gehört auch dies, daß er sich vor den göttlichen Zeugen nicht scheut und sie ungestraft zu töten vermag, und dies erst noch in Jerusalem. Dadurch macht dieses Gesicht mit besonderer Deutlichkeit sichtbar, daß Israel sich durch nichts mehr von der Welt unterscheidet. Denn die Geschichte Jerusalems endet damit, daß der Widerchrist dort triumphiert und dort die Zeugen tötet, die in der Weise Moses und Elias für die Herrlichkeit Gottes eintreten. Israel ist also in dieselbe Sünde hinabgesunken wie die übrige Welt und steht darum unter demselben göttlichen Gericht wie sie, aber auch unter derselben göttlichen Gnade, die sich aus allen Geschlechtern der Menschheit ihre Gemeinde heiligt und ins ewige Leben führt. Der Tod der beiden Propheten bringt die Menschen nicht zur Besinnung und weckt in ihnen die Furcht vor Gott nicht auf. Er gilt ihnen im Gegenteil als ein großes Glück; denn die Strafmacht, mit der sie sich der Welt entgegensetzten, erweckte gegen sie nur Haß. Zur Feststellung ihres Todes vor den Augen aller und zur Vermehrung der Freude über ihren Untergang liegen ihre Leichen unbestattet auf dem Marktplatz von Jerusalem. Das entspricht dem inneren Charakter der Stadt und ihrem früheren Verhalten gegen Gott. Denn für sie hat der Geist die Darstellungen der Sünde, die die Schrift enthält, gegeben. Ihr Bild ist Sodom mit seiner Gottlosigkeit im Dienst der wilden Leidenschaft und Ägypten, dessen Pharao trotzig den Kampf mit Gott aufnimmt. So kommt auch zur Fortsetzung, was Jerusalem an Jesus tat. Johannes sieht die Christenheit von Jerusalems Boden und Mauern gänzlich losgelöst, losgemacht auch vom nationalen Verband des jüdischen Volkes. Israels Verfassung hatte Bedeutung nur für die Zeit, als diese äußeren Ordnungen und Einrichtungen noch die Gefäße für die inneren Gaben Gottes waren. Da Israel aber, statt das Wort Gottes zu bewahren, es verworfen hat, hat es sich um seine Krone gebracht.

11,11.12: *Und nach den drei und einem halben Tag kam Geist des Lebens aus Gott in sie hinein* (Hesek. 37,3.10), *und sie stellten sich auf ihre Füße, und eine große Furcht fiel auf die, die sie sahen. Und sie hörten eine laute Stimme, die vom Himmel her zu ihnen sagte: Kommt hier hinauf, und sie gingen in den Himmel in der Wolke hinauf, und es sahen sie ihre Feinde.* Die beiden Zeugen gehen nicht nur darin den Weg Jesu, daß sie ihr Zeugnis mit dem Tod beschließen; ihr Ende wird auch darin dem Ende Jesu ähnlich, daß sie auferweckt werden und in den Himmel fahren. So verwandelt sich der Jubel der Menschen über ihren Tod in tiefes Erschrecken. Sie werden aber nicht dazu erweckt, damit sie das Werk Gottes weiter in der Welt ausrichten, sondern nur dazu, damit ihre Sendung bestätigt und der Triumph der Sünde vernichtet wird. Die Wolke trägt sie deshalb von der Erde empor. 11,13: *Und in jener Stunde entstand ein großes Erdbeben, und der zehnte Teil der Stadt fiel, und durch das Erdbeben wurden siebentausend Namen von Menschen getötet, und die übrigen gerieten in Furcht und gaben dem Gott des Himmels Ehre.* So schließt die Weissagung doch noch mit einem Wort der Hoffnung für Israel. Es tut zwar den tiefsten Fall und erleidet schwere Strafe; endlich aber bricht sein Trotz doch, und es bekennt seine Schuld und die Größe Gottes.

11,14: *Das zweite Wehe ging vorbei; sieh, das dritte Wehe kommt rasch.* Es ist nur noch ein Posaunenstoß übrig, der die das Ende vorbereitenden Gerichte zum Abschluß bringen wird.

11,15–12,17

Das Geschick der Christenheit

11,15-18: *Und der siebte Engel blies die Posaune, und es entstanden laute Stimmen im Himmel, die sagten: Die Herrschaft über die Welt wurde unserem Herrn und seinem Gesalbten zuteil, und er wird in alle Ewigkeit herrschen. Und die vierundzwanzig Ältesten, die vor Gott auf ihren Thronen sitzen, fielen nieder auf ihr Gesicht, beteten Gott an und sagten: Wir danken dir, Herr Gott, Herrscher über alles, der ist und der war, daß du deine große Macht an dich genommen und König geworden bist. Und die Völker zürnten, und dein Zorn kam und die Zeit der Toten, daß sie gerichtet werden* (Ps. 99,1), *und die Zeit, den Lohn zu erstatten deinen Knechten, den Propheten, und den Heiligen und denen, die deinen Namen fürchten, den Kleinen und den Großen, und die zu verderben, die die Erde verderben.* Der letzte Posaunenstoß erfolgt; wir hören aber noch nicht, wie man ihn auf der Erde vernimmt, wie Gottes letzter Schlag gegen die sündige Welt erfolgt. Zuerst prägt sich Johannes wieder das Bild des Himmels in feierlicher Größe ein. Laute Stimmen sprechen aus, daß jetzt, nach der letzten Posaune, die Zeit da ist, in der die Welt Gott untertan wird. Gott richtet seine Herrschaft über sie dadurch auf, daß er sie dem, den er zum Herrn erhöht hat, unterwirft. Durch die Herrschaft des Christus wird die Welt von jeder Bosheit und jedem Fluch befreit und zur Stätte der göttlichen Offenbarung gemacht, und nachdem das Reich des Christus aufgerichtet ist, wird er es nicht mehr preisgeben; nun bleibt er der König in Ewigkeit.

Die Ältesten antworten, wie ja auch die auf Erden lebende Gemeinde unablässig um das Kommen des göttlichen Reichs betet. Ihre Bitte gelangt nun zur Erfüllung; darum bringen die Ältesten Gott die Danksagung dar. Sie beginnt damit, daß die Ältesten den Namen Gottes nennen. Denn der Name Gottes ist das Erste und Höchste, worauf sich der Dank gründet; er gilt vor allem der Herrlichkeit Gottes, wie seine Namen sie bezeugen; denn aus ihr fließen alle seine Gaben und erwächst sein Werk, das ihn an der Welt verklärt. Darauf preist die Danksagung der Ältesten, was Gott jetzt schafft. Sie danken ihm, daß seine stille Geduld und Verborgenheit nun zu Ende ist und er nach seiner göttlichen Macht sein königliches Walten offenbart. Dafür ist die Zeit jetzt da, weil die Völker sich zornig gegen ihn erhoben haben. Auch dafür danken die Ältesten, weil auch die menschliche Sünde als dienendes Glied in die göttliche Regierung eingeordnet ist. Wird die Schuld reif, so kommt mit dem Gericht, das sie herbeiführt, auch die Gnade. Nicht nur die Völker zürnten; nun ist auch für Gott die Zeit gekommen, seinen Zorn zu offenbaren, der so lange in seiner Geduld und seinem Schweigen verborgen geblieben war. Auch an den Toten wird jetzt das Recht vollzogen. Denn die Herrschaft Gottes umfaßt nicht nur die Lebendigen, sondern alle, auch die, die am Ort der Toten auf sein Urteil warten. Nun, da Gott sein königliches Recht offenbart, kommt auch für alle, die ihm gedient haben, die Zeit, in der sie den Lohn für das empfangen, was sie im Gehorsam gegen ihn getan und gelitten haben. Unter denen, die auf den Lohn Gottes warten, stehen seine Boten, die Propheten, voran, durch die er sein Wort zur Menschheit sandte; verlacht, verachtet, vielfach in vergeblicher Arbeit richteten sie ihren Dienst aus; aber Gott kennt ihren Dienst. Auf die Propheten folgen die Heiligen, die in der Verbundenheit mit Gott lebten, Glieder seiner Gemeinde, die am Gebet der Christenheit, an ihrer Liebe, an ihrem Dienst mitbeteiligt waren. Auf sie folgt, weil die Gnade Gottes ihr Maß von der Größe Gottes erhält, noch eine Gruppe: die, die den Namen Gottes fürchteten. Damit ist die einfachste und tiefste Verbundenheit genannt, durch die wir an Gott gebunden sind. Reißt auch diese, dann fallen wir aus der Gemeinschaft mit ihm hinaus. Soweit der Name Gottes Menschen erfaßt, so daß sie ihn als den Namen ihres Schöpfers und Herrn in Ehren halten und nach ihrem Verstehen meiden, was ihn entehrt, so weit reicht die Gnade Gottes mit ihren ewigen Gaben; er bedenkt alle, die Großen und die Kleinen, wie immer das Maß ihrer Kraft und ihres Dienstes gewesen sein mag. Wie sollten die Ältesten Gott nicht danken, da er jetzt die Schätze seiner Gnade öffnet und allen seine guten Gaben gibt? Dazu gehört aber als ein notwendiges Glied im königlichen Werk Gottes auch dies, daß er die Verderber der Erde wegschafft, alle, seien es Menschen, seien es Geister, die aus der Erde den Ort der Bosheit und des Jammers machten. Auch darin liegt ein tiefer, starker Grund zur Anbetung Gottes.

11,19: *Und der Tempel Gottes, der im Himmel ist, wurde geöffnet, und die Lade seines Bundes* (4. Mose 10,33) *in seinem Tempel wurde gesehen, und es entstanden Blitze und Stimmen und Donner und ein Erdbeben und großer Hagel.* Der Botschaft, daß die Königsherrschaft nun Gott und Christus gehört, und dem Dank, den ihm die Ältesten dafür bringen, entspricht, daß nun der Tempel offen und das Heiligtum, das in ihm steht, sichtbar ist. Der verschlossene Tempel bedeutete das verborgene Reich; der offene Tempel bezeugt dagegen das gegenwärtige Reich. Das Königtum und das Priestertum empfangen wir durch die eine und selbe Gabe Gottes. Würdigt er uns dessen, daß er unser Herr ist und uns regiert, so schafft er weg, was uns von ihm scheidet, gibt uns die Art und das Recht seiner Heiligen, vergönnt es uns, ihn zu lieben, ihn zu loben, ihn anzubeten, nicht in der Ferne mit verhülltem Haupt und mit der Sehnsucht, die aus der Tiefe hinauf zu einem verschlossenen Heiligtum schaut, sondern vor und im offenen Tempel, der für uns zum Haus unseres Vaters geworden ist, mit dem wir Gemeinschaft haben. Darum wird nun auch die Lade sichtbar, in der der Bund und das Gesetz Gottes liegt. Denn Gottes Reich, Tempel und Bund sind ineinandergreifende Bestimmungen. Dadurch, daß der Bund Gottes in Kraft tritt, wird sein Reich für uns gegenwärtig und uns der Zugang in seinen Tempel gewährt. Der ewige Bund Gottes bleibt für uns aber nicht ein Geheimnis und sein Gesetz uns nicht verborgen. Nun steht es in heller Sichtbarkeit vor der Gemeinde; denn nun hat es die Deutlichkeit, die die Erfüllung ihm verschafft. Johannes wird bei diesem Zug des Gesichts nicht nur daran denken, daß nach der Vorschrift des Gesetzes die Lade im verschlossenen Allerheiligsten stand, sondern auch daran, daß sie seit der Zerstörung des Tempels durch Nebukadnezar verschwunden war. Diese Tatsache beklagte die jüdische Gemeinde als einen schweren Verlust und hoffte sehnsüchtig darauf, Gott werde sie in Sicherheit gebracht haben und sie ihr in den Tagen des Heils aufs neue zeigen. Auch Johannes weissagt, daß die Lade, in der der Bund und das Gesetz Gottes als heiliger Schatz niedergelegt ist, erscheinen wird, aber nicht die alte, die für ihn mit allen Einrichtungen Israels vergangen ist, sondern die neue, die Gottes ewigen Bund bezeugt und der Gemeinde Jesu das Anrecht an das himmlische Heiligtum gewährt. Wie die Stiftung des Alten Bundes, als das Gesetz in Kraft gesetzt wurde, von Blitz und Donner begleitet war, so sind diese auch jetzt das Merkmal der Gegenwart und Herrlichkeit Gottes und begleiten den Vollzug des ewigen Bundes und die Öffnung des himmlischen Heiligtums.

Der Tempel ist offen; wo ist aber die Gemeinde? Sie erscheint sofort, 12,1.2: *Und ein großes Zeichen wurde am Himmel sichtbar, eine Frau, die mit der Sonne bekleidet ist, und der Mond ist unter ihren Füßen, und auf ihrem Haupt ist eine Krone von zwölf Sternen, und sie ist schwanger und schreit, da sie die Wehen hat und Schmerzen leidet, damit sie gebären kann.* An die Darstellung der Gemeinde durch eine Frau waren Johannes und seine Leser durch die alttestamentliche Weissagung gewöhnt, die die Einheit der Stadt oder des Volks häufig in das Bild einer Frau kleidete. Da die Gemeinde, die zum Eigentum Gottes geworden ist, von der Welt dadurch unterschieden ist, daß ihr die himmlischen Gaben verliehen sind, sieht Johannes die Frau im Gesicht nicht auf der Erde, sondern am Himmelsbogen, wie er schon in Kap. 7 die Gemeinde als vor Gottes Thron stehend geschaut hat. Darum besitzt die Frau alles, was den Schmuck des Himmels bildet. Sie trägt die Sonne als ihr Kleid; der Mond dient ihr als Schemel, auf dem ihre Füße ruhen, und die zwölf Sterne, durch die die Bahn der Sonne führt, schmücken sie als ihre Krone. Sie ist dazu geschaffen und dazu mit den himmlischen Gütern gesegnet, damit sie den Christus gebäre, wie es der Beruf der Frau ist, Mutter zu werden. Johannes bezeichnet die Gemeinde als die Mutter des Christus; sie steht also in ihrer alttestamentlichen und in ihrer neutestamentlichen Gestalt als Einheit vor ihm. Das war die Bestimmung Israels, daß aus ihm der Christus hervorgehen soll. Mit seiner Geburt ist dieser Beruf Israels erfüllt; denn mit der Herrschaft des Christus kommt alles zum Ziel, was Gott mit der Gründung der Gemeinde beabsichtigt hat. Wie aber die Mutter leidet, wenn das Kind zur Welt kommt, so gehen der Geburt des Christus und seiner Offenbarung die schweren Notzeiten voran, in denen die Gemeinde Gottes die Macht der Sünde und die Strenge des göttlichen Gerichts erfährt. Auch Johannes selbst hat in der Gemeinschaft mit Jesus, als dieser an das Kreuz ging und als er Jerusalem umsonst verkündigt wurde, manchen Tag erlebt, an dem tiefe Betrübnis auf ihm lag und „die Genossen des Bräutigams fasteten" (Matth. 9,15). Allein auch das bittere Leiden, das vor der Geburt des Christus und während seiner Gegenwart auf der Erde über die Gemeinde Gottes kam, hat die göttliche Gnade ihr zugeteilt; denn so wurde sie für ihre Aufgabe zugerüstet, der Welt den Christus zu geben. Das neue Zeichen, das sich nun am Himmel zeigt, macht deutlich, weshalb die Gemeinde ihn nur mit bitteren Schmerzen empfangen kann.

12,3.4a: *Und ein anderes Zeichen wurde am Himmel sichtbar, und sieh, ein feuerroter Drache mit sieben Köpfen und zehn Hörnern, und auf seinen Köpfen waren sieben Kronen, und sein Schwanz reißt das Drittel der Sterne des Himmels mit, und er warf sie auf die Erde* (Dan. 7,7; 8,10). Der Widersacher des Christus und seiner Gemeinde wird sichtbar. Nicht Menschen allein führen den Kampf gegen ihn; er ist vielmehr ungleich schwerer und tiefer; denn der Verkläger widersetzt sich ihm, will sein Werk hindern und ihm die Menschheit entreißen. Um die Gefahr darzustellen, die die verborgenen Mächte der Bosheit dem Menschen damit bereiten, daß sie ihn von Gott scheiden, ihm den Christus nehmen und so das Leben rauben, wird die Schlange als Gleichnis benützt, die Feindin des Menschen, deren Biß ihm unrettbar den Tod bringt. Schon von der Paradiesesgeschichte her besaß dieses Bild für die Gemeinde des Johannes volle Durchsichtigkeit. Der Macht des Feindes entspricht es, daß das Bild der Schlange über die natürlichen Verhältnisse hinaus gesteigert ist. Sie ist ein Drache, eine Schlange von besonderer Größe, Kraft und Wut, nicht nur mit einem Kopf, sondern mit sieben, so daß sie zugleich nach vielen Seiten hin ihren todbringenden Angriff führen kann. Das Geheimnis ihrer Verderben schaffenden Macht wird dadurch angedeutet, daß sie ihren Platz nicht auf der Erde, sondern wie die den Christus gebärende Frau am Himmel hat. Denn das Vermögen, die Menschheit mit Schuld zu beladen und in den Tod zu stürzen, erhält der Verderber deshalb, weil er vor dem himmlischen Richter das göttliche Recht gegen die Menschheit anruft, die sich dem Willen Gottes widersetzte. Darum ist er auch der Widersacher des Kindleins, das als der Versöhner zu den Menschen kommt und ihnen die Gnade Gottes bringt, die ihre Schuld beseitigt und ihnen das Leben schenkt.

Daß die Köpfe der Schlange gekrönt sind, ist das Zeichen nicht nur für die Macht, die der Satan selbst als Fürst im Reich der Geister besitzt, sondern damit ist zugleich darauf hingedeutet, daß er seinen Willen in der Welt durch die Machthabenden vollführt. In seinem Dienst stehen die Gekrönten, die den Lauf des göttlichen Worts hindern und die Gemeinde Jesu verfolgen. Auf die Zahl dieser Machthaber ist auch durch die Siebenzahl der Köpfe des Drachens hingezeigt. Darum sind auch aus dem Gesicht Daniels die zehn Hörner, die dort das letzte Tier trägt, hier in die Zeichnung des Drachens herübergenommen. Wenn er mit seinem Schweif Sterne in Menge von ihrem Ort wegfegt und auf die Erde schleudert, so soll das nicht nur einen Eindruck von der Größe und Wut des Drachen geben; sondern es ist wohl daran zu denken, daß mit dem Drachen, wie es nebenher heißt, auch seine Engel kämpfen. Die Sterne, die sein Schweif vom Himmel reißt, weisen auf die Engel hin, die durch ihn und mit ihm gefallen und nun die Werkzeuge seiner Macht sind; in ihnen hat er seine Werkzeuge, durch die er regiert. Wenn er sogar die Himmlischen zu verführen und zu verderben vermocht hat, wie wird der Christus, den die göttliche Sendung in menschlicher Schwachheit auf die Erde in die Gemeinde stellt, seinem Angriff entgehen?

12,4b.5: *Und der Drache stand vor der Frau, die gebären sollte, damit er ihr Kind verschlinge, wenn sie es geboren hat, und sie gebar einen Sohn, ein männliches Kind, das alle Völker mit einem eisernen Stab weiden wird* (2,27; 19,15; Ps. 2,8.9), *und ihr Kind wurde zu Gott und zu seinem Thron entrückt.* Der Wille des Satans geht dahin, den Christus zu töten. Daß bei dem Kind an den Christus zu denken ist, wird dadurch gesichert, daß Johannes Ps. 2,9 zur Kennzeichnung des Kindes benützt. Der Hirte über alle Völker, der mit unwiderstehlicher Macht über alle erhöht ist und mit seinem Schlag alles zerbricht, was aus der Menschheit hinausgeschafft werden muß, ist der Christus. Eben deshalb, weil ihm der eiserne Stab gegeben ist, der alles Gottlose so sicher zerschmettert, wie das Tongeschirr unter dem Schlag eines eisernen Stabes in Scherben zerspringt, begehrt der Satan, ihn zu vernichten. Denn seine Macht über die Welt endet mit der Herrschaft dieses Kindes. Zunächst scheint es, als setze er seinen Willen durch; denn nach menschlichem Ermessen ist das Kind rettungslos verloren. Es ist ja wehrlos wie ein eben jetzt geborenes Kind. Aber der Wille des Satans zerfällt; denn Gott greift ein und nimmt den Christus hinauf zu seinem Thron, wo er geborgen ist. Gerettet vor dem Drachen und seinem Morden ist Christus dadurch, daß er auferweckt und erhöht worden ist. Auch hier schließt sich die Weissagung eng an das Wort an, das Johannes von Jesus gehört hat. Jesus hat gesagt, daß er keinen Raum in der Welt hat, weil der Satan in der Welt wirkt. Sie nimmt das Wirken Gottes nicht wahr, weil die Lüge da ist und darum die Welt sich der Wahrheit widersetzt und den, der die Wahrheit sagt, bekämpft (Joh. 8,43-45). Deshalb stirbt der Hirte; denn der Wolf kommt und greift ihn an (Joh. 10,12-15). Der Fürst der Welt bereitet Jesus das Kreuz (Joh. 14,30). Aber der Vater nimmt ihn zu sich, und das ist sein Sieg über den Satan. Darum ist aus seinem Tod für den Satan das Gericht geworden (Joh. 12,31; 16,11).

12,6: *Und die Frau floh in die Wüste, wo sie einen von Gott bereiteten Ort hat, damit man sie dort ernähre während zwölfhundertsechzig Tagen* (11,2.3; 13,5). Nach der Geburt und Entrückung ihres Kindes muß auch für die Frau ein Zufluchtsort bereit sein. Sie kann ihrem Kind noch nicht folgen und hat den Zugang zum Thron Gottes noch nicht. Die Gemeinde lebt noch auf der Erde und hat hier ihren Kampf zu bestehen; sie erlangt die Vereinigung mit dem Christus erst, wenn die Vollendung kommt. Sie kann im Dienst dessen, der vor dem Satan in den Himmel entrückt worden ist, in der Welt keine Triumphe feiern, nicht schon jetzt die Menschheit ihrem Herrn unterwerfen und nicht aus sich eine machtvoll regierende Kirche machen. Darum sagt Johannes, wenn er die in die Wüste geflüchtete Frau zum Gleichnis für die Gemeinde macht, in der Sprache der Weissagung dasselbe, was Petrus im Eingang seines Briefes sagt, wenn er die Gemeinde Fremdlinge nennt, die in der Zerstreuung leben (1. Petr. 1,1). Aber auch während der Zeit ihrer Einsamkeit und Hilflosigkeit wird für die Gemeinde gesorgt, daß sie dem Satan nicht erliegt. Denn sie stirbt nicht, obwohl sie sich in der Einsamkeit verbergen muß, sondern es wird ihr nach Gottes Befehl die Speise gereicht. Die Frist, die ihre Verborgenheit und Gefährdung begrenzt, ist wieder mit der aus Daniel genommenen Zahl bezeichnet: dreieinhalb Jahre der Not bringt die Herrschaft des Widerchrists über sie. Obwohl also durch die Geburt Jesu und seine Erhöhung zu Gott der Zustand seiner Gemeinde noch nicht verändert, ja noch bedrängter und gefährdeter als zuvor geworden ist, ist dennoch durch seine Erhebung zu Gott die große Wendung geschehen und der Welt das Heil erworben. Das wird daran sichtbar, was nach seiner Erhöhung im Himmel geschieht.

12,7-9: *Und es entstand ein Kampf im Himmel, Michael und seine Engel* (Jud. 9; Dan. 10,13.21; 12,1), *damit sie mit dem Drachen kämpften, und der Drache kämpfte und seine Engel, und sie gewannen nicht die Oberhand, und ihr Ort wurde im Himmel nicht mehr gefunden, und der große Drache wurde hinausgeworfen* (Luk. 10,18), *die alte Schlange* (1. Mose 3,1), *die den Namen Verkläger und Satanas hat* (Sach. 3,1), *die die ganze Welt verführt; geworfen wurde er auf die Erde, und seine Engel wurden mit ihm geworfen.* Der Drache verfolgt nicht sogleich die Frau, sondern richtet zuerst seinen Angriff auf den Christus. Nur dann, wenn er ihn zu überwinden vermöchte, wäre der Sieg sein. Darum ist der Ort des Kampfes, der jetzt entsteht, der Himmel. Hier steht Heer gegen Heer auf, vom Himmel her Michael und seine Engel, gegen ihn der Drache und seine Engel. Nicht der Christus selbst tritt dem Verkläger entgegen; denn er ringt nicht mehr mit ihm, da er ihn überwunden hat, als er auf der Erde dem Vater den völligen Gehorsam dargebracht und ihm sein Leben hingegeben hat. Jetzt ist die Abwehr der Geister, die sich von Gott getrennt haben, das Amt der Mächte, die bei Gott wohnen. Johannes hat uns zwar im ganzen Gesicht einen bewegten, mit Leben und Wirkung erfüllten Himmel vor Augen gestellt; es war ihm ein wichtiger Zweck der Weissagung, uns einzuprägen, daß wir nicht nur mit Menschen und irdischen Faktoren zu rechnen haben und nicht vergessen dürfen, daß über dem irdischen Geschehen die himmlische Welt mit ihrer herrlichen Anbetung Gottes und mit ihrer alles Irdische machtvoll ordnenden Einwirkung steht. Aber er hat für die Engel nie einen Eigennamen verwendet außer an dieser einen Stelle; im Anschluß an Dan. 10,13.21 und 12,1 nennt er den von dort her der Gemeinde bekannten Namen Michaels, des Engelsfürsten. Der Name lag Johannes nahe, weil das ganze Kampfesbild, das er hier schaut, an Dan. 8,10 angeschlossen ist. Darin, daß Johannes in der Benennung der Engel nicht über die Aussage der alttestamentlichen Prophetie hinausgeht, lag für die Gemeinde ein lehrreicher Wink. Sie wird von der Weissagung nicht dazu geführt, mit den Engeln in Gemeinschaft zu treten. Denn ihr Glaube wird ohne jede Ablenkung allein und ganz auf Jesus gerichtet, in dem sie den Anteil an der ganzen Gnade Gottes hat. Mit den Engeln ist sie allein dadurch verbunden, daß sie durch den Christus für Gott erkauft ist. Damit ist sie in die Gemeinschaft mit allen versetzt, die das Reich Gottes umfaßt.

Der Ansturm des satanischen Heers auf den Himmel ist erfolglos; er hat das Ergebnis, daß der Verkläger aus dem Himmel ausgeschlossen und auf die Erde verwiesen ist. Das ist die Frucht des Todes und der Erhöhung Jesu, daß die Anklage des Satans gegen die Gemeinde beseitigt ist. Nun ist ihr Fürsprecher bei Gott; dies hat die Folge, daß ihr Verkläger nicht mehr vor Gott erscheinen kann. Johannes dachte an das Wort, das Jesus sagte, als er sich zum Sterben bereitmachte: „Jetzt ist Gericht über diese Welt; jetzt wird der Fürst dieser Welt hinausgetan werden" (Joh. 12,31). Durch Jesu Tod am Kreuz ist der Verkläger vor Gott ohnmächtig gemacht, und dies wird darin fortgesetzt und vollendet, daß ihm, bevor Jesus in seiner neuen Offenbarung das Werk der Gnade vollendet, der Himmel verschlossen wird. Zur Deutung dieses Bildes dienen Johannes zunächst die Namen, die er dem Drachen gibt; sie sprechen aus, warum seine Ausstoßung aus dem Himmel der Gemeinde die Rettung bringt. Indem der Seher den Drachen die alte Schlange heißt, weist er auf den ersten Fall des Menschen zurück, der durch die Verführung des Satans zustande kam. Von daher rührt dessen Macht über die Menschen und sein Klagerecht gegen sie vor Gott. Nun ist aber durch den Tod und die Erhöhung des Christus allem Schaden, der durch den Fall entstand, die Heilung gebracht. Indem der Drache Verkläger und Satan heißt, ist erläutert, warum er immer noch einen Platz im Himmel hatte und erst nach dem Tod des Christus vom himmlischen Heer aus ihm vertrieben wird. Auf der Schuld der Menschheit beruht seine Macht; denn er ruft das Gericht Gottes gegen die Menschen an, die Gottes Willen widerstreben. Nun aber hat die Gemeinde durch das Blut des Christus ihr Gewand rein gemacht. Endlich heißt der Drache der Verführer der ganzen Welt, weil er, wie Joh. 8,44 sagt, die Lüge und den Mord in die Menschen pflanzt und durch die ganze Welt verbreitet. An der gegen die Wahrheit streitenden Nichtigkeit des Götzendienstes und an den damit verbundenen wilden Leidenschaften des Hasses und der kranken Lust wird sichtbar, wie vollständig die Menschheit dem Trug verfallen ist, mit dem er sie verwirrt. Deshalb kommt aber auch die Stunde, in der seine Herrschaft endet und das himmlische Heer ihm den Zugang zum Himmel verschließt.

12,10-12: *Und ich hörte eine laute Stimme im Himmel sagen:*

Jetzt wurde die Rettung und die Kraft und die Herrschaft unserem Gott und die Vollmacht seinem Gesalbten zuteil; denn die Ankläger unserer Brüder, der sie vor unserem Gott bei Tag und Nacht verklagt, wurde hinausgeworfen, und sie überwanden ihn (1. Joh. 2,13) *wegen des Blutes des Lämmleins und wegen des Wortes ihres Zeugnisses, und sie hatten ihre Seele nicht lieb bis zum Tod* (Joh. 12,25; Matth. 16,25; 10,39; Luk. 17,33). *Deshalb frohlockt, ihr Himmel und die ihr in ihnen wohnt* (18,20; Jes. 44,23; 49,13). *Wehe der Erde und dem Meer; denn der Verkläger kam zu euch hinab mit großem Zorn, da er weiß, daß er eine kurze Zeit hat.* Die laute Stimme, die Johannes jetzt hört, deutet den Vorgang, den er sah, und spricht im Gleichnis, den neuen, herrlichen Tatbestand aus. Weil jetzt das Verklagen des Satans beendet ist, geschieht nun der gnädige Wille Gottes an den Menschen, und sein Reich ist bei ihnen gegenwärtig geworden. Nun hindert nichts mehr die göttliche Kraft, den Menschen völlig von den Folgen zu erretten, die seine Abhängigkeit vom Satan für ihn haben mußte. Deshalb hat Christus jetzt das Vermögen, alles zu vollenden, wozu er gesandt ist, und seiner Gemeinde zu zeigen, was ihm der Vater für sie gegeben hat. Darüber frohlockt die himmlische Stimme, weil die, die unter der Klage des Satans standen, unsere Brüder waren. Denn die Himmlischen und die, die auf der Erde leben, kommen vom selben Schöpfer und Vater her und sind deshalb zu einer Gemeinde vereint. Solange aber gegen die Brüder vor Gott die Anklage erhoben wird und das Recht Gottes gegen sie einschreiten muß, legt sich auf alle Druck und Not; so lange liegt für alle die Vollendung erst in der Zukunft. Nun ist aber von denen, die mit den Himmlischen als Brüder verbunden sind, alle Gefahr abgewehrt.

Wieso kann es Menschen geben, vor denen die Anklage des Satans verstummt, Menschen, die im göttlichen Urteil als rein und gerecht erfunden sind? Die Gerechtigkeit, die für den Satan unangreifbar ist und im Gericht Gottes besteht, wird ihnen durch das Blut Jesu zuteil. Weil Christus für sie gestorben ist, sind sie aus aller Abhängigkeit vom Satan befreit. Das Zeugnis, das ihnen den Tod des Christus verkündet und ihnen seine Gnade anbietet, haben sie angenommen; daß sie das göttliche Wort bei sich haben, das ist ihre Gerechtigkeit. Dadurch ist freilich ihre Liebe völlig für Christus in Anspruch genommen;

sie sind zur Treue gegen ihn berufen, die sich ihm ganz ergibt. Es gibt aber in der Tat nun Menschen, die das Wort nicht nur gehört, sondern bewahrt und es höher als ihr Leben geschätzt haben, so daß sie das Wort auch dann nicht verleugneten, als sie um seinetwillen zu sterben hatten. Gegen sie hat der Satan nun keine Macht mehr, weil ihnen Gottes Urteil die Gerechtigkeit zugesprochen hat. Die, die im Himmel ihren Ort haben, empfangen damit den Grund zur ungetrübten, vollen Freude, den Anlaß zum grenzenlosen Dank, zur reinen Anbetung. Anders steht es freilich noch im irdischen Bereich; hier ist der Kampf noch nicht vollendet. Vor dem Thron Gottes ist der Satan zwar ohnmächtig, und der Zugang zum Himmel ist ihm verschlossen; aber über die irdische Welt hat er noch Macht, und der Kampf wird hier um so schwerer, je näher das Ende ist, das alles Satanische auch aus dem menschlichen Bereich beseitigt.

12,13-16: *Und als der Drache sah, daß er auf die Erde geworfen war, verfolgte er die Frau, die den Knaben geboren hatte, und der Frau wurden die beiden Flügel des großen Adlers gegeben, damit sie in die Wüste an ihren Ort fliege, wo sie für eine Zeit und zwei Zeiten und eine halbe Zeit* (12,6; Dan. 7,25; 12,7) *fern von der Schlange ernährt wird. Und die Schlange goß aus ihrem Mund hinter der Frau her Wasser wie einen Strom, um zu bewirken, daß der Strom sie fortreiße, und die Erde half der Frau, und die Erde öffnete ihren Mund und trank den Strom, den der Drache aus seinem Mund goß.* Die Lebendigkeit und Anschaulichkeit des Bilds entspricht der Lage der Christenheit; sie belastet sie mit Sorge und stellt ihren Glauben und Mut auf höchste Proben. Sie hat zwar das Höchste als sicheren Besitz empfangen: ihr Verhältnis zu Gott ist ganz geordnet, ganz klar. Sieht sie zum Himmel empor, so ist sie frei von Angst, nur mit Dank erfüllt, der göttlichen Gnade gewiß. Sie darf deshalb im Glauben sagen, daß sie den Satan und die Welt überwunden hat, wie es ihr die himmlische Stimme vorgesagt hat. Wenn sie aber ihre Lage in der Welt erwägt, dann hat sie allen Grund zur Furcht, und sie muß mit Zittern fragen, ob sie nicht erliegen wird. Wie soll sich die Frau, die das Knäblein geboren hat, des Drachen erwehren, wenn er sich nun in seinem großen Zorn gegen sie wendet? Johannes verheißt: Der Drache wird ihr nichts zuleide tun. Der allmächtige Helfer bahnt ihr den Weg an ihren Zufluchtsort; denn es gibt unter den Himmlischen eine Gestalt, die Flügel hat: der Adler schwebt vor dem Throne Gottes, und seine Flügel werden der bedrängten Frau gegeben. Da der Weg auf der Erde für sie versperrt ist, weil der Satan die Erde beherrscht, wird ihr der Weg durch die Luft dahin gebahnt, wohin ihr der Drache nicht folgen kann. Johannes gibt der Christenheit hier dieselbe Verheißung, die er ihr schon durch den Hinweis gab, daß sie das Siegel Gottes hat, das keine satanische oder menschliche Gewalt zu zerbrechen vermag. Den Angriff des Satans muß die Gemeinde freilich leiden, und er erfolgt mit Macht. Dennoch ist er umsonst, und all seine Versuche, die Gemeinde von innen oder von außen zu zerstören, geschehen umsonst. Den Strom, mit dem die Schlange die Frau fortreißen will, schluckt die Erde auf.

Vielleicht hat Johannes hier ältere Quellen für seine Weissagung benützt. Bestimmt wissen wir, daß die Weissagung Hoseas (2,16), nach der Gott Israel im Anfang der Heilszeit in die Wüste zurückführt, die jüdische Gemeinde lebhaft beschäftigte; sie schloß aus ihr, in der Endzeit müsse das Volk, bevor Gott sich an ihm verherrliche, dadurch eine Erprobung bestehen, daß es wie einst nach dem Auszug aus Ägypten in der Wüste auf Gott zu warten habe. Auch Johannes sagt, daß einzig die Wüste der Christenheit den Schutz verschaffen kann; aber er fordert sie nicht etwa auf, irgendwo auf der Erde einen Bergungsort zu suchen. Er weissagt nicht dazu, um in der Gemeinde die Furcht zu erwecken, die auf Flucht sinnt in der nichtigen Hoffnung, es gebe auf der Erde einen Ort, wo der Satan sie nicht zu finden und anzufechten vermöchte. Vielmehr spricht auch dieses Gesicht die volle Gewißheit des Glaubens aus, daß der Bestand und Sieg der Christenheit im Schutz und in der Gnade Gottes gesichert ist. Wie der Anfang des Gesichtes, der vergebliche Kampf des Satans gegen die Engel, den Dank für die empfangene Rechtfertigung ausspricht, so ist auch der Schluß des Gesichtes zugleich das Zeugnis von der Gefahr, in der die Gemeinde steht, und von der Unverletzlichkeit, die sie durch die Gnade Gottes besitzt. An allen Orten ist die Christenheit – mit dem Bilde gesprochen – in der Wüste, von Gefahren umringt, von ihrem Widersacher angegriffen; überall drängt der Strom an sie heran, der sie zu begraben scheint; aber an allen Orten ist sie auch geborgen in Gottes Schutz.

Mit dieser Verheißung soll aber nicht gesagt sein, daß die Gemeinden oder ihre einzelnen Glieder nicht Schweres erleiden und nicht bis aufs Blut widerstehen müßten. Wie in der ganzen Weissagung beides beisammen steht, daß das Siegel Gottes nicht verletzt wird und daß die Knechte Gottes ihre Seele an seinem Altar ausschütten, ohne daß zwischen beiden irgendein Gegensatz bestände, so schließt auch hier das Gesicht, das Johannes schaut, nicht damit, daß die Gemeinde gerettet und der Satan ohnmächtig ist; es wird ihm vielmehr gezeigt, daß der Satan der Gemeinde einen heißen Kampf bereiten und großes Leid antun wird. 12,17: *Und der Drache wurde gegen die Frau zornig und ging fort, um mit den anderen von ihrem Geschlecht den Kampf zu beginnen, mit denen, die die Gebote Gottes bewahren und das Zeugnis Jesu haben.* Unangreifbar für den Satan ist Christus; denn er ist beim Thron Gottes. Deshalb ist der Satan zornig und verfolgt die Christenheit. Unüberwindlich für ihn ist aber auch die Gemeinde Jesu; denn seine Waffen verwunden sie nicht. Darum wird er zornig und bedrückt die zu Jesus sich Bekennenden. Daß er auf die Gnade Gottes stößt, die nicht wankt und nicht bricht, bewegt ihn nicht dazu, vom Kampf abzulassen; denn er kann sich Gott nicht unterwerfen; die Gewißheit, daß sein Streit gegen das Werk Gottes vergeblich ist, macht ihn nur erbitterter. Da Johannes die Unverletzlichkeit und der Kampf der Gemeinde zugleich gezeigt ist, schaut er die Gemeinde in zwei Bildern. Zuerst erscheint sie in der Gestalt der in die Wüste geretteten Frau; jetzt tritt sie vor ihn in den Verwandten der Geretteten, die den Zorn des Drachen deshalb auf sich ziehen, weil sie zum selben Geschlecht wie die Geretteten gehören. Die Ursache, weshalb die Verfolgung sie trifft, und die Ursache, weshalb sie in der Gnade Gottes steht ist ein und dieselbe: der Gehorsam gegen das göttliche Gebot, der sie von der Sünde trennt, und der Glaube an Jesus, der sie sein Wort nicht vergessen und verwerfen läßt. Nichts anderes als das trägt ihnen den Haß des Satans ein, den Kampf und den Tod; aber eben so sind sie auch Glieder derjenigen Gemeinde, die die himmlische Art an sich hat und mit der Sonne bekleidet ist. Sie können sich die Freundschaft des Satans und der Welt nicht dadurch erkaufen, daß sie wegwerfen, was ihnen den Anteil an Gott gibt.

12,18–13,18

Der Widerchrist und sein Prophet

Was aus Jerusalem wird, zeigte das elfte Kapitel; was aus der Christenheit wird, stellte das zwölfte dar. Aber die Judenschaft und die Christenheit sind nur ein kleiner Teil der Menschheit; sie leben inmitten der großen Völkerschar, die durch die griechische Kultur und die römische Herrschaft zu einer großen Gemeinschaft vereinigt war. Was wird aus dem griechischen Heidentum, aus dem römischen Staat und Reich? Dies zeigt das neue Gesicht. Alle drei Gesichte erklären sich gegenseitig und machen uns dadurch deutlich, warum die Öffnung der Siegel und das Ertönen der Posaunen die schweren Strafen über die Menschheit bringen. Das Gesicht über Jerusalem verkündete: der Tempel wird verworfen und die Heilige Stadt entweiht; damit wird die Verschuldung der Judenschaft offenbar. Warum aber der Tempel in seinem alten Bestand beseitigt und Jerusalem zur Mörderin der göttlichen Zeugen wird, zeigte das zweite Gesicht. Dies geschieht, weil der Christus vor dem Angriff des Satans zum göttlichen Thron gerettet ist und seine Gemeinde vom Satan verfolgt wird. Wie aber der Angriff des Satans auf die Christenheit erfolgt, was jener Wasserstrom bedeutet, durch den er sie ertränken möchte, zeigt nun das dritte Gesicht. Auch dieses antwortet auf eine Frage, die alle tief bewegte, die an der Verkündigung des Wortes Jesu und an der Sammlung der Kirche mitarbeiteten. Wie steht es mit der Völkerwelt? Wird sie willig sein, auf Gott zu hören und das Wort Jesu anzunehmen, so daß sich an ihr die Gnade Gottes ungehindert offenbaren kann? Oder wird sie im Streit mit Gott verharren und ihn bis zum letzten Ende durchführen? Die Antwort auf diese Fragen empfängt Johannes im Gesicht vom Widerchrist. Nun können wir vollends erkennen, warum jene Reiter durch die Menschheit reiten und warum die Posaunen sie mit schweren Strafen beladen; und es wird auch deutlich, warum die Strafen Gottes noch nicht zu Ende sind, warum die Menschheit noch weiter aus den Schalen seines Zorns getränkt wird und warum die Anbetung, die Gott jetzt im Himmel dargebracht wird, erst hernach auch die Erde erfüllt.

12,18; 13,1: *Und ich stand auf dem Sand des Meeres, und ich sah aus dem Meer ein Tier heraufkommen* (Dan. 7,3) *mit zehn Hörnern und sieben Köpfen, und auf seinen Hörnern waren zehn Kronen und auf seinen Köpfen Namen der Lästerung.* Johannes wiederholt und bestätigt die Weissagung Daniels, der den menschlichen Herrschern und Staaten ihr Gleichnis in wilden Tieren gegeben hat. Damit ist ihre Kraft dargestellt, ihr Vermögen und ihr Trieb, zu rauben und zu töten. Ihre Herrschaft beruht darauf, daß sie die anderen unterwerfen und ihnen die Freiheit nehmen, ihr Reichtum darauf, daß sie die anderen arm machen, ihre Ehre darauf, daß sie die anderen erniedrigen. Darum steht ihr Weg, die Herrschaft zu gewinnen und zu behaupten, mit dem göttlichen Willen im Streit; denn hier sucht der Mensch sich selbstherrlich seine eigene Größe zu schaffen, und der Widerspruch gegen die Herrschaft Gottes tritt darin in Erscheinung, daß die, die Gott untertan sind, verachtet, gehaßt und verfolgt werden. Unter dieses Urteil, das die Schrift über die früheren Herrscher gefällt hat, sieht Johannes auch die jetzt regierenden römischen Herrscher und ihren Staat gestellt; die tragen sogar mit besonderer Deutlichkeit die Züge an sich, die das wilde Tier zum Abbild der Herrscher machen. Darum besteht zwischen ihnen und der Gemeinde Jesu ein unversöhnlicher Gegensatz, der zur Verfolgung der Gemeinde führen muß.

Damit ist nicht alles gesagt, was Johannes über den römischen Staat zu sagen hatte, wie auch mit dem Wort, daß die Welt im argen liegt, noch nicht alles ausgesprochen ist, was im Blick auf die Menschheit von uns festgehalten werden muß. Denn die Gnadengabe Jesu besteht nicht nur darin, daß er als der treue Zeuge das göttliche Wort zu uns bringt und als der Erstgeborene von den Toten uns das Leben anbietet, sondern auch darin, daß er die Könige der Erde regiert (1,5). Darum kommt durch seine neue Offenbarung auch dies ans Licht, daß er „der König der Könige und der Herr der Herren" ist (19,16). Das wird er nicht nur vom Tage seiner Wiederkunft an sein; das ist er, durch den Gott seine Herrschaft übt, auch jetzt. Darum, weil alles, was sich in der menschlichen Geschichte herausbildet, vom göttlichen Wirken abhängig ist, ist in allem auch der gute und heilsame Wille Gottes wirksam, und dieser verschafft dem Staat seinen hohen Beruf, der göttlichen Gerechtigkeit zu dienen, wie es Paulus und Petrus der Christenheit gesagt haben (Röm. 13,1-7; 1. Petr. 2,13-17). Es kommt aber in der menschlichen Geschichte nicht nur der göttliche, sondern auch der menschliche Wille zur Offenbarung und Auswirkung; was dieser will und schafft, schaut Johannes in dem Gesicht, das die Ziele und die Resultate der menschlichen Begierde nach der Macht dadurch zeigt, daß es das wilde Tier zum Bild für die Herrscher machte, die Gewalt über die Völker haben.

Johannes sah sich am sandigen Strand des Meeres, als er das Tier erblickte; denn dieses stieg aus dem Meer herauf, aus der dunklen Tiefe, die die vielen Tiergestalten verbirgt, solche, die wirklich hier leben, und auch solche, mit denen die furchtsam erregte Phantasie der Völker die Tiefe bevölkerte. Von oben her kommen die guten Gaben Gottes, von oben der Christus, der die Gnade bringende Herr, von oben die Offenbarung der königlichen Herrlichkeit Gottes, der das Heil der Menschen will. Diejenige Herrschaft aber, die sich jetzt noch die Völker unterworfen hält, gehört nicht zu den guten und ewigen Gaben Gottes, sondern zu denjenigen Ordnungen des menschlichen Lebens, die in der Menschheit Raum haben, weil sie von Gott ferne ist und ihn gegen sich hat. Das erfuhren die Apostel und die ganze Kirche beständig durch das schwere Hindernis, das die von Rom beherrschten Völker mit ihrem Kaiserkult der Botschaft Jesu bereiteten. Konnte man denn auf Jesus hören? Durfte man an ihn glauben? Der Kaiser war ja nicht Christ, und seine Statthalter waren dem Glauben an Christus feind. Erschütterte dieser Glaube den römischen Staat nicht in seinen Grundfesten? Aber den Staat durfte niemand antasten; er mußte so bleiben, wie er war. Was sein Gesetz befahl, war recht, und was sein Gesetz verbot, war Frevel. So wanden sich die Vorstellungen von der Herrlichkeit Roms und von der Unterwerfung fordernden Majestät der Kaiser als Fesseln um die Völker, machten sie für die Größe Jesu blind und unfähig, sein Wort zu fassen. Darin zeigte sich aber, daß diese Macht einen anderen Ursprung und ein anderes Ziel hatte als die Macht, die Jesus der Menschheit zum Herrn gibt.

Nicht ein einzelner Mensch ist als der Widersacher Gottes beschrieben; denn was ist ein einzelner, auch wenn er ein genialer und mächtiger Herrscher ist, für sich allein? Für die Weltgeschichte gewinnt er nur dadurch Wichtigkeit, daß andere da sind, die ihm vorgearbeitet haben und die mit ihm arbeiten und in seiner Größe ihre Ehre, in seiner Macht ihren Gewinn erkennen. Er braucht Vorgänger und Nachfolger und die große Schar von Helfern, die seine Pläne ausführen, eine mächtige Organisation, die ihm die Kraft vieler dienstbar macht. Darum sind im Gesicht des Johannes die einander folgenden Herrscher in ein einziges Tier vereint und bekommen ihr Gleichnis teils durch seine Hörner, teils durch seine Köpfe. Deshalb sind die Hörner gekrönt, weil sie Könige darstellen. Ihre Zahl Zehn nimmt Johannes aus Dan. 7,7. Ebenso haben die Köpfe, weil sie Herrscher darstellen, eigene Namen, und diese enthalten eine Lästerung Gottes, weil diese Herrscher ihr Königtum nicht als ein von Gott ihnen gegebenes Amt verwalten, sondern auf ihre eigene Macht gründen und für sich göttliche Ehre fordern. Die maßlose Überhebung, die ihr Verlangen nach Herrschaft erfüllt, kam dadurch zum Ausdruck, daß der König zugleich als ein Gott auftrat.

In der Vergötterung der Könige kam zum Ausdruck, wie stark die Völker empfanden, daß ihnen Gott unentbehrlich ist. Ihr Blick suchte verlangend nach einer Versichtbarung Gottes innerhalb dieser Welt. In ihren Tempeln fanden sie nichts mehr; was man dort von den Göttern erzählte, war wirr, veraltet und verwelkt. Aus der Natur schöpften zwar manche starke Antriebe zur Frömmigkeit; aber für die Anliegen, die aus dem menschlichen Leben entstehen, gab die Natur die Hilfe nicht. Wo wurde innerhalb der menschlichen Geschichte die Herrschaft Gottes sichtbar? Waren nicht die Herrschenden ihre Offenbarung? Gab es etwas Größeres als Macht, etwas Heilsameres als die Herrschaft eines Regenten, der die vielen durch seinen Willen zur Eintracht zwang und ihnen den Frieden verschaffte? Gerade dann, wenn Throne errichtet wurden, kam die Unentbehrlichkeit dessen, was man „Religion" nannte, deutlich ans Licht. Wie soll zwischen uns eine feste Gemeinschaft entstehen, wenn es nicht über uns etwas Höheres gibt, vor dem wir uns alle beugen? Darum waren die damaligen Kaiser mit größtem Eifer auf ihre göttliche Verehrung bedacht; sie sahen in ihr ein wirksames Band, um die Völker zusammenzuschließen und in der Untertänigkeit zu erhalten. Mochten sie daneben noch ihre besonderen Religionen haben, mochte der eine dies, der andere das über die Götter sagen, so sollten doch alle im Herrscher die Erscheinung der Gottheit verehren. So wurde aber aus der Religion die Entehrung Gottes. Nun wollte ja der Mensch, der in all seiner Macht schwache und nichtige, der Höchste sein. Darum nennt Johannes die Worte, die die Herrscher als Gottheiten priesen, samt den maßlosen Ehrungen und den überspannten Machtansprüchen, die daraus abgeleitet wurden, Schmähungen, die Gott die ihm gebührende Ehre nahmen.

Damit bekommt der Gegensatz, der alles Bestehende in zwei feindliche Heerlager trennt, einen sichtbaren Ausdruck; auf der einen Seite stehen die, die Gott anbeten, und auf der anderen die, die ihn lästern. Im Himmel ist die Anbetung Gottes daheim; darum gehört alles, was an seine Anbetung teilhat, zum Himmel und hat dort seinen Ort, weil es mit den Himmlischen in einem Willen und einem Werk verbunden ist. Wo dagegen der Mensch seine Herrschaft aufrichtet, verstummt die Anbetung Gottes; denn nun preist der Mensch seine eigene Größe. Er kann aber dabei nicht stehenbleiben, sondern wird weiter dazu getrieben, die Herrschaft Gottes zu bestreiten und ihm die Ehre zu nehmen. Da er der Erinnerung an Gott nicht entrinnen kann und seine Abhängigkeit von ihm immer wieder erfährt, kommt es zu der Erbitterung, die nicht mehr schweigen kann, sondern aus dem Preis der eigenen Herrlichkeit in den lauten, zornigen Widerspruch gegen die Größe Gottes übergeht. In diesem Widerspruch stürmt er gegen alles an, was in der menschlichen Geschichte Gott offenbar macht, vor allem gegen Christus, in dem die ganze Gnade Gottes für uns gegenwärtig ist. Darum wird Jesus abgelehnt, der Glaube an sein Sterben und sein Auferstehen als Wahn verlacht und richtet sich der Widerspruch und Widerstand gegen alle, die sich zu ihm bekennen.

13,2: *Und das Tier, das ich sah, glich einem Panther, und seine Füße waren wie die eines Bären und der Rachen wie der Rachen eines Löwen* (Dan. 7,4-6), *und der Drache gab ihm seine Macht und seinen Thron und große Vollmacht.* Alle starken Raubtiere, vor denen man sich im Orient fürchtete, geben zu diesem Tierbild einen Beitrag, weil das Kaisertum, wie es damals auf den Völkern lastete, alles weit überbot, was die früheren Herrscher erreicht hatten. Es setzte sich zum Ziel, alle Machtmittel, die die früheren Herrscher benützten, um sich unangreifbar zu machen und die Völker in Furcht zu halten, in seine Hand zu bringen, und dieses Bemühen, mächtiger und schrecklicher als alle anderen zu sein, gelang ihm. Dadurch bekam auch sein Gegensatz gegen die reine, von Gott gewollte Ordnung des menschlichen Lebens eine Schärfe, die früher so noch nicht vorhanden war. Diese Gestaltung der menschlichen Geschichte ist aber den Mächten, die Gott im Geisterreich widerstehen, nicht unlieb. Während die Herrschaft Jesu, der seine Macht als Gottes Gabe besitzt und zur Verherrlichung Gottes verwendet, der Macht Satans das Ende bereitet, steht der Satan nicht in einem Gegensatz zu dem römischen Herrscher, der sich selbst als Gott anbeten läßt und seinen Eigenwillen zum Gesetz für alle macht. Seine Kraft steht vielmehr diesen Herrschern zur Verfügung, und er tritt seine Macht an sie ab, da er nichts von ihr verliert, wenn diese Machthaber regieren. Sie erhalten darum einen weiten Spielraum, können ihre Pläne verwirklichen und werden groß. Darum gibt es für die Gemeinde Jesu mit diesem Staat und diesen Herrschern keinen Frieden; denn sie kann nicht nach Frieden mit dem Satan begehren. Ihr Beruf ist klar; sie hat den Kampf durchzuführen, ohne Weichlichkeit und Furcht, mit ganzer Entschlossenheit, die das Leben um Gottes willen preiszugeben vermag, aber auch in der Gewißheit, daß der Sieg nicht dem Satan, darum auch nicht denen, die jetzt die Macht über die Erde haben, sondern Gott und Jesus gehört.

13,3.4: *Und einer von seinen Köpfen sah aus, als sei er zum Tod geschlachtet, und die Wunde, die ihm den Tod brachte, wurde geheilt, und die ganze Erde staunte hinter dem Tier her, und sie beteten den Drachen an, weil er dem Tier die Vollmacht gegeben hatte, und beteten das Tier an und sagten: Wer ist dem Tier gleich, und wer kann mit ihm kämpfen?* Johannes schaut im Gesicht nicht nur, wie damals die Lage der Gemeinde war und was sich daraus als ihre Pflicht ergab, sondern sein Wort wird zur Weissagung. Er sieht, daß die Macht, die damals dem römischen Gebieter zur Verfügung stand, noch nicht das Letzte und Größte ist, was die Widersacher Jesu erreichen werden. Die Gefahr wird noch dringender, der Kampf noch gewaltiger werden. Das kommt im Gesicht dadurch zum Ausdruck, daß einer der Köpfe des Tiers von einem Schwerthieb getroffen wird, so daß es scheint, es sei tödlich getroffen. Trotzdem bleibt nicht nur das Tier, sondern auch dieser Kopf lebendig. So steht er als der da, den der Tod nicht überwinden kann, und sein Anspruch auf die Macht und Gottheit erhält scheinbar eine unwiderlegliche Beglaubigung. Jetzt ist der Weltherrscher da, der die ganze Menschheit vor sich knien sieht. Denn wer dem Tod überlegen ist, ist der

Herr, vor dem alle sich beugen. Damit beginnt eine Feier, entsteht eine Religion, ein Kultus, der demjenigen völlig entgegengesetzt ist, den die Himmlischen Gott darbringen. Droben gilt die Anbetung Gott; dieser Anbetung schließt sich die Gemeinde Jesu von Herzen an und bringt ihre Gebete als Rauchopfer auf den himmlischen Altar. Die neue Anbetung der Menschheit gilt dagegen dem Menschen, seiner unüberwindlichen Kraft, seiner alles beugenden Größe. Sie gilt deshalb auch dem, durch den der Mensch zum Herrscher wird. Dem Satan, daß der neue Herr der Erde mit einem boshaften Willen seine Macht erwirbt und verwaltet, wird nicht hindern, daß er angebetet wird; gerade das, was er vom Satan empfing, erscheint als groß und herrlich. Er würde nicht verehrt, wenn er sich nicht dadurch als groß bewiese, daß er keinen Herrn über sich anerkennt und einzig seinen Begierden gehorcht. Von nun an gibt jedermann den Widerstand gegen den neuen Herrscher auf; denn jeder, der gegen ihn den Kampf wagen wollte, erscheint als ein Tor, der ins eigene Verderben rennt. Daß die Christenheit sich weigert, ihn als ihren Herrn zu verehren, scheint wahnwitzig zu sein, da sie nicht sehe, was ihr den Untergang bringen müsse, und sich eigensinnig gegen den empöre, dessen Größe doch dadurch erwiesen sei, daß er unverletzt durch die Gefahr des Todes hindurchgegangen sei. Damit ist jene Stunde der Versuchung da, von der Johannes in den Briefen an die Gemeinde spricht, als er sie für das Ende rüstet (3,10), und die Christenheit wird nun allen Ernst und Mut brauchen, um Gott und dem Lamm ihre Anbetung darzubringen und niemand sonst.

Die Ereignisse in Rom, die Johannes miterlebt hat, legen die Erwägung nahe, ob sie nicht auf diese Fassung der Weissagung Einfluß hatten. Keiner von den Kaisern hatte mit solchem Übermut seine Gottheit zur Schau gestellt, wie es Nero getan hatte, und keiner hatte seine Macht so schamlos zur Erfüllung seiner Leidenschaft mißbraucht wie er. Da verschwand er plötzlich; er wurde von Verschworenen ohne Zeugen in seinem Versteck ermordet. Das ergab für den römischen Staat und das Kaisertum eine schwere Erschütterung. Während zwei Jahren war es keinem der Männer, die sich auf den leer gewordenen Thron setzten, möglich, ihre Herrschaft fest zu begründen. Nacheinander erlagen drei Kaiser nach kurzer Zeit ihren Gegnern. Warnt Johannes davor, von diesen Vorgängen das Ende der römischen Macht zu erwarten? Will er sagen, sie werde befestigt aus diesen Wirren hervorgehen und gerade dadurch erst recht mächtig werden und das schwere Hindernis bilden, das dem Gehorsam gegen das Wort Jesu widersteht, und werde nun erst recht den Versuch unternehmen, die Christenheit zu vernichten? Da Nero plötzlich verschwunden war, hängten sich an sein Ende mancherlei wilde Gerüchte: er sei entronnen, im Orient verborgen, sei von den alten Feinden Roms, den Parthern, aufgenommen worden und werde ebenso unvermutet, wie er verschwand, mit einem Heer zurückkehren. Deutliche Hinweise auf einzelne Ereignisse, die Johannes und seine Zeitgenossen bewegten, treten aber in seiner Darstellung des Tiers nicht hervor. Jene Vorgänge haben wohl vor allem dadurch auf die Gestaltung der Weissagung eingewirkt, daß sie die immer gültige Tatsache allen mit verstärkter Deutlichkeit einprägten, daß alle Größe und Macht des Menschen so lange scheitert, als er dem Tod unterworfen ist. Diese als Götter verehrten Fürsten waren morgen tot; so wurde aus den göttlichen Namen, mit denen sie sich schmückten, eine leere Prahlerei. Was wird aber werden, wenn es dem Menschen gelänge, sich über den Tod zu erheben und von der todbringenden Wunde wieder zu genesen? Dann wäre seine Größe unwiderstehlich und die neue Anbetung geschaffen, mit der der Mensch nichts mehr verehrt als sich selbst. So macht das Gesicht des Johannes das Bild des Widerchrists zum vollständigen Gegenbild Jesu. Auch die Herrschaft Jesu beruht darauf, daß er den Tod überwunden hat. Den Auferstandenen verehrt seine Gemeinde als ihren Herrn. Nun wird aber ein anderer kommen, der den Ruhm Jesu verdunkelt, weil auch er sich als dem Tod überlegen erweist. Der Sieg über den Tod ist also nicht mehr die Krone dessen, der seine Macht von Gott empfängt und sie dazu braucht, um als der gehorsame Sohn den Willen Gottes zu tun. Nun scheint dieselbe Höhe auch auf dem entgegengesetzten Wege erreicht zu sein, von dem Menschen, der für seine eigene Größe kämpft und die Macht in der Befreiung von Gott sieht, darin, daß er den eigenen Willen an die Stelle des göttlichen Willens setzt. Nun ist die Versuchung, in die die Menschheit gestellt ist, schwer und die Stunde der letzten Entscheidung da.

13,5-8: *Und es wurde ihm ein Mund gegeben, der Großes und Lästerungen redet* (Dan. 7,11.25), *und es wurde ihm Vollmacht ge-*

geben, es zweiundvierzig Monate zu treiben (11,2; 12,6). *Und es öffnete seinen Mund zu Lästerungen gegen Gott, um seinen Namen und sein Zelt, die, die im Himmel wohnen, zu lästern, und es wurde ihm gegeben, den Krieg gegen die Heiligen zu führen und sie zu überwinden* (Dan. 7,21), *und es wurde ihm Vollmacht über alle Stämme und Nationen und Sprachen und Völker gegeben, und alle, die auf der Erde wohnen, werden es anbeten, jeder, dessen Name nicht von der Gründung der Welt her im Buch des Lebens geschrieben ist* (3,5; Luk. 10,20; Phil. 4,3; Hebr. 12,13; Dan. 12,1), *das dem geschlachteten Lämmlein gehört.* Johannes heißt es unmöglich, daß der, der die Macht um der Macht willen zur eigenen Erhöhung begehrt und besitzt, Gott vergessen und still an Jesus vorbeigehen könnte, so daß er seiner Gemeinde verstattete, ohne Anfechtung nach ihrem Glauben zu leben. Gott erscheint diesem Machthaber als sein Widerpart, die Erinnerung an ihn als Störung seiner Macht und Verdunkelung seiner Größe. Da er nicht beten will und auch nicht schweigen kann, beginnt er zu lästern. Sich preist er in den höchsten Worten, und alles, was an den erinnert, der im Himmel regiert, beschimpft und bekämpft er mit Leidenschaft. Darum sieht er auch in den Menschen, die Gott gehören, seine Feinde und meint sich berufen, sie zu bekämpfen, und was er sich vornimmt, gelingt. „Es wird ihm gegeben", sagt Johannes; denn auch der trotzigste Abfall macht den Menschen nicht von der Gnade Gottes los; ihr dienen auch die tiefsten Offenbarungen und letzten Ausbrüche der Sünde, und sie setzt ihnen ihre Grenze. Die Zeit, die dem Widerchrist gewährt ist, wird wieder mit der aus Daniel genommenen Zahl von dreiundeinhalb Jahren bezeichnet; sie drückt wie sonst aus, daß auch der letzte, schwere Kampf, den die Christenheit zu bestehen hat, von Gott geordnet und begrenzt ist. Auf die lästernden Worte des Widerchrists, mit denen er die Menschheit von Gott und Jesus befreien will, erfolgt nicht sofort eine Antwort von oben, die die Herrlichkeit Gottes sichtbar macht und den Angreifer vernichtet. So sind seine Unternehmungen gegen die Heiligen mit Erfolg gekrönt. Im Himmel ist der Satan zwar besiegt; auf der Erde ist er dagegen noch der Siegende. Die Engelheere haben die Macht, ihn zu vertreiben; aber die Menschen, die sich zu Jesus bekennen, sind seiner Gewalt noch preisgegeben; sie kann er töten. Daher sieht es so aus, als ob Gott in der

Tat entthront und sein Werk unter den Menschen vernichtet wäre. Die Religion, die der neue Herrscher einführt, ist zur Weltreligion geworden, und die ihn anbetende Gemeinde vereinigt alle Völker. Alle Unterschiede, die in der Geschichte zwischen den Menschen entstanden sind, sind aufgehoben; alle sind geschlossen um den neuen Herrn geschart und überzeugt, daß die Anbetung Gottes und Jesu eine Torheit ist. Dennoch bleibt die Gemeinde Jesu unverletzt. Nur die beten den Widerchrist an, deren Name nicht im Buch des Lebens steht, in das die eingetragen sind, die Gott in seine Gnade und Gemeinschaft aufgenommen hat. Dieses Buch ist das Buch Jesu; denen, die ihm gehören, ist das Leben gegeben. Daher wird keiner von den Seinen dem Widersacher Gottes anheimfallen. Denn ihr Anteil an Gott beruht auf Gottes ewigem Willen. Schon im Anfang, als Gott die Menschheit schuf und ihr Geschick ordnete, war sein Wille auf die Sendung des Christus und auf die Gemeinde gerichtet, die Jesus beruft. Was vom Anfang an durch Gottes Rat geordnet ist, wird auch vollendet. Nichts bringt den ewigen Willen Gottes um seinen Erfolg. Damit ist der Christenheit wieder dieselbe Verheißung gegeben wie dadurch, daß Gott sein Siegel auf ihre Stirn legt (7,34), und dadurch, daß die Frau in die Wüste gerettet wird (12,6). Das Eigentum Gottes steht unter seinem Schutz, und sein Ruf verleiht den Seinen die vollkommene und treue Gnade, die durch keine menschliche Gewalt überwunden wird. Der Widersacher Gottes kann zwar die Heiligen, die Gott gehören, lästern, richten, töten, er mag sich darum als ihr Überwinder vorkommen; aber er kann sie nicht von Jesus trennen, und dadurch bleiben sie im Besitz des Lebens. Die Festigkeit der Gemeinschaft, die die Christenheit mit Jesus verbunden hält, hat ihren Grund auch nach dieser Stelle in dem Sterben Jesu am Kreuz. Das Buch Jesu ist deshalb das Buch des Lebens, und die, deren Name darin steht, sind deshalb für immer gerettet, weil er das geschlachtete Lamm ist. Durch sein Kreuz hat er sich das Recht und das Vermögen erworben, die, die der Vater mit ihm verbunden hat, ins Leben zu führen. Um die Frucht seines Sterbens zu zerstören, dazu ist keine Gewalt stark genug.

13,9.10: *Wenn einer ein Ohr hat, höre er. Führt einer in Gefangenschaft, so geht er in Gefangenschaft*[1] (Jer. 15,2). *Tötet einer mit*

[1] Die Worte sind nicht sicher überliefert.

dem Schwert, so muß er mit dem Schwert getötet werden (Matth. 26,52). *Hier ist die Standhaftigkeit und der Glaube der Heiligen.* Die Arbeit, die die Christenheit zu tun hat, ist schwer, denn sie muß einer scheinbar allgemeingültigen Meinung widersprechen und darf sich auch dann nicht beugen, wenn Macht und Erfolg ihren Gegnern recht zu geben scheinen. Vor dem Leiden erschrickt aber der Mensch stets; es ist für ihn eine schwere Sache, sich allein auf das Unsichtbare zu gründen, während ihn alles, was sichtbar ist, zu widerlegen scheint. Läßt sich nicht doch vielleicht ein Ausweg finden, nicht doch ein Friede schließen, nicht doch die Anbetung des Tiers mit derjenigen Jesu vereinigen? Johannes bittet die Christenheit, daß sie auf die Weissagung höre und sich für den Kampf, der vor ihr steht, rüste. Sie rüstet sich dadurch, daß sie keine glänzenden Hoffnungen an ihre Arbeit heftet, nicht von Erfolgen träumt, mit denen sie die Welt zu gewinnen und zu Jesus zu führen vermöchte, und kein Zeitalter des Friedens und des Glücks für sich erwartet, das jetzt mit dem Evangelium anbrechen müsse; sie hat sich vielmehr die Tiefe des Gegensatzes deutlich zu machen, der sie von dem Trachten und Treiben der Menschheit trennt. Diese Kluft ist so tief wie die, die den göttlichen Willen vom satanischen trennt. Die Mittel, mit denen sich die Christenheit zu verteidigen hat und mit denen sie auch den Sieg gewinnen wird, sind einzig die zum Leiden entschlossene Standhaftigkeit und der Glaube, der weiß, wer Gott ist und wozu er uns den Christus gesandt hat. Dem menschlichen Sinn liegt es nahe, dieselben Mittel zu verwenden, mit denen die Welt arbeitet, und der Gewalt mit Gewalt zu begegnen. Mit berauschender Kraft trieb dieser Drang die Judenschaft in die Empörung hinein und ließ sie immer wieder zu den Waffen greifen. Allein auf diesem Weg würde die Christenheit nichts ausrichten, sondern sich nur Schaden tun. Denn die göttliche Regel kehrt die Gewalt auf den zurück, der sie übt. Wer einem anderen die Freiheit raubt und ihn knechtet, erleidet dasselbe Los, und wer das Leben des anderen nicht achtet und mit dem Schwert arbeitet, endet selbst durch das Schwert. Die verkehrten Mittel, mit denen die Christenheit versuchen wollte, sich zu schützen, würden sich gegen sie kehren. Wie ein Lamm unter den Wölfen zu stehen, so beschrieb Jesus die Aufgabe seiner Jünger (Matth. 10,16); ebenso leitet Johannes die Christenheit an, der

Machtentfaltung ihrer Widersacher nur das entgegenzustellen, was Gott innerlich in ihr schafft: die Gewißheit, die sich fest an seine Verheißung und Gnade hält, und die ganze Liebe, die von ihm nicht weichen kann und um seinetwillen alles mit tapferem Mut erträgt.

13,11: *Und ich sah ein anderes Tier aus der Erde heraufkommen, und es hatte zwei Hörner, die denen eines Lämmleins glichen, und redete wie ein Drache.* Noch ist nicht das letzte Wort gesagt, das die Schwere des kommenden Kampfes ganz enthüllt. Zuerst stellt das Gesicht dem himmlischen Herrn, der im Gehorsam gegen Gott von Gott die Herrschaft empfängt und darum durch das Kreuz die Herrlichkeit erlangt, den Machthaber gegenüber, der den menschlichen Gedanken über das, was groß, ruhmvoll und mächtig ist, entsprechen wird, in jener Herrscherlust, die der Gewalt des Raubtiers gleicht. Aber so verführerisch diese Art der Herrschaft auf die Menschen wirkt, für sich allein hat sie noch nicht die höchste, alles bezwingende Kraft. Denn der Mensch hat auch innere Bedürfnisse, die sich aus seiner geistigen Art ergeben; er begehrt eine Religion, die ihm noch stärkere Kräfte verschafft, als der Mensch sie besitzt, und dem, was er wagt, eine übernatürliche Weihe und ein wunderbares Gelingen verschafft. Deshalb hat der Machthaber einen Propheten nötig, der mit dem Schwert bewaffnete Arm das bestechende, die Menge gewinnende Wort, die alles niederwerfende Gewalt den starken Geist, der sie zu rechtfertigen und zu verklären weiß; erst dann ist der Gipfel der menschlichen Größe erstiegen. Wird der Machthaber durch den Propheten unterstützt, dann entsteht die große Versuchung, und erst damit ist das vollständige Gegenbild zum Amt Jesu hergestellt. Nun widersetzt sich ihm, der sich durch sein Wort und seinen Geist bezeugt, ein anderes Wort, das auch die Art des Geistes an sich hat, und widerlegt das Wort Jesu. Dadurch scheint vollends erwiesen zu sein, daß die Menschheit Jesus vergessen darf. Darum tritt im Gesicht des Johannes neben das erste Tier ein zweites, das nicht wie ein Raubtier ausgerüstet ist und nicht den Rachen eines Löwen und die Klauen eines Bären hat, sondern Hörner wie ein Lamm trägt. Die Mittel, mit denen es wirkt, die Waffen, mit denen es kämpft, gleichen denen, die Jesus braucht und seiner Gemeinde gibt; denn dieses Tier verschafft sich seine Größe durch Wort und Geist. Aber innerlich gleicht es nicht dem Lamm; es schöpft seinen geistigen Besitz nicht aus Gott und offenbart durch sein Wort nicht den Willen Gottes, sondern empfängt sein Streben und sein Wort aus der finsteren Macht, die ein blendendes Licht und ein täuschendes Wort in die Menschheit hineinwirft. Es verkündet einen entstellten Gott, der den Begierden des Menschen dienen muß, eine Religion, die nicht an das Werk Gottes gebunden ist, sondern nach ihrer eigenen Lust fabelt, die den Willen des Menschen nicht reinigt, sondern seine selbstische Sucht stärkt. So entsteht ein Gottesdienst, in dem der Mensch das Seine sucht, nicht das, was Gottes ist. Auch diese Weissagung knüpft daran an, was Johannes schon erlebt hatte. In der Judenschaft, der er das Wort Jesu gesagt hat, gab es nicht nur trotzige Rebellen, die den Verzweiflungskampf gegen den römischen Herrscher führten, sondern auch jüdische Magier, die sich eifrig an die Machthaber herandrängten und von ihnen gern aufgenommen wurden, damit ihre Entschlüsse von einer geheimnisvollen Weisheit geleitet seien und ihre Taten unter dem Schutz überirdischer Mächte ständen. Verwandte Vorgänge gab es aber auch in der Christenheit, wie wir aus dem ersten Brief des Johannes (1. Joh. 2,18) und aus dem Urteil wissen, das im ersten Gesicht an die Gemeinden ergeht (2,6.14.15.20-23). Das Wort des Johannes wurde von einer unechten Gläubigkeit bekämpft; sie arbeitete zum Teil mit denselben Worten wie die Apostel und sammelte auch Gemeinden, die von außen denen der Apostel glichen; aber innerlich hatte sie sich von den Zeugen Jesu getrennt. Denn hier war es zu keinem Bruch mit dem bösen Willen gekommen, sondern die sündlichen Begierden wurden entschuldigt, verteidigt, gepflegt und befriedigt. Daraus entstand mit Notwendigkeit ein tiefer Widerwille gegen Jesus, der die Macht nur dazu begehrt hat, um den Willen Gottes zu tun, der selbst arm wurde, um die vielen reich zu machen, und der das Kreuz erwählte, um allem Bösen das Ende zu bereiten. Der Gott dieses anderen Christentums war nicht die Liebe, die den Menschen von sich selbst frei macht und ganz unter den guten Willen Gottes stellt; jene Vertreter einer neuen Frömmigkeit begehrten von Gott nur die Erhöhung des menschlichen Ichs, den Genuß und Glanz der eigenen Vollkommenheit, und darum wollten sie auch einen anderen Christus, einen solchen, der den menschlichen Wünschen nicht widerspricht, sondern sie erfüllt. Darum bestand für dieses Christentum auch nicht die Notwendigkeit, den Kampf mit der Welt unbeugsam durchzuführen; es war mit denen, die die Macht über die Menschheit begehrten, innerlich eines Sinnes. Es konnte sich mit ihnen verbünden, ihr Unternehmen billigen und verherrlichen und sich von ihnen begünstigen und feiern lassen. Dann war beides beisammen, was die Menschen lockt: das Schwert und das Wort, die Gewalt und der Geist, die Krone und die Religion, der Thron und der Altar. Johannes weissagt, daß diese Verbindung kommen wird: der Weltbeherrscher wird den falschen Propheten neben sich und für sich haben, und dann ist für die Christenheit die Stunde der schwersten und letzten Versuchung da.

Nicht einzelne Lehren, die das Wirken Gottes mit trüben, verkehrten Gedanken verdunkeln, erscheinen als das Gift, das diese neue Gläubigkeit verdirbt und verderblich macht. Dieser Kampf vollzieht sich nicht nur im Bereich der Gedanken, als stehe hier nur Meinung gegen Meinung, Lehrsatz gegen Lehrsatz. Das geschlachtete Lamm und das dem Weltbeherrscher ergebene und mit ihm regierende Lamm sind nicht nur durch einzelne Gedanken voneinander getrennt; ihre Wege sind vielmehr geschieden durch das Ziel, das ihr ganzes Wollen und Handeln beherrscht. Dort steht der, der Gott verherrlicht und für Gott lebt, hier der, der sich selbst verherrlicht und für sich kämpft, dort der, der frei von sich selbst sich Gott untergeben hat, hier der, der sich selbst behauptet, dort der, der im Dienst der Gnade den Menschen beschenkt, hier der, der seine Erhöhung durch die Knechtung der anderen bewirkt. Das ist ein unversöhnlicher Gegensatz.

13,12.13: *Und alle Vollmacht, die das erste Tier hat, tut es vor ihm und bewirkt, daß die Erde und die, die auf ihr wohnen, das erste Tier anbeten, dessen Wunde, die ihm den Tod brachte, geheilt wurde, und es tut große Zeichen, daß es sogar Feuer aus dem Himmel auf die Erde vor den Menschen herabkommen macht* (Luk. 9,54; 2. Kön. 1,10.12). Diese Art von Propheten kommen jedem Befehl willig nach, den der Herrscher ihnen gibt; denn ihr Bestreben ist darauf gerichtet, die ganze Macht, die dem wilden Tier durch die göttliche Regierung gewährt ist, wirksam zu machen. Darum verkünden sie das göttliche Recht des Weltbeherrschers und verlangen für ihn die völlige Ergebenheit, die restlose Unterwerfung, die Anbetung. Sowie aber der Anspruch erhoben wird, als Prophet zu sprechen, wird es notwendig, diesen Anspruch zu bewähren, da die Forderung des unbedingten Gehorsams nur dann erfüllbar wird, wenn die angeblich göttliche Sendung des Propheten gesichert ist. Darum wird das Zeichen zum unentbehrlichen Arbeitsmittel des Propheten, und es wird ihm gegeben. Er vermag durch wunderbare Machttaten das Recht seines Anspruchs auf Autorität und die Wahrheit seiner Botschaft zu erhärten. Wer kann noch an ihm zweifeln, wenn sogar das himmlische Feuer, der Blitz, seinem Wort gehorcht? Die Christenheit, für die kein Blitz vom Himmel fällt, die vielmehr wehrlos leiden und hilflos sterben muß, scheint widerlegt zu sein.

13,14.15: *Und es verführt die, die auf der Erde wohnen, wegen der Zeichen, die ihm gegeben wurden, vor dem Tier zu tun, und es sagt denen, die auf der Erde wohnen, daß sie dem Tier, das die Wunde des Schwertes hat und lebendig wurde, ein Bild machen sollten, und es wurde ihm gegeben, dem Bild des Tieres Geist zu geben, damit das Bild des Tieres auch rede, und zu bewirken, daß alle, die das Bild des Tieres nicht anbeteten, getötet werden* (Dan. 3,5). Um das Bild ging der Kampf zwischen der Christenheit und dem Heidentum, weniger um das der Götter als um das Kaiserbild; denn der Glaube der Völker hing nicht mehr an ihren Göttern; dagegen verlangten sie für die Kaiser die Huldigung, und der Staat bot alle seine Machtmittel auf, damit dem Kaiser von allen göttliche Ehre erwiesen werde. Die von Jesus Befreiten und zum einigen Gott Berufenen opferten aber nicht mehr vor dem Kaiserbild. Schon einmal waren Jerusalem und die ganze Judenschaft Palästinas dadurch in größte Gefahr gekommen, daß der Kaiser Kaligula beschlossen hatte, sein Bild im Tempel von Jerusalem aufstellen zu lassen. Das empfand die Judenschaft als schwerste Bedrohung, als die Entweihung des Tempels und das Ende des Volks. Damals ging aber die Gefahr an der Judenschaft vorbei; denn die Beamten des Kaisers erschraken vor dem Märtyrermut der Juden und hielten es nicht für ratsam, die Erfüllung des kaiserlichen Wunsches mit einem Blutstrom zu erkaufen. Auch in den griechischen Städten gelang es den jüdischen Gemeinden immer wieder, wenn auch nur unter harten Kämpfen, ihre Betsäle vor der Aufstellung von Kaiserbildern zu bewahren. Aber die Gefahr, die damals noch vorüberging, wird am

Ende wiederkommen. Die Judenschaft lehnte die Bilder des Gesetzes wegen, im Gehorsam gegen das zweite Gebot, ab. Auch die Christenheit tat es, nicht nur wegen des Gesetzes, sondern weil sie mit ihrer ganzen Liebe an ihren himmlischen Herrn gebunden war. Das falsche Prophetentum dagegen, das nichts Höheres als den Menschen kennt, hat gegen das Bild nichts einzuwenden. Denn durch den Bilderdienst entsteht ein in die Irre führendes Gegenbild zu der überall wirksamen Gegenwart des himmlischen Herrn. Indem die Bilder des Kaisers überall aufgestellt wurden, kam zum Ausdruck, daß seine Macht sich überallhin erstreckte und alle ihm unterworfen waren. So wird das falsche Prophetentum der Zukunft im Bilderdienst das wirksame Mittel sehen, um die Völker zu sammeln und die Gemeinde Jesu zu vernichten. Johannes denkt auch an die Erprobung, die über die im Exil lebenden Juden kam (Dan. 3). Der Triumph des Weltbeherrschers wird darin bestehen, daß alle Völker seine Statue anbeten, und der Triumph des falschen Propheten darin, daß er das Recht dieses Bilderdienstes dadurch beweist, daß er das Bild zu beleben vermag. Die, die das Bild nicht als Gottheit ehren wollten, wandten immer dagegen ein, es sei ja tot und rede nicht. Dann aber wird ein lebendiges Bild geschaffen, das das Vermögen zu sprechen hat, und damit ist der Einspruch derer widerlegt, die dem Bild die Ehrung verweigern. Nun verdient jeder, der es nicht anbeten will, den Tod.

13,16-18: *Und es bewirkt, daß sich alle, die Kleinen und die Großen und die Reichen und die Armen und die Freien und die Knechte, an ihrem rechten Arm oder an ihrer Stirn ein Mal anbringen und daß keiner verkaufen oder kaufen kann, wenn er das Mal, den Namen des Tiers oder die Zahl seines Namens, nicht hat. Hier ist die Weisheit. Wer Verstand hat, berechne die Zahl des Tiers; denn es ist die Zahl eines Menschen, und seine Zahl ist sechshundertsechsundsechzig.* Vor dem Anspruch des Weltbeherrschers, daß ihm alles untertan werde, verschwinden alle Unterschiede des Rangs und der Stellung, die die Menschen in ihren Völkern einnehmen. Keinem, welchen Platz er innehat, ob er oben oder unten steht, ohnmächtig oder mächtig, verborgen oder allen sichtbar ist, wird gestattet werden, sich der Unterwerfung unter den neuen Herrn zu entziehen, und alle werden dem Ruf der falschen Prophetie folgen und sich dem Widerchrist hingeben. Das geschieht im Gesicht dadurch, daß jeder sich den Namen des Herrschers auf die Stirn oder den rechten Arm einritzt. Damit wird der Frevel, der durch seine Anbetung geschah, zur Vollendung gebracht. Indem die Menschen seinen Namen tragen, weisen sie jede andere Abhängigkeit ab, verzichten sie aber auch auf jede Freiheit und wollen ihm ganz und gar unterworfen sein. Damit werfen sie die Abhängigkeit ab, die uns Menschen alle als Geschöpfe Gottes von Gott, unserem Schöpfer, abhängig sein läßt. Ihn leugnet, wer sich in vollständiger Unterwerfung an einen Menschen hingibt. Auch damit, daß sie den Namen des Widerchrists in ihre Haut einritzen, drücken sie die Vollständigkeit ihrer Unterwerfung aus: was durch Tätowierung in die Haut geschrieben ist, kann nicht mehr abgewischt oder ausgelöscht werden. Die Menschen geloben ihm damit die bleibende Zugehörigkeit; sie tragen ja seinen Namen so an sich, daß er nicht mehr verschwinden kann. Dazu rühmen sie sich dieser Untertänigkeit, die sie ganz und gar zu seinen Sklaven macht, mit Stolz und tragen darum seinen Namen an der sichtbarsten Stelle, an ihrer Stirn oder ihrem rechten Arm. Es liegt darin eine tiefe Wahrheit, daß Johannes sagt, dieser völlige Verzicht auf Freiheit und eigene Würde sei das Werk der falschen Prophetie. Denn zur absoluten Hingabe, die den Willen des Menschen völlig bindet, bewegt ihn nur die Religion, sei sie wahr oder falsch. Vor der äußeren Macht, sei ihr Glanz noch so prunkvoll, beugt sich der Mensch nie ganz. Ihr Zwang kann ihm Ketten schmieden; aber er rüttelt an ihnen. Wenn aber die Macht in religiöser Verklärung vor ihn tritt, endet jeder Widerstand; nun sieht der Mensch in seiner Knechtung seine Freiheit, in seiner Entehrung seine Ehre, in seiner Vernichtung sein Glück. Die Unterwerfung unter diesen Herrscher wird zur Bedingung für jeden Verkehr, für jeden Anteil am gemeinsamen Leben gemacht. Wer das Mal nicht hat, verfällt dem Bann, wird aus allem Verkehr ausgestoßen und findet nirgends Hilfe. Da der Widerchrist allein und über alle regieren will und deshalb nicht ruht, bis er alle sich unterworfen hat, muß die Christenheit verschwinden. Der Kampf geht um Leben und Tod.

Dieselbe Bedeutung wie der Name hat die Zahl des Namens. Weil die Griechen die Zahlen mit Buchstaben schrieben, $a = 1$, $b = 2$ usw., konnte man jedes Wort auch als eine Zahl lesen, indem man für die Buchstaben ihren Zahlenwert einsetzte und ihre Summe zusammenzählte. Die Umrechnung von Namen in Zahlen findet sich in der damaligen Zeit in mancherlei Weise, sowie ein Name nicht offen genannt, sondern nur versteckt angedeutet werden sollte. Auch die Schriftgelehrten Jerusalems haben mehrfach erwogen, welche Zahl ein Name ergebe und ob sich nicht darin ein Geheimnis offenbare. Daß Johannes die aus dem Namen entstehende Zahl gezeigt wird, bedeutet, daß der Name dessen, der den Kampf gegen Gott und die Christenheit unternehmen wird, vor Gott schon genannt ist; denn auch das, was die Menschen in Aufruhr gegen ihn tun, um sein Werk zu zerstören, steht in seinem hellen Blick und geschieht mit seinem Wissen und nach seiner Anordnung. Eine Überlieferung, die zu der Zahl 666 die Auflösung gibt, hat sich in der Kirche nicht erhalten. Richtig ist die Beobachtung, daß der Name „Neron Cäsar", wenn er mit hebräischen Buchstaben geschrieben wird, die Summe 666 ergibt. Falls dies mit dem Gedanken des Johannes zusammentrifft, dann ist aus der Reihe der Kaiser, die bereits regiert hatten, der hervorgehoben, der wie kein anderer den gottlosen Übermut und die blutige Feindschaft gegen die Christenheit beispielhaft verkörpert hat. Doch behält die Einrede gegen diese Deutung ein gewisses Gewicht, daß Johannes den griechischen Christen Kleinasiens schwerlich zugemutet hat, mit den hebräischen Buchstaben und Zahlzeichen zu rechnen. Soll mit den griechischen Zeichen gerechnet werden, so läßt sich nicht sagen, ob und wie Johannes die Zahl in einen Namen aufgelöst hat.[1]

14,1-5

Die Gemeinde der Endzeit

Wenn die Menschheit denen, die sich zu Jesus bekennen, keine Stätte mehr bei sich gewährt und ihnen, weil sie sich nicht dem Tier verschreiben, die Gemeinschaft und Hilfe verweigert, ohne die sie nicht leben können, was wird dann aus ihnen? Diese Frage soll sich

[1] Da Johannes nicht der einzige Prophet war, der damals weissagte, und da die Weissagungen von einem Propheten auf den anderen übergingen, ist es nicht unmöglich, daß ein Prophet in der palästinischen Mutterkirche an die Stelle von „Kaiser Nero" die mit den hebräischen Buchstaben berechnete Zahl setzte. Dann entstand diese Verhüllung des Namens noch zu Lebzeiten Neros, vermutlich damals, als die Eiferer in Palästina den Aufstand gegen Nero begannen. Ein sicheres Urteil ist in dieser Frage nicht möglich.

nicht mit schwerem Druck auf die Gemeinde Jesu legen. Johannes führt sie über alle Sorge und Furcht empor. 14,1: *Und ich sah, und sieh, das Lämmlein stand auf dem Berg Zion* (Hebr. 12,22; Röm. 11,26) *und bei ihm hundertvierundvierzigtausend, die seinen Namen und den Namen seines Vaters auf ihren Stirnen geschrieben trugen* (7,3; 3,12; 22,4). Wo wird die Gemeinde sein, wenn der Widersacher sie verfolgt und alle sie bekämpfen? Beim Christus, antwortet das Gesicht, das Johannes schaut. Ihn sieht er jetzt wieder wie im ersten Gesicht bei seiner Gemeinde gegenwärtig, und er ist ihr Schutz. So bewährt sich das Wort, mit dem Jesus in der Nacht vor seinem Tode von seinen erschütterten Jüngern Abschied nahm. Womit hat Jesus sie damals getröstet? Er bleibt bei ihnen, sie sind bei ihm und in ihm, und das ist ihr Sieg über die Welt. Als Johannes gezeigt wurde, daß die Gemeinde dem Angriff des Satans ausgesetzt sein und von ihrem zu Gott erhöhten Herrn getrennt in irdischer Bedrängnis leben wird, hieß es, sie sei „in der Wüste" (12,6). Jetzt, da er die Gegenwart des Christus bei seiner Gemeinde bezeugt und ihr verheißt, daß die Erhebung Jesu zu Gott ihn nicht von ihr trenne, sondern ihm die Macht gebe, immer und überall bei ihr zu sein, nennt er als den Ort, an dem er ihre unversehrte Zahl, in der kein einziger fehlt, bei sich versammeln wird, den Berg Zion. Er nimmt also den Namen dafür, was der neutestamentlichen Gemeinde gegeben ist, wieder aus dem Alten Testament und spricht damit wieder aus, daß der ganze Schatz der göttlichen Verheißung und der Israel gewährten Gnadengabe das endgültige Eigentum der Gemeinde Jesu ist. Auf dem Berg Zion schuf Gott der alttestamentlichen Gemeinde ihre Heimat, als er ihr dort den Tempel gab, der ihr seine gnädige Gegenwart verbürgte. Nun ist Jesus der, in dem Gott uns seine gnadenvolle Gegenwart schenkt; darum ist die Gemeinde Jesu, bei der er ist und die in unzerstörbarer Gemeinschaft mit ihm verbunden ist, auf den Zion versetzt. Johannes dachte dabei nicht an das irdische Jerusalem, wo der Widerchrist ebenso allmächtig regiert wie sonst auf der Erde, sondern sagt, dieser Berg Zion, auf dem das Lamm bei den Seinen ist, sei im Himmel, nicht da, wo der Widerchrist und der Satan herrschen, sondern da, wo Jesus ist und Gott seine Gnade und Herrlichkeit offenbart. Johannes zeigt der Gemeinde Jesu nicht einen irdischen Zufluchtsort, bezeugt ihr aber, daß ihr alle Verheißungen und Rechte der alten, erwählten Gemeinde gehören. Gott hat für sie eine Heimat bei seinem Heiligtum erbaut, wo sie vor jedem Angriff sicher ist. Deshalb wird auch hier wie schon in Kap. 7 die Zahl hundertvierundvierzigtausend genannt, die Jesus als den Vollender Israels kennzeichnet, der das Volk Gottes zur Vollendung führt. Das Gleichnis wird aber hier nicht mehr weiter ausgedeutet und die Gemeinde nicht mehr im vollständigen Gleichmaß aus den zwölf Stämmen zusammengesetzt. Aber auch diese Wiederholung erinnert die von der Welt überwältigte Gemeinde daran, daß Gott die Seinen gezählt und ihnen sein Siegel gegeben hat; sie wird erfahren, daß die Kraft seines Siegels sich auch im letzten Sturm, der die Menschheit erschüttern wird, bewährt. Gottes Zahl bleibt unverletzt, auch wenn ihm der Widerchrist die Seinen rauben will. Denn auch sie tragen auf der Stirn einen Namen, nicht den des Weltbeherrschers, den anzunehmen sie sich geweigert haben, dafür aber den Namen Gottes und Jesu. Denn auch sie sind das Eigentum eines anderen, leben nicht für sich selbst und tun nicht ihren eigenen Willen, sondern sind das Eigentum Gottes und Jesus untertan. Diese Abhängigkeit macht sie aber im Gegensatz zu denen, die den Namen des Widerchrists tragen, frei. Es ist bedeutsam, daß über dem Namen Jesu der Name Gottes steht; denn damit ist ausgesprochen, von welcher Art die Herrschaft Jesu über die Menschen ist: sie sind von ihm in das Reich Gottes eingeführt und an den Willen Gottes gebunden. Daß sie Gott gehören und ihm gehorchen, das ist ihre Ehre, ihre Seligkeit und Sicherheit.

14,2.3: *Und ich hörte eine Stimme vom Himmel her wie das Rauschen vieler Wasser und wie den Schall eines starken Donners, und die Stimme, die ich hörte, war wie die der Harfenspieler, wenn sie auf ihren Harfen spielen, und sie singen ein neues Lied vor dem Thron und vor den vier Tieren und den Ältesten, und keiner konnte das Lied lernen außer den hundertvierundvierzigtausend, die von der Erde her erkauft worden sind.* Jedermann würde es verstehen, wenn die Gemeinde in diesem Moment dargestellt würde, wie sie sich mit heißer Klage und flehentlichen Bitten um Trost und Stärkung an Gott wendet und bei ihm ihre Rettung sucht, etwa im Anschluß an das Gleichnis Jesu, das die Gemeinde mit der bedrängten Witwe vergleicht, die in ihrer Not vom Richter die Hilfe begehrt und sich von ihrem Bitten nicht abbringen läßt. Auch Johannes trug das, was dieses Gleichnis Jesu sagt, im Herzen; er schaut ja die Gemeinde als die verfolgte Frau, der der Adler seine Flügel leihen muß, damit sie entrinnen kann, und der die Erde zu Hilfe kommt, damit der Strom sie nicht ertränkt. Damit hat er vollständig wiederholt, was der Vergleich der Gemeinde mit der bittenden Witwe ausspricht. Die Not kann und darf der Gemeinde aber den Glauben nicht rauben, und Johannes weissagt dazu, damit die Gemeinde ganz in den dankenden Glauben emporgehoben sei. Gläubig soll sie in jeden Kampf hineingehen, auch in den letzten, gläubig jede Not tragen, auch die schwerste; sie weiß ja, wem sie gehört. Johannes hört deshalb die Gemeinde singen mit einem starken Chor; sie singt ein Lied des Danks und der Anbetung, ein neues Lied, weil die sie rettende Gnade das übersteigt, was die Früheren empfingen, und die größere Gabe auch den neuen Dank herstellt – ein Lied, das ihr Eigentum bleibt und sonst von niemand gesungen werden kann, weil der Dank derer, die im letzten Kampf den Sieg gewannen, einen besonderen Grund und eine besondere Freude hat. Für ihre Bewahrung preist sie Gott mit einem ihr eigenen Lied vor denen, die beständig die Zeugen der göttlichen Herrlichkeit sind. Erkauft sind sie; damit ist ausgesprochen, weshalb sie überwinden konnten und nun danken und feiern; Jesus hat sie zu seinem und Gottes Eigentum gemacht. Von der Erde her sind sie erkauft; damit ist ausgesprochen, was ihren Kampf besonders schwer und deshalb ihr Lied besonders mächtig und ihren Dank besonders herrlich macht. Auf der Erde herrschen die finsteren Gewalten und geschehen die gottwidrigen Dinge. Dennoch gibt es auch auf der Erde solche, die für Gott erworben sind.

14,4.5: *Das sind die, die sich bei Frauen nicht befleckten; denn sie sind jungfräulich. Das sind die, die dem Lämmlein folgen, wohin es geht. Diese wurden aus den Menschen als Erstling für Gott und für das Lämmlein erkauft, und in ihrem Mund wurde keine Lüge erfunden; sie sind ohne Makel.* Der Herrlichkeit der Verheißung entspricht die Herrlichkeit der Aufgabe, zu der die berufen sind, die jene empfingen. Vollkommen ist die Gnade, die die beschirmt, die Gott gehören, vollkommen aber auch ihre Liebe, mit der sie sich nur ihm ergaben. Johannes spricht aus, daß nicht die halbe, sondern nur die ganze Liebe den Sieg gewinnt. Man könnte erwarten, er hebe hier als das Merkmal den Märtyrertod heraus; es ist ja von denen die Rede, die ihr Leben nicht liebhatten (12,11), von denen, die sich berauben und aus aller Gemeinschaft ausstoßen ließen, weil sie sich weigerten, den Namen des Weltherrschers auf ihre Stirne zu ritzen (13,17). Es gibt aber einen noch schwereren Kampf als den, bei dem auf das Leben verzichtet wird, und auch diesen muß die Gemeinde bestehen, wenn sie unbezwingbar für jede menschliche Gewalt und für jede Versuchung unerreichbar aufrecht bleiben soll, wenn der Widerchrist sie bedrückt. Wer dem mächtigen Zug der sinnlichen Lust erliegt und ihr nicht zu entsagen vermag, ist der Verführung der Welt gegenüber schwach, die ihn an sich zu ziehen und unter sich zu beugen sucht. Auch dafür, vor der Liebe zu warnen, die an den Besitz bindet, hätte die Lage der Gemeinde den Grund gegeben. Wenn Kauf und Verkauf unmöglich werden und die, die sich zu Jesus bekennen, geächtet sind, müssen sie imstande sein, ohne Murren arm zu sein. Es stimmt aber mit den anderen johanneischen Schriften, mit dem Evangelium und mit den Briefen, überein, daß nicht weiter über die Abwehr der Versuchung, die uns der Reichtum bereitet, gesprochen wird; Johannes erwartet von den Gemeinden die Entschlossenheit, die des Besitzes wegen Christus nicht preisgibt. Darum spricht er mit ihnen nur von dem schwersten Kampf, nur von dem, den uns der Trieb bereitet, der die Geschlechter zueinander zieht; denn die Bande, die uns an den Besitz fesseln, sind leichter zu sprengen als die, die die Geschlechter aneinander fesseln. Diese Liebe wirkt mächtig in unser inneres Leben hinein und schwächt uns, wenn sie nicht gereinigt ist, durch gefährliche Verletzungen. Unkeuschheit macht innerlich wund, und auch dann, wenn die Lust an sich rein und natürlich ist, hat sie ihre Gefahr bei sich; sie macht die Sorge um die Erhaltung des irdischen Lebens und seiner Güter stark und führt zur Teilung der Liebe, so daß sie sich nicht mit ganzer Hingabe zu Christus wenden kann. Johannes mahnt: Es gilt zu entsagen, auch da, wo uns das Opfer am schwersten wird und der Schnitt am tiefsten ins ganze Leben eingreift; wer aber nicht entsagen kann, gewinnt den Sieg nicht. Hat er damit die Ehe als Sünde gescholten? Damit wäre wieder die Art der prophetischen Rede verkannt. Wollte er alle in der Christenheit zur Ehelosigkeit verpflichten, so müßte sich das an den Stellen zeigen, an denen er ihr ausdrücklich sagt, was Christus von ihr verlangt, wenn sie zum verheißenen Ziel gelangen will. In den Ansprachen an die Gemeinden (Kap. 2.3) steht zwar, daß Christus den Verkehr mit der Dirne verbietet, jedoch nicht, daß nur Ehelose in der Gemeinde sein könnten. Das Bild der jungfräulichen Gemeinde, das Johannes hier der Christenheit vorhält, soll ihr mit tiefem Ernst einprägen, daß sie, wenn sie den Sieg über die Verführung und Anfechtung der Welt gewinnen will, sich an der Unkeuschheit der Welt nicht beflecken, nicht ihrer Lust folgen, nicht an ihr Glück denken und ihre Liebe nicht zwischen Christus und den Menschen teilen darf. Den letzten Kampf bestehen nicht die innerlich Verwundeten und Geteilten, nicht die, die Feste mit der Dirne feierten, sondern die, die ohne Makel blieben.

Der Hinweis darauf, was wir abzulegen und worauf wir zu verzichten haben, zeigt uns immer erst einen Teil unserer Aufgabe; in ihrer ganzen Größe tritt sie erst dann vor uns, wenn uns gesagt wird, worauf wir unseren Fleiß und unsere Liebe zu richten haben. Das spricht Johannes mit dem folgenden Satz aus: Die Überwinder „folgen dem Lamm". Sie vergeben ihr Herz nicht an Frauen, sondern sind Jesus in ganzem Gehorsam untertan; sie fragen nicht, warum er sie so führt, wie er es tut, stellen ihm keine Bedingungen und lassen kein Murren und Zweifeln in sich aufkommen. Wissen sie, was Jesu Weg und Wille ist, so ist ihnen das genug; nun folgen sie. Darum macht auch er seine Gemeinschaft mit ihnen vollständig und nimmt sie mit sich dahin, wo er ist. Sie gleichen daher der Erstlingsfrucht, die auf dem Feld oder am Baum zuerst reif geworden ist und deshalb für Gott ausgesondert wird. Denn die Gemeinde, die jetzt unter dem Druck der Widersacher Jesu in der Welt durch das Wort gesammelt wird, ist nicht die einzige und ganze Schar, an der seine Gnade ihre Größe offenbart. Die Ernte Gottes besteht nicht nur aus dieser Erstlingsgarbe. Erst dann, wenn Christus sich in seiner neuen Sendung an den Lebenden und Toten offenbaren wird, wird das Volk Gottes zu einer großen Zahl. Die aber, die zuerst zu Gott berufen sind und die Welt überwunden haben, stehen in einer Verbundenheit mit ihm, die ihre besondere Tiefe und Würde hat. Ihre Ehre besteht darin, daß keine Lüge an ihnen klebt. Auch auf der

Erde unter dem Druck der Welt blieb ihr Wort immer das wahrhaftige Bekenntnis zu Gott und seinem Werk. Sie hießen nicht den Menschen Gott und das Satanische göttlich; sie hießen Gott nicht eine Fabel und den Christus nicht tot. Das sind die Lügen, die den Menschen als Makel anhängen und sie schänden. Wer sich aber nicht mit ihnen befleckt, der hat das Vermögen zu jenem Lied, dessen neuer Dank und Jubel wie die Meereswellen rauschen.

14,6-20

Die Ankündigung des Gerichts

Die Gesichte, die auf das Ertönen der letzten Posaunen folgten, machten sichtbar, wie es nun mit der Menschheit steht. So kann es aber nicht bleiben; die Lösung, die diesem Ringen der gegeneinander streitenden Gewalten ein Ende macht, muß kommen. Zunächst hören wir aber noch nicht, wie sie kommt, wohl aber, daß sie kommt. Drei Engel rufen warnende Worte in die Menschheit hinein, die ihr sagen, was auf dem Spiel steht und jetzt verloren oder gewonnen wird. Auf sie folgt noch eine vierte Stimme, die der Gemeinde, die um Jesu willen zu sterben hat, Trost zuspricht.

14,6.7: *Und ich sah einen anderen Engel in der Mitte des Himmels fliegen, der eine ewig gültige Heilsbotschaft hatte, um sie denen zu verkünden, die auf der Erde wohnen, und jedem Volk und jeder Sprache und Nation, und er sagte mit lauter Stimme: Fürchtet Gott, und gebt ihm Ehre; denn die Stunde seines Gerichts ist gekommen; und betet den an, der den Himmel und die Erde und das Meer und die Wasserquellen gemacht hat.* Die gute Botschaft Gottes verstummt in der Welt nicht, mögen die gegen Gott gerichteten Lästerungen noch so laut und häßlich tönen und der Mensch sich selbst und seine Herrlichkeit noch so laut preisen. Dennoch erweckt Gott in der Menschheit immer wieder die Erinnerung an sich, die ihren Blick von der erdichteten Gottheit des Menschen weg zu ihm, dem Schöpfer, zieht. Die Werke Gottes reden zu allen mit einer Sprache, die nicht erstickt werden kann, und auch in ihr inneres Leben sendet er immer wieder einen Lichtstrahl, der die Furcht vor ihm in ihnen erweckt und ihren stolzen Übermut dämpft. Deshalb verkündet jetzt ein Engel von der Höhe des Himmels her Gottes Heilsbotschaft, so daß sie durch die ganze Menschheit schallt. Denn auch in ihren schwersten Stunden, in denen Finsternis die Menschheit bedeckt, sorgt Gott immer wieder dafür, daß der Weg zum Leben für alle erkennbar und gangbar bleibt. Was der Engel zu sagen hat, ist eine ewige Heilsbotschaft; denn er verkündet Gottes Werk, dessen Frucht und Segen ewig bleibt. Daß Gott nun Recht schaffen wird, ist eine gute Botschaft für alle, die Unrecht leiden, für alle, die die Gerechtigkeit lieben. Die Vollstreckung des Rechts macht, wenn Gott sie bestätigt, aller Bosheit und Not ein Ende und bringt denen das Leben, für die Gott als Richter wirksam wird. Wenn wir verstehen, weshalb die Botschaft, die das göttliche Gericht ankündigt, eine Heilsbotschaft, ein Evangelium heißt und ihre ewige Gültigkeit betont wird, so verstehen wir auch, weshalb Johannes seinen und unseren Blick entschlossen auch auf die Bilder richtet, die die unentrinnbare Allgewalt und qualvolle Tiefe des göttlichen Richtens vor Augen führen. Denn je mächtiger der göttliche Schlag die angemaßte Größe des Menschen zerbricht und ihm die Verwerflichkeit seiner Gottesferne zu erfahren gibt, um so vollständiger wird der Sieg der Gerechtigkeit auf der Erde, und um so deutlicher erstrahlt die Wahrheit vor dem Blick der Menschheit; sie wird nun so in ihrer Mitte aufgerichtet, daß nichts mehr sie verdunkeln kann. Dadurch aber, daß Gott nun das Recht vollstreckt, bekommt die Forderung, die der Engel an die Menschheit stellt, den tiefen Ernst. Sie nennt wieder wie 11,18 den einfachen Grundriß aller Frömmigkeit: der Mensch scheue sich, sich gegen Gott zu erheben, und ehre ihn; er gebe seine Anbetung nicht Menschen, Dingen, Geistern, sondern Gott, weil er der Schöpfer ist. Wer das Geschöpf mit dem Schöpfer vertauscht, gibt die Wahrheit preis. Nicht von der Sendung Jesu und vom Glauben an ihn, nicht von der reinigenden Kraft seines Bluts und von der Gegenwart seines Geistes bei den Glaubenden spricht der Engel; denn dies wird jetzt noch einzig durch das Wort der Knechte Jesu bezeugt, das nicht die ganze Welt durchdringt und nicht zu allen kommt; sondern die Schöpferherrlichkeit Gottes verkündet der Engel, die allen sichtbar ist und alle zu seiner Anbetung beruft. Johannes meint aber nicht, damit sage der Engel nur ein verkürztes, ungenügendes Evangelium. Es ist vielmehr die gute Botschaft Gottes, daß keiner in seinem Gericht verworfen wird, der ihn geehrt und angebetet hat. Das dürfen wir nicht vergessen, wenn Johannes vom Volke Gottes sagt, es finde sich unter allen Völkern und Sprachen und sei, obwohl die im Namen Jesu verbundenen Gemeinden nur kleine Häuflein waren, eine unzählbare Schar.

14,8: *Und ein anderer, zweiter Engel folgte nach und sagte: Sie fiel, sie fiel, Babylon, die Große* (18,2; Jes. 21,9; Dan. 4,27), *die alle Völker vom Wein des Grimmes ihrer Unzucht trinken ließ* (Jer. 51,7). Der zweite Bote gibt bestimmter an, worin die Wohltat besteht, die Gott der Erde jetzt gewährt. Die Weltstadt fällt. Das gehört mit zum richterlichen Werk Gottes und ist deshalb im selben Sinn heilsam, wie die ganze göttliche Rechtsvollstreckung eine Wohltat ist. Im vorangehenden Gesicht war der Weltbeherrscher dargestellt; nun tritt neben ihn die Weltstadt, das allen sichtbare Zeichen seiner Größe und der Stützpunkt seiner Macht. Nicht nur die Menschen, die über die Völker regieren, sondern auch die Stadt übt auf sie eine mächtige und unheilvolle Wirkung aus; denn sie breitet über alle den Wahn aus, es sei ihr höchstes Glück und ein begehrenswertes Ziel, das Leben so zu führen, daß jede Furcht Gottes abgeworfen und jede Regel, die den Willen bände, zerrissen werde. Die Weltstadt mit ihrer Lust, ihrem Reichtum, ihrer Pracht liefert scheinbar den Beweis für die Richtigkeit jener Religion, bei der der Mensch sich selbst anbetet. Darum nimmt Johannes das alttestamentliche Prophetenwort Jes. 21,9, das den Sturz Babylons als eine göttliche Wohltat pries, im Blick auf diejenige Weltstadt auf, die damals der Stolz der Völker und das Denkmal ihrer Größe war, im Blick auf Rom. In derselben Weise las auch die jüdische Gemeinde in den Worten der Schrift, die gegen Babel gerichtet waren, das göttliche Urteil über Rom. Warum die Weltstadt die Völker verdirbt, wird kurz und nachdrücklich dadurch ausgesprochen, daß die Stadt eine Dirne heißt, in der das Verlangen nach der Buhlschaft mit heißer Leidenschaft glüht. Wie die Dirne mit dem gefüllten Becher in ihren Buhlen die wilde Lust entzündet, so gießt die Weltstadt die Unkeuschheit in die Seele aller, die bei ihr einkehren, und ihrer Verlockung erliegen nicht nur die einzelnen, sondern die Völker. Die Anklage gegen Rom lautet, Rom zerstöre die Keuschheit der Völker. Die Weltstadt erhitzt die Triebe, erweckt die Sucht nach

Lust und verschafft ihr mit allen Mitteln die Befriedigung. Sie ist eine Werkstatt, in der eifrig Vergnügen fabriziert wird; es bedeutet aber keine reine Freude, sondern eine heiße Lust, die die Sinne anstachelt, die Triebe zur Unnatur entarten läßt und den Menschen entweiht und zerstört, weil er so für Gottes Wort unzugänglich und für Gottes Willen verschlossen wird. Darum ist es eine göttliche Wohltat, wenn dieser Giftherd, die Quelle des Verderbens für die Völker, beseitigt wird.

14,9-11: *Und ein anderer, dritter Engel folgte ihnen nach und sagte mit lauter Stimme: Wenn einer das Tier und sein Bild anbetet und das Mal auf seiner Stirne oder auf seinem Arm annimmt, wird auch er vom Wein des Zornes Gottes trinken, vom ungemischten Trank, der in den Becher seines Zorns eingeschenkt wird* (Jes. 51,17; Ps. 75,9), *und er wird mit Feuer und Schwefel* (1. Mose 19,24; Hesek. 38,22) *vor heiligen Engeln und vor dem Lämmlein gepeinigt werden, und der Rauch ihrer Peinigung steigt in alle Ewigkeit auf* (Jes. 34,10), *und keine Ruhe hat bei Tag und Nacht, wer das Tier und sein Bild anbetete und wenn einer das Mal seines Namens annimmt.* Der dritte Engel verkündet die Strafe, die über die Anbeter des Widerchrists kommt, die sich ihm zum Eigentum verschrieben. Jeder ist also davor gewarnt, mit dem, der sich im Kampf gegen Gott selbst herrlich macht, in Gemeinschaft zu treten; denn jeder weiß, daß er sich damit das Verderben bereitet, und vor allem weiß dies die Christenheit. Auch dieser Engel spricht wie der, der den Sturz Babylons ankündigt, mit Worten der alttestamentlichen Prophetie, die den Völkern gedroht hat, sie werden den mit Gottes Zorn gefüllten Becher zu trinken haben (Jes. 51,17; Jer. 25,15). Dadurch, daß die Engel hier in Schriftworten reden, wird die Gewißheit verstärkt, daß die Wege, zwischen denen die Menschheit zu wählen hat, ihr nach ihrem Wesen und Ausgang klar gezeigt sind. Schon die Schrift hat dafür gesorgt, daß keiner blindlings wählen muß und ungewarnt dem Tod verfällt, sondern jeder, der hören will, unterrichtet ist und weiß, was er sich zuzieht; und dem Zeugnis der Schrift wird je und je durch die göttliche Regierung die deutliche und wirksame Bestätigung verschafft. Nicht nur die Leidenschaft, die die Dirne im Menschen entzündet, ist V. 8 mit dem Wein verglichen; auch der göttliche Zorn bekommt sein Gleichnis im Wein, und zwar im ungemischten, dem kein Wasser beigegeben ist, dessen erregende und betäubende Wirkung man sofort spürt, sowie man ihn trinkt. Innerlich in sich selbst muß es der Mensch empfinden und leiden, daß er Gott gegen sich hat, und der völlige Ernst, der dem Unwillen Gottes eigen ist, bewirkt, daß ihn starke Schmerzen und tiefe Not erfassen, die er nicht von sich abwehren kann. Wir sollen mit Schrecken an das Verderben denken, das der göttliche Zorn über den Menschen bringt. Darum wird die Strafe, die die Anbeter des Tiers trifft, als qualvolle Pein im Feuer ohne Ende und ohne Ruhe beschrieben. Auch das dient zur Verstärkung der Drohung, daß die Strafe in der Gegenwart der Engel und des Christus erlitten werden muß, ohne daß die Gepeinigten bei ihnen Erbarmung und Hilfe fänden. Denn sie bestätigen das göttliche Urteil, so furchtbar es ist, als gerecht.

Wie entgeht die Christenheit diesem Los? 14,12: *Hier ist die Standhaftigkeit der Heiligen, die die Gebote Gottes und den Glauben an Jesus bewahren.* Nach den Maßstäben, die wir Menschen zu verwenden pflegen, stellt sich die Sache der Christenheit als verloren dar; es scheint unvermeidlich, daß sie dem Widerchrist unterliegt. Ihm steht alle irdische Gewalt zur Verfügung, sie muß leiden und hat keine Waffe, obwohl er die ihm Widerstand Leistenden mit dem Tod bedroht und seine Drohung auch ausführt. Gibt es denn in dieser Lage noch ein Rettungsmittel vor jenem Verderben, das das göttliche Urteil auf alle legt, die sich gegen Gott empören? Die Botschaft des Engels wehrt aber aller Verzagtheit; sie zeigt der Gemeinde das Mittel, das sie rettet und sicher zum Ziel führt. Sie hat nur Festigkeit nötig, die ungebeugt das Leiden trägt. Ohne die tapfere Geduld kann sie freilich den Sieg nicht gewinnen; diese ist ihr aber gegeben, da sie weiß, was Gott ihr geboten hat. Die Gebote Gottes kann sie nicht wegwerfen, sondern ist ihnen mit völligem Gehorsam untertan. Und sie hat den Glauben, den uns Jesus gibt, und kann ihn bei sich nicht ersticken, sondern ist durch den Glauben innerlich an ihn gebunden, so daß sie ihn nicht verlassen und verleugnen kann. Das ist die Quelle ihrer Standhaftigkeit, die nicht schwankt, sondern zu sterben vermag. Vor dem Sterben hat sich aber die Gemeinde Jesu nicht zu fürchten; darüber empfängt sie durch Johannes den Trost. 14,13: *Und ich hörte eine Stimme vom Himmel her sagen: Schreibe: Selig sind die Toten, die von jetzt an im Herrn sterben. Ja, sagt der Geist, von ihrer Mühsal sollen sie ruhen; denn ihre Werke folgen ihnen nach.* Von jetzt an, seit der Kampf für die Christenheit schwer wird und sie um Jesu willen sterben muß, sind die Sterbenden nicht zu beklagen, sondern zu preisen. Die an Jesus Glaubenden brauchen sich nicht ans Leben zu klammern und den Tod nicht zu fürchten, als sei er ein schweres Übel und eine harte Strafe. Ihr Widersacher meint zwar, er bereite ihnen, wenn er sie tötet, ein großes Unglück; für sie aber ist das Sterben eine gute Gabe Gottes, für die sie ihm danken dürfen. Die dürfen sich im Blick auf das Sterben freuen, die in Gott dem Herrn sterben. Von ihm, der sie umfaßt und mit seiner Gnade hält, trennt das Sterben sie nicht; sie sind auch im Sterben sein Eigentum. Dadurch hat der Tod seine Schrecklichkeit für sie verloren, weil ihr Anteil an Gott und seine Gaben mit ihrem Tod nicht zu Ende ist. Es erwächst ihnen vielmehr aus dem Sterben deshalb ein Gewinn, weil es ihnen die Ruhe bringt. Auf der Erde stehen sie in der Arbeit und im Kampf und bedürfen der standhaften Geduld, um aufrecht zu bleiben. Nun macht sie das Sterben von der Anstrengung des Kampfes und der Arbeit frei und führt sie in den Frieden. An den Ältesten am Throne Gottes zeigt uns Johannes, von welcher Art die Ruhe ist, in die sie treten. Da der Thron der Ältesten neben dem Thron Gottes steht, umringt sie die Fülle des göttlichen Lebens, und sie schauen Gottes Werk. Ihre Ruhe ist also kein leeres Dasein; sie gleicht nicht der Ruhe der Erschöpfung. Sie stehen aber nicht mehr in einem mühsamen Dienst, der ermüdet; denn nun geschieht das Werk Gottes nicht mehr durch ihre Hand. So ist auch ihr Herr, das Lamm, durch das das Herrschen Gottes geschieht, in die Ruhe eingegangen, mit keiner Anstrengung mehr beladen und in keinen Kampf mehr verwickelt; denn nun geschieht sein königlicher Wille mühelos.

Die im Herrn sterben, kommen deshalb in die Ruhe, weil sie im Leben den ihnen aufgegebenen Dienst ausrichteten. Ehe die Ruhe für sie begann, war ihnen die Berufung zum Wirken gegeben, und sie haben ihr gehorcht. Von dem, was sie im Dienst Gottes taten, geht ihnen aber nichts verloren. Ihre Werke begleiten sie, bleiben im Gedächtnis Gottes und tragen ihnen Frucht; denn ihr Herr ist ihr Vergelter.

Jetzt, könnte man erwarten, werde Johannes das Auge für den Ort geöffnet, an den die Toten gehen, und er werde in die Stätte ihrer Ruhe hineingeführt, um ein Bild zu empfangen, das uns die Abgeschiedenen sichtbar macht. Ist nicht das die Frage, die alle am stärksten bewegt, die an die Zukunft denken? Wäre es nicht ein großes Geschenk für uns, wenn wir etwas über den Zustand der Abgeschiedenen erführen? Diesen Wunsch ließ aber Johannes nicht in sich aufkommen. Nicht unser menschliches Verlangen, das angstvoll-neugierig nach unserem eigenen Los fragt, war die Wurzel seines Weissagens; er schaut unverwandt auf Gottes Werk und verlangt einzig nach der Offenbarung der Herrschaft Gottes, nach der Vollendung dessen, was der Christus schafft. Damit ist uns nach seiner Meinung alles dargereicht, was wir für uns zu begehren haben; ist uns doch die siegende, dankende, mit den Himmlischen verbundene Gemeinde gezeigt. Dadurch wird jede besondere Unterweisung über den Zustand der Toten unnötig. Da das Leben derer, die in der Arbeit auf der Erde stehen, und derer, die in die Ruhe eingetreten sind, denselben Grund hat und darin besteht, daß sie bei Christus sind, gelten die Bilder, die uns zeigen, was die Gemeinde ist und hat, allen, die mit Gott verbunden sind.

Darum wendet das Gesicht sich wieder der Erde zu und macht in einem Doppelbild, das denselben Gedanken ausdrückt, sichtbar, wie sie dann aussieht, wenn das Widerchristentum sie erfüllt und es scheint, als ob das Wort Jesu überwunden und seine Gemeinde zerstört sei. Die Gemeinde soll lernen, diese Vorgänge so zu betrachten, wie sie sich von oben her darstellen, dann, wenn wir nicht nur die irdischen, sondern auch die himmlischen Vorgänge, nicht nur den Willen der Menschen, sondern auch die Herrschaft Gottes vor Augen haben. Unser Urteil über die menschliche Geschichte fällt verschieden aus, wenn wir nur das erwägen, was die Menschen sich vornehmen, oder wenn wir den Blick zu dem erheben, was Gott in seiner Gnade und Gerechtigkeit tut. Daraus, daß die Gemeinde Gott kennt, dem alles dient, was auf der Erde geschieht, schöpft sie ihre unerschütterliche Geduld. 14,14-16: *Und ich sah und sieh, eine weiße Wolke, und auf der Wolke saß einer, der einem Sohn eines Menschen glich* (Dan. 7,13), *mit einer goldenen Krone auf seinem Haupt, und er hatte in seiner Hand eine scharfe Sichel. Und ein anderer Engel ging aus dem Tempel heraus und rief dem, der auf der Wolke saß, mit lauter Stimme: Sende deine Sichel und ernte; denn die Stunde zu ernten ist gekommen, weil die Ernte der Erde reif geworden ist* (Joel 4,13; Mark. 4,29). *Und der, der auf der Wolke saß, warf seine Sichel auf die Erde, und die Erde wurde geerntet.* Der, den Johannes sieht, gleicht Jesus, da er ja die menschliche Gestalt hat, und dadurch, daß er auf der hellen, glänzenden Wolke sitzt, ist Johannes an das Gesicht Daniels erinnert, in dem der Menschensohn auf der Wolke zum göttlichen Thron gebracht wird. Sodann trägt er die Krone, das Abzeichen der königlichen Macht. Es wird aber hier noch nicht gesagt, wie Jesus sich vor allen offenbaren und dadurch den die Weltgeschichte erfüllenden Kampf zur Entscheidung bringen wird. Denn was hier gezeigt ist, sehen noch nicht alle, sondern einzig der Prophet, den der Geist bewegt, noch nicht die, die auf der Erde wohnen, sondern nur die, die im Himmel sind. Damit steht in Übereinstimmung, daß im selben Bild in derselben Weise Engel als die bezeichnet sind, die den göttlichen Befehl erteilen und vollführen. Dadurch aber, daß in diesem Gesicht ein himmlischer Bote die Ähnlichkeit mit Jesus bekommt, wird der Gemeinde bestätigt, daß Jesus auch in den dunkelsten Stunden, wenn er als überwunden verlacht und zu den Toten gerechnet wird und die Gottferne alle Macht an sich bringt, in unverkürzter Herrlichkeit über der Menschheit thront. Die Macht des Widerchrists reicht nicht aus. um dem die Krone zu nehmen, der auf der Wolke sitzt.

Sein Werkzeug ist die Sichel. Schon damit ist angezeigt, wie die Gemeinde ihr Erleben anzusehen hat. Nichts, was das Widerchristentum gegen Jesus unternimmt und erreicht, hindert das Reifen der Ernte; sie kommt vielmehr gerade dadurch zur Reife, und die Arbeit des Schnitters wird so möglich. Diese Wahrheit hat Jesus im Gleichnis vom reifenden Unkraut seinen Jüngern eingeprägt. Beides muß sich miteinander vollenden, die Sünde und der Gehorsam, der Abfall und die Treue, das Werk des Satans und Gottes Werk. Gerade deshalb gleicht die menschliche Geschichte dem Reifen der Ernte; nichts soll unfertig und vorschnell abgebrochen werden, weder der boshafte Wille des Menschen noch der gnädige Wille Gottes. Darum muß das Auswachsen der Sünde zu ihrer letzten, öffentlichen Endgestalt der Ernte vorangehen und sie herbeiführen. Wenn also die

Gottferne in der Menschheit mächtig wird, so soll das der Gemeinde keine Erschütterung bereiten und ihr keinen Grund zum Zweifel geben; vielmehr wird sie daran erkennen, daß die Ernte naht und daß der, dem die Sichel gegeben ist, sich aufmacht, um sein Werk zu tun. Johannes sieht ihn wartend auf der Wolke sitzen, bis ihm aus dem himmlischen Heiligtum ein Bote den Befehl überbringt, die Sichel auf die Erde zu werfen. Hier geschieht alles nach göttlicher Ordnung und im Gehorsam gegen die göttliche Regierung ohne Willkür und eigenmächtiges Wagen. Die Ernte ist dann da, wenn der Herr der Ernte sagt, daß sein Feld reif ist, und sie geschieht dadurch, daß das Gericht an denen vollstreckt wird, die mit Gott streiten. Damit fällt die Rettung derer zusammen, die niemand anbeten als Gott allein.

14,17-20: *Und ein anderer Engel ging aus dem Tempel im Himmel heraus, und auch er hatte eine scharfe Sichel, und ein anderer Engel ging aus dem Altar heraus, der die Macht über das Feuer hat, und rief dem, der die scharfe Sichel hatte, mit lauter Stimme und sagte: Sende deine scharfe Sichel, und schneide die Trauben am Weinstock der Erde; denn seine Beeren sind reif. Und der Engel warf seine Sichel auf die Erde und schnitt die Trauben am Weinstock der Erde ab und schüttete sie in die große Kelter des Zornes Gottes* (Joel 4,13; Jes. 63,3). *Und die Kelter wurde außerhalb der Stadt getreten, und Blut kam aus der Kelter heraus bis an die Zügel der Pferde tausendsechshundert Stadien weit* (Luk. 24,13). Das reif gewordene Weizenfeld und der mit reifen Trauben behängte Weinstock stellen denselben Zustand der Menschheit dar und verbürgen beide dasselbe göttliche Gesetz, nach dem die menschliche Geschichte dann ihr Ziel erreicht, wenn zunächst die Auflehnung gegen Gott zur Vollendung kam. Wie für den Schnitter, so kommt auch für den Winzer die Stunde, in der er nach seinem scharfen Messer greift, und er hat das Werkzeug bei der Hand, mit dem er die Trauben vom Weinstock abschneidet, sowie die Zeit dafür gekommen ist. Dies wird vom Heiligtum aus angeordnet, wohl nicht nur deshalb, weil der göttliche Wille die Zeiten ordnet und das menschliche Tun zum Abschluß bringt, sondern wohl auch deshalb, weil die anbetungswürdige Hoheit Gottes sich in der irdischen Geschichte offenbart. Gegen die Anbetung Gottes lehnen sich die auf, die sich ihm widersetzen, und Verherrlichung Gottes bildet den Abschluß dieses Kampfes. Deshalb tritt der Engel, der dem, der das Messer trägt, den Befehl überbringt, aus dem Altar hervor. Weil Johannes im Himmel keine toten Dinge, sondern alles belebt sieht, kann er auch vom Altar sagen, ein Engel sei in ihm anwesend; diesem ist der Auftrag erteilt, für das Feuer zu sorgen, dessen Wärme und Kraft für das Leben aller unentbehrlich ist. Im Altar hat dieser Engel seine Wohnung, weil Johannes das Feuer, das auf dem Altar nie verlöschen soll, über alles andere Feuer stellt. Daß auf dem Altar das Feuer brenne, ist für diesen Engel die erste und heiligste Pflicht. Wir sollen dabei auch daran denken, daß im Feuer des Altars das Gebet der Gemeinde vor Gott kommt. Darum weiß der im Altar wohnende Engel, wann die Zeit zur Weinlese da ist und wann der Engel, der das Messer hat, sein Werk beginnen soll. Denn da die Gemeinde um ihre Erlösung und um die Offenbarung Gottes betet, weiß der im Altar wohnende Engel, wann ihr Gebet erhört wird und für die, die auf Erden leiden und kämpfen, die Erlösung kommt. Die abgeschnittenen Trauben kommen in die Kelter. Deshalb eignet sich das Gleichnis dazu, um die richterliche Seite an der kommenden Offenbarung Gottes darzustellen. Sie besteht nicht nur in der Verklärung der Glaubenden, sondern auch in der Beseitigung aller, die Gott widerstehen wollen. Für diese Vernichtung hatten schon die alttestamentlichen Propheten das Zerstampfen der Trauben in der Kelter als Gleichnis verwendet, weil die Vorstellung des roten Traubensaftes, der aus der Kelter läuft, sich leicht mit der des Bluts, das dann fließen wird, verbindet, wenn alle, die am widerchristlichen Treiben teilhatten, im Gericht Gottes untergehen. Indem gesagt ist, daß die Kelter vor der Stadt liegt, wird an die Scheidung erinnert, die das göttliche Gericht zwischen denen vollzieht, die Gott als sein Eigentum zu sich nimmt, und denen, die er von der ewigen Gemeinde trennt. Die Stadt ist die Gemeinde, über die er regiert. Zur Stadt hinaus werden alle geführt, die den Tod verdient haben, und die Vollständigkeit des göttlichen Gerichts, das aller Bosheit ein Ende macht, kommt darin zum Ausdruck, daß Johannes einen ungeheuren Blutstrom aus der Kelter fließen sieht. Es wäre ein Kampf von ungeheurer Schrecklichkeit, wie er zwischen menschlischen Heeren nicht vorkommt, wenn sich ein Blutstrom bildete, der den Rossen bis an die Zügel reicht. Weil aber das göttliche Gericht dann alle trifft, die sich verführen ließen, wird seine furchtbare Majestät durch ein Geschehen bezeichnet, das auf einem menschlichen Schlachtfeld nicht vorkäme. Da ein griechisches Stadion 185 m lang ist, so bekommt auch die Strecke, die der Blutstrom durchfließt, ein ungeheures Maß. Das Bild will die Gemeinde dadurch in der Treue bestärken, daß es ihr die Schrecklichkeit des göttlichen Gerichts vor Augen stellt. Die Welt wurde verführt, und die verführerische Kraft ihrer Sünde wurde dadurch stark, daß viele sie begingen. Ebenso weit wie die Sünde greift aber auch das göttliche Gericht; es wird wegen der großen Zahl der Schuldigen nicht matt und weich. Vor der Größe und Tiefe des Blutstroms, der jetzt fließen muß, erschrickt das göttliche Gericht nicht.

Kap. 15 und 16

Die Schalen des Zorns

Warum die Menschheit den Zorn Gottes verdient, hat das vorangehende Gesicht gezeigt; wir sahen, wie das Tier zur Herrschaft kommt und sich an die Stelle Gottes setzt. Nun sollen wir aber weiter erkennen, daß die Welt den Zorn Gottes auch in der Tat erfährt, weil und wie sie ihn verdient. 15,1: *Und ich sah ein anderes großes und wunderbares Zeichen am Himmel, sieben Engel mit den sieben letzten Plagen; denn durch sie wurde Gottes Zorn vollendet.* Wieder dient die Zahl Sieben dazu, um die fehllose Vollständigkeit des göttlichen Werks darzustellen. Der Unwille Gottes wendet sich mit einem radikalen Nein gegen das Treiben der Menschheit, und die Mittel, durch die er ihr seinen Zorn zeigt, erreichen ihren Zweck vollkommen; sie machen den Unwillen Gottes vollständig klar und zerbrechen den menschlichen Übermut mit unwiderstehlicher Macht und unfehlbarer Sicherheit. Nun ist es aber das letzte Mal, daß der Zorn Gottes sich durch Plagen offenbart. Die Ernte ist ja nahe; bald werden die Trauben geschnitten und gekeltert sein. Auf diese Plagen folgt dann die Entscheidung; die neue Sendung des Christus, die das Ende der irdischen Zeit bewirkt.

15,2-4: *Und ich sah etwas wie ein Meer aus Glas* (4,6), *das mit*

Feuer gemischt war, und sah die, die das Tier und sein Bild und die Zahl seines Namens überwunden hatten, am Meer aus Glas stehen mit Harfen Gottes, und sie singen das Lied Moses, des Knechtes Gottes (2. Mose 15,1), *und das Lied des Lämmleins und sagen: Groß und wunderbar sind deine Werke, Herr Gott, Herrscher über alles* (Ps. 111,2); *gerecht und wahrhaft sind deine Wege, König der Völker. Wer sollte sich nicht fürchten, Herr, und deinen Namen nicht preisen? Denn du allein bist heilig; denn alle Völker werden kommen und vor dir anbeten; denn deine gerechten Gerichte wurden offenbar* (Ps. 86,9). Damit, daß eine bestimmte Zahl von Plagen nacheinander über die Erde kommt, ist wieder Gottes Urteil über Ägypten und seinen Pharao zum Bild dafür gemacht, was die Zukunft bringen wird. Diese Ähnlichkeit entsteht aber nicht nur durch die Wucht der Schläge, mit denen Gott hier und dort den Menschen beugt, sondern auch dadurch, daß Gott durch die von ihm gesandten Plagen sein Volk erlöst. Darum sieht Johannes gleich im Anfang, noch ehe die Engel des Gerichts ihr Werk tun, die Gemeinde, zu deren Befreiung die Plagen gesandt sind. Er sieht sie wieder nicht in ihrer bedrückten Gestalt, vom Joch des Tyrannen gequält, nicht als weinende Schar, die nach Gottes Hilfe schreit; sondern wie die Plagen in Ägypten damit schlossen, daß Israel am Roten Meer Gott das Danklied sang, so sieht hier Johannes sogleich im Anfang des Gesichts die Gemeinde am himmlischen Meer und hört sie ihr Loblied singen, mit dem sie, noch ehe die Plagen kommen, Gott für seine Hilfe preist. Alle Bilder, in denen Johannes die Gemeinde schaut, stellen ihre Herrlichkeit dar und sagen ihr, daß sie als das Eigentum Gottes nicht von der Welt ist, auch wenn sie in der Welt ist und von der Welt zertreten wird (Joh. 17,14-16). Damit ist zugleich ausgesprochen, daß das kommende Werk Gottes nicht nur das frühere wiederholt, sondern ungleich herrlicher ist. In Ägypten bestand die Hilfe, die dem Volk zuteil wurde, darin, daß es durch das Meer gerettet wurde. Damit standen aber auch die, die Gott das Loblied sangen, immer noch an einem irdischen Ort; darum ist ihre Rettung nur ein Zeichen, das auf die zukünftige Erlösung hinausweist. Jetzt aber ringt die Gemeinde um ein weit herrlicheres Ziel, nicht um einen irdischen Zufluchtsort, sondern um die ewige Heimat, um ihr Bürgerrecht im Himmel, um die Verbundenheit mit denen, die Gott im

Himmel dienen, und die, die überwunden haben, haben dieses Ziel erlangt; sie besitzen die vollendete Gemeinschaft mit Gott und das ewige Leben. Daher wird jetzt Gott am himmlischen Meer gepriesen. Dessen Unterschied vom irdischen Meer drückt hier Johannes durch dasselbe Bild aus, das bei der Schau des göttlichen Throns benutzt wird (4,6):Es sah aus wie gläsern, das heißt, es besitzt wie alles Himmlische unveränderliche Festigkeit und wird nicht vom unruhigen Spiel der Wellen bewegt. Den Glanz des Meeres beschreibt dagegen Johannes hier durch ein noch stärkeres Bild als dort; war er dort mit dem Eis verglichen, so leuchtet hier das Meer wie von Feuer durchglüht.

Die dort versammelte Schar hat deshalb den starken Grund und das volle Recht, Gott zu loben, weil sie den Herrscher über die Welt überwunden hat. Er freilich sagt, er habe die Heiligen überwunden (13,7); aber aus der Gewalt, die töten kann, entsteht der Sieg nicht. Vor dem Glauben derer, die ihm nicht gehorchten, seinem Bild die Anbetung versagten und sich ihm nicht durch das Malzeichen seines Namens zum Eigentum verschrieben, erlag die Macht des Widerchrists. Nicht so konnten sie ihn überwinden, daß sie ihn zu vertreiben und seine Herrschaft zu brechen vermochten; das ist nicht das Werk der Gemeinde. Ihr Sieg über ihn besteht vielmehr darin, daß sie sich selber unbefleckt vor ihm bewahrten. Darum steht das Lied Moses (2. Mose 15) für sie in der Schrift; es ist eine für sie bestimmte Weissagung, die sich darin erfüllt, daß sie Gott für ihre Errettung danken. Und sie haben nicht nur am Lobgesang Moses, sondern auch am Lied Jesu teil. Denn auch das Lamm hat überwunden und Gott mit seiner Danksagung verherrlicht, die noch größer war als die, die Mose mit der von ihm befreiten Schar Gott dargebracht hat. Nun pflanzt sich das Lied Jesu im Mund seiner Erlösten fort. Sie preisen Gottes Werke und Wege, nicht sich selbst, nicht ihre Treue, nicht ihr Opfer, nicht ihren Sieg. Das wäre nicht mehr das Lied Jesu, auch nicht das Lied Moses; es wäre kein Lied, das am himmlischen Ort gesungen werden kann. In der Liebe zu Gott, nicht etwa zu ihrer eigenen Verherrlichung kämpft und stirbt die Gemeinde. Wer diese Liebe nicht hat, wird nicht überwinden, sondern geht zur großen Schar des Widerchrists hinüber. Überwinden wird nur der, der auf das Werk Gottes seine Hoffnung setzt und nach der Herrschaft und

Gerechtigkeit Gottes verlangt. Darum verkündet auch das Lied der Sieger einzig die Größe Gottes.

Gott hat sich so bezeugt, daß er alle zur Furcht vor ihm und zur Ehrung seines Namens verpflichtet und beruft. Nicht in Gottes Wegen und Werken liegt der Grund dafür, daß die Menschen gottlos werden und im Trotz sich gegen ihn auflehnen, so daß sie scheinbar ein Recht hätten, statt der Ehre Gottes die eigene Ehre zu suchen. Was Gott tut, ist so groß, so gerecht, so wahr, daß der Mensch daran nichts anderes lernen kann, als daß er sich vor Gott beuge und ihn in seiner Gottheit ehre. Er, nur er erweist sich als den Heiligen, den wir mit williger Beugung ehren und mit ganzer Liebe lieben können, weil er vollkommen ist, gerecht ohne Unrecht, gnädig ohne Einschränkung. Darum wird auch die ihn anbetende Gemeinde noch groß werden, größer noch, als sie jetzt ist; jetzt sind erst die Erstlinge für Gott erkauft, da das Tier noch gegen das Lamm streitet und die Herrlichkeit des Christus noch im Himmel verborgen ist. Das Volk Gottes wird in seiner Endgestalt größer sein als die jetzt durch das Bekenntnis zu Jesus verbundene Gemeinde, und dazu dient gerade auch das richterliche Walten Gottes, dienen auch die mit seinem Zorn gefüllten Schalen, die nun auf die Erde ausgeschüttet werden, dient auch der mächtige Blutstrom, der aus der Kelter Gottes fließt. Denn wenn Gott richtet, wird die Gerechtigkeit seiner Urteile offenbar, offenbar die Schuld derer, die sich gegen ihn verblendet und mit ihm gehadert haben, offenbar auch die heilsame Gnade, mit der er aus allen seinen Gerichten ein Mittel zur Vollendung der Menschheit macht. Darum wird die Vollstreckung der göttlichen Urteile den Völkern die Augen für die Größe Gottes öffnen, und sie werden herzukommen, ihn anzubeten. Dafür preist ihn die Gemeinde, die ihn kennt, schon jetzt, obwohl sie weiß, daß sich zuerst noch sein Zorn über die Erde ergießen wird.

15,5.6: *Und hernach sah ich, und der Tempel des Zelts des Zeugnisses im Himmel wurde geöffnet, und die sieben Engel, die die sieben Plagen hatten, gingen aus dem Tempel heraus, mit reiner, glänzender Leinwand bekleidet und die Brust mit goldenen Gürteln umgürtet.* Dem Loblied der Gemeinde entspricht auch die Gestalt derer, die jetzt im Dienst des göttlichen Zorns zu handeln haben. Sie treten aus dem geöffneten Tempel hervor; denn ihr Werk dient dazu, der Menschheit dadurch den Zugang zu Gott zu verschaffen und ihr an seinem Dienst teilzugeben, daß die Mächte beseitigt werden, die sie von Gott trennen. Hier wird nicht der Abbruch der Gemeinschaft zwischen Gott und der Menschheit verkündet; das ergäbe den Verschluß des Tempels; vielmehr hat alles, was die Verwerflichkeit und Verderblichkeit der menschlichen Sünde enthüllt, das Ziel, daß die Gemeinschaft Gottes mit der Menschheit vollendet werde. Darum tragen auch die Boten des göttlichen Zorns das festliche Feierkleid; denn sie dienen ihm mit Freude und brauchen dazu keine Waffen, denn ihm kann niemand widerstehen.

15,7.8: *Und eines von den vier Tieren gab den sieben Engeln sieben goldene Schalen, die vom Zorn Gottes, des in alle Ewigkeit Lebendigen, voll waren, und der Tempel wurde mit Rauch erfüllt wegen der Herrlichkeit Gottes* (Jes. 6,4; 1. Kön. 8,10; 2. Mose 40,34.35; 2. Chron. 7,2) *und wegen seiner Kraft, und keiner konnte in den Tempel hineingehen, bis die sieben Plagen der sieben Engel vollendet worden sind.* Da der Zorn Gottes mit einem Trank verglichen ist, den der Mensch trinken muß, werden im Gesicht Trinkschalen mit ihm gefüllt; diese werden sodann auf die Erde ausgegossen auf die, die den göttlichen Zorn zu leiden haben. Dadurch offenbart sich, wie der Vorgang im Tempel zeigt, die Herrlichkeit Gottes. Im alten Heiligtum Israels bedeutete das Erscheinen der Wolke die Gegenwart Gottes, und da die Geschöpfe die Gegenwart der Herrlichkeit Gottes nicht ertragen können, kann während der Anwesenheit der Wolke niemand in das Heiligtum treten. Nun ist der Wille Gottes ausschließlich darauf gerichtet, daß die Herrschaft des Tiers über die Menschheit beseitigt werde und an deren Stelle die Herrschaft Gottes an ihr sichtbar werde.

16,1.2: *Und ich hörte eine laute Stimme aus dem Tempel zu den sieben Engeln sagen: Geht und schüttet die sieben Schalen des Zornes Gottes auf die Erde aus. Und der erste ging weg und schüttete seine Schale auf die Erde aus, und es entstand ein schlimmes Geschwür an den Menschen, die das Mal des Tiers hatten und sein Bild anbeteten* (2. Mose 9,10). Bei der Darstellung der Mittel, durch die sich der göttliche Zorn der Menschheit fühlbar macht, sieht Johannes wieder wie bei den sieben Posaunen auf die Zeichen Moses in Ägypten zurück; dadurch wird dieses Gesicht zu einer Wiederholung des früheren. Die beiden Reihen der Gerichte entsprechen den beiden Missetaten, die die Menschheit als Schuld belasten. Das Lamm wurde geschlachtet; damit wurde offenbar, daß sich die Menschheit Gott widersetzt. Darum traf sie die göttliche Strafe, die unter den Posaunenstößen dargestellt ist. Inzwischen ist, was durch die Verurteilung Jesu und die Verwerfung seines Wortes begonnen war, reif geworden, und der Widerchrist beherrscht die Welt. Darum folgt auf diese neue vollendete Sünde in einem neuen Bild wieder die göttliche Strafe. Johannes hat diese Wiederholung nicht gescheut; er will der menschlichen Sicherheit und dem Trotz, der Gott verachtet, nachdrücklich sagen, welche Torheit es ist, Gottes zu spotten, der doch so viele und starke Mittel hat, um das Glück und den Trotz der Menschen zu zerschlagen. Zugleich wird der Gemeinde eingeschärft, daß sie nicht müde werden darf, wenn sich die schweren Ereignisse in immer neuer Folge häufen und weithin über die Menschheit Not und Leiden bringen. Es muß so sein; denn das Unrecht des Menschen und das Recht Gottes müssen ans Licht kommen. Die Strafen sind hier zugleich in eine deutliche Beziehung zur Versündigung der Menschen gebracht. Nachdem sie an ihrem Körper das Zeichen ihrer Sünde anbrachten, das Mal, das sie als Verehrer des Tiers erkennbar macht, wird ihr Leib noch mit einem anderen Mal ihrer Sünde gezeichnet, mit einem quälenden Geschwür, das ihnen zeigt, daß sie Gott gegen sich haben.

16,3-7: *Und der zweite goß seine Schale in das Meer aus, und es entstand Blut wie das eines Toten, und jede lebende Seele starb, alles, was im Meer ist* (2. Mose 7,17-21). *Und der dritte schüttete seine Schale in die Flüsse und die Wasserquellen aus, und es entstand Blut. Und ich hörte den Engel, der über die Gewässer gesetzt ist, sagen: Du bist gerecht* (Ps. 145,17; 119,137), *der du bist und der du warst, Heiliger, daß du so gerichtet hast. Denn sie vergossen Blut von Heiligen und Propheten, und Blut gabst du ihnen zu trinken; sie sind es wert. Und ich hörte den Altar sagen: Ja, Herr Gott, Herrscher über alles, wahrhaft und gerecht sind deine Urteile* (19,2; Joh. 8,16). Das Meer von Blut ist ein beredtes Zeichen des göttlichen Zorns; es wird noch dadurch verschärft, daß nicht nur das Meer draußen den Anblick einer ungeheuren Blutlache bietet, sondern auch das Wasser, das der Mensch zur Erhaltung seines Lebens braucht, die Flüsse und Quellen in Blut verwandelt werden. Die Beziehung, in der dieses Zeichen zur Sünde der Menschen steht, wird durch den Engel ausgesprochen, dessen Amt die Fürsorge für das Wasser ist. Zwar ist der göttliche Zorn jetzt an dem Teil der Natur sichtbar, der sein eigenes Machtgebiet bildet, und alles, was er unter sich hat, ist verdorben; dennoch erhebt er gegen das göttliche Urteil keine Klage und bejammert die so entstehende Verwüstung nicht, sondern preist die göttliche Gerechtigkeit. Denn die Menschheit hat das Blut nicht geschont, sondern mit leidenschaftlichem Haß die Heiligen, die sich durch Wort und Wandel als Gottes Eigentum erwiesen, und die Propheten, die ihr das göttliche Wort verkündeten getötet. Wer als Zeuge Gottes vor die Menschen trat, wurde bekämpft und beseitigt. Weil sie Blut vergossen haben, wird Blut ihr Trank. Dem stimmt der Altar zu und feiert dankbar die Gerechtigkeit des göttlichen Waltens. Vom Altar her erhob sich das Gebet der Verfolgten und Getöteten zu Gott und blieb scheinbar lange Zeit unerhört, und vom Altar her riefen die Seelen der Getöteten die Gerechtigkeit Gottes an und wurden angehalten zu warten (6,11). Nun findet aber ihre Bitte die Erhörung, und es wird offenbar, daß Gott denen widersteht, die die sich zu ihm Bekennenden töteten.

16,8.9: *Und der vierte goß seine Schale auf die Sonne aus, und es wurde ihr gegeben, Hitze mit Feuer den Menschen zu bereiten, und die Menschen wurden von großer Hitze erhitzt und lästerten den Namen Gottes, der die Gewalt über diese Plagen hat, und taten nicht Buße, daß sie ihm Ehre gäben.* Indem von der Sonne her quälende Glut über die Menschen kommt, gegen die sich niemand schützen kann, werden sie freilich an Gott erinnert und davon überführt, daß nicht der Mensch der Höchste, der Herr über alles ist. Allein die sie demütigende Erfahrung ihrer Ohnmacht führt sie nicht zum Glauben und zur Anbetung Gottes. Gott erscheint ihnen jetzt nur als ihr Widersacher, der sie mit schweren Schlägen quält, und sie schütten ihren Grimm gegen ihn in lästernden Worten aus. Und doch bleibt der Weg, der den Menschen zum Heil führt, einfach und klar; er besteht darin, daß wir uns durch die Buße von unserer Bosheit scheiden. Alle Erfahrungen des göttlichen Zorns, die uns beugen und erschüttern, dienen dann zu unserem Heil, wenn sie uns zu Gott hinwenden und dazu bringen, daß wir uns demütig unter seine gewaltige Hand beugen.

16,10.11: *Und der fünfte goß seine Schale auf den Thron des Tiers aus, und seine Herrschaft wurde verfinstert, und sie bissen sich in ihre Zungen wegen der Qual und lästerten den Gott des Himmels wegen ihrer Qualen und ihrer Geschwüre und taten nicht Buße wegen ihrer Werke.* Nicht nur an der Natur wird dem Menschen gezeigt, daß er von der Güte Gottes lebt und von ihr empfängt, was ihm heilsam ist; auch am Ort, wo der Weltbeherrscher seine Macht ausübt, wird offenbar, daß der Mensch sich nicht von Gott losreißen kann. Über die Herrschaft des Widerchrists breitet sich Finsternis aus. Vielleicht hat Johannes an die Dunkelheit gedacht, die bei dem Kampf Moses mit dem Pharao über Ägypten kam; vielleicht denken wir aber richtiger daran, daß unter dem Unglück, gegen das auch der Weltbeherrscher sich nicht schützen kann, der Glanz, den er bisher um sich verbreitete, vergeht und seine Größe versinkt. Er kam sich vor wie ein Gott; jetzt aber sieht jedermann, wie ohnmächtig er im Kampf gegen die göttliche Züchtigung ist. Die Qual versetzt ihn und die Seinen in Wut. Wie könnte er geduldig leiden! Das vermag der Mensch nicht mehr, wenn er sich selbst als Gott verehrt und in seiner eigenen Erhöhung und Herrlichkeit das Ziel seines Strebens hat. Dann windet er sich unter dem Schmerz und bäumt sich gegen ihn auf. Für Gott findet er nur lästernde Worte. „Den Gott des Himmels lästern sie", sagt Johannes und spricht damit aus, wie nichtig und kindisch diese scheltenden Worte sind. Dem Gott, der im Himmel lebt und regiert, nehmen die zornigen Menschenworte seine Ehre nicht; sie vermögen von seiner Herrlichkeit nichts abzubrechen. Was ihnen hülfe, wäre die reuige Abwendung von ihren Werken. Aber auch durch die göttlichen Strafen finden sie die Buße nicht.

16,12-14: *Und der sechste goß seine Schale auf den großen Strom Euphrat aus, und sein Wasser vertrocknete* (Jer. 50,38), *damit der Weg für die Könige aus dem Osten bereitet werde. Und ich sah aus dem Mund des Drachens und aus dem Mund des Tiers und aus dem Mund des falschen Propheten drei unreine Geister wie Frösche; denn es sind Geister der Dämonen, die Zeichen tun; sie gehen aus zu den Königen der ganzen Welt, um sie zum Kampf für den großen Tag*

Gottes, des Herrschers über alles, zu versammeln. Die Entscheidung bereitet sich dadurch vor, daß der Widerchrist alles um sich versammelt, was seine Macht vermehrt. Darum wird die Grenze aufgehoben, die zur Zeit des Johannes eine starke Scheidung zwischen den Völkern schuf: der Euphrat, an dem die Macht der römischen Kaiser endete. Während die um das Mittelmeer wohnenden Völker durch die griechische Kultur und den römischen Staat zu einer vollständigen Gemeinschaft zusammengeschlossen waren, gingen die östlich vom Euphrat wohnenden Völker bisher noch ihre eigenen Wege und lebten in ihren eigenen Staaten unberührt von den Einflüssen des Westens. Nun wird diese Grenze, die die Menschheit bisher trennte und sie hinderte, alle ihre Kräfte unter einem Willen zu verbinden und auf dasselbe Ziel hinzulenken, beseitigt. Das geschieht im Gesicht dadurch, daß der Euphrat austrocknet und die Scharen aus dem östlichen Asien ihn überall ungehindert überschreiten können. Es bedarf aber auch der Boten, die die in der Ferne wohnenden Könige herbeirufen und ihren Willen so lenken, daß sie sich unter den Widerchrist stellen und ihn durch ihre Macht unterstützen. Satanische Geister besorgen diesen Dienst und regen die Völker aus dem Osten auf. Die drei, die miteinander stehen und fallen, sind der Satan, der Widerchrist und der falsche Prophet. Für sie gibt es keinen Rückweg mehr zu Gott; denn sie können sich nicht mehr vor Jesus beugen. Deshalb bedeutet der Sieg Gottes für sie den Untergang. Da dieser Streit sein Ende nicht anders finden kann als durch eine Betätigung der göttlichen Macht, wird der Vorblick auf den göttlichen Tag im Gesicht zum Bild einer Schlacht. Für diese rüsten sich die drei vereinigten Gewalthaber in einheitlichem Beschluß dadurch, daß sie die Völker aus dem Osten zu ihren Bundesgenossen machen. Darum kommt im Gesicht aus dem Mund eines jeden ein Frosch hervor, die Versichtbarung eines finsteren Geistes, der es übernimmt, die Könige des Ostens herbeizurufen.

16,15: *Sieh, ich komme wie ein Dieb* (3,3; Matth. 24,43; 1. Thess. 5,2). *Selig ist, wer wach ist und seine Kleider hütet, damit er nicht nackt herumgehe und man seine Blöße sehe.* Plötzlich und überraschend tritt Christus aus seinem himmlischen Ort hervor, wie der Dieb unerwartet kommt. Johannes wiederholt und bestätigt das Wort Jesu, obgleich er vor sein neues Kommen noch die Posaunen stellt, die es verkünden, und die Zornesschalen, die ihm die Wege bahnen. Auch dann, wenn seine Offenbarung nahe ist, sieht es noch nicht so aus, als ob er käme. Denn der Eintritt der Völker aus dem Osten in den Bund mit dem Widerchrist scheint den Sieg Jesu und seine herrliche Offenbarung nicht vorzubereiten, sondern zu verhindern oder doch hinauszuschieben. So gerät ja die ganze Menschheit in Bewegung gegen ihn, und die Sünde, die in der von Rom beherrschten Welt geschah, ergreift nun auch die Völker, die bisher von ihr nicht berührt waren. Dadurch scheint die Hoffnung der Gemeinde Jesu vollends und endgültig widerlegt zu sein. Die Gemeinde soll sich aber nicht von solchen Gedanken blenden lassen, sondern sich daran erinnern, daß es nicht schon vorher bekannt sein wird, wann ihr Herr zu ihr kommt. Aus der Verborgenheit Jesu und aus der Ungewißheit über den Zeitpunkt seiner Erscheinung, in der die auf ihn hoffende Gemeinde lebt, erwächst für sie die Pflicht, ständig bereit zu sein. Dieselbe Mahnung hat schon Jesus selbst in seinem in die Zukunft weisenden Wort ausgesprochen. Die auf ihn hoffen, dürfen sich nie dem Schlaf ergeben, sondern haben ihr Leben als die Wachen zu führen, stets bereit, vor ihren Herrn zu treten und sich vor ihm zu verantworten. So haben sie einem Mann zu gleichen, der seine Kleider bei der Hand hat und darum auch dann nicht ohne sie dasteht, wenn ihn unvermutet in der Nacht eine Gefahr aufschreckt. 16,16: *Und sie versammelten sie an dem Ort, der auf hebräisch Harmagedon genannt wird* (Sach. 12,11). Die östlichen Könige folgen dem an sie ergangenen Ruf und ziehen dem Widerchrist zu. Da Johannes dem Ort, wo die große Versammlung der Völker zustande kommt, einen hebräischen Namen gibt, scheint er anzudeuten, daß die Entscheidung zwischen dem himmlischen und dem irdischen Herrn der Menschheit in Palästina fallen soll. Damit schließt sich die Weissagung an die Aussagen der alttestamentlichen Propheten an, daß sich die Herrlichkeit Gottes endgültig bei dem Kampf der Völker gegen Jerusalem offenbaren wird. Man kann das Wort Harmagedon mit „Gebirge von Megiddo" übersetzen. Megiddo war in der vorexilischen Zeit eine ansehnliche kanaanäische Stadt in der Ebene Jesreel, die sich zwischen Samaria und Galiläa vom Karmel her zum Jordan zieht. Die Stadt hatte in der neutestamentlichen Zeit keine große Bedeutung mehr, scheint aber noch fortbestanden zu haben. Das „Gebirge von Megiddo" sind, je nachdem wir die Stadt am Süd- oder am Nordrand der Ebene suchen, entweder die Höhen, in denen sich der Karmel nach Osten fortsetzt oder die den Südrand Galiläas bildenden Erhebungen. Vielleicht sah Johannes in der Ebene Jesreel den Raum, in dem sich die Blüte und Kraft aller Völker versammeln wird, um zu entscheiden, ob Gott und Jesus auf der Erde angebetet werden sollen oder nicht.

16,17-21: *Und der siebte goß seine Schale in die Luft aus, und es kam eine laute Stimme aus dem Tempel vom Thron her heraus und sagte: Es ist geschehen. Und es entstanden Blitze und Stimmen und Donner, und ein großes Erdbeben entstand, wie es nicht entstanden war, seit Menschen auf der Erde entstanden, ein solches Erdbeben von solcher Größe* (Matth. 24,7.21). *Und die große Stadt zerfiel in drei Teile, und die Städte der Völker fielen, und an Babylon, die Große, wurde vor Gott gedacht, um ihr den Becher mit dem Wein seines grimmigen Zornes zu geben* (14,10; Jer. 25,15). *Und jede Insel floh, und Berge wurden keine gefunden. Und ein großer Hagel, so schwer wie ein Zentner, kommt vom Himmel auf die Menschen herab, und die Menschen lästerten Gott wegen der Plage des Hagels, weil seine Plage sehr groß ist.* Die letzte Offenbarung des göttlichen Zorns erscheint als ein besonders feierlicher Moment; denn sie führt den göttlichen Ratschluß über die Menschheit bis zur Schwelle der Vollendung. Daher treten wieder die Vorgänge ein, die im Gesicht des Johannes das göttliche Handeln regelmäßig begleiten. Die Welt erfährt das Herabströmen des göttlichen Zorns dieses Mal durch ein mächtiges Erdbeben und einen ungeheuren Hagel. Mit der großen Stadt ist Jerusalem gemeint, da ihr die von den heidnischen Völkern bewohnten Städte gegenübergestellt sind. Durch das Erdbeben erhält der Boden, auf dem die Stadt steht, Spalten und Risse, so daß sie in drei getrennte Teile auseinanderfällt. Zur letzten Enthüllung des göttlichen Zorns gehört auch der Fall von Rom, den der Engel schon, ehe die Zornesschalen ausgegossen waren, als eine herrliche Wohltat Gottes verheißen hat (14,8). Das folgende Gesicht stellt nun das Gericht über Rom noch besonders dar.

Kap. 17 und 18

Die Sünde und der Sturz Roms

17,1.2: *Und einer von den sieben Engeln, die die sieben Schalen hatten, kam und redete mit mir und sagte: Komm, ich will dir das Urteil über die große Dirne zeigen, die an vielen Wassern sitzt* (Jer. 51,13), *mit der die Könige der Erde buhlten, und die Bewohner der Erde wurden vom Wein ihrer Unzucht trunken* (Jes. 23,17). Die Stadt ist als Dirne dargestellt, die die Völker verführt hat. Weil sie über viele Völker herrscht, hat sie ihren Platz an einem großen Gewässer; die weithin sich dehnende Wasserfläche bedeutet die Menge der Menschen, die ihrem Einfluß unterworfen sind (vgl. V. 15). Je größer ihre Macht ist, um so größer ist auch der Schaden, den ihre wilden Begierden anrichten. Sie hat es in ihrem Gewerbe zum höchsten Erfolg gebracht: die Könige sind ihre Verehrer, und wer auf der Erde wohnt, kehrt bei ihr ein und läßt sich von ihr mit dem Wein bewirten, den sie ihren Gästen spendet, um sie zur Unzucht zu reizen. Deshalb bildet es einen Teil des heilsamen göttlichen Werks, daß ihr das Ende bereitet wird.

17,3: *Und er brachte mich im Geist in die Wüste, und ich sah ein Weib auf einem scharlachfarbenen Tier sitzen, das voll von Namen der Lästerung war, mit sieben Köpfen und zehn Hörnern.* Johannes sieht die Stadt im Bund mit dem Widerchrist. Da der Herrscher sein Gleichnis im Tier, die Stadt das ihrige in der Dirne hat, so ist damit auch die Weise bestimmt, wie die Verbindung beider zum Ausdruck kommt: das Weib reitet auf dem Tier. Roms Größe und die der Kaiser stärken sich wechselseitig. Durch die Macht der Weltherrscher wird die Stadt groß und bekommt den mächtigen Einfluß, mit dem sie die Frömmigkeit und Keuschheit aller Völker verderben kann. Ebenso werden aber auch die Herrscher durch den Glanz und Reichtum der Stadt emporgehoben; sie ist für sie ein unentbehrliches Mittel ihrer Macht. Die grellrote Farbe des Tiers entspricht dem Bestreben der Dirne, durch starke, prunkende Farben die Augen aller auf sich zu ziehen. Die Namen der Lästerung, mit denen das Tier sich selbst an die Stelle Gottes setzt, und die sieben Köpfe und zehn Hörner kennen wir schon durch die Schilderung des Drachen

(Kap. 12) und des Widerchrists (Kap. 13). Diese Merkmale zeigen sofort, daß hier dasselbe Tier gemeint ist, das als Bild des Widerchrists dient.

17,4.5: *Und das Weib war mit Purpur und Scharlach bekleidet und übergoldet mit Gold und kostbaren Steinen und Perlen und hatte einen goldenen Becher in ihrer Hand, der gefüllt war mit Greueln und mit der Unreinheit ihrer Unzucht, und auf ihrer Stirn war ein Name geschrieben, der ein Geheimnis ist: Babylon, die Große, die Mutter der Dirnen und der Greuel der Erde.* Jeglicher Schmuck und alles, was schön und glänzend ist, dient dem Weib; es trägt seinen Reichtum prunkend zur Schau und reicht denen, die ihr nahen, den Trank in einem goldenen Becher. Das Bild der Dirne bildet den vollständigen Gegensatz zu dem Bild der Gott gehörenden Gemeinde in Kap. 12,1. Beide sind geschmückt, sowohl die Dirne als die Frau, die den Christus gebar. Aber die Dirne ist mit all den Kostbarkeiten behängt, die die Erde bietet; die Gemeinde Gottes trägt dagegen den himmlischen Schmuck. Darum wird diese auch im herrlichsten Sinn Mutter; sie wird fruchtbar für die Welt zu deren ewigem Heil, während die Dirne nichts als die sie schändende Lust begehrt, die alle verdirbt, die mit ihr in Gemeinschaft treten. Darum suchen die beiden auch ihre Macht und ihren Schutz nicht an derselben Stelle. Die Dirne reitet das wilde Tier und besitzt in seinen Köpfen, in den mit dem Schwert bewehrten Herrschern, ihre Schirmherren, während die Stärke der Gemeinde, die die himmlischen Gaben hat, einzig darin besteht, daß Christus mit ihr verbunden ist, er, der beim Vater ist.

Auch dieses Bild nimmt die in Israel befestigten und ihm heiligen Überzeugungen auf, doch so, daß zugleich sichtbar wird, was die Gemeinde Jesu von der Judenschaft trennt. Auch in Jerusalem sagten sie, Jerusalem, die heilige Stadt, und Rom, die sündige und gottlose Stadt, seien gänzlich voneinander geschieden und liegen miteinander in einem unversöhnlichen Kampf, den allein der allmächtige Eingriff Gottes schlichten könne; solange Rom herrsche, bleibe Jerusalem unterdrückt und arm; komme Jerusalems Stunde, dann falle Rom. Aber sie dachten bei diesem Gegensatz an ihre eigenen frommen Leistungen, daran, daß sie die Schrift besaßen und in ihr forschten, daß sie sich zu dem einen Gott bekannten und sich an sein

Gesetz hielten. So nährten sie mit ihrer Hoffnung ihren nationalen Stolz und waren bereit, mit den Waffen die Herrschaft Roms zu stürzen. Nach der Schau des Johannes besteht dagegen die himmlische Herrlichkeit der Gemeinde darin, daß der Christus ihr gegeben ist. Dies ist ihr Ruhm vor Gott, dies der Grund ihrer Unüberwindlichkeit und die Quelle ihrer Kraft, die sie zur Siegerin macht. Darum verstummt der jüdische Eigenruhm; es endet jede Zuversicht, die sich auf den eigenen Arm und die menschlichen Waffen stützt, und die nationale Schranke, die die alte Gemeinde umgab, fällt. Alle, zu denen die Gnade des Christus kommt, sind zu der mit dem himmlischen Schmuck bekleideten Gemeinde vereinigt, und ihr Weg ist der Weg Jesu, nicht der des selbstischen Ruhms, sondern der des Glaubens, nicht der der Empörung, sondern der der Geduld. Sie folgen dem geschlachteten Lamm.

Die Gabe, die die Dirne ihren Bewunderern reicht, ist unheilvoll; denn ihr Trank besteht aus Greueln. Es ist ein götzendienerischer Trank und darum von denen mit Abscheu zu meiden, die sich mit nichts beflecken wollen, was den Göttern geweiht wurde, und er ist für sie das Mittel ihres zuchtlosen Treibens. Ihr Name ist ein Geheimnis, weil er nicht unmittelbar ausspricht, was sie ist. Sie ist nicht Babylon, weder das Land Babylon noch die Stadt Babylon, die einst der Mittelpunkt der vorderasiatischen Völker war; sie heißt deshalb Babylon, weil sie jetzt das ist, was Babel einst war, so daß die von der Schrift gegen Babel gerichteten Worte in ihrem letzten Sinn sie treffen. Einst trat Babylons Macht und Einfluß darin hervor, daß die Völker der Unkeuschheit verfielen und das Verhältnis zwischen den Geschlechtern vergiftet wurde, und darin, daß Greuel entstanden, Gottesdienste, die das Gegenteil von Frömmigkeit und Wahrheit waren und doch als Religion gepriesen wurden; jetzt tut Rom der Menschheit an, was ihr einst Babel angetan hatte. Wenn jetzt Weiber zu Dirnen und Menschen zu einem Greuel werden, geschändet und beschmutzt, so daß sie gemieden werden müssen, weil in der Gemeinschaft mit ihnen alles, was das Wohlgefallen Gottes und die Wertschätzung der Menschen für sich hat, verlorengeht, dann haben sie Rom zur Mutter und haben in sich aufgenommen, was Rom denen gibt, die ihm verfallen. Denn jede treulose, pflichtvergessene Leidenschaft, jede Frivolität, die alle Ehrfurcht erstickt und sich an allem Heiligen vergreift, stärkt sich an dem Machtideal, das im wilden Tier sein Abbild hat und den Widerchrist erzeugt.

17,6a: *Und ich sah das Weib trunken vom Blut der Heiligen und vom Blut der Zeugen Jesu.* Das Weib ist berauscht; aber seine jauchzende, taumelnde Aufregung rührt nicht vom Wein und von der Befriedigung der Sinnenlust her, sondern daher, daß es Blut getrunken hat; es schien ihm ein Fest zu sein, das Blut derer zu trinken, die es als das Eigentum Gottes kannte und darum haßte, weil sie ihm das Wort Jesu bezeugten. Johannes hat die Tage miterlebt, in denen Nero aus der Tötung der Christenheit und ihrer Apostel ein Fest für die Stadt gemacht hatte. Wenn nun der Widerchrist seinen Kampf gegen die Christenheit führt, ist wieder zunächst Rom die Stadt, die in einen Freudenrausch geraten und das Schauspiel mit Lust genießen wird, wie die an Jesus Glaubenden hingemordet werden.

17,6b-8: *Und ich staunte, als ich sie sah, mit großem Staunen. Und der Engel sagte zu mir: Warum bist du erstaunt? Ich will dir das Geheimnis des Weibes sagen und des Tiers, das sie trägt, das die sieben Köpfe und die zehn Hörner hat. Das Tier, das du sahst, war und ist nicht und wird aus dem Abgrund heraufkommen und geht in das Verderben, und erstaunen werden die, die auf der Erde wohnen, deren Name nicht in das Buch des Lebens von der Gründung der Welt her geschrieben ist* (3,5), *wenn sie am Tier sehen, daß es war und nicht ist und da sein wird.* Die Deutung, die Johannes dem Gesicht gibt, erläutert, wieso es zum schrankenlosen Übermut des Sündigens und zur siegreichen Gottlosigkeit in der Menschheit kommt. Das Höchste, woran der Mensch nicht einmal im Traum zu denken wagt, die Überwindung des Todes, scheint nun erreicht zu sein. Die Menschheit wird ihren herrlichen Herrn in dem Herrscher erkennen, der einst regiert hatte, dann weggerafft wurde, nun aber wiederkam. Damit ist deutlicher ausgesprochen, was das frühere Gesicht (Kap. 13) dadurch darstellte, daß einer der Köpfe des Tiers von der tödlichen Wunde getroffen wurde und dennoch am Leben blieb. Ihm bringen nun alle ihre Verehrung dar; denn er hat erreicht, was niemand für möglich erhielt, und sich damit als den erwiesen, der die Menschheit zum Sieg führt. Es sind aber Mächte der Bosheit, die hier wirken, nicht der heilige Wille Gottes.

Zwischen der vergangenen und der zukünftigen Macht dieses Herrschers liegt eine Zeit, in der er im Abgrund war. Wie aber der göttliche Zorn das im Abgrund verborgene Heer hervorruft, wenn er die Menschheit strafen will, so tut sich auch für diesen Herrscher der Abgrund wieder auf – damit ist ihm zunächst der höchste Triumph verliehen. Doch das ist nicht das Ende; das Verderben wartet auf ihn. Zunächst wird aber die Versuchung schwer, und nur die werden bewahrt, die im Buch des Lebens stehen; sie sind aber auch unüberwindlich, wie groß immer die Macht der Finsternis werden mag. Der Gemeinde wird der stärkste Glaubensgrund, den uns das Evangelium darreicht, geschenkt: die Gnade Gottes ist unvergänglich und bewahrt alle, denen Gott sie gibt.

Wir haben auch bei diesen Worten wie in Kap. 13 an die heftige Erschütterung zu denken, die das plötzliche Verschwinden Neros über das Römische Reich brachte. Weithin bewegte Furcht und Hoffnung die Völker; sie erwogen die natürlichen Möglichkeiten, die vielleicht den Lauf der Dinge zu wenden vermochten, dachten an die Möglichkeit, daß Nero entkommen sei, und an die politischen Machtmittel, mit denen das Kaisertum aufs neue befestigt werden könnte. Auch im römischen Heer, das damals in Palästina stand und sich anschickte, die Heilige Stadt niederzuwerfen, erwog man eifrig, mit welchen Mitteln man das erschütterte Reich aufs neue stärken und den stürzenden Thron der Cäsaren wieder aufrichten könnte. Für die Schau des Johannes wurde aber die Weltgeschichte nicht nur durch die menschlichen Wünsche und die politischen Machtmittel, die ihnen zur Verfügung stehen, bestimmt; er erkennt als den entscheidenden Vorgang in der menschlichen Geschichte den Gegensatz zwischen dem göttlichen und dem satanischen Werk. Deshalb erschaut sein Blick Möglichkeiten, an die die anderen nicht denken, solange sie sich nur in den Grenzen des natürlichen Gesichtsfeldes bewegen. Wenn das satanische Wunder geschieht und sich neben das göttliche Wunder stellt, wenn es scheinbar noch unvergleichlich größer und gewisser als dieses wird und nicht nur eine verborgene Herrlichkeit hervorbringt, wie Jesus sie hat, sondern den Abgrund öffnet und den, der verloren schien, wieder auf den Herrscherthron erhebt, dann geschieht die Sünde, in der sich die Gottlosigkeit vollendet, und dann ist die Ernte auf der Erde reif.

17,9-11: *Hier ist der Verstand, der Weisheit hat. Die sieben Köpfe sind sieben Berge, auf denen das Weib sitzt, und sie sind sieben Könige. Die fünf fielen; der eine ist; der andere kam noch nicht, und wenn er gekommen sein wird, so muß er für eine kurze Zeit bleiben, und das Tier, das war und nicht ist, das ist der achte, und es gehört zu den sieben, und es geht ins Verderben.* Das Gesicht zeigt die Dirne und das Tier, die Stadt und den Herrscher als miteinander verbündet und sich gegenseitig stärkend; daher erhalten die sieben Köpfe zwei Deutungen. Durch die eine wird die Stadt kenntlich gemacht; dazu dienen die sieben Hügel, die die Häusermenge Roms bedeckt. Daß gerade die sieben Hügel, auf denen Rom liegt, als das Merkmal der Stadt verwendet sind, ist durch die Bedeutsamkeit der Zahl sieben veranlaßt. Die zweite Deutung bezieht die sieben Köpfe des Tiers auf die Reihe der Kaiser; auch sie ist nach der Zahl sieben geordnet, mit der alles zur fertigen, abgeschlossenen Vollendung gelangt. Fünf von den Kaisern hat bereits der Tod weggenommen; wenn Johannes nicht Cäsar, sondern Augustus als den ersten Kaiser betrachtete, dann waren Augustus, Tiberius, Kaligula, Klaudius, Nero die fünf. Unter dieser Voraussetzung war, als Johannes dieses Gesicht sah und niederschrieb, der Tod Neros bereits erfolgt. Auf ihn folgten die drei Kaiser, die nur kurze Zeit regierten, als der erste Galba. Als die Zeit, in der Johannes das Gesicht sah, scheint sich die Regierung Galbas, die zweite Hälfte des Jahres 68, zu ergeben. Seine Regierung bringt die Entscheidung noch nicht, sondern er erhält noch einen Nachfolger, und auch dieser wird noch nicht diejenige Macht gewinnen, durch die er zum Widerchrist zu werden vermöchte. Weil aber die ganze Weissagung dazu gegeben ist, damit sich die Gemeinde für die letzten Entscheidungen bereit halten soll, wird gesagt, daß die Regierung des nächsten Kaisers nicht lange dauern wird; denn die Ereignisse drängen zum Ende, und der Herr ist nahe. Dann kommt der Widerchrist als achter, ohne daß deshalb die Zahl sieben verändert würde. Denn er ist nicht ein neuer Herrscher, sondern einer, der schon früher regierte, nämlich der, der aus dem Abgrund zurückkommt. Welcher von den sieben Herrschern das widerchristliche Ziel der römischen Herrschaft zur Vollendung bringen wird, ist durch das Gesicht nicht gesagt; die Weissagung tritt nicht mit dem Anspruch auf, daß sie das Zukünftige jetzt schon beschreiben könne.[1] Die ihr gesetzte Grenze wird auch hier innegehalten, wo Johannes in den Personen und Ereignissen seiner Gegenwart das widerchristliche Wesen unmittelbar vor sich sieht.

Die dargelegte Zählung der Kaiser ist die, die dem Verlauf der Ereignisse zunächst entspricht; sie ist aber deshalb nicht ganz gesichert, weil Johannes vielleicht die kurz regierenden Kaiser nicht mitrechnete im Gedanken, sie hätten es nicht weiter als bis zu einem ersten Versuch, den Thron zu gewinnen, gebracht. Wenn er die beiden Jahre 68 und 69 als eine kaiserlose Zeit überging, dann wäre der sechste Kaiser, der noch einen Nachfolger erhalten wird, Vespasian, und das früheste Jahr, in dem bei dieser Zählung der Kaiser Johannes sein Buch geschrieben haben könnte, wäre dann das Jahr 70. Da Johannes, wie die altkirchliche Überlieferung sagt, auch noch die Regierung der beiden Söhne Vespasians, des Titus und des Domitian, gesehen hat, hat er selbst noch erlebt, daß der letzte Kampf nicht so und nicht so bald kam, wie er erwartete. Dasselbe hätte er noch rascher erkannt, wenn er im Jahre 68 schrieb und beim sechsten Kaiser an Galba dachte. Ebenso hat es die Kirche, die seine Weissagung bewahrte und las, mit angesehen, daß die Wege Gottes mit Rom und den von ihm beherrschten Völkern andere waren, als die Weissagung sie beschrieben hat. Diese Erfahrung hat aber die Überzeugung der Christenheit, daß das von Johannes ihr gesagte Wort für sie eine kostbare Gabe Gottes sei und ihr einen großen Dienst zur Erkenntnis der göttlichen Wege leiste, nicht unsicher gemacht. Denn solange das prophetische Wort in lebendiger Rede in den Gemeinden vorhanden war, blieb es allen deutlich, daß der Prophet das göttliche Werk so sah, wie es seinem menschlichen Blick erkennbar wurde, und das göttliche Wort so empfing, wie es dem Platz, an den er in der menschlichen Geschichte gestellt war, entsprach. Darum verband sich mit der Aufmerksamkeit auf die Weissagung immer die Bereitwiligkeit, sich von der göttlichen Regierung weiter zeigen zu lassen, wie Gott seine Verheißung erfüllte,

[1] In der auf Johannes folgenden Generation gab es in der Kirche der Asia Männer, die nicht 666, sondern 616 als die Zahl des Antichristen nannten. 616 bedeutet „Gajus Kaligula". Die, die diese Zahl herstellten, hielten also unter den fünf ersten Kaisern Kaligula, der seine Gottheit in besonders kindischer und gefährlicher Weise zur Schau stellte und die Absicht hatte, in den Tempel Jerusalems sein eigenes Bild zu stellen, für den Weltherrscher, der durch sein Wiedererscheinen das Antichristentum vollenden sollte.

und der Dank für die dem Propheten gegebenen Gesichte war eben darin begründet, daß sie der Christenheit halfen, an ihrem Ort und in ihrer Lage auf das Werk Gottes aufzumerken und seine Wege zu verstehen.

17,12: *Und die zehn Hörner, die du sahst* (Dan. 7,7.24), *sind zehn Könige, die die Herrschaft noch nicht erhielten, sondern sie erhalten Vollmacht wie Könige für eine Stunde mit dem Tier.* Für die zehn Hörner des Tiers, die es schon bei Daniel trägt, verweist die Deutung nicht auf Machthaber, die schon früher aufgetreten oder jetzt schon an der Regierung wären, sondern sagt, daß damit die Gehilfen des letzten Herrschers gemeint sind. Da dessen Gewalt sich über die Menschheit erstreckt, muß er neben sich Fürsten haben, die die einzelnen Völker regieren. Ihre große Zahl soll aber nicht zu dem Gedanken führen, daß die Entscheidung sich noch weit hinausschiebe; denn die ihnen zugemessene Zeit ist kurz, einer einzigen Stunde vergleichbar. 17,13.14: *Diese haben dieselbe Absicht und geben ihre Kraft und Vollmacht dem Tier. Diese werden mit dem Lämmlein kämpfen, und das Lämmlein wird sie überwinden; denn er ist ein Herr der Herren und ein König der Könige* (19,16; 1. Tim. 6,15; 5. Mose 10,17; Dan. 2,47), *und die, die bei ihm sind, sind Berufene und Erwählte und Getreue.* Im Gesicht erscheinen diese Fürsten deshalb als Hörner des Tiers, weil sie mit einmütiger Entschlossenheit die Sache des Widerchrists vertreten. Die Versuchung, die seine Herrschaft für die Gemeinde Jesu bringt, wird dadurch wesentlich schwerer, da alle, die mit der Regierungsvollmacht ausgestattet sind, auf der Seite ihres Widersachers stehen und in dem Bemühen eins sind, das Andenken an Jesus zu beseitigen. Jesus ist aber, obwohl er dem Lamm gleicht, ja gerade deshalb, für seine Feinde unüberwindlich. Nicht das wilde Tier, sondern das Lamm behält den Sieg; denn seine Herrschaft ist in Gott begründet und hebt ihn über alle Herrschenden empor. Seine Herrlichkeit zeigt sich auch in der Würde, die er der zu ihm gebrachten Gemeinde verleiht. Die, die bei ihm sind, sind die Empfänger des göttlichen Rufs; sie sind von Gott aus der Welt erwählt und zu Jesus geführt. Darum ist ihre Gemeinschaft mit ihm unzerstörbar; denn keine irdische Gewalt kann den göttlichen Willen entkräften. Sie schwanken darum auch nicht, sondern halten sich treu zu ihrem Herrn.

Wie Gott ihnen seine vollkommene Gnade gewährt hat, so ist auch ihr Anschluß an Jesus eine völlige Hingabe, die dem Ansturm der Versuchung standzuhalten und sie zu überwinden vermag.

17,15-18: *Und er sagt zu mir: Die Wasser, die du sahst, wo die Dirne sitzt, sind Nationen und Scharen und Völker und Sprachen. Und die zehn Hörner, die du sahst, und das Tier, die werden die Dirne hassen und sie einsam und nackt machen und ihr Fleisch verzehren und sie mit Feuer verbrennen. Denn Gott gab in ihre Herzen, seinen Beschluß zu vollführen und denselben Beschluß zu vollführen und ihre Herrschaft dem Tier zu geben, bis die Worte Gottes vollendet werden. Und das Weib, das du sahst, ist die große Stadt, die über die Könige der Erde die Herrschaft hat.* Die Dirne verliert ihren Reichtum und kostbaren Schmuck, wird geschändet und getötet. Rom wird gedemütigt und zerstört. Das ist aber nicht das Werk Jesu; er kommt nicht dazu vom Himmel, um an Rom die Strafe zu vollziehen, die ihm gebührt. Sein Amt ist ungleich herrlicher. Zwar muß der Sünde die Vergeltung widerfahren und an der Stadt, die die Pflanzstätte der Gottlosigkeit war, muß sichtbar werden, was der Abfall von Gott den Menschen einbringt. Dieser Strafvollzug gehört aber noch zu den vorbereitenden Ereignissen, die die nahende Entscheidung anbahnen und anzeigen, und ist nicht das Werk Jesu selbst. Die Werkzeuge, die an Rom die göttliche Strafe vollstrecken, sind die Weltbeherrscher und die Machthaber, die mit ihm verbündet sind. Denn damit, daß sie sich selbst göttliche Ehren beimessen und den himmlischen Herrn mit Haß und Lästerung angreifen, fallen sie aus der Hand Gottes nicht heraus; auch sie müssen tun, was Gott sie tun heißt. Er waltet über allem, was geschieht, und lenkt auch den Sinn derer, die ihm widerstreben, nach seinem Wohlgefallen.

18,1-3: *Hernach sah ich einen anderen Engel vom Himmel herabkommen mit großer Vollmacht, und die Erde wurde von seiner Herrlichkeit erleuchtet* (Hesek. 43,2), *und er rief mit lauter Stimme und sagte: Sie fiel, sie fiel, Babylon, die Große* (14,8), *und wurde zur Behausung der Dämonen und zum Gewahrsam für jeden unreinen Geist und zum Gewahrsam für jeden unreinen und verabscheuten Vogel* (Jes. 13,21). *Denn vom Wein der Leidenschaft ihrer Unzucht haben alle Völker getrunken, und die Könige der Erde buhlten mit ihr, und die Kaufleute der Erde wurden wegen der Stärke ihrer Üppigkeit reich.* Johannes verweilt bei dem Ende Roms, da diese Botschaft für die im Römischen Reich vereinten Völker unerhört klingen mußte. Die Judenschaft wartete freilich gespannt auf den Tag, an dem die gegen Babel und Edom gerichteten Worte der Schrift sich an Rom erfüllen werden und durch seinen Sturz der Götterdienst gerichtet werde. Den anderen Völkern aber schien es eher glaublich, daß der Himmel einstürze, als das Rom falle. War Rom nicht die ewige Stadt? Nach Rom waren die Augen aller gerichtet; der römische Reichtum und Luxus galt als das Herrlichste, die römischen Festlichkeiten als das Schönste, die römische Macht als das Stärkste, was auf der Erde vorhanden war. Was aber allen als unmöglich erschien, das wird geschehen und ist kein Unglück, sondern dient zum Heil der Welt. Die lebhafte Farbigkeit dieses Abschnitts, in der eine starke Empfindung zum Ausdruck kommt, zeigt, daß sich Johannes auch als Christ ebenso entschlossen wie als Jude von allem Römischen abgewendet hat und seine Gemeinden von aller Verehrung für den römischen Glanz ganz befreien will. Schon die Herrlichkeit des Boten, der den Sturz Roms ansagt, bildet ein Merkmal für die Wichtigkeit und freudvolle Heilsamkeit seiner Botschaft. Auch für einen der herrlichen Engel bei Gott, bei deren strahlender Erscheinung die ganze Erde hell wird, ist es ein hohes, freudig ausgeübtes Amt, wenn er den Sturz der Stadt verkünden darf, in der das menschliche Leben so weit von der guten Regel Gottes abgewichen und in verwerflicher Leidenschaft so übel entartet ist wie nirgends sonst. Wie nach den Worten Jeremias und Jesajas Babel, so soll auch Rom zur menschenleeren Einöde werden, wo alles Unheimliche haust. Denn hier hat sich die wilde Lust heimisch gemacht zum Verderben der Völker; und wie mächtig sie war, zeigt sich daran, daß sie auch die Könige verlockte, und weiter daran, daß sie zur Erfüllung ihrer Begierden überall den Handel in Gang brachte, so daß sich ein Strom von Gold von Rom aus überallhin ergoß. Eben darum war der verderbliche Einfluß der Stadt auf die Völker stark.

18,4.5: *Und ich hörte eine andere Stimme vom Himmel her sagen: Geht aus ihr fort, mein Volk* (Jer. 51,45; Jes. 48,20), *damit ihr keinen Anteil an ihren Sünden habt und von ihren Plagen nichts er-*

haltet. Denn ihre Sünden haben sich bis an den Himmel geheftet (Jer. 51,9), *und Gott gedachte an ihre Ungerechtigkeiten.* Die Not, die über Rom kommt, braucht die an Jesus glaubende Gemeinde nicht mitzutragen; sie hat das gute Recht, sich von der Stadt des Widerchrists zu trennen. Dadurch ehrt sie die Gerechtigkeit des göttlichen Gerichts. Wie Jesus die Jünger bei seinem Abschied gemahnt hat, Jerusalem zu verlassen, wenn an ihm die Zeichen des göttlichen Zorns sichtbar werden (Luk. 21,20.21), so spricht Johannes die Gemeinde von der Pflicht frei, das Gericht über die römische Macht mitzuerleiden. Wenn sie mit ihrer Liebe so an der Stadt hinge, daß sie sich nicht von ihr trennen wollte, so bekäme sie an ihrer Schuld und damit auch an ihrer Strafe teil. Denn die Stadt steht nicht mehr unter der göttlichen Geduld, die zum Bösen schweigt und zur Umkehr Frist gewährt; denn sie sündigt nicht heimlich und mit einer gewissen Furcht, sondern in heller Öffentlichkeit und mit einer Macht der Verführung, die das göttliche Gericht notwendig macht. Das ist mit dem starken Bild ausgedrückt, daß sich die Sünden Roms an den Himmel hängten, so daß die, die droben wohnen, sie nicht übersehen können, sondern sie vor Augen haben müssen und beständig an sie erinnert sind.

18,6-8: *Vergeltet ihr, wie sie vergalt, und meßt ihr das Doppelte zu, wie ihre Werke es verdienen* (Ps. 137,8; Jes. 40,2). *In dem Becher, in dem sie den Wein mischte, mischt ihr das doppelte Maß. Wie sie sich herrlich machte und üppig war, ebensoviel gebt ihr von Peinigung und Leid. Denn sie sagt in ihrem Herzen: Ich sitze als Königin da und werde nicht Witwe und sehe kein Leid* (Jes. 47,7-9). *Deshalb werden am selben Tag ihre Plagen kommen, Tod und Leid und Hunger, und sie wird im Feuer verbrannt werden. Denn stark ist der Herr Gott, der über sie das Urteil sprach.* Jetzt gilt für den Römer dasselbe Recht, nach dem er bisher die anderen Völker behandelt hat. Hart zertrat er die anderen, wenn dies seiner Größe diente; er kümmerte sich nicht um die Not derer, die er ausraubte. Darum soll jetzt die Stadt selbst den Becher leeren, den, gefüllt mit Knechtschaft, Armut und Tod, sie den anderen gereicht hatte. Aber der Vergeltungsgedanke wird absichtlich überschritten; das Doppelte soll sie erhalten und zweimal den Becher trinken, den sie die anderen hatte trinken lassen. Denn das, was sie zu leiden hat, ist nicht ein Unglück, wie es über die anderen Völker kam, sondern ist die Strafe für ihre Missetaten. Dies wird dadurch deutlich, daß ihr das verdoppelte Maß des Elends aufgelegt wird, in das sie die anderen gestürzt hatte. Als Maß für ihre Trübsal wird die Größe ihres Prunks und Glanzes dienen, und daran, daß sie plötzlich von diesen Schrekken überfallen wird, wird sichtbar werden, wie nichtig ihr Stolz und wie unwahr ihr Übermut war, der sich auch gegen die himmlische Herrschaft aufbäumte und über die göttliche Gerechtigkeit spottete.

18,9.10: *Und über sie werden die Könige der Erde weinen und klagen, die mit ihr buhlten und üppig waren* (Hesek. 26,16; 27,30. 33.35), *wenn sie den Rauch ihres Brandes sehen, und werden von ferne stehen aus Furcht vor ihrer Peinigung und sagen: Wehe, wehe, die große Stadt, Babylon, die starke Stadt! Denn in einer einzigen Stunde kam dein Urteil.* Wenn die Rauchwolke aufsteigt, die weithin sichtbar macht, daß Rom brennt, dann hebt in der Menschheit eine große Klage an. Mit ihrer Darstellung bringt Johannes zugleich zum Ausdruck, wie stark und tief der Eindruck war, den der Glanz und der Ruhm Roms auf alle machte, wie mächtig diese Herrlichkeit in allen die Begierden erregte, so daß die Dirne zum Bild für Rom werden konnte. Die Bande, die die Menschen zum römischen Denken und Leben hinzogen, waren stark; darum entsteht, wenn das göttliche Gericht sie zerreißt, überall ein herber Schmerz und eine bittere Klage. Vorab jammern die Könige, die in Rom die Großen gefunden hatten, in deren Freundschaft sie sich sonnten und an deren Festen sie sich ergötzten. Aber nicht die Fürsten und Höfe allein sind an das römische Wesen gefesselt; die Schar derer, die die über Rom schwebende Rauchwolke in Jammer stürzt, ist viel größer; es sind alle, die durch den Handel mit Rom reich geworden sind.

18,11-13: *Und die Kaufleute der Erde* (Hesek. 27,36) *weinen und trauern über sie, weil keiner ihre Fracht mehr kauft* (Hesek. 27,12-34), *die Fracht von Gold und Silber und kostbaren Steinen und Perlen und feiner Leinwand und Purpur und Seide und Scharlach und alles wohlriechende Zedernholz und jedes Gerät aus Elfenbein und jedes Gerät aus kostbarem Holz und Erz und Eisen und Marmor und den Zimt und die Amomsalbe und Räucherwerk und Nardenöl und Weihrauch und Wein und Öl und feines Mehl und Weizen und Zugvieh und Schafe und Frachten von Pferden und Wagen und Menschen-*

leibern und Seelen von Menschen. Der Luxus der Weltstadt macht alle Hände rege und zieht aus allen Ländern alle Güter an sich, die die Sinne reizen; schon das war eine schwierige und umfangreiche Arbeit, für diese Menschenmenge die Nahrungsmittel herzuschaffen. Den Schluß in dieser Aufzählung macht mit tiefem Ernst der Sklavenhandel. Zu den Waren, die nach Rom geschafft wurden und Gewinn eintrugen, gehört auch der Mensch. 18,14: *Und die Früchte, nach denen deine Seele begehrte, wichen von dir, und alles, was glänzt und prunkt, verschwand von dir, und man findet es nicht mehr.* Die Versorgung der Stadt mit Obst ergab einen wichtigen Handelszweig; der Obsthändler war ein willkommener, unentbehrlicher Mann. Es liegt eine beredte Ironie in der Betonung dieses Zuges. Wie schade ist es, jammern sie, um den Obstmarkt der Stadt, der so herrlich ausgestattet war! Nun sind all die köstlichen Früchte nicht mehr zu haben, und alle Leckerbissen und Prunkstücke, die man sich bisher bequem verschaffen konnte, sind nun nicht mehr aufzutreiben. Es kommt in dieser Klage ans Licht, wie leer und arm das Leben war, das sich hier so großtuerisch und prunkvoll entfaltete. Hier wurden die sinnlichen Gelüste des natürlichen Menschen befriedigt. 18,15-19: *Die Kaufleute, die damit handeln und von ihr reich geworden sind, werden von ferne stehen aus Furcht vor ihrer Peinigung, weinen und trauern und sagen: Wehe, wehe, die große Stadt, die mit feiner Leinwand und Purpur und Scharlach bekleidet und mit Gold und kostbaren Steinen und Perlen vergoldet war; denn in einer einzigen Stunde wurde so großer Reichtum verheert. Und jeder Steuermann, und wer nach einem Handelsplatz fährt, und die Schiffer und alle, die auf dem Meer arbeiten, standen von ferne und schrien, als sie den Rauch ihres Brandes sahen, und sagten: Wer ist der großen Stadt gleich? Und sie warfen Erde auf ihre Häupter und schrien, weinten und trauerten und sagten: Wehe, wehe, die große Stadt, in der alle die, die Schiffe im Meer haben, aus ihrem großen Überfluß reich wurden; denn in einer einzigen Stunde wurde sie verheert.* Diese ganze Klage geht nur um die Dinge, die der Mensch begehrt, um seinen Gewinn und seine Lust. Darum wird auch nur auf der Erde so gejammert, während für die, die darauf bedacht sind, was Gott gehört, auf die Wahrheit, das Recht und die Ehre Gottes, der Sturz Roms zum Grund der Danksagung wird. Mit einem kräftigen Gegensatz gegen dieses lange Jammerlied sagt dies der folgende Vers.

18,20: *Frohlocke über sie, Himmel und ihr Heiligen und Boten und Propheten* (12,12); *denn Gott hat durch sein Urteil euer Recht an ihr vollstreckt.* Die widerchristliche Stadt war im Streit mit dem Himmel; denn sie verweigerte Gott den Gehorsam, verleugnete und lästerte ihn; darum hat der Himmel über sie zu klagen. Nun erhält er dadurch sein Recht, daß das göttliche Urteil die Stadt der Vernichtung übergibt. Aber auch auf der Erde lebten solche, die ein Recht darauf haben, daß die Stadt beseitigt wird. Das sind die, die, weil sie Gottes Eigentum waren, von Rom bedrückt und verfolgt wurden. Aus der Zahl der Heiligen sind die von Jesus zu seinen Boten Bestellten besonders hervorgehoben, wohl im Blick auf die in Rom getöteten Apostel, sodann die Propheten, die unter dem Haß der Welt besonders zu leiden hatten, weil sie die kommende Herrschaft Gottes bezeugten und die menschliche Bosheit straften.

18,21-24: *Und ein starker Engel hob einen Stein, der einem großen Mühlstein glich, auf und warf ihn in das Meer und sagte: So wird mit einem Schwung Babylon, die große Stadt, weggeworfen und nicht mehr gefunden werden. Und die Stimme der Harfenspieler und Sänger und Flötenbläser und Posaunenbläser wird nicht mehr in dir gehört werden* (Hesek. 26,13), *und kein Handwerker von irgendeinem Handwerk wird mehr in dir gefunden werden, und der Schall der Mühle wird nicht mehr in dir gehört werden und das Licht der Lampe nicht mehr in dir scheinen und die Stimme des Bräutigams und der Braut nicht mehr in dir gehört werden* (Jer. 25,10). *Denn deine Kaufleute waren die Fürsten der Erde* (Jes. 23,8). *Denn durch deine Giftmischerei wurden alle Völker verführt* (Nah. 3,4), *und Blut der Propheten und Heiligen wurde in ihr gefunden und aller, die auf der Erde geschlachtet worden sind* (Jer. 51,49). Der Schluß verbürgt nochmals die Zuverlässigkeit der gegen die Weltstadt gerichteten Weissagung. Wie der schwere Stein, der ins Wasser geworfen wird, versinkt und verschwindet, so sicher und vollständig muß die Stadt untergehen. Die Totenstille der Verödung ersetzt dann den lauten Lärm, der jetzt die Stadt erfüllt, den Schall der musikalischen Instrumente, die jetzt beständig bei den vielen Festen und Feierlichkeiten zu hören sind, und das Geräusch, das die

Arbeit der vielen Handwerker jetzt überall hervorruft. Auf diese dem Leben der Großstadt entsprechenden Bilder folgen noch die seit alters üblichen Merkzeichen für die gänzliche Verödung eines Hauses oder Orts. Kein Mühlstein, der gedreht wird, ist zu hören, nirgends wird der Schein einer Lampe sichtbar, und keine Hochzeit wird mehr gefeiert. Der Ort ist unbewohnt, von Menschen leer. Das Urteil wird mit der Schuld der Stadt begründet. Nach Reichtum und Genuß ging ihr Streben, und darauf war sie stolz. Das zeigt die Stellung ihrer Kaufleute, vor denen sich alle wie vor Fürsten beugen. Jede göttliche Ordnung wird zertreten; der heimliche Mord ist in der Stadt im Gang. Sie ist voll von Giften und Zauberei, die sich damals mit dem Gift stets zusammenfand und die andere durch heimlich wirksame Mittel verderben will. Diese Dinge blieben nicht auf die Stadt beschränkt; alle Völker lernten sie von ihr und machten ihr die finsteren Künste nach. Ihre schwerste Schuld ist der Kampf gegen die Zeugen Gottes. Wie der, bei dem das Blut eines Getöteten gefunden wird, des Mords überführt ist, so hat die Stadt offenkundig die Schuld auf sich, die Mörderin der Heiligen zu sein; sie hat aber nicht nur die Schuld am Tod derer zu tragen, die in Rom ihr Leben lassen mußten, sondern auch derer, die überall in den Provinzen hingemordet wurden. Roms Herrscher und Heere schlachteten sie hin. Der römischen Herrschgier wurde das Leben vieler geopfert, und die römische Ungerechtigkeit achtete den Tod der Unschuldigen für nichts.

Kap. 19

Der Sieg des Christus

19,1-4: *Hernach hörte ich etwas wie die laute Stimme einer großen Schar im Himmel, die sagten: Halleluja! Die Rettung und die Herrlichkeit und die Kraft gehört unserem Gott; denn wahrhaft und gerecht sind seine Urteile* (16,7). *Denn er richtete die große Dirne, die die Erde durch ihre Unzucht verdarb, und das Blut seiner Knechte rächte er an ihr* (2. Kön. 9,7). *Und sie sagten zum zweiten Male: Halleluja!, und ihr Rauch steigt in alle Ewigkeit auf. Und die vierundzwanzig Ältesten und die vier Tiere fielen nieder und beteten Gott an, der auf dem Thron sitzt, und sagten: Amen; halleluja.*

Jetzt erinnert uns Johannes wieder an den Anfang der ganzen langen Reihe der Gesichte. Sie begann damit, daß das himmlische Buch noch verschlossen in der Hand Gottes lag und die, die bei dem Thron Gottes sind, danach verlangten, daß der Rat Gottes offenbar und sein Urteil vollzogen werde. Jetzt sind alle Siegel beseitigt, die Posaunenstöße, die bei der Öffnung des letzten Siegels begannen, sind alle verklungen, und die Zornesschalen, die bei der letzten Posaune gefüllt wurden, sind alle geleert; auch das, was die letzte Zornesschale bringen sollte, das Urteil über die Kaiserstadt, ist vollendet. Nun findet der Eingang des Gesichts seine Fortsetzung und Bestätigung; denn nun wird im Himmel Gott für sein Werk gedankt, das er für die Menschheit getan hat. Zuerst bringt die große Schar, die die Gemeinde Jesu bildet, Gott ihre Anbetung dar; denn sie ist ja zuerst von dem betroffen, wovon die Weissagung redete. Sie leidet und ringt in der Welt, und für sie führt Gott durch sein richterliches Werk die Erlösung herauf. Der Ort, an dem das Gesicht die Gemeinde schaut, ist hier wie in der ganzen Weissagung der Himmel. Weil die Gemeinde von der Welt geschieden ist und ihren Platz bei Gott hat, ertönt hier das Halleluja der großen Schar vom Himmel her. Sie preist Gott mit dem Halleluja, mit dem Wort, mit dem schon die Glieder der alttestamentlichen Gemeinde einander aufforderten, das Lob Gottes zum gemeinsamen Bekenntnis aller zu machen. Mit dem Zuruf „Lobt den Herrn" wird das Bekenntnis zur göttlichen Gnade und Herrlichkeit so ausgesprochen, daß es vom einen zum anderen übergeht und alle zur einmütigen und gemeinsamen Anbetung vereint. Der Blick der Betenden ruht nicht auf den Gaben, die sie selbst empfangen und genießen, sondern auf dem, was Gott gebührt; denn sie beten in der Liebe zu Gott, die nach seiner Verherrlichung verlangt. Durch das, was vollbracht ist, ist erwiesen, daß Gott die rettet, die ihm dienen, daß er die Erde von denen reinigt und befreit, die sie verderben, und sich mit vollendeter Treue zu seinen Knechten bekennt, die für ihn sterben. Darum preisen die Betenden Gott auch dafür, daß das Wahrzeichen seines Gerichts, der Rauch, der aus der gerichteten Stadt aufsteigt, unvergänglich bleibt. Aus dem, was Gott tut, entsteht ein bleibendes Ergebnis, darum auch ein ewiges Gedächtnis und ein ewiger Preis seiner Gerechtigkeit. Die Anbetung der Gemeinde findet darin ihren Abschluß, daß ihre Vertreter, die sich zunächst bei dem Thron Gottes befinden, und die Häupter der Schöpfung sie bestätigen.

19,5: *Und eine Stimme ging vom Thron aus und sagte: Lobt unseren Gott, alle seine Knechte, ihr, die ihr ihn fürchtet, die Kleinen und die Großen* (Ps. 134,1; 115,13; 22,24.) Bis jetzt ist das Letzte noch nicht geschehen, da der Widerchrist noch mächtig und der Christus noch nicht offenbar ist. Allein weil jetzt alles vollbracht ist, was vor der Offenbarung des Christus geschehen muß, darum fordert die himmlische Stimme nun alle zum Lob Gottes auf. Was jetzt kommt, ist lauter Grund zum Lob Gottes, die herrliche Gabe der ewigen Gnade. Darum haben alle Grund, sich Gottes zu freuen und ihm zu danken, wer sie auch seien, ob groß, ob klein, wenn sie nur die Furcht vor Gott nicht wegwarfen, sondern sich vor seiner Hoheit beugten und ihn ehrten.

19,6-8: *Und ich hörte etwas wie den Ruf einer großen Schar und wie das Rauschen vieler Wasser und wie den Schall starker Donner, die sagten: Halleluja! Denn der Herr, unser Gott, der Herrscher über alles, ist König geworden. Wir wollen uns freuen und jubeln und ihm die Ehre geben; denn die Hochzeit des Lämmleins ist gekommen* (Matth. 22,2), *und sein Weib hat sich gerüstet, und es ist ihr gegeben, sich in glänzende, reine Leinwand zu kleiden. Denn die Leinwand sind die gerechten Gerichte, die für die Heiligen geschehen sind.* Der Aufforderung zum Lob Gottes wird sofort gehorcht. Johannes hört den Preis Gottes mächtig erschallen. Nun beginnt die Herrschaft Gottes; denn der Festtag des Christus ist da. Der Tag seiner Verherrlichung ist als sein Hochzeitstag bezeichnet, da sie sich in seiner Vereinigung mit seiner Gemeinde verwirklicht. Er bewirkt ja seine Größe und Ehre nach der Regel der Gnade, also dadurch, daß er den Seinen an seiner Freude, an seinem Leben, an seiner Gottessohnschaft Anteil gibt. Darum erscheint mit der Offenbarung des Christus für seine Gemeinde das Heil, und der Tag seiner Verherrlichung bringt auch ihr die Herrlichkeit. Die Verheißung Jesu, die er selbst seinen Jüngern gegeben hat, umfaßte zwei Versprechen. Das eine war an seine Jünger gerichtet und sagte ihnen, daß er wieder zu ihnen kommen und in seiner neuen Offenbarung ihnen die ewige Gabe Gottes bringen wird (Joh. 14,3). Mit diesem Versprechen hat Jesus aber die Verheißung verbunden, die von seinem königlichen Wirken an dem ganzen Bestand der Welt sprach und ihm die Vollendung zum Reich Gottes zusagte. Beide Verheißungen sind auch in der Weissagung des Johannes enthalten; er verweilt hier aber nicht bei dem, was Jesus seinen Jüngern bringt. Im Evangelium spricht Johannes bei dem Abschied Jesu von seinen Jüngern nur davon, daß Jesus die Seinen nicht verläßt, sondern seine Gemeinschaft mit ihnen unvergänglich macht und ihnen auch an seiner ewigen Herrlichkeit Anteil gibt (Joh. 14,18.19). Dies hat Johannes in der Weissagung dadurch wiederholt, daß er die Gemeinde mit Jesus vor Gott vereint zeigt. Nun aber, in der Beschreibung seiner Wiederkunft, erneuert er die andere Verheißung Jesu, die vom Abschluß der Weltgeschichte, von der Vollendung des Weltalls durch seine Offenbarung sprach (Matth. 24,29 f.). Damit ist aber auch seiner Gemeinde der Beginn des Festes verbürgt, das sie selig macht. Als Johannes an die irdische Arbeit Jesu dachte, nannte er die Gemeinde die Mutter des Christus (12,1); jetzt, da der himmlische Christus die Gemeinde mit sich vereint, erscheint sie als sein Weib. Beide Bilder beschreiben sie als die Empfangende. Als sie den Christus gebar, trug sie den himmlischen Schmuck; denn die Gnade und Gabe, die Gott ihr verleiht, macht, daß der Christus zu ihr kommt und in ihrer Mitte sein Werk vollbringt. Auch jetzt, da sie in die sichtbare und ewige Gemeinschaft mit dem Christus tritt, ist sie geschmückt, und auch jetzt ist der Schmuck, der sie ziert, ihr geschenkt. Zur Hochzeit ist der Braut das Festkleid unentbehrlich, in dem sie die Freude ihres Bräutigams ist. So ist jetzt die Gemeinde in das reine, festliche Gewand gehüllt; denn die göttlichen Taten, die ihr Recht feststellen, sind geschehen. Jetzt ist sie nicht mehr die Geschändete und Zertretene; es ist durch die Gerichte Gottes offenbar geworden, daß die, die an Jesus geglaubt haben, der Wahrheit gehorcht und nach Gottes Gebot gehandelt haben. Nun ist erwiesen, daß Gott sie berufen, Gott sie von aller Sünde gereinigt und von ihren Widersachern gerettet hat. Als sie um Jesu willen sterben mußten, konnte man fragen, ob sie nicht träumten und einer leeren Hoffnung folgten, ob sie wirklich das Recht hätten, auf Gott zu warten und sich als die Seinen zu betrachten. Nun aber hat Gott sich durch sein heiliges Gericht ihrer angenommen. Deshalb ist die Gemeinde jetzt, da der Glanz der sie rechtfertigenden Gottestat auf ihr liegt und die Versuchung von ihr bestanden ist, des Christus würdig und die für ihn festlich gerüstete Braut.

19,9: *Und er sagt zu mir: Schreibe: Selig sind die zum Hochzeitsmahl des Lämmleins Gerufenen. Und er sagt zu mir: Diese Worte sind wahrhaftig Worte Gottes.* Das Fest des Christus wird mit dem Mahl gefeiert. An ihm teilzuhaben ist die Verwirklichung aller Verheißung, die vollkommene göttliche Gabe. Der Gemeinde wird verbürgt, daß sie dieser Verheißung ganz vertrauen darf; um ihretwillen kann sie furchtlos das Ringen mit der Welt bestehen und ihrem Herrn freudig die Treue halten und gehorchen, auch wenn sie für ihn sterben muß.

19,10: *Und ich fiel vor seinen Füßen nieder, um ihn anzubeten* (22,8). *Und er sagt zu mir: Sieh dich vor, tue es nicht! Ich bin dein und deiner Brüder Mitknecht, derer, die das Zeugnis Jesu haben. Gott bete an! Denn das Zeugnis Jesu ist der Geist der Weissagung* (1. Joh. 5,6). Die Größe der Verheißung bewegt Johannes tief und bewirkt, daß er vor dem, der sie bringt, anbetend niederfällt. Wie soll er den gebührend ehren, der ihm im Namen Gottes verheißt, daß er mit dem Christus an seinem Fest und Tisch vereinigt sein wird? Der Unterschied muß aber deutlich bleiben zwischen den Boten, die die Verheißung ausrichten, und dem Gott, von dessen Gnade die Verheißung kommt und dessen Gabe ihre Erfüllung ist. Auch der himmlische Bote, der der Gemeinde die Verheißung bringt, ist nicht der rechte Empfänger für ihren anbetenden Dank; noch weniger sind es die menschlichen Zeugen des Evangeliums. Auch der Engel ist ein Mitknecht, demselben Herrn eigen und im selben Dienst für ihn tätig wie die, die die Weisung empfangen und sagen. Der Engel hilft damit, daß er der göttlichen Offenbarung als Werkzeug dient, am selben Gotteswerk mit, an dem auch der Prophet teilhat und mit ihm alle in der Gemeinde, die sich sagen lassen, zu welchem Ziel Gott die Menschheit führen und wie sie es erreichen wird. Wer die Weissagung empfängt und bewahrt, tut an seinem Ort das, was zu ihrer Erfüllung nötig ist. Er nimmt damit das Zeugnis Jesu an; denn das ist die Weise, wie Jesus von sich Zeugnis gibt, daß er seiner Gemeinde den Geist sendet; so verwirklicht er seine Gegenwart bei ihr, seine Fürsorge für sie, seine Herrschaft über sie. Der Geist tut sich seinerseits dadurch kund, daß er der Gemeinde die Weissagung gibt. Wer also darauf hört, was der Geist der Gemeinde sagt, der hält fest, was Jesus bezeugt; er steht mit den himmlischen Geistern in der Gemeinschaft desselben Dienstes und bereitet in seinem Teil den herrlichen Ausgang vor, der dann erreicht ist, wenn der Christus seine Gemeinde zu sich holt. Dieses Ende wird nun dem Auge des Johannes sichtbar; er sieht nun den Christus in seiner allen sich offenbarenden Herrlichkeit.

19,11-13: *Und ich sah den Himmel geöffnet und sieh, ein weißes Roß, und der, der auf ihm sitzt, heißt treu und wahrhaftig, und er richtet mit Gerechtigkeit* (Jes. 11,4; Ps. 72,2), *und er kämpft. Seine Augen sind eine Feuerflamme* (1,14; Dan. 10,6), *und auf seinem Haupt sind viele Kronen. Er trägt einen Namen geschrieben, den keiner kennt als er selbst, und er ist mit einem Gewand bekleidet, das mit Blut gefärbt ist* (1. Mose 49,11; Jes. 63,2), *und sein Name heißt das Wort Gottes* (Joh. 1,1; 1. Joh. 1,1). Jetzt sieht Johannes Jesus wieder wie im ersten Gesicht in menschlicher Gestalt, während er, solange er von dem sprach, was Jesus am Thron Gottes tut, ihm stets in der Gestalt des Lammes gezeigt ist. Nun aber wendet Christus sich wieder der Menschheit zu und vollbringt an ihr sein Werk; darum erscheint er jetzt in menschlicher Gestalt, jedoch anders als im ersten Gesicht, das seine unsichtbare Gegenwart bei der Gemeinde anzeigte; jetzt trägt er, weil er für alle offenbar wird, die Zeichen des Königs und des Siegers. Darum reitet er auf dem weißen Pferd. Wozu er kommt, sagen seine Namen. Er bewährt sich als der Treue; denn er nimmt sich seiner Gemeinde an, holt sie zu sich und vollendet so seine Gemeinschaft mit ihr. Dadurch gibt er seinem ganzen Wort die Wahrheit, sowohl seinem Bußwort, das die Sünde richtet, als seiner Verheißung, die die göttliche Gnade anbietet. Beides wird dadurch zur endgültigen Verwirklichung gebracht, daß er sich jetzt in seiner Herrlichkeit offenbart, Gericht hält und mit denen, die auf der Erde dem Willen Gottes widerstehen, den Kampf beginnt. Der flammende Glanz seines Auges zeigt, daß sein Blick alles durchdringt, so daß sein Urteil ganz gerecht sein wird. Die Kronen, die er trägt, machen sichtbar, daß ihm niemand überlegen, sondern alles von Gott ihm unterworfen ist. Auch er trägt einen auf seinen Leib geschriebenen Namen, der bezeugt, wem er gehört und wer er ist. Diesen Namen liest aber keiner; denn der Christus ist über alle erhöht und bleibt darum ein Geheimnis für alle. Er besitzt eine Verbundenheit mit Gott, in die niemand Einblick hat. Schon jetzt, da er auszieht, trägt er das in Blut getauchte Kleid, wie es sonst der Sieger trägt, der aus einer großen Schlacht unverletzt und siegreich heimkehrt. Er aber erscheint sogleich mit dem Zeichen seines völligen Sieges und des gewaltigen Gerichts, durch das er alle Widersacher Gottes beseitigen wird. Johannes hat dabei das Wort über den Verheißenen (1. Mose 49,11) im Sinn, das auch von den jüdischen Lehrern auf das blutige Gewand des Christus gedeutet wurde, das er dann tragen werde, wenn er alle seine Feinde überwunden hat. Neben seinem verborgenen Namen hat er auch einen, mit dem er angerufen werden kann und der seine Würde und Sendung verkündet. Dieser Name, mit dem Engel und Menschen sagen, wer er ist, lautet: er ist das Wort Gottes. Damit ist ihm die vollständige Gemeinschaft mit Gott zugeteilt, die keiner hat als er. Er empfängt das göttliche Wort nicht als seine Gabe zu seinem übrigen Besitz und Leben hinzu, sondern ist selbst das Wort, ist es mit dem, was er ist und tut, so daß durch ihn kund und hörbar wird, was Gott denkt, will und spricht. Eben jetzt, da er sich in seiner Herrlichkeit offenbart, steht ihm dieser Name im höchsten Sinn zu; denn jetzt wird durch ihn offenbar, was bisher im göttlichen Rat und Willen verborgen war. Er in seiner herrlichen Herrschaft ist das an alles Geschaffene gerichtete göttliche Wort.

19,14: *Und die Heere, die im Himmel sind, folgten ihm auf weißen Rossen mit weißer, feiner Leinwand bekleidet.* Der Christus erscheint nicht allein, sondern an der Spitze des himmlischen Heeres; er ist der Herr, dem alle Engel dienen. Sie ziehen zum Kampf aus, aber nicht in Waffen gehüllt, sondern im festlichen, weißen Gewand. Denn der Tag, an dem sich der Christus offenbart, ist für die Himmlischen ein Freudentag. Nicht in dem Sinn wird er zum Krieger, daß er mit seinen Widersachern zu ringen hätte und sie nur mit Anstrengung zu überwältigen vermöchte. Er ist vielmehr in der Kraft Gottes über sie erhaben; ihr Widerstand ist zu Ende, sowie die Stunde kommt, in der die göttliche Geduld aufhört und das Gericht vollzogen wird. Daher sind auch der ihn begleitenden Schar im Gesicht des Johannes nicht die Merkmale eines Kriegerheeres gegeben, sondern die einer festlichen Schar, die ihren König mit Freuden geleitet.

19,15.16: *Und aus seinem Mund geht ein scharfes Schwert, damit er mit ihm die Völker schlage* (Jes. 11,4; 2. Thess. 2,8), *und er wird sie mit einem eisernen Stab weiden* (Ps. 2,9; Offenb. 2,27), *und er tritt die Kelter des Weins des grimmigen Zornes Gottes, des Herrschers über alles* (Joel 4,13; Jes. 63,3). *Und er hat auf seinem Kleid und auf seinem Schenkel einen Namen geschrieben: Der König der Könige und der Herr der Herren* (17,14). Seine Waffe, mit der er seine Widersacher überwindet und die Bösen richtet, ist sein Wort. Die Auflehnung gegen ihn ist unmöglich. Denn er ist der Hirte mit dem eisernen Stab, der alle Stärke hat, die nötig ist, um Ordnung in der Welt zu schaffen; er ist der Kelterer, der den Wein herrichtet, den der Zorn Gottes denen reicht, die von ihm abwichen, und an seinem Gewand, da, wo es über den Schenkel herabfällt und allen am Reitenden zunächst sichtbar ist, steht der Name, der anzeigt, daß er die Macht über alle Machthaber hat. Wenn er erscheint, so gibt es keine Ungewißheit mehr, bei wem die Herrschaft ist.

19,17.18: *Und ich sah einen Engel in der Sonne stehen, und er rief mit lauter Stimme und sagte allen Vögeln, die in der Mitte des Himmels fliegen: Kommt und versammelt euch zum großen Mahl Gottes, um Fleisch von Königen und Fleisch von Obersten und Fleisch von Starken und Fleisch von Pferden und von denen, die auf ihnen sitzen, und Fleisch von allen Freien und Knechten und Kleinen und Großen zu fressen* (Hesek. 39,17-20). Das Heer derer, die gegen den Christus kämpfen, ist ein Raub des Todes. Wie aussichtslos der Kampf gegen Gott ist, wird dadurch dargestellt, daß das Ende dieses Kampfes nur darin besteht, daß die Aas fressenden Vögel ihre Leiber verspeisen. Von der Sonne aus ruft ein Engel die Vögel, die hoch über der Erde in der Höhe schweben, auf das Schlachtfeld, auf dem die Leichen in Menge liegen. Das Mahl, das hier die Vögel halten, hat Gott für sie zubereitet.

19,19-21: *Und ich sah das Tier und die Könige der Erde und ihre Heere versammelt, um den Kampf mit dem zu beginnen, der auf dem Roß sitzt, und mit seinem Heer. Und das Tier wurde ergriffen und mit ihm der falsche Prophet, der die Zeichen vor ihm tat, durch die er die verführte, die das Mal des Tieres annahmen und sein Bild anbeteten. Lebend wurden beide in den Feuersee geworfen, der mit Schwefel brennt* (4. Mose 16,33; Jes. 30,33; 34,9). *Und die übrigen wurden durch das Schwert dessen, der auf dem Roß sitzt, getötet, das aus seinem Mund ausgeht, und alle Vögel wurden von ihrem Fleisch satt* (Hesek. 39,20). Nur mit wenigen Worten gibt Johannes an, wie es zur Entscheidung kommt; denn er verkündet uns den Sieg des Christus nicht dazu, damit unsere Phantasie sich daran ergötze, als ob uns ein ergreifendes Schauspiel vorgeführt werden sollte. Hören und glauben soll die Gemeinde, daß der Kampf der Welt gegen Jesus mit dem Sieg Jesu endet. Diese Gewißheit braucht sie, damit sie Gott gehorcht, der Verführung widersteht und die Liebe nicht erkalten läßt; mehr als dies braucht sie jedoch nicht und erhält sie auch durch die Weissagung nicht. Das gegen Jesus versammelte Heer verliert durch seine Erscheinung den Mut noch nicht; seine Führer können nicht mehr zurück, sondern müssen ihren Weg bis zum Ende gehen. Ihr Bruch mit Gott ist vollendet, und sie sind in die Gewalt ihrer Sünde dahingegeben. Es bedarf aber nicht eines gefährlichen, anstrengenden Kampfes, damit der Christus Sieger wird; vielmehr wird, da er in der Macht Gottes handelt, aus der Schlacht sofort ein richterlicher Akt. Die Strafe wird nach dem Maß der Verschuldung verschieden bemessen. Die größte Schuld haben die beiden Verführer: der, der sich die Menschheit unterwarf und als Gott sich vor sie stellte, und der, der sein Unternehmen rechtfertigte, geistig verklärte und als die höchste Wahrheit und Offenbarung des Geistes pries. Während das ihnen dienende Heer dem Tod verfällt, werden die beiden Verführer in einen aus Feuer bestehenden See versenkt, dessen Glut durch Schwefel genährt wird. Seit dem Untergang Sodoms werden das Feuer und der Schwefel in der Schrift mehrfach als die Strafmittel nebeneinander genannt, wenn das Todeslos durch besondere Schmerzen und Schrecken verschärft werden soll. Aber auch dieses schrecklichste Sterben, das den beiden Verführern widerfährt, die in den feurigen See geworfen werden, bringt nicht eine völlige Vernichtung, in der kein Dasein und keine Empfindung mehr zurückbliebe; sondern der Feuersee wird für die, die in ihn fallen, zum Gefängnis, in dem sie völlig von allem geschieden sind, was denen zuteil wird, die die Herrlichkeit Gottes sehen und bei ihm zur ewigen Gemeinde vereinigt sind.

Kap. 20

Die Herrschaft des Christus auf der Erde

20,1-3: *Und ich sah einen Engel vom Himmel herabfahren mit dem Schlüssel zum Abgrund und einer großen Kette auf seinem Arm, und er fing den Drachen, die alte Schlange, die der Verkläger und Satan ist* (12,9), *und band ihn für tausend Jahre und legte ihn in den Abgrund und schloß zu und brachte ein Siegel über ihm an, damit er die Völker nicht mehr verführe, bis die tausend Jahre vollendet sind. Hernach muß er für eine kleine Zeit gelöst werden* (Jes. 24,22). Da der Widerchrist und sein Prophet nicht die ersten Urheber der Empörung gegen Gott, sondern Werkzeuge des Satans gewesen sind, wäre die Gerechtigkeit des vollzogenen Gerichts noch nicht vollständig und das Heil für die Menschheit noch nicht gesichert, wenn nicht auch der Satan vom Gericht getroffen würde. Darum sieht Johannes, nachdem das gegen Gott streitende Heer verschwunden ist, zuerst, was mit dem Satan geschieht. Er wird gefesselt, aus der den Menschen gegebenen Welt entfernt und in der unterirdischen Tiefe eingekerkert. Da das Siegel, das auf dem Eingang zum Abgrund angebracht wird, die Unverletzlichkeit der göttlichen Verfügung besitzt, die auch der Satan nicht durchbrechen kann, hat er, bis dieses Siegel wieder beseitigt ist, keinen Zugang mehr zur Erde und zur Menschheit; seine verführende und verderbende Wirksamkeit hört auf. Durch die Erhöhung Jesu in den Himmel war ihm der Himmel verschlossen worden, so daß er nicht mehr der Verkläger der Menschen sein konnte; durch die neue Offenbarung Jesu wird ihm auch der Zugang zur Erde versiegelt und muß er nun auch aufhören, ihr Verführer zu sein. Was das für die Menschheit bedeutet, macht Johannes in derselben Weise wie 12,9 durch die Namen des Satans deutlich. Indem er ihn den Drachen nennt, erinnert er an die Gefahr des Verderbens, die der Menschheit bisher immer von ihm her drohte; der zweite Name, die alte Schlange, weist auf die Verführung hin, die seit dem Verlust des Paradieses die menschliche Geschichte verwirrte und die Not auf der Erde hervorbrachte, und die Namen Verkläger und Satan beziehen sich auf die unbarmherzige Aufdeckung der Schuld, die das göttliche Gericht über die Menschen herausforderte. Gegen all das ist nun die Menschheit geschützt; damit ist ihr eine unschätzbare Gnade und Hilfe erwiesen und ist sie von einem Druck befreit, dessen Schwere sie erst dann ganz empfinden kann, wenn sie von ihm befreit ist. Für den Satan ist dies aber noch nicht das letzte Ende; denn in den Feuersee, in den seine verführerische Macht den Widerchrist und seinen Gehilfen gebracht hat, wird er noch nicht gestürzt. Der in den Abgrund Eingeschlossene wird aus ihm wieder emporsteigen; dies wird von Anfang an in Aussicht genommen; denn seine Fesselung geschieht für eine festgesetzte Frist, für tausend Jahre.

Der Grund, weshalb der Satan noch nicht für immer beseitigt wird, ist nicht darin zu suchen, daß seine Sünde jetzt noch nicht reif, noch nicht so groß wäre, daß das endgültige Urteil über ihn ergehen könnte. Ein solcher Gedanke würde die Bahn verlassen, in der sich die Weissagung des Johannes stets bewegt. Sie spricht von der Geisterwelt nie dazu, um uns über die besonderen Vorgänge und Zustände aufzuklären, die sich aus dem ihr eigentümlichen Verhältnis zu Gott ergeben. Die Weissagung spricht vom Satan nur im Blick auf sein Hereinwirken in die menschliche Geschichte. Der Grund, weshalb seine Zeit noch nicht zu Ende ist, sondern der Abgrund sich für ihn wieder öffnet, besteht darin, daß die Not und Errettung, von der Johannes weissagt, noch nicht die ganze Menschheit umfaßt. Denn bis jetzt sind erst diejenigen Völker, die vom römischen Herrschaftsbereich umfaßt oder doch ihm benachbart waren, vom göttlichen Wort und vom Zeugnis Jesu erreicht worden. Es gibt aber nach V. 8 Völker, die, weil sie an den Rändern der Erde wohnen, den am Mittelmeer Wohnenden noch unbekannt sind; diese waren an den Vorgängen in Jerusalem, als das Lamm geschlachtet wurde, und an den Untaten in Rom, als der Kaiser sich selbst zu Gott machte und die Herrschaft Gottes leugnete, nicht beteiligt. Es kommt aber auch für sie ihre Stunde, nicht nur die Stunde ihrer Berufung durch die Offenbarung Jesu, sondern auch die Stunde der Versuchung durch die Verführung des Satans. Weil auch für sie die Versuchung kommen muß, wird der Satan noch nicht für immer beseitigt, sondern nur auf Zeit in den Abgrund verschlossen. Die der Menschheit bescherte Zeit der Ruhe, in der ihr Widersacher sie nicht schädigen darf, ist auf tausend Jahre festgesetzt. Diese Zahl stammt aus dem Vergleich der Geschichte der Menschheit mit dem Verlauf einer Woche; in der jüdischen Gemeinde hat man sich das Rätsel der irdischen Geschichte gern durch dieses schöne Gleichnis zu erklären gesucht. Wie die Woche zunächst die sechs Werktage bringt, danach den Tag der Ruhe, der auch dem Menschen Anteil an der Ruhe Gottes gibt, so ist die Geschichte der Menschheit zunächst mit Streit und Not erfüllt, und sie muß die ihr aufgegebene Arbeit tun und die Versuchung bestehen. Dann aber kommt der heilige Tag, der Gott gehört, als Tag der Ruhe, der aller Mühsal ein Ende macht. Die Woche, in der das Leben der Menschheit verläuft, setzt sich aber nicht aus Tagen oder Jahren, sondern aus Jahrtausenden zusammen. Daher währt der Sabbat, mit dem sie abschließt, tausend Jahre. Auch an dieser Stelle, an der das weissagende Wort des Johannes sich hoch über die irdischen Grenzen erhebt und das prophetische Bild sich gewaltig vor seinem Blick auftürmt, hat er den Unterschied, der die Weissagung vom göttlichen Rat unterscheidet, streng gewahrt. Viele haben den Vergleich der Weltgeschichte mit der Woche dazu benützt, um die Dauer der Welt zu berechnen. Wußte man denn nicht durch die Schrift, seit wann die Menschheit bestand und wieviel Zeit seit ihrer Schöpfung verstrichen war? Konnte man also nicht berechnen, wieviel Zeit noch bis zur Vollendung der Woche fehlt, wie lange es noch währt, bis die sechs Tage der Arbeit und Not verstrichen sind und der herrliche Sabbat beginnt? Johannes hat aber aus dem Vergleich des Weltlaufs mit der Woche nur das letzte Stück, nur die tausend Jahre der Ruhe, in seiner Weissagung wiederholt und nirgends eine Berechnung angestellt, die auf den Weltanfang zurückgriffe. So bleibt er der Regel Jesu gehorsam, daß die Christenheit keine Rechnungen über das Ende aufzustellen, sondern darauf zu warten hat, wie Gott die Zeiten ordnet.

20,4: *Und ich sah Throne, und sie setzten sich auf sie, und das Gericht wurde ihnen gegeben* (Dan. 7,9.22), *und ich sah die Seelen derer, die wegen des Zeugnisses Jesu und wegen des Wortes Gottes enthauptet worden waren, und die, die das Tier nicht angebetet hatten und auch nicht sein Bild und das Mal nicht auf ihre Stirn und ihren Arm genommen hatten, und sie wurden lebendig und erhielten die Herrschaft mit dem Christus für tausend Jahre.* Durch seine neue

Ankunft erfüllt Christus seinen doppelten Beruf; er besteht einmal darin, daß er die Menschheit von den Mächten befreit, die sie verderben. Wenn er nun bewirkt, daß die Lästerung Gottes auf der Erde verstummt, die Selbstanbetung des Menschen endet und keine Dirne mehr die Völker berauscht und verführt, so haben an dieser Wohltat alle teil. Er kommt aber auch für seine Gemeinde als ihr Heiland, der ihr das Leben verleiht. Er hat den Seinen zugemutet, für ihn zu sterben, der Welt zu widerstehen und sich zu ihm auch dann zu bekennen, als es schien, seine Sache sei verloren und seine Herrschaft ein Traum. Nun bekennt er sich zu ihnen, die sich zu ihm bekannten, und gibt ihnen an seinem Leben und an seiner Herrschaft teil. Das geschieht durch einen richterlichen Spruch, der feststellt, wer die waren, die sich zu ihm hielten und für ihn starben, und ihnen das Leben zuerkennt. Daß jetzt die richterliche Verhandlung stattfindet, wird daran sichtbar, daß Sessel aufgestellt werden, wie sie für die Richter bestimmt sind. Das Gesicht verweilt aber nicht bei denen, die jetzt die richterliche Würde und Vollmacht erhalten; es deutet einzig an, daß Jesus nicht allein das Urteil fällt, sondern daß es solche geben wird, die an seinem richterlichen Werk mitwirken. Johannes wird an die Verheißung Jesu denken, die von den Thronen zu seiner Rechten und Linken sprach; er denkt aber zugleich auch daran, daß Jesus selbst in stiller Beugung das Geheimnis der göttlichen Regierung ehrte und auch ihm den Wunsch nahm, jetzt schon festzustellen, für wen die Throne bestimmt sind (Matth. 20,23). Darum wendet sich das Gericht sofort denen zu, für die Jesus jetzt das Gericht vollzieht. Johannes sieht die treu Gebliebenen, die Jesus mit ihrem Tod gepriesen haben. Jesus hat sie nicht vergessen, und seiner Macht sind sie nicht entzogen; sie werden jetzt vor denen, die beim göttlichen Gericht mitwirken, versammelt und erhalten das Leben. Das bedeutet für Johannes die Auferstehung; er verweilt aber nicht bei dem neuen Leib, den die „Seelen" empfangen, wenn sie zum neuen Leben gelangen. Alle die Fragen, die sich in der Judenschaft und in der Christenheit mit dem Vorgang der Auferstehung und mit der Beschaffenheit des neuen Leibes beschäftigten, bleiben fern. Das eine Wort „Leben" umfaßt die ganze Gabe Gottes. Mit dem Leben erhalten die Vollendeten auch den Anteil an der Größe und Macht, die Jesus nun hat. Wie er jetzt

König über die Menschheit ist, so sind es nun auch die Seinen; denn sie dienen ihm bei seinem Herrscheramt und werden für dies ihr Werk selbst mit königlicher Macht ausgerüstet (1,6). So feiern sie mit Jesus den großen Fest- und Ruhetag, der die tausend Jahre umfaßt.

20,5.6: *Die übrigen unter den Toten wurden nicht lebendig, bis die tausend Jahre vollendet sind* (1. Kor. 15,23). *Das ist die erste Auferstehung. Selig und heilig ist der, der an der ersten Auferstehung Anteil hat. Über diese hat der zweite Tod keine Macht, sondern sie werden Priester Gottes und des Christus sein und mit ihm herrschen die tausend Jahre.* Mit der Vollendung der Gemeinde Jesu ist noch nicht das Letzte geschehen. Weil sein Wort nur eine Auswahl aus der Menschheit zu Gott berufen hat, wird auch jetzt nur einer Auswahl aus den Toten die Pforte zum Leben aufgetan, eben denen, die das Eigentum Jesu gewesen sind. Es ergeht daher noch nicht an alle Toten der Ruf, der sie zum Leben erweckt. Aber auch für die anderen kommt noch die Stunde, in der sie vor den Richter gerufen werden, der ihr Los bestimmt und denen, die den Willen Gottes taten, das Leben gibt. So teilen sich die Toten in zwei Gruppen, und eine erste Auferstehung geht der zweiten und letzten voran. Durch die erste Auferstehung erfüllt Jesus die besondere Verheißung, die die empfangen haben, die er mit sich verbunden hat und die deshalb auch im Kampf mit der Welt sein Wort gläubig bewahrt haben. Da aber die Verheißung Gottes größer ist als der Kreis der Gemeinde, wird das Leben auch noch solchen zuteil werden, die das Wort Jesu nicht erreicht hatte und denen der Zutritt zu seiner Gemeinde unmöglich geblieben war. Für sie ist aber der Tag, der ihnen das Leben beschert, erst dann da, wenn die ganze menschliche Geschichte vollendet ist und das Ewige beginnt. Die Verheißung, die der treu gebliebenen Christenheit gehört, hat eine besondere Herrlichkeit; denn wer schon durch die Offenbarung des Christus zum Leben gelangt, verliert dieses nicht mehr und muß sich daher vor dem zweiten Tod nicht fürchten. Der erste Tod schließt das irdische Leben ab; den zweiten Tod erleiden die, die nach ihrer Auferstehung vom göttlichen Urteil verworfen und vom ewigen Leben ausgeschlossen werden. Wer nur auferweckt wird, um sein Verdammungsurteil zu hören, stirbt zum zweiten Male, und dieses

Sterben ist nun die vollendete Verlorenheit. Die aber, die Christus verklärt, wenn er sich offenbart, sind am Ziel und über jede Gefahr emporgehoben; denn ihre Gemeinschaft mit Christus hat ewigen Bestand. Sie besitzen in ihr das Priestertum und das Königtum zugleich; denn sie vermögen Gott und Christus vollkommen anzubeten und vollstrecken im Verkehr mit den anderen Gliedern der Menschheit den göttlichen Willen in herrlicher Macht.

20,7-9: *Und wenn die tausend Jahre vollendet sind, wird der Satan aus seinem Gefängnis gelöst werden und herauskommen, um die Völker zu verführen, die an den vier Ecken der Erde sind, den* Gog *und* Magog, *um sie zusammenzubringen zum Kampf* (Hesek. 38,2.9.15). *Ihre Zahl ist wie die des Sandes am Meer. Und sie zogen auf die Breite der Erde hinauf und schlossen das Lager der Heiligen und die geliebte Stadt* (Ps. 78,68) *ein, und Feuer fuhr aus dem Himmel herab und verzehrte sie* (2. Kön. 1,10). Wenn die Weissagung (Matth. 25,41) den Zweck verfolgte, uns das Zukünftige zu beschreiben, damit wir jetzt schon begreifen, was zuletzt mit der Menschheit geschehen wird, so müßte Johannes bei dem, was er über die königliche Gegenwart Jesu auf der Erde sagte, verweilen. Drängt sich uns hier nicht eine Menge von Fragen auf, sowie wir uns darauf einlassen, Fragen aufzuwerfen? Von der Gemeinde Jesu ist gesagt worden, daß sie die Verklärung empfangen hat, während für das Weltganze und für die übrige Menschheit die irdischen Verhältnisse noch nicht verändert sind. Wie sollen wir uns nun den Lebensstand der Auferstandenen und ihre Gemeinschaft mit denen denken, für die die natürlichen Verhältnisse noch fortbestehen? Johannes gibt uns aber kein Gesicht, das uns hierauf eine Antwort geben soll, wie er uns auch kein Gesicht darbietet, das uns die Hochzeitsfeier, die den Christus mit seiner Gemeinde vereint, und das Mahl, das er ihr bereitet, vorführt. Denn seine Weissagung gehorcht der Regel, die Jesus seinen Jüngern gegeben hat und die alle Apostel bei ihren weissagenden Worten befolgen. Alle Weissagung dient ihnen dazu, um die Hoffnung der Christenheit auf Jesus hinzulenken und ihr zu sagen, daß sie nach seiner Offenbarung zu verlangen und auf sie sich zu rüsten hat. Das ist ihre Antwort auf jede Frage, die wir an die Zukunft richten mögen. Denn die Christenheit weiß alles, was sie wissen muß, wenn ihr bezeugt wird, daß Christus sich in Herrlichkeit offenbaren wird. Eine andere Darstellung der Zukunft braucht sie nicht; denn sie weiß durch diese Verheißung, was sie empfangen wird, wenn sie bei Jesus bleibt, und was sie verlieren würde, wenn sie ihn verließe. In der Gewißheit, daß der Christus die Seinen dann, wenn er sich offenbart, mit sich vereinen und verklären wird, besitzt sie eine vollständige Hoffnung, die ihr alles gewährt, was für die Bewahrung des Christenstands nötig ist; neben ihr wird jede andere Frage müßig und wird darum abgeschnitten. Daher steht auch die Weissagung des Johannes nach der Ankündigung der Offenbarung Jesu am Ziel; er sieht nicht darin seinen prophetischen Beruf, die Herrlichkeit des ewigen Lebens, das jetzt für den auserwählten Teil der Menschheit beginnt, schon zu beschreiben oder begreiflich zu machen, sondern fügt zur Verkündigung der neuen Erscheinung nur noch den einen Satz hinzu, daß auf die Verklärung der Christenheit die Vollendung aller Dinge folgt. Das letzte, alles neu machende Gotteswerk wird aber wieder durch einen Abfall herbeigeführt, durch eine neue Offenbarung der Sünde, die jetzt vollends verwerflich und bösartig wird, weil sie sich gegen den königlich regierenden, gegenwärtigen Christus richtet. Wieder hält die ganze Enthüllung der Größe und Gnade Gottes die Menschheit nicht davon zurück, nochmals den Kampf gegen Gott zu unternehmen. Es wiederholt sich also nochmals die Regel, daß das göttliche Werk in Gerechtigkeit und Gnade sich dann zeigt, wenn die Sünde mächtig und die Not groß geworden sind (Röm. 5,20); auch hier geht das Werk des Satans dem Werk Gottes voran und wird dieses dadurch herbeigeführt, daß die menschliche Sünde ihr Ziel erreicht zu haben scheint. Wieder beginnt die Offenbarung der Gnade mit dem Gericht an den Menschen; aber dieses ist auch hier wieder ein Werkzeug für den herrlichen und gnädigen Willen Gottes, der dann der Welt seine höchste Gabe darbietet, wenn die vollendete Sünde geschehen und durch Gottes Gericht beseitigt worden ist.

Diese Gestaltung des Gesichts war durch die Weissagung Hesekiels gegen das im Norden Asiens wohnende Volk Magog veranlaßt (Hesek. 38). Von ihm sagt der Prophet, es werde, von seinem Fürsten Gog geführt, gegen Jerusalem heranziehen und Israel zu vernichten suchen, bis Gott eingreift und das Heer seiner Feinde vernichtet. Die jüdische Gemeinde erwog diese Weissagung aufmerksam, und es war in ihr die Erwartung verbreitet, das Ende sei dann da, wenn unbekannte Völker, mit Namen Gog und Magog, mit einem mächtigen Heer die Gemeinde angreifen und von Gott gerichtet werden. Im Gesicht des Johannes erhält aber diese Weissagung Hesekiels einen anderen Platz als den, den ihr die jüdische Vorstellung von den letzten Dingen gab: in ihm tritt der Kampf Gogs gegen die in der Stadt Gottes versammelte Gemeinde nicht vor die Erscheinung des Christus, sondern an das Ende der tausendjährigen herrlichen Zeit, die seine Offenbarung der Menschheit bringt. Diese Gestaltung der Weissagung kommt daher, daß sie sich zuerst an die Völker wandte, die im Römischen Reich vereinigt waren. Bei ihnen sieht Johannes die große Sünde in der Anbetung des Menschen und im Kampf gegen Jesus, und bei ihnen wird deshalb auch die göttliche Gerechtigkeit und Gnade zuerst offenbar, die das Böse überwindet und die für Jesus leidende Gemeinde vollendet. Diese Weissagung ersetzt aber die andere nicht, die vom Krieg des Gog spricht, weil nicht die ganze Menschheit vom Römischen Reich umfaßt war. Es gab noch unbekannte Völker, die an den Ecken der viereckigen Fläche wohnten, auf der die Menschheit nach der damaligen Vorstellung ihre Heimat hat, während die im Römischen Reich vereinigten Völker die Mitte der Erde, ihre Breite, einnehmen. In jenen Völkern am Rand der Erde findet der Satan sein letztes Werkzeug für den Versuch, das göttliche Werk aufzuhalten. Sie unternehmen die letzte Empörung gegen den Willen Gottes und bringen die letzte Versuchung über die Gemeinde Gottes. Vom Satan erregt ziehen jene Völker in die Gegenden herein, die die Mitte der Erde bilden, mit der Absicht, die zu vernichten, die Gott gehören. Das Gesicht ist aber knapp gehalten und macht nicht aus der Darstellung dieses Kampfes ein Hauptthema der Weissagung. Der Sieg gehört Gott, und die letzte gegen ihn kämpfende Schar geht unter. Nun ist die Zeit zu Ende, und das Ewige beginnt.

20,10: *Und der Verkläger, der sie verführte, wurde in den Feuer- und Schwefelsee geworfen, wo auch das Tier und der falsche Prophet sind, und sie werden bei Tag und bei Nacht gepeinigt werden in alle Ewigkeit.* Nachdem die Sünde in der Menschheit beseitigt ist, steht auch der Satan nicht mehr unter der Geduld Gottes und verliert seine Macht, Gott zu widerstehen. Nun wird er nicht nur aus dem Himmel ausgestoßen und nicht nur für eine bestimmte Frist von der Erde verwiesen, sondern der ihn endgültig begrabenden Feuerflut übergeben, in der schon der falsche Weltbeherrscher und der falsche Prophet ihr Ende gefunden haben.

20,11.12: *Und ich sah einen großen, weißen Thron und den, der auf ihm saß, vor dessen Angesicht die Erde und der Himmel flohen, und es wurde für sie keine Stätte gefunden. Und ich sah die Toten, die Großen und die Kleinen, vor dem Thron stehen, und es wurden Bücher geöffnet* (Dan. 7,10), *und ein anderes Buch wurde geöffnet, das des Lebens* (3,5; Dan. 12,1), *und die Toten wurden nach ihren Werken gerichtet nach dem, was in den Büchern geschrieben war.* Jedes Glied der Menschheit erhält nun seinen ewigen Ort. Nicht Willkür waltet hier, auch nicht einzig die Schöpfermacht Gottes, die das Alte versinken und unabhängig von dem, was bisher war, etwas völlig Neues entstehen ließe. Johannes weissagt dem, was ist, die Vollendung und darum dem, was geschehen ist, die Vergeltung. Die jetzige Welt ist das Werk Gottes und wird darum an ihr Ziel gebracht; dieses besteht darin, daß sie in ewigem Bestand sichtbar macht, wer Gott ist und was er schafft. Darum wird das jetzt geschehene göttliche Werk mit dem Tun des Richters verglichen, der durch sein Urteil feststellt, was jedem einzelnen gebührt. Denn in ihrem ewigen Bestand macht die Welt die Gerechtigkeit Gottes sichtbar, der alles sieht, nichts vergißt, allem Bösen widersteht, alles Gute liebt, ehrt und belohnt und den ganzen Weltbestand nach dem Gesetz ordnet, das der reine und gütige Wille Gottes festgesetzt hat. Weil nun alles vollendet wird, sieht Johannes bei diesem Gericht Gott selbst als Richter walten, und die ewige Bedeutung des Urteils, das jetzt verkündet und vollzogen wird, wird auch darin sichtbar, daß die Erde und der Himmel, die bis jetzt vorhanden waren, verschwinden. Das bedeutet nicht den Untergang der Welt, nicht das Ende der Schöpfung; denn das, was Gott jetzt tut, schafft die Vollendung, nicht die Vernichtung dessen, was bisher bestanden hat. Der Himmel und die Erde müssen aber verschwinden, damit sie zur ewigen Stätte der göttlichen Gegenwart und Gnade erneuert werden. Nun stehen alle, die je zur Menschheit gehörten, vor Gottes Thron, alle, die der Tod wegnahm, so daß es aussah, als seien sie vergangen und verschwunden; nun aber wird offenbar, daß sie alle aufbehalten sind und einen ewigen Ort empfangen nach Gottes Willen. Die Gerechtigkeit seines Urteils wird durch den Hinweis bezeugt, daß es dem entspricht, was in den himmlischen Büchern steht. Sie sind von doppelter Art. Diejenigen Bücher werden jetzt aufgeschlagen, in die eingetragen ist, was die Menschen aus ihrem Willen als ihr eigenes Werk vollbracht haben: ihr Wohltun und ihr Übeltun, ihr Widerstreben gegen Gott und ihr Gehorsam, mit dem sie seinem Willen dienten. Indem das göttliche Urteil auf diese Bücher gegründet wird, wird dem Menschen bezeugt, daß er sich sein Geschick selbst mit seinem Tun und Lassen bereitet hat. Dadurch tritt der Zusammenhang ans Licht, der die ewige Zukunft mit der Gegenwart verbindet; durch ihn bekommt unser irdisches Leben seine tiefe Bedeutung, da wir uns mit dem, was wir jetzt tun, die ewige Verlorenheit oder das ewige Leben bereiten. Allein mit dieser Gewißheit wäre die Herrlichkeit des göttlichen Werks, das die Vollendung heraufführt, noch nicht vollständig ausgesprochen; denn so wäre der Schein nicht abgewehrt, daß der menschliche Wille den Ausgang des göttlichen Werks bestimme. Darum wird vor dem Richter noch ein zweites Buch geöffnet, das Buch des Lebens, in das Gott die eingeschrieben hat, die als seine Kinder ewiges Leben haben. Dadurch wird uns bezeugt, daß das ewige Leben die Gabe Gottes ist und uns von seinem königlichen Willen zugeteilt wird. Wir vermögen nichts vor Gott zu bringen, als was wir empfangen haben, und unsere eigene Entscheidung und Arbeit vollziehen wir mit dem, was Gott uns gab. Darum verdanken wir unseren Anteil am ewigen Leben nicht unserem Willen und Werk, sondern dem gnädigen Willen Gottes, der uns in das Buch des Lebens aufgenommen hat. In der gleichzeitigen Geltung der beiden Bücher wird das tiefe Geheimnis der göttlichen Regierung sichtbar. Es ist die Hoheit Gottes, daß alles nach seinem Willen geschieht, und die Herrlichkeit seiner Gnade, daß er selbst nach seiner freien Güte uns das Leben gibt. Wiederum hat er uns die Macht gewährt, mit unserem eigenen Entschluß uns ihm zu unterwerfen und mit unserem eigenen Willen ihn zu lieben; er läßt das Leben für uns aus unserem Werk erwachsen. Allein gerade dann, wenn Gott die Vollendung schafft, wird auch offenbar, daß zwischen beidem kein Zwiespalt und Widerspruch vorhanden ist. Das Buch des Lebens und die Bücher, die die

Werke der Menschen aufbewahren, stimmen völlig miteinander überein. Die im Buch des Lebens stehen, haben Gott auch mit ihrem Werk gedient, und die, die sündigen konnten und sich Gott nicht unterwerfen wollten, stehen auch nicht im Buch des Lebens. Die Herrlichkeit der letzten Erweisung Gottes besteht gerade darin, daß hier alles ganz ans Licht kommt: die unerschütterliche Festigkeit seiner erwählenden Gnade, aus der alles stammt, was wir sind, und die Vollkommenheit seiner vergeltenden Gnade, die auf uns achtet, unsere Werke kennt und, wenn wir seinen Willen tun, mit dem Kranz des Lebens belohnt (1. Joh. 2,17).

20,13: *Und das Meer gab die Toten, die in ihm sind, und der Tod und die Totenwelt gaben die Toten, die in ihnen sind, und alle wurden nach ihren Werken gerichtet.* Der Ruf Gottes, der die Toten um seinen Thron sammelt, dringt durch alle Regionen; es gibt keinen Ort, in den er nicht dränge. Nicht nur die Toten, die in der Erde ihr Grab fanden, auch die, die im Meer versanken, kommen wieder ans Licht, und die Macht, mit der der Tod bisher die Menschen wegraffte und die Totenwelt sie bei sich verschloß, ist zu Ende.

20,14.15: *Und der Tod und die Totenwelt wurden in den Feuersee geworfen. Dies ist der zweite Tod, der Feuersee. Und wenn von jemand gefunden wurde, daß er nicht im Buch des Lebens aufgeschrieben war, so wurde er in den Feuersee geworfen.* Der Feuersee begräbt und verhüllt nun alles, was dem gnädigen und heiligen Willen Gottes widerstanden hat. Dazu gehört auch der Tod; denn Gott ist der Schöpfer des Lebens. Darum wird die Macht, die es zerstört, verworfen und beseitigt, wenn die Vollendung kommt. Dasselbe widerfährt der Totenwelt, in der die wohnen, die das verloren, was ihnen das irdische Leben gab, und das noch nicht empfingen, was uns das ewige Leben bringen wird. Darum ist auch die Totenwelt, solange sie besteht, ein Zeichen, daß der gnädige Wille Gottes noch nicht vollendet ist. Aber auch alle die nimmt der Feuersee auf, denen Gott das Leben versagt. Nun gibt es im Licht Gottes nichts Böses und in seiner Gemeinde keinen Kampf und Zwiespalt mehr. Sie besteht nun einzig aus solchen, die Gott mit sich vereint.

21,1–22,5

Das letzte Gesicht: Gottes ewiges Werk

21,1: *Und ich sah einen neuen Himmel und eine neue Erde* (Jes. 65,17; 66,22; 2. Petr. 3,13). *Denn der erste Himmel und die erste Erde vergingen, und das Meer ist nicht mehr.* Alles sieht Johannes erneuert, auch die Natur, in der die Gemeinde Gottes jetzt lebt, auch die Welt, die sie jetzt umgibt und ihr Leben formt. Aber es wird nur die bei Jesaja stehende Verheißung wiederholt und bekräftigt, dagegen der Blick nicht auf die neue Weltgestalt gerichtet. Was das bedeutet, daß der Himmel und die Erde neu werden, wird die Gemeinde dann sehen, wenn Gott sie schafft. Nur einen einzigen kleinen Zug, der sich auf die Veränderung an der jetzigen Natur bezieht, nimmt Johannes aus der Erwartung der Gemeinde auf, das Verschwinden des Meers, das für den Menschen nicht zur Heimat werden und ihm keine Frucht tragen kann. Die neue Erde ist ganz für den Menschen offen und überall zu seiner Wohnung gemacht. Aber das Gesicht hat sein Ziel nur darin, zu zeigen, wie Gott sein Volk verklären wird.

21,2: *Und die heilige Stadt Jerusalem* (Gal. 4,26; Hebr. 11,10; 12,22; 13,14) *sah ich neu aus dem Himmel von Gott herabfahren, gerüstet wie eine für ihren Mann geschmückte Braut.* Das ewig bleibende Werk Gottes besteht darin, daß er die ewige Gemeinde schafft. Zu ihrer Vollendung geschieht die irdische Geschichte; ihr dienen auch alle Stürme und Gerichte, die jetzt über die Erde gehen. Deshalb schaut Johannes nun, nachdem alles Böse weggetan und die ganze Gerechtigkeit erfüllt ist, die Stadt, die Gott für die ihm gehörende Gemeinde als ihre Heimat bereitet hat. Sie erscheint zunächst, ähnlich wie die Gemeinde in Kap. 12, als eine weibliche Gestalt, die aus dem Himmel herabkommt; die ewige Gottesstadt ist die Schöpfung Gottes. Sie trägt den bräutlichen Schmuck; denn ihr Festtag ist jetzt angebrochen, der sie mit dem vereint, dem sie gehört und für den sie lebt. Die Seligkeit, die Johannes aus dem letzten Werk Gottes entstehen sieht, ist die der reinen Liebe, die nicht für sich selbst das Glück sucht, sondern die Freude und Ehre des anderen zu sein begehrt. Nun, da das Ziel aller Dinge erreicht ist, ist die Gemeinde die Ehre und Verherrlichung Gottes, und ihre Freude ist es, daß sie bei ihm ist und für ihn lebt.

21,3.4: *Und ich hörte eine laute Stimme aus dem Thron sagen: Sieh, das Zelt Gottes ist bei den Menschen, und er wird bei ihnen wohnen, und sie werden sein Volk sein* (Sach. 2,14; Hesek. 37,27; 2. Kor. 6,16), *und Gott selbst wird bei ihnen sein, und er wird jede Träne aus ihren Augen wischen, und der Tod wird nicht mehr sein, und keine Trauer, kein Geschrei und keine Mühsal wird mehr sein. Denn das erste ist vergangen.* Nun ist alles, was die Menschheit von Gott getrennt hat, weggetan, und sie empfängt die Gegenwart Gottes. Alles, was uns die Weissagung beschrieb, war also das Mittel und der Weg, um die Versöhnung und Vereinigung Gottes mit der Menschheit zu verwirklichen. Auch, wenn sie zeigte, wie die Sünde mächtig wird, der Mensch den Kampf gegen Gott wagt und die göttlichen Strafen ihn zerbrechen, beschrieb sie uns, wie Gott uns so zu sich zieht, daß er seine Wohnung bei uns hat. Damit ist uns alles abgenommen, was jetzt unsere Not ausmacht; denn in der Nähe Gottes verschwinden die menschlichen Tränen, und auch das menschliche Sterben ist jetzt vorbei. Die vor Gott lebende Gemeinde ist nun von jeder Last frei, ganz froh.

21,5.6: *Und der, der auf dem Thron sitzt, sagte: Sieh, ich mache alles neu. Und er sagt: Schreibe; denn diese Worte sind zuverlässig und wahrhaftig. Und er sagte zu mir: Es ist geschehen. Ich bin das A und das O, der Anfang und das Ende. Ich werde dem Dürstenden umsonst vom Wasserquell des Lebens geben* (Joh. 4,10.14; Jes. 49,10; 55,1). Der prophetische Vorgang, den Johannes in sich erlebte, war bisher noch nie so beschrieben, daß Gott selbst zu ihm gesprochen hätte; es war als das Wort des Engels oder als himmlische Stimme oder als Wort Jesu von ihm vernommen worden. Jetzt aber, als ihn die Gewißheit erfüllt, daß das ewige Werk Gottes vollendet und alles überwunden ist, was die Gemeinschaft Gottes mit der Menschheit stört, hört er Gottes eigenes Wort. Gott gibt allem die neue Gestalt. Nichts, was jetzt besteht, kann und soll so bleiben, wie es ist; denn die vollkommene Gabe Gottes ist größer als alles, was wir jetzt empfangen. Er macht seine ewige Gabe dadurch an uns sichtbar, daß er alles mit neuer Kraft und Herrlichkeit verklärt. Dadurch tritt er auch als der Letzte hervor, als der Vollender in derselben Hoheit der unergründlichen Schöpfermacht und der vollkommenen Güte, wie er sich im Anfang bei der Schöpfung als den Ersten kundgetan hat. Zu ihm hin ist das Verlangen aller gewendet, und er erfüllt es und tränkt alle mit Leben, wie die reine Güte tut: umsonst; denn wir erlangen das Leben nur dadurch, daß er es uns schenkt und weil er es uns gerne schenkt. 21,7.8: *Wer überwindet, wird dies ererben, und ich werde ihm Gott sein, und er wird mir Sohn sein. Aber die Feigen und die Untreuen und die zum Abscheu Gewordenen und die Mörder und die Hurer und die Giftmischer und die Götzendiener und alle Lügner haben ihren Teil im See, der mit Feuer und Schwefel brennt; das ist der zweite Tod.* Das Wort wendet sich an die jetzt noch auf Erden ringende Gemeinde und hält ihr die Herrlichkeit der Gabe vor, die sie durch ihren Sieg erlangt. Der Blick der Glaubenden wird ausschließlich auf das eine große Gut gerichtet, neben dem nichts anderes als gleichwertig genannt werden kann: auf die Gemeinschaft mit Gott, auf die Sohnschaft Gottes. Ebenso nachdrücklich wird der Gemeinde der andere Weg in seiner allen deutlichen Verwerflichkeit und in seinem düsteren Ausgang vorgehalten. Von aller Bosheit bleibt Gott ewig geschieden; er ist ihr ewiger Widersacher und Richter. Die Gemeinde weiß also, daß sie fällt, wenn sie den Mut verliert und feig vor dem Leiden und Sterben erschrickt, wenn sie den Glauben wegwirft und die Treue bricht, wenn sie sich mit Gottlosigkeit und heidnischen Sünden befleckt und sich herbeiläßt, die Wahrheit zu entstellen und an ihrer Statt die Lüge zur Herrschaft zu bringen. Wer diesen Weg geht, verlangt nicht nach dem Leben und gehört nicht zu jenen Dürstenden, die Gott mit Freude aus seinem Quell tränkt. Das ist vielmehr der Weg in den endgültigen und vollständigen Tod.

21,9: *Und einer von den sieben Engeln, die die sieben Schalen haben, die voll von den sieben letzten Plagen sind, kam und redete mit mir und sagte: Komm, ich werde dir die Braut, das Weib des Lämmleins, zeigen.* Derselbe Engel, der mit freudigem Gehorsam dem göttlichen Zorn über die menschliche Bosheit diente, leistet Johannes auch den anderen Dienst, daß er ihm die Herrlichkeit der ewigen Gemeinde sichtbar macht. Dadurch sind wir an die Einheit des göttlichen Willens erinnert, der auch beim Schwersten, was er über die Menschheit bringt, sein Ziel in der Verwirklichung der göttlichen

Gnade hat. Da die Stadt und die Gemeinde ein und dasselbe sind, heißt auch die Stadt die Braut des Christus. Daß Jesus sie gewinne und mit sich vereine, das ist sein herrliches Amt; deshalb wurde er zum Lamm, deshalb auch zum Sieger über alle satanischen Gewalten und zum Richter, der an allen das Recht vollstreckt. Nun ist die Gemeinde vollendet, die ihm auf ewig in einer völligen Gemeinschaft angehört, für die die Erde kein tieferes Gleichnis hat als die Gemeinschaft, die zwischen dem Mann und seiner Frau besteht.

21,10: *Und er brachte mich im Geist auf einen großen und hohen Berg und zeigte mir die heilige Stadt Jerusalem, die aus dem Himmel von Gott herabkommt* (Hesek. 40,2). Nicht die ewig lebenden Menschen werden Johannes gezeigt in der Herrlichkeit ihres erneuerten Geistes, in der Seligkeit ihres Verkehrs mit Gott, in der Innigkeit ihrer Gemeinschaft miteinander, nicht einmal ihre äußere Erscheinung in der Kraft des ewigen Lebens. Denn das ewige Werk Gottes soll uns noch ein Geheimnis bleiben. Weil Gott alles neu macht, darum übersteigt seine zukünftige Gabe alle unsere Gedanken und Ahnungen. Darum beschreibt Johannes nur die Stadt, die der Gemeinde der Endzeit zur Wohnung gegeben wird; ihre Gestalt und Schönheit wird zum Gleichnis und Zeichen für die der Gemeinde einst verliehene Herrlichkeit. Aber auch die Stadt sieht er nur von ferne, wie man vom Gipfel eines hohen Berges auf eine in der Ebene liegende Stadt hinuntersieht. Auch im Gesicht wird er noch nicht in die Stadt selbst hinein versetzt. 21,11: *Sie hat die Herrlichkeit Gottes. Ihr Leuchter gleicht dem kostbarsten Stein, einem wie Eis glänzenden Jaspis.* Im hellen Glanz des göttlichen Lichts liegt sie da. An die Beschreibung des sie erfüllenden Glanzes wagt sich aber das Wort nicht heran; es ist genug, daß Gott ihr an seiner Herrlichkeit Anteil gibt. Das erste, wonach Johannes sieht, ist die Säule, die dem Licht, das die Stadt erhellt, als Träger dient. Sie besteht aus dem kostbarsten Edelstein; denn nun ist die Gemeinde vollkommen dazu ausgerüstet, daß sie das von Gott ihr gegebene Licht nicht nur für sich selbst empfange, sondern es auch mit ungetrübtem Glanz von sich ausstrahle. Hatte Johannes schon die irdischen Gemeinden, die noch vielfach des Bußworts bedürfen und mancherlei an sich haben, was das Urteil des Christus verwirft, mit goldenen Leuchtern verglichen, so spricht er jetzt, da die Gemeinde zu ihrer vollen Einheit gelangt ist, nicht mehr von sieben Leuchtern, sondern von einem einzigen Lichtträger; er besteht auch nicht nur aus Gold, sondern aus einem noch herrlicher als Gold glänzenden Stoff. 21,12.13: *Sie hat eine große und hohe Mauer* (Jes. 62,6); *sie hat zwölf Tore und auf den Toren zwölf Engel und Namen angeschrieben, die die Namen der zwölf Stämme der Söhne Israels sind, auf der Ostseite drei Tore und auf der Nordseite drei Tore und auf der Südseite drei Tore und auf der Westseite drei Tore* (Hesek. 48,31-35). Die Stadt gehört der Menschheit, die das ewige Leben erlangt, nicht den Engeln; denn es wird an ihr sichtbar, was die Gnade Gottes den Menschen gewährt. Darum erscheinen die Engel in der Stadt nur so, daß ihnen die Wacht auf ihren Toren übergeben ist. Dazu werden aber nicht Myriaden von Engeln bestellt, sondern der Zahl der Tore entsprechend zwölf. Denn jetzt wird die Stadt von keiner Gefahr mehr bedroht; sie steht im Frieden. Die Namen an den Toren tun kund, wer durch sie einzutreten berechtigt ist und hier Bürgerrecht und Heimat hat. Durch die Zahl zwölf und durch die an den Toren angeschriebenen Namen der israelitischen Stämme wird das Ende des göttlichen Werks mit seinem Anfang verbunden. Jetzt ist zur vollendeten Wirklichkeit geworden, was Gott durch die Berufung Israels begonnen und durch die Gründung des irdischen Jerusalems vorgebildet hat. Wie dieses das Heiligtum aller Stämme war, die zusammen die Gemeinde Gottes bildeten, so gilt nun dasselbe in Vollkommenheit von der ewigen Gottesstadt. Dies wird auch durch die Regelmäßigkeit der räumlichen Verhältnisse dargestellt. Nichts ist hier unfertig, durch die Enge des Raums bedrückt und verunstaltet. Kein Teil der Stadt ist ärmer und schwächer als der andere. Jede Seite hat gleich wie die anderen ihre drei Tore, jeder Stamm sein eigenes Tor. 21,14: *Und die Mauer der Stadt hat zwölf Steinlagen im Fundament und auf ihnen zwölf Namen der zwölf Boten des Lämmleins.* Die zwölf großen Steine oder Steinreihen, die die Mauer tragen, geben ihr die Festigkeit; indem sie mit den Namen derer bezeichnet sind, die Jesus zu seinen Gefährten und Boten erwählt hat, ist die Vollendung der Gemeinde mit dem Anfang der Arbeit Jesu verbunden, wie sie durch die an den Toren stehenden Namen mit der Berufung der Patriarchen verbunden ist. Für das menschliche Auge stellte sich der Erfolg der irdischen Arbeit Jesu als gering dar, da er ja, als er ans Kreuz ging, nichts aufzuweisen hatte als die zwölf Männer, die er für sein Botenamt zugerüstet hatte. Dies aber war die Gründung der ewigen Gemeinde, und damit war die unzerstörbare Mauer geschaffen, die alle zu Gott Berufenen umschließt und gegen alles Sterben und Verderben sichert. Dies ist jetzt am Ende der Wege Gottes, wenn sein Werk vollendet ist, offenbar. Wer es bedauert, daß dabei der Name des Paulus fehlt, denkt ebenso kindisch wie der, der sich beklagen würde, daß Abrahams Name nicht auf den Toren steht. Die Weissagung von der ewigen Stadt hat mit Zank und Eifersucht nichts zu tun; sie will nicht den Anteil des einzelnen Mannes am Werk Gottes ausmessen und ihm sein ewiges Erbe zuteilen. Mit keinem Wort will uns die Weissagung mit unserem eigenen Los beschäftigen; denn sie zieht unseren Blick nie von Gottes Ziel weg. Gottes Ziel ist aber nicht die Beseligung einzelner Seelen. Johannes sieht nicht darin die Verherrlichung Gottes, daß Abraham oder Petrus, Mose oder Paulus in Herrlichkeit glänzen, sondern die Größe des Werkes Gottes, die es zur Offenbarung Gottes macht, ist, daß er die ihm geeinigte Gemeinde schafft. So verstand Johannes das königliche Amt Jesu, das ihm als dem Gesalbten Gottes übertragen ist. Darum schaut er von der Vollendung aus auf diejenigen Ereignisse zurück, die die Anfänge der Gemeinde gebildet haben; im Alten Bund geschah ihr Anfang durch die Erteilung der Verheißung an die Söhne Jakobs, im Neuen Bund durch die Verleihung des Apostelamts an die, die Jesus begleiteten. 21,15-17: *Und der, der mit mir redete, hatte einen Maßstab* (Hesek. 40,3), *ein goldenes Rohr, um die Stadt und ihre Tore und ihre Mauer zu messen. Und die Stadt ist viereckig, und ihre Länge ist so groß wie ihre Breite. Und er maß die Stadt mit dem Rohr auf zwölftausend Stadien; ihre Länge und Breite und Höhe sind gleich. Und er maß ihre Mauer auf hundertvierundvierzig Ellen nach dem Maß des Menschen, das auch das des Engels ist.* Bei diesem Bau, der für die Ewigkeit errichtet ist, hat die Ausmessung eine andere Bedeutung als die des Tempels des irdischen Jerusalem (11,1). Hier wird durch die Messung festgestellt, daß der Bau ganz so ist, wie er sein soll, ganz vollkommen nach dem Plan seines Herrn, so daß er in allen seinen Teilen die richtige Weite besitzt. Der Engel zeigt damit Johannes, daß die ewige Gemeinde vollkommen diejenige Zahl und Gestalt besitzt, die Gott ihr geben will. Darum ist auch die Stadt nach der Zahl zwölf angelegt, nach der die Verfassung der Gemeinde von Anfang an geordnet war. Beim Umfang der Stadt übersteigt die Zahl weit den Umfang eines menschlichen Baus; bei der Höhe der Mauer erreicht sie zwar eine ansehnliche Höhe und wird größer als die Mauer einer gewöhnlichen Stadt, bleibt aber doch in der Nähe dessen, was auch die menschliche Kunst zu leisten vermag. Ihr Umfang ist groß; denn sie beherbergt ja die unzählbare Schar aus allen Völkern, die große Kinderschar Gottes, alle die Dürstenden, die er aus seiner Lebensquelle tränkt. Darum erhebt sich auch die Stadt im selben Maß wie in die Länge und die Breite auch in die Höhe, weil hier für unendlich viele Raum geschaffen ist. Sie soll aber eine einzige Stadt bleiben; denn die Gemeinde ist zur vollkommenen Einheit verbunden und hat im selben Vater und im selben Herrn den Grund und das Ziel ihres Lebens, die Wurzel und die Regel ihrer Liebe. Darum muß hier in anderer Weise, als der Mensch es kann, für viele eine Wohnung geschaffen werden, und dies geschieht dadurch, daß die Stadt sich im selben Maß, mit dem sie sich auf ihrem Grund ausbreitet, auch in die Höhe erhebt. Die Mauer dagegen erhält keine übermenschliche Zahl, die der Höhe der Stadt entspräche. Denn die Stadt Gottes muß sich vor keinem Feind mehr sichern; darum gehört die Mauer nur deshalb zu ihrem vollen Bestand, weil sie ihre Grenze bezeichnet und die Einheit der Stadt erkennbar macht. Für sie genügt es deshalb, daß in ihrer Zahl, in den zwölfmal zwölf Ellen, die vollkommene Übereinstimmung der Gottesstadt mit der Wahl und dem Plan Gottes erscheint. Da die Zahl auffällig ist, wehrt Johannes eine Umdeutung ab, indem er sagt, bei diesen Zahlen sei an die Maße zu denken, die bei uns Menschen geläufig sind; der Maßstab verändere sich nicht, weil ein Engel der Messende ist; die Länge eines Stadions betrug 185 m, einer Elle etwa 45 cm.

21,18-21: *Und die Auffüllung ihrer Mauer besteht aus Jaspis und die Stadt aus reinem Gold, das reinem Glase gleicht. Die Steinlagen im Fundament der Mauer der Stadt sind mit jedem kostbaren Stein geschmückt. Die erste Steinlage ist Jaspis, die zweite Saphir* (Jes. 54,11.12), *die dritte Chalzedon, die vierte Smaragd, die fünfte*

Sardonyx, die sechste Sardion, die siebte Chrysolith, die achte Beryll, die neunte Topas, die zehnte Chrysopras, die elfte Hyazinth, die zwölfte Amethyst. Und die zwölf Tore waren zwölf Perlen; jedes der Tore war aus einer einzigen Perle; und der Marktplatz der Stadt war reines Gold wie durchsichtiges Glas. Hier ist mit den Steinen gebaut worden, die der Mensch als kostbarsten Schmuck und größte Pracht schätzt. Darum zieht sich die Mauer wie ein herrliches, mit Edelsteinen besetztes Stirn- oder Armband um die Stadt her. Wie ein kostbarer Schmuck in seiner herrlichen Farbe und durch seinen hohen Preis den ehrt, der ihn trägt, so ist die Mauer der Gottesstadt ihr Schmuck, der sichtbar macht, wie hoch die Liebe Gottes sie schätzt. Früher trug der Hohepriester Israels solche Edelsteine im verschlossenen Heiligtum als den nur ihm gestatteten priesterlichen Schmuck. Jetzt, da kein Priester mehr zwischen Gott und der Gemeinde steht, ist diese Pracht um die Stadt herumgelegt. Mit den Edelsteinen wechseln wie beim menschlichen Schmuck die Perlen: die die Mauern unterbrechenden Tore bestehen aus Perlen, wie die Natur sie nicht hervorbringt und der Mensch sie nicht kennt, aus so großen Perlen, daß eine für ein ganzes Tor genügt. Der freie Platz in der Stadt, auf dem sich ihre Bewohner versammeln, und alle ihre Wohnungen sind Gold; aber auch hier ist die irdische Pracht noch überboten, weil durch dieses Gold das Licht hindurchstrahlt, so daß es wie das Glas nicht als schwer erscheint und keinen Schatten wirft. Alles ist hier vom Licht Gottes durchleuchtet ohne Dunkelheit, alles ist offenbar; denn hier ist alles vollendet und verklärt.

Wie wird man reich? Das war die Frage, die die Menschen umtrieb und oft von Jesus wegtrieb. Seine Gemeinde stand im Ruf, sie sei arm. Mit Geringschätzung wandten die Juden und die Römer sich von dieser Schar weg, die nichts besaß, zu der Dirne hin, die im Goldschmuck glänzte. Sie priesen die Weltstadt als die Besitzerin aller Schätze und zogen ihr in der Hoffnung zu, dort reich zu werden. Aber diese Urteile sind blind. In Wahrheit ist die kommende Stadt der Ort aller Schätze; erst sie macht ihre Bewohner reich. Dieser Reichtum kann freilich im Gesicht nur dadurch sichtbar werden, daß alles Kostbare und Glänzende, was die Schöpfermacht Gottes in die Natur hineingelegt hat, zu ihrem Bau verwendet ist.

21,22: *Und einen Tempel sah ich nicht in ihr; denn der Herr Gott, der Herrscher über alles, ist ihr Tempel und das Lämmlein.* Auch die ewige Stadt heißt Jerusalem wie die Heilige Stadt; sie hat aber eine andere und bessere Heiligkeit als die irdische Stadt. Diese verdankte ihre Bedeutung vollständig dem Tempel; seinetwegen war sie der Mittelpunkt der Gemeinde, ihre Heimat und ihre Ehre. Das ewige Jerusalem hat dagegen keinen Tempel mehr; denn es ist nicht die Stadt des Tempels, sondern die Stadt Gottes. Der Tempel gab der Gemeinde zwar die Gewißheit der Verbundenheit Gottes mit ihr, bezeugte ihr aber gleichzeitig auch die Trennung, die noch zwischen ihr und Gott bestand. Sie hatte noch nicht mehr als den Tempel, noch nicht die Gegenwart Gottes, sah nur den Tempel, noch nicht Gott und besaß nur das heilige Zeichen, nicht die vollkommene Gemeinschaft mit Gott. Das Heiligtum der ewigen Gemeinde ist nicht etwas, was neben Gott wäre; es ist Gott selbst. Nun ist er selbst bei ihr und gibt ihr seine Anbetung und seine Liebe selbst. Gott und das Lamm sind der Tempel der Stadt. Die Gemeinde hat an Jesus den ewigen Mittler der göttlichen Liebe, von dem sie die Gnade und Herrlichkeit Gottes empfängt. 21,23: *Und die Stadt hat die Sonne und den Mond nicht nötig, damit sie ihr scheinen* (Jes. 60,19; 24,23). *Denn die Herrlichkeit Gottes macht sie hell, und ihre Lampe ist das Lämmlein.* Wie die Stadt nicht neben Gott noch einen Tempel hat, so hat sie auch nicht neben Gott noch ein anderes Licht. Er selbst ist ihr Licht, und auch hier bezeugt Johannes, daß die Gemeinde die ewige Gabe Gottes durch den Christus empfängt. Der Glanz Jesu ist ihr Licht.

21,24-26: *Und die Völker werden in ihrem Licht wandeln* (Jes. 60,3; Ps. 89,16; 138,4), *die Könige der Erde bringen ihre Herrlichkeit in sie, und ihre Tore werden am Tag nicht geschlossen* (Jes. 60,11); *denn es wird dort nicht mehr Nacht sein* (Sach. 14,7), *und sie werden die Herrlichkeit und Ehre der Völker in sie bringen.* Da Johannes die ewige Stadt nicht in einer Einsamkeit, sondern auf der ringsum bewohnten Erde schaut, ergibt sich eine weitere Ähnlichkeit des neuen Jerusalem mit der alten Gottesstadt, um die her einst die Völker und ihre Könige wohnten. Das Gesicht lenkt aber damit unseren Blick nicht von der Gottesstadt ab, sondern spricht nur deshalb von den außerhalb Jerusalems Wohnenden, um uns die Herrlichkeit der Stadt zu zeigen, die das alte Jerusalem weit übertrifft. Der Glanz der Stadt bestrahlt alle Völker und leistet ihnen das, was ihnen früher die Sonne gewährte. Nun entzweit sie keine Feindschaft mehr, sondern alle tragen zur Verherrlichung der Stadt mit dem Besten bei, was sie haben. Weil kein Schade mehr zu fürchten, keine Gefahr mehr abzuwehren ist und auch der Wechsel zwischen Tag und Nacht aufgehört hat, stehen ihre Tore beständig offen, und jeder kann sie zu jeder Zeit betreten und sich damit dem nahen, der in ihr wohnt, Gott und dem Lamm. Durch die Öffnung ihrer Tore und durch die Gemeinschaft mit allen ihren Nachbarn wird aber die vollständige Trennung der Stadt von allem Bösen nicht durchbrochen oder gar abgeschwächt. 21,27: *Und nichts Gemeines und keiner, der Abscheuliches und Lüge tut, wird in sie hineingehen* (Jes. 52,1), *sondern nur die, die im Lebensbuch des Lämmleins eingeschrieben sind.* Das ergibt wieder einen tiefen Unterschied des neuen Jerusalem von der alten Stadt; in ihr wohnten einst Heilige und Unreine, Anbeter Gottes und solche, die sich mit heidnischen Sünden befleckten, Zeugen des göttlichen Worts und der göttlichen Wahrheit und solche, die im Dienst der Lüge sprachen und handelten, ohne äußere Trennung als Glieder desselben Volkes beisammen. Das brachte denen, die nach dem Gebot Gottes fragten, viele Anfechtungen und Gefahren, viele Kämpfe und Schmerzen. In der ewigen Gemeinde sind alle Glieder heilig, alle ganz Gott untertan, ganz der Wahrheit gehorsam. Nun ist die Versuchung vergangen und der Unfriede zu Ende. Darum können jetzt die Tore der Stadt offen sein.

22,1-3a: *Und er zeigte mir einen Strom von Lebenswasser, der wie Eis glänzte und aus dem Thron Gottes und des Lämmleins hervorkam* (Hesek. 47,1.7), *und zwischen ihrem Marktplatz und dem Strom auf beiden Seiten den Baum des Lebens, der zwölf Ernten trägt und in jedem Monat seine Frucht bringt, und die Blätter des Baums machen die Völker gesund* (Hesek. 47,12; 1. Mose 2,9). *Und alles, was dem Bann verfiel, wird nicht mehr vorhanden sein* (Sach. 14,11). Licht und Leben, das sind die beiden göttlichen Gaben, die Christus den an ihn Glaubenden anbietet (Joh. 8,12). Wie die Stadt Gott als ihr Licht ohne Nacht besitzt, so strömt ihr auch das Leben in unendlicher Fülle zu. Das sagt Johannes mit den beiden durch die alttestamentliche Prophetie gegebenen Bildern, mit dem Bild von dem Leben spendenden Strom, von dem Hesekiel und Sacharja sprachen, und mit dem Bild von dem Leben gewährenden Baum, von dem die Paradiesgeschichte (1. Mose 2) redete. Beide machen sichtbar, daß sich das Leben der Gemeinde unvergänglich erhält und erneuert und Schwäche, Krankheit und Tod sie nicht mehr berühren. Aus dem Thron Gottes und des Christus kommt der Lebensstrom hervor, weil ihre Herrschaft der Grund für unser Leben ist. Der hat es, der ihrem Willen gehorsam geworden ist. Wie in einer irdischen Stadt Bäume den Fluß einfassen, der durch ihre Straßen fließt, so stehen auch an den beiden Ufern dieses Stroms die Bäume, die der Stadt das Leben erhalten. Sie braucht nun nicht mehr darum zu ringen und es durch Arbeit und unter Kampf zu behaupten. Reichlich ist ihr jetzt dargeboten, was ihr Leben nährt. Denn diese Bäume tragen eine andere Frucht als die irdischen, nicht alle nur eine und dieselbe Frucht und jeder nicht nur ein einziges Mal im Jahr. In rascher Folge reifen die Ernten, und nicht nur die Früchte, sondern auch die Blätter der Bäume haben die belebende Kraft. Das wäre unmöglich, wenn auch jetzt noch in der Gemeinde Dinge geschähen, gegen die sich der göttliche Zorn wendet, und Menschen vorhanden wären, die Gott als gebannt von sich schiede. Dann könnten nicht alle aus dem Lebensstrom schöpfen und an den Früchten und Blättern des Lebensbaumes teil bekommen. Aber alles, was Gottes Zorn, Fluch und Gericht herbeizieht, ist nun beseitigt; die Gemeinde ist rein. Darum ist jetzt bei ihr das Leben offenbar.

22,3b-5: *Und der Thron Gottes und des Lämmleins wird in ihr sein, und seine Knechte werden ihm dienen und werden sein Angesicht sehen* (Ps. 17,15; Matth. 5,8), *und sein Name ist auf ihren Stirnen. Und es wird nicht mehr Nacht sein, und sie haben das Licht der Lampe und das Licht der Sonne nicht nötig* (21,23.25); *denn Gott der Herr wird auf sie leuchten* (Micha 7,8), *und sie werden Könige sein in alle Ewigkeit* (Dan. 7,18). Der Schlußsatz spricht noch einmal den Kern der ganzen Verheißung und den Grund aller Seligkeit aus. Um Gottes Thron ist die ewige Gemeinde geschart; sie kennt seinen Willen und vollbringt ihn, dient ihm, betet ihn an, sieht ihn ohne Verhüllung in ungehinderter Gemeinschaft und ist sein Eigentum nicht nur im Verborgenen, sondern in sichtbarer

Öffentlichkeit. Jetzt, weil ihre Gemeinschaft mit Gott ganz vollendet ist, ist alle Dunkelheit vergangen, und die Gemeinde besitzt für immer das königliche Recht und betätigt die königliche Macht.

22,6-21

Das Schlußwort

Die Weissagung des Johannes steht am Ziel. Durch das Gericht ist die Gnade Gottes offenbar geworden, und aus dem Werk seines Zorns ist das der ewigen Liebe entstanden. An die Stelle der Menschheit, deren Anblick Furcht und Abscheu erweckte, ist die reine Gemeinde, die ewig lebt, getreten. Johannes empfängt die tiefe Empfindung, durch das, was sich ihm vor sein Auge stellte, sei ihm etwas Großes gegeben und nicht nur ihm, sondern der Christenheit, für die er sein Buch geschrieben hat, und er bringt diese Empfindung in seinen letzten Sätzen zum Ausdruck und prägt sie der Kirche ein. 22,6: *Und er sagte zu mir: Diese Worte sind zuverlässig und wahrhaftig, und der Herr, der Gott der Geister der Propheten, sandte seinen Engel, um seinen Knechten zu zeigen, was rasch geschehen muß.* Das prophetische Erlebnis beschreibt Johannes auch hier durch zwei gleichzeitig geltende Worte. Einmal sagt er, daß der Geist zum Propheten macht; denn er wird in seinem inneren Leben bewegt, mit seinem eigenen Verlangen auf das ewige Ziel ausgerichtet und mit seiner eigenen Erkenntnis zur Erkenntnis dessen geführt, was jetzt in der Menschheit geschieht und was daraus entstehen wird. Was im inwendigen Leben des Menschen geschieht, das bewirkt der Geist. Denselben Vorgang beschreibt Johannes sodann durch die Aussage, ein Engel habe mit ihm gesprochen; denn er ist bei seiner Weissagung nicht mit dem beschäftigt, was er bei sich selbst findet, mit seiner eigenen Erkenntnis und Hoffnung, sondern die prophetische Erkenntnis und das sie verdeutlichende Bild tritt von außen her vor ihn, ist ihm gezeigt in schaubarer Gestalt. Er spricht nicht selbst, sondern es wird zu ihm gesprochen, und er sieht nicht selbst, sondern es wird ihm gezeigt, was ihn jetzt innerlich bewegt. Beide Seiten des Vorgangs begründen in ihm die Gewißheit, daß sich in dem, was er erlebt hat, Gott geoffenbart hat. Denn der

Geist kommt von Gott; er ist der Gott der Geister, durch die er seine Knechte mit seinem Wort versieht. Ebenso kommt der Engel von Gott als sein Bote, der seiner Sendung gehorcht. So hat Johannes das zu tun vermocht, was er in der Überschrift des Buchs (1,1) bezeugt hat. 22,7: *Und sieh, ich komme rasch. Selig ist der, der die Worte der Weissagung dieses Buches bewahrt.* Das Hauptstück der Weissagung ist und bleibt die Verkündigung des neuen Kommens Jesu. So ist die Weissagung für die Christenheit eine Gabe, nicht eine Last, ein Quell der Freude, nicht ein Grund zur Angst, ein praktisches Wort, das ihre Lebensführung ordnet, nicht ein Spiel der Phantasie und Träumerei. Aus der Gewißheit, daß Jesus willens und mächtig ist, sich bald allen zu offenbaren und seine Gemeinde bald zu vollenden, entstand die Zuversicht des Johannes, mit der er die Christenheit verpflichtet, mit treuer Aufmerksamkeit und entschlossenem Gehorsam das zu behalten, was er ihr durch sein Buch jetzt gibt.

22,8.9: *Und ich, Johannes, bin der, der dies hörte und sah. Und als ich hörte und sah, fiel ich nieder, um vor den Füßen des Engels anzubeten, der mir dies zeigte, und er sagt zu mir: Sieh dich vor; tue es nicht; denn ich bin dein Mitknecht und der Mitknecht deiner Brüder, der Propheten, und derer, die die Worte dieses Buches bewahren; Gott bete an!* Weil der Wert der Weissagung auch von der Art und dem Beruf des Menschen abhängt, dem sie gegeben wird, nennt Johannes sich am Schluß des Buches noch einmal, wie er es schon an seinem Anfang getan hatte. Er macht jetzt, da der ganze Reichtum der göttlichen Verheißung enthüllt ist, wieder wie 19,10 seine Dankbarkeit für das ihm gegebene Wort dadurch sichtbar, daß er sich in tiefster Beugung anbetend vor dem Engel niederwirft, der ihm eine so große Verheißung gebracht und ihm einen so herrlichen Anblick der göttlichen Regierung gewährt hat. Aber auch hier wird er wie bei dem früheren Anlaß daran erinnert, daß Dank und Anbetung nicht von Gott weg auf die Werkzeuge gewandt werden sollen, die in seinem Dienst sein Wort sagen.

22,10.11: *Und er sagt zu mir: Versiegle die Worte der Weisheit in diesem Buch nicht. Denn die Zeit ist nahe. Wer unrecht tut, tue weiter unrecht, und der Beschmutzte beschmutze sich weiter, und der Gerechte wirke weiter Gerechtigkeit, und der Heilige werde weiter geheiligt.* Johannes zeigt der Gemeinde, wie sie sein Wort zu gebrauchen hat. Es wendet sich in heller Öffentlichkeit an alle und will nicht ein Geheimnis bleiben; denn es hält allen das Ziel vor, nach dem sie zu streben haben, und zeigt die Gefahr, mit der sie ringen müssen. Die Weissagung kann freilich niemand an der Sünde hindern, weder die, die sich in der Welt für die Ungerechtigkeit einsetzen, noch die, die in der Christenheit ihrem eigenen sündlichen Willen folgen; sie kann nur warnen und hat ihr Ziel damit erreicht, daß jedermann in der Christenheit durch sie gewarnt ist. Nun ist es die Sache des Hörers, sich zu besinnen, welcher Weg der seinige ist, und diesen Weg fortzusetzen, bis er an sein Ende kommt. Der eine Weg führt zum Unrecht, mit dem wir einander kränken und schädigen, und zum Schmutz, mit dem wir uns selbst schänden; der andere Weg führt zur Gerechtigkeit, die unsere Verbundenheit miteinander für alle heilsam macht, und zur Heiligkeit, durch die wir mit Gott verbunden sind. Beide Wege bieten sich uns Menschen an. Wir werden weder daran gehindert, das Recht zu zerbrechen und die anderen zu schädigen, noch daran, uns zu beschmutzen und Gott zu vergessen; wir können unseren boshaften Willen haben und durchführen und werden daran nicht von außen durch die göttliche Hand gehindert. Ebenso gewiß ist aber, daß die Gerechtigkeit sich uns anbietet, sich uns zeigt und uns lockt, damit wir sie tun, und daß die Heiligkeit uns gegeben wird, durch die wir in der Gemeinschaft mit Gott bleiben und uns von allem scheiden können, was uns unseren Anteil an Gott nimmt. Zu beiden Wegen haben wir jetzt noch Zeit und Möglichkeit; darum tue jeder, was ihm entspricht, und setze den von ihm erwählten Weg fort! Denn das Ende kommt und bringt alles zurecht! 22,12.13: *Sieh, ich komme rasch, und mein Lohn ist bei mir, um jedem zu vergelten, wie sein Werk ist* (Jes. 40,10). *Ich bin das A und das O, der Erste und der Letzte, der Anfang und das Ende.* Welchen Weg der Mensch gehe, er wird in Gott den Vergelter finden. Der Gerechte wird erfahren, daß Gott sein Wohltun sieht, schätzt und belohnt, und der Heilige wird es erleben, daß Gott ihm nahe ist und in seiner Gnade ihn mit sich vereint. Ebenso wird der Beschmutzte erfahren, daß Gott ihn wegtut, und der Ungerechte es vor Augen haben, daß Gott denen hilft, die er kränkte und verdarb. Denn über allen menschlichen Wegen steht

Gott in seiner Hoheit, und sein Werk ist nicht nur das erste, das alles menschliche Werk erst möglich macht, sondern auch das letzte, das alles zu seinem Ort und Ziel bringt. 22,14.15: *Selig sind die, die ihre Kleider waschen, damit ihnen die Vollmacht über den Lebensbaum zuteil werde und sie durch die Tore in die Stadt hineintreten. Draußen sind die Hunde und die Giftmischer und die Hurer und die Mörder und die Götzendiener und jeder, der die Lüge liebt und tut.* Auch für die, die vom Weg Gottes abgewichen sind, ist der Rückweg zu ihm offen; wer ein beschmutztes Kleid hat, kann es waschen, und es gibt keinen, der das reine Gewand auf andere Weise erlangte als dadurch, daß er sein Gewand wäscht. Dazu ist Jesus zum Lamm geworden, damit wir, die wir die Reinheit vor Gott nicht haben, durch sein Sterben am Kreuz das reine Gewand empfangen. Die Gabe Gottes muß aber aufgenommen und bewahrt, sein Wort gehört und getan werden, und die Weissagung zeigt der Gemeinde, daß sie in ihren Beruf einen entschlossenen Ernst zu legen hat. Sie weiß ja, daß sie entweder die Wohnstätte in Gottes ewiger Stadt erlangen oder von ihr für immer geschieden werden wird. Von Hunden, die nicht in die Stadt Gottes hineinkommen dürfen, spricht Johannes deshalb, weil der Mensch im Dienst seiner Leidenschaften und in der Hörigkeit unter die verführenden Herrscher und die falschen Propheten gemein, scham- und ehrlos wird.

22,16.17: *Ich, Jesus, habe meinen Engel gesandt, um euch dies vor den Gemeinden zu bezeugen. Ich bin die Wurzel und das Geschlecht Davids* (Jes. 11,1.10), *der glänzende Morgenstern* (4. Mose 24,17). *Und der Geist und die Braut sagen: Komm! Und wer es hört, sage: Komm! Und wer dürstet, komme* (Joh. 7,37); *wer will, empfange umsonst Wasser des Lebens* (Jes. 55,1). Von Anfang an und durch das ganze Buch hindurch hat Johannes gesagt, daß die Weissagung das Zeugnis Jesu ist und Jesus es ist, der in ihr den Gemeinden das göttliche Wort vorlegt. Das wird mit dem Schlußvers nochmals feierlich bestätigt, da jetzt Jesus selbst das Wort nimmt und sich als den Geber der Weissagung bezeichnet. In Kraft seines königlichen Amtes richtet er dieses Zeugnis an die Gemeinde, die an ihn glaubt; deshalb legen die Namen, die er sich gibt, aus, was sein königliches Recht umfaßt. Der erste Name, Wurzel und Geschlecht Davids, sieht auf die Verheißung zurück, die Israel gesagt worden war. Dem

Geschlecht Davids war die bleibende Herrschaft über die geheiligte Gemeinde zugesprochen; das geschah aber um Jesu willen, deshalb, weil er aus Davids Geschlecht hervorging. Kein anderes Glied des davidischen Hauses ist der Erbe der Verheißung; in ihm ist das mit der königlichen Verheißung geschmückte Geschlecht zusammengefaßt. Darum heißt er auch die Wurzel Davids (vgl. 5,5); denn David ist deshalb zum König der Heiligen Stadt und zum Empfänger der Verheißung geworden, weil Gott im Christus die ewige Gemeinde schafft. Der zweite Name, der Morgenstern, geht dagegen auf das zukünftige Werk Jesu. Denn wenn der Morgenstern aufgeht, weicht die Nacht, und der Tag beginnt. Der Tag, der durch die Sendung Jesu angezeigt ist und herbeigeführt wird, tritt ein mit Gottes ewigem Reich, mit der Versammlung der ewigen Gemeinde in der Stadt Gottes. Dem Zeugnis Jesu wird die Antwort zuteil, und zwar sind es zwei, die in einmütigem Zeugnis antworten: der Geist, der in den Propheten und Glaubenden die Hoffnung auf die Verherrlichung Jesu erweckt, und die Glaubenden, die unter dem Zeugnis Jesu und des Geistes sich dieser Hoffnung öffnen und sie bewahren. Ihre Antwort auf die Verheißung Jesu besteht in der Bitte, daß er komme. Damit hat die Weissagung die von ihr gewollte Wirkung erreicht. Das ist nicht schon dann der Fall, wenn die Gemeinde weiß, bedenkt und lehrt, welche Kräfte und Ziele die menschliche Geschichte bewegen und zu welchem Ende sie führen, sondern erst dann, wenn sie um das Kommen Jesu bittet, wenn sie nach ihm verlangt in der Liebe, die nach seiner Verherrlichung begehrt, und in der Zuversicht, die seiner Offenbarung freudig entgegensieht. Auch der Geist besorgt nicht nur ein Lehramt; er zeigt, beschreibt, verkündet nicht nur, was Jesus einst vollbringen wird, auch er bittet: Komm! Und diese vom Geist in ihr erweckte Bitte eignet die Gemeinde sich an und bekennt damit, daß sie mit einer echten und aufrichtigen Hoffnung die Erscheinung Jesu begehrt. Diese Bitte soll sich vom einen zum anderen fortpflanzen und, wer sie hört, sich ihr anschließen. Wer sie zu seinem eigenen Verlangen und Gebet zu machen vermag, gleicht dem Dürstenden, der zum Wasser kommt. Alles reine menschliche Sehnen und Verlangen hat in dieser Bitte Raum; jeder uns peinigende Durst wird mit ihrer Erfüllung gestillt. Denn wir bekommen alles, was uns fehlt und was uns nötig ist, wenn

Christus sich offenbart. Denn das erste, dessen wir bedürfen und mit dessen Empfang uns alles gegeben ist, ist das Leben. Dieses zu geben, und dies so, daß dabei die vollkommene Gnade ihre Verwirklichung findet, das ist das Werk des Kommenden.

22,18.19: *Ich bezeuge jedem, der die Worte der Weissagung dieses Buches hört: wenn einer dazutut* (5. Mose 4,2; 13,1), *wird Gott auf ihn die Plagen legen, die in diesem Buch aufgeschrieben sind, und wenn einer von den Worten dieses Buches der Weissagung wegnimmt, wird Gott seinen Teil vom Baum des Lebens und von der heiligen Stadt wegnehmen, die in diesem Buch beschrieben sind.* Johannes verlangt, daß die Christenheit sein Buch weder durch Zusätze noch durch Streichungen verderbe. Er zeigt auch damit, daß für ihn sein Inhalt wirklich das Zeugnis Jesu ist, weshalb er es nicht der Willkür seiner Leser überläßt. In den Zeiten, in denen ein Buch nur durch Abschriften verbreitet werden konnte, war es schwieriger als heute, es ohne Verletzungen in seinem ursprünglichen Bestand zu erhalten; bei Büchern, die weissagend vom Ende sprachen, wagten die Abschreiber solche Eingriffe besonders leicht und oft, teils dann, wenn das Verheißene ihren Wünschen nicht entsprach, wenn ihnen das Bußwort der Weissagung zu ernst oder ihre Anbietung der Gnade zu groß erschien, teils dann, wenn sie empfanden, daß die späteren Ereignisse dem von der Weissagung gegebenen Bild nicht entsprachen, so daß es ihnen schien, sie könnten und müßten sie berichtigen oder fortsetzen. Johannes räumt keinem seiner christlichen Leser das Recht ein, sein Wort zu ergänzen und zu verbessern; er schreckt sie von solchen Eingriffen in sein Buch durch die Drohung ab, daß sie, wenn sie die Weissagung antasten, verlieren, was sie verheißt, und sich zuziehen, was sie als göttliche Strafe androht.

22,20.21: *Der, der dieses bezeugt, sagt: Ja, ich komme rasch. Amen; komm, Herr Jesus! Die Gnade des Herrn Jesus ist mit allen.* Johannes schließt sein Buch mit der Verheißung, die die Summe aller Verheißungen ist, und mit der Bitte, die die Summe aller lebendigen Hoffnung ist; wo diese Bitte entsteht, hat es die von ihm gewollte Frucht geschaffen.

Inhalt

Der erste Brief des *Johannes*

Kapitel		Seite
1,1-4	Das Ziel des Briefs	5
1,5-10	Wahrhaftigkeit vor Gott	10
2,1-6	Der Gehorsam gegen Christus	20
2,7-11	Die Liebe zum Bruder	29
2,12-17	Die Absage an die Welt	34
2,18-27	Der Schutz gegen die Widerchristen	43
2,28–3,3	Der Blick auf Jesu neue Gegenwart	55
3,4-10	Die Unfähigkeit zum Sündigen	61
3,11-18	Die Merkmale der Liebe	73
3,19-24	Der Liebe gibt Gott seine Gaben	78
4,1-6	Das Kennzeichen des göttlichen Geistes	82
4,7-21	Die göttliche Art der Liebe	88
5,1-12	Die Kraft und der Grund des Glaubens	98
5,13-21	Die die Gemeinde tragenden Gewißheiten	108

Der zweite Brief des *Johannes*

Der dritte Brief des *Johannes*

Die Offenbarung des *Johannes*

1,1-8	Die Entstehung und der Zweck des Buchs	129
1,9–3,22	Das erste Gesicht: Das Urteil Jesu über seine Gemeinden	141
1,9-20	Die Erscheinung Jesu	141
2,1-7	Das Urteil Jesu über die Gemeinde von Ephesus	149
2,8-11	Der Trost Jesu für die Gemeinde in Smyrna	156
2,12-17	Die Warnung für die Gemeinde in Pergamon	158

Kapitel		Seite
2,18-29	Das Urteil über die Gemeinde in Thyatira .	163
3,1-6	Die Verurteilung der Gemeinde in Sardes .	168
3,7-13	Das Lob für die Gemeinde in Philadelphia	171
3,14-22	Die Anklage gegen die Gemeinde in Laodizea	175
4–20	Das große Gesicht: Jesus vollzieht Gottes Urteil an der Menschheit	178
4–6	Jesus öffnet Gottes Buch	178
7	Die Gemeinde Jesu	202
8 und 9	Die sechs Posaunenstöße	210
10	Die neue Berufung zum Weissagen	222
11,1-14	Die Weissagung über Jerusalem	226
11,15–12,17	Das Geschick der Christenheit	234
12,18–13,18	Der Widerchrist und sein Prophet	248
14,1-5	Die Gemeinde der Endzeit	265
14,6-20	Die Ankündigung des Gerichts	271
15 und 16	Die Schalen des Zorns	281
17 und 18	Die Sünde und der Sturz Roms	292
19	Der Sieg des Christus	306
20	Die Herrschaft des Christus auf der Erde . .	315
21,1–22,5	Das letzte Gesicht: Gottes ewiges Werk . .	326
22,6–21	Das Schlußwort	337